JN156823

論文集

——寺田寅彦・その他

小宮　彰

花書院

小宮　彰　氏遺影

巻頭の言葉

本書は二〇一五年（平成二七年）正月一七日に急逝された小宮彰氏の、単著『ディドロとルソー　言語と《時》十八世紀思想の可能性』に収録されていない論文、および氏が長年にわたって書きつづけた書評の数々などを集めたものである。逸したものもあろうかと懸念するが、集められるかぎりのものは集めたつもりである。なお、本書の後半部には、小宮氏の日頃親しかった知人・友人・親族の方々の回想文も収録することにした。

二〇一八年（平成三〇年）正月

編者

目次

第Ⅰ部　論文集

神話あるいは本源的契機

――レヴィ＝ストロースについての思想史的序説――

一

クロード・レヴィ＝ストロースの著作は決して数多くはない。種々の雑誌に発表された小さな論文を別にすると、我々が手にする事のできる彼の著作は、一九四九年の『親族の基本構造』[1]から、最近作『神話学4――裸の人間』[2]まで、『人種と歴史』[3]のような専門的でないものを含めて、わずか十冊にすぎない。そしてその扱う分野も、親族構造と神話（殊に新大陸の神話）研究という、人類学あるいは民族学の中でも特殊な二つの分野にほとんど限られている。それにも拘らず、周知のように、レヴィ＝ストロースは、フランス国内に限らず、また人類学の枠を越えて、多くの人々に読まれ、現代の知的世界の一つの共通の関心事となっている。彼がこのように広い関心を集めた要因は、もちろんいわゆる「構造主義」の流行と、大胆な論理を現代の諸問題にまで及ぼした話題の書『野生の思考』[4]とに依る所が大きい事は言うまでもないが、流行語としての「構造主義」が以前ほど多く語られなくなって来た現在、レヴィ＝ストロースに対する関心が依然として広範に存在し、むしろ質的に深いものになりつつある（と私は考える）のは、人々の、レヴィ＝ストロースへの関心が、決して流行のレヴェルに滞まるものでない事、そして同時に、彼の著作に展開された思惟が、現代の知的世界で模索されている根元的な関心に、深い部分で結びついている事を示しているように思われる。

しかし既に述べたように、レヴィ＝ストロースの著作は、現代の知的世界の中でも全く周辺的な分野において展開されており、それがより一般的な知的関心と、どのような関連を持つのかは、明瞭な形では見られない。話題の書『野生の思考』の中でも、それが極めて難解な文体で書かれている事も加わって、その主張・内容は理解し易いとは言えない。私は、文化人類学に興味を持ち、幾らか勉強はしたが、人類学を専攻する者ではないから、人類学的成果に直接の関心はない。にも拘らず、この数年、レヴィ＝ストロースの著作を、浅学ながら読み続けて来たのは、その難解さの中に、特に「現代」と「西欧」とに関わる一連の強靭な思惟の存在を予感し、そこに現代の知的状況を、思想史の立場から把える可能性を見たからであった。

　私は、レヴィ＝ストロースの著作自体を、読解・解釈の対象にしたいと思う。その際、そこで扱われている人類学的成果や、そこで用いられている言語学的概念構成は、もちろん重要な主題には違いないが、私は、飽くまでそこで語られている「真の主題」は何かという事を問題にしたい。これは非常に大きな、そして一面では極めて漠然とした問いであり、次に述べる私の解釈も、全く一つの仮説の域を出ないものであるが、レヴィ＝ストロースの読み方の一つの試みとして、敢えて批判を仰ぎたいと思う。

二

『裸の人間』の刊行により、『神話学』全四巻の完結を見た現在、レヴィ＝ストロースの最も主要な仕事が、いわゆる「未開民族」の神話の構造分析とそれに基く比較研究である事は疑う余地があるまい。『神話学』は、主として新大陸諸民族における、神話の比較構造分析の一大パノラマであるが、そこに見るべきものは、その分析のスケールの大きさと構成の見事さもさる事ながら、その分析方法の新しさにある。レヴィ＝ストロースは、そこで用いた方法を、『神話学』刊行に先立って、『神話の構造的研究』[5]という論文の中で自ら解説している。

　彼は、その中で、古代ギリシアのオイディプス神話を例に取って、分析方法を示しているが、その内容については、今まで何回か紹介されているのでここでは述べない。そこで主張されている、神話分析の方法論の中で次の諸点が注目に値する。

　第一に、彼は、神話の中の個々の物語を、独立に意味あるものとは考えない。彼が分析の対象とするのは、個々の物語ではなく、それらを含む一定の範囲の物語群全体である。オイディプス神話について言えば、それはオイディプスの物語だけでなく、祖父カドモス、父ライオス、またアンティゴネーなどの物語を含む「テーベ神話群」全体として分析される。彼はこれらの物語を、一つの主題を基にした、異ったバリエーションであると見る。そして、その主題そのものは物語の背後に隠されており、個々の物語を全体の中で比較検討する事によってのみ見出し得るとする。

彼はこれを音楽における「和音」と「旋律」の比喩で説明する。すなわち、個々の物語は、オーケストラの中の一つの楽器が演奏する旋律に対応するとされる。それは独立に存在するのではなく、オーケストラの他の楽器が同時に演奏する音とともに、全体の「和音」を構成している。レヴィ＝ストロースは、この物語群全体で構成される「和音の構成」こそが、その神話の本質に関わる要素であると考える。ただし、音楽では、複数の楽器の同時演奏であるが、物語はその性質上、一線点な流れしか持たないから、和音を担う各旋律は、同時にではなく、継起的に順次語られる事になる。こうして彼は、物語群を一続きの話としてでなく、幾つかの要素群の「繰り返し」として、それらを「タテに」貫く、「和音」として見る立場を採る。

第二に彼は、以上のような分析によって見出される神話（と普通考えられているもの）の本源的主題を、一般に、人間及び社会に関する根元的な心理的矛盾、あるいは観念的対立の迂回的かつ観念的解決であると見る。それ故、彼は、今述べたような方法で、神話を個々の事象・関係に分解し、それを共通項で整理して「関係の束」にまとめ（これが先に述べた「和音」に対応するものである）、それらの束の間の関係から、彼がその神話の「真の主題」と主張するある観念あるいは問題を抽出するが、そこで扱われる観念は、多く対立概念あるいは対比項の形で、もとの神話から引き出される。オイディプス神話の場合にレヴィ＝ストロースが引き出した「主題」は、人間の自生の観念と現実の両性生殖との間の心理的矛盾であった。彼は、この矛盾が、古代ギリシア人の心性の中で大きな意味を持っていたと考える。こうした考え方の背後には、明らかにフロイト的な「無意識」の存在が前提とされている事は疑いない。しかしレヴィ＝ストロースは決して、以上のような考え方をアプリオリな方法として立てるのではない。それは彼自身の多くの神話の比較研究、先人の諸研究から引き出された方法であり、一つの仮説として、彼の『神話学』の中で、まさに検証されるべき結論なのである。
我々は、以上の二点に、レヴィ＝ストロースの神話構造分析の特に特徴的な面を見る事ができよう。彼はこの方法によって、個々の神話（神話群）の解釈に滞らず、新大陸諸民族の神話的世界の全容の解明を目指し、最終的には全人類のそれの解明と「神話」というものの普遍的法則の定立を目指したのだ。

さて、レヴィ＝ストロースはこうして一つの新しい神話の分析方法を開発したが、これを一つの一般的な分析手法として把えると、神話以外の対象についても応用する事のできる広い有効範囲を持つ手法と見られ得る。彼自身、同様な方法でボードレールの詩を解釈した論文を発表しているし[6]、彼の理解者であるエドマンド・リーチはそれを旧約聖書創世記に応用した論文を発表している[7]。またレヴィ＝ストロースは、前記の『神話の構造的研究』の中で、オイディプス神話に関してフロイトが立てた「エディプス・コンプレックス」の概念及びそれについてのフロイトの著述も又「オイディプス神話群」の一バリエーションとして考察され得る、という事を示唆している。

このように、レヴィ＝ストロースの神話構造分析は、およそストーリーあるいは「神話的思考」を幾らかでも含むものなら、小説・詩・音楽・絵画などの分析に広く応用の可能性を持っている（もちろんこうした解釈の方法に対して、これらの分野では多くの異論が現在存在するのであるが）と言えよう。

三

さて私はここでもう一歩この方法の適用範囲を押し進めてみたい。私はそれを、全く物語性を持たない、科学の名において書かれた著作に、そして一人の思想家の全著作に、適用してみたいと思う。私が初めに「レヴィ＝ストロースの真の主題」を求めたいと書いたのは、まさにこの意味においてであり、私は、レヴィ＝ストロースの全著作を、一つの主題をめぐる神話群として読みたいと思うのだ。もちろんこれらの著作は神話とは非常に性格を異にするものであるから、神話として分析すると言っても、神話の場合のような厳密な構造分析は困難であって、ほとんど比喩的あるいは類比的な意味でそう言えるに過ぎない。しかし、一体何故、若い頃哲学を志したレヴィ＝ストロースが、一方で『人種と歴史』に見られるようなグローバルな関心を持ちながら、『親族の基本構造』における親族構造の比較研究や『神話学』の神話の構造分析へ入って行ったのか、そして彼の二つの大きな研究であるこの両者はどのような関係で結ばれているのかを考える時、私は、一つの可能性として、この試みをやってみたいと思う。

レヴィ＝ストロースの十冊の著作はそれぞれ明確な固有の意図の下に書かれたものである。しかし私は、これらを個々のものとしてでなく、一貫した主題を異った観点から展開した一連のものと考えたい。こうした意図の試みは、既に、イヴァン・シモーニス『クロード・レヴィ＝ストロース、あるいはインセストの情念：構造主義への序説』[8]によって展開されており、十分参考にすべきものであると思うが、私はやはり私なりに試みてみたいと思っている。

さて、ここで本来ならレヴィ＝ストロースの著作に対する私なりの分析を述べる所であるが、私の浅学に加えて紙数の不足もあり、ここでは、私が現在までに把え得た仮説的な一つの図式的な観点を述べるに止めよう。

私は、レヴィ＝ストロースの著作の主題を人間の文化の本質に関する二つの対立概念で把えてみたい。それは、第一に、人間における「文化」（Culture）と「自然」（Nature）の対立であり、第二には、文化における「文明」（culture civilisée）と「未開」（culture primitive）の対立である。私は、この二つの対概念のそれぞれの項を区別し、またその接点を求める事が、レヴィ＝ストロースの著作において一貫して追求されていると考える。

第一に、「文化」と「自然」については、彼はその最初の著作である『親族の基本構造』において、その序文に「自然と文化」という標題を付けている。彼がそこで問うたのは、人間を動物から区別しているのは、人間の文化すなわち学習された行動であるが、これと動物の本能的行動とは厳密にはどこで区別されるのか、人間には人間に普遍的な「自然」な行動が存在するのだろうかという問いであった。彼はこの問いに、人類に普遍的であるという意味で「自然」に、それが一つの社会制度であるという意味で「文化」に、同時に結びつく現象「近親相姦（インセスト）の禁止」を提起することによって答えた。彼のこの本の中で、世界のあらゆる民族の親族構造がこの制度と関わりを持っている事を示した。この現象はそれ故、人間における「文化」と「自然」との対立媒介項という意味を持ち、それ故、レヴィ＝ストロースの著作においては常に中心的な位置に置かれてきた[9]。

こうして彼のいわば出発点になった問題を再び異なった観点から扱ったのが『神話学』であろう。その事は何よりも、第一巻の標題「生のものと火にかけたもの」[10]及び第四巻の標題「裸の人間」に見る事ができる。彼はこの大著を、新大陸諸民族の神話分析から構成しているが、そこで扱われる神話は、基本的には、文化を創造した「文化英雄」に関する神話である。すなわち彼はこの中で、神話という人類の最も古い知の形態の中に、人類の「自然」から「文化」への移行の本源的諸契機を見出そうとしているのだ。

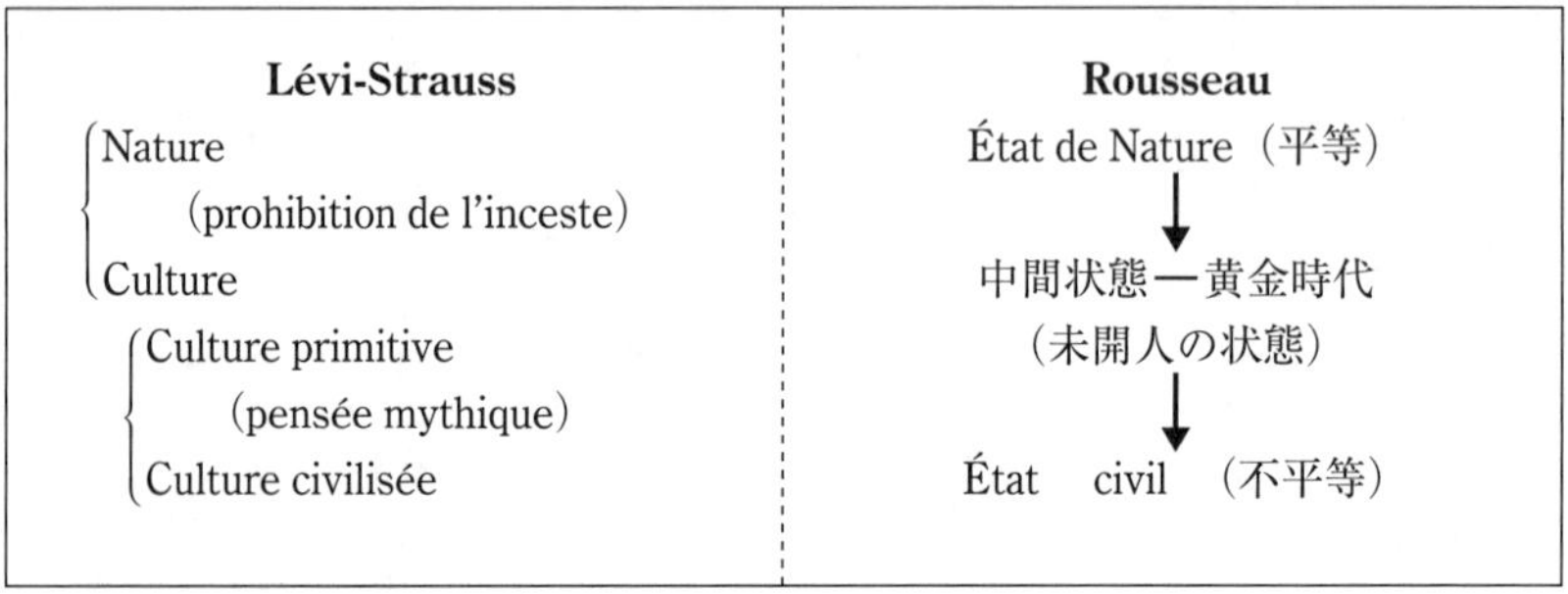

Lévi-Strauss	**Rousseau**
Nature （prohibition de l'inceste） Culture 　Culture primitive 　（pensée mythique） 　Culture civilisée	État de Nature（平等） ↓ 中間状態ー黄金時代 （未開人の状態） ↓ État civil（不平等）

彼の二大著書の主題をなす、この「自然と文化」のテーマをレヴィ＝ストロースの第一主題であるとすると、「未開と文明」のテーマは第二主題、もしくは第一主題の第一次の系にあたる。彼は「生のものと火にかけたもの」の序文で、彼のテーマが一貫したものである事、『野生の思考』はその間の付属的なしかし必要な「寄り道」であったと述べている。彼はこの前後『構造人類学』[11]『今日のトーテミズム』[12]『野生の思考』において、いわゆる「未開」の概念を批判する試みを行っている。彼がこれらの著作で主張しようとしたのは、いわゆる「未開」と「文明」の区別は、多くの文明の側、殊に人類学を創出した「西欧文明」の側からの恣意的な区別にすぎず、確かにある一定の相違は認められるが、それは決して人類発達史の二つの段階ではなく、人類の全体の文化を対等に構成する二契機であるという事であった。そして彼は『野生の思考』において、両者を区別し、又その接点でもある「神話的思考」の概念に到達し、以後はその解明に没頭して行く事になる。そしてそれは同時に「自然と文化」の第一テーマにも本質的に関わる概念なのである。

四

私は、以上の二つの対立を軸として、レヴィ＝ストロースの著作をある程度まで理解し得ると考える。ところで、これらをレヴィ＝ストロースの基本的主題と認め得るとして、こうした問題の設定は、果して彼にオリジナルなものなのだろうか。それは確かに人類に普遍的な問題ではあるが、それをこのような形で定式化した前例はあるだろうか。

そこで誰もが思い起すのは、ルソーの『人間不平等起源論』[13]であろう。ルソーは、その中で、全く無文化で一面悲惨だが一面幸福な人間の「自然状態」から、未開民族の状態である中間の状態を経て、文明と不平等の悲惨を持つ「社会状態」への、人類の発展移行過程を描き出したのであった。それは一面では十九世紀の進歩史観、社会進化論につながる側面を持ちながら、他面、今日の相対的文明論、西欧文明への反省・批判につながる側面をあわせ持ち、近代文明論の原点と言うべきものである。

レヴィ＝ストロースにおいてルソーが大きな意味を持っている事は、『悲しき熱帯』[14]その他によって明らかである。私は、レヴィ＝ストロースは思想史的には、ルソーの真の後継者の位置を占める思想家であると考えている。そう考えると、初めに述べた、彼に対する非常に広範な関心の存在も、流行を越えた、「近代」と「文明」殊に「西欧文明」の行きづまりの状況に対応した根元的な一つの関心と密接に結びつけて考えられよう。

以上全く不十分ではあるが、私なりのレヴィ＝ストロースの著作の一つの読み方の序説として述べてみた。私としては、この方向には将来大きな可能性が見出し得るものと信ずる。

（「現代思想」一九七三年五月号）

[注]

（1）Lévi-Strauss, C., *Les Structures élémentaires de la parenté*, Paris, 1949.
（2）Lévi-Strauss, *Mythologiques* IV: L'Homme nu. Paris, 1971.
（3）Lévi-Strauss, *Race et Histoire*, Paris, 1952.
（4）Lévi-Strauss, *Pensée Sauvage*, Paris, 1962.
（5）Lévi-Strauss, 《The Structural Study of Myth》, Journal of American Folklore, Vol.68 No.270. 1955.
（6）Lévi-Strauss, Jakobson, R., 《Les chats de Charle

Baudelaire》, L'Homme, Vol. II, No.1, 1962.

（7） Leach, E. R., 《Lévi-Strauss in the Garden of Eden》 Transaction of the New York Academy of Science, 23, 4. 1961.

（8） Simonis, Y., *Claude Lévi-Strauss ou la "Passion de l'inceste": Introduction au structuralisme,* Paris, 1968.

（9） ibid.

（10） Lévi-Strauss, *Mythologiques* I: Le cru et le cuit, Paris, 1964.

（11） Lévi-Strauss, *Anthropologie structurale,* Paris, 1958.

（12） Lévi-Strauss, *Le Totémisme aujourd'hut,* Paris, 1962.

（13） Rousseau, J-J., *Le Discours sur l'origine et les fondements de l'inégalité parmi les hommes,* 1754.

（14） Lévi-Strauss, *Tristes Tropiques,* Paris, 1955.

起源と剰余

——六十年代以降のルソー研究の動向から——

一

「各々の世代が一人の新しいルソーを発見する[1]」と言われる。ルソーの同時代から現代に至るまで、人々はルソーの著作を読み、事実を集め、それぞれの時代の関心に従って、いくつもの相異なるルソー像を形成してきた。それらのうち、われわれの時代のルソー像は何かと問う時、J・スタロバンスキーが『ジャン＝ジャック・ルソー——透明と障害』（一九五七年）[2]において提出した、作品とその背後の人間との一つの見事な俯瞰的総合によるルソー像は、明らかにその最も有力な候補の一つであろう。

スタロバンスキーは、しかし、この著作の後、一九六二年に発表した「ルソーと諸起源の探究[3]」の冒頭で次のように言う。

「ルソーについては、これで終りだということは決してない。絶えず新たにやり直すこと、方向を定め直すこと、あるいは方向を転ずること、われわれにルソーを親しいものとし、彼を今度こそ最終的に把え得たという安らかな確信を与えてくれていた定式やイメージを忘れ去ることが、常に必要なのである。[4]」

スタロバンスキー自身によるこの言明は、いわばスタロバンスキーの総合以後のルソー研究のあり方を暗示している。すなわち、もし彼が言うように、「ルソーについては、これで終りだということは決してない」のであるなら、一つの総合の後には、その解体が続かねばならない。実際、六十年代以降のルソー研究においてわれわれが見出すのは、スタロバンスキーのルソー像の否定あるいは別なルソー像の対置ではなく、そこからの離れ、むしろ端的に、一つの総合されたルソー像を形成することからの離れの動きに他ならない。

スタロバンスキーから離れるとは、どういうことか。先に引用した「ルソーと諸起源の探究」は、そのことを逆説的に垣間見させてくれる。スタロバンスキーはこの中で、ルソーの「体系的な」作品群（『人間不平等起源論』『社会契約論』『エミール』等）において、それぞれの主題における《起源》の探究が、共通した主題をなしていることの意味を問題にしている。

ここで彼の視点は、ルソーにおけるもう一つの別な《起源》の探究の系列の存在に向けられる。それは、これら「体系的な」著作自体の生み出された《起源》の探究としての、後期の自伝的作品群（『マルゼルブへの手紙』『告白』『対話』『孤独な散歩者の夢想』等）の系列である。そしてスタロバンスキーは、両者の系列を接続して把えることによって、ルソーにおける《起源》の探究の意味としての、《私》、語る主体としてのルソー自身の「特異性」の確認という隠された主題を見出している。(5)

この把え方の基底には、ルソーにおいては、例えば《自然》というような概念も、「思弁的思考が措定し探究する客観的主題ではなく、語る主体の最も内密な主観性と互に入り混じっている」(6)という基本的な認識がある。このことは、次のような、およそルソーを読む上での基本的問題を提起する。

すなわち、ルソーのテキストは常に二つの意味の中心に向かって同時に引かれている、ということだ。一方はそこで語られている主題であり、他方はそれを語る主体としてのルソーである。スタロバンスキーが主に注目する後期の諸作品においては、この二つの中心は、語られるルソーと語るルソーとなって、両者はいわば、ルソーという問題的な存在の中に収束する。けれども前期の「体系的な」諸著作においては、両者は距離を置いて対峙している。

この場合、対応の極として二つのあり方が考えられよう。第一に、ルソーを意味の中心として、ルソーにおける各主題の意味を見出すこと。第二に、論じられている主題の問題としての拡がりの中での、ルソーのテキストの位置を求めること。別な言い方をすれば、ルソーのテキストにおいて、人間としてのルソーのドラマを見るのか、それとも彼の扱う主題のドラマを見るのか。およそルソーに関するあらゆる研究は、この二つの極の間に、何らかの仕方で自分の位置を定めざるを得ないだろう。

スタロバンスキー自身の立場は明らかに前者であり、先の論文の意図も、ルソーの著述における明示的主題

（「起源の探究」）がその背後に持つルソー的意味の重要性を指摘することにある。そこでスタロバンスキーは自らの立場の弁明をしている。この弁明は何に向けられているのか。われわれはそこに、C・レヴィ＝ストロースの影を見ないわけにはいかない。

　人類学者レヴィ＝ストロースがルソー研究に与えた影響を過大評価してはなるまい。彼はルソーについても作品についても、何ら実質的な解明をもたらしはしなかった。彼がもたらしたのは、ルソーの作品を、ルソーにおいて読むと同時に、われわれにおいて読む可能性の示唆だけである。『悲しき熱帯』の終章において彼は、ルソーを二つの点で彼自身と重ね合わせている。[7] 第一に、西欧文明に内在する民族中心主義（ethnocentrisme）に対する、人類学的視野からの先駆的批判者として。第二に、そうした批判の上に立って、根源的に「文明の起源」を問う者として。ここでレヴィ＝ストロースは、ルソーの著作を通して、ルソーをではなく、問題を見ている。それは先の整理によれば後者の方向に属し、かつそこで、現代の知的関心がルソーから取り出す特権的主題として、西欧の民族中心主義と、「文明の起源」の問題とを提示した。

　先のスタロバンスキーの論文は、こうした「起源」の問題に引きつけたルソーへの関心に対する、ルソー研究の固有の立場からの反論と見ることができる。彼の意図は、どのような主題に沿ってルソーの著作を割り切ろうとしても、必ず剰余としてのルソー自身が残るということを指摘することにある。[8]

　しかし同時に、われわれは、そこに裏返しの形で示されている、スタロバンスキーからの離れの一つの方向を見出し得る。それは、先の対立図式における後者の方向、ルソーの著述の中に、ルソーのドラマを見ると同時に、主題自体のドラマを読み取ろうとする方向である。そしてそこでは、レヴィ＝ストロースによって提示された、今日の知がルソーから引き出す特権的主題としての、《文明》あるいは《文化》の《起源》の主題が、その中心的主題の位置を占めることになろう。

　六十年代以降のルソー研究の中にあって、以上述べたような方向を推し進めた一群の研究が存在する。それは、L・アルチュセール等の《認識論》グループのルソー研究、そしてとりわけ、J・デリダによるルソー読解の新たな試みである。この小論の意図は、これらをルソー研究の視野の中に位置づけることによって、今日のルソー研究が置かれている問題状況の一側面を提示することである。

二

L・アルチュセールを中心とする、パリのエコル・ノルマル（高等師範学校École normale supérieure）の哲学・人文科学研究者の集まりである《認識論》グループ(Cercle d'épistémologie)は、六十年代半ばから研究誌*《Cahier pour l'Analyse》*を刊行して、様々な分野において独自な研究活動を推し進めてきたが、現在までに刊行された十号余の*《Cahier Pour l'Analyse》*のうち、四号と八号の二つの号が、ルソー研究の特集に充てられている。

まず一九六六年に出された四号は、「十八世紀におけるレヴィ＝ストロース」[9]と題され、J・デリダの「自然・文化・エクリチュール――レヴィ＝ストロースからルソーへ」[10]と、J・モスコーニの「認識能力の生成理論について」[11]を収めている。

次に一九七二年に八号「ジャン＝ジャック・ルソーのアンパンセ」[12]が出され、L・アルチュセール「『社会契約論』について」[13]、A・グロリシャール「ルソーの重力」[14]、P・オシャール「自然的権利と模像」[15]、M・フランソン「J.-J.・ルソーの数学的言語」[16]等を収める。

前者の特集題目「十八世紀におけるレヴィ＝ストロース」は、彼らのルソー研究あるいは十八世紀思想研究が、前節に述べたレヴィ＝ストロースの問題提起を踏まえて初められていることを示していよう。これらはそれぞれに興味深い論文であるが、ここでは、その基本的な姿勢を見るために、モスコーニとグロリシャールの二つの論文だけを取り上げたい。なおデリダの論文は、後に、後述する彼の主著『グラマトロジーについて』[17]に、その一部として収録されたものである。

まずモスコーニの「分析と発生――十八世紀における認識能力の生成の理論への視点」[18]を見てみよう。この論文でモスコーニは、レヴィ＝ストロースの提起を受けて、「文化の起源」に関するレヴィ＝ストロースの問題意識とルソーのそれとが、どこまで重なり合うものであるかの検証を意図している。

その方法として彼は、ルソーにおいて、「文化の発生」と「知的認識能力の獲得」とが互いに等価な事態として把えられていることに注目して、『人間不平等起源論』『言語起源論』における認識能力の発達に関する記述を、同時代に同じく認識能力の生成を論じたコンディヤックの『感覚論』および『人間認識起源論』[19]の記述との、形式的比較において把えることにより、ルソーの論述の特徴と新らしさを見出そうとする。

彼は、ルソーの論述が、大枠においてコンディヤックのそれとほとんど一致、というよりむしろそれに基いていることを認める。けれども彼は次の点に両者の決定的な相違を見る。それは、コンディヤックにおいて、認識能力の生成の問題が、既にある完成された能力の、単純な要素への還元・分析の問題として、身体的基礎からの必然的な形成過程として把えられているのに対して、ルソーの場合、身体的基礎からだけ発する自然的過程としては、知的認識能力の発生は（それ故「文化」の発生は）不可能であると考えられており、知的認識能力の《起源》は「歴史的」過程の中に求められている、という点だ。

別な面から言うと、生成の基点となる状態（l'état originel）において、コンディヤックの場合は、既に個を超えたある社会性（une sociabilité）が前提されているが、ルソーはあらゆる社会性を拒否した所から出発している[20]。

こうしてモスコーニは、ルソーにおいて、「社会性」と「文化能力」の相互補完性の中での、無からの脱出という逆説としての《起源》の不可能性と、その逆説を越えてしまった特異な事態としての「歴史的起源」の認識を見出すことにより、そこにコンディヤックの静的な体系（les systèmes）の活性化・時間化という、ルソーの論述の基本的性格を引き出している。そして彼は、こうして逆説的に活性化された（réactivé）《起源》の観念のうちに、レヴィ＝ストロースの人類学的意識の《起源》を重ね合わせて見出すのである。

このモスコーニの場合、《起源》の主題として表われた、ルソーの問題意識の特徴的な方向と、その意味の抽出が意図されているのに対して、グロリシャールの「ルソーの重力」は、ルソーの理論的著作全体を貫く一つの総合モデルを、こうした問題意識から出発して、設定することを目指している。

グロリシャールによれば、ルソーにおいて、歴史は、《起源》における失なわれた均衡（l'équilibre）を補償しようとすることによって、ますますその不均衡（déséquilibre）を拡大していく、「見出され得ない重力の中心への果てしない探究[21]」として把えられている。グロリシャールは、ルソーの理論的著作を、この不均衡な世界に均衡を回復するための対抗加重（contrepoids）の体系として把える。

　彼の視点は、『エミール』の中に、この対抗加重の全体系の中心、すなわちルソーにおける「重力の中心[22]」を見出すことにある。彼は、ルソーにおいて、《起源》からの乖離は、個人のあり方と社会のあり方の二重の側面において把えられており、それぞれの本源的なあり方とそこからの乖離の認識が、『人間不平等起源論』と『社会契約論』にそれぞれ記されていると見る。そして、この二重の乖離の状況に対するルソーの解答が、『エミール』における、「社会状態の中に生きる自然人[23]」としてのエミールの形成であると把える。

　グロリシャールは、こうした視点から、『エミール』を、後期の著作をも含めてルソーの全著作の「重力の中心」として設定し、そこからルソーの各著作それぞれを、『エミール』のテクストの構造に関係づけて位置づけることを試みている。

　以上は両論文の骨組の一部にすぎない。けれどもわれわれはそこに、このグループのルソー研究の、次のような特徴的な方向を見出すことができよう。

　第一に、彼らにおいて問われているのは、人間としてのルソーであるより、むしろルソーが明示的および非明示的に提示した主題の束としてのルソーであるということだ。彼らは、ルソーという一人の人間のドラマの中に、ルソーという存在がわれわれに見せてくれる多様な問題の、錯綜と統合のドラマを見ている。

　従って、第二に、彼らにおいて何らかの総合が意図される場合でも、それは決して、ルソーとはこのような人間であった、またルソーの思想はこのような体系をもち、このような思想史的意味を担った、というような規定による一つの「ルソー像」を目指すものではないと言える。例えばグロリシャールの場合に意図されている「対抗加重の体系」としてのルソーの著作の総合の試みも、ルソーの各主題間の関係づけの枠を出るものではない。

　こうした把え方は、全体としてのルソーを、必ずしも、より明らかなものとはしない。ではそれは何を目指しているのか。おそらくそれは、スタロバンスキーの言う「方向を変えること」(désorienter)、ルソーを再度謎化することによって、ルソーにおいて、従来光の当たらなかった主題群を顕在化することだ。その意味では、この《認識論》グループのルソー研究は、一つの方向を示唆するというより、むしろ多様な試みという意味をより強くもつ。そしてこのような試みの中から、自らを、ルソー読解の新たなレベルへと形成していったのが、J・デリダの場合ではないだろうか。

三

J・デリダの『グラマトロジーについて』（一九六七年刊）[24]がわれわれの思惟世界にもたらしたものとその意味とは、刊行後十年を経た今日でも、必ずしも明らかではない。けれどもおそらく今言い得ることは、西欧形而上学のロゴス中心主義の解体とそこからの脱出とか、パロールの優越に対するエクリチュールの復権というような大仰な言葉にのみ目を奪われて、この書物に対してはなるまい、ということだ。

『グラマトロジーについて』は、既に別な機会に発表された部分を含めて（例えば、第二部第一章「文字の暴力――レヴィ＝ストロースからルソーへ」は、先に述べた《*Cahier pour l'Analyse*》の四号に発表されている）、大きく二部に分けられている。

第一部「文字以前のエクリチュール」においてデリダは、ソシュール言語学における「意味するもの」（signifiant）と「意味されるもの」（signifié）の区分への批判から出発して、西欧の言語思想の伝統において、一貫してパロール（音声言語）がエクリチュール（文字言語）に優越して価値づけられており、この特別な価値づけは、西欧の思惟の根源にある「究極的な意味されるもの」（真の意味）への信仰と、その直接的現前としての「声」という観念に根ざしていることを指摘する。文字は（特に西欧の表音文字は）、この「声」の記号、記号の記号であるにすぎない。

しかし他方で彼は次のことを指摘する。そもそも記号体系としての言語が成立するためには、「意味するもの」も「意味されるもの」も、ともに分節化されなければならないが、分節化とは、直接性の内部への間接的契機の導入に他ならないから、直接的現前に対立する迂回性という根源的な意味でのエクリチュール（デリダが《différance》と呼ぶ契機）は、実はパロールに先立ってあらねばならない。

ここでデリダが単なる言語理論の枠を越えてしまっていることは明らかだろう。彼が主題化しようとしている事態は、言語のあり方であるよりは、言語をこの世界にもたらした当の事態であって、それは同時に、言語を含む人間の文化一般の《起源》への問い、さらには、この世界をこの世界としてもたらした基底的な事態への問いを含んでいる。それは哲学に属してきた問いであるが、デリダにおいては、哲学を超えて問われている。

第一部において、西欧の思惟の歴史一般に対して問われた《起源》への問いを、デリダは第二部「自然・文化・エクリチュール」において、一つの特定のテキストの逐次的な読解の作業の中で、具体的な事態に即した問いへと仕上げようとしている。選ばれたテキストは、ルソーの『言語起源論』[25]である。

その中でデリダは、『言語起源論』の論述において、「代補」(supplément)という考え方が主要な役割を果していることに注目する。例えば、言語におけるアクセントの働きが失なわれて、それを文法的な組合せが代って補う、と言われる。[26]デリダによれば、この「代補」の構造は『言語起源論』全体を貫いている。最初の分節化された言語は「自然の叫び声」の代補であり、文字言語は音声言語の代補である。すなわち、ルソーにおいては、言語の成立と発達の歴史は、本源的なあり方(「自然の叫び声」)から出発して、それを次々と、より非本来的なあり方が代補するという、代補の系列として把えられている。

一方、デリダは、同じ「代補」という言い方が、『告白』の中でルソー自身の行為について言われていることを指摘する。ルソーにとって、テレーズはヴァランス夫人の代補であり、ヴァランス夫人はまた失なわれた母親の代補である。[27]こうして「代補」の概念は、ルソーにおいて、言語形成の理論モデルであるばかりでなく、彼自身の行動原理でもある。デリダは、他の著作(『エミール』等)をも引用して、それがルソーにおける基本概念であることを主張する。

この「代補」の概念は、その代補の系列の初項として、最初に代補されるもの、それ自体は代補でないもの、《起源》の存在を指し示す。それは、デリダが第一部に述べた、「究極的な意味されるもの」としての直接的現前の幻想とそのまま重なる。しかしそれが、あくまで「代補」という関係の中にある限り、そのような初項は、実際には存在し得ず、あるのはただ代補の無限の系列だけなのだとデリダは言う。こうして彼は、ルソーの「代補」の概念に、「差異化し延期する」こととしての自らの《différance》の概念を重ねて見ている。

このような読解の作業において、デリダの基本的な立場は、ルソーが意図して「明言」(déclarer)していることと、そうではなく「記述」(décrire)していることとを分けることである。彼によれば、ルソーは、文字言語を、言語の生命力を失なわせる要素として「明言」しているが、同時に、デリダの言う《différance》としての根源的なエクリチュールがあらゆる言語活動に先行することを「記述」している、ということになる。

デリダによるこのルソーの読解は、単なる解釈ではなくて、批判的な読み込みの作業である。彼はルソーの中に、彼の言う西欧形而上学のロゴス中心主義の表現と、その必然的に内包する矛盾とを見出している。しかしここで、デリダにとって、ルソーが、単なる批判すべき一つの範例ではないことに注意しよう。

むしろデリダは、彼自身の諸概念を、ルソーから引き出して来ていると言えるのではないか。彼がルソーに見出すのは、直接的現前としての究極の意味という西欧の思惟の本源を、その限界を越えてまで追求したが故に、自らの意図に反して、そこに内在する矛盾を「記述」してしまった、一人の驚くべき思想家、西欧の思惟の歴史における一つの特異点なのだ。

ここでルソーのテキストに向かうデリダの立場が、先の整理における前者の、主題を中心とする総合にあることは明らかだろう。彼においてルソーのテキストは、《différance》という主題が否応なく展開される「場」としてある。

しかし同時に、デリダがこの「主題のドラマ」を、『告白』等の読解を通して、ルソー自身の「人間のドラマ」に重ね合わせていたことに注意しよう。主題の歴史におけるルソーのテキストの特異性は、人間としてのルソーの特異性という基盤の上に成立している。さらにデリダは、この「主題のドラマ」を、西欧の思惟の歴史におけるルソーの時代、「十八世紀」の特異な「時代のドラマ」の一局面としても把えている。[28]

こうしてデリダは、あくまでも「主題のドラマ」(そこでは《起源》の主題が主要な役割を演じていた)を中心としながら、それと「人間のドラマ」「時代のドラマ」との統合の上に、ルソーのテキストの新たな読解のレベルを打ち建てたと言えるだろう。しかしそれは、一つの新しいルソー像というより、むしろ、第一部に提示したルソーのテキストにおける二極性の問題への、われわれの時代が示し得る解答の一つの可能性であるように思われる。

四

ここで目を日本国内に転じよう。日本でも近年、ルソー研究はますます多様な側面においてなされてきているが、その中で、以上述べてきた諸研究の方向と、その問題関心において関わる研究として、(1)、作田啓一氏「ルソーのユートピア」[29]と、(2)、中川久定氏「ジャン＝ジャック・ルソーの基本的問題」[30]の二つの論文について見てみたい。

作田啓一氏の「ルソーのユートピア」は、ルソーの作品において、相対立する二つの社会モデルが、ともに理念において依拠すべき思想的な社会のあり方として描かれていることの指摘から出発する。第一に、『政治経済論』における、スパルタに理念化されたポリス国家、第二に、『新エロイーズ』後半において描かれる、ジュリーを中心とした「クララン農場」の共同体がそれである。

作田氏の視点は、この二つの「ユートピア」の間での移行が、ルソーの内部における、精神分析的変化を伴った「自己革命」の深化に対応している、という点にある。すなわち、第一の〈スパルタ〉ユートピアは、超越的な父＝神に全構成員が持てる全てを返すことにより成立する、父性原理の支配するユートピアであるのに対して、第二の「クララン農場」のユートピアは、女主人ジュリーを中心に、愛とやさしさによって維持される、母性原理のユートピアとして性格づけ得る。作田氏は、ルソーにおけるユートピアの理念の、前者から後者への移行の中に、「〈父〉の属性である厳しさを中心とした秩序への共感から、〈母〉の属性であるやさしさを中心とした秩序へと「退行」する」[31]「第二の自己革命期」のルソーの内面の変化を見ている。

以上の限りでは、作田氏の方向は、第一節に述べたスタロバンスキーの場合と同じく、「ルソーのドラマ」を中心にした総合を目指しているように見える。けれども作田氏は、この論文の第六節「文明発生論から見た二つのユートピア」[32]において、問題を再び「主題のドラマ」へと投げ返している。

文明発生論の視点から見る時、二つのユートピアは、ともに文明のもたらした依存関係の「悪」の、異なる二つの方向への止揚を目指している。第一の〈スパルタ〉ユートピアは、「文明が作り出した物を、〈父〉＝神に一度返還することにより、市民各自の物の所有に関して超越者の批准を得ること」[33]を目指しており、法の成立における〈父殺し〉の罪からの〈父への回帰〉を意味する。

これに対して、「クララン農場」のユートピアは、より根源的な、〈母からの別離〉としての「文明の発生＝近親婚の禁止」以前の世界への回帰を目指しており、そのことこそ、このユートピアが、ジュリーが自分の排他的恋愛を断念するという供犠によって始めて成立することの意味である、と作田氏は指摘する。

すなわち作田氏は、ルソーにおける〈父〉から〈母〉への回帰の移行のドラマの中に、「文明発生論」における、より本源的なものへの溯行という「主題のドラマ」を、重ねて読み取っていると言えるだろう。

中川久定氏の「ジャン＝ジャック・ルソーの基本的問題」の場合には、ルソーと主題との二つのドラマの関係自体が問われている。そして中川氏においては、「主題のドラマ」は同時にルソーが生きた十八世紀西欧の、精神史における「時代のドラマ」として把えられていることに特色がある。中川氏自身、「ルソーの意識のドラマと、時代の精神のドラマとがからみあう局面を、すなわちルソーの意識が、時代の精神の諸表現を摂取し、解釈し、改変していったその様相を理解すること[34]」と、この論文の意図を記している。

この二つのドラマの重なり合いを、中川氏は、一つのテキスト、『ルソーがジャン＝ジャックを判断する　対話[35]』の読解を通して読み取ろうとする。そこで氏は二つのことを見出す。第一に、この著作の基底に、外部の「陰謀」に対する自己の「無罪証明」を「摂理」に依拠して行なうという、強迫観念的な三者構造が存在すること。第二に、この三者を含めてこの著作のあらゆる要素が、「干渉する意志」という基本的構造の中にあること。

次に氏は、この二つの構造を、ルソーの著作の基底的構造、すなわち、彼の基本的問題である、「どのようにすればこの社会において、『他者』の協力のもとに『自我』の十全な開花を実現することが可能となるか[36]」との問いに対して、見えざる「干渉する意志」に操作される公的あるいは私的な「干渉する意志のユートピア[36]」を構想することによって答える、という基本構造の、『対話』における表われとして把える。氏によれば、この基底的構造は、ルソーのほとんど全ての著作を覆っている。そしてここに述べた基本的問題は、それらの中で、(1)、個人における自己の救済の問題と、(2)、社会における人間の救済の問題との、二つの焦点を結んでおり、それはルソーにおいては、最終的に「神」の問題へと結びついている、と中川氏は見るのである。

中川氏は、このように把えたルソーの著作の系列の中に、『対話』という特異なテキストの位置を求める。氏によれば、この作品においては、ルソーの「干渉する意志のユートピア」は、もはや幸福を目指すユートピアではなく、外部の「陰謀」からルソーを守る「防衛のユートピア」になってしまっている。中川氏はこのことを、「陰謀」を意識することによって受身となり、やがて能動的な「干渉する意志」を放棄することによって、運命を受け入れる静謐さの確立（『孤独な散歩者の夢想』）へと向かう、ルソーの意識における退行のドラマの中の、決定的な転回点として把える。

　そこで、中川氏は、『対話』の中にルソーの意識のドラマを読み取っている。しかしそれが「個人における自己の救済」と「社会における人間の救済」という基本的問題をめぐって演じられている以上、このドラマは同時に、この主題のルソーにおけるドラマでもある。そしてさらに、この主題はルソーを超えて普遍的な思想的営為の主題であり得るから、それは同時に、この主題をめぐる、十八世紀西欧の時代の精神のドラマとしても把え得る。氏は、ここで読み取られたルソーの場合を、同時代の多数の思想家の場合と比較することにより、この「時代の精神のドラマ」の中でルソーの位置づけを行なっている。

　こうして中川氏においては、ルソーのテキストにおいて重なり合う三つのドラマの連関の様相そのものが問われていると言えるだろう。

　以上、フランスおよび日本における六十年代以降のルソー研究の様々な方向の中から、スタロバンスキーによるルソーのテキストの二極性の認識を出発点として、その二極の新たな関係づけという方向を目指す一連の研究を、仮に整理してみた。われわれは、一体、そこにどのような、今日のルソー研究の状況を見出し得るだろうか。

　第一にわれわれが見出すのは、何らかの意味での既成のルソー像の解体、あるいはそもそも「ルソー像」を形作ることからの離れの方向が、今日のルソー研究の重要な部分を占めているということだ。第一節では、このことを、スタロバンスキーの総合後の時代的状況として論じたが、このことには、もう一つの重要な側面が存在する。それは、ルソーにおける剰余の問題である。

　先にスタロバンスキーが、ルソーのテキストの基本的特性として、どのような分析に対しても何らかの剰余を留保するという特性を指摘したことを述べた。この認識自体は新しくない。われわれの時代は、ただ、この剰余が限りなく豊かな剰余であることを発見したのだ。それは、新たな問題をもって臨む者には、絶えず新たな側面を示してくれる。

このことが単に、視点による見え方の変化などでないことは、デリダの例が明示している。デリダがルソーに見出したものは、単なる範例や先駆ではなく、彼の主題において「最も驚くべきもの」であった。今日のルソー研究の一つの特徴として、それが、ルソーを何らかの既成の枠の中に位置づけるのではなく、むしろルソーの剰余の中から、既成の枠組を越えた「驚くべきもの」を取り出そうとしていることが挙げられよう。

第二に、そのことは、今日のルソー研究において、ルソーを謎化するにとどまらず、十八世紀という時代の意味をも、また謎化する方向へ、われわれを導くということだ。

今日までわれわれは、われわれの「近代」の諸概念から出発して、「近代」の側から、主としてその成立過程として、「十八世紀」という時代を、近代史および思想史の中に位置づけてきた。しかし以上述べてきたような今日のルソー研究は、ルソーの時代をそのような既成の枠組の中に位置づけることを、もはや許さないのではないか。それらは、ルソーを生み出した十八世紀を「驚くべきもの」として示すことによって、今まで十八世紀を位置づけてきた「近代」の諸概念の意味を、逆に問う。「近代」が十八世紀を位置づけるのではなくて、十八世紀が「近代」の新たな位置づけを求めていると言えないだろうか。

おそらく、「われわれの時代のルソー」と呼ぶべき、ルソーにおける諸々のドラマの総合にわれわれが到達するのは、この「近代」の新たな位置づけが達せられた後に違いない。しかし、その作業は、今やっと始まったばかりにすぎないのである。

（「社会思想史研究」一九七八年十月号）

[注]

（1）J. Starobinski,《Rousseau et la recherche des origines》, in *J.-J. Rousseau: La transparence et l'obstacle* suivi de *Sept essais sur Rousseau*, Gallimard, 1971. p.319. 初出、*Cahier du Sud*, n° 367, 1962.

（2）J. Starobinski, *J.-J. Rousseau: La transparence et l'obstacle*, Librairie Plon, 1957, 初版。

（3）J. Starobinski,《Rousseau et la recherche des origines》, *op. cit.* 注1参照。

(4) *ibid.*, p. 319.

(5) *ibid.*, pp. 324-327.

(6) *ibid.* p. 325.

(7) C. Lévi-Strauss, *Tristes Tropiques*, Plon, 1955, pp. 420-425.

(8) J. Starobinski, 《Rousseau et la recherche des origines》, *op. cit.* p. 320.

(9) *Cahier pour l'Analyse*, 4, 《Lévi-Strauss dans le 18e siècle》, publié par la société du Graphe, Éditions du Seuil, 1966.

(10) J. Derrida, 《Nature, Culture, Ecriture (de Lévi-Strauss à Rousseau)》, *ibid.*, pp. 1-46.

(11) J. Mosconi, 《Sur la théorie du devenir de l'entendement》, *ibid.*, pp. 47-88.

(12) *Cahier pour l'Analyse*, 8, 《L'impensé de Jean-Jacques Rousseau》, Éditions du Seuil, 1972.

(13) L. Althusser, 《Sur le Contrat Social》, *ibid.*, pp. 5-42.

(14) A. Grosrichard, 《Gravité de Rousseau》, *ibid.*, pp. 43-49.

(15) P. Hochart, 《Droit naturel et simulacre》, *ibid.*, pp. 65-84.

(16) M. Françon, 《Le langage mathématique de J.-J. Rousseau》, *ibid.*, pp. 85-88.

(17) J. Derrida, *De la Grammatologie*, Éditions des Minuits, 1967.

(18) 先に挙げたモスコーニ論文の正式な題目。《Analyse et Genèse: regards sur la théorie du devenir de l'entendement au XVIIIe siècle》。なお、目次には、注11に記した形で書かれている。

(19) Condillac, *Traité des Sensation*, 1755. および、Condillac, *Essai sur l'origine des connaissances humaines*, 1749.

(20) J. Mosconi, *op. cit.*, p. 74.

(21) A. Grosrichard, *op. cit.*, p. 44.

(22) *ibid.*, p. 47.

(23) *ibid.*, p. 48.

(24) J. Derrida, *De la Grammatologie*, Éditions de Minuits, 1967(前出)。邦訳、『根源の彼方に――グラマトロジーについて』(上・下)、足立和浩訳、現代思潮社、一九七二年。

(25) J.-J. Rousseau, *Essai sur l'origine des langues*, édition critique, avertissement et notes par Charles Porset,

Guy Ducros, Bordeaux, 1968. なおデリダ自身はブラン版（一八一七年）によって引用しており、その『言語起源論』の部分のリプリントが、一九六六年《Société du Graphe》（《認識論》グループ）によって刊行された。今まであまり読まれなかったこの『言語起源論』の、テキストとしての重要性を指摘し、その問題的特質を提示したことは、デリダおよび《認識論》グループの功績であると言えよう。

（26）J. Derrida, *op. cit.*, p. 347.

（27）*ibid.*, p. 225.

（28）*ibid.*, pp. 145-148.

（29）作田啓一「ルソーのユートピア」、『思想』、一九七五年十一月号、一―一九頁、および同、一二月号、九三―一一三頁、岩波書店。

（30）中川久定「ジャン＝ジャック・ルソーの基本的問題――『対話』の読解を通して」、『思想』、一九七七年八月号、一―二五頁、同、九月号、二一―三八頁、同、十一月号、一〇一―一三七頁、岩波書店。

（31）作田、前掲論文、一九七五年十二月号、九六頁。

（32）同、一〇〇頁以下。

（33）同、一〇三頁。

（34）中川、前掲論文、一九七七年十一月号、一三四頁。

（35）J.-J. Rousseau, *Rousseau juge de Jean-Jacques, Dialogues*, écrit en 1772-1775, in J.-J. Rousseau, *Œuvres complètes*, Bibliothèque de la Pléiade, t. 1, Éditions Gallimard, 1959.

（36）中川、前掲論文、一九七七年九月号、二二頁。

江戸時代の思想世界
――安藤昌益と三浦梅園――

一

日本の近代は西欧近代文化の移入によって始まった。それ故今日、私たちの文化の基本的な枠組みとして機能しているのは西欧近代の中で発達・成立してきた諸要素である。〈思想〉の分野においても、例外ではない。科学技術のみならず、あらゆる学術のあり方が、西欧におけるそれを規範として設定され、営まれている。したがってそこに提出される思想的課題も、むしろ西欧の思想の伝統に根ざしたものである。私たちが現に西欧近代文化の枠組みの中で生きているのだから、その文化のあり方が何かの問題に直面しているのなら、その問題は、そのまま私たち今日の日本人の直面する問題でもあるからだ。

しかし、だからといって、近代以前の日本の社会や文化が今日の私たちにとって全く無縁のものになったわけではない。それらも確かに私たちのうちに連続しており、文化の基底に存在している。〈思想〉においても同じである。近代以前の日本文化において提出された思想的課題のあるものは、現代の私たちにまで、その連続性を保ち続けている。それらを明らかにすることは、今日の私たちの〈思想〉の課題でありうるだろう。

そのことはしかし、決して容易な作業ではない。始めに述べたような状況のもとで、私たちにとって近代以前の日本の〈思想〉の状況は、近代以前の西欧のそれより、むしろ見えにくいものとなっているからである。

この点を見るためには、例えば次の問いを考えてみればよい。江戸時代の知識人であったら誰でも知っていた、朱子学の形而上学の基本語彙である〈性〉〈理〉〈気〉等と、デカルトやライプニッツ（いずれも十七世紀）の〈コギト〉や〈モナド〉等の語と、はたしてどちらがよく知られているだろうか。前者は単に知られていないだけではない。私たちがそれらを理解しようとする時、私たちはおそらく、それらを西洋哲学の用語を通して理解しなおす、という手続きを踏むことになろう。すなわち、それらは今日私たちがもっている知の枠組み自体によって隔てられている。

相対的に言って、そのような意味で私たちの目からとりわけ隔てられているのは、他の時代にもまして江戸時代の思想だろう。明治以後、日本に近代を移入した人々は、先行する枠組みを意図的に捨て去って、その抹消の上に日本の近代を築いたからである。

今日、私たちが普通に思い描く江戸時代における思想のあり方は次のようなものである。それは、「封建社会」の枠組みに縛られていて自由でなく、科学的視点に欠け、西洋哲学におけるような意味での厳密な論理性や体系性に欠けている。けれども、こうしたネガティブな見方は当の対象をそれ自体としてとらえるものではない。それは今日の目から見ての価値評価にすぎない。

そのような価値評価を離れて、具体的な事実を見ようとするなら、例えば、奈良本辰也『日本の歴史17、町人の実力』（中央公論社、一九六六年刊）のような一般的な書物によってさえ江戸時代の学術・思想の世界が、きわめて多様な流れの渦まく驚くほど活気に満ちた世界であることに、やがて気づく[1]。

この活気に満ちた、しかし今日のものとは明らかに違う様相をもつ、〈知〉の世界の雰囲気の一端を、一、二の思想家の場合を例として示すのがこの稿の意図である。その前に、およそ三世紀にもわたるこの時代について、思想史的な概観と区分とを示しておこう。

江戸時代の思想史は、およそ三つの時期に分けて考えることができる。そのおのおのは、ほぼ十七、十八、十九の各世紀に対応している。

まず第一の時期は、儒学、特に朱子学が導入、普及され、江戸時代の学術、思想の様式が確立される時期である。十六世紀末から十七世紀前半にかけて成立する近世文化が、その前の中世文化ともっとも大きく異なる点は、中世文化の色濃い宗教的色彩に対して、世俗的現世的価値の優越である。そして中世における宗教的世界観の空隙を埋めるために儒学を導入した。朱子学が始めに導入され、武家支配の思想的枠組みとされたが、近世の思想の様式を決定したのは、学説としての朱子学ではなく、朱子学をも含めた、現世的価値の体系化としての儒学全体の様式であった。それは幅広い知識人の層を造り出し、古典を読み、解釈し、著述するという学問・思想のスタイルを確立した。この第一の時期は、伊藤仁斎などによる日本独自の儒学（古学）の成立まで、十七世紀後半まで続く。

続く第二の時期（十八世紀末まで）は、こうして確立された様式の中で、次々と独自な学問や思想が創り出され、発展する、多様な展開の時期である。新井白石、荻生徂徠に始まり、本居宣長等の〈国学〉、杉田玄白等の〈蘭学〉、石田梅巌の〈心学〉等、儒学以外の発展をも加えて、十八世紀後半の日本の知の世界は百花繚乱の様相を見せる。

けれども、第三の時期、十九世紀に入ると、あまり創造的な発展はどの分野でも見られなくなる。寛政の改革に始まる一連の政治改革は、江戸時代の政治経済体制そのものの行き詰まりと、国際環境の切迫へと続き、幕末に向かうこうした状況の中で人々の知的関心は、一方では形式化と沈滞へ、他方では学術のレベルをこえた現実的な政治的関心へと向かってしまったからである。

以上の概観において、もっとも関心をひかれるのは、創造と発展の時期である第二の時期だろう。特に十八世紀後半には、ここに記した主要な潮流以外にも、それぞれ独立した全く独自な思想家が何人か現われている。次節以下では、その中から、安藤昌益と三浦梅園の二人の思想家をとり上げて、彼らの思想の営みの歩みのうちに、この特異な時代がもっていた思想の世界の拡がりと可能性とを考えてみよう。

二

安藤昌益は特異な思想家である。生没年も不詳であり、その一生についてわかっているのは、一七〇〇年代の始めごろ生まれ、一七四〇年代から五〇年代にかけて、奥州の八戸で町医者を開業していたこと、一七六〇年前後に死んだことなどである。[2]

昌益についての伝記的事実がはっきりしないのは、彼の思想が、公表も憚られるほどに、当時の社会体制と全く相容れないものだったからである。昌益という思想家の存在は、明治三二年に狩野亨吉が昌益の著書『自然真営道』の稿本を偶然に「発見」するまで、全く世に知られることがなかった。その後、八戸市を中心に熱心に資料の探索がなされ、現在ではある程度の事実が判明してきているとは言うものの、確実な事実は多くはない。

昌益の著書としては三つのものが残されている。第一に、狩野亨吉が発見した稿本の『自然真営道（シゼンシンエイドウ）』百巻。発見後、関東大震災によって大部分が焼失したが、全体の序である「大序」の巻をはじめ十五巻が残存している。第二に、同じく稿本の『統道真伝』。第三に、昌益の著書の中で唯一、刊本として残っている刊本の『自然真営道』三巻。[3] これらのうち、昌益の思想の全体を、もっとも完成された形で示しているのは、稿本の『自然真営道』である。

稿本『自然真営道』は百科全書的性格をもつ大著である。その内容は、儒学・仏教・神道等の教説批判、自然哲学、動植物学、社会批判、万国事情、そして全体の三分の二を占める医学についての論述を含む。これらに、昌益の思想の原理と基本的見解を述べた「大序」の巻が加えられている。

この構成にも表われているように、昌益の思想の基本は、医師としての視点である。けれどもそれは、個々の病気に技術的に対処する医師の視点ではない。彼は、人がなぜ病気になるのかを問う。この問いの背後には、彼の目に写っただろう当時の東北の農村の状況がある。十八世紀の中葉から後半にかけては気候の不順や天災によって何度も飢饉が襲った時代である。殊に東北地方ではその被害はひどかった。「大序」の奥付に記された日付である宝暦五年（一七五五）の前後にも、八戸藩を含む広い範囲で飢饉が毎年のように記録されている。農民は常に飢えており、そのためあらゆる病気にかかる。これらの病気は貧しさに起因するものだから治せない。そして農民は武士に支配され、搾取されているゆえに一層貧しい。すなわち、農民の病気は社会のあり方に起因しており、それだけを治療することは無意味である。昌益はそのように考えた。

昌益の思考は、しかし単なる社会批判のレベルにはとどまらない。昌益は社会をこえるはるかに大きな存在、《自然》に目を向ける。一体、人は春に種をまき、秋に実った穀物を収獲するが、それを実らせるのは人間の力ではなく自然の力である。人間が何をしようとも《自然》に包まれてその中で生きていることに変わりはない。

昌益は、この《自然》を、無機的な枠組みとしてでは なく、生きた一個の全体として考える。昌益は「大序」の始めに次のように言う。

自然トハ、互性。妙道ノ号ナリ。互性トハ何ゾ。曰（いわく）、無始・無終ナル土活真ノ自行、小大ニ進退スルナリ。[4]

言葉づかいが特殊でわかりにくいが、次のようなことである。昌益は「自然(シゼン)」を「自(ヒト)リ然(ス)ル」と読み、単一な実体「土活真」の自己運動としてとらえる。この実体が「小大に進退」するという運動が、始めも終りもなく限りなく続いて行くのが《自然》の実相だととらえるのである。この「進退」の運動が《自然》の全体をおおっている。昼夜の交替、月の満ち欠け、四季の循環、そして動植物や人間の生命の営みと生死も、その全てがこの「進退」運動のあらわれに他ならない。そして自己運動だから、〈進〉と〈退〉とはいつも同じだけあり、そこから、あらゆる運動は循環運動であり、またもののあり方において、一方に積極的な要素があれば必ずそれと対(つい)をなすもう一つの要素がある。男女、日月、善悪等、補い合う対(つい)として全ての存在はある。この運動と存在のあり方を昌益は「互性」と言う。

けれども昌益は、《自然》を惑星の公転のような単なる自己運動としてはとらえなかった。彼にとって運動とはそのまま労働を意味する。そこで昌益は特に穀物の耕作のことを考えている。穀物を実らせるものは何か。それは三つの働きによる。穀物の内発的な成長、降雨や日照、四季の移行など天地（昌益の用語では「轉定(テンチ)」）の働き、そして人間による耕作の労働である。昌益はこれら三つの働きを等しく穀物を実らせるための労働としてとらえた。それらは各存在に固有の労働、「直耕」である。《自然》の中におよそ「直耕」でない営みはない。あらゆる存在の生成、繁殖、営為、生死は、《自然》の運動を維持するための労働、「直耕」なのである。

昌益は以上のような《自然》の運動の中で人間のあり方を考える。《自然》が人間に与えた「直耕」は文字通り田畑を耕すことだ。つまり、農民が人間の本来的なあり方である。全ての人が耕し、自らの食料を生産するような世界は、全く《自然》の理念にかなっているだろう。このような人々のあり方を、昌益は「自然(シゼン)ノ世(ヨ)」と呼んだ。

「自然ノ世」が続いている限り、自然の循環運動は正しく保たれ、天災もなく、また人は死ぬことはあっても病むことはありえない。昌益は天災や病気を、《自然》の運動の狂い、乱れと見るからである。

ところが現実の社会は天災や病気に満ちている。なぜだろうか。人がもはや「自然ノ世」にはいないからだ。

現実の社会は《自然》にはなかった要素、「法」によって支配される世界、「法世(ホウセイ)」である。支配－被支配の上に成立している国家や法、貨幣、文字、あらゆる文化、それらは全て「私法(コシラエゴト)」、人間が勝手に作り出したものであり、「直耕」に従事しない人々を生み出すことによって《自然》に反している。「法世」はいわば《自然》の内部に生じた癌である。それは《自然》の循環運動を阻害し、狂いを生じさせ、そのことによってさらに非自然的な部分を拡大させて行く。天災や病気はその表われである。《自然》は無始・無終であって歴史をもたない。しかし「法世」はその拡大の歴史をもつ。昌益は、中国の伏義に始まる文明史の全過程をこうした「法世」の拡大、深化の歴史としてとらえたのだった。

以上が昌益の思想の枠組みである。そこから昌益は、いかにして「自然ノ世」に帰るのかという実践的課題に向うのだが、そのことには今は触れない。

このはなはだ簡略な概観によってもわかるように、昌益の思想は江戸時代においても極めて特異なものである。しかし、そこには同時に、この時代、近世中期の思想のあり方を極端な形で表わしている側面も見られる。

昌益の著作に接して、まず驚かされることは、彼が奥州八戸というような、当時の辺境に近い地域で活動していたのに、その視野が当時考えられる限りの拡がりをもっていることである。『統道真伝』の「万国巻」には朝鮮、中国から東南アジア、ヨーロッパまで記されているし、その中で特にオランダの社会制度を彼の理念に沿うものとして詳述している。また歴史的眺望においては、個々の歴史をこえて、文明史的眺望にまで達している。

昌益に、このような広い眺望を可能にしたものは、当時の知的世界の知識の拡がりとともに、あくまで原理に遡及し、そこからものごとの本質を見ようとする姿勢である。この姿勢は朱子学がもたらしたものだ。事実、昌益の用語、「進退・四行・八気」等は、朱子学の陰陽五行などの言い替えである。しかし昌益は、それらの用語を自らの体系に沿って変形することによって、全く独自な思想の表現としたのだった。この点は次に述べる三浦梅園にも見られる特徴である。

三

安藤昌益が「大序」を著わして、彼の思想の完成に達した宝暦五年（一七五五）のころ、日本のもう一方の端(はし)に近い九州の国東(くにさき)半島で、昌益と同様に独創的なもう一人の思想家がその主著の執筆を始めていた。三浦梅園（一七二三－一七八九）である。

三浦梅園は、豊後の国、国東郡富永村の比較的富裕な医師の家に生まれ、自らも医を業として、富永に住み、伊勢参りに一度、長崎に二度旅をした他は、そこで読書と思考の日々を送った。学芸の中心地、江戸や京大阪を遠く離れて、一人で独自の思考を営々として築き上げたことは、安藤昌益の場合と似ている。農村の医師であったことも同じだ。この点は偶然ではない。本居宣長もそうであったように、江戸時代においては、在野の学者は多く医を業とした。そしてそのことは、彼らに書物の中で考えるだけでなく、ものの世界に直接触れさせるという意味をもっただろう。

けれども一致はそこまでである。医師であることは、梅園においては昌益の場合ほど中心的な意味をもたない。梅園の目に映った世界は、昌益にそう見えたような病んだ世界ではなかった。梅園には世界は、ずっとおだやかな、そしてあるがままのものとして見えた。

梅園の著者は、彼自身〈梅園三語〉と称した『玄語』『贅語』『敢語』をはじめ、その主要なもののほとんどが伝えられ、復刻もされているが、[5]そのうちもっとも重要なものは『玄語』であろう。先に言及したように、梅園はこの主著の執筆を、昌益の「大序」の日付の二年前、宝暦三年（一七五三）、三十一歳の時に始めている。しかしそれが一応の完成を見るのは、二十三年後（一七七六）、梅園はその間、稿を重ねること二十三回、その後も死の直前に至るまで改稿の努力を続けたと言われる。[6]そのことはこの著作の意図の大きさと無関係ではない。

梅園が『玄語』で意図したことは、およそあると言えるものが、なぜそのようにあるかという理由の一般的解明であり、この著作は、宇宙（天地）、自然、人間、社会を含め一切のものごとについての原理的かつ体系的な記述を目指している。

梅園は自らの学問を〈条理の学〉と言った。〈条〉とは木の枝がこまかく分れているさま、〈理〉とは石におのずから現れる割れ目を意味する。〈条理〉とは、ものごとを精密に見、考えて行く時、そこにおのずから見出されてくるありさま、関係のことであり、〈条理の学〉とはそうした認識を求める歩みに他ならない。

この歩みの第一歩は、既成の知識や観念を通してものを見ること（梅園はこれを〈習気〉と言う）を止めて、なぜそれがそのようにあるのかを問うことである。梅園は「多賀墨卿君にこたふる書」の中で次のように言う。

> 此故に其うたがひあやしむべきは、変にあらずして常の事也。孔子の、生を知らずいずくんぞ死をしらんとおしへ給ふもこの事なり。人々死後はいかがなるらんいかがある覧と怪しめども、現在かくしてをる事も、悉皆しれざる事なり。(7)

一度、問いを発するなら、自明なものなど一つとしてない。日や月の運行はもちろん、自分の目が見え、耳が聞こえることも、手足が意のままに動くことさえ、その理由を人は知っているわけではない。

だからと言って、決して梅園は懐疑論者ではない。彼にあるのは、むしろ、世界が知りうるものであることへの強い確信である。先の引用の後で次のように言う。「反観の工夫し候へば天地になき事はしらず、幽と隔て玄とふかく候とも、天地にある程の事は、推しいたるべき事に候」(8)。

事柄の本質に「推しいたる」ための方法、それがここで言う「反観の工夫」である。梅園は〈反観〉あるいは〈反観合一〉という用語で、ものごとを両面から見るということを意味している。〈反観の工夫〉によって、梅園は次のような基底的認識に達する。

> 分るれば則ち二粲立す。合すれば則ち一混成す。一徒に一なれば分合せず。二徒に二なれば剖対せず。一二徒ならず。立てば則ち各なり、成れば則ち全なり。(9)

あるものごとを考える時、二つの見方がある。一つは、それを一つのまとまった全体として見る見方（それが〈一〉である）、他はそれを、いくつかの部分あるいは契機の集まりと見る見方（すなわち、〈二〉）である。梅園の言う〈反観合一〉とは、この両者を、一つの事態の、同時に成立している表裏の面としてとらえることである。一見、あたりまえに見えるこの原理の意味は小さくない。

第一に、この原理によって、全ての事物は、一方では何らかの全体の契機として、他方ではそれ自身さらに部分をもつものとして、〈剖―対〉関係の作り出す巨大な網の目の中の一つの環として位置づけられることになろう。

第二に、この原理は、認識の原理であるとともに存在の原理でもある。このようにして得られた認識は、そのまま事物の本質的なあり様と完全に一致した認識ということになる。

梅園はこの原理を、存在と認識のあらゆる層位に適用することにより、究極的な〈一〉(〈玄〉)を始点とする、現象－実在としての世界の重層化された総体的連関の認識に到達する。とはいえ、その中に具体的にどのような層位を設定し、どのような連関と分節とを見出して行くかは、それぞれの場合について限りなく〈反観の工夫〉を凝らすことが必要なことは言うまでもない。『玄語』の二十三回の改稿は、梅園がそのことに払った努力の大きさを示しているだろう。

四

さて、二人の思想家についての以上のごく限られた概観からどのようなことが言えるだろうか。

安藤昌益も三浦梅園も、ともにその時代の思想全般に対して大きな影響を及ぼしていたとは言えない。昌益の場合、その体制批判のために、彼を理解する人々は小数の結社のような形態をとらざるを得なかった。梅園の場合にはそうした事情こそないけれども、その独自性のゆえにやはり少数の理解者を得たにとどまった。この同じ時代に、日本の知識人の多くの支持を受けていたのは、荻生徂徠の流れをくむ太宰春台、服部南郭らの〈古学〉であり、やがて十八世紀後半には、本居宣長の〈国学〉、杉田玄白などによる〈蘭学〉が多くの関心を集めることになろう。これらに対して、梅園や昌益は所詮マイナーな思潮を代表するにすぎないとする見方がある。

しかしこれらの主潮流にも、梅園や昌益の場合と共通する要素が見出される。それは、それらが、現実の当時の日本社会に対して、何らかの別の世界を対置して、その世界を構成的に提示することを、探究の目的とするということだ。〈古学〉の場合には中国の古代社会、〈国学〉では上代日本の〈神ながらの世〉、〈蘭学〉においては西洋の科学的世界観が、その探究の目標である。

現実社会に対置すると言っても、そのことはすぐ、現実社会の否定を意味するわけではない。そうではなくて、それらの対置は、それぞれに、現実社会を視野の中で測るための、時間的あるいは空間的な〈世界〉の拡がりを創り出すということだ。これらの思潮は、そのようにして創造された思想空間の拡がりの範囲において、それぞれ最大限に〈世界〉的視野の拡がりをもつ。

以上の二点、現実に対する思想世界の対置とその世界的視野の拡がりとは、梅園と昌益にも共通する特徴である。いやむしろこの二人においては、それらの点はその極限まで推し進められていると言える。昌益の〈自然〉も、梅園の〈条理〉の体系も、ともに現実に対置されてそれを基準として現実の側が測られる、ほとんど純粋に思惟によって構成された思想世界であった。それらは普遍的原理だから、およそあらゆる存在をおおうべきものである。したがって、二人とも、可能な限り広い範囲の世界に視野を及ぼしている。昌益は『統道真伝』「万国巻」で、中国、朝鮮から西洋、アイヌに至るまで言及しているし、梅園も『玄語』と並ぶ大著『贅語』では、当時知りうるほとんど全ての知識の領域について述べている。

この二人と主潮流を分けるのはただ次の点である。主潮流においては、思想世界の構成はそれぞれの文献読解の作業によって求められるのに対して、梅園と昌益においては、純粋に思惟的に構成された思想世界が目指されている、ということだ。そしてそのことが、二人の思索を他の人々が方法として継承し延長することを難かしくしたということである。

しかしそのことは同時に、十八世紀のみならず江戸時代の日本の思想世界全体を眺望する際に、この二人の思想家のもつ特権的な位置を指し示す特性でもあるだろう。それは、先に示した二つの思想的特質に関する限り、二人はこの時代全体をその極限において代表する存在であり、かつ、あくまで原理に遡行することによって、さらに普遍的な思惟の領域に向かってこの時代の特殊な思惟のあり方を越える可能性をもつということだ。

私は決して二人に（たとえば、カントやルソーとの安易な類比に基いて）西欧の伝統的な思惟の様態への近似を見出すがゆえに、二人を評価するわけではない。そうではなくて、むしろ二人の孤立した思想のもつ共通した特質のうちに、江戸時代の日本、特にその中期の独自な展開が内蔵していた、普遍的思惟に対してもちうる意味の一つの可能性を見たいと思うのである。

（「東京女子大学・パンセ5」一九八二）

注

（1）江戸時代の知的世界の雰囲気を知るためには次の書物が好適だろう。ロナルド・ドーア『江戸時代の教育』、松居弘道訳、岩波書店、一九七〇年（原著、Ronald P. Dore, *Education in Tokugawa Japan*,

Routledge and Kegan Paul, 1965)。および、芳賀徹、「十八世紀日本の知的戦士たち」、『日本の名著、22、杉田玄白・平賀源内・司馬江漢』所収、中央公論社、一九七一年。

（2）昌益に関する資料研究については、次の著作が最近の成果をまとめている。安永寿延『安藤昌益』、平凡社、一九七六年。

（3）昌益の著作の入手しうるテキストとしては次のものがある。（i）『日本古典文学大系、97、近世思想文集』、尾藤正英他編、岩波書店、一九六六年。稿本『自然真営道』「大序」他を収める。（ii）『日本思想大系、45、安藤昌益、佐藤信淵』、尾藤正英他編、岩波書店、一九七七年。刊本『自然真営道』他を収める。（iii）『統道真伝』上下、奈良本辰也編注、岩波文庫、一九六七年。

（4）前注（i）のテキスト、五九三頁。

（5）現在入手しうる梅園のテキストのほとんど全てが、『梅園全集』、上下巻、梅園会編、名著刊行会、一九七〇年、に収められている。入手しやすいテキストとしては次の二つがある。(a)『日本の思想、18、安藤昌益・富永仲基・三浦梅園・石田梅岩・二宮尊徳・海保青陵集』、中村幸彦編、筑摩書房、一九七一年。『玄語』「本宗」を収める。(b)『三浦梅園集』、三枝博音編、岩波文庫、一九五三年。「多賀墨卿君にこたふる書」他を収める。

（6）『先府君孿山先生行状』、前注のテキスト(b)収録、一四二頁参照

（7）「多賀墨卿君にこたふる書」、テキスト(b)、一三頁。

（8）同書、一八頁

（9）『玄語』「本宗」、テキスト(a)、一八一―一八二頁。

明治期文明論の時間意識

――徳富蘇峰『将来之日本』における明治日本の現在――

一、文明論の時代

十九世紀中葉そして後半は、日本が、一八五三年のペリー来航をきっかけに近代国際社会の中に急速に組み込まれていった時代である。それは、必ずしも、日本社会が自らのぞんで採った道ではなかった。むしろ、開国とは、世界全域に拡大を続ける西欧文明の抗しがたい圧力によって、強制された選択であったと言えるだろう。

もちろん、この時代、西欧を中心とする国際社会に強制的に組み込まれていったのは、日本だけではない。インドやアフリカ諸国のように西欧諸国の植民地となる運命をたどった地域もあった。その中で日本は、幕末の激動、明治維新を経て、比較的すみやかに自ら決意して、積極的に西欧を中心とする近代国際社会に参加すべく、社会の近代化への歩みを始めたことに、特色がある。

そして同時に、この十九世紀中葉から後半にかけての時代は、西欧近代社会の中で、西欧文明自体特別なあり方についての自己意識ともいうべき、地球大の文明論の枠組みが作り上げられ、完成されていった時代でもある。

そのような文明論の枠組みを、最初に提示したのは、フランス革命の中で活躍し没した思想家コンドルセ（Marie Jean Antoine Nicolas de Caritat, Marquis de Condorcet, 1743-1794）である。

コンドルセは、遺著『人間精神進歩史の概観』（*Esquisse d'un tableau historique des progrès de l'esprit humain*, 1794）の中で、人間の歴史を、全く文化をもたない原始状態から始まる、十段階の文化発達段階として記述した。そして、その第十段階を、フランス革命以後の科学的精神に導かれる時代であるとした。したがって、人類の歴史は近代にいたって、新しい、そして最終的な段階に入り、そこでは、この発展が起こった地域である西欧が、人類全体を導くことになる、とコンドルセは述べた。

コンドルセによって提出されたこのような文明論の枠組みは、十九世紀に入ってから、コント（Auguste Comte, 1798-1857）等によって理論的にも大きな発展を見、また広い範囲の人々に一般的に受け入れられるようになる。十九世紀におけるそのような文明論の展開をもたらした要因として、次の三つの要素を考えることができる。

第一に、実証的な科学の発達がある。十九世紀に入って、科学は無機的な自然科学の分野をこえて、生命的自然の分野をもとらえうるようになり、さらに進んで、経済、政治など社会的領域でも、科学的な法則性が見出されるようになる。そして、こうした発達の方向は十九世紀を通じて、より確かなものとなって行く。西欧社会の人々は、着実に確実性を増し、技術的にも大きな成果をもたらしたこの「科学」という知を、人類が初めて到達しつつある絶対的な知のあり方と見なし、そうした知を生み出した西欧文明に、他の諸文明を越えた位置を与えた。

第二に、進化論の与えた衝撃がある。ダーウィン（Charles Robert Darwin, 1809-1882）によって、一八五九年に刊行された『種の起源』（*On the Origin of Species by Means of Natural Selection, or the Preservation of Favoured Races in the Struggle for Life*, 1859）の中に示された「進化」(evolution)という考え方は、生物学という枠を越えて、十九世紀西欧の知の全体に大きな反響をもたらした。

それは、そこで示された生物の連続的な変化が、環境

〔表１〕西洋文明論の系譜

年	西洋	日本
1754	ルソー『人間不平等起源論』	
1794	コンドルセ『人間精神進歩史の概観』	
1830－42	コント『実証哲学講義』	
1853－55	ゴビノー『人種不平等論』	
		1853　ペリー、浦賀に来航
1855	スペンサー『社会静学』	
1859	ダーウィン『種の起源』	
1863	ハクスリー『自然界における人間の地位』	
		1868　明治維新
1871	タイラー『未開文化』	
		1875　福澤諭吉『文明論之概略』
1876－96	スペンサー『社会学原理』	
		1879　加藤弘之『人権新説』
1884	エンゲルス『家族、私有財産、および国家の起源』	
		1884　徳富蘇峰『将来之日本』
		1896　徳富蘇峰『大日本膨脹論』
1918－22	シュペングラー『西洋の没落』	
1934－61	トインビー『歴史の研究』	

にもっとも適応した種にのみ生存を許す「自然淘汰」という普遍的な自然法則の結果としてとらえられたからである。そして同時に、この進化論は、人間を、このような進化プロセスの生成物として見る見方を含んでいた。このことは、同時代の人々の間に進化論に対する強い反感を引き起こしたが、また、積極的に人間の社会をも、そのような進化の法則の観点からとらえ直そうとする考え方を生んだ。スペンサー（Herbert Spencer, 1820-1903）に代表される社会進化論の立場である。この思潮において、近代西欧社会の生成は、他の地域に先んじて人類における社会進化の新しい段階を開くものと見なされた。

そして、最後に、以上のような理論上の見解を実証するように現実の世界において進行する、西欧諸国を中心とした国際秩序の組み替え、すなわち、十九世紀中葉にはじまる植民地拡大の動向がある。西欧文明は理念上だけでなく、現実に人類社会の支配者となりつつあった。

日本の知性にとって、十九世紀中葉における西欧文明との出会いは、同時に、以上のような背景をもって、いよいよ確固としたものとなりつつあった西欧中心の文明論との出会いでもあった。そこに描かれた文明論の諸図式をどのように理解するか。また、それを受け入れるのか、それとも拒否するのか。過去から将来にわたる日本あるいは日本文化をどのように位置付けるのか。これらの問いは、近代の日本の知全体を貫く基本的な主題であるが、とりわけ、明治期日本の知識人にとって切迫した課題であった、と言わねばならない。

福澤諭吉（一八三四－一九〇一）の『文明論之概略』（明治八年、一八七五）は、この課題に対して正面から解答を与えることを目指した最初の全体的な試みである。しかし、福澤だけが、この課題に取り組んだのではなかった。福澤の場合ほど明示的ではないにせよ、西周など「明六社」に参集した人々をはじめとして、同時代のほとんどの知識人において、それは、基底的な主題として共有されていたと言えるだろう。例えば、加藤弘之（一八三六－一九一六）における、『人権新説』（一八八二）以後の、民権論から国権論への「転向」と言われるようなことも、よく指摘される西欧の社会進化論の個別的な理論的影響という枠を越えて、広く西欧中心の文明論的枠組みの受容の仕方という主題の中で考察されるべき問題のように思える。

そのような見直しの作業は、おそらく、明治期の思想史のあらゆる局面において可能だろう。そして、そうした作業を積み重ねることによって、日本近代の知のあり方とその生成について、従来見えていなかった点が明らかになる可能性がある。

しかし、ここで直ちにこうした試みを通史的に枚挙して追うことは、この小論の意図ではない。この小論が目指すことは、そのような全体的な見直しの作業に向けて、視点をより明確にすることであり、とりわけ、それら明治の文明論的思惟が、自らの置かれた歴史的な時間の流れと切り結ぶ点の所在を浮き彫りにすることである。

この課題を考えるに当たって特に注目したい側面がある。それは、ここで述べた西欧近代の文明論的思惟に共通する特有な時間意識の存在である。コンドルセをはじめとして、それらはいずれも、文明を一方向に進化するものとしてとらえる。文明の歴史的発展にはいくつもの段階が設定されるが、それらは時間軸上に一直線に並べられる。文明には、本質的な多様性は存在せず、ただ発達段階の相違だけがある。このような直線的な歴史的時間のとらえ方は、明治以前の日本には、ほとんど見られなかったものだ。上記の課題を考えるにあたって、私は、西欧近代の文明論に特有なこの時間意識を、明治期の日本の知性がどうとらえたかという点に、特に注目したいと思う。

こうした観点から、本稿では、明治中期に公刊された一編の著作を特に範例として取り上げて、以上に述べてきたような視点から考察を加えたいと思う。それは、徳富蘇峰（一八六三－一九五七）の『将来之日本』〈明治一九年、一八八六〉である。

私がこの著作を取り上げるのは、それが、西洋文明論に対して正面から取り組んで、その中に日本の社会のあり方を位置付けることを目指している点において、福澤の『文明論之概略』に比肩しうる、同時代ではほとんど唯一の著作であるのみならず、そこに、上記の西欧近代の文明論に特有な時間意識が、さらにより強調された形で見出だされるからである。それは、意識して、それら西欧近代の思惟と歴史的時間を共有しようとした試みである、とさえ見える。蘇峰のそのような努力のうちには、日本の近代を開いていった明治という時代にあっても、殊に蘇峰の生きた時期の文明論的な時間軸における〈時〉の様相が強く反映しているだろう。

この小論の意図は、このような特徴をもった蘇峰の『将来之日本』の文明論としてのあり方を検証することによって、明治期の日本の文明論的意識のありようを、西洋における文明論的思惟の推移のうちに位置付けることである。

二、『将来之日本』の意図と批判

徳富蘇峰は、民友社を設立して雑誌『国民の友』などを刊行した、明治中期以降の代表的なジャーナリストとして、また、戦後まで生きて『近世日本国民史』百巻を著した在野の史家として知られている。この他、多様な著作を通じて、日本の政治、文化について発言し続けたその活動は、彼の生きた時代の思潮に大きな影響を与えたにもかかわらず、今日、その評価は必ずしも高いものではない。

このことは、はじめ民権論の立場に立つ平民主義の唱導者として出発しながら、明治二七年の著書である『大日本膨脹論』以降、むしろ国家主義を代表するイデオローグとなっていったという、彼の政治的立場の変遷についての評価によるところが大きいように思われる。

しかし、そのような政治的立場の評価を離れて、それらの著作を、近代日本の生成期を生きた一つの意識の表現として見る時、そこには多くの注目すべき論点が見出される。そして、『将来之日本』は、そのような蘇峰の思惟の軌跡の始動点という位置をもつ。この著作は、明治一九年に刊行されて、徳富蘇峰の名を一躍、世に知らしめ、彼のその後の多彩な活動の出発点となった。

蘇峰は、この著作において、開国以後、日本がその中に組みこまれていった、西洋を中心とする近代世界の、過去から一九世紀の現時点にいたる運動と変化の方向を、文明論的な広い視野から把握し、その枠組みの中で、日本の過去と現在の状況を位置づけ、将来において、日本の社会が目指すべき方向と理念とを提示しようとしている。

この著作は、二つの点で注目に値する。

第一に、それが、福澤諭吉の『文明論之概略』と較べうる広い視野において、西洋近代文明の全体像を全的に把握し、また提示しようとしていること。第二に、そこに示された日本の将来についての展望が、およそ百年を経た今日の日本の社会のあり方を大筋において言いあてていると見られることである。

第一の点についてさらに言えば、福澤の『文明論之概略』が日本近代化の出発点における西洋文明理解の基本的な枠組みを示すものと評価されうるのに対して、蘇峰の『将来之日本』は、開化期の急速な西洋文明の摂取の時期を経て、いよいよこれから本格的な近代化へ向かって自らの歩みを踏み出そうとする時点で、今や日本をその内に含んでしまった西洋近代文明をとらえなおし対象化しようとする試み、と位置づけることができよう。

第二の点は、歴史の結果からの評価である。蘇峰はこの著作で、日本が将来において目指すべき社会のあり方を、自由貿易体制の国際社会に基礎を置く、平和主義・平民主義の産業社会として描き出した。以後、百年の歴史は、途中、大きな曲折をもったにもかかわらず、結果として現在ある今日の日本の社会は基本的にそのようなあり方に近づいている。この一致は、それ自体、考察に値しよう。

蘇峰は、このような日本の未来像を、単なる願望やイメージとして描きだしたのではなかった。彼は、それを、国際社会が現に向かいつつある変化の方向の中で、日本の社会が否応なく向かわざるをえない歴史的必然性として提示している。

そのような考察の理論的基礎として、蘇峰が採用した理論の枠組みは、〔表2〕に示す『将来之日本』の構成目次に、はっきりと見ることができよう。

構成の全体は大きく二つの部分に分れる。全十六回のうち、第十回までは、過去から現在にいたる国際社会のあり方の分析であり、そこから、近い将来において、それがおのずから向かおうとしている発展の方向を取り出し、確定する作業に当てられている。

〔表2〕

『将来之日本』目次

第一回　洪水ノ後ニハ洪水アリ（緒論）
第二回　一国ノ生活（総論）
第三回　腕力世界　一（第一外部社会四囲ノ境遇。表面ヨリ論ズ）
第四回　腕力世界　二（同上）
第五回　平和世界　一（第一外部世界四囲ノ境遇。裏面ヨリ論ズ）
第六回　平和世界　二（同上）
第七回　平和世界　三（同上）
第八回　平民主義ノ運動　一（第二社会自然ノ大勢ヨリ論ズ）
第九回　平民主義ノ運動　二（同上）
第十回　平民主義ノ運動　三（同上）
第十一回　天然ノ商業国（第三我邦特別ノ境遇ヨリ論ズ）
第十二回　過去ノ日本　一（第四我邦現今ノ形勢ヨリ論ズ）
第十三回　過去ノ日本　二（同上）
第十四回　現今ノ日本　一（同上）
第十五回　現今ノ日本　二（同上）
第十六回　将来ノ日本（結論）

そして、第十一回以降で、そのようにして取り出された国際社会の変化の方向を分析軸として、過去の日本、すなわち、明治以前の日本社会から明治の日本への変化の、文明論的意味を確認し、日本と世界の、以上のような変化の方向がもたらす必然的帰結として、第十六回「将来ノ日本」で、先に述べたようなビジョンを描き出している。

前半の国際社会の動向の分析は、三つの部分に分かれる。

まずはじめに蘇峰は、「外部社会四囲ノ境遇、表面ヨリ論ズ」として、「腕力世界」、すなわち、軍事力による対決の場として、当時にいたる国際社会のあり様を提示する。彼は、具体的に年表によって、十九世紀に起きた戦争を列挙し、欧米列強の軍事力の増強を数字で示して、十九世紀の世界が、これら列強の力と力の対決の場であることを示す。

そしてさらに、ローマ帝国滅亡以後のヨーロッパの歴史が、民族どうしの戦いの歴史であり、その結果としての征服と支配の歴史であること、そして近代にあっては、この力の運動は西から東に向かい、欧米列強によるアジアの植民地化をもたらしていることを述べている。

しかし、次に蘇峰は、「外部世界四囲ノ境遇、裏面ヨリ論ズ」として、同じ当時の国際社会を「平和世界」として提示する。

ここで言われているのは、国際分業体制をもつ産業社会としての近代社会のあり方である。蘇峰は、近代の産業社会において、生産と富との飛躍的な増大をもたらしたのは、貿易による国際分業体制であるとして、十九世紀における各国間の交通・通信の質・量両面における飛躍の様子を数字で示す。そこから二つの帰結が導かれる。

第一に、このようにそれぞれの産業社会の発展にとって必須の要素となってしまった国際経済を破壊する戦争は、どの国にも結局は不利益をもたらすということ。そして、第二に、その国の軍事力を支えるのは、今やその国の経済力に他ならないから、軍事的に強大となるためには、産業を発展させねばならず、そのためには、貿易の持続を保障する平和を保たねばならない、ということだ。

すなわち、「平和世界」という用語で蘇峰が意味しているのは、近代の産業社会にあっては、国どうしの競争は、軍事力の追求から経済力の競争に移行せざるをえないということである。

以上の点を前提として、蘇峰は、このような移行が必然的にもたらす社会の発展の方向として、「平民主義ノ運動」を「社会自然ノ大勢ヨリ論ズ」として提示する。

すなわち、軍事力を主とする社会においては、権力が社会の一部分に集中した体制の方が機能的に優れているために、それに適した価値観として貴族主義が優越する。これに対して、近代の産業社会にあっては、その中心は、生産・流通の経済組織であって、その担い手は平民である。そして、彼らにできるだけ自由に経済活動を営ませることが、社会の経済発展の条件である。そこから、近代の政治において、「平民主義」こそが主潮流とならざるをえないし、現に世界の大勢は、その方向に向かっている、と蘇峰は結論づける。

以上が、蘇峰の提示した近代の国際社会の動向の枠組みである。この枠組みの中で、蘇峰は、過去の日本、すなわち明治以前の日本の社会を、軍事優先の貴族主義的社会と位置づけ、明治以後の日本社会の目指すべき方向を、このような歴史的必然に沿って、政治において平民主義、外交では平和主義をとる、貿易を基礎とする産業社会として提示するのである。

もちろん、以上のような理論的枠組みが、すべて蘇峰の独創によるものであるわけではない。蘇峰自身、『将来之日本』の中で、多くの西洋の文献に言及し、また引用して、自らの所説の論拠としている。

それらの引用文献が蘇峰とこの著作に対して与えた影響については、先行する研究においても多くの指摘がすでになされている[1]。それらの中で、蘇峰の理論的枠組みを支える基礎理論を与えたと指摘されている思想は二つある。第一には、コブデン（Richard Cobden, 1804-1865）とブライト（John Bright, 1811-1889）に代表されるマンチェスター学派の自由貿易理論である。個々の経済主体が自己の利益を最大にするために貿易による国際分業が不可欠であって、そのためには平和を維持せざるをえないというその理論が、蘇峰の言う「平和世界」論の最大の支柱であることは、隅谷三喜男氏はじめ[2]、一致して指摘されている。

第二に、それと並んで言われるのが、ハーバート・スペンサー（Herbert Spencer, 1820-1903）の理論的影響である。この点については、山下重一氏の詳しい研究がある[3]。指摘されるのは、次の点だ。

すなわち、先に述べた蘇峰の理論は、一つの社会を支える機能として、「武備」と「生産」という二つの要素を考え、それらを受けもつ「武備機関」と「生産機関」のあいだの対立関係を理論の軸として展開しているが、それらの用語はスペンサーの『社会学原理』（*Principles of Sociology*, 1876-1896）に述べられた社会理論から採られている、ということである。

この中で、スペンサーは、社会の類型として、「武備」の機能を中心とした「軍事型社会」（the militant type of society）と、「生産」の機能を中心とした「産業型社会」（the industrial type of society）とを措定し、その上で、社会の進化にともなって、「軍事型社会」から「産業型社会」へと変様（metamorphose）することが、歴史的必然の方向であることを提示している[4]。

これらの点において、蘇峰は、全くスペンサーの理論に依拠して、自らの論述を進めているとされる。

すなわち、蘇峰は、十九世紀の世界の状況に、スペンサーの社会理論をあてはめて、その枠組みの中で、ビスマルクのドイツに代表されるような「軍事型社会」から、ホイッグ党主導のイギリスのような「産業型社会」への漸進的な変化を、時代の大勢と見なしているということだ。そして、蘇峰の言う、武力主義から平和主義への移行とは、そのまま、スペンサーが記した、これら二つの型の社会の特性の部分の記述に拠っているということである[5]。

そして、さらに蘇峰は、その移行の図式を日本にも適用して、徳川時代の幕藩体制を、典型的な「軍事型社会」と見なし、明治維新を、そこから「産業型社会」への転換の出発点として位置づけようとしている、ということになる。

このように見てくると、『将来之日本』における蘇峰の理論的枠組みは、全面的にスペンサーの社会理論のアダプテーションに他ならないことになる。その視点から、この著作に対して批判がなされる。

すなわち、蘇峰は、きわめて長い視野のもとに書かれた一般理論であるスペンサーの社会理論を、強引な仕方で十九世紀の実際の社会に適用することにより、現実から離れた楽観論に陥っている、という批判だ。

例えば、山下重一氏は次のように言う。蘇峰は、「軍事型社会」から「産業型社会」への移行を「宇内ノ大勢」つまり世界が向かいつつある大きな変化の方向と見て、それに寄りかかっているが、十九世紀の当時における世界の趨勢は帝国主義に向かう動きであり、むしろ軍事力の増強へと向かっていた。コブデンやブライトの立論は、このような傾向への警告として書かれており、スペンサーにおいても、『社会学原理』の第二部「社会変様」の章で、「産業型社会」から「軍事型社会」へ逆行する場合のあることが言及されている。蘇峰は、これらの点を見ず、非主体的に「宇内ノ大勢」に寄りかかったことが、後に、国際環境が帝国主義の様相を激化する中で、むしろ戦闘的な国家主義者へと彼が変質していった要因だ、と山下氏は批判するのである。(6)

この批判は、山下氏の著書の主題である、スペンサーの理論の受容ということに限って言えば、妥当な批判かもしれない。しかし、もしこの批判が、蘇峰が単に当時の国際情勢を見誤り、自らの作り上げた楽観的な世界像の上に空論を展開している、というように受け取られるなら、それは、蘇峰のこの著作のもつ独自な意味を理解しないことになると考える。

その点を見るためには、この批判の中で言われている「宇内ノ大勢」ということが、蘇峰のテキストにおいて、特有な時間意識と結びついていることを見る必要がある。このことを次説で検討しよう。

三、『将来之日本』の時間意識

「宇内ノ大勢」という語は、この著書の終わり近く、維新前後の歴史を述べた箇所で、日本の開化の勢いがとどめ難いものであったことを言う表現として使われている。

ソレ天下ノ大勢ハ幕府ノ未ダ倒レザル。封建社会ノ其勢力ヲ維持シタル。即チ日本鎖国ノ堤防尚存在シタルノ時ニ於テスラ。或ハ知ルニ及バザルモノアリ。或ハ知テ制スル能ハザルモノアリ。然ルニ今ヤ天破レ。地驚キ。滔々タル洪水ハ天ニ漲リ。山トナク。川トナク。城トナク。市トナク。水天茫々。唯ダ瀾飛ビ。濤舞フノ今日ニ於テ宇内ノ大勢ニ抗セントスルソレ難カラズヤ。(7)

この文にすぐ続けて、蘇峰は次のように言う。

ソレ世界ノ気運ハ奔リテ止マザルモノナリ。天下ノ大勢ハ光陰ノ潮流ト共ニ動テ止マザルモノナリ。(8)

全体は東洋の「気」の哲学を思わせる文体で書かれて

いるが、ここでの「光陰ノ潮流」という表現が、時間の流れそのものについて言っていることに注目したいと思う。

そのような視点から、この著作を読みなおしてみると、時間あるいは「時」の流れに直接言及している箇所が、非常に多いことが目につく。そして、さらに、それらの言及を貫いて、ひとつの共通な時間意識の存在を感じ取ることができる。

『将来之日本』に見られる蘇峰の時間意識の特徴の第一は、「時」の流れの一方向性、その不可逆性の意識である。

次に挙げる例は、近代における「平民主義」の動向について述べた箇所である。

> 雖然過去ハ既ニ過去ナリ。豈ニ久敷ヲ保タン乎。今日ニ於テ武備ノ機関ト貴族的ノ現象トハ既ニ其宇宙ニ生出シタル所以ノ目的ヲバ達シタリ。渠輩ノ事業ハ既ニ成就セリ。渠輩ノ功蹟ハ我ガ社会ト人民トヲ此ノ位置ト此ノ時節トニ伴ヒ来レリ。最早渠輩ハ此ノ世ニ要ナキナリ[9]。

ここでは、「雖然過去ハ既ニ過去ナリ」に続いて、「既ニ」という語を含む文が三回、繰返され、さらに「最早」という表現が加えられている。そして、この段落の末尾では、次のように言われる。

> 吾人ハ之ヲ信ズ。第十九世紀社会ノ大烈風ハ既ニ彼ノ上古ニ於テ垂天ノ雲ノ如キ欝々葱々タル貴族的ノ大木ヲ抜キ去レリ。既ニ抜キサレリ[10]。

蘇峰は、ここで、「既ニ抜キ去レリ」という文を二度にわたって繰返すことにより、貴族主義から平民主義に向かう変化が、もはや後戻りすることのない一方向の運動であることを強調している。同様な表現は、この著作のいたるところに満ちている。

「時」の流れについての蘇峰の表現は、決して新しいものではない。例えば、次の引用のはじめの部分、「天地ハ万物ノ逆旅ニシテ光陰ハ百代ノ過客ナリ」は、芭蕉の『奥の細道』を想起させる表現であるが、そこで言われている内容は同じではない。

> 天地ハ万物ノ逆旅ニシテ光陰ハ百代ノ過客ナリ。

而シテ此光陰ノ大潮流ト共ニ世界ノ表面ニ発出スル人事ノ現象ハ自カラ運転変動セザル可ラザル者アリ。而シテ其変動ナル者ハ自カラ社会自然ノ大勢ノ為メニ支配セラル丶者アルヲ見ル也。(11)

すなわち、この表現によって表わされる日本の伝統的な「時」の意識が、人間のどのような営みにも永続する痕跡を残すことを許さない〈時の過ぎ行き〉を思うのに対して、蘇峰において、時は「光陰ノ大潮流」という一つの大きなまとまりとしてとらえられ、その中での変化は予測しえないものではなくて、「社会自然ノ大勢ノ為メニ支配」されているという、具体的な内容と方向とをもつ。

蘇峰が、この「時」の潮流の具体的な内容としてとらえていたもの、それは、西欧近代文明の生成・発展・全世界への拡大という、彼の視野を捕えて離さない、歴史の大運動に他ならない。

蘇峰は、近代の産業社会をもたらした二大要因としてアダム・スミスに代表される経済思想の革新とワットの蒸気機関の発明を挙げ、次のように言う。

自由貿易主義ト蒸気機関ノ発明トハ雲龍相逐フノ勢ヲナシ。一ノ必要ハ一ノ発明ヲ生ジ。一ノ発明ハ更ニ一ノ必要ヲ生ジ。進歩ヨリ進歩ニ進ミ。発明ヨリ発明ニ移リ。僅々タル五十年。此等ノ大作用ハ実ニ突兀トシテ一ノ新世界ヲ宇宙ニ湧出シタリ。新世界トハ何ゾヤ。第十九世紀ノ世界是也。(12)

しかし、こうした変化も、単にそのような短い時間内の出来事ではない。蘇峰においては、それも、長い時の流れの中で定められていた命運としてとらえられている。別の箇所で次のように言う。

地球ガ地軸ヲ転ジ。其軌道ヲ奔ルヤ端ナク此ノ時節ニ来ラザル可ラザルガ如ク。我ガ世界ノ歴史モ。日月ノ潮流ト共ニ終ニ此ノ意外ナル境遇ニ来ラザル可ラザルノ命運トナレリ。(13)

その結果として、当時の世界に進行している事態が、西洋が西洋以外の地域を力によって巻き込み、全世界を一つの文明圏に統合しつつあるという運動なのだ、と蘇峰はとらえる。蘇峰の言う「腕力世界」論のはじめの部分には、「今日ノ世界ハ開化人ガ暴虐ヲ以テ野蛮人ヲ呑滅スルノ世界ナリ[14]」と述べられている。

すなわち、蘇峰が、抗し難い実在として、いつも意識しているのは、この前進しつつある西欧近代文明に固有の時間の流れだと言ってよいだろう。そして、それは実際、独自な「時」のあり方をもっている。

　蘇峰は、「平民主義」について論じた箇所で、「文明ノ世界ハ、多忙ノ世界ナリ[15]」と述べている。西欧文明の時間は、不可逆の方向性をもつだけではない。それは、進行とともにその中での変化の速度をますます増大させる、加速される時間、すべてを加速する時間の流れでもある。

　このことは、この時間の流れに西欧諸国に遅れて参加した日本にとって、より切実な事態である。なぜなら、日本が西欧諸国に追い付くためには、それらに倍する速さで自らを変えて行かなければならないが、西欧文明の進行そのものが、ここで述べた時間の特性によって、さらに刻々と加速を加えつつあるからだ。蘇峰は、『将来之日本』に先立って書かれた自著『新日本之青年』（明治十八年、一八八五）から引用して、そのことを指摘している。

試ニ泰西ノ開化史ヲ一瞥セヨ。彼ノ北狄蛮人ガ鉄剣快馬。羅馬帝国ヲ蹂躙シ遂ニ封建割拠ノ勢ヲ馴致シ。君主。臣僕ノ制度ヲシテ。欧州全土ニ波及セシメシヨリ已来。第十九世紀ノ今日ニ到ル迄。大凡ソ四五百年ノ星霜ヲ経歴シ歩々一歩ヲ転シ。層々一層ヲ上リ。知ラズ識ラズ。今日ニ到レリ。此ノ正経着実ナル進歩ニ反シテ我邦ニ於テハ此ノ数百年ノ長程ヲ一瞬ノ中ニ奔馳シ遂ニ之ガ為メニ数百年前封建ノ残余ト数百年後文明ノ分子ト同一ノ時代ニ於テ。同一ノ社会ニ於テ。肩ヲ摩シ袂ヲ連ネテ。生活セザル可ラザル奇異ノ現象ヲ霎時ニ幻出スルニ到ラシメタリ[16]。

日本は、数百年の西欧文明の生成の時間を「一瞬ノ中ニ奔馳」しようとした。このようにとらえる蘇峰にとって、西欧文明のもつ「時」のあり方は、そのまま日本の文明論的課題に密接に結びついている。

　さて、以上の点を整理して言えば、『将来之日本』に見られる蘇峰の時間意識は、不可逆な方向をもち、加速をともなう抗いがたい時間の流れに向けられており、それはそのまま、西欧近代文明の拡大運動に固有な「時」のあり方としてとらえられている、と言ってよいだろう。

そしてそれが、蘇峰の言う「宇内ノ大勢」という語の表わすものに他ならない。

四、文明論と時間意識

『将来之日本』における、時間意識と文明論とのこのような結合は、明治期の日本にあっても独自なものである。福澤諭吉の『文明論之概略』は、その文明論的展望の拡がりにおいて、蘇峰のそれを凌駕する側面をもつ。しかし、福澤の場合、西洋文明の優位についての客観的分析はあっても、それが時間の流れの必然として日本を押し流すという意識はない。

それでは、この文明論的な時間意識は、蘇峰の社会理論の源泉であるスペンサーから得たものだろうか。

明らかに、そうではない。スペンサーの進化理論とは、単一の原理から発した事象が、いかに分化して多様な万象を現出するかを説明するものであり、それらを一つの方向へと向けて動かすような「時」のあり方など、考えてはいない。先に山下氏の批判の中で触れたように、スペンサーは、個々の特殊な事例においては、進化段階の逆行（a reversion towards the old type）[17]の可能性さえ指摘する。

蘇峰の文明論的な時間意識は、その一方向の直線的なあり方において、むしろ、十九世紀の西欧文明論の原型となった、コンドルセにおける人間精神の段階的発展論に近い。コンドルセは、『人間精神進歩史の概略』第一巻の終章、第十期「人間精神の未来の進歩」の中で、西洋において完成の段階に達した文明が、西洋以外の地域に拡大して行くだろう様子を記述して、次のように述べている。

これらの民族の歩みは、われわれの歩みよりは迅速であり、確実である。何となれば、これらの民族はわれわれが発見しなければならなかったものをただ受け容れればよいであろうからであり、またわれわれが長い間誤謬を犯したのちに始めて到達したような純粋な真理や正確な方法を認識するためには、われわれの講義や書物のうちに叙述せられ、証明せられているものを把握することができれば十分であろうからである。[18]

ここで言われていることは、内容においても、まさに蘇峰の生きた明治期の日本が遂行しようとしていたことと一致している。十九世紀の歴史は、コンドルセがフランス革命下の牢獄の中で想い描いたとおりの局面を、ヨーロッパからもっとも離れた日本において現出していたのだった。

しかし、記述内容でなく、歴史的時間の進行に対する切迫した意識という意味での時間意識において較べるなら、むしろ、コンドルセのさらに先蹤、西欧近代文明論の祖であるジャン＝ジャック・ルソー（Jean-Jacques Rousseau, 1712-1778）の『人間不平等起源論』（*Discours sur les origines et les fondements de l'inégalite parmi les hommes*, 1754）の末尾の部分で、社会状態がすでに成立し、暗黒の自然状態に向かって底なしに下降して行く文明状態について述べている箇所の、切迫した記述に表わされたそれが、もっとも蘇峰の場合に近いように思われる。その一部を引用しよう。

この無秩序とこれらの変革の中から、専制主義がその醜悪な頭を徐々にもたげ、国家のあらゆる部分に良いものや健全なものを認めると、それをすべてむさぼり食い、ついには法も人民もその足下に踏みにじり共和国の廃墟の上に自己を確立するにいたるであろう。この最後の変化が起こるまえの時代は、混乱と災害の時代であろう。しかし結局はなにもかも怪物に呑みこまれてしまい、人民はもはや首長も法律ももたず単に専制君主だけしかもたなくなるだろう。[19]

ルソーやコンドルセと蘇峰との以上のような類似は、テキスト上の影響関係ではありえない。『将来之日本』の中で、蘇峰がルソーについて言及しているのは、ただ一度、『社会契約論』について、それも全く否定的に触れているだけであり、『人間不平等起源論』や、ましてコンドルセの著作などを読んだ形跡はない。したがって、これらのテキストとの類似は、むしろ、蘇峰の意識が位置する文明論的なコンテキストの中に求めるべきだろう。

蘇峰の文明論的な位置をとらえる文脈は二つある。

第一には、西洋における文明論の展開の中での位置である。第一節で述べたように、ルソーに発した批判的な文明論的思惟は、コンドルセによって自己肯定に価値づけが逆転され、十九世紀に受け継がれて、コントらによってさらに展開され、また人類学や生物学の成果を合せて、十九世紀西欧社会を人類史の頂点の位置へと押し上げる大体系を構築していた。その文明様式の移入国であった日本にとっては、こうした十九世紀西欧の文明論的意識それ自体が、一つの事実としてそのまま受容すべきものであったということである。

第二には、明治日本における、西洋文明受容の進行の中での位置の問題がある。先に福澤について、蘇峰のような切迫した意識が見られないと述べた。それはおそらく、福澤の時代において、日本はまだ完全な形では西洋の文明の自己運動の渦中に巻き込まれていないということを示している。福澤にとって、西洋文明はまだ、その摂取の可否を客観的に論ずべき可能性にとどまっていた。

それに対して、蘇峰の『将来之日本』は、それが書かれた時点において、日本の先端的な知性が、西欧近代という事象を、その現在においてだけでなく文明論的な流れとしてとらえうるようになったことを示すとともに、また、すでに日本が、西洋文明のそうした渦の中に、その時点では完全に取り込まれていたことを示しているだろう。

蘇峰とルソーの類似について言えば、二人の間の基本的な一致点は、文明を自己運動する怪物と見て、それに受動的に対していることだ。ルソーは、そのように見ることによって、生成しつつあった西欧近代文明を総体として最初に認識した先駆となった。そして、蘇峰の基本的認識は、日本の近代化を受動の相においてとらえ続けることであった。このことは、およそ十年後、蘇峰がそれ以後国家主義者に転向したと批判されるきっかけとなった著作、『大日本膨脹論』においてもまったく変わらない。そこでは、さらに強い表現で、日本の近代化の受動的性格を述べている。

> 孰れにしても、我が開国の事業は、随意にあらずして、強迫により。合意によらずして、恫喝により。開国が天地の公道にして国家の福利、民生の厚益たるを自覚したるよりも、寧ろ外人を畏懼したるより来りしことは、決して争ふ可らざる事実にあらずや。維新の革命は、即ち此の事実に反動して、出て来りたる、歴史的大噴火也。[20]

蘇峰は「宇内ノ大勢」という語によって、このような認識の下で、絶対的事実として認める他はない西欧文明の自己拡大運動のその時点での動向を指していた。しかし、蘇峰において、この語が、ルソーのそれに近い文明論的時間の性格をもっていたことの意味は小さくない。

なぜなら、ルソーが見出したのは、文明がそれ自体の構造の中に、自らを一つの方向に向かって進行させる内在的なメカニスムをもつことであった[21]。蘇峰が『将来之日本』に図示したのも、蘇峰のとらえた西欧文明のそうしたメカニスムであった。それは、客観的な法則に従う構造体であって、西欧諸国を含めて誰も恣意によって変更することができない。その法則自体に対しては、西洋諸国も日本と同様に受動的に受け入れる他はないことになる。蘇峰は、こうして、「宇内ノ大勢」を文明の法則と見なすことにより、日本を一方的な受動の立場から、世界大の文明の運動の担い手として、西欧と対等な立場に逆説的に引き上げることに成功する。

それゆえ、「宇内ノ大勢」を設定することは、蘇峰において、いささかも主体性を放棄することを意味しなかった。むしろそれは、のぞまない開国によって受動的立場に置かれた日本が主体性を回復するための、戦略的思惟の不可欠の前提として要請されていた。

『大日本膨脹論』以降も、このような思惟の形式は変わっていない。変わるのは、設定される西欧文明の運動法則の内容である。そして、その変更に理論的根拠はない。そこでは、もはや蘇峰は長期的な文明論的展望を失って、目の前の国際情勢の変化を、文明論的なトレンドと取り違えている。『大日本膨脹論』以降の蘇峰が真に批判されるべき点は、この点であるように、私には思われる。

西欧近代の文明論の原点であるルソーは、文明の進行の行くえについて、徹底したペシミストであった。『将来之日本』の外見的には楽観的な結論にもかかわらず、蘇峰の文明論の時間意識が示す基調は、むしろルソーに共通するペシミスムである。それは、日本の近代化の基底的な受動性の認識に基づいている。

同時代の西洋の文明論の中にあっても、蘇峰の文明論の時間意識は独自なものである。はじめに述べたように、この時代、西洋の文明論は自己肯定の頂点に昇りつめようとしていた。コンドルセがすでに指摘しているように、西欧文明の他の地域への拡大ということが、文明の必然の展開であるならば、そうした運動にともなう新たな接触によって、新たな文明論的意識が生れて来よう。そうした意識が、いずれ西欧文明そのものの運命に係わってくる。蘇峰の文明論は、その意味で、西欧近代の文明論の歴史にとって、新しい段階が始まったことを告げるものである。

やがて時が移り、二十世紀を迎えると間もなく、西洋文明論の新しい展開として、シュペングラー（Oswald Spengler, 1880-1936）の『西洋の没落』（*Der Untergang des Abendlandes*, 1918-1922）が現れ、トインビー（Arnold Toynbee, 1889-1975）の『歴史の研究』（*A Study of History*, 1934-1961）に受け継がれて、二十世紀における支配的な文明論を形成する。

それらに共通することは、西欧文明を普遍的な唯一の文明のあり方としてではなく、かつて存在した複数の文明の一つとしてとらえて、その生成・推移のありさまを客観的に見る立場であり、また、他の文明との接触について多様な側面を見ようとすることである。

蘇峰の文明論は、西欧文明という一つの文明だけについて言えば、これらの視点を先取りしている。そのことをもたらしたのは、西欧近代文明の拡大運動の最先端に位置した、明治期の日本のもつ文明論的な位置であったと言ってよい。

徳富蘇峰の『将来之日本』は、このような視点をも含めて、明治期の日本を代表する文明論の一つの極として、さらに多くの面から評価しなおされる必要があると考える。

（「東京女子大學付属比較文化研究所紀要48」一九九二）

注

（1）蘇峰における西洋思想の影響について、この小論で参照して、大きな示唆を受けた先行する研究のうち、主なものとしては、本論で言及した隅谷三喜男氏および山下重一氏の研究の他に、今井宏氏の『明治日本とイギリス革命』がある。今井宏『明治日本とイギリス革命』、研究社、一九七四年、〈第三章「田舎紳士」の主張――徳富蘇峰の出発点〉、九〇－一一七頁。

（2）隅谷三喜男「明治ナショナリズムの軌跡」、隅谷三喜男編『日本の名著40　徳富蘇峰・山路愛山』、中央公論社、一九七一年、所収、二〇－二二頁、参照。

（3）山下重一『スペンサーと日本近代』、御茶の水書房、一九八三年、一〇四－一一八頁。

（4）Spencer, H., *Principles of Sociology*, D. Appleton & Co., New York, 1883, vol.II, pt. V, ch. XVII-XIX, pp. 568-667.

（5）山下重一、前掲書、一一〇－一一二頁。

（6）同書、一一六－一一八頁。

(7) 徳富蘇峰『将来之日本』、植手通有編『徳富蘇峰集』(明治文学全集34)、筑摩書房、一九七四年、所収、一一〇頁。以下、『将来之日本』からの引用は、すべて基本的に上記のテキストによるが、表記については『福澤諭吉・三宅雪嶺・中江兆民・岡倉天心・徳富蘇峰・内村鑑三集』(現代日本文学体系2)、筑摩書房、一九七二年、所収のテキストを参考にして、一部分、改めたところがある。

(8) 同頁。

(9) 同書、八六頁。

(10) 同頁。

(11) 同書、八〇頁。

(12) 同書、六七頁。

(13) 同書、八二頁。

(14) 同書、五七頁。

(15) 同書、八四頁。

(16) 同書、一〇六頁。

(17) Spencer, H., *op. cit.*, vol. I, 1879, p. 608.

(18) Condorcet, M., *Esquisse d'un tableau historique des progrès de l'esprit humain*, Paris, 1795, reprint. Georg Olms Verlag, Hildesheim, 1981, p. 319. 訳文は、コンドルセ『人間精神進歩史』、岩波文庫、一九五一年、第一部、二五四頁。

(19) Rousseau, J.-J., *Discours sur les origines et les fondements de l'inégalité parmi les hommes*, in *Œuvres Complètes*, Bibliothèque de la Pléiade, Paris, 1964, t. III, pp. 190-191.

(20) 徳富蘇峰『大日本膨脹論』、植手通有編『徳富蘇峰集』(前出)所収、二六一頁。

(21) ルソーにおける〈時〉の意識と文明論との関わりについては、下記の拙稿に詳述した。小宮彰「ルソーと不可逆の〈時〉」『思想』第四六七号、一九七八、一五一－一六九頁。

十九世紀人類学と近代日本
――足立文太郎を中心として――

一、はじめに

足立文太郎という名前は、ほとんどの人々にとって聞きなれない名前だろう。足立文太郎は、京都大学医学部の解剖学の教授を勤め、明治・大正・昭和を通じて活躍した解剖学者、人類学者である。

しかし、その名前はむしろ別のことで一部の日本文学研究者に知られている。それは、足立文太郎が、伊豆湯ヶ島の出身で、同郷の文学者、井上靖の岳父であることによる。

筆者が足立文太郎の名を知るきっかけも、このことを通じて得られた。先年、伊豆湯ヶ島にある昭和文学館を訪れた折のことであった。この文学資料館は、湯ヶ島にゆかりのある、二人の作家、当地出身の井上靖と、この地方を舞台とした小説「伊豆の踊り子」で知られる川端康成についての資料を中心とした資料館である。

その井上靖の展示室の一画に、足立文太郎についてのコーナーがあった。そこには、人間の解剖図を記した大部な書物が展示してあり、文章はこの通りではなかったと思うが、大略、次のようなコメントが書かれていた。

　足立文太郎博士は、日本解剖学の開拓者であり、一生をかけて、日本人の動脈系統を研究され、日本人の動脈系統が、欧米人のそれに劣らないものであることを立証された。

つまり、足立文太郎は、一生をかけた仕事として、日本人の動脈の詳細な解剖図の作成という主題を選び、成し遂げた人だということである。

ここで言われていた「欧米人に劣らない」という表現

が、奇異に映った。

確かに、日本人と欧米人あるいは他の人種に属する人々との間には、顕著な身体的差異が見られる。しかしその差異を、より優れている、より劣っている、という基準で考えることは、今日では一般的ではない。まして、動脈や静脈といった人体の基本的な構造においては、優劣を論ずることはもちろん、およそ意味のある相違点が存在するなどと考える人は少ないのではないだろうか。

それでも足立文太郎は、それらのことを徹底的に調べ上げ、確かめて、ドイツ語で書物として刊行した。ということは、足立文太郎にとって、また解剖学という学問にとっても、それは一生をかけるに値する主題だった、ということになる。

ここで思い当たるのは、「人種」という観念がかって持っていた重さのことである。

次の文は、明治七年に文部省から刊行された、田中義廉編による『小學読本』の冒頭の部分である。その当時、小学校に入学した生徒が、一番はじめに読まされたテキストということになる。

> およそ地球上の人種は、五に分かれたり。アジア人種、ヨーロッパ人種、マレー人種、アメリカ人種、アフリカ人種、これなり。日本人は、アジア人種の中なり。[1]

明治の子供に、何よりもまず先に教えるべきこと、それは、世界中の人間の間に、「人種」という区別があるということだったわけである。そして、それが身体的な違いであることが、わざわざ、それぞれの人の特徴を表した挿絵によって示されている（[図1]参照）。ちなみに、ここに描かれたヨーロッパ人種の顔は、明らかにアメリカの初代大統領、ジョージ・ワシントンのように見える。

この教科書は、同時代のアメリカ合衆国で一般に用いられていた「ウィルソン・リーダー」の翻訳をもとにして編集されている、ということが、この復刻本に付された解題によって分かる。[2] すなわち、世界の五大人種の分類によって教科書の記述を始めるということは、当時の欧米の風潮に従っていると考えることができる。

この教科書は、明治一四年まで全国の小学校で一般に用いられた。明治一四年以後、初等読本の冒頭からは、この記述は姿を消すが、ここで述べられた人種分類そのものは、より詳しい形で地理の教科書に受け継がれて、

画像　非公開

［図１］　田中義廉編『小学読本』「巻一」の挿絵

明治の日本人の人種観の基礎を作ったと思われる。

この教科書の記述の意図は何だろうか。テキストには、続いて次のように書かれている。

> 人に、賢きものと、愚なるものとあるは、多く學ぶと、學ばざるとに、由りてなり、（後略）[3]。

この文は、前の文と直接的な意味的つながりをもたないが、あえて読めば、次のように解釈できるだろう。日本人と、近代文明の推進者たる西洋人との間には、人種の違いがある。しかし文明の高さそのものは、決して人種の区別に対応するものではない。それは、「学ぶ」ということをしたかどうかの差なのだ、と。

このテキストには、明治初期における、西洋由来の人種観に対するアンビヴァレンツな態度が、明らかな形で表れているように思われる。それは、西洋近代文明の絶対的優位という現実のもとで、欧米人優位の人種観を枠組みとしては受け入れ、そのなかで、特に日本人の地位について模索するというあり方である。福沢諭吉の有名な、「脱亜入欧」という考え方もこうした枠組みの中から出て来たものだと考えられる。「人種」についての意識が、今日においても、日本の内と外の両面において深刻な問題を含んでいることに変わりはない。けれども、そのことに私たちがおいている重要度は、明治の頃に較べて、ずっと小さなものになって来ているように思える。

私が昭和文学館で、足立文太郎の事績に接して感じたことは、明治から今日にいたるこの主題についての意識の変化ということだった。

この意識の変化をもたらした要素としては、第一に、日本の今日にいたる経済的な成功を挙げなければならないが、それに加えて、人種という主題をあつかう学問である「人類学」のあり方の変化がある、と私は考える。

足立文太郎という日本近代を生きた一人の人類学者の事跡を見ることによって、このことを考察したいと思う。

二、足立文太郎と十九世紀の人類学

はじめに、足立文太郎の経歴について見てみよう[4]。

足立文太郎は、慶応元年（一八六五）、伊豆湯ヶ島に生まれ、伊豆学校を経て一高に進み、明治二七年に東大医科大学を二九歳で卒業している。卒業後、東大の解剖学教室の助手を経て、岡山医専に赴任、明治三二年から五年間（一八九九－一九〇四）ドイツに留学し、シュトラスブルク大学のシュヴァルベ（Gustav Schwalbe, 1844-1917）のもとで学ぶ。留学期間は、ちょうど世紀の境目に当たる。帰国後、明治三七年（一九〇四）に京都大学の解剖学教室の教授となり、大正一五年に退職するまで、二一年間教授を勤めて、昭和二〇年、終戦の年に京都で亡くなっている。

主な著書は三つで、一つは主著である『日本人の動脈系統』[5]。この書物はドイツ語で書かれており、昭和三年（一九二八）に刊行されている。同様にドイツ語で刊行された『日本人の静脈系統』[6]があり、さらに日本語で刊行された唯一の著作集である『日本人體質の研究』[7]がある。

この本には、明治から大正にかけて、著者が執筆した論文、エッセイ、講演などのほとんどが収められている[8]。

これらのうち学問的な論文と言えるものは、ほとんど、明治四〇年までのもので、それ以後はあまりない。つまり足立文太郎は、明治四〇年から、およそ二十年間、ほとんど人の目につく仕事はせず、日本人の動脈系統を調べ上げるという作業に没頭していたことになる。

この執拗なまでの主題の追求を支えた問題意識は、どのようなものだったか。足立文太郎は、昭和一八年、ドイツから、第一回ゲーテ賞を授与されたが、その時の記念の講演が、同じ年の『解剖學雑誌』に掲載されている。その講演の中で、自分の学問の主題について、足立文太郎は次のように述べている。

> 従来人類學と云へば、皮膚の色、毛の性質、顔の形等外観上の事か、然らざれば、骨格の事のみである。併し私は考へた、外観上又これに附著する筋、従ってこれに分布する血管及神経、又内臓等すべての軟部も違はねばならぬ。仍て「軟部人類學」と云ふものを新たに設くべきである。
>
> 此考へよりしては、自然又次の事が浮かみ出る。

> 即ち今日の人體解剖學は實は人類一般の解剖學ではなくして、歐羅巴人を材料としたる解剖學である。軟部人類學の立場よりしてこれを視る時は「歐羅巴人解剖學」である。従って各種族に向って各特別の解剖學が必要である。日本の解剖學者は先づ「日本人解剖學」を編まねばならぬ。
>
> 以上「軟部人類學」「日本人解剖學」、これが抑々私が解剖學に身を委ねた動機であり、又研究の出發點であります[9]。

ここで云われていることは次の二点である。

一、従来の人類学は、化石として残る骨の部分、つまり人体の硬い部分の差異のみを主題とする硬部人類学であったが、筋肉や血管における差異も同様に問われるべきである。つまり、「軟部人類学」が、従来の人類学には欠けていた。

二、また従来の人類学は、実際にヨーロッパ人のみを対象とした「歐州人人類学」であって、ヨーロッパ人が人類のすべてではないのだから、他の人種についても同様に詳細な研究がなされるべきである。自分は日本人だから、日本人について、「日本人人類学」の研究を目指した。

こうして、足立文太郎は、従来の人類学に欠けている二つの要素を求めて、日本人の軟部人類学の設立を目指したことになる。

ここで、人類学と言われているのは、今日で言う形質人類学のことである。明治期から当時まで、人類学といえば形質人類学のことであった。

さらにこの講演の中で、足立は、次のように言う。

> 従来歐州の學者は自分たちは體質上總ての點に於て他人種よりも優れた人種であると思って居った。私の考ではこの事が抑々大なる誤りである。待遇差別問題なども矢張りこれから起ったものでありませう。
>
> 私の研究によるとこれには大した根拠はなく、主として歐州人の自惚心からであると思ふ[10]。

そして、この文に続く箇所で、ヨーロッパ人を他の人種より進化した形態だとする当時の欧米人人類学者たちの一般的見解に対して、自分が一生をかけて研究した動脈系統の研究、つまり軟部人類学の分野に即して次のように実証的に反駁している。

私の研究によると歐州人にも澤山の原始的徴候があり、他人種にも澤山の進歩した徴候がある。故に二つの異りたる人種間には或る點では甲が、他の點では乙が優ると云ふ事になる。従って只二三の點位の調査では其結果は得られぬ。そこで私の動脈系統全體の調査によると歐州人が日本人よりも優れた點、之に反して日本人が歐州人よりも優れた點、どちらの徴候も互に相半ばする。之を若し差引する事が出来るものとするならば結局日本人と歐州人との間に體質上（少なくとも動脈系統には）優劣は存せざる事になる。[11]

この講演が、まさに人種主義を自らのイデオロギーの支柱としていたナチス・ドイツから授与された賞の受賞の席で言われていることは、一見、皮肉に見えるが、他方、非ヨーロッパ人の国家である日本と、自らをヨーロッパ人の中のヨーロッパ人として「アーリア」と自称するドイツという、二つの異なる人種の国家の同盟関係の上に設定された賞であれば、このような主張はまことに相応しいものとも言えるかもしれない。

ただ、注目されることは、この講演の中に、ドイツ人一般に対する敬意の言葉は見られるが、そうした同盟関係や、戦争に関する言及がまったくないことである。足立文太郎は、ここで、ヨーロッパ人と日本人の比較について述べているのであって、ドイツ人と日本人について述べているのではない。まして、日本人が特にドイツ人と同等だと言っているのではなく、後の記述を見ると、黒人の人類学上の地位についても疑問を投げかけている。[12]昭和一八年という時点における、上に述べたような文脈における受賞式ということを考えると、この冷静さは注目に値すると考える。

この講演で述べられたことは、いわば、足立文太郎の研究を貫いた主題の提示であり、一生の研究を通して得た結論だった。彼は、自分で立てた課題である「日本人人類学」と「軟部人類学」の解明という二つの主題を、「日本人の動脈系統」という一点に限って、徹底して解明し、その成果を背景にして、そこで、従来の欧米人優位の人種観に対して、自分の見解を対置しているのである。

けれども、こうした主題の立て方と見解とは、もっと早くから表明されていた。

ドイツ留学から帰国後、京都大学の教授に就任して、ちょうど以後二十年にわたる動脈系統の研究に着手しようとしていた時点の、明治四〇年（一九〇七）に、足立文太郎は京都で、「日本人と西洋人」と題する講演を行っている。

これは、一般の聴衆に向けた、啓蒙的な講演だったようだが、その中では、日本人と西洋人の身体について、ほとんど網羅的に比較して、そこから結論を引き出している。次のように両者の比較を始める。

> 西洋人の頭の毛が赤いということは、何方も御承知である。尤も西洋人の中には日本人の如く毛の黒いものもあります。けれども例の棕櫚箒見たような、又は金光色の様な毛のものは日本には居らぬ。又毛が西洋人は日本人よりもうねってゐる。勿論日本人にも縮毛のものも少なくはないけれども、一般に於て西洋人の方がひどくある。[13]

こうして、髪の毛から始めて、足指、姿勢、身長、顔付き、目、耳、鼻、腕、胴、わきが、腹、足を比較した後、皮膚の色について、やや詳しく述べる。それから、身体の内部のことに入って、頭の骨と筋肉について述べ、血管や神経については研究がほとんど進んでいないと述べている。

これらの個別の論点をうけて、足立文太郎は次のような問いを提示する。

> 「一體日本人は西洋人より下等であるか」と、私は此の問を甚だ屢々受けるに依って其の答を此處にして置きます。一體人間が下等とか上等とか云ふのは何のことかと云ふに、動物と比較して甲は乙より動物に近き故劣等と云ひ、遠き故高等と云ひます。即ち動物を目安に立て、夫れから割出して云ふのである。（但動物としては殊に屢々猿が引き合いに出されます）、是から割出すと日本人が西洋人よりも優って居る所は少なくはないけれども、劣っている所の方がチト多くある。尤も西洋の學者達が言ふ程に劣っているのではない。今次に何う云ふ所が劣って何う云ふ所が優っていると云ふことを擧げて見ませう。[14]

そして、まず日本人に見られる劣った点、すなわち動物に近い点として、鼻の低いことと反歯、それから内目尻の奥の軟骨の存在、二の腕の筋肉の筋の存在を挙げる。

これらはすべて人間以外の動物には通常あり、かつそれを有する割合が、西洋人より日本人の方が高い性質である。

そして次に、西洋人に見られる動物に近い点を列挙する。その中で、体毛について、「また退引ならぬことが一つある、夫は毛である、人間の毛は疑ひもなく犬猫の毛と同じものに違ひない、此の毛が吾々日本人には少なく毛唐人即ち西洋人には多い[15]」と述べた後で、次のように言う。

> 元来、西洋の人類学者は人種の上下を論ずるに当たって、しばしば土台を間違える。人種の上下の比較をなすには、常に動物を土台に置くべきである。西洋の学者も通常動物を土台にして論ずるけれども、しばしばこれを忘れて自分を土台に立てる[16]。

つまり、西洋人に少なく、他の人種に多い特質を劣等な形態とし、西洋人に多い特質をより進化した形態とすることがある、と指摘し、頭蓋骨の測定による進化度の測定にヴェルケル法を確立して、当時、形質人類学の権威の位置にあったヴェルケル（Hermann Welcker, 1822-1897）の名を挙げて、この点を批判し、「西洋の学者が今日でもこの間違った学問上の土台を持っているのは、彼等が大自惚れにくらんでいるのである[17]」と述べている。

そして、結論としては、西洋人にも日本人にも、それぞれ動物に近い点が見られるが、現状の研究の上では、日本人の側にその数がやや多い。けれども、これからの研究によっては結論が変わるかもしれない、と言う。この最後に言及している点が、その後の彼の言う「軟部人類学」の建設へと繋がっていると思われる。

以上が、足立文太郎が明治四〇年（一九〇七）に行った講演「日本人と西洋人」の内容だが、ここで注目されるのは、次の二点である。

第一に、時代の文脈から見れば当然とも見えるが、足立がここで進化論の考え方の上に立って、動物との距離を人間の優劣を決定する基準としている点である。そこでは、最下等の生物から人間に至る一線的な進化の段階が考えられている。すなわち、足立文太郎の考え方は、全くの相対論ではなく、進化の段階の上下は認めている。

第二に、その際、何か決定的な一つの身体的な特質、例えば、皮膚の色や、頭骨の形によるのではなく、多くの特質について個々に考察して、その数を較べるという方法をとっていることである。この方法の結果、足立が提出する結論は、極めて相対的な色合いの濃いものになる。

こうして、足立文太郎は、当時の西洋の人類学の基本的な方法的基盤に立ちながら、それを西洋の研究者より一層徹底することによって、当時の一般的な見解と異なる人種論に達していると言えるだろう。このような足立文太郎の思考を評価するためには、当時の、というより、その前の世紀である一九世紀に成立し発展した、人類学という学問について、考えて見る必要がある。

三、一九世紀の人類学

人類学（anthropology）という学問が成立したのは、一九世紀前半のことである。人類学の母体になったのは、他の諸科学、動物学や植物学、地理学や古生物学の母体でもあった、一八世紀までの博物学（natural history）だった。リンネやビュフォンなどの大学者を産みだしたこの博物誌（自然史）という学問は、地球上に見られるすべてのものを記述し、分類することを目指していた。自然の存在を、動物、植物、鉱物に分類する有名な三分法は、この博物誌に由来する。地上で生活を営む限りでの人間についての記述も、そうした自然の記述の一部であった。その博物誌を基盤にして、生物の種としての人間を研究する学問として、一九世紀はじめに、人類学という学問が成立してくる。しかし、一九世紀の人類学は、その基底において原理を異にする二つの要請の上に成立していた。

その第一は、近代自然科学の原理に沿って、人間という生物のあり方を、客観的に明らかにすることである。そのために、一九世紀の人類学では、物として目に見えない精神や文化よりも、物として記述することが可能な身体的特徴の記述が、学問の中心の位置を占めた。今日の用語で言う「形質人類学」がその主要な部分をなしていたことになる。そして、化石となった先史時代の人類をも視野に入れるなら、個人においてすら時とともに変化する筋肉などより、物としての実在性をもっとも明確に備えた骨格、特に頭蓋骨の数値的測定が、そのもっとも中心的な主題とされた。足立文太郎の用語で言えば、一九世紀の人類学は、「硬部人類学」をひたすら追求したわけである。

しかし、人類学の成立には、これとは異なるもう一つの要請が働いていた。なぜ他の生物と区別して、人間だけを特別な一学問の対象とする必要があるのだろうか。

それは、他の生物がすべて、自然の中にいる存在であって、科学的知の対象としての客体でしかないのに対して、人間は、自ら自然に働きかけ、自然を変化させさえする主体的な存在だという理由による。このことを強く意識して、みずからの生きる世界を主体的に作り変え、作り上げて行こうとするのが、西欧近代の基本的な主体のあり方にほかならない。そこにおいては、自然に働きかける側の人間と、働きかけられる側の自然とは、決定的に異なる存在でなければならない。この考え方の根源にキリスト教の伝統があることはもちろんだが、科学の世紀である一九世紀の知は、そのことの客体的な証拠を求めた。それが、一九世紀に人類学という学問に課せられた課題だったと考える。

一八五九年に刊行されたダーウィン（Charles Darwin, 1809-1882）の『種の起源』（*Origin of Species by Natural Selection*, 1959）が、なぜあれほどの反響を起こしたかも、以上のことを背景としてはじめて理解できる。ダーウィンの主張は、人間と他の動物を連続の関係で結ぶものだったからである。しかし、この進化論の登場によってはじめて、一九世紀人類学の課題である「自然界における人間の位置」（これは、そのことを論じたハックスリ（Thomas Henry Huxley, 1825-1895）による一九六三年の著書の書名である）という主題が、解明可能な問いとなる。

すなわち、進化論の仮説の上に立って、現生人類（Homo sapiens）を進化の最高段階として位置付け、そこに至る進化のプロセスを人類学の新たな課題として設定するわけである。

そして以上の課題に沿って、人類学はその後、ヘッケル（Ernst Haeckel, 1834-1919）によってその存在が推定された原人（ピテカントロプス）の化石人骨を、デュボア（Eugène Dubois, 1858-1940）がジャワで発掘するというような発展の経緯をたどることになる。（「年表1」参照）

さて、この人類学と進化論との結び付きは、先に述べた人類学の第二の基本的要請と結び付いて、一九世紀の人類学の中にもう一つの重要な方向をもたらす。それが、人種の存在を進化のプロセスに結び付けて、各人種を、進化の異なった段階としてとらえようとする立場である。

人間の中に、特徴を異にするグループの存在を認めて、

［年表1］19世紀人類学・人種論関係年表

人類学一般	人種論	日本国内
1758 Linne『自然の体系』		
	1775 Blumenbach『人類の自然的多様性について』	
1805-34 Humbolt『旅行記』		
	1850 Knox, *The Races of Man*	
	1853 Gobineau『人種不平等論』	
	1854 Nott, Gliddon, *Types of Mankind*	
1859 Darwin『種の起源』		
1863 Huxley『自然界における人間の位置』		1869 福澤諭吉『世界国尽』
1871 Darwin『人類の起源』 Tylor『未開文化』	1871 Broca, *Memoirs d'Anthropologie* Quatrefages, *La race prucienne*	
	1874 Haeckel『人類学』	1874 田中義廉編『小学読本』
1882-83 Spencer『社会学原理』		
1890 Frazer『金枝編』		
1894 Dubois によるピテカントロプスの発見		1895 田口卯吉「日本人種論」
1901 Schwalbe によるネアンデルタール頭骨の論査		1904 田口卯吉「破黄禍論」
		1905 田口卯吉「日本人種の研究」
		1907 足立文太郎「日本人と西洋人」

人種（race）として分類することは、一九世紀に人類学が成立した始めから、その主要な主題であった。人類学（Anthropologie）という語をはじめて形質人類学の意味で用いたのは、一八世紀末のドイツの博物学者ブルーメンバッハ（Johann Friedrich Blumenbach, 1752-1840）であるが、そのブルーメンバッハが人種の分類を論じた『人類の自然的多様性について』（*De generis humani varietate nativa*, 1775）の中で、人間を後の五大人種に対応する五つの人種に分類している。

この五つの人種という考え方は、一九世紀になってからも受け継がれ、形質人類学上の測定によって理論的に確立され、一九世紀なかばまでには、最初に見た小学校の読本に登場するまでに、常識として一般社会に受け入れられていた。

人種の概念を、人類学的に厳密な測定、殊に頭骨の測定によって、確定したのは、フランスの人類学者ブローカ（Pierre Paul Broca, 1824-1888）とカトルファージュ（Jean Louis Armand de Quartrefages de Bréau, 1810-1892）の二人である。ブローカは、パリにはじめての人類学会を組織し、その会長になった人物で、人類学者として大きな仕事を残した優れた研究者であった。カトルファージュもその点では同じである。しかし二人はともに、白色人種、もっと厳密にはヨーロッパ人を主体とするアーリア人種が、人類の中で特に際立って優秀な特質を持つということを主張する人種主義者であり、彼らの方法的に厳密な人類学研究は、この主張の科学的実証を目指していた。

そして、進化論がその地位を獲得するとともに、この白色人種優位の主張は、白色人種こそ、もっとも進化した人間の形態であり、他の人種は進化のより低い段階に対応する形態であると主張されるようになる。その主張は、一九世紀後半においてはブローカたちの業績に支えられて、広い支持を得ていた。

足立文太郎が取り組んだ課題の意味を理解するためには、このように、一九世紀において、人種の優劣ということが、単に一般的な人種偏見にとどまらず、人類学という この時代に特別な意味をもった学問によって、科学的に主張された見解だったということを想起する必要がある。

人類学がもっていた特別な意味とは、先に述べた、自然に働きかける主体である人間の特別なあり方を明らかにする学問ということである。人間は、文明を形成しそれを通じて自然に働きかけるのだから、主体としての人間とは、文明形成の主体としての人間ということになる。つまり、人類学とは、一九世紀に於て、まさに「文明」の主体を明らかにする学問でもあった。

一九世紀において、人種という概念がもっていた重要性は、このことにあると考える。

すなわち、西欧文明が世界中を覆いつつある世界において、その文明の主体でありうる身体的な条件を確定すること、という意味を、この時代の人種の概念がもっていたのではないだろうか。

一九世紀なかばになって、はじめて国際社会に組み込まれた日本は、このような文明と人種の考えが固まりつつある時代に、突然に直面することになった。日本の近代における文化を理解する上で、このことは従来考えられていたより大きな意味をもっているのではないだろうか。

そこで、日本人が向かい合わなければならなかった問いは、ヨーロッパ人と人種を異にする日本人が、西洋由来の文明の主体になりうるのかという問いだったと考える。事実、この問いは、黄禍論という形で欧米から繰り返し提出された。

黄禍論およびそれに対する日本人の対応全体を論じることは、この小論の範囲を越えるが、この時代における人類学と日本人の意識との関わりを明らかにするために、黄禍論にかかわる顕著な例を一つだけ次節で検討してみたいと思う。

四、ゴビノーと田口卯吉

日本の人類学は、明治一七年に坪井正五郎（一八六三－一九三五）たちによって、研究が始められた。そのもっとも主要な主題は、日本人の起源の問題であり、ここにも、人類学と日本人のアイデンティティの問題の結び付きを見ることができよう。しかしこの問題については、現在でも見られるような、科学的な人類学ではない多くの議論があった。その中に、『日本開化小史』（一九八二）で知られる歴史学者、田口卯吉（一八五五－一九〇五）の手になるものがある。

ここで注目するのは、いずれも日清、日露戦争の前後に公表された、一八九五年の「日本人種論」、一九〇四年の「破黄禍論」、翌年の「日本人種の研究」の三篇の著述である。それらにおいて主張されていることは、「日本人種論」では、日本人は他の黄色人種とは人種的に異なるということ、そして後の二篇では、さらに進んで日本人は白色人種、すなわちアーリア人種に属するという主張である。「日本人種の研究」の中で、田口は次のように結論している。

今日人種で調べてみれば、アリアン人種の一派はペルシャより希臘に渉り、羅馬に渉り、夙に文明を發達して一時世界を支配しましたが、今日「チュートニック」にすっかり壓されて其の言語も亡びて居りますけれども、其血脈は歐州南部のラテン人種に存して居ります。其一つの兄弟なる我々大和人種はニポール、カシミル、チベット、トルキスタンより亜細亜の北方より廻りて東海の邊りに參って、此國に植民して、久しく桃源の夢を貪って居ったが、十九世紀の末に至って世界と交際して、さうして今日の如く二十世紀に於て大技倆を示したのであります。[18]

このような議論を展開した田口の意図は、日本人はアーリア人なのだから、西洋文明のなかで主導的な役割を果たす権利がある、という主張にある。「破黄禍論」の中では、逆に、ロシア人には、モンゴルの血が入っているから、アーリア人ではなく、支配者の資格はないと主張するまでに到っている。

しかしその論拠は、主として日本語とラテン語などの語順の一致などであり、文化と人種の概念が混同されていて、今日の学問的な視点からはまったく説得力のないものと見える。けれども、日清、日露戦争によって、ナショナリズムが高まった当時の世論の一部には歓迎されたらしい。

そのなかで注目されるのは、田口卯吉が、日本人の中に複数の人種の存在を認めていることである。「破黄禍論」では、次のように述べられている。

世間往々現時の日本人種を以て同一人種なりと見做すものあり。然れども真正の歴史は決して此の如き事實を證明せざるなり。[19]

そして、日本人の本体を、天孫降臨神話に示唆されているように外地から日本に侵攻してきたアーリア系の「天孫族」であるとし、「天孫族」に支配された劣等な先住民族を「土蜘蛛」と呼び、蝦夷・隼人などとして史書に記されている人々がその子孫であるとしている。田口がこの点に特に力点を置くのは、日本人の中には確かに先住民族である黄色人種がいるが、その中心であり支配者である「天孫族」は白色人種である、という論点を主張するためである。

この議論には、先行する書物がある。それは、二〇世紀のナチスにいたるまで、あらゆる人種主義の古典とされた、ゴビノーの『人種不平等論』（*Essai sur l'inégalité des races humaines*, 1853-1855）である。

ゴビノー（Joseph Arthur de Gobineau, 1816-1882）は、外交官として中近東で活躍したフランス人で、人類学者ではないが、彼の『人種不平等論』は、同時代および後の人種論に大きな影響力を持った。この著書は人類史を展望した文明論の著作であり、その著作意図の核心は、人類の歴史において真に創造的な役割を果たしたのは、アーリアに代表される白色人種に属する要素であること、白色人種のみが真の意味の創造性をもつことを、諸民族の歴史と文化とを概観することによって実証することであった。

彼のいわゆるアーリア人とは、白色人種の中でもその創造的特質を純粋に近く保持していると見做された北方の諸民族であって、貴族的文化の優越をその特色とする。したがって、白色人種のすべてがアーリアではない。かれの故国フランスにおいても、貴族の血統はアーリアだが、庶民は非アーリアのゴール人であり、近世にあっては、ブルジョアの進出によってアーリア的性格は失われつつある、とゴビノーは言う。ゴビノーがこの書物を執筆した意図の一半は、同時代フランスにおけるこのようなブルジョア文化の優勢に対して、貴族的文化の価値を擁護することであった。

この著書の中に、日本についての記述がある。その中で次のように述べられている。

> したがって日本は、一見すると、多数の黄色人種移住者の入植の結果として、中国文明の方向に従っているように見えるが、同時に、黄色人種の血統に属さない民族的諸原理の作用によって、それに抵抗してもいるのである。実際、日本の人々の中に黒色人種の血統がかなりの量で存在することは確かであり、そしておそらくは、社会の上層階級の中には白色人種の要素さえ一定程度、存在している。[20]

すなわち、ゴビノーは、日本社会の内部に、支配層としての白色人種、外来の多数者である黄色人種、先住の黒色人種という三つの人種からなる複合的な人種民族構成を見るわけである。

この記事は、江戸時代中期の一七世紀末に来日した博物学者ケンペル（Engelbert Kaempfel, 1651-1716）の『日本誌』（*Geschichte und Beschreibung von Japan*, 1777-1779）の記述を資料として、まだ日本の開国前の時点において書かれており、ケンペルの記載に沿って日本の武士の貴族的な特質を高く評価している。そして、日本にそのような文明をもたらしたのは、白色人種に属する征服者ではないか、と推測している。

田口卯吉の「破黄禍論」の記述には、明らかにゴビノーの『人種不平等論』と一致する点が二つある。第一に日本人の中で、支配層を構成する人々とそれ以外の人々が、別の人種に属するという主張、第二にそのことを、日本社会の歴史的なあり方が中国や他の黄色人種が多数を占めるアジア諸国と異なるという、文化的特性の比較から引き出しているという点の二点がある。そして何よりも「アーリア」（田口の記述では、「アリアン人」）という、ゴビノーに由来する用語の一致が両者の影響関係を示していよう。

これらの一致点だけでは、田口の立論が直接ゴビノーの著作から引き出されているという証明には、おそらく不十分だろう。しかし、次の点は明らかだろう。一見して思い付きに過ぎないように見えた田口の主張が、ゴビノーをその一つの源泉とする十九世紀西欧の人種主義思潮の中心的な考え方の枠組みを受け入れ、その枠組みを背景にして主張されているということである。

五、人種論と近代日本——結びにかえて

足立文太郎の仕事の意味を理解するためには、「人種」という観念がかってもっていた重さを知る必要がある、と先に指摘した。田口卯吉の場合はさらに進んで、この時代にこの観念がもっていた社会的、文化的な意味の拡がりを示しているだろう。

田口が受容した一九世紀西欧の文明論（おそらくゴビノーの理論をその要素として含む）において、人種とは文化および社会形態の区分と不可分の概念であった。それは、地球上に展開する多様なそれぞれの人間集団が、人類最高の世界文明である西洋近代文明と、どのように関わりうるかを決定する資質の分類基準という意味をもっていた。

田口の立論は、このような文明論的状況に対する一つの類型的対応と見ることができる。すなわち、欧米において形成された考え方や立場をそのまま受け入れて、それに理論的に依拠することによって、自らを欧米人と同じ側に置こうとする態度である。法律や経済の分野について、この方向で多くの努力がなされ、明治期の後半にはある程度の成功を見た。

しかし人種の区分という主題は、このような器用な立ち回りを簡単には許さない。それは本来、ヨーロッパという一地域に発生した文明である西洋文明がその領域を世界大に拡大する過程において、そこで必然的に出会う他者と自らを区別すべく作り上げた、西洋文明の自己意識に根拠をもつ理論枠組みにほかならないからだ。田口の立論が読む者に異様なあるいは滑稽な感じさえ抱かせるのは、事実を曲げてまで無理にこの点を越えようとするからである。

足立文太郎が「日本人と西洋人」を講演した一九〇七年が、田口卯吉の「破黄禍論」(一九〇四年)「日本人種の研究」(一九〇五年)とほとんど時期を同じくしていることに注目しよう。二人はその時点で、同じ歴史的状況に対していたことになる。

しかし足立文太郎が西洋の人種観に直面してとった対応は、田口の場合とは根本的にその方向を異にする。足立文太郎は、そのような人種観の内容をそのまま受け入れることはしない。そのかわり、西欧においてそうした人種の概念を客観的に基礎づけているとされる形質人類学の諸概念と方法を忠実に学び受容する。動物、特に類人猿との類似と距離によって、各人種の進化の度合をはかること、サンプルの測定値を厳密に統計処理すること、などが西洋の人類学から彼が学んだ方法であった。足立文太郎の仕事は、そのような科学的方法を、同時代の欧米の人類学が中心的に主題にしていないような人体の部位にまで拡げて適用することによって、白色人種の優位を実証したとする欧米の人類学の諸成果が、実は対象の恣意的な限定という誤りを犯していることを明らかにした。欧米の人類学の方法的枠組みを受け入れて、それをさらに徹底させることにより、人類学によって実証されたとする西洋中心の人種観が、客観的な「事実」のレベルで正しくないことを証明しようとしたのである。

その検証作業において足立文太郎が目指しているのは、近代西欧のヒューマニズムが言うような意味で、欧米人と日本人が「同一」であることを示すことではない。むしろ長年にわたる『日本人の動脈系統』の研究作業を通じて明らかにされたのは、両者の間に観察される無数の微細な差異の存在であった。だから足立文太郎は、日本人の人体の構造が西洋人のそれと同一であることを主張しない。そのような無数の差異の認識の上に立って、両者の構造と機能が「等価」であることを主張するのである。昭和文学館の説明文が言うように足立文太郎は、身体としての日本人が西洋人に文字どおり「劣るものでない」ことを示したのだった。

はじめに記したように、私たちは今日、欧米人と日本人の間に身体構造の有意な差異があるなどと考えることもしない。そうした状況は、実は足立文太郎をはじめとする多くの研究者の仕事に負っていることを、私たちは自覚すべきだろう。

人種についての議論は、近代において文明論と結び付くことによって、客観性に達することの困難な主題となった。足立文太郎における事実的差異点の確認の上に立つ人体の等価性の認識は、その冷静さにおいて特筆される価値をもつものと考える。戦時下のナチス・ドイツに向って述べられたゲーテ賞受賞時の講演の冷静さは、その意味で足立文太郎という近代日本が生んだ一つの特異な知性の勝利だった、と言いたいと思う。

（「東京女子大學付属比較文化研究所紀要53」一九九二）

注

（1）田中義廉編『小学読本』、『日本教科書大系　近代篇　第四巻　国語（一）』、講談社、一九六四年、所収、一〇一頁。
（2）「所収教科書解題」、同右、七一〇－七一一頁。
（3）同右、一〇一頁。
（4）足立文太郎の経歴については、寺田和夫『日本の人類学』、角川文庫、一九八一年、から採らせていただいた。
（5）Buntaro ADACHI, *Anatomie der Japaner: Das Arteriensystem der Japaner*, Supplementbände zu den *Acta scholae medicinalis universitatis imperialis in Kioto*, Vol. IX, 1927, Verlag der Kaiserlich-Japanischen Universität zu Kyoto, 1928.
（6）Buntaro ADACHI, *Anatomie der Japaner II: Das Venesystem der Japaner*, Kyoto, 1933 und 1940.
（7）足立文太郎『日本人體質之研究』、岡書店、一九二七年。

（8）他に、戦後、遺稿として刊行された次の著書がある。足立文太郎『体臭、耳垢および皮膚腺（*Korpergeruch, Ohrenschmalz und Hautdrusen: Eine anthropologische Studie*）』、小片保・寺田和夫編、日本人類学会、一九八一年。

（9）「足立文太郎博士、ゲーテ賞を受く」『解剖學雑誌』第二二巻三号、日本解剖学会、一九四四年三月、六一頁。

（10）同、六二頁。

（11）同頁。

（12）同、六三頁。

（13）足立文太郎「日本人と西洋人」『日本人體質之研究』、（岡書店、一九二七年）所収、四七‐四八頁。

（14）同、七〇頁。

（15）同、七二頁。

（16）同、七二‐七三頁。

（17）同、七四頁。

（18）田口卯吉「日本人種の研究」『鼎軒田口卯吉全集』第二巻（鼎軒田口卯吉全集刊行会、一九二六年）所収、五一四頁。

（19）田口卯吉「破黄禍論」『鼎軒田口卯吉全集』第二巻（鼎軒田口卯吉全集刊行会、一九二六年）所収、四八六頁。

（20）Gobineau, Arthur de, *Essai sur l'inégalité des races humaines*, in *Œuvres I*, Bibliothèque de la Pléiade, Éditions Gallimard, 1983, p.605.

「寒月君」と寺田寅彦
――西洋文明としての近代科学――

一、寺田寅彦への視野

寺田寅彦は、明治後期から昭和初期にかけて活躍した物理学者であるが、地球物理学や実験物理学の分野で傑出した業績を残すと同時に、多くの俳句・俳論の他、吉村冬彦の名ですぐれた随筆を多数残した文学者でもあった。そして、この二つの側面は互いに密接に結びついていた。

しかし、この寺田寅彦という名は、今日の知的世界においてて、どれほどの関心を惹きつけているだろうか。

第一の側面である物理学者としては、他のほとんどの過去の科学者たちと同様、残念ながら、歴史的な関心の対象でしかないだろう。このことは、絶えず前進して行くフロンティアを追いかける科学者にとっては、宿命とも言える。

それでは、第二の側面である文学者としてはどうだろうか。実質的に寅彦自身が日本に創始したジャンルである「科学随筆」の分野における第一人者という評価は定まっていても、小説や詩において名を残した作家たちの評価とは較べるべくもない、というのが本当のところではなかろうか。

しかし、生前および死後しばらくの時期においては、今日のそうした評価とはまったく違った評価が与えられていた。

寺田寅彦は、一九三五年（昭和十年）十二月三一日に亡くなるが、その直後、昭和十一年の二月号で雑誌『思想』は、全編、寺田寅彦の追悼号となる。『思想』は寺田寅彦と特に関係の深かった雑誌ではあるが、この追悼特集は、広い分野の多数の筆者を集めたきわめて大部のものであり、同時代の知的世界の主要な指導者の死として扱われている。実際にこの時期に寺田寅彦が、そのように見られていたということが、弟子であった中谷宇吉郎など、数多くの人々の証言によって知ることができる[1]。

生前のこうした評価と、半ば忘れ去られたような今日の評価との間には、明らかに大きな隔たりがある。この隔たりの間に、今日の時代が忘れ去ってしまった、寺田寅彦のもっていた重要な点があるのではないか、またそのような高い評価を与えていた明治から昭和にかけての日本の知的歴史の文脈にも、再び見直されるべき点があるのではあるまいか。私の関心は主にこの二つの点にある。

すなわち、寺田寅彦という、傑出した実験物理学者であって、同時にすぐれた随筆を残した文学者であった人物を、比較文化史の視点から見直すことによって、その知的歴史における位置を見出したいというのが、この論考の主題である。

以下の論考では、二つの論点から、この主題に向かう。第一に、寺田寅彦と、夏目漱石が『吾輩は猫である』の作中で描き出した「寒月君」(水島寒月)との関係。第二に、寺田寅彦の物理学および科学随筆における寅彦の思考を、第一の論点との関係においてとらえることである。

二、「寒月君」と寺田寅彦

寺田寅彦について考察するために、夏目漱石との関係をここでまず取り上げるのは、人が寺田寅彦の名を物理学以外の分野で知っているのは、やはり漱石との関係によってだからである。

すなわち、寺田寅彦は近代日本文学の世界では、夏目漱石の門下、いわゆる「漱石山房」の一員として知られている。弟子ということで言えば、寅彦は、熊本の第五高等学校における漱石の学生であり、俳句を漱石から学び、やがて子規に紹介されて「ホトトギス」に写生文を載せるようになったわけだから、漱石が作家になる前からの門下、最初の弟子であるとも言える。安部能成などの回想でも、寅彦は漱石門下において、いわば別格の存在だったと述べられている[2]。

漱石が留学から帰国して東京に移り住むのが明治三六年である。それに先だって明治三二年に東京大学理学部に進学し、漱石の帰国と同じ明治三六年には大学を卒業して大学院に進学していた寅彦は、頻繁に漱石の家を訪問するようになる。その時期はちょうど漱石が、明治三八年まで東京帝国大学で「文学論」の講義を担当し、講義内容を執筆していた時期にあたる。

そしてまさにこの時期に、漱石の最初の小説である『吾輩は猫である』が書かれる。この小説は、明治三八年一月から明治三九年八月まで、前後十一回にわたって『ホトトギス』に掲載された。

周知のように、この小説には、重要な登場人物として、水島寒月という理学士が登場する。語り手である猫の飼い主である苦沙弥先生を漱石自身とすれば、その家にその当時、頻繁に出入りしていた理学士と言えば寺田寅彦以外にはいないわけで、寺田寅彦がこの「寒月君」のモデルだという指摘は、早くからなされていた[3]。

事実、作中の水島寒月の境遇の描写と、この前後の時期の寺田寅彦自身の境遇との間には多くの一致点が見出せる。

まず第一に、作中のエピソードから寒月の郷里は高知県で、熊本の第五高等学校で学んだことが分かる。寒月は、また俳句をたしなみ、バイオリンをひいている（第二回）。これらはすべて、寺田寅彦と一致している。寅彦は、明治三六年に大学を卒業して、大学院に進学しており、『吾輩は猫である』が執筆された明治三七年から同三九年の時期には、すでに理学士だった。そしてまた、最後の第十一回で、寒月は郷里で結婚したことを報告するが、寅彦も明治三八年の八月に郷里の高知で二度目の結婚をしている。

このように見てくると、寒月についての漱石の記述は寺田寅彦の境遇そのものだと言える。「モデル」という語の当否は別にして、この作品における寒月の描写には、寺田寅彦という弟子であり友人である人物に対する漱石の見方が反映されていると見ることができるだろう。

そのような視点から、作品中における寒月についての描写を読みなおしてみると、注目すべき点に気がつく。

それは、この作品では、苦沙弥先生や迷亭をはじめ、金田鼻子や実業家の鈴木など、ほとんどすべての登場人物の描写が批判的に突き放して描かれているのに対して、主要な登場人物の中では寒月だけが、そうした暴露的な視線で描かれていないということだ。このことと直接結びつくことではないが、主要な登場人物の名前の中で「水島寒月」だけが、いわば「まともな」名前であるとの指摘もある[4]。また、この小説にはほとんど筋の展開というものがないが、ただ一つ筋のたどれる話があるとしたら、寒月と金田の娘富子との縁談だけである。この縁談は、最終回に寒月が郷里ですでに結婚したことを報告して終る。そしてそれとともに作品も終ることになる。

すなわち、この作品における寒月は、登場人物の一人という以上の主要な役割を与えられているということである。この作品の主要なキャラクターは、語り手の猫を除けば、苦沙弥先生と美学者の迷亭、そして理学士の水島寒月の三人であるが、このうち苦沙弥先生と迷亭とは、ともに作者漱石の一面を表わしたキャラクターだと言えるとすれば[5]、この作品は実は、作者漱石と寺田寅彦の二人の師弟だけが活躍する小説であることになろう。

この作品中で寒月に与えられるこうしたプラスの特徴は、他にも見られる。[年譜1]は、『吾輩は猫である』執筆時期における寺田寅彦の活動を第一欄に、『吾輩は猫である』の中で寒月が登場する主なシーンを小説の発表の進行順に書き抜いたものを第二欄に列挙したものである。その第二欄を見て気付くことは、寒月が一貫して、創作的活動をする人物として描かれていることだ。物理学の研究発表、博士論文の起稿はもちろんだが、その他にも、第六回では、俳劇と称する演劇の脚本を提案し、また第二回と第十一回では、主要な物語りの語り手となっている。「寒月」という名が、指摘されているように、寅彦が明治三四年に作った俳句「寒月に腹鼓うつ狸哉[6]」に由来しているとすると、俳句作者でもあることになる。このことは、苦沙弥先生や迷亭がひどく非生産的な人物として描かれているのに対して、対照的だと言える。

苦沙弥先生と寒月の関係については、寒月がはじめてこの物語に登場する箇所で、次のように述べられている。

> 此寒月といふ男は矢張り主人の旧門下生であつたさうだが、今では学校を卒業して、何でも主人より立派になつて居るといふ話しである。此男がどういふ訳か、よく主人の所へ遊びに来る。来ると自分を恋つて居る女が有りさうな、無ささうな、世の中が面白さうな、詰らなさうな、凄い様な艶つぽい様な文句許り並べては帰る。主人の様なしなび懸けた人間を求めて態々こんな話しをしに来るのからして合点が行かぬが、あの牡蠣的主人がそんな談話を聞いて時々相槌を打つのは猶面白い[7]。

この作品の中で、寒月に与えられている評価が示されている文章である。それはおそらく、この当時の漱石と寅彦の関係を、漱石がどう感じていたかも表わしているだろう。

[年譜1] 寺田寅彦・「水島寒月」関係年表

明治36年（1903）		1月	夏目漱石、留学より帰朝
7月	大学院に進学。文部省震災予防調査会からの依頼で、海水振動調査のため高知県下に出張	4月	夏目漱石、第一高等学校教授
		9月	「文学論」講義を開始（～明治38年6月）
明治37年（1904）			
3月	本多光太郎と熱海の間歇泉を調査		
4月	On the Capillary Ripple on Mercury Produced by a Jet Tube（ジェットによりて生ずる毛管波について）		
6月	On the Geyser in Atami（熱海の間歇泉について）[共著]		
9月	東京帝国大学理科大学講師となる		
10月	A Note on Resonance-Box（音叉の共鳴箱について） On the Secondary Undulations of Oceanic Tide（潮汐の副振動について）[共著]		
明治38年（1905）		1月	『吾輩は猫である』（一）
2月	Acoustical Notes（音学小引）	2月	同（二）バイオリン合奏会 吾妻橋での飛び込み事件
3月	Acoustical Notes（continued）		
4月	随筆「団栗」（『ホトトギス』）	4月	同（三）「首縊りの力学」
6月	随筆「龍舌蘭」（同上）	6月	同（四）博士論文の稿を起こす
7月	On the Change of Elastic Constants of Ferromagnetic Substances by Magnetization（磁化による弾性係数の変化について）	7月	同（五）寒月に似た泥棒、苦沙弥家に入る
8月	高知で浜口寛子と再婚		
9月	Acoustical Notes（continued）	10月	同（六）「蛙の眼球の電導作用に対する紫外光線の影響」 俳劇「行水の女に惚れる烏かな」
11月	On the Change of the Geyser in Atami（熱海間歇泉の変化について）		
12月	郷里から妻を迎えて小石川原町に家をもつ		
明治39年（1906）		1月	同（七）
2月	Effects of Stress on Magnetization and Its Reciprocal Relations to the Change of Elastic Constants by Magnetization（磁気に及ぼす歪力の効果と付磁に伴う弾性係数の変化との関係）[共著]		同（八）
		3月	同（九）
4月	On Syakuhati（尺八について）	4月	同（十）上野への散歩に苦沙弥を誘う
5月	震災予防調査会から地震事項調査を依頼される		
10月	随筆「嵐」（『ホトトギス』）	8月	同（十一）「バイオリン事件」郷里で結婚する
明治40年（1907）			
1月	長男、東一が出生		
		4月	夏目漱石、朝日新聞社に入社

もっと重要な点がある。次の節でより詳しくみるように、寒月の研究テーマとして作中に描かれている「首縊りの力学」および「蛙の眼球の電導作用に対する紫外光線の影響」という、一見いかにも冗談にしか思えない主題の設定が、決して寒月の学問の無意味さを示すという文脈で使われていないということである。

例えば、第六回で、寒月が博士論文が書けない事情を説明する場面がある。次のように描かれている。

「寒月君博士論文はもう脱稿するのかね」と主人が聞くと迷亭も其後から「金田令嬢が御待ちかねだから早々呈出し玉へ」と云ふ。寒月君は例のごとく薄気味の悪い笑を洩らして「罪ですから可成早く出して安心させてやりたいのですが、何しろ問題が問題で、余程労力の入る研究を要するのですから」と本気の沙汰とも思はれない事を本気の沙汰らしく云ふ。「さうさ問題が問題だから、さう鼻の言ふ通りにもならないね。尤もあの鼻なら充分鼻息をうかゞふ丈の価値はあるがね」と迷亭も寒月流な挨拶をする。比較的に真面目なのは主人である。「君の論文の問題は何とか云つたつけな」「蛙の眼球の電動作用に対する紫外光線の影響と云ふのです」（中略）主人は迷亭の云ふことには取り合はないで「君そんな事が骨の折れる研究かね」と寒月君に聞く。「えゝ、中々複雑な問題です、第一蛙の眼球のレンズの構造がそんな単簡なものでありませんからね。それで色々実験もしなくちやなりませんが先づ丸い硝子の球をこしらへて夫からやらうと思つて居ます」「硝子の球なんかガラス屋へ行けば訳ないぢやないか」「どうして――どうして」と寒月先生少々反身になる。[8]

この箇所は、いわば寒月にとってひどく不利な状況を描いている場面であるが、会話の語調においては、寒月にいささかも卑屈な様子はない。また、「首縊りの力学」の場合でも、迷亭が時々チャチャを入れたりはするが、決して、その主題自体を無意味だとは言っていない。

これらの点の背後に見てとれることは、寒月のモデルであった寺田寅彦の人柄と学問に対する漱石の敬意と評価だと思われる。ただし、この論考は『吾輩は猫である』の作品論ではなく、関心はあくまで寺田寅彦の側にある。すなわち、そうした敬意が漱石の側にあったとして、それは寅彦の思想あるいは人柄のどのような側面と結びついているのかという問いである。

この問いに対して、二つの答えがすぐに返って来るだろう。第一には、漱石の寅彦に対する個人的な好意であり[9]、第二には、ロンドンでの池田菊苗とのエピソードに示されたような、漱石の「科学」への指向である[10]。

第一の答え、個人的な好意で説明することはいささか安易にすぎるだろう。また、第二の答えも、そのように高く評価した池田菊苗と帰朝後、ほとんど交際がなかったという点から見ても、「科学者」というだけの評価とは異なるように思われる。やはり、寺田寅彦自身のもつ物理学者としての見識と思想のあり方に、漱石がこの作品で示した敬意の要因を求めざるをえないのではないだろうか。

この点を検討するために、『吾輩は猫である』の作中に描かれた寒月の物理学研究の記述について、より詳しく見てみることにしよう。

三、「寒月君」の物理学

『吾輩は猫である』の作中に描かれている理学士水島寒月の物理学研究の内容についての記述は二箇所ある。第三回の、苦沙弥邸での研究発表の予行演習の場面と、先にも一部引用した第六回の、博士論文執筆状況についての会話の箇所である。

第一の箇所は、第三回のなかば、苦沙弥と迷亭が待ち受ける席に、寒月がフロックコートを着て登場し、「理学協会」で発表する予定の研究発表「首縊りの力学」の予行演習を二人の前で行うという場面である。寒月の発表は次のようにはじまる。

> 罪人を絞罪の刑に処すると云ふ事は重にアングロサクソン民族間に行われた方法でありまして、夫より古代に遡つて考へますと首縊りは重に自殺の方法として行はれた者であります[11]。

この後、絞首刑の歴史についての文献的な考察が続くが、迷亭がチャチャを入れて省略させ、力学的考察が行われる本論に入る。ここでの主題は、ホメロスの『オデュセイア』第二二巻に描かれている、オデュセイアの王子テレマコスが母である王妃ペネロペの侍女十二人を一度に絞首刑に処する場面の、より具体的な処刑の方法を力学の観点から特定することである。すなわち、ギリシャ語原文からは二つの解釈が可能である。寒月の言葉では次のようになる。

此絞殺を今から想像して見ますと、之を執行するに二つの方法があります。第一は、かのテレマカスがユーミアス及びフヒリーシヤスの援を籍りて縄の一端を柱へ括りつけます。そして其縄の所々へ結び目を穴に開けて此穴へ女の頭を一つ宛入れて置いて、片方の端をぐいと引張つて釣し上げたものと見るのです。（中略）それから第二は縄の一端を前の如く柱へ括り付けて他の一端も始めから天井へ高く釣るのです。そして其高い縄から何本か別の縄を下げて、夫に結び目の輪になつたのを付けて女の頸を入れて置いて、いざと云ふ時に女の足台を取りはづすと云ふ趣向なのです。[12]

すなわち、（a）一本の長い縄を次々と侍女たちの首に巻いていって、一方の端を柱の上部に固定し、一方の端をテレマコスが引っ張り上げることによって、全体を釣るし上げるというやり方と、（b）両端を柱に固定して横に渡した一本の縄に十二本の縄を等間隔に縦に結び付け、それらの縄の先に侍女たちの首を一人一人別々に結んでおくことにより、十二人を同時に絞首刑にするというやり方の二つである。

寒月は、この第一のやり方が力学的に不可能であることを明らかにするために、十二の連立方程式を立てて、それらを満たす解が実際にありうる値ではないことを証明しようとするが、迷亭によって方程式の部分を途中で省略させられてしまい、『吾輩は猫である』の文中では、充分に理解できない論述に終ってしまっている。

ここで述べられた論述が、漱石の創作でなく、出典のあるものであることは、早くから示唆されていた。はじめに寺田寅彦により、そして後に寅彦の弟子、中谷宇吉郎によってはっきりと示されている。まず、寺田寅彦が、「漱石先生の追憶」（一九三二）の中で次のように言う。

自分が學校で古いフィロソフィカル・マガジンを見て居たらレヴェレンド・ハウトンといふ人の「首釣りの力學」を論じた珍らしい論文が見附かつたので先生に報告したら、それは面白いから見せろといふので學校から借りて來て用立てた。それが「猫」の寒月君の講演になつて現はれて居る。高等學校時代に數學の得意であつた先生は、かういふものを讀んでもちゃんと理解するだけの素養をもつて居たのである。文學者には異例であらうと思ふ[13]。

さらに、中谷宇吉郎は「寒月の「首縊りの力學」其他」（一九三六）の中で、師である寺田寅彦から直接聞いた話をもとに、もとになった原論文を捜し出してきて、内容を詳しく紹介している。それによると、もとになったのは、次の文献である。

Rev. Samuel Haughton, On Hanging, considered from a mechanical and physiological point of view, in *the Philosophical Magazine*, vol. 32, 1866, London, pp. 23-34.

この雑誌は、現在まで引続き刊行されているイギリスの物理学雑誌である。その冒頭の部分は、次のように書きはじめられている。

Hanging, as a mode of public execution of criminals, must be regarded as to a great extent an Anglo-Saxon mode of execution; and although occasionally practiced by the nations of antiquity, it seems among them to have been chiefly by suicides, or in case in which especial ignominy was intended to be attached to the criminal.[14]

“or in case” 以下の部分、「あるいは、罪人に特別な恥辱を与えることを意図する場合に行われたようである」の部分が省かれている他は、先に引用した寒月の発表の冒頭部分が、原論文のかなり忠実な翻訳であることがわかる。

原著者サミュエル・ホートンの論文題目は「絞首刑について——力学的および生理学的視点からの考察」であり、先に述べたオデュセイアの場面の分析を主要部とする一連の力学的考察に続いて、どのような処刑方法が、処刑される者にもっとも苦痛が少なく執行されうるかという考察が加えられている。このことは、寒月の発表でも、「首縊りの生理作用に迄論及する筈で居たが[15]」と記されていて、寒月の研究発表が全体としても、ホートンの論文をそのまま引き写していることが分かる[16]。

このことから、寒月の物理学者としてのあり方について、どのようなことが言えるだろうか。

ここに述べた点を踏まえて、「首縊りの力学」の科学史的位置について述べている著作に、小山慶太『漱石が見た物理学』がある。

この著書の中で小山氏は、漱石の生きた時代が、ちょうど物理学が古典力学から量子力学に移行しようとする激動の時代であって、そのロンドン留学（一九〇〇－一九〇三）の間にも、そうした動きに接していたことに注目している[17]。

小山氏によれば、漱石の前半生にあたる十九世紀後半、物理学は「人間の五感で捉えられる巨視的現象を体系的に記述できる物理学の総称[18]」である古典物理学として完成の域に達した。そこでは、「物理学にはもはや本質的に重要な問題は何ひとつ残されておらず、これからの仕事は、すでに確立された体系の中に収まる細かな応用問題を処理するだけであると考えられる[19]」ようになる。しかし、二十世紀に入るとすぐ、古典物理学の枠内では説明のつかない現象が次々と見出されるようになり、古典物理学の枠をはみ出すいくつもの理論が提唱されるという物理学の激動の時期を迎え、やがて量子力学を中心とする別な物理学の体系が一般に受け入れられるようになる。

漱石のイギリス留学も、『吾輩は猫である』の執筆時期も、この物理学の激動期と並行している。そこから、漱石の物理学への視線を出発点として、この物理学の大変化と、その時代的背景とを描き出そうとするのが、小山氏の著作意図である。その中で、寒月の「首縊りの力学」の記述が、漱石と物理学の関わりの最初のトピックとして描かれている。

先に述べたような事実調査によって、この研究は実際には『吾輩は猫である』執筆時より四十年近く前の、一八六六年にイギリスの物理学雑誌に発表されたものであることが分かる。そしてさらに内容において、それが純粋に古典力学の応用問題として構想されていることを確認して、小山氏は次のように述べる。

> それにしても、一八六〇年代にはまだ、どうやって首を吊れば人を効果的に殺せるかなどという問題が研究の対象となり、権威ある物理雑誌に発表されていたのであるから驚かされる。話題そのものはいささか物騒ではあるが、現代物理学の研究テーマと比較してみると、どこかユーモラスで牧歌的ですらある。こうした一面はまぎれもなく古典物理学の世界といえる。しかし、余韻として残っていた牧歌的な雰囲気も、やがて一掃されることになる[20]。

したがって、もし寒月が実在の物理学者であって、明治三八年（一九〇五）時点で「首縊りの力学」のような研究を発表しているとしたら、はなはだ旧弊な物理学者だということになる。もちろん、これは三十年以上前のホートンの論文であり、寒月のモデルとされる寺田寅彦自身の研究ではないから、これがそのまま寺田寅彦の評価であるわけではない。では、寺田寅彦の物理学については、どのように言っているだろうか。

小山氏の寺田寅彦についての評価は、『漱石と物理学』に続いて書かれた『漱石とあたたかな科学』に触れられている。その第五章「寒月君とケルヴィン卿」の中で小山氏は、ドイツ留学後の寺田寅彦が、X線回折による結晶構造の解明の研究に取組み、一時はこの分野の最先端に位置する成果を発表したにもかかわらず、その後、この分野の研究を止めてしまったことを記して、次のように言う。

というわけで、X線による物質の構造解析は、二十世紀科学の柱となる手法へと発展したのである。こうしたその後の歴史を考えると、西川正治が惜しんだノーベル賞もさることながら、それ以上の意味を込めて、寅彦のX線研究からの撤退はなんとも残念な思いがする。

しかし、他人がどう思おうが、御本人は自分の興味あるところに、自然にたどり着いていった。それは、ノーベル賞も二十世紀物理学も超えた独自の世界であった[21]。

この文章に見られる小山氏の基本的な考え方では、古典力学から量子力学へという二十世紀物理学への歩みの主潮流にいわば「乗りそこなった」物理学者として、寺田寅彦をとらえている。そして、その原因の一半は、寅彦の師である漱石との出会いに帰せられる。

寅彦もまた、まだどこかで、文学との接点を感じる古典物理学の牧歌的雰囲気を漂わす世界に、自然と帰っていったように思える。それは、漱石から受ける〝引力〟の結果だったのかもしれない[22]。

ここで、ホートンの論文についてと同じ「牧歌的」という語が用いられていることに注目しよう。結局、小山氏の見方では、寺田寅彦の物理学研究は、確かに「独自な世界」に到達したが、それは十九世紀なかばの古典物理学完成期に通じる「牧歌的」な性格のものであるということになる。その意味で、それは『吾輩は猫である』に描かれた寒月の物理学と共通する。そこから次の結語が導かれる。

> 当初は世間がそうみなしたとしても、詰まるところ、寒月はやはり寅彦であった。そして、漱石亡き後、寅彦はますます寒月となっていったのである。[23]

はたして、そう言えるだろうか。ここに言われている「寒月」という名が、ホートンのような十九世紀的な古典物理学者を意味するとするなら、そのような評価には大いに疑問がある。もちろん、小山氏もそれほど単純な意味でこのように述べているのではないことは理解できる。しかし、物理学者としての評価において、やはりマイナスに傾いた語調が感じられることも確かである。

ここで素朴な疑問が浮かぶ。なぜ、寺田寅彦は、三十年以上も前の物理学雑誌を調べていたのだろうか。先に見た自身の回想の中では、その理由は述べられていない。十九世紀なかばの牧歌的な物理学の雰囲気を味わいたかったからなのだろうか。おそらくそうではあるまい。

ドイツ留学から帰国後、寅彦は科学啓蒙雑誌に科学についてのエッセーを書くようになるが、その中に「科學上の骨董趣味と温故知新」（一九一九）と題された文章がある。そこで寅彦は、科学上の知識を歴史を超えた絶対的な真理と見る立場からは、過去の科学上の知見などは単なる骨董趣味の対象でしかないと見なされるが「この世に全く新しき何者も存在せぬ」[24]以上、どのような科学上の新知見も、過去の歴史の中に類似する見解が見出されると述べ、次のように言う。

> 新しい藝術的革新運動の影には却て古い藝術の復活が随伴するやうに、新しい科學が昔の研究に暗示を得る場合は甚だ多いやうである。此れに反して新しい方向のみの追及は却て陳腐を意味するやうなパラドックスもないではない。此の如くにして科學の進歩は往々にして遅滞する、そして此れに新しき衝動を與へるものは往々にして古き考の餘燼から産れ出るのである。[25]

大学の図書室で三十年以上前の『フィロソフィカル・

マガジン』を繰る寺田寅彦の姿は、科学の新たな一頁を開くために温故知新に励む、野心にあふれた若き物理学者そのものである。決して骨董趣味からそうしていたわけではない。「首縊りの力学」は、その作業の副産物として、漱石と共有しうる関心の対象としてすくい上げられたトピックであったろう。

以上の「首縊りの力学」についての議論に対して、寒月の博士論文題目である「蛙の眼球の電動作用に対する紫外光線の影響」については、明確な出典は明らかにされていない。わずかに、先に引用した中谷宇吉郎の文章の中で、当時の物理学科の教員の一人が、梟の夜間の視力と、梟の眼球の水晶体の赤外線透過度の関係を研究していたこととの関連を指摘しているだけである。[26] しかし、もしそうなら、それは重要な意味をもっているのではあるまいか。なぜなら、それは、寅彦の後期の研究の重要な部分をなす、生命体の物理的特性という研究テーマが、寅彦以前から日本の物理学研究室で探究されていたことを教えてくれるからである。

四、寺田寅彦初期の物理学研究

ここで、夏目漱石が『吾輩は猫である』を執筆していた前後の時期（一九〇三－一九〇八）の寺田寅彦の仕事をもう少し詳しく見てみよう。寅彦の科学上の業績はすべて『寺田寅彦全集科学篇』[27] に収められていて見ることができる。［年譜1］の左欄は、同全集に収められた論文と矢島祐利『寺田寅彦』[28] に所載の詳細な年譜をもとに、この時期の寅彦の活動の主なものを記載した一覧である。

寅彦は、明治三六年（一九〇三）に理学部を卒業して大学院に進学し、その一年後の明治三七年九月に理学部の講師に就任している。この年から明治三九年までの間に、寅彦は東京数学物理学会で年に三回から五回の研究発表をしている。全集にはそれらはすべて英語で収められており、口頭発表自体も英語でなされたと思われる。

また、同時に大学院に進学するとともに関わることになった、文部省の震災予防調査会の委託により、地殻変動などの実地観測研究にも従事している。この活動は、後に東京大学地震研究所の設立に繋がっていくことになる。この分野での研究も、「熱海の間歇泉について」のように、東京数学物理学会でその成果を発表したものがある。

この時期の寺田寅彦の研究テーマを整理してみると、大きく三つのグループに分けられるように思われる。

第一に、震災予防調査会委託の活動とも関連する、気象や海陸の自然現象についての研究がある。明治三七年から理学部講師の本多光太郎と共同で行った熱海の間歇泉についての研究（"On the Geyser in Atami", 1904）がその最初のものである。さらに同じ年に、以後、多数の論文が書かれる主題である、潮汐の副振動についての最初の研究発表（"On the Secondary Undulations of Oceanic Tide", 1904）を行っている。

第二に、音についての研究を中心とする、振動あるいは波動現象についての研究がある。潮汐の副振動について発表した同じ会で発表した「音叉の共鳴箱について」（"A Note on Resonance-Box", 1904）がその最初のものであり、その延長上に取り組んだ「尺八」についての研究（"On Syakuhati", 1906 "Acoustical Investigation of the Japanese Bamboo Pipe, Syakuhati", 1907）で、明治四一年に寅彦は理学博士の称号を授与されることになる。

第三に、純粋に実験物理学の分野に属する特異な実験現象の研究がある。寅彦が、最初に東京数学物理学会で発表した主題は、「噴射管によって水銀表面に作り出される毛管波について」（"On the Capillary Ripple on Mercury Produced by a Jet Tube", 1904）であり、その後も「磁化による弾性係数の変化について」（本多光太郎と共著）（"On the Change of Elastic Constants of Ferromagnetic Substances by Magnetization", 1905）などの研究が発表されている。

後の寺田寅彦の研究分野で言えば、第一の分野は「地球物理学」、第二の分野は「音響学」、第三の分野は「実験物理学」と呼んでよいだろう。初期の発表一覧において注目されることは、これら三つの研究分野が、三つとも大学院に進学した明治三七年に、その最初の成果が発表されているということである。寅彦はこれら三つの分野の研究を同時に並行して開始したと見ることができる。

最初期のこれらの研究に共通する特徴は、それらの多くが、振動・波動あるいは周期的現象についての研究だということである。[29] 三つの分野でそれぞれ最初に発表された研究のうち、「音叉の共鳴箱について」は、気体の振動としての音響の分析であり、「噴射管による毛管波について」も、水銀表面に気体を噴射管で吹き付けた時、水銀表面にあらわれる王冠状の波模様の力学的分析である。また「熱海の間歇泉について」においても、温泉の噴出の周期的変化が主題となっている。

以上に共通する主題の特徴を、音響や波動に限らず、もっと一般化して、現象の周期性、あるいは現象のあらわれ方のパターンへの注目ととらえれば、それは、六巻の全集に収められた二百篇以上の寺田寅彦の論文のほとんどにあてはまる視点であると言えるだろう。理学博士号を授与されたのは、日本の尺八についての音響学の研究であったし、X線による結晶構造の解明にしても、X線の波としての性質である回折と干渉を利用するものであった。また、後に理化学研究所で取り組む、墨汁を水面に流した時にあらわれる模様や、生命における境界面の性質の研究などは、広い意味での境界面にあらわれるパターンの研究と言える。これらに、やはり振動現象である地震や津波の研究を中心とする地球物理学を加えたものが寺田物理学の核心をなす業績に他ならないことを見れば、ここで焦点をあてている明治三七年からはじまる時期の研究は、以上のような寺田物理学の基本主題をはじめから明確に示していると言えるだろう。

初期の寅彦の物理学の方法的な特徴を見るために「熱海の間歇泉について」を取り上げて、基本的な視点を取り出してみよう。

本多光太郎と共同で取り組んだこの研究の意図は、間歇泉という比較的珍しい自然現象、しかも地下の仕組みと活動に由来する現象に注目し、観察、分析することによって、その時点では原因の推定さえほとんど不可能であった、地震や噴火といった自然災害の仕組みに取り組む手がかりを得ようとした研究である。

この着目がオリジナルなものでないことは、論文のはじめの先行研究の検討によって知られる。したがってこの研究は、取りあえず西欧先進地域の研究の日本の実例への適用としてはじまる。

寺田寅彦たちがまず着手したのは、時間をおいて周期的に噴出する湯の噴出量と温度、および噴出する蒸気の圧力の計測である。そのために特別に複数の観測機器を製作し、設置し、明治三七年四月から一年以上にわたって記録させた。

この熱海の間歇泉については、ほぼ一定の間隔で起こる「通常湧」と呼ばれる噴出の仕方と、まれに起こる「長湧」と呼ばれる別な噴出の仕方の二種類の噴出のパターンがあることが知られていた。寅彦たちが目指したのは、この噴出の周期パターンをより詳細に細部まで記録することである。

この観測の記述において、まず「通常湧」の詳しいパターンが示され、そして、この期間内に二回観測された明治三八年五月から著しくなってきた。そして、それに続いて、新しい湯井を掘ることによる、主噴出口からの噴出量の減少とパターンの変化が詳しく述べられている。この事態は温泉全体の繁栄を危うくするものなので、結局、新たに掘削された湯井三つを閉じることになり、その結果、同年六月以降、噴出量、回数、パターン等、次第にもとの状態に戻りつつあることが報告されて、観測の記述を終えている。

ついで、理論的考察に移り、以上のような周期的パターンおよび別な井戸を掘った時の変化のすべてを説明できる、地中の構造モデルが求められる。ただし、この研究の場合には、単なる理論モデルにとどまらず、実際に数種類の実験モデルを製作し、それぞれの場合において、その周期パターンがどのようになるかを実測している。その上で、観測地ともっとも近いモデルが選ばれるという手続きを経て、地中の構造を、最終的に、［図1］のようなものと

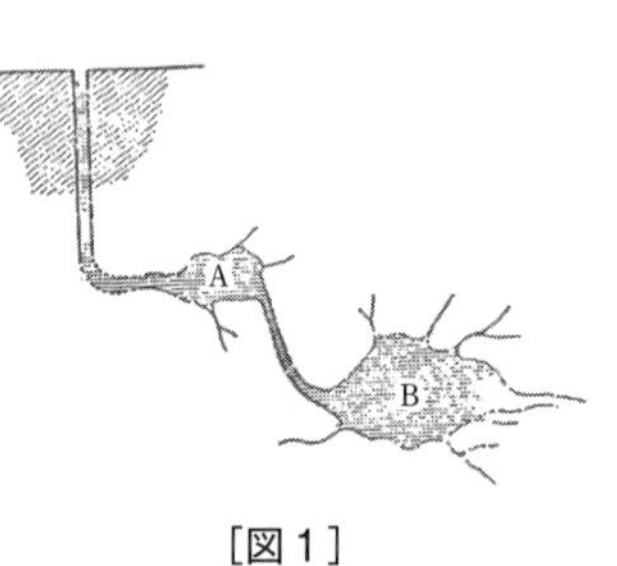

［図1］

推定している。[30]

この論文で用いられている力学の数式は、すべて古典力学の範囲に属するものである。その点では、この時期に寺田寅彦が発表した他の研究も変わりはない。そのすべてが、小山氏のいう意味での十九世紀的古典物理学の範囲内にあると言えるだろう。このことに限って見れば、寺田寅彦と、「首縊りの力学」の著者、ホートンとは、共通の物理学のあり方に属すると言えよう。

しかし、寅彦とホートンの違いもある。それは、ホートンが「首縊り」というトピックの中で、古典物理学の枠内で理論的にとらえきることができる事柄だけをピックアップして取り出して、そのように取り出された現象の範囲内で力学として理論化しているのに対して、寅彦の場合、事柄の性質上、当然のことであるが、そのような恣意的な系の取り出し方はしていないということである。すなわち、「熱海の間歇泉について」のように自然現象を対象とする場合、例え近似的にであれ、起こっている現象すべてを説明する必要があるということである。

「熱海の間歇泉について」は、震災予防調査会からの委託研究であったから、事情はやや特殊だったかもしれない。しかし、そこで見られる研究の進め方についての基

本的な視点は、この時期の他の研究にも共通して見られるものである。それは次のような特徴である。

まずはじめに、対象となる現象を予備的に観察し、そこに見られる現象の周期性に着目して、その周期性を記録するための測定機器を設置する。そして、一連の測定あるいは実験の結果を整理、分析することによって、そこから理論的枠組みの構築を行なう。その際、観察される周期的事象の中に見られる不規則な現象に特に注目し、この不規則性をも、同時に説明できるような理論の構築を目指す。そして最後に、推定された理論モデルに基づいて、実験機器を製作し、測定を行って、対象の現象との一致の度合を判定する。

以上のような手続きは、この時期だけでなく、『寺田寅彦全集・科学篇』に収められたほとんどすべての研究に共通して見られる、寅彦の物理学研究の基本的特徴である。そして、この方法と、先に述べた周期性と境界面という主題群を発展させることによって、「墨流し」や「割れ目と生命」のような同時代の西欧にはない独自な研究を展開していくことになる。

このことから次のことが結論されるだろう。すなわち、漱石が『吾輩は猫である』を執筆していた時期、漱石の前にいたのは、後年に花開くきわめて独自性の高い物理学へと、すでにはっきりと方向を定めた物理学者、寺田寅彦だったということである。漱石が作品の中で描いた理学士、水島寒月は、当然、そこまで立ち入って造形されてはいない。しかし、第二節で指摘したような、作品中に見られる、寒月に対する好意的な描き方は、漱石が、寅彦をすでにその独自性において評価していた可能性を示唆しているのではないだろうか。小山氏が注目する漱石の作品中の寒月に対する評語、「近々の中ロード、ケルギンを圧倒する程な大論文を発表し様としつゝあるではないか[31]」も、そのような文脈で読まれるべきものと考えるのである。

五、理論への批判

先に、寺田寅彦がホートンの「首縊りの力学」に出会ったのは、自ら「科学上の温故知新」と呼ぶ、過去の科学研究の渉猟作業においてであったことを述べた。寅彦は、前節で見たような複数の分野にわたる具体的主題に即した研究に従事しながら、他方で時代の流れと無関係なこうした作業も行っていた。このことは、自身がその中心に参加しつつあった物理学、あるいは科学という営みに対して、その研究キャリアのはじめから一定の距離を置いていたことを意味するだろう。

同時代の物理学の進みつつある方向やあり方に対する寺田寅彦の態度は、実際、単純なものではない。

第一に挙げられるのは、やはり、一時、欧米を含めてもほとんどその先端に位置する業績を上げていた、X線による結晶構造解析の研究をそれ以上発展させず、別の研究に移ってしまったという経緯だろう。そこからは、狭く局限されて多くの研究者たちの視線を集めているような主題について、他の人より一歩先に出るというような研究のあり方そのものを嫌った様子さえ見える。

第二に、寅彦はいくつかの文章で、同時代の物理学が追い求めている方向について、それを相対的な視線でとらえる見方を示している。先に上げた「科學上の骨董趣味と温故知新」はそのような文章の一つであるが、さらにはっきりとそのような相対化する視点を示している文章に、「物理學圏外の物理的現象」（一九三二）がある。その冒頭で次のように言う。

> 物理學は元来自然界に於ける物理的現象を取扱ふ學問であるが、さうかと云つて、あらゆる物理的現象が何時でも物理學者の研究の對象となるとは限らない。本來の意味では立派に物理的現象と見るべき現象でも、時代によつて全く物理學の圏外に置かれたかのやうに見えることがあり得るのである。[32]

寅彦は、まず過去の物理学の歴史に例をとり、ロバート・ブラウン（Robert Brown, 1773-1858）によるブラウン運動の研究や、レイノルズ（Osborne Reynolds, 1842-1912）による砂の拡張性についての研究が、その研究がなされた時点では、多くの研究者にとって物理学の中心的な主題としてとらえられないものであったことを指摘する。ここで言われていることは、物理学という客観的かつ包括的に自然をとらえようとする学問の体系が、歴史的なそれぞれの時点に固有の限定された視野に不可避的に囚われているということである。後にクーンが「パラダイム」[33]と名付けて一般的になる、そのような認識を寺田寅彦は一九三〇年代に啓蒙的な文章の中でさりげなく記している。

そして、事業としては明らかに物理学の範疇に入るはずの現象でありながら、日本を含めて世界のどの物理学者も研究の対象としていないものが現時点でも多数あるとして、その中から自分が関心をもつ主題を列挙している。

そこで寅彦がまず挙げるのが、水平に置いたガラス板に鉄の球を上から落とした時にできる放射線状の割れ目の形状である。ガラス板の厚さや鉄の球の大きさや重さ、落とす高さを厳密に同じにしてみても、割れ目の形状は実験ごとに異なる。そこでは、放射線状の割れ目の数や長さについて統計的な規則性は見出せても、それぞれの場合の形状を予見することは不可能である。

同じような現象は、いわゆるリヒテンベルクの放電像や、金平糖の角の数と形状、液滴が板上に落ちて分裂する場合の形状など多くの場合に見られる。これらについて、寅彦は次のように言う。

> 此等の現象を通じて云はれることは、普通の古典的な理論的考察からすれば、凡そ一様に均等に連續的に或は對稱的に起るであらうと考へらる、ものが、實際には不均等に非對稱的に不連續的に而も統計的に起るのである。此のやうな場合を適當に處理すべき理論は勿論のこと、其の理論の構成に基礎となるべき概念すらも未だ全然發達して居ないのであるから、今の處では物理學者は此等をどうしてよいか分からない。従つて問題にしようともしなければ、又見ても見ないつもりで眼をつぶつて通り過ぎるのが通例である。[34]

一般の物理学者たちがこうした主題を扱わないのは、それらを扱える理論的な枠組みがないからだと言っている。すなわち、そうした物理学者の場合には、理論がまずあって、その理論でとらえうる事象が物理学の対象だということになる。したがって、現行の理論的枠組みでとらえることのできない現象は、そもそも物理学の圏外の事象であることになり、ここに「物理學圏外の物理的現象」が多数見出されることになるわけである。

対象を限定することは、どの専門分野においても、厳密さを追及する限り避けがたいことである。しかし、自らの理論的枠組みを偏重するあまり、その枠組みに入らない事象を一切見ないというような態度は、正しいとは言えないだろう。同時代の物理学のこうしたあり方に対する寺田寅彦の批判は鋭い。

物理学における理論偏重の傾向について、寅彦は別な文章ではさらに次のように書いていた。

物理學上の文獻の中でも淺薄な理論物理學者の理論的論文ほど自分にとつてつまらないものはない。理論には五分もすきはなく、數學の運算に一點の誤謬はなくても、そこに取り扱はれて居る「天然(ネチュアー)」はしんこ細工の「天然」である。友禅の裾模様に現はれたネチュアーである。底の知れない「眞」の本體は却つて此の爲に蔽はれ隠される。かういふ、例えば花を包んだ千代紙のやうな論文が獨逸あたりのドクトル論文に折々見受けられる。[35]

昭和二年（一九二七）に発表した「備忘録」の一節である。ここで言われている「獨逸あたりのドクトル論文」という表現に注目したい。ドイツは寅彦が留学し、その地の物理学を学んで帰国した国である。引用した文から読み取れる感想が率直なものであるなら、寅彦は留学で実際に接したドイツの物理学のあり方に共感を感じていないことになる。ドイツ留学後、留学時の研究の延長上に行われた、X線による結晶構造の解明の研究をやがて止めてしまったことも、このことと無関係ではあるまい。

寅彦は、アインシュタインの相対性理論や、ボーアの量子力学が話題となっていた時期、それまでの物理学の限界を超える可能性を認めて、これらを評価する立場をとったが、それらに共通する、単一の理論で、存在するものすべてを覆い尽くそうとする姿勢には、終始、批判的であった。[36]

これらから、次のことが言えないだろうか。すなわち、寺田寅彦にとって、あるべき「物理学」そのものと、現実に西欧を中心として展開されている「物理学」との間には、いつでも一定の距離があった。寅彦は自らが学んだ西欧近代の物理学を、普遍的な真理の形式としてでなく、歴史的、文化的な特殊性を背負った、ありうる「物理学」の複数のあり方の一つとして見ていたのではないだろうか。

現行の西欧の物理学は「物理學圏外の物理的現象」を外部に作り出し、見ないようにしてその前を通りすぎるというあり方をもっていた。それに対して寅彦は、「割れ目」や「墨流し」など、その時点では物理学の圏外とされていた事象を敢えて研究主題に選んだ。この両者を分けるのは、ある理論の枠組みを前提にして、その枠組みに入る事実のみを対象とするのか、それとも、観察されるすべての事実をまず認め、そこから必要とされる理論の構築を目指すのかという、両者における「事実」と「理論」の先後関係の位置付けの違いである。

寺田寅彦の研究がその初期から、あくまでも事実の観察・測定から出発し、そこで観察された事実を説明しうる理論を求めるという方向を基本としていたことは、前節で見たとおりである。初期の研究について言えば、主題は古典物理学の理論の枠内で扱いうる現象であった。しかし、それらは決して、その枠内で十全に解明できるという基準で選ばれた主題群ではなかった。例えば、間歇泉の仕組みそのものはそのような要件を満たしても、その研究をステップとしてはるか先に目指されている「地震予知」という目標が、そのような理論の枠内で達成されるかどうかは不明だからである。

たえず既存の理論の枠組みを超える事実に突き当たる可能性を含んだ「地球物理学」と「実験物理学」とを、寅彦は自らの専攻領域として選んだ。そのことのうちにすでに、事実から理論へという基本的な方向の選択が含まれているだろう。これらの領域では、対応する理論が現存していなくとも、実験や観察で見出される現象は存在するのであり、そうである限り、それらの現象を観察し、記述し、分析しなければならない。これが寅彦の研究の基本的態度である。

大正十三年、寺田寅彦は設立されて間もない理化学研究所に、東京大学在職のまま、主任研究員として入所する。理化学研究所の自由な雰囲気の中で、寅彦は「物理學圏外の物理的現象」で列挙したような、既存の物理学では扱えない主題群に取り組むことができるようになる。そこで研究された多様な主題のうち二つの種類のものが注目される。墨を水面に流した時に、水面にできる縞模様についての研究[37]など、「物理學圏外の物理的現象」で指摘されていた統計的にしか扱えない現象の研究が、もちろん第一のグループとして挙げられるが、それらと並んで注目されるのは、動物の体表の模様のパターンの研究[38]や「割れ目と生命[39]」に代表される、生命の働きを物理学の観点から考察しようとする試みである。

これらの研究の成果については、当時はもちろん今日においても、物理学の世界での評価は全体に厳しいものに留まっている。こうした問題を提起した意義は認めるが、物理学として決定的な成果を挙げるに至っていないという評価である[40]。

しかし、その一方で、これらの主題について、寺田寅彦の先進性を評価する動きもある。ここで挙げた第一のグループの主題は、今日、フラクタル幾何学やカオス理論との関連で注目されるようになってきた種類の現象に関するものである。[41]また、生物物理学という研究領域も現在では、すでに認知されたものとなっている。寺田寅彦の研究は、このような今日の関心のパースペクティブからは、最近の展開を先取りした先進的な問題意識であると評価されることになろう。

科学史の文脈からはそのように言えるかもしれない。しかし、もし寺田寅彦がもし生きていたら、そのような評価を聞いて喜ぶかどうかは疑問だ。なぜなら、そのような評価の基準になっているのは、日本ではなく欧米で作り出されたカオスやフラクタルといった新しい「理論」の登場であり、流行だからである。寅彦は先に述べたように、量子力学や相対論の登場に際して、その可能性については誰よりも先に評価したが、それらを絶対視する見方に対しては批判的であった。寅彦なら、理論の流行より、事実を見ることが大切だと言うだろう。

六、西洋文明としての科学——結論にかえて

寺田寅彦の仕事の思想史的意義について明らかにするためには、以上の限られた考察ではもちろん充分ではない。しかし、少なくとも次のことが言えるのではなかろうか。寺田寅彦は西欧由来の学問である物理学を学んで、研究に従事したが、そこで寅彦が目指したのは、自らの主体的な関心によって直接に対象に向かう営みとしての物理学であり、西欧で作り出された理論枠組みの中に、自分を位置づけることではなかったということである。そして、そうであったが故に、寺田寅彦と欧米を中心とする物理学の展開との間には、いつもある距離が存在したということである。

寅彦は、この距離を保つことによって、自らが従事する「科学」という知のあり方を、内側からと同時に外側からも見ることができた。「科学」とは、西洋近代にとって真理として選び採られた特権的な知の形態である。近代日本において、専門外の人々にとってそれは、西洋文明のもつ力へと繋がる近づき難い秘法であったし、それを学んだ人々にとっては、自らの特権を保証してくれる特別な知識であった。寺田寅彦は、こうした「科学」をその実像において見ることができ、かつそこで得た認識を一般の人々に伝えた数少ない科学者の一人であった。このことが、はじめに述べた、生前および死後しばらくの時期における寺田寅彦が、思想界にもった大きな影響力の意味だと考える。

ここで述べたような西洋文明との関係は、分野は異なるが、寅彦の師である夏目漱石と共通するものである。漱石との関係に戻って言えば、先に挙げた漱石の寅彦への特別な評価も、この点に関わるだろう。

『吾輩は猫である』の寒月について言えば、寒月の博士論文題目「蛙の眼球の電動作用に対する紫外光線の影響」があらためて注目される。先に当時、生命体の物理学的特性について研究している研究者がすでに大学にいたことを指摘したが、それは同時に、寺田寅彦の後期の研究の特徴的な主題でもあることを見た。『吾輩は猫である』にこのような主題が登場するということは、その分野の話題が、すでにこの作品執筆当時に二人の会話の中で語られていたということを意味するだろう。寅彦は、すでに「割れ目と生命」で展開するようなアイディアを漱石に話していたかもしれない。

生命現象において物理的現象を見出すとは、逆に見れば、物理的現象において生命的な働きを見るということである。寺田寅彦の作品には、この世界のすべての事象が生き生きと生命をもって描かれている。そのような寅彦のものの見方の魅力と最初に出会ったのが夏目漱石ではなかったのだろうか。

先にも述べたように、作品中の水島寒月はそこまで明確に造形されてはいないが、また、決して旧弊な物理学者のカリカチュアとして描かれていない。もし、漱石が、西洋文明との対峙における優れた一つの可能性として作り上げた科学者像が「寒月」だとするなら、そのような解釈においてのみ、先に引用した小山氏の言葉どおり「寺田寅彦はますます寒月になっていった」（前出）のである。

（「東京女子大學付属比較文化研究所紀要58」一九九七）

［注］

（1）中谷宇吉郎「文化史上の寺田寅彦」、中谷宇吉郎『寺田寅彦の追想』、甲文社、一九四七年、所収。
（2）安部能成「寺田さん」、『思想』第一六五号（昭和一一年二月号）岩波書店、一九三六年、所収、三頁。
（3）夏目鏡子述、松岡譲筆録『漱石の思い出』、岩波書店、一九二九年、一四六頁。
（4）古閑章「登場人物名称考――『吾輩は猫である』の場合」、浅野洋・太田登編『漱石作品論集成』第一巻、桜楓社、一九九一年、所収、一七二頁。
（5）玉井敬之「『吾輩は猫である』の一人物――迷亭の

肖像」、浅野洋・太田登編『漱石作品論集成』第一巻、桜楓社、一九九一年、所収、五二頁。

(6) 寺田寅彦『寺田寅彦全集文学篇』第七巻、岩波書店、一九三七年、九六頁。以下、『寺田寅彦全集文学篇』からの引用は、『全集』と略記する。

(7) 夏目漱石「吾輩は猫である」、『漱石全集』第一巻、一九九三年、岩波書店、二二五－二二六頁。

(8) 同、二三九頁。

(9) 安部能成、前掲書、三頁。

(10) 小山慶太『漱石とあたたかな科学』、文藝春秋、一九九五年、六六－七〇頁。

(11) 夏目漱石、前掲書、九九－一〇〇頁。

(12) 同、一〇一－一〇二頁。

(13) 寺田寅彦「漱石先生の追憶」『全集』第三巻、六〇〇－六〇一頁。

(14) Rev. Samuel Haughton, On Hanging, considered from a mechanical and physiological point of view, in *the Philosophical Magazine*, vol. 32, 1866, London, p.23. なお、当論文のコピーの入手について、成蹊大学文学部講師、太田修司氏の助力をいただいた。

(15) 夏目漱石、前掲書、一〇四頁。

(16) 中谷宇吉郎、「寒月の「首縊りの力學」其他」、『漱石全集月報』第四號、岩波書店、一九三六年、所収、二－三頁。

(17) 小山慶太『漱石が見た物理学』、岩波書店、一九九一年、七四－七五頁。

(18) 同、一六頁。

(19) 同、四二頁。

(20) 同、四五頁。

(21) 小山慶太『漱石とあたたかな科学』、文藝春秋、一九九五年、一七一－一七二頁。

(22) 同、一七二頁。

(23) 同、一七三頁。

(24) 寺田寅彦「科學上の骨董趣味と温故知新」、『全集』第一巻、三一七頁。

(25) 同、三一八頁。

(26) 中谷宇吉郎「寒月の「首縊りの力學」其他」、三頁。

(27) Terada Torahiko, *Scientific Papers*, 岩波書店、一九三八－一九三九年。以下、この文献を引用する場合には、SP. と略記する。

(28) 矢島祐利『寺田寅彦』、岩波書店、一九四九年。

（29）Fujiwara Sakihei, A biographical sketch of Torahiko Terada, SP. I, p. x.

（30）Terada Torahiko, On the Geyser in Atami（1906）, SP. I, p.63. なお、この主題については、『全集科学篇』には、一九〇四年のものをはじめに四篇の論文が収められているが、完全な形で収録されているのは、一九〇六年に書かれたものだけであるので、図は一九〇六年の論文から採った。

（31）夏目漱石、前掲書、一七八－一七九頁。

（32）寺田寅彦「物理學圏外の物理的現象」、『全集』第三巻、三四四頁。

（33）cf. Thomas S. Kuhn, *The Structure of Sientific Revolutions*, The University of Chicago Press, Chicago, 1962. トーマス・クーン『科学革命の構造』（中山茂訳）、みすず書房、一九七一年、参照。

（34）寺田寅彦「物理學圏外の物理的現象」、『全集』第三巻、三四九－三五〇頁。

（35）寺田寅彦「備忘録」、『全集』第二巻、五〇〇頁。

（36）寺田寅彦「物理學と感覚」、『全集』第一巻、二六一頁。

（37）Terada Torahiko, Experimental Studies on Colloid Nature of Chinese Black Ink. Part I, SP. V, pp.181-191, etc.

（38）Terada Torahiko, Physical Morphology of Colour Pattern of Some Domestic Animals, SP. V, pp.295-305.

（39）寺田寅彦「割れ目と生命」、SP. VI, pp.292-307.

（40）伏見康治「寺田物理学の周辺――統計現象をめぐって」『科学』、Vol.66 No.10、岩波書店、一九九六年、七一五－七一六頁。

（41）掘源一郎「力学法則と椿の花」、『科学』、Vol.66 No.10, 岩波書店、一九九六年、七四八頁。

Terada Torahiko and "Kangetsu-Kun" in Natsume Sôseki's *I Am a Cat*

—Science and Literature in Modern Japan—

Akira KOMIYA

Terada Torahiko (1878-1935) was a physicist who played an important role in developing the study of physics in modern Japan. He published not only many scientific papers in the field of geophysics and experimental physics, but also many other essays both on scientific and literary subjects. He is today appreciated as a creater of the "scientific essay" genre in Japan.

In the history of Japnanese literature, he is known as a younger friend of Natsume Sôseki (1867-1916). In *I Am a Cat,* one of Sôseki's earliest works, written in 1904-1906, there is a character called "Mizushima Kangetsu", a young physicist who studies such "peculiar" themes as "Mechanical Studies on Hanging" and "The Effects of Ultraviolet-rays on Electrical Conductivities of Frog's Eyeballs". It was said as soon as the work was published that the "model" for "Kangetsu" was Terada Torahiko.

We can note some facts on this point. In the first place, both "Kangetsu" and Torahiko share the same birthplace and other biographical data. Secondly, a study of the theme "On Hanging" had really been published in *The Philosophical Magazine* in 1866 by a British physicist, Rev. Samuel Haughton. It was Terada Torahiko who told Sôseki about this article. Finally, Torahiko received a doctorate in 1908 for "Acoustical Investigation of the Japanese Bamboo Pipe, Syakuhati", which one might regard as a "peculiar" theme.

We are able to find in the correspondence of Torahiko and "Kangetsu" some important features of Terada Torahiko's works. One of those features, I think, is possibly that he had an intention to develop physics beyond the bounds of modern western thought.

寺田寅彦の〈時〉の意識と比較文化

十五年ほど前から寺田寅彦に関心をもって、比較文化の視点から研究を続けている。比較文化は、文化の接触面に注目して、そこに複数の文化の多様な関わりの様相を見ようとする試みだが、日本が近代西欧文化と出会い、その枠組みを全面的に摂取したプロセスは、日本の比較文化研究の主要な主題である。このプロセスを考える上で、寺田寅彦という一人の日本人が歩んだ軌跡は、特別な主題としての魅力をもっている。

寺田寅彦が注目されるのは、西洋科学の基礎と見なされる物理学を専攻し、地球物理学の分野で地震研究を開始するなど、多くの領域で重要な研究を残す一方、文学の分野で表現者として、科学的視点を含む随筆や、連句制作および俳諧論など広い範囲の作品を残したことである。

この科学と文学の活動という点では、医学者であって同時に文学者であった森鷗外と比べられるかも知れない。しかし、寺田寅彦と森鷗外の間には、西欧の科学に対する態度において、歴然とした違いが認められる。当時の西欧の栄養学の知見に基づいて脚気と米食の関係を否定したことに表われているように、科学者としての森鷗外は、基本的に西欧の科学をそのまま真理として受容して、日本に移入するという立場を取っていた。科学を中心とした西欧の文化を全体として対象としてとらえて、その妥当性を問うという姿勢は、いくつかの作品に疑義という形で述べられているものの、正面からの取り組みとしては見られない。

これに対して、寺田寅彦は、鷗外と同じドイツに留学しつつも、帰国後、年を追うに従って西欧の物理学の目指す方向への違和感を強め、特に後期においては「物理学圏外の物理的現象」〔全集第五巻〕などで、当時の西欧の物理学のあり方を根底から批判する視点を示した。

さらに寅彦の比較文化の視点において注目されるのは、西洋科学を批判するその視点が、〈時〉のあり方、自らの〈時〉の意識と結びついて、科学と文学にわたるその全活動のあり方に関わっているという点である。

「物理学圏外の物理的現象」(昭和七年)を執筆した最後期の昭和初年代、大学外の理化学研究所などで従来の物理学で扱えない現象である「墨流し」の研究など一連の独自な研究を進める一方、雑誌『渋柿』の主催者松根東洋城と連句の実作に精力的に取り組み、「俳句の精神」〔全集第十巻〕ほかで独自の俳諧論を述べる比較文化論を展開した時、寅彦が西洋の科学に対置したのは、芭蕉以来の連句のあり方に示された俳諧の美学であった。西欧の科学に俳諧の連句を対置することは、一般には意外の感を与えるだろう。そこには、寺田寅彦が西欧科学において経験した〈時〉をめぐる比較文化的な状況がある。

寅彦が漱石と出会った熊本の第五高等学校で、寅彦の人生を決定したもう一つの出会いがあった。生涯をかける学問としての物理学との出会いである。五高の物理学担当教授であった田丸卓郎によって目を開かれたこの学問は、曖昧さのない明晰な論理とともに、何よりも目の前の事実の理由を明らかにする力によって寅彦を魅了した。寅彦は、造船学の道を望んでいた父親を説得して、大学では物理学に進むことになる。このように自らの学問として選んだ物理学であったが、西欧の文化伝統に由来するその根本のあり方において、寅彦には受け入れがたい側面があった。西欧において成立した物理学は基本的に〈時〉による変化に本質的な意味を認めない立場を取っていたことである。

ニュートンに始まりラプラスを経てハミルトンによって完成された力学の体系において、事象を記述し決定するとされる方程式はすべて、時間に関して可逆な方程式として記述されていた。すなわち世界の現在の状態が知られれば、将来ばかりでなく過去の世界の状態も一意的に決定される。そこには不確定な要素は存在せず、いわば世界は過去から未来まですべて決定されていて、「時間」は本質的な意味をもたない。永遠に不変の法則性だけがあることになる。

十九世紀なかばからは熱現象が主題とされ、クラウジウスによって、エントロピーの増大として不可逆な変化がとらえられるようになるが、その後でもそこで認識された時間の不可逆性は、より全体的な体系が確立されれば、そこに統合されて解消される問題だととらえられていた。

二十世紀前半、アインシュタインによる相対性理論と、プランクに始まる量子力学の発展によって、十九世紀までの古典力学の有効性は失われるが、アインシュタインが、そうした状況を越える大統一理論の可能性を追求し続けたように、西欧の物理学全体としては、時間による変化に本質的な意味を認めず、永遠の相にある法則性という理念にこだわり続けた。その背後には、プラトンに繋がる、時をこえた永遠の真理を求める西洋の思惟の伝統があるだろう。

近代化の中で日本が受け入れた物理学はこのように〈時〉をこえた法則性に価値を置く学問として受容されたが、寅彦の場合、後年の「寺田物理学」と言われる独自な研究を始める以前から、目指した研究の方向が、これと異なる。寅彦は東京大学理科大学講師に就任の際、「実験物理学および地球物理学」を担当するとされたが、全集の科学篇に収録された寅彦の最初期の研究は、そのおりに「熱海間歇泉について」〔全集第十四巻〕にはじまる地球物理学研究と、博士号を取得した研究である尺八の音響学的研究に代表される実験物理学だった。これらに共通するのは、時間の中で繰り返されるパターンをとらえるという方向だろう。

寅彦はドイツ留学から帰国後、留学以前に執筆していた文学作品から遠ざかり、啓蒙的な科学雑誌などに、科学のあり方についての文章を執筆していた時期がある。そこで寅彦が繰り返し述べていることは、物理学でいう法則（寅彦の表記は「方則」）が決して決定論的に事象を説明するものでないことである。その一篇、「時の観念とエントロピー並びにプロバビリティ」〔全集第五巻〕の中で、有限で可逆な方程式で一意的に世界の出来事を記述することを理想とする古典力学の理念を退けて、この世界の根底には確率によってしかとらえられない「分子的混乱系」があることを指摘し、そこから〈時〉の不可逆性が現出すると言っている。

未刊に終わった「物理学序説」〔全集第十巻〕を含めて、これらの物理学のあり方について書かれた寅彦の文章に表された、あるべき物理学とは、どのような出来事であれ、寅彦自身が直接に経験する事象をそのまま記述し、それを説明することを目指す学問だったように思われる。決して理論的な体系性や数式の整合性が目指す価値ではなかった。

寅彦にとって、自らが生きる世界において、第一に経験される事実、それは、すべての事象は〈時〉の相において生起するという事態だったのではないか。それぞれの事象は、世界の中で私たちが経験するとおりの時間順序で出来事として生起して、やがて過ぎ去り、もとの状態に戻ることはない。しかしそれがその時にそのように起こったことは、観察した主体の記憶の中に確かな事実としてある。

大正九年の病気療養時に書かれた「病院の夜明けの物音」〔全集第三巻〕に始まる中期以降の多様な主題をめぐる随筆作品は、病気をきっかけに自らが経験している〈時〉の様相を、そのまま表現することを目指した形式だったように思える。そのように寅彦が経験する〈時〉のあり様を、もっとも見事に表現した作品が、昭和二年に書かれた「備忘録」〔全集第二巻〕だろう。

十二篇の短い文章からなるこの作品では、死に向かう正岡子規の『仰臥漫録』への言及にはじまり、自殺した芥川龍之介の記憶と、その死の報と同じ時期に死去の知らせを受けた、かつて実家に女中として勤めていた女性の思い出に続く、故人の記憶を書きとどめた覚え書きである「備忘録」についての随想を底部を流れる主題として置き、「向日葵」「金米糖」で述べられる西欧の物理学のあり方に対する批判を、それらにはさまれるように配置して、全体を構成している。そしてその中心に置かれているのが、「線香花火」と題された一篇である。

そこで寅彦は幼時から親しんだ線香花火の燃焼のプロセスを、始めから燃え尽きるまでステップをたどって、それを観て楽しんでいる自らの心の動きとともに丁寧に記述している。その上でそこに展開される線香花火のその時々の形状が現在の物理学では十分に説明できないことを記して、次の「金米糖」における西欧の物理学批判へと論を進めて行くのだが、同時に現時点で線香花火を見る自らの心に、幼時に母とともにそれを見た楽しさが、母の声の鮮やかな記憶と重なって思い出されることが述べられている。

寅彦にとってすべての事象は、このように物理現象であると同時に、主体によってその経験と重なる記憶をも伴いつつ生きられているのであり、それがこの世界が〈時〉の相において生起しているということなのではないだろうか。

万葉集以来の日本の詩歌は、自然の叙景とそこで感じられる人の心とともに表わしてきた。それは伝統として積み重ねられて日本の美的文化を形作っている。この長い文化伝統を自覚して表現する芸術の形式が、芭蕉が完成させた俳諧の連句である。それは何よりも、文化伝統として受け継がれてきた、日本人が経験する〈時〉の様相の表現としてである。

寅彦が最晩年に西欧の物理学の伝統と日本の連句の俳諧の美学を敢えて対比させて示した時、伝えたかったことは、日本の文化が〈時〉の様相を意識し明示する手法を長い伝統を通じて育ててきたということであり、それが日本の文化の普遍的な価値でありうることではなかったか。この認識に立つ時、寺田寅彦の残した仕事に、日本の比較文化研究にとっての特別な意味を認めることができるように思う。

（『寺田寅彦全集』第十二巻　月報、二〇一五）

寺田寅彦の文体
――生命の物理学――

一、寺田寅彦の随筆

寺田寅彦（一八七八―一九三五）は、物理学者として地球物理学および実験物理学の分野で多くの研究を残したが、また随筆家、俳人としても知られ、その死後、『寺田寅彦全集科学篇』Terada Torahiko, *Scientific Papers*（一九三八―一九三九）とともに『寺田寅彦全集文学篇』（一九三六―一九三七）が刊行されている文学者でもある。

しかし文学の世界において、寅彦の今日の評価は決して高いものではない。寺田寅彦の名が文学史上で語られるのは、多くの場合、寅彦の生涯の師であった夏目漱石との関連に限られる。そのように注目されない大きな要因として、寅彦の文学作品の主要な部分が、寅彦自身によって創始された「科学随筆」を含む「随筆」というジャンルに分類されていることによるだろう。近代日本の文学史においては、小説作品がもっとも重視され、次いで詩作品がこれに次ぐ重要性を与えられており、その他のものの中でも「随筆」に注目する論者は多いとは言えない。

寺田寅彦にも、初期には創作と見なせる作品もなくはない。また『ホトトギス』や『澁柹』に掲載された俳句作品も数多くあり、特に『澁柹』の主催者である松根東洋城と取り組んだ連句の実作においては、同時代では傑出した熱意が見られる。とはいえ、寅彦の残した作品として、生前においても死後においてももっとも多くの読者を獲得してきたのが、その「随筆」作品であることは明らかである。それらの「随筆」作品が、後世の多くの著者に大きな感銘を与え続けていることは、例えば数度にわたって刊行された『全集』の「月報」に掲載された多くの筆者の文章によって知ることができる。

また広い意味での知識世界における寺田寅彦の存在は、生前には、今日考えられるより、ずっと大きなものであったことにも注目しよう。寅彦の死去に際して刊行された、雑誌『思想』の「寺田寅彦追悼特集号」（昭和十一年二月号）は、通常の頁数をはるかに越える追悼文で全冊を埋めている。『思想』は寅彦が特別な関わりをもっていた雑誌ではあるが、当時の代表的な知識人を網羅するそれらの追悼文の内容は、寺田寅彦の死が同時代を代表する巨大な知性の死として受けとられていたことを、読む者に強く印象付ける。そうした評価は、寅彦の「随筆」作品によって得られた以外のものではない。

それでは、寺田寅彦の「随筆」作品の、どのような要素、どのようなあり方が、今日まで続く高い評価をもたらしているのだろうか。もちろん、それはそこに表現されている寅彦の思考が他にない価値を持っているからだろう。そしてさらに、それが思考と言語の密接に結び付いた独自な文体を形造っていることが、寅彦の最大の魅力だ。この小論は、寅彦の「随筆」作品に見出される特有な文体の特徴を取り出すことにより、その思考と表現の独自性を明らかにしようとする試みである。

さて『寺田寅彦全集文学篇』全二十巻のうち最初の十巻が「随筆」としてまとめられているが、そのように一括して「随筆」と総称されている寅彦の文章には、いくつかの性質をことにする作品群が含まれている。第一に、初期の『ホトトギス』に掲載された写生文を中心とする作品群があり、それらは後に『藪柑子集』（一九二三年）にまとめられた。発表時の署名は、「寅彦」「牛頓」など複数の名が付されている。

第二に、明治四十四年（一九一一）にドイツ留学より帰国してから後、寺田寅彦の名で『理学界』などの科学学習雑誌のために書かれた、「方則について」「物理學圏外の物理現象」などの科学解説、あるいは科学についての考え方を述べた文章がある。これらは後に『萬華鏡』（一九二九年）および『物質と言葉』（一九三三年）に収録された。

第三に、第二のグループと同じ著作に収められている「電車の混雑に就て」などの、いわゆる「科学随筆」に分類される一群の作品がある。日常目にする現象についての科学的考察と、より広い所感を併せて文章化した作品形式で、実質的に寅彦によって創始された作品ジャンルである。著作としては「寺田寅彦」の著者名で刊行されているが、初出で雑誌に掲載された時点では「吉村冬彦」の署名で発表されたものもある。

第四に、主として「吉村冬彦」の署名で発表され、著作としても『冬彦集』（一九二三年）『觸媒』（一九三四年）など、吉村冬彦名で刊行された著作に収められた、身辺雑記や回想など多種の主題を扱ったきわめて多数の作品がある。もっとも一般的な意味で、文学ジャンルとしての「随筆」に分類されてきた作品群である。

また以上の他に、主として俳諧誌『澁柿』に掲載された、数多くの短文や俳論もある。これら「随筆」と総称される寅彦の文章のうち、文学として高く評価されているのは、第三と第四のグループに属する作品である。特に、第三の「科学随筆」は、物理学の分野でも弟子であった中谷宇吉郎を代表的な後継者として、その後も今日にいたるまで、日本の随筆の重要な一ジャンルとして受け継がれている。

寅彦の本質を科学者だと見る見方に立てば、寅彦の本来の表現はこの「科学随筆」にあり、第四のグループのその他の「随筆」作品は、「科学随筆」の科学的な見方を日常の事象に拡げて論じているだけで、その思考と表現の本質は変わらないと考えられるかもしれない。はたしてそうなのだろうか。このことは、実際の作品を分析して確かめなければならない事柄だろう。ここでは、「科学随筆」の文体を見るために、その代表的作品である「電車の混雑に就て」を、またいわゆる「随筆」作品の例としては、吉村冬彦の名で最初に発表された作品である「小さな出來事」を取り上げ、その文体の特徴を取り出すことから検討の作業を始めよう。

二、「電車の混雑に就て」——科学随筆の文体

「電車の混雑に就て」は、後に「寺田寅彦」名の著書『萬華鏡』（一九二九年）に収められたが、初出は大正十一年（一九二二）に「吉村冬彦」名で雑誌『思想』に発表された作品である。寅彦が「吉村冬彦」の名で雑誌に文章を書くようになったのは、大正九年（一九二〇）からだから、「吉村冬彦」名で書かれた作品としても初期のものに入る。

この作品は、次のように私的かつ身体的な記述と、直裁な主題と結論の提示で始まる。

満員電車の吊革に縋つて、押され突かれ、揉まれ、踏まれるのは、多少でも亀裂の入つた肉體と、其爲

　　に薄弱になつて居る神經との所有者に取つては、殆んど堪へ難い苛責である。其影響は單に其場限りでなくて、下車した後の數時間後迄も繼續する。それで近年難儀な慢性の病氣に罹つて以來、私は滿員電車には乘らない事に、空いた電車にばかり乘る事に決めて、それを實行して居る。

　　必ず空いた電車に乘る爲に採るべき方法は極めて平凡で簡單である。それは空いた電車の來る迄、氣永く待つといふ方法である。(1)

ここで「多少でも亀裂の入った肉體」と言っているのは、大正八年の胃潰瘍による吐血に続く入院、自宅療養により、約一年半の休養を余儀なくされるという、寅彦にとって大きな事件からあまり年月を経ていない時期の、実際の感じ方に基づいた言い方だろう。

　また「電車」と言われているのは、当時「市電」と呼ばれていた東京市営の路面電車のことである。寅彦は本郷区曙町（現在の地名は文京区本駒込）に住んでおり、本郷通りを運行する路面電車に乗って東京大学に通勤していた。また銀座や神田方面に行く場合にも、この市電をしばしば利用している。

　寅彦が提案する「空いた電車に乗る爲に採るべき方法」は、あまりにも当然な「氣永く待つといふ方法」である。これだけならば単なる世間知を述べるエッセーということになるが、この作品が独自なのは、数本の電車を待つ間にはほとんど必ず空席があるような電車が来るということを、電車の運行状況を理論的に分析して、確率的な必然性をもって提示しようとすることである。いわばこの随筆は、市電の運行という事象を一種の物理現象と見て、その運動法則を探究する科学研究論文の形をとっている。

　寅彦はまず、市電の運行が一定の間隔で運転されているはずであるのに、実際にはこの間隔に変化があり、かつその変化がある一定の「律動」（リズム）をなしていることに注目する。

　　何と云つても餘り混雜の劇しい時刻には、來る電車も來る電車も、普通の意味の滿員は通り越した特別の超越的滿員であるが、それでも停留所に立つて、もの丶十分か十五分も觀察して居ると、相次いで來る車の滿員の程度に自らな一定の律動のある事に氣が付く。六七臺も待つ間には、必ず滿員の各種の變化の相の循環するのを認める事が出來る。[2]

こうした律動あるいは変化の相の循環がもっとも明らかなのは、中程度の混雑の場合である。寅彦の観察によれば、その場合、電車の混雑の変化は、始めにほとんど満員の電車が来たとすると、それほど間をおかずに、やはり込んではいるが満員ではない電車が来て、続いてずっと空いている電車が続き、そして三台目か四台目には、がら空きに近いような電車が来て、その後しばらく間隔があき、また満員の電車がやってくるという変化が見られると言う。[3]

寅彦は、こうした混雑の相変化を、次のようにいくつかの段階を追った理論を設定して説明している。

(1) はじめに、ある終点から一定時間ごとに発車する電車が、一様な速度で進行し、途中の停留所でも一定時間だけ停車するように決められている場合を考える。この場合、線路上の任意の一点を電車が相次いで通過する時間間隔は常に同一でなければならないが、実際上は「避くべからざる雑多の複雑な偶然的原因のために」、この一定であるはずの間隔に少しずつの異同を生じ、理想的にはTであるべき間隔に、誤差ΔTが生じて実際にはT＋ΔTになっている。このΔは正あるいは負の値を取り、間隔の平均がTを保っているならば、ΔTの総和はゼロになっている。

(2) この時間誤差ΔTは、出発点から遠くなるほど大きくなる傾向にあるが、その大小の誤差がどういう順序で起こるかということも一種の「偶然の方則」に支配されており、だいたい平均三あるいは四つ目ごとに目立って大きな数値が現われる。つまり、目立って早すぎるか遅すぎる電車が三台目か四台目に来ることになる。ここで言及されている法則については後に触れる。

(3) 次に、これに乗客のファクターを含めて考えると、一定時間内に一つの停留所に集まって来る乗客の数は、それぞれの時刻と場所により一定の平均値を中心とした変異値を取ると考えられるから、一つの電車が乗せるべき乗客数は、すぐ前の電車が発車した後の経過時間に比例すると見なせる。

(4) そうすると、平均より遅れて到着した電車は、前の電車との間隔が開いている分だけ、より多くの乗客を乗降させなければならず、従って乗降にかかる時間も余計にかかることになり、さらに遅れてその停留所を発車することになる。一方、平均より早く到着した電車は、同じ理由で乗降時間が短くてすみ、さらに早くその停留所を発車することになる。

(5)　そこで特に大きく遅れた電車が出現した場合を考えてみると、その電車の混雑と遅れは急速にひどくなって行き、この電車が遅れた分だけそれに続く電車との間隔が狭くなるから、続く電車はより空いた状態になり、またさらに予定より早く各停車所を発車することになる。

(6)　先に見たように、そうした大きな誤差をもった電車は、平均三台目あるいは四台目に現われるから、結果として、電車の軌道上には、何台か非常に混雑してかつ予定から大きく遅れた電車があり、その後に比較的空いた二台ないし三台の電車が続いているという状態が現出することになる。

以上が寅彦の考えた理論的考察である。ここで予想されている状態は、先に見た予備的な観察と一致するが、寅彦はこのような理論上の推論に満足せずに、実際に数度にわたる実地測定を行った。その例示として、大正九年六月十九日の晩、市電の神保町駅に午後八時ごろからほぼ一時間にわたって立って観測した結果を表で示している（表1）[4]。表では神保町駅に電車が到着した時刻と、その電車の混雑の度合が、極端な混雑を示す◎から、〇、△、×と順に空いた状態を示している。

寅彦は、この観測値をもとに計算して、実際には混雑した電車の数は多くないにもかかわらず、時間を積算して計算すれば、乗客にとっては混雑した電車に最初に出会う確率のほうが高いことを示し、「來かゝつた最初の電車に乗る人は、すいた車に逢ふ機會よりも込んだのに乗る機會のほうが可也に多い[5]」という計算結果を導き出し、次のような結論を提示する。

此れを詮じつめると最後に出て來る結論は妙なものになる。即ち「第一に、東京市内電車の乗客の大多數は――假令無意識とはいへ――自ら求めて滿員電車を選んで乘つて居る。第二には、さうする事によつて、自ら其等の滿員電車の滿員混雜の程度を益々增進するやうに努力して居る」。

此れは一見パラドクシカルに聞こえるかも知れないが、以上の理論の當然の歸結としてどうしても止むを得ない事である。もし此れがをかしいと思はれるなら、其れは私の議論がをかしいのではなくて、さういふ事實がをかしいのであらう。[6]

この文章に感じられる何とも言えぬおかしみは、ここで観察の対象とされている事象が、筆者自身をも含む社会一般の人々の行為のあり様であり、そこに見られる自己矛盾を外側から一定の距離を保って記述していることから生じている。

自らを含む対象に対するそうした距離の取り方を可能にしている文体的要素として、第一に挙げられるのは、やはりこの作品が科学論文の形式を模倣していることだろう。実際、この作品の構成は次のように整理できる。

1　筆者自身の体験から始まる導入部
2　予備的考察とそれに基づく仮説の提示
3　電車の運行と乗客の行動の単純化したモデル構築
4　モデルに基づく理論的推論
5　実際の観察実験
6　観測結果の数値解析および理論との照合
7　理論および実験の結論と仮説の確認
8　生活上への視点の拡大と所感

以上の構成は、寅彦が考える〈実験物理学〉における研究の進め方を忠実にたどっている。寅彦がまだ大学院生の時期に先輩の本多光太郎と共同で取り組んだ最初の地球物理学の研究である「熱海の間歇泉について」On the Geyser in Atami（一九〇六年）にその明確な方法を見ることができる。この論文では、かっては豊富な湧出量で知られていた熱海の大間歇泉の湧出量の減少という事態の原因を明らかにするために、まず一年以上にわたる湧出量の精密な測定を行って、その変化のパターンを抽出し、その上でそのような変化のパターンを可能にするような地中の構造を理論的に推定。さらにその構造と物理的に等価な実験装置を製作して、実験装置で作り出される変化パターンが、実際の観測結果と一致するかどうかを検証している。[7]

「電車の混雑に就て」と寅彦の物理学研究との関係は、以上のような形式的な相似にとどまらない。寅彦は、この作品の執筆の数年前に、ここでの主題と密接に関連する研究に着手しており、科学論文としてまとめている。それが大正五年に発表された「偶発的現象の見かけ上の周期性について」Apparent Periodicities of Accidental Phenomena（一九一六年）である。

この論文では、その配置に特に有意義な決定要因がなく、まったく偶発的に散在する数値をとるような現象の観察において、見かけの上で一定の周期性と見えるような変化のパターンが見出されることがあることに注目する。

例えば、白い紙の上に、できるだけ決まったパターンができないように鉛筆で点を打って行き、その後に一定の大きさの升目をその紙に描いて、それぞれの升目の中

表1

時　分	南　行	五分間車数	北　行	五分間車数
7 55		0	時 分 秒 7 55 40 ○ 58 18 ○	2
8 0		0	8 0 0 △ 2 31 × 3 43 ○	3
5	時 分 秒 8 6 43 ◎ 8 16 ○ 8 54 △ 9 27 ×	4	7 23 ○ 9 50 △	2
10	12 35 ×	1	12 32 ×	1
15	15 43 △ 16 19 × 16 31 ×× 17 24 × 18 55 ×	5	19 34 ○	1
20	22 0 × 23 15 × 24 35 ×	3	20 52 × 21 48 ×× 23 28 ×	3
25	29 30 △	1	27 18 ○ 28 28 ×× 29 21 ○	3
30	30 23 × 32 45 × 34 33 △	3	33 44 ×	1
35	36 36 ○ 37 31 × 38 22 ×	3	38 34 △ 39 5 ××	2
40				
	五分間平均　2.2		平均　2.0	

に入る鉛筆の点の数を数え、その数字を升目の順に並べる場合を考える。寅彦によれば、この場合、数字は全体の平均値を中心としてその上下に振動する数値をとるが、その変化の「山」にあたる数値が現われてから次の「山」にあたる数値が現われるまでの升目数を見てみると、いつもほぼ一定であって、紙の大きさや点の数、そして升目の大きさには無関係であることが見出される。

すなわち、そこには数値のパターンにおいて「見かけ上の周期性」が見出される。寅彦は、この場合だけでなく、同じ様な偶発的な変化を示す別な現象についても複数の実験を行って、この周期の数値が、どの場合でもほぼ等しい値に近付くことを確かめた。その数値は、ほとんどの場合、3.0と4.0の間に入る。

寅彦は、この値を、正規分布曲線を表わす係数のような、偶然の分散状態を表わす数値であると考える。すなわち、周期的に「山」が現われるような分散値の変化が見られる時、その「周期」が、3.0から4.0の間に入るような値である場合には、そこに見られる周期性は、決定する必然的要因を持たない「見かけ上」だけのものである可能性が高いことを、むしろ示していると考えるのである[8]。

「電車の混雑に就て」の中で、個々の市電に与えられる到着時刻の誤差ΔTの分布について、寅彦は次のような言い方をしていた。

> 大小種々な時間誤差ΔTがどういう順序に相次いで起るかといふ事も矢張又一種の「偶然の方則」に支配される。此の方則は餘り簡單でないが先づ大體においては平均三臺目か四臺目ごとに目立つて早過ぎるもの或は遲過ぎるものが來る事になるのである[9]。

ここで言及されている「偶然の法則」こそ、寅彦自身がこの作品執筆の少し前に研究して確定した「偶然的現象の見かけの周期性」に他ならない。「平均三臺目か四臺目ごとに目立つて早過ぎるものあるいは遅過ぎるものが來る事になる」と言い切れるのは、自身の研究を踏まえているからである。

観察される現象に一定の周期性が認められた時、それが何らかの未知の原因に基づいているのか、それとも見かけ上だけのものなのかを見分けることは、寅彦の目指す研究、例えば地震の研究などにとっては本質的な重要性を持つ事柄であった。「電車の混雑に就て」は、そのような統計的な研究方法の可能性と意味を考えている中で、寅彦の目に写ってきた、実社会の中での人々の振舞いについての考察にその端緒を持つだろう。

この作品が読者に与える感興の大きな部分が、日常のまことに人間的な出来事に対して直接に科学の視線が適用されることによる、視野の拡大と転換にあるだろう。逆に言えば、日々、一台でも早い電車に乗ろうとあせる私たちは、知らずに視野狭窄に陥っていたわけだ。

しかし、だからと言って科学の方法の適用が、この作品の成功の要因のすべてでないことはもちろんである。その他の大きな要素として、そこには寅彦の随筆に共通する文体があり、また文章のリズムがある。この点を、ほぼ同時期に書かれた随筆作品である「小さな出來事」に注目して見てみよう。

三、生命への視線――「小さな出來事」をめぐって

「小さな出來事」は大正九年十一月に雑誌『中央公論』に発表された作品である。この年、寅彦は胃潰瘍の療養のため自宅で療養中であり、その中で随筆を多く執筆し、いくつもの雑誌に発表するようになった。同時に、「吉村冬彦」という筆名が使われるようになる。「小さな出來事」は、『全集』に「随筆」として収録されているものとしては、吉村冬彦名で発表された最初の作品である。

この作品は、それぞれ執筆の日付を付された六つの短文を集めた構成を採っている。その始めのものが、同年八月二十三日の日付で書かれた「蜂」である。「蜂」は寺田家の庭の描写から始まり、そこに一房の蜂の巣が発見されたことを記す。

　私が始めて此の蜂の巣を見付けたのは、五月の末頃、垣の白薔薇が散つてしまつて、朝顔や豆がやつと二葉の外の葉を出し始めた頃であつたやうに記憶して居る。花の落ちた小枝を剪つて居る内に氣が付いて、よく見ると、大さはやつと拇指の頭位で、まだほんの造り始めのものであつた。此れにしつかりしがみ付いて、黄色い強さうな蜂が一匹働いて居た。[10]

はじめ寅彦は、子どもたちへの危険を考えて、この蜂の巣を撤去しようと思う。しかし撤去するのは蜂がいない時のほうがよいだろうと考えて、そのまま何日か過ぎてから、あらためて蜂と蜂の巣を観察してみると、そこに蜂が営々と巣を独力で作り上げる作業の巧みさを見出し

て、それを無下に破壊してしまう気がしなくなる。

それ以来、著者はこの蜂の活動と蜂の巣の成長を観察するようになる。蜂の巣づくりは順調であるように見えたが、やがてある時期から蜂の姿が見えなくなり、その後いつまでたっても蜂が帰ってくることはなく、蜂の巣も主がないままに放置された状態であった。寅彦は、蜂の身にどのようなことが起こったのだろうかと思いやる。


　其れから後は何時迄經つても、もう蜂の姿は再び見えなかつた。私はどうしたのだらうと色々な事を想像してみた。往來で近所の子供にでも捕へられたか、それとも私の知らないやうな自然界の敵に殺されたのかとも考へてみた。しかし又此の蜂が今現に何處か遠い處で知らぬ家の庭の木立に迷つて、あてもなく飛んで居るやうな氣もした。[11]

寅彦が友人にこの話をすると、友人は、それは蜂が何らかの理由でその場所での巣づくりを中止して、もっと条件のよい場所に移っただけのことだと言う。著者はそのような外側からの見方に接して、一度興覚めな思いをするが、それでもなお次のような思いを持ち続けるのである。


　今日覗いて見ると蜂の巣のすぐ上には棚蜘蛛が網を張つて、其上には枯葉や塵埃が一杯にきたなくたまつて居る。蜂の巣と云ひながら、矢張り住む人がなくて荒れ果てた廢屋のやうな氣がする。此の巣のすぐ向側に眞紅のカンナの花が咲き亂れて居るのが一層蜂の巣をみじめなものに見せるやうであつた。

　私は兎も角も此巣を來年の夏迄此儘そつとして置かうと思つて居る。來年になつたら此の古い巣に、もしや何事か起りはしないかといふやうな豫感がある。[12]

人間の生活を取り巻く自然と、その中に生きるそれぞれの生命への、寅彦の共感が感じられる作品と言えるだろう。特に上に引用した末尾部分には、意図されたセンチメンタリズムさえ感じられる。

この作品において特に注目したいのは、蜂の巣づくりを観察する際の寅彦の視線の変化と、それを表現する文体の特徴である。蜂の巣を見つけた当初、著者は、それが子どもたちにとって危険だという意識しかない。しかし数日たってから、あらためて対象として観察するようになる。その意識の変化を描写している部分を、少し長い引用になるが詳細に見てみよう。

　それから四五日はまるで忘れて居たが、或朝子供等の學校へ行つた留守に庭へ下りた何かの序に、思ひ出して覗いて見ると、蜂は前日と同じやうに、軀を逆樣に巣の下側に取り付いて仕事をして居た。二十位もあらうかと思ふ六角の蜂窩の一つの管に繼ぎ足しをして居る最中であつた。六稜柱形の壁の端を顎でくはえて、ぐる〳〵廻つて行くと、壁は二ミリメートル位長く延びて行つた。其の新に延びた部分だけが際立つて生々しく見え、上の方の煤けた色とは著しくちがつて居るのであつた。

　一廻り壁が繼ぎ足されたと思ふと、蜂は更にしつかりとからだの構へをなほして、そろそろと自分の頭を今造つた穴の中へ挿し入れて行つた。如何にも用心深く徐々と身體を曲げて頭の見えなくなる迄挿し入れた、と思ふと間もなく引き出した。穴の大きさを確めて始めて安心したと云つたやうに見えた。そしてすぐに隣の管に取りかゝつた。

　私は此歳になる迄、蜂の此のやうな挙動を詳しく見た事がなかつたので、強い好奇心に驅られて見て居る内に、此の小さな昆蟲の巧妙な仕事を無殘に破壊しようといふ氣にはどうしてもなれなくなつてしまつた。

　其れからは時々、庭へ下りる度にわざ〳〵覗いて見たが、蜂の居ない時は寧ろ稀であつた。見る度に六稜柱の壁はだんだんに延びて行くやうであつた。

　或時は顎の間に灰色の泡立つた物質を一杯溜めて居る事が眼についた。そして壁を延ばす代りに穴の中へ頭を挿しこんで内部の仕事をやつて居る事もあつた。しかしそれがどういふ目的で何をして居るのだか自分には分からなかつた。[13]

　まず第一に気付くのが、この部分のすべての文が「居た」「あつた」「行つた」のように完了の「た」で終えられていることである。この特徴はこの文章に、繰返しの畳みかけるようなリズムを感じさせている。

　そしてさらに、そのような繰返しのリズムが次第に加速されている点が注目される。そのことはまず、段落の長さが次第に短くなっている事実に見ることができる。

この引用でも、第一段落が八行、第二段落が六行、第三段落は四行、第四段落は三行、そして第五段落が四行となっている。

また同時に、句点から句点までの文の長さも、前と後では、後になるほど短くなる傾向がある。ここでは、蜂の巣づくりの営みの観察と、それを見る著者の所感とが混在して述べられているが、同じように蜂の動きの描写をしている第一段落、第二段落、第五段落の文を取り出して較べてみよう。

第一段落：「六稜柱形の壁の端を顎でくはへて、ぐる〳〵廻つて行くと、壁は二ミリメートル位長く延びて行つた。」

第二段落：「一廻り壁が継ぎ足されたと思ふと、蜂は更にしつかりとからだの構へをなほして、そろそろと自分の頭を今造つた穴の中へ挿し入れて行つた。」「如何にも用心深く徐々と身體を曲げて頭の見えなくなる迄挿し入れた、と思ふと間もなく引き出した。」

第五段階：「或時は顎の間に灰色の泡立つた物質を一杯溜めて居る事が眼についた。」「そして壁を延ばす代りに穴の中へ頭を挿しこんで内部の仕事をやつて居る事もあつた。」

第一段落、第二段落では、句点から句点までの文の中に読点を含み、複数の動作を一つの文の中で描いているのに対し、第五段落では、ひと続きの文で、かつただ一つの動作を描写している。さらに、第五段落全体が、最後の「しかしそれがどういふ目的で何をして居るのだか自分には分からなかつた」という著者の所感を含めて、すべてひと続きの三つの短文から構成されていることにも注目すべきだろう。文章の息の長さということに注目すれば、それは、段落を追って次第に短くなってきた著者の思考の持続の長さが極限まで短くなって、それ以上分割できない単一の出来事を並べるだけという状態に達したことを示していると言えるからである。描かれている内容について見ていると、ここでは段落が進むごとに、著者の視点が対象である蜂の運動に近付いてきている。さらに、著者の意識が対象である蜂の巣づくりの営みに同期（シンクロナイズ）してきている、と言えるかもしれない。

このような文体の特徴と意識のあり方の変化を関係付けて論じた研究が、文体論（stylistics）研究の先駆者であるレオ・シュピッツァー Leo Spitzer（一八八七－一九六〇）の著作に見出せる。十八世紀フランスの思想家、ディドロ Denis Diderot（一七一三－一七八四）の文体を論じた研究「ディドロの文体」The Style of Diderot[14] である。この論文でシュピッツァーは、ディドロの作品に共通して見られる一つの文体的特徴を取り出して提示することから出発し、ディドロの主要作品の一つである『ラモーの甥』*Le neveu de Rameau* の主題であり、ディドロの文学の基本主題でもある「表現性」の問題を中心とした考察を展開している。

　シュピッツァーはまず、ディドロがダランベール Jean Le Rond d'Alembert（一七一七－一七八三）とともに編纂した『百科全書』*Encyclopédie, ou dictionnaire raisonné des sciences, des arts et des métiers*（一七五一－一七七二年）に自ら執筆した項目「享受」Jouissance を取り上げる。シュピッツァーが注目するのは、この作品の中に、リズムを持った類似の表現の繰返しからなり、はじめはゆったりと、そして次第にテンポを速めて文の長さが短くなって、やがてクライマックスへと向う文体が用いられていることである。この項目でディドロは、身体的な快楽から記述を始めて精神的な喜びの享受にいたるまでの段階を追って述べているが、そのはじめに男女の性交渉において感じられる快楽の推移を次のように描き出す。

C'est alors qu'ils écoutent leurs sens, et qu'ils portent une attention réfléchie sur eux-mêmes. Un individu se présente-t-il à un individu de la même espèce et d'un sexe différent, le sentiment de tout autre besoin est suspendu; le cœur palpite; les membres tressaillent; des images voluptueuses errent dans le cerveau; des torrents d'esprit coulent dans les nerfs, les irritent, et vont se rendre au siège d'un nouveau sens qui se déclare et qui tourmente. La vue se trouble, le délire naît; la raison, esclave de l'instinct, se borne à le servir, et la nature est satisfaite.[15]

（その時には、二人は自身の官能にのみ傾注し、自身の内部に注意を注ぐ。お互いが同じ種で別の性の個体として現われ、性交渉以外の欲求の感情はすべて一時休止される。心臓の動きが高まり、四肢は震え、欲望のイメージが脳髄を駆けめぐる。精気が急流のように神経網を流れて、全神経を刺激し、目覚めて苦悩をもたらす新たな感覚のありかへと赴く。視覚は乱され、錯乱が生まれる。理性も本能の奴隷となって、本能の実現に仕えるのみとなり、やがて自然の欲求が満たされて終る。）

この文章の中でシュピッツァーが特に注目するのは、コンマ（,）とセミコロン（;）で区切られた極端に短いセンテンスの連続する箇所が、“le cœur palpite; les membres tressaillent; des images voluptueuses errent dans le cerveau;” と “La vue se trouble, le délire naît; la raison, esclave de l'instinct, se borne à le servir, et la nature est satisfaite.” の二箇所にわたって現われることである。前の場合には、主語と述語からなる短文が三つ並べられており、後の場合には、主語と述語の対応は二つだが、“la raison” と “esclave de l'instinct” は同格で、コンマ（フランス語ではvirgule）で区切られており、それぞれ息が切られて、文の並列よりさらに短いリズムが表現されている。シュピッツァーは、文や語を短いリズムで連ねるこの文体を、“style coupé” と呼ぶ。

この箇所ではこの文体は、性交渉における快楽のクライマックスへと向う直前の、自動運動（automatism）の段階に入った感情と身体の切迫したリズムを明示的に表わしている。そしてその自動運動の到達点を示す表現が “et la nature est satisfaite.”（そして自然の欲求が満たされる）である。シュピッツァーは、“style coupé” の終りに現われるこの “et” を「頂点のet」et of culmination と呼ぶ[16]。

シュピッツァーがこの論文で注目するのは、ディドロの作品において、この「頂点のet」を伴った “style coupé” という文体が、この箇所のような直接に性交渉を描写する場面以外の文章において頻繁に使われているということである。シュピッツァーは、小説『修道女』*La religieuse* に続いて、芸術表現の主題を論じたディドロ後期の主要作品である『ラモーの甥』の場合を分析することにより、ディドロにおいてこの文体が、生物としての増殖を意味する「生殖」から精神的な意味での自己の拡張、力の増大へと結び付いていること、さらに、自己の思考内容を他者へと拡大することを目指す「表現行為」expression 一般と結び付けられていることを示す。

すなわち、ディドロの創作した登場人物である「ラモーの甥」は、作品の語り手の前で、自己宣揚の欲望から発した自分の言語と身振りの表現に自ら触発されてさらに自己拡張の欲望をつのらせるという、性行為の場合と同様の自動運動（automatism）の状態に入って、高揚とそれが頂点に達した後の落ち込みのプロセスを繰り返す。シュピッツァーは、ここに描かれたあり方を、ディドロにおいて「表現」という行為が持つ極限の形態と見て、「表現性の自律支配」the autonomy of expressivity と呼ぶ。[17]“style coupé”は、ディドロにおけるそのような自動的あるいは受動的な「表現性」を表わす文体であるということである。

さて以上の考察から戻って見てみると、寺田寅彦の「小さな出來事」について先に注目した文体的な特徴と、シュピッツァーがディドロに見出した“style coupé”の文体との間には、二つの類似点が認められるだろう。

第一に形態上の類似がある。「小さな出來事」の蜂の巣づくりに注視する部分においても、シュピッツァーが引用したディドロの複数のテキストにおいても、内容に繰返しを含み、かつ文章のテンポがはじめはゆったりと、次第に速くなり、ついには短く息を切られた文や語の並列に達している。

第二に記述内容において関連が見られる。シュピッツァーは、性の事象が「基底経験」das Grunderlebnis となっているというディドロの生のあり方が、この文体の背景にあると結論づけていた。[18]それは「生殖」という生命の本質に発している。他方、寅彦が「小さな出來事」で描き出しているのは、蜂の巣づくりという生命の営みへの注目である。寅彦の“style coupé”は、その生命の営みに寅彦の視線が惹きつけられて行くプロセスを描き出している。

第一の点からは、寅彦の文章においても、シュピッツァーがディドロに見出したと同様なある種の「自動運動」が働いていることを示しているだろう。そして第二の点からは、この自動運動が「生命」という、自らを再生産することを目指す特別な記述対象に結び付けられているという共通点を指摘することができる。しかし同時に、両者の間には相違点もまた見ることができる。もっとも大きな相違点は、ディドロの場合に特徴的に見られた「頂点の et」で示される、観察事象の変化が達するクライマックスの状態が、寅彦の場合、明確には記されていないことである。

「小さな出來事」において、リズムが速められていった頂点に置かれているのは、「しかしそれがどういふ目的で何をしているのだか自分には分からなかつた」という文である。附加の意味をも持つ「しかし」で始まっている点で、ディドロの「頂点のet」で始まる文と共通する面を持たないではないが、記述されている事象の状態を描くのではなく、観察している主体の感想へと記述が回収されてしまっていて、読者としては、高められた期待を外された感じが強い。

　以上の類似点と相違点から、寅彦の文体の意味するところについて、どのようなことが言えるだろうか。先に検討した「電車の混雑に就て」と併せて考察してみよう。

四、生命の物理学

〈文のリズム〉という観点から「電車の混雑に就て」を再び見てみよう。

　第二節で整理したように、この作品は、電車の運行の理論構築と実地観察を含む八つの部分から構成されている。文のリズムについて言えば、最初の部分はゆっくりとしたリズムで始まるが、理論のためのモデル構築のあたりから次第にテンポを速め、数式を含む理論の展開から実験観察を経て結論の提示にいたる部分までずっと畳みかけるようなリズムが続き、末尾の寅彦自身の所感を述べる部分で、再びゆったりしたテンポに戻って終っている。

　もっとも強いリズムを感じさせるのは、全体としての結論を述べる次の部分である。


　此れは何を意味するのか。

　箇々の乗客が全く偶然的に一つの停留所に到着した時に、或る特別な間隔に遭遇すると云ふ確率(プロバビリティ)は、あらゆる種類の間隔時間とその回数との相乗積の總和に對する其特別な間隔の回數と時間との積の比で與へられる。それで例えば前の例に就て云へば二分以下の間隔に飛び込む機會は三度に一度で、二分以上五分迄の長い間隔にぶつかる方は三度に二度の割合になる。實際は五分以上のものが勘定に加はるから恐らく此割合は四度に三度位になる場合が多いだろうと思はれる。(停留所で待つ時間の確率を論じるには、もう少し立入る必要があるが、此れは略して述べない)。以上は唯一例に過ぎないが、私の観測した其他の場合にも、大體此れと同様な趨勢が認められるのである。

　それで兎も角も、全く顧慮なしにいつでも來か丶つた最初の電車に飛び乗る人に取つては、空いたのにうまく行逢ふ機會が少なくて、込んだのに乗る機會が著しく多い。さういふ經驗の記憶が自然に人々の頭に滲み込む。恐らく込み合つて居た多數の場合の記憶は、稀に空いて居た少數の場合の記憶よりも強く印銘せられるとすると、以上の比例の懸隔は、心理的に變化を受け、必ず幾分か誇張されて頭に殘るかも知れない。從つて多くの人はつひ〳〵空いた電車の存在を忘れて、凡てのものが滿員であるやうな印象をもつ事になるかも知れない。

此の最後の点は不確かだとしても、次の結論は免れ難い。即ち「來かゝつた最初の電車に乘る人は、空いた車に逢ふ機會よりも込んだのに乘る機會の方が可也に多い」。

此のやうにして、込んだ車には益々多くの人が乘るとすれば、此の電車は益々規定時間よりも後れる爲に、更に又混雜を增す勘定である[19]。

ここでは、第二段階で実験結果からの確率計算の結果、乗客が停車場に着いて最初に来た電車に乗ろうとする場合、混雑している電車に出会う確率が、空いた電車に出会う確率より高いことを述べ、第三段階で、そのことが乗客の意識にどのように印象としてとらえられるかを記して、第四、第五段階の結論へと導いている。

この部分の文体には、前節で見た「小さな出來事」からの引用部分と共通の文体的特徴が見られる。第一には、「小さな出來事」の場合と同様な、類似の文末を繰返すことによって、畳みかけるようなリズムを与えていることである。第二段階では、いずれも「る」で終る四つの文を配し、第三段階では、「い」で終る三つの文を、第四段落でも、やはり「い」で終る二つの文を配していることで、繰返しのリズムを強く感じさせている。そして第二には、やはり「小さな出來事」からの引用と同じく、一続きの思考を、複数の段落から成る文で述べているが、その段落の長さが、十一行、九行、三行、三行と、後になるほど短くなっているということである。これは、この部分に一定の加速するリズムを与えているだろう。

以上の二つの共通の特徴は、この文章のリズムを「小さな出來事」の引用箇所のリズムと類似のものとしていると言えるだろう。それは他方で、前節で見たようにディドロの文体とも一部共通するものであった。

とはいえ、そうした文体のリズムと記述される対象との関係は両者で異なっている。「小さな出來事」において、その文体は記述対象である「蜂」という生命の営みに著者が着目し、観察の視点を次第に対象に近付けて行き、そこでその営みのリズムと同期して行くプロセスが、その文体的特徴の意味する事柄であった。それに対して「電車の混雑に就て」では、そうした観察対象の運動との同期は必ずしも見られない。「小さな出來事」の場合に見られた短文を連ねる、ディドロの“style coupé”に類似した文体がこの場合見られないことも相違点である。

　ではこの場合、「電車の混雑に就て」と「小さな出來事」、それにディドロの“Jouissance”からの三つの引用の内容に共通する点は何だろうか。それはともに、生命を持つ主体が、シュピッツァーの言う「自動運動」automatism の状態に入ったあり方を記述していることである。「小さな出來事」で描かれる蜂の巣づくりは、本能にプログラムされた行動であり、遅滞なく着実に進行する。ディドロの場合には、男女の性交渉においてクライマックスに向うだけになった状態を描いている。そして「電車の混雑に就て」では、ただただ急いで電車に乗ろうとするあまり、あたかも意志を持たない無機的な粒子の運動と同様にその行動を予測し、計算できるようになった乗客の振舞いが、客観的に記述されている。三つの場合に共通するのは、そのような記述対象の自動運動を記述する際に、記述者の意識がその自動運動に加速的に同期して行くあり方を写す文体的特徴である。

　ここで注目したいことは、シュピッツァーの論文の中で、ディドロが示すそうした「自動運動」automatism について、両義的な評価が示されていたことである。すなわち、それはディドロ自身の「生の基底経験」das Grunderlebnis として、ディドロの文章表現を生き生きとした力強いものとしているとともに、自由な思考に基づく主体性を放棄して受動的な主体のあり方に陥ってしまっているというマイナスの評価も示される。論文の後半で、『ラモーの甥』に描かれる登場人物〈ラモーの甥〉の言動を「表現性の自律支配」the autonomy of expressivity と呼んで、その危険性を指摘する箇所では、シュピッツァーの視点はそうした自動運動に対して明確に批判的である。それはディドロ自身の立場でもあって、『ラモーの甥』という作品の意図は、演技者である〈ラモーの甥〉に冷静な観察者としてのディドロ自身を対置にすることにより、自らの表現の特性であるそのような自動性を批判的かつ客観的に描き出すことにあったとシュピッツァーは結論付けている。

　こうした点は、ある程度まで寺田寅彦の視点でもある。

市電の混雑を作り出しているのは、その運動の物理法則に規定される質点や無機物質ではない。それぞれが自由な主体として考え、行動する乗客一人一人なのである。ほとんどの乗客は混雑した電車に乗ることを望んでいない。にもかかわらず、それぞれに用件をかかえて、少しでも早く目的地に到着しようとする、その気持ちが、自分が停車場に着いてから一番始めに来た電車にとにかく乗車しようとする行為に走らせ、結局、選択の余地のない計算できる振舞いをするだけの運動体に変えてしまうのである。乗客のこうした自動運動に対する寅彦の視線は、はっきりと批判的である。人間は自らの行動を自ら決定すべき主体であり、こうした自動運動に身を委ねるべきではない。

しかし同時に、大多数の乗客がそのような自動運動の状態に陥っているからこそ、その運動の物理学的分析が可能となる。分析をする寅彦の視線は対象を冷たく突き放してはいない。それは『ラモーの甥』において、演技者〈ラモーの甥〉の演技を見る観察者ディドロの視線と同じく、自らの内なる主体のあり方を見つめる視線に他ならない。先に提示した「電車の混雑に就て」の引用において、第二段階での確率の計算に対置されて、第三段落では乗客の心理が提示されていた。「小さな出來事」の引用でも、第三段落は著者自身の心持ちの記述である。観察される事象の記述と、観察する自らの思いの対置、あるいは並置は、寅彦のほとんどの随筆作品に見ることができる。

「電車の混雑に就て」という、可能な限り科学論文に近い形式で書かれた「科学随筆」の代表作品に、そうした記述対象と主体のあり方の対置が見られるということは何を意味するだろうか。それは、寺田寅彦という傑出した科学者の内部に、自らの従事する「物理学」あるいは「西欧科学」の営みに対して、常に一定の距離を持ってその営み自体に対峙する意識が働いていたということである。「電車の混雑に就て」での〈自動運動〉に対する批判的な思いは、分析される乗客の自動化された意識のあり方への批判からさらに進んで、それを理論化し分析する、自らの推論の数量的な進行に対しても及んでいるように見える。引用部分の加速されるリズムは、そのような科学の思考自体が自動運動の要素をもち、ディドロにも通じるような自己励起の快楽を含んでいることへの寅彦の意識をも示唆しているのではないだろうか。

寺田寅彦の物理学研究の際立った特色は、そこで扱われる主題に無機的な対象でない生命に関わる事象を含むことである。特に後期には、椿の花の落下の様相を扱った研究[20]や、猫の毛皮に現われる模様を扱った研究[21]があり、また生命現象全体を物理学の観点から、一般的に物質の不連続面の問題として考察しようとした「割れ目と生命」[22]もある。そればかりでなく、主要研究分野であった地球物理学をはじめとして、寅彦の関心を惹いていた対象はすべて、単純な法則に従う無機的な体系ではなくて、限りない複雑さを見せる生きた自然であったことに注目したい。

「小さな出來事」の翌年に発表された随筆作品「春六題」の中で、生命が物理的に解明される可能性に言及して、寅彦は次のように言う。

科學といふものを知らずに毛嫌ひする人はさういふ日を呪ふかも知れない。併し生命の不思議が本當に味はれるのは其日からであらう。生命の物理的説明とは生命を抹殺する事ではなくて、逆に「物質の中に瀰漫する生命」を發見する事でなければならない。[23]

寅彦において、生命は物質の中に「瀰漫」している。その意味では、自然そのもの、宇宙の全体が生命なのであるが、科学者であって同時に文学者でもある寅彦の視線は、その全体の生命世界の中で、特別な二つの生命のあり方に注目する。蜂のような個々の生を営む生命体と、それを観察することができる主体としての人である。「小さな出來事」では前者への限りない共感を、そして「電車の混雜に就て」では後者もまた、前者のような個々の生命体として観察対象とされうることを提示している。

寺田寅彦のいわゆる「随筆」作品は、生命の三つのあり方、すなわち、自然の全体と、個々の生命現象と、観察主体としての人間という三つの極の間の感応のあり様を写す独自な様式を確立しているように思われる。それが「科学」という特定の観察の仕方に従う時、それは「科学随筆」という特有な形式をとる。

以上のような生命観、宇宙観は、ディドロのそれと類似した側面を持つ。第三節で取り出したディドロとの文体的類似もそのことと無関係ではないだろう。しかし、そこで指摘された文体は、ディドロの場合、より「美的表現」という主題に結びついているのに対して、寅彦の場合、むしろそうした生命世界への共感という主題と結びついているように見える。先に指摘した両者の文体の相違は、この違いに対応しているだろう。ただし、こうした点については、本稿の限りではあくまでも問題の所在の示唆にとどまる。その点について何か確かなことが言えるためには、両者の作品のさらなる比較の作業が必要だろう。

さて以上、科学随筆「電車の混雑に就て」と随筆「小さな出來事」を中心に、寺田寅彦のいわゆる「随筆」作品にあらわれた文体的特徴から、寅彦の思惟と文体の関係を考察してきた。

その中で見出されたことは、これらの作品においては、著者寅彦が対象に注目し、これを観察し、理論的考察を含めて疑問点を解明していく考察の歩みにおいて、それを表現する言語表現の文体のあり方、特に特徴的な文のリズムが大きな役割をはたしているということである。寅彦において思考と文体が一体となって展開している様相を、これらの作品には見ることができた。この小論で取り上げた「電車の混雑に就て」と「小さな出來事」は、寅彦の随筆作品としても出色の作品ではあるが、文体と思考の同様の結びつきは、ほとんどの科学随筆および他の随筆作品にも共通して見られる特徴である。

はじめに提示した、寅彦の随筆作品の意味という疑問について、次のように結論づけたいと思う。寅彦の「科学随筆」もまた他の分野の随筆作品も、それぞれの対象に対して既成の「科学」の見方を適用することによって成立している作品ではない。それはむしろ、寺田寅彦が世界に向い合う第一のあり方としての西欧由来の「科学」という知のあり方自体をも問い直しうる独自の思考の場として産み出した、科学と並ぶもう一つの表現の形式である。そして思考と言語の内的な一致を可能にするいくつかの言語表現の形式を寅彦はそこで創造した。この試論で見出すことができた、記述対象を寅彦の内的な生命のリズムと一致させて表現する文体もその一つである。寺田寅彦の随筆作品の文体が持つ主題の拡がりについて言えば、この限られた論考では、もちろん十分に解明されたとは言いがたい。しかし、そこに単なる一作家の作品スタイルという問題を超えた、文学研究の主要な主題が見出されることだけは示せたのでないかと思う。

（「比較文學研究80」二〇〇二）

［注］

（1）寺田寅彦「電車の混雑に就て」『寺田寅彦全集文学

篇』第二巻、岩波書店、一九三六年、二六五頁。本稿において、寺田寅彦の著作からの引用は『寺田寅彦全集文学篇』（一九三六－一九三七年）による。本稿のような文体を主題とする論文においては、基本的には、著者が自らの表現として確定した著作刊行段階でのテキスト（この場合で言えば、『萬華鏡』鐵塔書院、一九二九年所収のもの）によるべきと考えるが、上記の全集は、基本的にその段階でのテキストによって採録しており、テキスト本文の内容および表記に相違がないことを確かめた上で、参照の便宜を考慮してそのようにした。なお引用文中では、原文の字体を再現できていない箇所がある。また、この作品を取り上げた研究には、次のものがある。太田文平「作品に現れた統計思想」『寺田寅彦　人と芸術』麗沢大学出版会、二〇〇二年、五〇－五一頁。松本哉『寺田寅彦は忘れた頃にやって来る』集英社新書、二〇〇二年、七三－八八頁。

（2）同右、二六六頁。

（3）同右、二六六－六八頁。

（4）［表1］は、図としての鮮明さのために、この表のみを、一九九七年の岩波書店発行新版全集から採録した。『寺田寅彦全集』第二巻、一八頁。

（5）同右、二七七頁。

（6）同右、二七七－七八頁。

（7）Terada Torahiko and Honda Kohtaroh, "On the Geyser in Atami," in Terada Torahiko, *Scientific Papers*, Iwanami Shoten, 1938, Vol. 1, pp.49-68.

（8）Terada Torahiko, "Apparent Periodicities of Accidental Phenomena," in Terada Torahiko, *Scientific Papers*, Vol.2, pp.84-87.

（9）寺田寅彦「電車の混雑に就て」前掲書、二七〇頁。

（10）寺田寅彦「小さな出來事」『寺田寅彦全集文学篇』第一巻、四一二頁。この場合も、本来、著作に収められた段階の、吉村冬彦著『冬彦集』岩波書店、一九二三年所収のテキストによるべきであるが、表記に異同がないことを確かめた上で、全集によって引用する。

（11）同右、四一四－一五頁。

（12）同右、四一六頁。

（13）同右、四一三－一四頁。

（14）Leo Spitzer, "The Style of Diderot," *in Linguistics and Literary History: Essays in Stylistics*, New York:

Russell & Russel Inc., 1962, pp.135-191.

(15) ibid., p.138.

(16) ibid., p.143.

(17) ibid., p.167.

(18) ibid., p.151.

(19) 寺田寅彦「電車の混雑に就て」前掲書、二七六－二七七頁。

(20) Terada Torahiko, "On the Motion of a Peculiar Type of Body Falling through Air: Camellia Flower," in *Scientific Papers*, Vol.5, pp.123-135.

(21) Terada Torahiko, "Physical Morphology of Colour Pattern of Some Domestic Animals," in *Scientific Papers*, Vol.5, pp.295-305.

(22) Terada Torahiko,「割れ目と生命」in *Scientific Papers*, Vol.6, pp.292-307.

(23) 寺田寅彦「春六題」『寺田寅彦全集文学篇』第一巻、五九八頁。初出は『新文学』一九二一年四月。

寺田寅彦の物理学と〈二つの文化〉

一、二つの文化

寺田寅彦(一八七八―一九三五)の没後、まもなく同じ出版社から二種類の全集が刊行されている。『寺田寅彦全集文學篇』(一九三六―一九三七)と『寺田寅彦全集科學篇』(Terada Torahiko, *Scientific Papers*, 1938-1939)である。[1] このことは、寅彦の文章を読む二種類の読者がいたことを示している。実際、前者の全集に収められた文学的随筆に親しんだ一般の読者の多くは、後者の全集に収められた欧文の科学論文を読もうとしなかっただろうし、それらの科学論文を評価できる科学研究者の多くにとって、前者に収録された連句作品や俳諧論は、少なくとも別な知的世界の文章と感じられただろう。

一方には、数学を基礎とする自然科学の知識を共有する文化があり、他方には、伝統的な文学や歴史の知識を教養とする文化がある。そして教育を受けた大部分の人々は、どちらか一方の文化に属して、他方の文化の中で起こっていることには関心が薄い。このような文化のあり方は、明治以降の日本でのみ見られたわけではない。

二十世紀西欧の社会文化について、「二つの文化」の対立という用語でこのような状況を指摘したのは、一九五九年に「二つの文化と科学革命」("Two Cultures and Scientific Revolution")という題目で講演した、C・P・スノーである。[2] スノーの講演は広く関心を集め〈二つの文化〉という用語は、現代の科学のあり方を考察する際の基本的問題の一つを示すものとして使用されるようになった。スノーによれば、西欧社会では十九世紀後半以降、科学技術の発達と結び付いた自然科学の急速な発展によって新たな科学の知を共有する大きな社会集団が生まれ、伝統的な文学的素養を教養とする他の知識人集団と分離した。知識人社会のこの分裂は二十世紀を通じてますます進行し、二十世紀後半の時点において〈二つの文化〉が対立しながら並存している状況にあるとされる。

寺田寅彦の二種類の全集の刊行は、寅彦がこのような〈二つの文化〉の分離の状況の中で生涯を送ったことを示している。十九世紀西洋に生まれた〈二つの文化〉の分離が、明治以降の日本にも確実に存在したことの一つの証左であると言えるだろう。それとともに、この二種類の全集の存在は、寺田寅彦という一つの知性がこの〈二つの文化〉の両方の領域にわたって活動し、大きな仕事を残したことを示している。〈二つの文化〉が分離した十九世紀以降の時代にあっては、日本ばかりでなく西欧まで見渡しても数少ないことではないだろうか。

寺田寅彦にとって、物理学を中心とした自然科学と、文学を中心とした人文的な知の世界とは、どちらも生涯にわたって魅了して止まない関心の対象であった。この二つの世界への関心は中学を卒業して入学した第五高等学校在学中にすでに始まっていた。この学校で寅彦は生涯の師となる二人の人物に出会う。物理学の教授だった田丸卓郎（一八七二－一九三二）と、同じく英語の教授だった夏目金之助、後の夏目漱石（一八六七－一九一六）である。田丸卓郎によって物理学の開く大きな可能性に魅せられた寅彦は、はじめ寅彦が造船学を専攻することを希望していた父親を説得して、物理学科への進学を決める。そして夏目漱石との出会いは、寅彦を俳諧の世界へと導くことになった。

寅彦は、明治三二年（一八九九）、東京帝国大学理科大学物理学科に入学、同三六年（一九〇三）に卒業して大学院に進学し物理学研究者としてのキャリアを踏み出すが、同じ年にイギリス留学から帰国し、第一高等学校および東京帝国大学文科大学講師として赴任した夏目漱石との密接な交流の生活の中で、俳諧誌『ホトトギス』に、俳句を投稿するだけでなく、いわゆる「写生文」や小説を執筆するなど、文学における活動にも積極的に取り組むようになる。

その後、明治四二年（一九〇八）から二年間のドイツ留学をはさんで、一時期、目立った文学活動が見られなくなるが、大正八年（一九一九）の胃潰瘍による自宅静養を機会に、随筆作品の執筆を開始し、翌年に発表された「小さな出來事」から「吉村冬彦」の署名を用いて、以後、数多くの随筆作品を発表するようになる。

物理学と文学の二つの分野で活動することは、寅彦自身にとっては、まことに自然なことだったが、社会的には決して容易に続けられたことではなかった。理科大学教授である寺田寅彦が学術的でない文章を発表することに、大学内で批判があったこと、そのために「吉村冬彦」というペンネームを用いるようになったことを寅彦自身が複数の書簡の中で記している[3]。

この点については、明治以降の日本における〈二つの文化〉の関係に見られた特殊な状況を考える必要がある。西欧社会における〈二つの文化〉は、十九世紀後半以降に発展した〈科学技術の知〉とそれを生み出した母体である〈伝統的な人文知〉との対立といういわば歴史的な時間軸上の対立であったが、日本の場合、それは、十九世紀なかばにおいて出会った西洋由来の〈西洋近代の知〉と、日本を含む伝統的な東洋文化との対比という、文明圏の間の対立であった。

日本人が十九世紀なかばに西洋の近代世界に出会ったとき、強大な西洋文明の基本に自分たちのもつ知の体系とは異質な知の体系があることを知る。それが西洋近代の自然科学であった。近代化に踏み出した日本は、この西洋科学を建て前では「形而下」の学として軽侮し、東洋の伝統的な知を「形而上」の学として対置させながら、現実には多数の留学生を西欧諸国に送ってその修得に努めた。十九世紀の国際社会を支配する西洋諸国の支配力の源泉がそこにあることは明らかだったからである。

近代化を進める明治以後の日本では、実際には、知とはすなわち西洋科学の知であった。公的な学術の制度としての大学で教えられた学問は、すべて自然科学を中心とする西洋近代の諸学であった。制度面における西洋科学の採用は徹底したものだった。明治七年に「医制」を制定する際、医学としては西洋医学のみを認め、近世以来の漢方医には医師としての資格を認めないほど、それは文化の価値付けの徹底した転回だった。

こうして日本において〈二つの文化〉の対比は、一方に近代化という国家の目標に向けて権威を与えられた公的な〈西洋科学の知〉があり、他方に東洋の伝統文化につながるあくまでも私的な文学的な知があるという、国家による価値付けを伴う対立としてあった。東京帝国大学教授であった寅彦が、私的な文章と見なされる文学的随筆を寺田寅彦の名前で発表できない理由が、そこにある。

物理学者である寅彦において〈二つの文化〉の分離と対立がもっていた意味は、以上のような制度における価値付けの面にとどまらない。寅彦が生きた十九世紀後期から二十世紀前期の時期において、物理学という寅彦が生涯をかけた学問の基本的なあり方に関わる問題が、〈二つの文化〉に関連して提起されていたからである。イリア・プリゴジンがイザベル・スタンジェールと著した著書『混沌からの秩序』[4]（*Order out of Chaos: Man's New Dialogue with Nature*, 1984）で提示した、西洋近代の自然科学全般に関わる基本問題とは、次のようなものである。

西洋近代の自然科学は、物理学を理念モデルとして構築された。それはニュートンが『プリンキピア』において、ケプラーらによって明らかにされた天文学における惑星の運動を、普遍的な力学法則としての運動法則と万有引力の法則によって説明し、それを人々が創造神の定めた完全な秩序として受け入れた時、絶対的真理という地位を確立した。

ニュートンによって開かれたこの力学的世界観は、十八世紀末のラプラス（Pierre-Simon Laplace, 1749-1827）を経て、十九世紀なかばにハミルトン（William Rowan Hamilton, 1805-1865）によって完成された。後に古典力学と呼ばれるこの力学的世界においては、存在するものはそれぞれの速度と加速度をもった、質量のある物質のみであり、現在のそれぞれの質点の運動についての微分方程式を解くことができれば、その将来の状態だけでなく過去の状態についても一意的に決定できると考えられた。

プリゴジンは、この完成された古典力学の世界観において、二つの問題があったと指摘する。第一には、それが本来、キリスト教の創造神の無限な知性を讃える信仰と互いに支えあう関係にあったのに、近代の市民社会の発展の中で信仰が失われていった後も、絶対的真理であることを主張し続けたこと、第二には、ニュートンの運動方程式からハミルトンの正準方程式まで、この力学的世界を記述し決定するとされた方程式が時間に関して可逆な方程式として記述されていたことである。すなわち世界の現在の状態が知られれば、将来ばかりでなく過去の世界の状態も一意的に決定される。そこには不確定な要素は存在せず、いわば世界は過去から未来まですべて決定されている。そこでは「時間」は本質的な意味をもたない。永遠に普遍の法則性だけがあることになる。

そこから西欧近代における〈二つの文化〉の対立のもっとも深刻な問題点が生まれたとプリゴジンは言う。時間が本質的な意味をもたない以上、歴史にも意味はない。世界を人間の活動の意味の積み重ねと見る、歴史的視点に立つあらゆる人文学は、上記のような物理学を基礎に置く無時間的な絶対的真理としての〈科学の知〉が「真理」そのものであるのに対して、相対的に劣った価値しか認められないことになる。〈二つの文化〉は、真理と非真理の対比と見なされるようになるのである。

以上の問題点を指摘した上で、プリゴジンは、十九世紀末から二十世紀前期において物理学の内部に起こった「危機」とそれに引き続く物理学の変化の記述に移る。この「危機」の根源には、上に述べたように、古典力学が、神の目から見た外部の視点からの事象の記述であることと、時間に本質的な意味を認めない可逆的過程として全ての事象を記述する体系だったことがある。

この第二の点に関して、早くも十九世紀後半には熱現象の不可逆性を主張する「熱力学第二法則」（エントロピー増大の法則）がクラウジウス（Rudolf J. E. Clausius, 1822-1888）によって定式化された。しかし、そこで認識された時間の不可逆性はいずれ古典力学に統合されて解消される問題だととらえられていた。

次に第一の視点の問題に関連して、世紀の変わり目から本質的な変化が物理学にもたらされることになる。プランク（Max Planck, 1858-1947）による量子論と、アインシュタイン（Albert Einstein, 1879-1955）による相対性原理の提起である。どちらも物理現象を観測する可能性に関わっていた。アインシュタインの相対性原理の基本的な論点は、物理学で扱われる物体の位置や速度、そして時間そのものも、この世界の内部にいる観察者によって「測定」されなければならないということである。そしてその測定の手段がどのようなものであれ、光の不変な速度を越える情報伝達の手段が存在しない以上、観察者と観察対象の相対関係に関わる観測のずれと歪みは不可避であり、物理法則はそのことを含んで記述されなければならない。また量子力学においても、測定されるのは巨大な数の粒子の集まりについての数値であって、個々の粒子の位置や運動は確定した値としては知り得ず、ある幅をもった数値の確率分布を知ることができるだけであるとされる。

二十世紀に入ってからのこれらの発展の結果、十九世紀までの古典力学が描き出していた世界像は有効性を失い、多様な理論が模索されるようになる。これが二十世紀はじめの「物理学の危機」の時代である。

プリゴジンが『混沌からの秩序』において指摘していることは、以上のような古典力学の失効にも関わらず、可逆的法則による物理的世界の統一的記述という理想が保持されたこと、それによって〈二つの文化〉は依然として異なる目標をもって対峙しているということである。事実、プランクもアインシュタインも内部の観察者の視点を物理学に導入しながら、それらを超える統一的記述の可能性を追及し続けた。

この状況に対して、プリゴジンは、二十世紀後半から始まった非線型非平衡系の物理化学の発展に注目して、自然科学全体が、かっての無時間的決定論の理念を脱して、複雑系の時間を含んだ体系を中心に再組織される必要があり、そのことによって〈二つの文化〉は互いを認め合う関係を築けるだろうと主張している。

寺田寅彦が活躍した時代は、ここで述べられた「物理学の危機」の時代にそのまま重なっている。したがって寅彦の場合、二つの意味で〈二つの文化〉の分離のもとに生涯を送ったことになる。第一に西洋近代の受容という国家的使命を課せられた日本の科学技術の担い手として、その確実な基盤となるような物理学を発展させることを期待されていたという公的役割と、私的な存在としての寅彦が、師である漱石を通じて得た文学という価値の対置があった。二つの全集の存在はこのことを示す。

そして第二に、より物理学者寺田寅彦の内面に関わる問題として、同時代の物理学の動向も含めて、西洋の物理学における無時間的法則性の理想があったと考える。おそらくはプラトン以前に起源をもつだろう西洋科学の「永遠の真理」という価値観は、人間が時間の中で経験する事柄に意味を認めない。プリゴジンが指摘するように、西洋における〈二つの文化〉の根底的な問題はこのことに発して、時間的経験に基づくあらゆる人文学的知が、科学の側からは非－真理としてしかとらえられないという事態にある。

物理学の開く広大な知の可能性に魅せられた寅彦であったが、主体である人間が経験する時間的経験をこのように非－真理として否定することは容認できなかったこと、むしろ主体の時間的経験とそして時間において不可逆に進行する事象のあり様を明らかにすることが主要な関心だったことを、寅彦の生涯の仕事は示しているように思われる。物理学における無時間的法則性の理念と、時間的経験の価値付けの対置の問題が、寅彦が対峙した〈二つの文化〉の問題のより深い意味だったと考える。

この二つのレベルにおいて〈二つの文化〉を生きた寅彦は、物理学の転換の時代にあって、そこで提起された事柄にどのように取り組み、どのような物理学を目指したのだろうか。そのことは彼の〈二つの文化〉にまたがる活動と、どのように関わっていたのだろうか。それらのことを、寅彦が残した物理学のあり方を論じた文章を通じて見てみたい。寅彦の〈二つの文化〉を生きる姿勢が、その作業を通じて明らかになるのではないだろうか。

二、自然と秩序

先に述べたように、明治四二年（一九〇九）にドイツ留学に出発するまで『ホトトギス』に小説や随筆を執筆していた寅彦は、帰国後しばらくの間、文学的な文章を発表しなくなる。明治四四年（一九一一）に帰国してから、主な力を注いだのは、もちろん物理学の研究である。

この時期の研究主題としては、後に学士院恩賜賞を与えられた、X線の回折現象を用いて結晶の分子構造を可視化する研究が有名だが、この研究だけに関心があったわけではない。海洋の波の伝わり方や地磁気の測定など、留学前から手掛けていた地球物理学の基礎的な研究にも引き続き取り組んでいた。

これらの研究を発表するかたわら、寅彦は『理學界』や『現代之科學』などの一般の科学雑誌に科学の方法やあり方についての文章を執筆するようになる。大正二年から病気で倒れる大正八年までに、これらの雑誌に発表した科学についての文章は、翻訳も含めて次の十一編に及ぶ。いずれも本名の寺田寅彦の署名で発表されている。

・「物理學の應用に就て」（『理學界』一九一三年二月）
・「事實の選擇（アンリ・ポアンカレー）」〈翻訳〉（『東洋學藝雑誌』一九一五年二月）
・「偶然（アンリ・ポアンカレー）」〈翻訳〉（『東洋學藝雑誌』一九一五年七・八月）
・「方則に就て」（『理學界』一九一五年十月）
・「科學者と藝術家」（『科學と文藝』一九一六年一月）
・「自然現象の豫報」（『現代之科學』一九一六年三月）
・「時の觀念とエントロピー並にプロバビリティ」（『理學界』一九一七年一月）
・「物理學と感覺」（『東洋學藝雑誌』一九一七年十一月）
・「物理學實驗の教授に就て」（『理學界』一九一八年六月）
・「研究的態度の養成」（『理科教育』一九一八年十月）
・「科學上の骨董趣味と温故知新」（『理學界』一九一九年一月）

この時期の日記や書簡からは、寅彦がベルクソンやマッハの著書を手がかりに科学における認識の問題に取り組んでいたこと、物理学科に認識論の講義が必要だと考えていたことがうかがえる[5]。病気で休んでいた大正九年には、完成こそしなかったが、物理学の認識論の基礎を論じた「物理學序説」の執筆を始めてもいる。大正二年（一九一三）から大正九年（一九二〇）にいたるこの時期は、寅彦にとって、科学のあり方に正面から取り組んだ「科学論」の時期だったように見える。

第一次大戦をはさんだこの時代は、一九一六年にアインシュタインが「一般相対性理論」を発表、一九一八年にはプランクが量子論によってノーベル物理学賞を受賞するなど、前節で見たような二十世紀における物理学の大きな展開の可能性が見えるようになってきた時代であった。しかしこの時期に寅彦が執筆した科学についての文章は、直接に近年のこれらの新動向に触れるものではなかった。

これらの文章で寅彦が関心の中心において論じているのは、第一に、物理学が法則（寅彦は一貫して「方則」と表記する）として見出す自然界の秩序の多様なあり方の問題であり、第二に、それらの秩序に人がどのように関わり、認識するかという問題である。

寅彦が大正四年（一九一五）に執筆した「方則に就て」と、同じ年に翻訳し雑誌に掲載した「偶然（アンリ・ポアンカレー）」が、それらの考察の出発点となる視点を提示している。

「偶然」は、寅彦がフランスの数学者、物理学者であるアンリ・ポアンカレの著書『科学と方法』（Henri Poincaré, *Science et méthode*, 1908）の英語訳およびドイツ語訳から、この問題を論じた一章を日本語に翻訳して『東洋學藝雜誌』に二回に分けて掲載したものである[6]。寅彦は後に執筆した「物理學序説」でも「偶然」を論じる章を設けているが、そこではこのポアンカレの翻訳を挙げて「偶然とは何を意味するかに就いては附録に加へて置いたポアンカレーの所説の外に附加すべき事は少ない[7]」と述べており、ポアンカレのこの文章を、寅彦がこの問題に関して基本的文献と見ていたことが分かる。その中のどのような点を寅彦は評価していたのだろうか。

ポアンカレがそこで論じているのは、すべての事象は、何らかの理由に基づく一定の関係が見出せる事象と、そのような規則性が見出せず結果が予見できない事象に分けられるということである。後の場合が「偶然」と呼ばれる。ポアンカレは、「偶然」とはそのように規則性が見出せない事象を言うのに、なぜ「偶然の法則」などということが考えられるのかという問いを立て、確率の考え方の基礎となる「大数の法則」が成立する根拠を述べている。

ポアンカレによれば、そのようなことが成立するのは、ひとえに人間の認知能力が限られているからである。物理学が基礎を置く絶対的決定論の立場からは、すべての現象には原因があって結果は確定しているはずであるが、人間の認知能力が限られているために、原因となるすべての要素を知りえない。また知ることができる要素についても、人間の認知能力の限界に由来する測定の誤差をある程度以上は小さくできない。原因となる要素の感知しえない微少な差異が目に見えるような結果の差異となって現われる時、人はそれを「偶然」の現象だと言うのである。

そしてその現象を決定する原因が「十分に複雑な場合」、結果は「大数の法則」に従い確率にしたがって計算された数値に近付いていく。逆に何らかの要因が働いて結果を左右しているような「単純すぎる」場合にはそうはならない。ここでポアンカレが、確率の法則が働く場合が、原因となる要素が、「十分に複雑な場合」に限られるとしていることは注目に値する。現象の中に、決定論に従って予測できる「単純な場合」と、「偶然」の確率法則に支配される「十分に複雑な場合」の他に、中間の「複雑さが十分でない場合」が考えられるからである。寅彦が後の研究で取り組んだ多くの主題が、この第三の場合にあたる。

これに対して、ほぼ同じ時期に発表された寅彦自身の文章である「方則に就て」は、対象となる事象の間に明確な規則性が認められる場合について、そこに成立するとされるいわゆる「方則」をどのようにとらえるべきかを述べている。

寅彦はそこで、一般に物理学で成立すると考えられているすべての「方則」は理念的に考えられた抽象であると言う。なぜなら「方則」とは、ある特定のいくつかの事象の間に関連を認めて、その間の関係を数値的関連として言い表すものであるが、この宇宙にあるすべてのものは互いに関係し影響を及ぼしあっていて、その中だけで関係が完結した独立系などというものはないからである。次に「履歴」の影響ということがあって、現在の状態を知っただけでは事象の結果は確定しない。さらに、一般に「方則」は事象を数値化した関係として表わされるが、それらの数値は、具体的な場合に測定されなければならないが、測定の誤差はある程度以下にはできない。

　そこから寅彦は、ある物理現象をとらえる場合には、無限の項からなる影響する原因の総和を考えなければならないが、多くの場合、この総和は有限な値に収束するので、主要ないくつかの項目のみによって近似できるとし、「方則」とは「一種の平均の近似的の云い表はし[8]」と考えるのがよいと述べる。さらに量子論に向かう近年の物理学に言及した後、次のように述べる。

> 人間が簡單を要求しても自然は其れには頓着しない。唯複雑な變化の微少な事又ポアンカレーの謂ふ如く複雑さが十分複雑である爲に「偶然の方則」が行はれ、多くの場合には簡單な平均的の云ひ表はしを抽象的に考へる事が出來るのであらう[9]。

　ここでポアンカレの「偶然」の記述が言及され、「複雑さが十分複雑である」場合に「方則」が成立すると言われていることに注目しよう。ポアンカレの偶然についての安定した場合に同意しつつも、寅彦の意識は、簡単には「平均的の言ひ表わし」のできない場合に向いていたのではないだろうか。

　そのような問題意識が表わされているのが、その翌年に執筆された「自然現象の豫報」である。

　ここで寅彦は天候や地震など自然現象の科学的予報の可能性について述べている。まずこのような予報について、一般人と研究者の間にその精度についての考え方が異なるので、一般の人々が期待するような予報が困難だということを述べた後、純粋に理論的に考えた場合に自然現象の予知は可能だろうかという問題を論じている。寅彦の論点は、その現象を決定する主要な原因について知られたとしても、そこから得られる結果が常に単義的とは限らないということである。そこに「偶然」の作用を認め、確率の考え方を入れてもその確率分布が一つの中心値を示すとは限らないと述べる。この本質的複義性への視点は、現代のカオス研究にそのままつながっている。

　次に、それらの自然現象を決定している要素が、マクロのレベルでなく、ミクロなレベルでの差異によって異なった結果を生じるあり方をもつことを、過飽和の状態にある溶液から結晶が析出する場合に、いつどのように結晶ができ始めるかを予測できないことを例に引いて指摘する。そこでポアンカレの言葉を引いて「原因の微分的變化が結果の有限變化を生ずる場合」[10]に当ると言っていることが注目される。

ポアンカレの場合には、そこでルーレットのようにその「微分的変化」の確率が連続関数で与えられる場合を取り上げて、隣り合うどの二つの目に入る場合も間の確率の違いをもたらす理由が考えられないから、結局、どの目も同じ確率をもつことになるとして、確率の考え方の基礎をなす「大数の法則」を説明するのだが、寅彦はここで天候を決定する気温などの分布について次のように言う。

> 今鋭敏なる熱電堆を以て氣溫を測定する時は、如何なる場合にも一尺を距てたる二點の溫度は一般に同じからず。此差は數秒或は數分の不定なる週期を以て急激に變化するを見出すべし。卽ち小規模、短週期の變化を特に注意すれば上の微分係數は決して小ならず。此の如き眼より見れば實際の等溫線は大小無數の波状凹凸を有し此れが寸時も止まず蠢動せるものと考へざるべからず。[11]

そこでは、原因をなす微少変化が決して連続でも線的でもないとする。すなわちポアンカレが述べていたように、全体が一様に考えられるような「十分に複雑な」状態ではなく、部分的に異なる秩序をもって非線的に変化しつつある非平衡状態が複数並存している状態にあると考えるのである。

その時点での物理学にはそのような状態を統一的に扱える理論的手段はないが、天候の変化や地震として、そのような状態が原因として起こる現象が目の前にある以上、根本にあるそうした状態を物理学でとらえられなければならない。寅彦は未完に終った「物理學序説」(一九二〇年執筆)の草稿で、ポアンカレの「偶然」の翻訳とともに、この「自然現象の豫報」を附説として添付する計画を記している。ここで示唆したような状態の解明が、寅彦の主要な関心だったことを示しているように思う。

そうした関心を「時間」のあり方と関係させて論じたのが、この文章の翌年、大正六年(一九一七)に執筆した「時の觀念とエントロピー並にプロバビリティ」である。寅彦はそこで「時」の不可逆性と熱力学第二法則によるエントロピーの増大との関係を論じている。

寅彦はまず、ベルクソンに言及して、従来、物理学で

「時間」として取り扱ってきたのは、「空間」の概念の延長上に考えらえた「空間化された時」であり、そこでは一般に時間は可逆な数値としてとらえられているが、人が「時」について思う重大な要素は、その「不可逆性」であると言う。

物理学においてこの「時の不可逆性」を初めて理論的に示したのが熱力学第二法則であり、そこで提示された「エントロピー」という量は、時間とともに増大し、決して減少することはない。寅彦は、物理学で用いられている「空間化された時間」の概念に替えて、この「エントロピー」を基本概念として用いたらどうだろうかと仮定する。そうすれば、人が感じる時間経験の多様なあり方をよりよく説明できる「時」の尺度が得られるだろうと述べる。この場合、全体の系についてのエントロピーと、その部分系である個人におけるエントロピーは必ずしも一致しないが、それこそ「時」の経過についての人の経験のあり方を示していると言っている。ここで示唆されている、全体系の中に相対的に独立に進行する部分系という考え方は、「自然現象の豫報」において提示された部分的に異なる複雑さの並存する状態とつながる考え方である。

続いて、エントロピーの考え方の基礎に「分子的に混乱した系」があって、その場合に時間の不可逆性が現われるとし、次のように言う。

「時」の不可逆という事にも亦分子的混亂系の存在が随伴して居る。前に擧げたやうな、仙人と振子とだけの簡單な世界では、可逆な「時」が可能であるが、吾人の宇宙は或る意味で分子的混亂系である。或る學者の考へて居るやうに森羅万象を悉く有限な方程式に盛つて、あらゆる抽象前提なしに現象を確實に豫言することは不可能であつて、其故にこそ公算論の成立する餘地が存して居る。其爲に吾人の「時」には不可逆の觀念が伴って來る。其爲に未來と過去の差別が生じるのではあるまいか[12]。

寅彦はここで、有限で可逆な方程式で一意的にこの世界の出来事を記述することを理想とする古典力学の理念を明確に退けている。実在する宇宙はもっと複雑なものなのであって、その複雑さは、その複雑さ故に時間の不可逆性が現出するような「分子的混乱系」の作り出す複雑さに他ならない。

大正六年（一九一七）のこの時点で、物理学のあり方に対する、無時間的決定論の理想と決別しようとする寅彦の態度は決定しているように見える。同じ年に書かれた「物理學と感覺」では、さらにそれが認識主体である人間の感覚に結び付けられて論じられている。

寅彦がそこで述べているのは、物理学を人間の感覚から解放して、より絶対論理的に構築するというプランクの主張への反論である。プランクは、科学上の実在は人間の作った相対的なものでなく絶対的な法則に基づく実在であると主張し、そこから「世界像の統一」を提唱していた。寅彦は、このような考え方は「一方から考へると人間の感覺を無視すると稱しながら、畢竟は感覺から出發して設立した科學の方則に餘り信用を置き過ぎるのではあるまいか[13]」と述べて批判している。

注目されるのは、その記述に続いて寅彦が、現時点で物理学が生物界の現象に無力であることを指摘して、もし統一的世界像と言うなら、むしろ物理学、生物学、心理学まで含めた包括的な「理學」を目指すべきだと述べていることである。その上で、自分は取りあえずマッハの感覚主義の立場をとって、主体である人間にとっての世界をとらえる物理学という立場をとると結論付けている。

大正九年（一九二〇）に執筆をはじめた「物理學序説」の草稿の内容についてはさらに検討が必要だが、物理学の目指すべき方向については、科学について論じたこれらの文章の内容と、基本的に同じ意図で書かれていると見られる。この時期に根本的に物理学のあり方に取り組んだことによって、寅彦は、以後、不可逆な時間の中で進行する、部分的混乱系が作り出す非線的非平衡系の現象を対象とした物理学研究に迷いなく邁進していったように思う。

三、「備忘録」

前節で検討した科学についての文章が書かれた時期は、寅彦の人生にとって大きな出来事が続いて起こった時期であった。大正五年（一九一六）に、生涯の師であり友であった夏目漱石の死去、そして翌年には二度目の伴侶である寛子の死があり、その翌年に三度目の結婚をしている。そしてその翌年、大正八年（一九一九）に、胃潰瘍で吐血し、およそ二年間の病気静養に入った。寅彦の人生の激動の時期というべきだろう。

これらの出来事がきっかけになって、先にも述べたように、寅彦は「吉村冬彦」という筆名で随筆作品を執筆して『中央公論』や『改造』などの一般の雑誌に掲載するようになる。大正九年（一九二〇）十一月に『中央公論』に載った「小さな出來事」が、吉村冬彦の名で発表された最初の作品である。それ以後、大正十一年（一九二二）にそれまで様々な筆名で書かれていた文学的な文章をまとめて『冬彦集』と『藪鉗子集』として刊行するなど、本格的な文学活動を開始している。

物理学研究も病気休養中は自宅で主として計算などを行っていたが、復帰後の大正十一年から、大正十年に所員に就任した航空研究所に関わる研究も含めて精力的に多くの分野で研究を発表するようになる。いわば、病気による静養をきっかけとして、「二つの文化」を縦横に活躍する寺田寅彦の活動スタイルが確立したわけだが、そのことの背景には、前節で見たような、物理学のあり方についての模索とその結果として到達した従来の物理学のあり方と決別しようとする決断があったように思われる。

その後も「日常身辺の物理的諸問題」（一九三一）「物理學圏外の物理現象」（一九三二）などの物理学のあり方についての文章が発表されているが、寅彦が考える物理学の対象がもっともあざやかに描き出されている文章は、むしろ文学的随筆と言える「備忘錄」（一九二七）の中に収められている「金米糖」だろう。

「備忘錄」は吉村冬彦の筆名で『思想』の昭和二年九月号に発表された。次の十二篇の短い文章から成る作品である。

「仰臥漫錄」
「夏」
「涼味」
「向日葵」
「線香花火」
「金米糖」
「風呂の流し」
「調律師」
「芥川龍之介君」
「過去帳」
「猫の死」
「舞踊」

このうち「向日葵」「線香花火」「金米糖」の三篇が、

物理学のあり方に関わる文章である。まず「向日葵」で実際のひまわりの花が概念的に思っているような端正な姿をしていないということをきっかけに、物理学のあり方に移って、「浅薄な理論物理學の理論的論文」に扱われている自然（「天然（ネチュアー）」）は「しんこ細工の「天然」」[14]だと言う。

次の「線香花火」では線香花火の燃焼の経過が描かれて、その現象が簡単には説明できないこと、それを解明することができれば、物理学と化学の両方の基礎問題についての有力な貢献になるだろうということを述べている。

そして続く「金米糖」では、金米糖を作る場合に、なぜあのような角ができるのかという疑問を提起している。

砂糖を熱して解かし、かきまぜながら結晶の核になる芥子を加えると、自然にあのような角をもった砂糖の結晶ができてくる。従来の物理学の考え方では、結晶が成長する可能性はすべての方向において同一であることから球状に成長すると考えられるので、この現象をうまく説明できない。寅彦は、統計的にのみ考えられる全方向の均等性ということを具体的個物に適用していることが、この場合の誤りの原因だと言う。すなわち、平均値からの統計的異同（フラクチュエーション）があって、しかも他より先に成長して高くなったところが他より成長する割合が多い場合には、結晶の成長の結果は平均化しないのである。

従来の物理学ではこのような「個體のフラクチュエーションの問題が多くは閑却されて來た」[15]と寅彦は言う。その異同が打ち消しあって安定な状態に向かう場合だけしか扱っていないのは、不安定な場合を扱う方法がなかったからでもあるが、結局は従来の物理学の怠慢だと批判している。

「不安定な場合」とは、プリゴジンの言う非平衡系の現象にあたる。寅彦は、同様の主題としてリヒテンベルクの放電図形の場合を挙げ、さらに生命の起源の問題と関連させる可能性を指摘している。そしてさらに社会を構成する人間の行動を統計的に扱いうる可能性に言及して次のように言う。

> 此のアナロギーから喚起される一つの空想は、若しや生命の究極の種が一つ〳〵の物質分子の中に卽に備はつて居るのではないかといふ事である。物理學者は恐らく唯その統計的の現はれのみを観察して

居るのではないだらうか、さうして無生の微粒と思つて居たものが生物という國家を作り社會を組織して居るのに逢つて驚き怪しんで居るのではないだろうか[16]。

寅彦は、こうした考え方によって科学の根本にある生命と物質の二元的対立を克服することができるのではないかと言う。ここで述べている事柄はディドロ（Denis Diderot, 1713-1784）が『ダランベールの夢』で描き出したイメージに近い[17]。寅彦自身、空想だと言っているが、寅彦の中で次第に確信されるようになっていった究極の結論であるように思う。

「金米糖」では、時間の推移とともに平均からのずれが大きくなっていくプロセスが重要である。時間の中で起こった変化が条件を変化させて、そこに不可逆のプロセスを作り出すのである。前節で見た「時の観念とエントロピー並にプロバビリティ」において述べられていた、「分子的な混乱」が不可逆の時間を生じさせる具体的な場合ということができる。

時間の中で一方向に進行する現象については、「金米糖」の前に置かれた「線香花火」に、より彩やかな描写が見られる。線香花火が燃えて火花を繰り広げるあり様が次のように描かれている。

はじめ先端に點火されて唯かすかに燻つて居る間の沈默が、此れを見守る人々の心を正に來るべき現象の期待によつて緊張させるに丁度適當な時間だけ繼續する。次には火藥の燃焼がはじまつて小さな焔が牡丹の花瓣のやうに放出され、その反動で全體が振子のやうに搖動する。同時に灼熱された溶融塊の球が段々に生長して行く。焔が止んで次の火花のフェーズに移る迄の短かい休止期（ポーズ）が又名状し難い心持ちを與へるものである。火の球は、かすかな、ものゝ、沸えたぎるやうな音を立てながら細かく振動して居る。それは今にも迸ばしり出ようとする勢力（エネルギー）が内部に渦巻いて居る事を感じさせる。突然火花の放出が始まる。眼にも止まらぬ速度で發射される微細な火彈が、眼に見えぬ空中の何物かに衝突して碎けでもするやうに、無數の光の矢束となつて放散する、その中の一片は又更に碎けて第二の松葉第三第四の松葉を展開する[18]。

この前半部に続く後半部では、寅彦はこのプロセスの進行を意図して音楽のテンポに例えて、次のように描写を続ける。

> 此の火花の時間的並に空間的の分布が、あれよりもつと疎であつても或は密であつてもいけないであらう。實に適當な歩調と配置で、しかも充分な變化をもつて火花の音樂が進行する。此の音樂のテムポは段々に早くなり、密度は増加し、同時に一つ一つの火花は短くなり、火の箭の先端は力弱く垂れ曲る。最早や爆裂するだけの勢力のない火彈が、空氣の抵抗の爲にその速度を失つて、重力のために拋物線を畫いて垂れ落ちるのである。莊重なラルゴで始まつたのが、アンダンテ、アレグロを經て、プレスティシモになつたかと思ふと、急激なデクレセンドで、哀れに淋しいフィナーレに移つて行く[19]。

線香花火に火が付けられて火花を発し、やがて燃え尽きるまでのこの描写の特徴は、現象として起こる事象の順序をていねいに追って描きながら、それを見ている観察者の抱く感情の動きにも迫っていることである。まずこれから起こる現象への期待がある。次に展開する事象に次第に惹き付けられていき、やがて事象そのものに魅せられる。それに対応して一つ一つのプロセスを記述する表現が短くなり、前半部の終りでは、極端に短縮された「第二の松葉第三第四の松葉を展開する」という表現が用いられる。この時点では観察者の意識と花火の進行とは同期のリズムをとって一致している。

この文体的特徴は、「小さな出來事」など、寅彦の他の作品にも見られるものであり、観察主体の意識と観察される現象の時間的な進行が次第に一致していく様子を表現している[20]。

この表現が描写のクライマックスで、その後には「此の火花の時間的並に空間的の分布が、あれよりもつと疎であつても或は密であつてもいけないであらう」という、やや距離をとった考察が置かれている。次いで、プロセスの全体の進行を音楽の用語を用いて俯瞰的にとらえなおした考察と並行して、その後の経緯が描かれている。クライマックスの後の、観察者の意識が事象自体から次第に離れて行く推移を表現していると言えるだろう。

線香花火の一方向に進行する燃焼のプロセスを描き出した後で、寅彦の意識は、眼の前で燃えている線香花火から離れて、子ども時代の過去の記憶へと向かう。文章は次のように続けられる。

私の母は此の最後のフェーズを「散り菊」と名づけて居た。本當に單瓣の菊の委れかゝったやうな形である。「チリギクチリギク〳〵」かう云つてはやして聞かせた母の聲を思ひ出すと、自分の故郷に於ける幼時の追懐が鮮明に喚び返されるのである。(21)

ここには、線香花火を燃やすという事象において観察される物理的な現象の進行と、それを見る主体の心の動きを含めた出来事の全体が、一つの不可分で不可逆な時間の流れとして描き出されていると言えるだろう。そのような全体としての出来事こそ、寅彦にとって事実として存在する、したがって物理学が明らかにすべき実在だったのではないだろうか。

主体が経験する時間の流れという主題は、「備忘録」という作品の全体を通しての主題である。「金米糖」「線香花火」を収める「備忘録」という作品は、はじめに見たように十二篇の短かい文章から構成されているが、そのうち五篇が人や動物の「死」に関わって書かれている。

まずはじめに置かれた「仰臥漫録」が、正岡子規の最晩年の死に向かう生活を描いていた日録を扱い、第九篇の「芥川龍之介君」では、「備忘録」が書かれた昭和二年の七月に自殺した芥川龍之介について、過去に出会った場面の記憶を述べている。正岡子規は、師である漱石の親友であり、寅彦自身、子規の最晩年に根岸庵を訪問して教えを受けている。そして芥川龍之介は漱石山房に連なる後輩であった。

さらに第十篇の「過去帳」は、高知の寺田家で長年にわたって働いた丑女という女性の死去を伝える知らせを受け取ったことから、この女性の思い出を記している。そこから親しい人々の死について記した覚書が十数人にもなるが、それらの人々についてまとまった文章を書こうとすると親しい人ほど文章にできないことが述べられ、唯一きちんと書くことができる対象として寺田家で飼った三匹の猫について書くとして、次の第十一編「猫の死」へと続き、最後に第十二篇「舞踊」で、三匹のうち特に記憶に残っている「玉」の振舞いを描いて作品を終えている。

「過去帳」とは寺院などで物故者の氏名や享年、死亡年月日などを記しておく記録のことである。第十篇の「過去帳」は、この「備忘録」という作品の根底にある主題を示している。おそらくこの年の七月に芥川龍之介の自殺という出来事があった同じ頃に、故郷の高知から、かって寺田家で長く働いていた女性の死去の知らせが届いたことが、この作品が書かれたきっかけだったろう。

「備忘録」は、過去の出来事について、まだその記憶が残っているうちに、記憶が確かでなくなった将来に読むために記録しておく文書である。日頃それほど接触がなくなっていた知人が死去した知らせに接したことを機会に、親しい人たちの死去の様子を思い起こし、そして自らの死に思いを至らせる。そのような死に向かう人間の時間経験のあり方が、「備忘録」という題名に表わされている。

寅彦の思いは、東京に出て来てすぐに漱石からの紹介状をもって尋ねた根岸庵の子規について、その病床の日々を綴った「仰臥漫録」を読み返すことで始まる。そこに自らの病の体験を重ねて、病をもつ身には「夏」という季節が快いこと、そして夏に感じる「涼味」について分析的に考え始めることから、人の日常的に感知される事実をとらえきれない物理学の知のあり方への批判へと向かい、科学の知が明らかにすべき対象として、主体の経験する不可逆の時の中で起こる事実そのものの姿を「線香花火」などで示すのである。そして、この作品のきっかけとなった出来事を記した後、死に向かいつつ限りある日々を送る生命一般への共感の思いを「猫の死」「舞踊」で描いて、この作品を閉じるのである。

四、寺田寅彦と〈二つの文化〉

昭和二年に書かれた「備忘録」は、寺田寅彦が〈二つの文化〉との関係において、それまでの模索を通じて最終的に達したあり方を示しているだろう。

先に述べたように、寺田寅彦は、明治四四年(一九一一)に留学から帰国後、大正八年に病気で静養するまで、科学論文や調査の報告書の他には、第二節で見た、科学雑誌に掲載した科学に関わる文章しか発表していない。〈二つの文化〉の分離の状況が、この時期の寅彦の活動に有形、無形の制限を課していたように思われる。

第一節でも触れたが、寅彦が文学的な文章を公表することに、大学の中で批判があった。それには西欧から移入された自然科学が、国家によって権威付けられた知の制度だったこと、そして寅彦の選んだ物理学こそが、その西欧の自然科学の基本と位置付けられていたことがあるだろう。

この時期、寅彦は、このように枠として与えられた物理学と、自らが理想とするあるべき物理学の間で、模索の試みを続けていたように思われる。第二節で見た科学のあり方についてのいくつかの文章は、この時期の寅彦の思索を示しているだろう。

この同じ時代、西欧の物理学では「物理学の危機」の中で相対論や量子論など、二十世紀の新しい物理学が姿を現わしつつあった。しかし寅彦は、そのような西欧の新しい理論に無条件で飛びついたわけではない。「方則に就て」や「時の観念とエントロピー並にプロバビリティ」には、相対性原理やプランクの量子論を評価する言及があるが、「物理學と感覺」では、第二節で見たように、人間の感覚からの物理学の解放を目指すプランクの立場に批判的な見解を述べている。

この留学からの帰国直後の時期、寅彦は当時の物理学で最先端と言えるX線の回析による結晶構造の視覚化の実験に取り組んでいたことがある。この研究では、後にノーベル賞が与えられたブラッグなどの研究とほぼ同じ成果に達していたが、二年ほどでこの研究から手を引いてしまう。従来から寅彦の研究の惜しむべき点として指摘されてきた点である。[22] 成果の発表がわずかに遅く、国際的に評価されなかったことに失望したことと、その後の病気静養によって、最先端の研究から遅れをとったことが、その撤退の理由だという見方がある。[23]

そのような見方は、寅彦の活動の全体を見ていないものだと私は考える。明治四四年（一九一一）、留学から帰国後、寅彦は物理学第三講座で地球物理学と実験物理学を担当することとなった。X線を用いた結晶構造の研究は、寅彦にとって留学前から取り組んでいた特異な形態を示す実験現象の研究の延長上にあった一研究であり、この研究にのみ関わっていたわけではない。同じ年、農商務省から水産教習所における海洋学の研究事項を委託されて、日記によれば、頻繁に海洋調査等を行っている。大正五年（一九一六）には震災予防調査会の委員も委嘱されており、寅彦の関心は、これら従来の物理学の理論が手がかりさえもっていない目の前にある事実に向いていたと見るべきだろう。

第二節で検討した、科学のあり方について書かれたこの時期の文章は、そのような従来の物理学では扱えない事象に取り組むための理論的模索を表わしているように思われる。大正四年（一九一五）にポアンカレの「偶然」

についての論考を翻訳したのも、こうした事象に統計学的方法で取り組むための基礎作業だったろう。その翌年には、偶然的事象が示す見かけの周期性を明らかにする研究論文を発表している[24]。

その模索の作業の中で、寅彦は西欧の物理学の根底的なあり方である無時間的法則性の理想と決別する要素に出会う。「自然現象の豫報」において指摘された「部分的混乱系」の存在である。「部分的混乱系」の認識は「時の観念とエントロピー並にプロバビリティ」において〈時間〉のあり方と結びつくことにより、人間の意識まで含めた多様な不可逆的時間現象が並存しているような世界の認知へと寅彦の見方を拡げるものだった。

大正九年の「物理學序説」原稿の執筆へとつながる、およそ物理学が目指すべき目標についてのこの時期の考察が、水面に墨を流してできる模様の研究など、後に「寺田物理学」と言われる非線型非平衡系の現象の研究を可能にしただけでなく、気象の変化や地震の研究を中心とした地球物理学の分野の研究への寅彦の取り組み方を、確信をもったあり方として決定したように思われる。

そして同時にそのことによって、少なくとも寅彦の内部においては、主体である人間が不可逆の時間の中で経験するすべての事柄が、物理学の対象である諸現象と同等の意味をもつ事象として意味付けられたのではないだろうか。大正九年（一九二〇）の病気静養中から書き始められ、主に吉村冬彦の署名で発表されるようになる文学的随筆作品の執筆は、そのことを示していると考える。

大正九年以後、矢つぎばやに発表された「小さな出来事」や「電車の混雑に就て」などの作品は、すべて同様に「随筆」と分類されているが、留学前の時期に書かれていた写生文や小説風の文章とは明らかに違う種類の作品であった。それらの作品においては、日常に出会う出来事が、それぞれ異なる多様な時間秩序をもって不可逆に進行する事象として、同時にそれらの出来事を認知する主体との出会いの接触面における変化の相において描かれている[25]。出来事の記述に、後の時点の反省によって得られる理論的考察を差しはさむこともある。それもその事象を主体が感知する多様な時間のあり方の一つだからである。

「備忘録」は、それらの中でももっとも完成した表現様式を示している作品である。この作品で寅彦は、十二篇の短い文章の「連作」という形式で自らの思いを提示した。それぞれの短文は主題の連携と、事象の現われの形態の類似による連想作用によって結ばれており、全体として寅彦が経験する時間の流れを示しているが、同時に、それぞれの文章は異なる主題をめぐって、そこで描かれる事象の固有の時間の進み行きにそって書かれており、寅彦の意識における多様な時間の輻輳するあり方を表現している。

そしてそのような複数の時間の流れを含む寅彦の思考の中心に、もっとも焦点が合わされた意識的主題として提示されているのが、金米糖の角の形成などの従来の物理学が扱えない物理的現象である非線型非平衡系の事象をめぐる同時代の物理学のあり方への批判である。そこには寅彦の目指す物理学の方向という、未来に向かう志向性が示されているが、同時に「過去帳」に記される知人たちとともに過ごした、失われた時間の記憶に向かう方向も示されている。そして連作全体の表題である「備忘録」が、寅彦の生きる日々の、そのように錯綜しつつ不可逆に進行する時間のあり方を表現しているのである。

「備忘録」に示された短い文章の連作という作品形式は、寅彦の晩年にもっとも力を注いだ活動の一つである「連句」の制作との関連を考えさせる。また、これも主要な関心の対象であった寅彦の映画論におけるモンタージュの主題との関連も今後の課題としてあるだろう。

大正九年の病気静養の時期を境にして、以後、寅彦の〈二つの文化〉にまたがる活動のスタイルが確立される。物理学の研究においては、理化学研究所および航空研究所、後に設立される地震研究所の、物理学科以外の研究所での研究活動が中心になって、地震研究や最晩年の「割れ目と生命」[26]にいたる生物物理学を含む、独自な実験研究に自在な活動を展開する。同時に他方で、すべて随筆と総称される多数の文学的な文章を発表し、また松根東洋城の主催する俳諧誌『渋柿』を舞台に連句の実作や連句論を展開する。この時期以降の両面での活動が、始めに見た寅彦の二つの全集に収められた仕事の拡がりを作っている。

この小論で見たかったことは、この両面にわたる寅彦の活動のスタイルが確立する前に、西洋近代の物理学自体のあり方と、その一面的なあり方がもたらす〈二つの文化〉の分離という状況に関して、寅彦が独自な模索を続けた時期があったということである。そしてその模索の結果として到達した物理学のあるべきあり方が、寅彦の多様な物理学研究と文学表現の両方の自在な活動の可能性を開くものとなった。そこに至る模索の経緯を、その時期に寅彦が科学のあり方について執筆した文章の検討を通じて明らかにできたのではないかと思う。

寺田寅彦は〈二つの文化〉の中で生きた思索者であった。寅彦と〈二つの文化〉との関係は、寅彦の残した仕事を全体として理解するための基本主題である。その分離の状況は、私たちの時代においてもなお重大な意味をもち続けている。この問題への私たち自身の関わり方を考える場合に、寺田寅彦が達した認識と活動は、大きな意味を持ち続けているように思われる。

（「東京女子大学紀要論集56(1)」二〇〇五）

[注]

（1）『寺田寅彦全集文學篇』、岩波書店、一九三六－一九三七年。および、Terada Torahiko, *Scientific Papers*, Iwanami Shoten, 1938-1939（『寺田寅彦全集科學篇』）

（2）C. P. Snow, *Two Cultures and Scientific Revolution*, Cambridge University Press, Cambridge, 1962. 日本語訳、C・P・スノー『二つの文化と科学革命』、松井巻之助訳、みすず書房、一九六七年。

（3）矢島祐利、『寺田寅彦』、岩波書店、一九四九年、一七〇－一七四頁参照。

（4）Ilya Prigogine and Isabelle Stangers, *Order out of Chaos; Man's New Dialogue with Nature*, Heinemann, London, 1984. 日本語訳、イリア・プリゴジン、イザベル・スタンジェール『混沌からの秩序』、伏見康治、伏見譲、松枝秀明訳、みすず書房、一九八七年。

（5）矢島祐利、前掲書、一二九－一三四頁。

（6）Henri Poincaré, *Science et méthode*, Editions Flammarion, Paris, 1908. ドイツ語訳は、Henri Poincaré, *Wissenschaft und Hypothese*, autorisierte deutsche Ausgabe mit erläuternden Anmerkungen von Ferdinand und Lisbeth Lindemann, Leipzig, 1904. 英語訳は、Henri Poincaré, *Science and Method*, translated by Francis Mitland, Dover Publications, New York, 1914. 現在、入手できる日本語訳は、アンリ・ポアンカレ『科学と方法』、吉田洋一訳、岩波文庫、一九五三年。寺田寅彦によって翻訳された、「偶然」は、その第一篇第四章にあたる。寺田寅彦による翻訳は、大正四年七月および八月に、『東洋學藝雑誌』第三二巻第四〇六号および四〇七号に掲載された。

（7）寺田寅彦「物理學序説」、『寺田寅彦全集文學篇』、岩波書店、一九三七年、第九巻、一二四頁。以下、

寺田寅彦の著作からの引用は、すべて、この初版の全集により、『全集』とのみ略記する。

(8) 寺田寅彦「方則に就て」、『全集』、第一巻、一八四頁。

(9) 同上、一八五頁。

(10) 寺田寅彦「自然現象の豫報」、『全集』、第一巻、二三〇頁。

(11) 同上、二三四頁。

(12) 寺田寅彦「時の観念とエントロピー並にプロバビリティ」、『全集』、第一巻、二四九頁。

(13) 寺田寅彦「物理學と感覺」、『全集』、第一巻、二六一頁。

(14) 寺田寅彦「備忘錄」、『全集』、第二巻、五〇〇頁。

(15) 同上、五〇八頁。

(16) 同上、五一〇頁。

(17) Denis Diderot, "Le rêve de d'Alembert", in Denis Diderot, *Œuvres philosophiques*, textes établis avec introductions, bibliographies et notes par Paul Vernière, Classiques Garnier, 1964. pp. 289-291. ディドロの生命論については、プリゴジンも『混沌からの秩序』の中で特に一節を設けて論じている。I. Prigogine and I. Stengers, ibid., pp. 79-83. 日本語訳、プリゴジン、スタンジェール、前掲書、一二七－一三三頁。

(18) 寺田寅彦「備忘錄」、『全集』、第二巻、五〇二頁。

(19) 同上、『全集』、第二巻、五〇二－五〇三頁。

(20) この点については、以下の拙稿において詳論した。小宮彰「寺田寅彦の文体」、『比較文學研究』、第八十巻、東大比較文學会、二〇〇二年、六四－六五頁参照。

(21) 寺田寅彦「備忘錄」、『全集』、第二巻、五〇三頁。

(22) 小山慶太『漱石とあたたかな科学』、文藝春秋、一九九五年、一六五－一七一頁。

(23) 朝永振一郎、坪井忠二、伏見康治、松岡正剛「対論・日本の自然学精神をめぐって」、『日本の科学精神2　自然と論理・自然に論理を読む』、工作舎、一九七八年、三二六頁参照。同頁における伏見康治氏の発言。

(24) Terada Torahiko, "Apparent Periodicities of Accidental Phenomena", 1915, in Terada Torahiko, *Scientific Papers*, vol. II, pp. 84-92.

(25) 小宮彰「寺田寅彦の文体」、前掲書、七一－七二頁、参照。

(26) 寺田寅彦「割れ目と生命」、in Terada Torahiko, *Scientific Papers*, vol. VI, pp. 292-307.

Résumé

THE PHYSICS OF TERADA TORAHIKO AND THE "TWO CULTURES"

Akira Komiya

Terada Torahiko (1878-1935) was a Japanese physicist who played an important role in advancing the study of physics in modern Japan. Not only did he publish scientific papers in the fields of experimental physics and geophysics, especially seismology - but he also wrote numerous essays on a wide range of scientific and literary subjects. Both his scientific writings and his literary essays can be said to reflect a constant interest in phenomena that proceed irreversibly in the flow of time.

"Bibōroku" (Memoranda), which was written in 1927, is a notable example of this interest. This work contains 12 vignette-like sections on variety of topics. Some of the sections criticize trends in modern physics, while others describe the deaths of various acquaintances. But in each case, we can detect a common interest in the irreversible processes that inform both physical phenomena and human life. Taken as a whole, the work reveals that Terada envisioned a synthesis of the literary depiction of human life with the scientific point of view found in physics.

Terada remained active as both a scientist and a writer throughout his life, indicating that he subscribed simultaneously to the"two cultures"of modern scientific research and traditional literary expression. It seems clear that he hoped to unite these two different cultures within the scope of his scientific and literary achievement as a whole.

大正九年における寺田寅彦の随筆の始まり

一、随筆以前

寺田寅彦（一八七八－一九三五）は、実験物理学、地球物理学の研究者として、『寺田寅彦全集科学篇』（第6巻）に収録された二〇〇篇以上の欧文論文（他に邦文論文あり）など多くの研究論文を残したが、同時に『寺田寅彦全集文学篇』（全17冊）に収められた数多くの文章を執筆した。それらのうち、初期に雑誌『ホトトギス』に掲載された写生文、創作を除くおよそ二四〇篇が全集において「随筆」に分類されている。

大正九年（一九二〇）以降、その多くが「吉村冬彦」の筆名で執筆されたこれらの「随筆」には、後に『万華鏡』（一九二九）や『物質と言葉』（一九三三）に収録されたいわゆる「科学随筆」もあるが、『中央公論』などの雑誌に掲載するために書かれたそれ以外の多くの文章が含まれる。

本稿は回想記や身辺雑誌を含むこれらの「随筆」が、筆者寺田寅彦にとって、全体としてどのような意味をもつ文学表現であったのかという問いに答えようとする一つの試みである。

寺田寅彦の文学活動は、明治二九年（一八九六年）に熊本の第五高等学校に入学して、英語を担当していた夏目漱石（金之助）に出会った時から始まる。漱石の自宅を訪問して「俳句とはどのようなものか」と質問したことをきっかけに、親しく俳句の指導を受けるようになり、精力的に作句し、それらのうちから漱石が『ホトトギス』に送付して掲載されたのが、寅彦の文学活動の始まりである。

その後、一八九九年に東京帝国大学に進学するために上京すると、正岡子規を尋ね、以後『ホトトギス』に写生文、小説を寄稿するようになる。『ホトトギス』を中心とした文学活動は、その後、大学を卒業して、大学院を経て、物理学科の講師の時代にも続くが、助教授となって、一九〇八年から一九一一年のドイツ留学から帰国後は、そうした物理学以外の執筆活動が難しくなる。この時期、寅彦の活動は後に学士院恩賜賞が与えられる「X線回折による結晶構造の研究」を始めとする多方面の物理学研究に集中されており、執筆活動も、『理学界』などの科学啓蒙雑誌に掲載された「方則について」（一九一五）などの科学関係の文章に限られている。

こうした状況に変化をもたらしたのが、大正五年（一九一六）の夏目漱石の死去に始まる寅彦周辺の状況の悪化であった。漱石の死去の際には、寅彦自身が、漱石と同じ胃潰瘍を患っており、立ち会えていない。そしてその翌年（一九一七）には、寅彦の二番目の妻、寛子（ゆたこ）が病を得て死去してしまう。それとほぼ同じ頃に、寅彦は、曙町（現在の文京区本駒込）に家を新築している。

これに先だって、寅彦の生き方に根本的な変化をもたらしたのは、おそらく、大正二年（一九一二）八月に父、利正が死去したことであった。利正は、七十七歳の高齢であったが、壮健で、その前年、明治四五年には、上京して、寅彦、寛子夫妻と子供たちの家庭を訪れている。その際に、三五〇円もする高額のピアノを一家にプレゼントしている。郷里では旧主山之内家の家政顧問を勤める、寺田一族を率いる族長であった。寅彦が一九一二年から二年半に及ぶドイツ留学を命じられた時にも、官費二千円の支給を受けながら、利正は、私費四千円を寅彦に持たせている。

寅彦の最初の結婚である夏子との結婚、夏子の発病後の、強制的な別居に、端的に示されているように、父利正は、寅彦の生き方を基本的にコントロールしてきた。利正が寅彦に望んだことは、寅彦が選択した物理学者という生き方において、一般の世間に認められることであった。

そのような父利正の要望に、寅彦は忠実に応えてきた。一九〇八年の博士号取得、一九一六年の学士院恩賜賞の受賞は、利正の没後であるが父の遺志を満足させるものだったろう。『ホトトギス』などへの文章掲載への大学内での異議に対応して、雑誌等への執筆も、一九一八年までは、啓蒙雑誌への科学論の掲載に限っている。

寅彦の生き方に大きな変化が顕れるのは、やはり、大正八年末の胃潰瘍による大吐血であった。十二月五日に研究室で倒れ、東大病院に入院、十二月二八日退院した。翌大正九年の元旦、寅彦は、久しぶりの自筆日記に次のように記している。

今年はもうかまわず年来の不平をドシ〳〵爆発させてやろう。失敬な奴等を片はしから、退治するのだぞ。(1)

寅彦は、大学の職を辞職することを母親に相談し、物理学研究室に申し出ている。この辞表は、恩師田丸卓郎らの働きかけによって、受理されず、期間を定めずに、自宅療養が許可されるという結果を得た。

寅彦が、自覚的に「随筆」の執筆という目標に向かって歩みを進み始めるのも、この時点からである。

二、大正九年の活動

寅彦が、このような決心のもとに、専念、取り組むのは、英語でいう「essay」と言える文学分野の創出であったと思われる。大正九年始めから、寅彦が発表した作品は、時間順にならべれば、次のようになる。

「病院の夜明けの物音」(『渋柿』大正九年三月号)
「病室の花」(『アララギ』大正九年五月号)
「丸善と三越」(『中央公論』大正九年六月号)
「旅日記から(一)シャンハイ」(『渋柿』大正九年六月号)
「旅日記から(二)ホンコンと九竜」(『渋柿』大正九年七月号)
「旅日記から(三)シンガポール」(『渋柿』大正九年八月号)
「旅日記から(四)ペナンとコロンボ」(『渋柿』大正九年九月号)
「自画像」(『中央公論』大正九年九月号)
「旅日記から(五)アラビア海から紅海へ」(『渋柿』大正九年十月号)
「旅日記から(六)紅海から運河へ」(『渋柿』大正九年十一月号)
「小さな出来事」(『中央公論』大正九年十一月号)
「鸚鵡のイズム」(『改造』大正九年十一月号)
「帝展を見ざるの記」(『中央美術』大正九年十一月号)

「旅日記から（七）ポートセドからイタリアへ」（『渋柿』大正九年十二月号）

しかもこれらの作品は、すべて友人の小宮豊隆に予め送付され、その校閲を受けた上で、発表されている。十二篇のうち七篇を占める「旅日記から」は、一九〇九年のドイツ留学に向かう工程を追って書かれている。この間の日記は詳細に記されているので、対照して読むと、日記の記述をもとにまとめているのが分かるが、「旅日記から」では、自らの経験を客観化してとらえ返していることが見える。

いわゆる「随筆」、英語で言う「essay」にあたる作品の執筆を目指したのは、『ホトトギス』に執筆した作品が、後半には、登場人物の架空の名前が記されるなど、小説の形式を取るようになっていたことから離れたいという気持ちと、この時期、『中央公論』など、「随筆」作品を多く掲載する雑誌が複数創刊されたことがあるだろう。寅彦としては、英語で言う「essay」がどのような作品を言うのかについて強い関心があったのだろう。大正九年はじめから、エマソン（Ralph Waldo Emerson, 1803-1882）の *Essays* および、チェスタトン（Gilbert Keith Chesterton, 1874-1936）の *All Things Considered* を注文して読んでいる。これらは、英語で「essay」という場合、どうしても参照しなければならない作品だろう。『日記』では、寅彦は、同時に『蜜蜂の生活』などメーテルリンクの作品も熱心に読み込んでいる。上のリストの中の「小さな出来事」は、いくつかの随筆を集めたものだが、その中に「蜂」という比較的長い作品があり、寅彦の関心が、人間以外の生命のあり方に向いていたように思われる。

その他、大正九年の『日記』を通覧すると、ジェイムズの *The Will to Believe*、ニーチェの『ツァラトゥストラはこう語った』、ツルゲーネフの『処女地』、トルストイの『アンナカレーニナ』（いずれも英訳）、ロマン・ロラン『ジャン・クリストフ』（日本語訳）などを通読している。まさに乱読と言える意気込みで、広い範囲の読書に向かっている姿勢が見て取れる。

そのような意気込みで執筆に取りかかった作品が、『渋柿』に連載した「旅日記から」を除けば、「病院の夜明けの物音」「病室の花」「丸善と三越」「自画像」「小さな出来事」「鸚鵡のイズム」「帝展を見ざるの記」の七篇の作品ということになる。

そのようにして開始された寅彦の習作段階での随筆執筆は、はじめは、時間的および空間的隣接関係を追う作品であった。「病院の夜明けの物音」と「病室の花」の二つの作品は、大正八年の入院時の出来事を時間を追って描いており、『中央公論』六月号に掲載した「丸善と三越」では、空間的な隣接を追って、文章が構成されている。同じく九月号に掲載した「自画像」では、油絵による自らの自画像の習作の模様を追っている。同年六月から連載を始めた「旅日記から」もまた、明治四二年のドイツへの留学に向かう旅行記を、「シャンハイ」から始めて寄港地をたどる順序で記している。さらに最後の「帝展を見ざるの記」もまた、過去の見聞をもとに想像された、その年の展覧会の会場の隣接を追う構成になっている。

従って、そのような時間的、あるいは空間的隣接によらない作品は『中央公論』十一月号に掲載した「小さな出来事」と、『改造』の十一月号に執筆した「鸚鵡のイズム」の二作品ということになる。「小さな出来事」は、寅彦が「吉村冬彦」というその後ほぼすべての随筆に用いる筆名を最初に用いた作品で、「蜂」「乞食」「蓑虫」「新星」「幼い ennui」の五篇からなる連作作品である。その中の「蜂」について文体の分析を別稿で論じたことがあるが、構成はやはり出来事の時間的順序を追っている。[2]また「鸚鵡のイズム」は、この時期、寅彦が関心をもって持続的に読み込んでいた、ピエール・ヴィレの『盲人の世界』（Pierre Villey, *Le monde des aveugles*, 1914）に出ていた「psittacisme」（鸚鵡返し）という用語についての考察である。この二作品には、時間的空間的隣接でない文章への希求が寅彦にあったことが感じられるように思う。

三、「春寒」における共感覚

寅彦がそうした空間的、あるいは時間的な隣接関係によらない作品として初めて執筆した随筆作品が、大正十年の一月に『渋柿』に掲載した「春寒」である。この作品は雑誌の編者の松根東洋城から、連載中の「旅日記から」ではない作品の執筆を求められて執筆した作品であり、自宅療養中の前年の早春の時期の出来事として、布団に入ってやすみながら、北欧の伝説を集めた「Everyman's library」の一冊である「*Heimskringla*」を読む自らの姿を描いている。

そこに描かれている物語は、十世紀にノルウェーを最初に統一してキリスト教世界とした伝説の王、オラフ・トリグヴェソンが連戦連勝を続けた後、エリック伯との戦いで落命する最後の船いくさの描写である。寅彦が引用して示すのは、王の射手であるエーナールの弓に敵射手の矢が命中して両断する場面である。次のように引用されている。

王の御座舟「長蛇」のまわりには敵の小舟が蝗のごとく群がって投げ槍や矢が飛びたがい、青い刃がひらめいた。王の射手エーナール・タンヴァルスケルヴェは、エリック伯をねらって矢を送ると、伯の頭上をかすめて蛇柄にぐさと立つ。伯はかたわらのフィンを呼んで、「あの帆柱のそばの背の高いやつを射よ」と命ずる。フィンの射た矢はまさに放たんとするエーナールの弓のただ中にあたって、弓は両断する。オラーフが、「すさまじい音をして折れ落ちたのは何か」と聞くと、エーナールが「王様、あなたの手からノルウェーが」と答えた。(3)

この部分の二行目からの原文は次のようである。

Einar Tambarskelver, one of the sharpest of bowshooters, stood by the mast, and shot with his bow. Einar shot an arrow at Earl Eirik, which hit the tiller end just above the earl's head so hard that it entered the wood up to the arrow-shaft. The earl looked that way, and asked if they knew who had shot; and at the same moment another arrow flew between his hand and his side, and into the stuffing of the chief's stool, so that the barb stood far out on the other side. Then said the earl to a man called Fin, but some say he was of Fin (Laplander) race, and was a superior archer, "Shoot that tall man by the mast." Fin shot; and the arrow hit the middle of Einar's bow just at the moment that Einar was drawing it, and the bow was split in two parts.

"What is that," cried King Olaf, "that broke with such a noise?"

"Norway, King, from thy hands," cried Einar.(4)

この両者を比較すると、細かい描写を除いてほぼ直訳であることが分かる。それにもかかわらず、寅彦の日本語文が、原文のリズムに対応した緊張したリズムを保っていることに注目すべきだろう。

オラフ・トリグヴェソンの物語は、連戦連勝を続けて、ほぼノルウェーの統一を成し遂げた王が、その最後に戦いの中で陥穽に陥って、落命する模様を描いている。王の比類ない射手エーナールの弓に、敵の射た矢が命中し、音をたてて折れ落ちる。その音が何の音かを尋ねる王に、射手は、それは王によるノルウェーの統一という望みが失われた音だと応えるのである。

この場面の引用は、執筆時の前年末の吐血という出来事に際して、寅彦が感じていた、ある挫折の思いを表わしているだろう。

前節で見たように、寅彦は、父利正が望んだ道を着実に進み、留学を終え、学位を取得し、帝国大学教授の地位を得、大正六年には、学士院恩賜賞も授与されている。もちろんそれらは、寅彦自身も願ったキャリアであった。しかし、このキャリアを進む中で、一方で寅彦が望んでいた、寅彦の内面の表現である「文学」への思いは、表現できなくなっていた。

このオラフ王の最後の戦いの場面で、「何が失われたのか」と尋ねる王に、失われたのは、ノルウェーの統一という王が目指した最終目標への道筋だとの答えが返る。

この文を読む寅彦の気持ちに、この直截な答えは、自らが目指してきた表のキャリアの道筋が崩れ去ったという思いとして受け取られたのではないか。

それまでひたすら目指してきた、キャリアへの道が病によって中断すること、それはやはり寅彦にとって一つの挫折として感じられただろう。しかし同時にそれは自らを縛り付けてきた父親の意志からの解放でもあったのではないか。そのことが、翌年の元旦の『日記』の思いきった表現に表わされているだろう。『日記』によると、正月の三日には、母親に大学を辞めたいと相談し、「それがいいだろう」との答えを得て、急に母がえらく思えてきたと記している。結局、師である田丸氏らの働きかけによって自宅での研修が認められることになるが、寅彦の辞職の思いはかなり強いものだったろう。

この「春寒」という作品の主軸を構成しているのは、時間軸ではない。布団にやすみながら物語を読む、寅彦の想像力と同時に現実の聴覚に二つながら響き渡る「音」と音楽とが作品を導く主軸の役割を果たしている。

この作品で寅彦は、やすみながら物語を読む自らの耳に同時に、離れた座敷で長女の貞子が弾くピアノのメロディが聞こえていたことを記している。

> 私がこの物語を読んでいた時に、離れた座敷で長女がピアノの練習をやっているのが聞こえていた。そのころ習い始めたメンデルスゾーンの「春の歌」の、左手でひく低音のほうを繰り返し繰り返しさらっていた。八分の一の低音の次に八分の一の休止があってその次に急速に駆け上がる飾音のついた八分の一が来る。そこでペダルが終わって八分の一の休止のあとにまた同じような律動が繰り返される。[5]

長女の貞子は、寅彦の最初の妻であった夏子の残した遺児であり、誕生以来ずっと、寅彦の母、亀が育ててきた。大正二年父の利正の死去に伴って寅彦は、母、亀と貞子を東京の自宅に引き取った。寛子の産んだ他の四人の子どもとは別に、寅彦は、ずっと貞子とその祖母に一室を与えて一緒に暮らさせていたようである。貞子は明治三四年（一九〇一）の生まれだから、東京に引き取られた大正三年には十三才になっていた。すでに、高知の女学校に入学していた貞子のために寅彦は伝手を求めて私立の三輪田女学校に転学させている。同時に、貞子にピアノ演奏の指導を受けさせることにし、住居の近い弘田龍太郎にやはり知人の紹介を得て依頼した。ピアノは、父利正が、死の前年に上京した際に買い与えたものである。

その日、貞子が弾いていたのは、メンデルスゾーンの「無語歌」の中の「春の歌」、その低音部の上下する部分を繰り返し練習していた。そのメロディーは寅彦の耳に、次のように響いた。

> この美しい音楽の波は、私が読んでいる千年前の船戦の幻像の背景のようになって絶え間なくつづいて行った。音が上がって行く時に私の感情は緊張して戦の波も高まって行った。音楽の波が下がって行く時に戦もゆるむように思われた。投げ槍や斧をふるう勇士が、皆音楽に拍子を合わせているように思われた。そして勇ましいこの戦の幻は一種の名伏し難い、はかない、うら悲しい心持ちのかすみの奥に動いているのであった。[6]

ここに描かれているのは、現実のピアノによる演奏の音楽と寅彦の読書によって励起された想像力が齎す物語の中の戦いの響きの二つの感覚が同時に寅彦によって感受されている状態、一つになった共感覚（シナスタジア）

の経験である。「春寒」というこの作品において、寅彦が表現したかったのは、このシナスタジアの感覚をその時、確かに感じ、自らによって生きられていたということだろう。

四、「春寒」の音楽としての構成

「春寒」には、音楽が描かれただけではない。作品としての構成自体に、楽曲としての構成が意図されている。

オラフ・トリグヴェソンの船いくさのエピソードに続いて、寅彦はその翌日、同じ「*Heimskringla*」から、もう一人の王、ノルウェーを最終的に統一してキリスト教世界において後にセント・オラーフと称された王の一代記を読む自らの姿を記している。この場合も、王は全盛の勢いから一敗地にまみれるが、そこからわずかな手勢だけをつれてノルウェーに再び攻め込み、スチクレスタードの野の決戦に臨む。寅彦は、次のように引用している。

> 戦は王に不利であった。……王はトーレ・フンドに切りつけたが、魔法の上着は切れなかった。そしてトーレの着たとなかいの皮からぱっと塵が飛び散った。王は将軍のビオルン（熊）に「鋼鉄のかみつけないこの犬（フンド）はお前が仕止めてくれ」と言った。ビオルンは斧をふるってその背を鎚にして敵の肩を打つとフンドはよろめいて倒れんとした。トールスタイン・クナーレスメドは斧で王を撃って左のひざの上を切り込んだ。……王がよろめき倒れてかたわらの石によりかかり、神の助けを祈っているところへ敵将が来て首と腹を傷つけた。
>
> 戦が終わってトーレ・フンドは王の死骸を地上に延ばして上着を掛けた。そして顔の血潮をぬぐって見ると頬は紅を帯びて世にも美しい顔ばせに見えた。王の血がフンドの指の間を伝い上って彼の傷へ届いたと思うと、傷は見るまに癒合して包帯しなくてもよいくらいになった。……王の遺骸はそれから後もさまざまの奇蹟を現わすのであった。(7)

寅彦は、このシーンの背景にも、前日と同じ、メンデルスゾーンの「春の歌」の低音部のメロディを配している。

私がこのセント・オラーフの最期の顛末を読んだ日に、偶然にも長女が前日と同じ曲の練習をしていた。そして同じ低音部だけを繰り返し繰り返しさらっていた。その音楽の布いて行く地盤の上に、遠い昔の北国の曠い野の戦いが進行して行った。同じようにはかないうら悲しい心持ちに、今度は何かしら神秘的な気分が加わっているのであった。

忠義なハルメソンとその子が王の柩を船底に隠し、石ころをつめたにせの柩を上に飾って、フィヨルドの波をこぎ下る光景がありあり目に浮かんだ、そうしてこの音楽の律動が櫂の拍子を取って行くように思われた。(8)

「春寒」は、このように、二つのエピソードを、繰り返しの形式で並列し、しかも内容的には異なる物語を配している。それは、西洋音楽における「A/A'」という繰り返しの形式に対応した構成を採っていると見ることができる。寅彦のこの作品における音楽へのこだわりは、次のように、作品の末尾まで一貫して現実のピアノの演奏と、寅彦自身の想像力の奏でる音楽との共感覚とを記すのである。

その後にも長女は時々同じ曲の練習をしていた。右手のほうでひいているメロディだけを聞くとそれは前から耳慣れた「春の歌」であるが、どうかして左手ばかりの練習をしているのを幾間か隔てた床の中で聞いていると、不思議に前の書中の幻影が頭の中によみがえって来て船戦の光景や、セント・オラーフの奇蹟が幾度となく現われては消え、消えては現われた。そして音の高低や弛張につれて私の情緒も波のように動いて行った。異国の遠い昔に対するあくがれの心持ちや、英雄の運命の末をはかなむような心持ちや、そう言ったようなものが、なんとなく春の怨を訴えるような「無語歌」と一つにとけ合って流れ漂って行くのであった。(9)

そして最後に「そして今でもこの曲を聞くと、蒲団の外に出して書物をささえた私の指先に、しみじみしみ込むようであった春寒をも思い出すのである」(10)という表現で、この作品で唯一「春寒」という季語を記して作品を閉じている。

このように、大正九年一月に『渋柿』に掲載された作品「春寒」は、前年までの、時間的あるいは空間的隣接に基づく構成を採る作品と異なり、音楽楽曲としての構成を意図して採用し、かつ、内容においても現実の音楽と想像された音楽的響きとの共感覚を主題としている。

また執筆された時期においても、大正九年の春と推定される、記述される当の事象が経験された時点から、ある時間を置いた時点（大正九年の十一月）に、自らの体験の全体を見渡す視点で回顧して描かれているという点で、寅彦にとって、新しい「表現形式」を生み出した作品と言えるのではないだろうか。

五、「春六題」と「田園雑感」

大正十年の前半は、前年に引き続いて授業を免除され自宅での研修が認められた状態で、一方では、物理学の基礎の研究に取り組み、後に遺稿『物理学原理』として残される原稿の執筆を開始していたが、同時に、多数の「随筆」作品の執筆を引き受け、発表していった時期である。それらの中で、「春寒」の音楽的形式の他にも寅彦は自らの「随筆」として価値があると考える独自な形式を、複数、生み出していった。同年四月に『新文学』に掲載した「春六題」と、七月に『中央公論』に発表した「田園雑感」は、昭和十年の死去に至るまで続く自らの随筆のスタイルを確立した作品と言えるだろう。

この二作品はともに「一」から「六」までの数字だけの節題の六つの節から構成され、かつ発想のきっかけになった出来事を、作品の末尾に記すという構成によって、意外とも思える読後感を読者に与えることに成功している。

「春六題」は、この年『文章世界』から改題した雑誌『新小説』が、「春」という特集を組むということで依頼され引き受けた随筆作品である。この年、アルバート・アインシュタイン（Albert Einstein, 1879-1955）が光量子仮説に基づく光電効果の理論的解明によってノーベル物理学賞を受賞するという出来事があり、ノーベル賞自体は、当時まだ議論があった相対性理論に対してではなく別の業績に与えられたのだが、彼の提唱する「相対性理論」が世界的な話題になっていた。雑誌側は、この点を解説してもらうことも意図して、寅彦に執筆を依頼したのだろう。寅彦もそのことを受けて「一」のはじめに次のように述べている。

近ごろ、アインシュタインの研究によってニュートンの力学が根底から打ちこわされた、というような話が世界じゅうで持てはやされている。これがこういう場合にお定まりであるようにいろいろに誤解され訛伝されている。今にも太陽系の平衡が破れでもするように、またりんごが地面から天上に向かって落下する事にでもなるように考える人もありそうである[11]。

しかし、この作品の意図はそうした点にはない。寅彦が「一」で述べるのは、宇宙を支配する物理法則の恒常性である。「暦の上の季節はいつでも天文学者の計画したとおりに進行して行く[12]」のである。

寅彦が、この作品で取り上げるのは、むしろ、そのように恒常的であるはずの季節の進行が、その中で暮らす私たちには、まことに不規則に感じられるという経験的事実である。「二」の冒頭で、寅彦は「暦の上の春と、気候の春とは、ある意味では没交渉である[13]」と言う。暦の上の春は、太陽と地球が一定の位置関係になることを言うが、それは月の平均気温がある温度になることを意味するものの、同時に周期的、不定期的な異同を伴っていて、そうした平均気温の日はむしろまれだからである。

科学で言う法則性は、厳密な数式で表現されるような恒常性を保っているが、それが経験されるレベルでは、必ず大小の「ずれ」を伴っているということ、このことは、実験室の中だけでなく、早くから地球物理学者として海洋や地殻の実際の観測に取り組んだ寅彦にとっては、自明なことであった。科学でいう法則性が、必ずある誤差、「ずれ」(fluctuation)を伴っているということの論点は、寅彦が自然を見る上での基底的認識である。

以上の自然の「法則性」と「ずれ」の必然性の対立を確認した後で、寅彦は、春をもたらす生命の仕組みに視線を向ける。「三」では、冬の間に植物の内部で確実に春の準備が進行していることを述べ、「四」では、時の経過を縮めて見せる映画像によって、植物が動物と同様に運動、成長するさまを見た時の驚きを記す。その上で「五」では、科学が生命の物理学的な解明に向かわなければならないことを述べ、そのような生命の物理的説明ということから本当の宗教も芸術も生まれなければならないと述べる。

以上の、アインシュタインの相対論から生命の科学的解明の展望への議論を背景として、「六」で、次のような光景を描き出すのである。

ある日二階の縁側に立って南から西の空に浮かぶ雲

をながめていた。上層の風は西から東へ流れているらしく、それが地形の影響を受けて上方に吹きあがる所には雲ができてそこに固定しへばりついているらしかった。磁石とコンパスでこれらの雲のおおよその方角と高度を測って、そして雲の高さを仮定して算出したその位置を地図の上に当たってみると、西は甲武信岳から富士箱根や伊豆の連山の上にかかった雲を一つ一つ指摘する事ができた。（中略）

高層の風が空中に描き出した関東の地形図を裏から見上げるのは不思議な見物であった。その雲の国に徂徠する天人の生活を夢想しながら、なおはるかな南の地平線をながめた時に私の目は予想しなかったある物にぶつかった。

それははるかなはるかな太平洋の上におおっている積雲の堤であった。典型的なもくもくと盛り上がったまるい頭を並べてすきまもなく並び立っていた。都会の上に広がる濁った空気を透して見るのでそれが妙な赤茶けたあたたかい色をしていた。それはもうどうしても冬の雲ではなくて、春から夏の空を飾るべきものであった。(14)

新築した自宅の二階から見える春の空に浮かぶ雲の、そして遥かに望める夏の雲の遠景を目にした驚きがこの「春六題」という随筆の発想の起点だろう。それを最後に提示してこの作品を終えている。この「春六題」という作品は、寅彦が、科学読み物あるいは科学論としてしか論じなかった科学上の話題を、「随筆」という自らが選択した形式のジャンルに取り込んだことに大きな意味がある。大正八年までは、文学と芸術を目指す寅彦と、科学に取り組む理科大学の教授である寅彦の二人がいた。この「春六題」以後には、科学のあり方を含めて、自らの「随筆」の素材として描き出す寅彦、すなわち「吉村冬彦」と言う筆名の著者が一人いるだけとなった。この年の翌々年の大正十一年には、寅彦を代表する科学随筆「電車の混雑について」が、岩波書店の『思想』に「吉村冬彦」の名で発表されている。

また、「田園雑感」では、「一」で、都会と田舎とどちらが暮らしやすいかとの問いから始めて、自分は都会の人々の互いの無関心なあり方を採るとし、その理由として、「二」で、田舎の村の暮らしが、いかに強い強制力をもって人を縛るかを言う。しかし、「三」で、そうではあるが、子ども時代を思い出すと、田舎の自然の美しさ懐かしさに惹かれると述べる。ここまでは、平坦な論理的論述によって構成されているが、「四」で、田舎の「盆踊り」の追憶が呼び出され、最初の妻、夏子の思い出が引き出されると、論旨は急に一転する。盆踊りに続いて、「五」では、その時点で急速に失われつつある、農村の伝統的な祭礼である、朝倉村の行事「虫送り」がリズムだけを記した楽譜とともに提示され、そこから、この作品の執筆時点では、すでに行われなくなってしまった冬の刈田で行われる朝倉村の祭礼の詳細な記述がなされ、この祭が、近代の教育を受けた青年たちにはなぜそのような行為が行われなければならないのか納得できないような非合理な形式の祭礼であることが述べられる。そして、最後に「六」で、実は、それこそがこの作品の考察の起点である、この年に話題になっていた「大本教事件（第一次）」に言及されている。

この事件では、大本教の二代教主の夫である出口王仁三郎が大正十年二月に検挙されるが、裁判が続く中で、大正天皇の崩御による大赦で免訴される。しかし、その後、大本教の勢いはさらに拡大し、やがて「第二次大本教事件」（昭和十年）の検挙で徹底的な弾圧を受けることになる。その最後の節で寅彦は次のように述べる。

> 簡単な言葉と理屈で手早くだれにもわかるように説明のできる事ばかりが、文明の陳列棚に美々しく並べられた。そうでないものは塵塚に捨てられ、存在をさえ否定された。それと共に無意味の中に潜んだ重大な意味の可能性は葬られてしまうのである。幾千年来伝わった民族固有の文化の中から常に新しいものを取り出して、新しくそれを展開させる人はどこにもなかった。[15]

寅彦の意図は、本来あった伝統文化が失われる時、それに替わって分かりやすいが本当の意味を持たない擬似的な文化に覆われるということであるが、この指摘は寅彦の父親もその推進者だった近代の天皇制への批判をも含んでいることに寅彦はおそらく気付いていたろう。とはいえ、一九一〇年の「大逆事件」後の体制批判の思想に対する厳しい視線が向けられている時点で、そのような批判を正面から主題化する意図は、寅彦にはない。

この作品における寅彦の意図は、むしろ「四」の中に手書きの楽譜で掲げられた「虫送り」の太鼓のリズムの提示にある。確かに都会の互いに無関心な人間関係は新しい快適さをもたらした。しかしそこには本来、人々が生きていた生活のリズムが失われている。「田園雑感」もまた、「春寒」に続く、音楽的随筆として、近代化とともに失われつつあった「田園の音楽」へのレクイエムだったように思われる。

「春六題」で、寅彦は、植物を含め生命が私たちの生きる世界に生み出す根源的なリズムの存在を指摘した。「田園雑感」では、そこに生きる人々の生活が織り成す生活のリズムが「近代」という時代にあって、根本的に変容しようとしているさまを描いているように見える。本来、そうした生命世界のリズムと同期して営まれていた人間の生活があった。近代以前の農村で営まれていた伝統的な文化は、長い間かかって形成されたそのような生活の様式だろう。しかし、明治期を経て、この時代、それが大きく変わろうとしていた。寅彦は、そうした時代を見つめ、伝統的な生活の価値を確認しながらも、それが失われ行くことの必然性を受け入れ、自ら新しい、しかし生命の根源的なリズムに寄り添った生活様式を創り出して行こうとしているように見える。

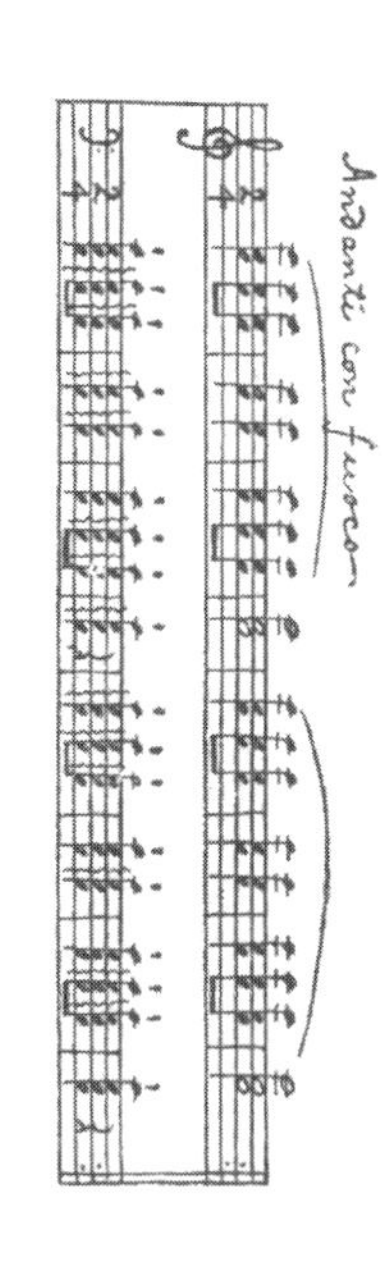

六、寅彦随筆の成立

「田園雑感」を同じ年の春に執筆された「春六題」とともに読むと、そこには「生命」の本質をなす「生命のリズム」への視線が見える。宇宙という物理的世界の法則性は、数式で表される恒常性を示す。だが、そこには必ず大小の「ずれ」(fluctuation)があって、それが生命をこの世界にもたらしている基本に違いないと寅彦は見ていた。

寅彦が吐血する前年、大正七年に、本郷区曙町に寅彦が庭をもつ自宅を新築したことは、この時代を考える場合に象徴的である。それまで、そのあたりは江戸時代の旗本屋敷が立ち並んでいて、人々は、その間の狭い路地の町屋に住んでいた。寅彦が何回か移り住んだ貸家もそのような場所にあった。それらの屋敷がこの大正期に整理されて分譲され、寅彦はある大きさの土地を入手したのである[16]。この状況は、この時期が明治以前の近世の社会が解体されて、近代の生活が言わばゼロから作り上げられる時代だった。

「田園雑感」で描かれているように、農村地域では、それまでの社会が解体され近代が荒々しく入り込んでくる時代だった。同時に都市の周囲では、新たな生活圏が形成される時代でもあったのである。寺田寅彦は、こうした時代にあって、新しい都会人の生活空間と生活スタイルを創っていった、時代に先行する人物だった。少し後だが、志村に別荘を建て、昭和期には、自動車を運転している。そのような寅彦が、自らの生活の支柱として選んだのが、西洋音楽だったと考える。

「春寒」に関連して述べたように、曙町に新築した家で、長女の貞子のピアノの教師を近所に住む弘田龍太郎に依頼したが、やがて弘田家とは家どうしの交際をもつようになり、寅彦自身、龍太郎に音楽を習うようになる。

寅彦は第五高等学校の教室で、初代の「バイオリンを弾く物理学者」である物理学の師、田丸卓郎の弾くバイオリンの音色に魅せられて西洋音楽に触れたのだったが、曙町の自宅を建てて以後、チェロを習い、ピアノとバイオリンのメンバーを得て「博士トリオ」の練習に励むなど、西洋音楽に対する打ち込みようは尋常でないレベルのものだった[17]。現在、高知県立文学館の「寺田寅彦記念室」に展示されているチェロやバイオリンがその様子を伝えている。

大正十年の前半に寅彦が発表した「春寒」「春六題」「田園雑感」の三篇の随筆は、前年の時間的空間的隣接に基づく習作の時期を経て、自らの発想を、一度、客観的に見直し、再構成するという手法を得た寅彦が到達した、新たな文学表現の形式だったと考える。その中で、生命の基本的律動を、西洋音楽のあり方においてとらえ、自らの文学表現に取り込むことが、大きな意味をもって寅彦を主導していたように思われるのである。


(「東京女子大學日本文學」一一一号、二〇一五)

［注］

（1）寺田寅彦の著作からの引用は、すべて、『寺田寅彦全集』(新版)、一九九六－一九九九、岩波書店、により、作品名と全集の巻数、ページ数を記す。『寺田寅彦全集』第二十一巻、「日記四」、三頁。

（2）拙稿「寺田寅彦の文体――生命の物理学」『比較文學研究』東大比較文學會、第八十号、二〇〇二年九月、五六－七二頁。

（3）『寺田寅彦全集』第三巻、「春寒」、四二頁。

（4）*HEIMSKRINGLA OR THE CHRONICLE OF THE KINGS OF NORWAY* By Snorri Sturluson, ch. 191. Indypublish. Com, 2009.
（5）『寺田寅彦全集』第三巻、「春寒」、四三頁。
（6）同右。
（7）『寺田寅彦全集』第三巻、「春寒」、四五頁。
（8）『寺田寅彦全集』第三巻、「春寒」、四五－四六頁。
（9）『寺田寅彦全集』第三巻、「春寒」、四六頁。
（10）同右。
（11）『寺田寅彦全集』第二巻、「春六題」、一二八頁。
（12）同右。
（13）『寺田寅彦全集』第二巻、「春六題」、一三〇頁。
（14）『寺田寅彦全集』第二巻、「春六題」、一三七頁。
（15）『寺田寅彦全集』第三巻、「田園雑感」、七二－七三頁。
（16）山田一郎『寺田寅彦　妻たちの歳月』岩波書店、二〇〇六、二〇三頁。
（17）末延芳晴『バイオリンを弾く物理学者』平凡社、二〇〇九、二四二－二四四頁。

unfinished till now. Hitoshi Oshima, his close friend, made up his mind to finish it, translate it from Japanese to English, and edited it.

2) Terada Torahiko: *Complete Works New Edition*, Vol.2, Iwanami, 1997, p.137

3) See the very last page of *La pensée sauvage*, Plon, 1962.

4) See the introductory part of *Le hasard et la nécessité*, Presse Universitaire de France, 1970.

5) See 'Shibugaki' (Astringent persimmons,1927) in Terada's *Complete Works* Vol.11, p.220

6) See Terada's 'Eiga Geijutsu' (The Art of Movies, 1932), in *Complete Works*, Vol.3.

7) 'Haiku no Seishin' (On the spirit of haiku,1935) in *Complete Works*, Vol.5

8) *Complete Works* Vol.12, p.133

9) The conclusion was established by Max von Laue in 1912, just after Terada left Germany.

10) *Nature*, No.91-135, 1913

11) 'Confeito' was introduced in Japan from Portugal in the 15th century.

12) Uda Michitaka: Terada Torahiko, Father of Oceanic Physics, in *Shiso*, Iwanami, 1936.

13) The title in Japanese is 'Guzen' (1915).

14) The title in Japanese is 'Hōsoku ni tsuite' (1915).

15) The original text is: *Le savant n'étudie pas la nature parce que cela est utile; il l'étudie parce qu'il y prend plaisir et il y prend plaisir parce qu'elle est belle.*

16) *Complete Works*, Vol.1, p.185

17) ibid. Vol.2, p.130

18) Ilya Prigogine: TIME, STRUCTURE AND FLUCTUATIONS, Nobel Lecture, 8 December, 1977, http://www.nobelprize.org/nobel_prizes/chemistry/laureates/1977/prigogine-lecture.pdf

19) See the note 11.

20) On Terada's reading of Bergson and Mach, see Yajima Suketoshi: *Terada Torahiko*, Iwanami, 1949.

21) The original title is 'Jikan no kannnen to entoropi narabini purobabiriti'. See *Complete Works*, Vol.1, p.245-252.

22) Ibid. p.248

23) According to Ursula Baatz, the comparison between Mach's philosophy and Buddhism has not been examined seriously. See her article in *Boston Studies in the Philosophy and History of Science*, Vol.143, Springer, 1992.

24) *Complete Works*, Vol.12, p. 91

To this, the second player Komiya makes contrast by introducing 'snow' and 'the west' against the first player's 'rain' and 'the north', and thus he situates the time between winter and spring.

Yet there remains snow on the mountain in the west.

Now, the third player Terada, receiving the second one's 'snow', puts forward the notion of 'winter' focusing on 'winter daphne frozen'. At the same time, he turns the focus from a distant scenery to flowers nearby.

I've already come to a village to see winter daphne frozen.

Time has passed because the first player said he was going to 'the north' the following day, and that the third one already finds himself in a 'village'. And if the first one was seeing the 'spring rain' while the third one 'winter daphne frozen', it is because places have also changed from the starting place, probably a capital, to a 'village' in the north. There is no logical sequence between the first verse and the third; there is on the contrary a leap and a change.

This way of developing *renku*, Terada explains it in Freudian terms. In an essay titled 'Outline of the essential of *Haikai*' (1932), he says as follows:

> The links between verses of *haikai* are unconscious, or at least semi-conscious. They must be similar then to the links between objects that appear in a dream. From the point of view of our conscious logic, what happens in a dream is impossible. But psychoanalysis is able to translate it from the unconscious to the conscious, so that we can see a kind of necessity, logic, in there. Behind the sceneries that appear in a dream with apparent incoherence, Freud discovered a sort of coherence that reveals the secret part of our mind. There is a sort of play between 'the imaginary and the real' there just as in *renku*.[24)]

What he suggests is that there is a 'scientific' way to understand *renku*, and consequently the spirit of *haikai*, and the 'science' he found useful for it is not physics but Freudian interpretations of dreams. This implies Terada was conceiving a third bridge by making *renku* and physics at the same time, a bridge between the conscious and the unconscious.

Notes

1) The author of this article passed away two years ago so that this article has remained

is impossible except for some cases with certain conditions. That is why we need to think of probability and irreversibility of time. I believe our notion of the present and the past derives from there, the irreversibility[22].

There is another reason why Terada did not believe in the physics of his time totally: Ernst Mach's influence. For the Japanese physicist says in the essay titled 'On scientific laws' that no system in the universe is independent from others just as Mach declared. To him, what scientists were doing was to pick up some of the systems of universe as if these had been independent from the rest.

Some may say Terada's vision of universal causality by which he saw all the systems interrelated with one another is rather a product of Buddhist influence than Mach's. Other may argue that the vision Mach proposed came from Buddhist influence[23]. Both may be true, but it is important to see that Terada was just at the crossing point of East and West. As I said, he tried to make a bridge between sciences and humanities, but at the same time, he tried to make a bridge between East and West.

6

To end the article, I would like to introduce Terada's explanation of *haikai* poetry in terms of Freudian theory. He knew Freud and psychoanalysis through books introduced to Japan in the early 20th century. Like many other Japanese of his time, he thought it was a 'new science' that could elucidate the secret of our mind. He used it to explain the 'logic' of *renku*, the game of linked verses he enjoyed with his friends.

Let us remember that *renku* is a play that consists in linking verses one after another, to make up a world of poetry. It is important to say that there in the play, the aim is not to make up a coherent whole, for there is neither planning for totality nor intention of totality. The only necessary condition for the play to go on is the appropriateness of each link between two consequent verses. One has to see if the link between the first verse and the second, or the second and the third, is natural and beautiful. There is no need for the third to be consequent to the first.

In the case of the verses I quoted at the beginning of this article, Matsune, the first player, begins the play with the following verse, probably evoked by the 'spring rain' falling around softly.

From tomorrow on, I'll be going far into the north, wet in the spring rain.

> beginning of this century we were prepared to find new theoretical structures in the microworld of elementary particles or in the macroworld of cosmological dimensions. We see now that even for phenomena on our own level the incorporation of thermodynamic elements leads to new theoretical structures. This is the price we have to pay for a formulation of theoretical methods in which time appears with its full meaning associated with irreversibility or even with "history", and not merely as a geometrical parameter associated with motion.[18)]

As you see, Prigogine refers to the notion of 'time', 'irreversibility', even 'history' as important factors to account for the world scientifically. This indicates today's science that includes thermodynamics in its vision of micro-cosmos as well as macro-cosmos is making a bridge between the two cultures, natural science and literature, split in our intellectuality. Our Japanese scientist, Terada, was just aiming at the same to overcome the split. For in an essay written as early as in 1915, he insisted on the necessity of including 'the historical' for a scientist to establish a scientific law out of the phenomena this one selected[19)].

You may wonder from where he took such an idea. What inspired him the most so that he could think of 'irreversibility of time' and 'the historical'? I would say it came from the tradition of *haikai* on one hand, and from the reading of Western philosophers such as Henri Bergson and Ernst Mach, on the other[20)]. He was much inspired by the two Western philosophers who were his contemporaries.

As for the influence of Bergson on Terada, we can see it in the latter's essay titled 'The idea of time, entropy and probability' written in 1917[21)]. There, he refers to the French philosopher's criticism of the scientific notion of time based on reversibility and repeatability, and insists on the irreversibility of time by introducing the thermodynamic notion of 'entropy'. He even suggests physics in the future should start from the notion of entropy. For example, he says:

> I mentioned the irreversibility of time, but I have to add to it that time is not equally universal. For there are systems with irregularity and disorder on the level of elements. If all the systems were 'divine' like pendulums, time could be reversible, but our universe is rather irregular and disordered so that it could not be described in terms of limited definitions and mathematical formulae. Certain scientists seem to believe in the possibility of predicting the future following the 'unchangeable' model of the present, but in reality, it

character of science, it continued to appear as a theme of his posterior essays. In the essay titled '*Six Pieces on Spring*' written in 1922, we find the following passage:

> There is no relation between 'spring' as a season and 'spring' as a series of meteorological phenomena. Those occupied with making a calendar do not care about the average temperature of March in Tokyo. Seasons are a relative notion; we only have to know spring in the north hemisphere is autumn in the south hemisphere. Besides, spring does not exist everywhere; it exists only in some restricted areas on the earth. Everyone knows it, but does not necessarily realize it.
>
> What is called the weather in Tokyo is a result of the averaging of meteorological changes. The averaging is justified because there is a cycle in them. Of course, the cycle changes every year. That is why we have to average the changes. What is important here is not to believe the average to be most probable or nearest to reality. I say so because many people wrongly believe that they have the days with the average meteorology conditions more frequently than others. As a matter of fact, they have very few days with such conditions[17].

Here we see his insistent distinction between the average and the real. He softly warned us not to believe in the average as if it were 'real'.

5

Apparently irregular and chaotic phenomena whose regularity and constancy Terada was seeking for are what interests today's scientists specializing in '*fractal*' or '*chaos*'. Reading Ilya Prigogine and Isabelle Stengers' *Order Out of Chaos, Man's New Dialogue with Nature* (1984), I cannot but think Terada was trying to find a bridge, like the authors of the book, between the 'Two Cultures' C.P. Snow pointed out in 1959 as a major problem of our intellectuality. Differently from and quite earlier than Prigogine and his thermodynamics, the Japanese physicist-poet proposed a vision similar to the one that the latter proposed in terms of 'non-equilibrium' and 'irreversibility'.

The essential of Prigogine's scientific view is expressed in his Nobel Lecture in 1977. He began it with these sentences:

> The inclusion of thermodynamic elements leads to a reformulation of (classical or quantum) dynamics. This is a most surprising feature. Since the

question of law and contingency. As I said above, Terada's special interest was in finding a kind of regularity and constancy in apparently contingent phenomena that belonged to everyday life. He must have found a theoretical ground in Poincaré's essay that explained what contingency meant to a scientist.

Terada seems to have been quite convinced of Pointcaré's distinction of the phenomena out of which one could draw a scientific law, and the contingent ones out of which one could not do it in the same way. The distinction seems to have given him a hint on the question of half-contingent, half-regular phenomena that he was eager to understand scientifically. The questions he tried to elucidate such as the flow of black ink into water or the geometric formation of sugar candy called *confeito* corresponded to that type of half-contingent phenomenon.

Terada may have felt deep sympathy to Poincaré, for the French mathematician explained science in terms of beauty. In the essay a part of which Terada translated, Poincaré says as follows:

> Scientists do not study nature because it is useful; they study it because it is pleasant. Scientific researches are pleasant because nature is just beautiful.[15)]

As I said earlier, Terada's scientific interest was of aesthetic nature.

The other article, 'On scientific laws', is an extension of his consideration on the contingent. But there, he advanced his view on physics more audaciously, to assert what is called 'scientific law' is abstraction of our concrete experiences and that it cannot be any more than mathematical approximation of reality by way of averaging its changes full of contingencies and irregularities. The following is a passage from the essay where he put forward the idea:

> Even if we humans demand Nature to be simple, She does not care at all. We can establish a law when She presents events with minimal complexity and changes, or on the contrary, events with enough complexity for us to consider them as 'contingent' as Poincaré pointed out. In most of the cases, we just average Her complexity and changes to make an abstraction of what She is[16)].

By saying this, he seems to have meant the scientific approach to Nature was insufficient. Considering the fact he practiced *haikai* poetry as another approach to Nature, we can deduce that he conceived the two disciplines, physics and *haikai*, as complementary to each other.

As for the averaging of natural phenomena he found as a fundamental did after Germany was on 'x-ray diffraction and crystal structure', which shows his continuous interest in aesthetic phenomena in the natural world. He marveled at the beauty of crystal structure in relation with x-ray diffraction.

It is true x-ray diffraction was in vogue as a scientific topic in Germany at that time. He was certainly influenced by the trend of the time. However, he did not share with his German colleagues the interest in analyzing x-ray to conclude it was a kind of electromagnetic wave[9)]; his interest remained in the beautiful structure of crystal one could discover through x-ray diffraction.

This does not mean however his studies of x-ray diffraction were inferior to those of others physicists of the time. He published two articles on the subject in *Nature* in 1913[10)] almost at the same moment the Braggs, the Nobel Prize laureates Father and Son, published theirs on the same topic in the same journal. The reason why the Braggs became the winner of the prize while Terada's name as a physician has not remained till today, is that the latter did not continue pursuing the same problem to the end, nor did he try to express his view in mathematical formulae as the former did. Terada's interest in scientific topics varied as easily as meteorological phenomena or seasonal alternations, which is understandable if you come to know that the fundamental themes of *haikai* poetry are meteorological or seasonal.

His interest moved in fact from the question of x-ray diffraction to the question of flow of black ink into water, or the one of geometric formation of sugar candy called *confeito*[11)]. Quotidian phenomena as such were definitely his favorite. He could have developed his theoretical studies *à l'Occidentale*, but he had not enough interest in mathematical formulation of the law behind the phenomena that interested him. To one of his disciples, he said "You don't necessarily have to follow the Western way of science; there must be a physics appropriate to the Japanese."[12)]

4

Now, what kind of science did Terada have in mind? What science meant to him? Actually, just after he came home from Germany, he began to write a series of essays on science such as 'On contingencies'[13)], 'On scientific laws'[14)], etc. To see his position, let us have a look at those essays.

The first one, 'On contingencies', was virtually a translation of a chapter of Poincaré's essay "*Science et Methode*" (1908). The fact he translated it shows his high appreciation of the French mathematician's view on science, especially on the still one of the dominant ideologies of today's world. Taking this in account, we cannot consider Terada simply as old-fashioned.

3

Although his achievement in science is not known enough, Terada was an eminent physicist at his time. He wrote more than 200 papers in English, some of which were published in *Nature*, the most prestigious scientific journal in the world.

Terada began to take interest in physics almost at the same as *haikai* poetry. It was when he was a high school student. There in Kumamoto high school, he met a teacher of physics named Tamaru who introduced him to the world of science, and another teacher named Natsume who revealed to him the world of English literature and *haikai* poetry. What attracted him the most to physics was its systematic view of Nature that was comparable to him to the one he found in *haikai* poetry. Although different from each other, those two views fascinated him alike because of their being systematic.

As I said earlier, Terada was not so much enthusiastic about the theoretical advancement of physics of his time. It is surprising he was little attracted by Einstein's relativity theory or quantum physics. What interested him more was physical explanations of quotidian phenomena such as weather changings, people's crushing against each other at a train station in a rush hour, etc. In those phenomena that appeared irregular and unexpected, he was eager to discover regularity and constancy.

If we sum up the general tendency of his scientific studies before his going to Germany in 1908, we would say they were centered on the notion of fluctuation and undulation. His doctoral thesis titled 'Acoustical Investigation of the Japanese Bamboo Pipe, Shakuhati' (1908) just reflected the tendency. He tried to formulate the apparently irregular sounds the musical instrument produced, the sounds that did not correspond to the scale of Western music. We see there a scientific interest loyal to Japanese cultural tradition.

The aesthetic sensation and the emotion he expressed in *haikai* poetry receiving the stimuli from the outer world were the very motive power of his scientific investigations. In other words, he worked on the same kind of phenomena from two different angles, out of which he produced scientific achievements on one hand, and literary works, on the other.

After his stay in Germany for three years, his double vision of nature continued to be manifest, but in a more theoretical way. The first major work he

The *renku* continues, but the quoted would be enough to show how it works. Each composer, on receiving the previous verse, has to make another one, succeeding and renewing the atmosphere made by the previous one. It is like movie scenes that develop continuously in which sequences are expected to be as natural as possible. In an essay, Terada compared movies to *renku*[6].

Now, Terada explained what *haikai* poems meant to him. In an essay he wrote toward the end of his life, he said that *haikai* was the essence of Japanese vision of Nature[7]. There he made a clear distinction between Japanese vision of Nature and the Western one. He said that Westerners built up physics out of their vision of Nature while the Japanese *haikai* out of their vision of the same.

What is the fundamental difference of the two visions he saw then? The answer is in the following quotation:

> Different from the Westerners, the Japanese have not treated Nature as object. Japanese way of viewing Nature is not scientific nor is it materialistic. The Japanese have conceived the world as an organic whole in which human beings are not separated from Nature at all.[8]

The Westerners objectifying Nature and the Japanese not, that is the difference he saw, and that is the difference he found reflected in physics and *haikai*.

Now, Terada was a physicist as I said above. This means his vision of Nature was westernized at least to a certain degree, and yet he kept holding the traditional vision of Nature as a poet of *haikai*. You may wonder how he managed this double vision. How could he cope with the fundamental difference?

Before giving an answer, I have to say Terada's vision of physics is naturally old-fashioned from today's point of view. The world vision changed especially after the emergence of Einstein's relativity theory and quantum physics with its 'uncertainty principle', 'observer effect', etc., and he already had information on those theories spreading to the Japanese intellectuals. However, he did not react significantly in front of the change of vision brought about by them. To him, physics was always the classical one based on the objectification of Nature.

In a sense, he was right, for we cannot deny the Western tendency of viewing Nature in terms of object and subject has not changed despite the appearance of the new science. Nature has been treated as object not only in the West but also elsewhere because of the unstoppable influence of the West all over the world. The mechanistic vision of life, fruit of the objectification of Nature, for example, is 'primitive' form of human thinking, animism, must be revitalized by scientific progress. In this sense, he advanced the theory on the 'primitive mind' that Claude Lévi-Strauss put forward in his *La pensée sauvage*,[3] or the one proposed by Jacques Monod, the molecular biologist, in his *Le hasard et la nécessité*[4].

2

As I said above, many know in Japan Terada was a physicist who wrote essays for the lay readers. However, hardly anyone knows he was a *haikai* poet. *Haikai* is a particular way of seeing the world and poetry, out of which was born *haiku*, a shortest form of poetry known even outside Japan. What Terada practiced was not *haiku* but *renku*, a collective game in which several persons play together, making a long poem by linking verses one after another. He preferred this game more than making a *haiku*, a short independent poem.

In his days, composing *haiku* was much more popular than participating in the *renku* game. The popularity of *haiku* is a modern phenomenon reflecting the modern tendency to be independent from any traditional context. Terada and his friends did not agree to this tendency; they preferred remaining loyal to the tradition by playing the *renku* game in which the collective and the interactive were fully respected.

Terada chose *renku* instead of *haiku* just because it was a collective game in which one could share a world with others. 'Collective' does not mean 'totalitarian', of course. Each participant in the game felt at home with himself or herself, and still enjoyed his or her participation in the group through the game. There was no winner or loser there; there was no planning or preparation, either. The spontaneous and the aleatory counted much in the game.

Let us have a look at one of the *renku* he made with his friends, Komiya Toyotaka and Matsune Toyojo. The whole poem is quite long, so I will quote only the first six lines of it:

Matsune: *From tomorrow on, I'll be going far into the north, wet in the spring rain*
Komiya: *Yet there remains snow on the mountain in the west*
Terada: *I've already come to a village to see winter daphnes frozen*
Matsune: *The conduits in the garden have no entrance as usual*
Komiya: *An owl on a tree is calling at the moon of dawn*
Terada: *Happy though with fermented soybeans on the porridge in this chilly morning.*[5]

Terada Torahiko, a Physicist and a Haikai Poet

Akira Komiya[1)]

1

Terada Torahiko (1878-1935) is known in Japan as a scientific essayist more than anything else. His essays on science have been quite popular; they are still recommended reading at school. Written simply and clearly, they develop a genuine scientific thinking. They are not merely for popularization of science.

What he developed in his essays is a particular way of seeing universe many of the scientists of his time did not have. There, he proved to be a scientist with quite an original point of view. The particular view of his is to be found for example in the following paragraph. You may find a remarkable insight in there:

> For the moment, we do not know when we will have a bridge between life and matter. Specialists in biology and genetics are running after life in tiny cells. They are even making efforts to find a chain between parents and children in a chromosome. As for physicists and chemists, they are rather seeking life in a system of electrons existing in an atom, the tiniest element of matter. Among them, there are some who believe even in 'personality' in a tiniest component of an atom... It is true many scientists are making incessant efforts to explain life in terms of physics and chemistry, but I know many of the non-scientists who dislike science without knowing it will curse the day when a convincing explanation of life in terms of matter comes out. As for myself, I believe that day will be the day we will begin to know the marvel of life really. For I esteem a material explanation of life does not consist in killing life; on the contrary, it opens our eyes to the life that is filling the world of matter. (*Six Pieces on Spring*, 1922)[2)]

The quotation tells a physico-chemical explanation of life that biologists provide will not destroy but rather recover the animistic vision of matter that has been lost. This view was hardly shared by any other scientist of his time, nor is it shared by today's scientists. Whether they are for the modern civilization or not, they generally believe the mechanistic vision of modern science eliminates the animistic vision of the world. Terada thought differently. In his view, the most

第Ⅱ部　講演・公開講座

日本比較文学会東京支部八月例会（二〇一三年八月三十一日）

寺田寅彦の文学表現としての「随筆」について——比較文学の方法

一、比較文学研究の方法としての「文体」

レオ・シュピッツァー「ディドロの文体」(Leo Spitzer, "The Style of Diderot", in *Linguistics and Literary History: Essays in Stylistics*, Russell & Russel Inc., New York, 1962, pp.135-191.)

ドゥニ・ディドロ(Denis Diderot 1713-1784)

『百科全書』の項目「享受」(L'article《Jouissance》in "*Encyclopédie, ou dictionnaire raisonné des sciences, des arts et des métiers*", 1751-1772)

「修道女」(*La Religieuse*)

「ラモーの甥」(*Le neveu de Rameau*)

↓性の事象＝ディドロの「基底経験」(der Grunderlebnis)

↓性的身体＝ディドロの「思考の身体」の形：自己増殖としての「表現」(l'expression)

二、主題としての寺田寅彦

・出発点：日本の近代化＝西欧化　↑その要因は西欧の科学技術

↓日本の西欧指向は西欧科学の摂取を目指した

↓科学摂取のあり方の研究

「寒月君と寺田寅彦：西洋文明としての近代科学」(東京女子大学比較文化研究所『紀要』第五十八巻、一九九七年一月)

「寺田寅彦の文体：生命の物理学」(『比較文學研究』東大比較文學會、第八〇号、二〇〇二年九月)

「寺田寅彦の物理学と〈二つの文化〉」(東京女子大学紀要『論集』第五十六巻一号、二〇〇九年九月)

三、寺田寅彦の文学活動の時期

・一八九六年より俳句作句、夏目漱石により『ホトトギス』に送付して掲載

・一八九九年より一九一一年まで、『ホトトギス』に写生文、小説を起稿
・一九一一年の留学帰国から一九一九年までは、文学活動でなく、科学雑誌に科学論、科学記事を執筆
・一九二〇年より随筆を執筆、一九二〇年九月より、吉村冬彦の署名を使用する
・一九二一年より『渋柿』に、執筆を始める
・一九二二年十二月から、松根東洋城、小宮豊隆と夏目漱石の俳句研究会を始める
・一九二三年から、松根東洋城と芭蕉連句の研究を始める。後に、小宮豊隆が加わる
・一九二五年から松根東洋城、小宮豊隆と連句の制作を始めるが、一九二九年頃からは、ほぼ東洋城との両吟の連句制作が中心となる
・一九三五年の死に至るまで、旺盛な随筆、講座掲載文の執筆を続ける

寺田寅彦略年譜

一八七八（明一一）高知県士族、陸軍会計監督、寺田利正の長男として出生
一八九六（明二九）熊本の第五高等学校に入学、夏目漱石に英語を学ぶ
一八九七（明三〇）阪井夏子と結婚、寅彦二十才
一八九八（明三一）バイオリン、俳句を始める、「ホトトギス」に投稿
一八九九（明三二）東京帝国大学理科大学物理学科に入学
一九〇〇（明三三）夏目漱石、イギリス留学に出発
一九〇二（明三五）妻、夏子が高知で死去
一九〇三（明三六）大学を卒業し、大学院に進学。夏目漱石、帰朝
一九〇四（明三七）東京帝国大学理科大学講師
一九〇五（明三八）高知で浜口寛子と再婚「団栗」
一九〇八（明四一）論文「Acoustical Investigation of the Japanese Bomboo Pipe, Shakuhati」により、理学博士の学位を得る
一九〇八（明四二）東京帝国大学理科大学助教授、三月よりドイツに留学
一九一一（明四四）留学より帰朝、東京帝国大学に復職
一九一五（大四）著書『地球物理学』
一九一六（大五）東京帝国大学理科大学教授。夏目漱石、死去
一九一七（大六）妻、寛子が死去
一九一八（大七）四月、曙町（文京区本駒込）に家を新築。八月、酒井紳子と再婚
一九一九（大八）十二月、胃潰瘍のため吐血、以後一年半静養

一九二〇（大九）吉村冬彦の名で随筆を書き始める。「小さな出来事」
一九二一（大一〇）「春寒」「春六題」「田園雑感」、一二月より漱石俳句についての研究会を始める
一九二二（大一一）「電車の混雑について」、アインシュタインの来日、バイオリンを再び習う
一九二三（大一二）関東大震災。『冬彦集』『藪柑子集』。松根東洋城らと連句の研究会を始める
一九二四（大一三）理化学研究所研究員（兼任）
一九二五（大一四）帝国学士院会員、以後積極的に学士院で活動、チェロを習い始める
一九二七（昭二）東京帝国大学地震研究所所員（専任）
一九二九（昭四）『万華鏡』「化物の進化」
一九三一（昭六）「日常身辺の物理的諸問題」
一九三二（昭七）「物理学圏外の物理的現象」
一九三三（昭八）『物質と言葉』
一九三四（昭九）「割れ目と生命」
一九三五（昭一〇）十二月三十一日、転移性骨腫瘍により五十八才で死去。遺稿「物理学序説」（以上、矢島祐利『寺田寅彦』、一九四九年、岩波書店、による）

四、寅彦の随筆

・追憶文「夏目漱石先生の追憶」
・観察的随想「春六題」「田園雑感」
・論理構成「一つの思考実験」
・科学随筆「電車の混雑について」
・総合的構成「備忘録」
・俳諧論／理論的表明「連句雑俎」

【随筆進行の分類】

（一）論述的進行
・演繹的推論：前提↓推論一↓推論二↓結論
・帰納的推論：場合分け↓場合一↓場合二↓帰納的推論
（二）隣接的進行
・時間的進行（「自画像」「球根」）
・空間的隣接への進行（「丸善と三越」）
（三）像的連接（連想）による進行
・単純な連想による連接（「蓄音機」）
・夢的連想による進行（「冬夜の追憶」）
・連句的連接

五、「春寒」（大正一〇年一月）――音楽と随筆

「春寒」――音楽形式（変奏を伴う同一主題の繰り返し）を随筆に持ち込む
長女貞子（夏子遺児）大正三年七月上京、女学校入学
弘田龍太郎についてピアノを習う
・スノッリ・ストゥルルソン（Snorri Sturluson, 一一七八年

あるいは一一七九年－一二四一年）
・ヘイムスクリングラ（heimskringla。「世界の輪」）は、一二二〇年代か一二三〇年代初頭に、スノッリが編集したと言われているノルウェーの王のサガ集の総称
・オーラヴ・トリグヴァソン（Olav Tryggvason）ノルウェー王（在位九九五年－一〇〇〇年）
・オーラヴ・ハーラルッソン（Olav II Haraldsson、聖オラーフ）在位一〇一五年－一〇三〇年

六、「春六題」（大正十年四月）の構成

一、暦の上の「春」、アインシュタインによるニュートン力学の修正
二、気候の「春」――暦の上の春とは没交渉
三、「春」と植物の開花、植物の中に進行している春の準備
四、植物が「いきもの」であること、活動写真の早送り画像
五、物質と生命の間に橋が懸かる時――「生命の物質的説明ということから、ほんとうの宗教もほんとうの芸術も生まれてこなければならないという気がする」
六、「春」を見る――太平洋上の積雲の堤を見る
・季節の進行の定常性（二および四）と非定常性（一および三）の交替
・経験的実感（二および四、五）と科学理論（一および五）の混在
・想起順序：六→三→四→二→一→五
・六の「春の雲を見る」が発端、五の「生命の解明に向かう物理学」が結論

七、「田園雑感」（大正十年十月）

一、都会の人間関係の砂漠と田舎の人の「親切さ」
二、出生祝いのたこ上げ
三、田舎の自然の美しさ
四、貴船神社の盆踊り
五、虫送りの太鼓と鉦
六、木の丸神社（朝倉村）の祭礼、「大本教事件」
・論説としての主題：都会と比較しての〈田舎〉
・イメージの連鎖としての主題：〈田舎〉の祭／盆踊り
貴船神社の盆踊り（夏子の思い出）→「虫送り」→朝倉村の木の丸神社の祭
・想起の発端：大本教事件（第一次）大正十年（一九二一）
・想起の順序：六→五→四→一→二→三
・提示の順序：一（論理的出発点）→二（感情的嫌悪、論理的結論）
→三（ここで感情的価値を入れると判断中立となってしまう）
→四（感情的再スタート）→五→六（本来的価値へ）

八、「備忘録」（昭和二年九月）の構成

以下の一二篇の短文から成る

「仰臥漫録」（◆）――子規／漱石の回想
「夏」（△）
「涼味」（△）〔以上、提示部〕
「向日葵」（☆）――ずれの認識
「線香花火」（◆☆）――母親（寺田亀）の回想
「金平糖」（☆）―― 生命の物理学の key としての fluctuation
「風呂の流し」（▲）
「調律師」（△）――ずれの修正
「芥川龍之介君」（◆▲）――漱石に関連
「過去帳」（◆▲）――お手伝いについての回想／母親に関連〔以上、変奏部〕
「猫の死」（◆△）――寛子に関連
「舞踊」（☆）――人類史的記憶〔以上、再現部〕

・音楽のソナタ形式が見られる
第一主題――亡くなった知人の回想（◆）
第二主題――生命の解明に向かう物理学（☆）
変奏――ずれ／ずれの調整（▲／△）〔fluctuation〕

・寅彦と音楽――夏子の遺児貞子にピアノを習わせる頃から、本格化
音楽的随筆――「春寒」：変奏を伴った繰り返し
「楽曲の終節の感じ」と「歌仙の終局の感じ」が似ている（「連句雑俎」）

・想起の発端：芥川龍之介の自殺（昭和二年七月二十四日）と丑女の死の知らせ

・想起の順序：「芥川龍之介君」→「過去帳」→「仰臥漫録」→「夏」→「涼味」→「向日葵」→「線香花火」→「金平糖」→（理論から現実に戻る）「風呂の流し」→「調律師」→「過去帳」→「猫の死」→「舞踊」

九、連句との関わり

・「田園雑感」「備忘録」における節の間のつながり、連想のあり方に「連句的接続」が見られる

・寺田寅彦と連句：大正九年十二月から、松根東洋城、小宮豊隆と夏目漱石の俳句研究会を始め、翌年から、松根東洋城と芭蕉連句の研究を始める。後に、小宮豊隆が加わる。大正十四年から三人で連句の制作を始めるが、後には東洋城との両吟の連句制作が中心となる

・連句を中心とした俳諧論
「日本文学の諸断片」（一九二三－一九二五）
「連句雑俎」（一九三一）
「俳諧の本質的概論」（一九三二）
「俳句の精神」（一九三五）

・松根東洋城との歌仙実作

・最後の寅彦発句の歌仙「まざまざと」（一九三五）

引用文献

寺田寅彦全集（新版）、岩波書店、一九九六－一九九九

参考文献

矢島祐利『寺田寅彦』、岩波書店、一九五四
堀切直人『寺田寅彦語録』、論創社、二〇一二
山田一郎『寺田寅彦　妻たちの歳月』岩波書店、二〇〇八

杉並区内大学公開講座（二〇一三年度後期）

寺田寅彦の文学と科学——比較文学比較文化の視点から読み直す

寺田寅彦と比較文学比較文化

「災害は忘れた頃にやって来る」との言葉を残したとされ、日本の地震研究の初期を開く仕事をした物理学者、寺田寅彦（一八七八～一九三五）は、また高等学校時代に夏目漱石の教えを受けた俳人、文学者として、数多くの随筆作品を残しました。その主題は、科学研究と、俳諧を中心とする文学だけでなく、美術、音楽、映画に及んでおり、美術、音楽では絵画の制作や器楽の演奏にも取り組んでいます。この多岐にわたる寺田寅彦の関心は、西欧科学の摂取にはじまる近代日本の西洋文明摂取の取り組みの一つの姿でしょう。

「比較文学比較文化」という研究領域は、次のような経緯で成立しました。まず狭義の「比較文学」が十九世紀末から二十世紀はじめにかけてフランスおよびイギリスで、十八世紀までは、ラテン語による共通の文学世界（学術世界）であった西欧で近代の成立とともに、それぞれの国民国家に分かれた各国語による文学世界に分かれてきたものの、国境を越えた相互の関係があり続けているため、この関係を研究する学問として誕生しました。その後、狭義の「文学」相互だけでなく、非言語芸術（絵画、音楽）や、雑誌や映画などメディア一般との関係も研究する「比較文化」研究に拡大して、今日では「比較文学比較文化」研究として発展していま

10月7日(月)から11月18日(月)にかけて、全6回にわたって開講された杉並区内大学公開講座

す。

日本の近代文化を西欧文化の摂取との関連においてとらえることが、私が一貫して目指してきたことです。この視点において寺田寅彦は、重要な意味を持つ主題です。日本が開国の後、ひたすら西欧文化の摂取を目指したのは、ひとえに西欧の科学技術を自らのものとするためでした。寺田寅彦は物理学者として西欧の科学を学びながら、西欧の研究動向に追随するのではなく、後に「寺田物理学」と言われる独自な研究主題を追求し、弟子たちにもそのように指導しました。私は、こうした姿勢を貫いた寅彦が、同時に日本の文化として俳諧を重んじ、当時、ほとんど顧みられなくなっていた歌仙形式の俳諧連句の実作に取り組んだこと、また「随筆」という文学形式に新たな表現を生み出したことに注目してきました。

この講座では、寅彦の科学と文学作品の両方を比較文学・比較文化の視点で見ることによって、その目指した表現の「かたち」とビジョンとを提示することを目指しました。

寺田寅彦における随筆

本講座で目指したことは、寅彦が「随筆」という形式で、どのような表現を新たに創り出したのかを示すことです。寅彦は一八九六年に、英語教師としての夏目漱石に出会い、俳句の指導を受けて文学の道を知り、大学で物理学を学びつつも『ホトトギス』に写生文を寄稿していましたが、一九一一年にドイツ留学から帰国して以後は、文学活動は休止していました。寅彦が「随筆」執筆という

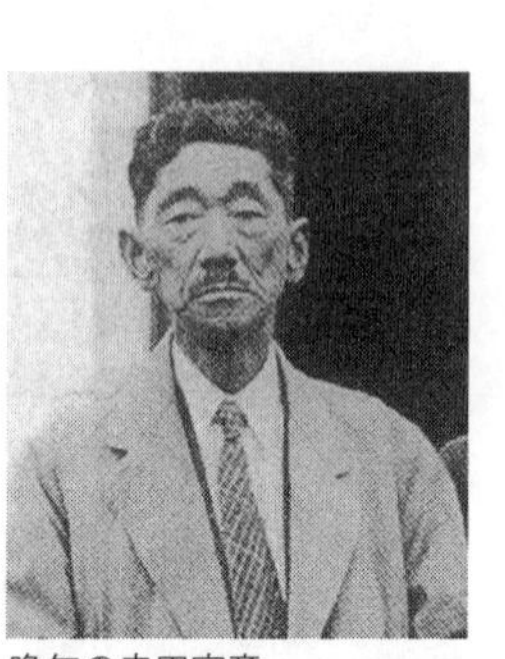
晩年の寺田寅彦
『寺田寅彦全集』第2巻（岩波書店）

形で文学活動を展開するのは、一九一六年の漱石の死去、翌年の二番目の妻、寛子の死去と三番目の妻、志んとの再々婚の後、一九一九年暮の胃潰瘍による吐血により、一年半にわたる休養を余儀なくされるという激動の時期においてでした。

翌一九二〇年（大正九年）から、さまざまな形式での随筆執筆を試み始め、この年の九月から「吉村冬彦」というペンネームで随筆を発表し始めます。

本講座の第一回から第三回までは、この試みの時期を経て、寅彦独自の表現が見られるようになった、翌一九二一年（大正十年）に発表された三篇の随筆を検討し、第一回の「春寒」では、寅彦随筆における音楽との関わりを、第二回の「春六題」では、寅彦の随筆では科学研究自体もその素材であるということを、第三回の「田園雑感」では前年からの試みによって独自の表現形式として新たな「随筆」

という表現様式に到達していることを提示しました。

寅彦はこの時期、ともに漱石に学んだ松根東洋城、小宮豊隆とともに俳諧研究に着手し、東洋城の主催する俳諧誌『渋柿』に定期的に執筆するようになり、やがて始めは上記三名で、後には東洋城と二人で、連句形式の俳諧を実作し『渋柿』に掲載、連句を中心とする俳諧論を精力的に執筆します。第四回の講座は連句論「連句雑俎」から、フロイトの深層心理学と連句の関係を論じた論を読んで、寅彦が俳諧連句に置いていた大きな意義を考えました。

寺田寅彦は、音楽、絵画など文学以外の多くの芸術分野に関心を向け、実際にも取り組みました。昭和に入ると映画に強い関心を向けて、数多くの映画評を執筆します。第五回の講座では、特にロシア映画におけるモンタージュ手法を俳諧連句との関連で評価した「映画雑感Ｉ」を検討して、寅彦が「映画」というメディアに見出した表現の意味を考えました。

最後の第六回では、再び寅彦の随筆に戻って、一九二七年に執筆した『備忘録』における多角的な表現を考察しました。十二篇の短文から構成されるこの作品では、逝去した親しい人々の追想と、自らの目指す科学への思いを、並行する主題として自らの身体感覚を中核に統合して提示していますが、それぞれの短文の間の連接の仕方は、一貫した論理によってではなく、連句の相接する二句のような、いわば像的連接によって結ばれています。またこの作品では、寅彦が目指した「生命の物理学」の原理として、すべての現象に存在する微細な fluctuation（平均からの統計的異同）をも指摘しています。寺田寅彦の随筆作品が目指した文学表現とは、以上の二点を指向するものだと思います。

寺田寅彦の目指したもの

以上の講座の内容は、私が十年以上取り組んできた寅彦への取り組みの中で見えてきた論点でした。私は当初、科学者寺田寅彦がどのように音楽や俳諧に「科学的に」取り組んだかに視点の中心がありましたが、寅彦の自らの限られた時間的な生に関わる全体的な関心がまずあり、寅彦の物理学も、そこで取り組まれた一つの道であったのだと思うようになりました。

今回、多様な関心をもつ多数の方々に寺田寅彦という、多様な関心を生きた思索者を紹介する機会を得られたことは、私にとって得がたい経験でした。このような機会を与えていただいたことに感謝申し上げます。

一、寺田寅彦と日本の近代化

一、「比較文学比較文化」について

比較文学――十九世紀末から二十世紀はじめにかけて西欧で成立（フランスおよびイギリス）

↑十八世紀までは、ラテン語による共通の文学世界（学術世界）であった西欧で近代の成立とともに、それぞれの国民国家に分かれた各国語による文学世界に分かれてきたが、国境を越えた相互の関係があり続けているため、この関係を研究する学問として誕生

↓その後、狭義の「文学」相互だけでなく、非言語芸術（絵画、音楽）や、雑誌や映画などメディア一般との関係も研究する「比較文化」研究に拡大していった（「比較文学比較文化」）

二、「比較文学比較文化」から見る寺田寅彦

・「科学」と「文学」の「二つの文化」（C・P・スノー「二つの文化と科学革命」Two Cultures and Scientific Revolution, 1959）の両方で活躍

・明治後半から大正、昭和にかけての日本の諸メディア（雑誌、音楽メディア、映画等）の立ち上げの時期を生きた（メディア関係年表参照）

↑日本の近代を考える「比較文学比較文化」研究の大きな対象

・寺田寅彦の生涯の概観（年譜参照）

三、主題としての寺田寅彦

・出発点：日本の近代化＝西欧化　↑その要因は西欧の科学技術

↓日本の西欧指向は西欧科学の摂取を目指した

↓科学摂取のあり方の研究

「寒月君と寺田寅彦――西洋文明としての近代科学」（東京女子大学比較文化研究所『紀要』第五十八巻、一九九七年一月）

「寺田寅彦の文体――生命の物理学」（『比較文學研究』東大比較文學會、第八〇号、二〇〇二年九月）

「寺田寅彦の物理学と〈二つの文化〉」（東京女子大学紀要『論集』第五十六巻一号、二〇〇九年九月）

四、寺田寅彦の文学活動の時期

・一八九六年より俳句作句、夏目漱石により『ホトトギス』に送付して掲載

・一八九九年より一九一一年まで、『ホトトギス』に写生文、小説を起稿
・一九一一年の留学帰国から一九一九年までは、文学活動でなく、科学雑誌に科学論、科学記事を執筆
・一九二〇年より随筆を執筆、一九二〇年九月より、吉村冬彦の署名を使用する
・一九二一年より『渋柿』に、執筆を始める
・一九二二年十二月から、松根東洋城、小宮豊隆と夏目漱石の俳句研究会を始める
・一九二三年から、松根東洋城と芭蕉連句の研究を始める。後に、小宮豊隆が加わる
・一九二五年から松根東洋城、小宮豊隆と連句の制作を始めるが、一九二九年頃からは、ほぼ東洋城との両吟の連句制作が中心となる
・一九三五年の死に至るまで、旺盛な随筆、講座掲載文の執筆を続ける

五、寅彦における随筆の始まり――大正九年（一九二〇）
・夏目漱石の死去（大正五年）
・二番目の妻寛子の死去（大正六年）と再々婚（大正七年）
・曙町（文京区本駒込）に住居を新築（大正七年）
・胃潰瘍による吐血（大正八年十二月）その後、大学を休養（およそ一年半）
・吉村冬彦の名義で執筆を始める

六、「春寒」（大正十年一月）――寅彦の芸術表現としての「随筆」の始め「春寒」――音楽形式（変奏を伴う同一主題の繰り返し）を随筆に持ち込む

長女貞子（夏子遺児）大正三年七月上京、女学校入学
弘田龍太郎についてピアノを習う
・スノッリ・ストゥルルソン（Snorri Sturluson、一一七八年あるいは一一七九年－一二四一年）
・ヘイムスクリングラ（heimskringla「世界の輪」）は、一二二〇年代か一二三〇年代初頭に、Snorri Sturluson が編集したと言われているノルウェーの王のサガ集の総称
・オーラヴ・トリグヴァソン（Olav Tryggvason）ノルウェー王（在位九九五年－一〇〇〇年）
・オーラヴ・ハーラルッソン（Olav II Haraldsson、聖オラーフ）在位一〇一五年－一〇三〇年）

寺田寅彦略年譜
一八七八（明一一）高知県士族、陸軍会計監督、寺田利正の長男として出生
一八九六（明二九）熊本の第五高等学校に入学、夏目漱石に英語を学ぶ
一八九七（明三〇）阪井夏子と結婚、寅彦二十才

一八九八（明三一）バイオリン、俳句を始める。「ホトトギス」に投稿
一八九九（明三二）東京帝国大学理科大学物理学科に入学
一九〇〇（明三三）夏目漱石、イギリス留学に出発
一九〇二（明三五）妻、夏子が高知で死去
一九〇三（明三六）大学を卒業し、大学院に進学。夏目漱石、帰朝
一九〇四（明三七）東京帝国大学理科大学講師
一九〇五（明三八）高知で浜口寛子と再婚　「団栗」
一九〇八（明四一）論文「Acoustical Investigation of the Japanese Bomboo Pipe, Shakuhati」により、理学博士の学位を得る
一九〇八（明四二）東京帝国大学理科大学助教授、三月よりドイツに留学
一九一一（明四四）留学より帰朝、東京帝国大学に復職
一九一五（大四）著書『地球物理学』
一九一六（大五）東京帝国大学理科大学教授。夏目漱石、死去
一九一七（大六）妻、寛子が死去
一九一八（大七）四月、曙町（文京区本駒込）に家を新築。八月、酒井紳子と再婚
一九一九（大八）十二月、胃潰瘍のため吐血、以後一年半静養
一九二〇（大九）吉村冬彦の名で随筆を書き始める。「小さな出来事」
一九二一（大一〇）「春寒」「春六題」「田園雑感」、十二月より漱石俳句についての研究会を始める
一九二二（大一一）「電車の混雑について」、アインシュタインの来日、バイオリンを再び習う
一九二三（大一二）関東大震災。『冬彦集』『藪柑子集』。松根東洋城らと連句の研究会を始める
一九二四（大一三）理化学研究所研究員（兼任）
一九二五（大一四）帝国学士院会員、以後積極的に学士院で活動、チェロを習い始める
一九二七（昭二）東京帝国大学地震研究所所員（専任）
一九二九（昭四）『万華鏡』「化物の進化」
一九三一（昭六）「日常身辺の物理的諸問題」
一九三二（昭七）「物理学圏外の物理的現象」
一九三三（昭八）『物質と言葉』
一九三四（昭九）「割れ目と生命」
一九三五（昭一〇）十二月三十一日、転移性骨腫瘍により五十八才で死去。遺稿「物理学序説」
（矢島祐利『寺田寅彦』、岩波書店、一九四九年、による）

メディア関係年表

一八八七（明二〇）エミール・ベルリナー平円盤式レコー

ド と蓄音機を発明
一九八八（明二一）『東京朝日新聞』創刊（『めざまし新聞』を大阪朝日新聞が買い取って新創刊）
一八九五（明二八）リュミエール兄弟が映写装置開発
一八九七（明三〇）『ホトトギス』創刊（松山）、翌年から東京に移り、高濱虚子編集
一八九九（明三二）『中央公論』創刊（『反省会雑誌』一八八七創刊、改題）
一九〇〇（明三三）『明星』創刊
一九〇二（明三五）米国コロンビア社が円盤型レコード発売（翌年、天賞堂が輸入販売）
一九〇三（明三六）『馬酔木』創刊（翌年『アララギ』に改題）
一九〇八（明四二）米国コロンビア社がビクトローラ発売
一九一一（明四四）ハリウッドに初めてのスタジオができる
一九一三（大二）岩波書店創立、翌年より出版事業開始
一九一五（大四）『渋柿』創刊、『科学と文芸』創刊（加藤一夫）、『潮音』創刊
一九一八（大七）寅彦、鉄針ポータブルの蓄音機を購入
一九一九（大八）『改造』（改造社）創刊、『解放』（第一次）創刊
一九二〇（大九）ソ連において映画学校設立、クレショフが指導者
一九二一（大一〇）『思想』（岩波書店）創刊。寅彦、竹針のヴィクトローラ蓄音機を購入
一九二七（昭二）初のトーキー映画『ジャズシンガー』（米国）
一九三〇（昭五）日本初のトーキー映画『マダムと女房』（五所平之助）

引用文献

『寺田寅彦全集』（新版）、岩波書店、一九九六－一九九九
『寺田寅彦随筆集』第一巻～第五巻、小宮豊隆編、岩波書店〈岩波文庫〉、一九四八年

参考文献

矢島祐利『寺田寅彦』、岩波書店、一九五四
松本哉『寺田寅彦は忘れたころにやって来る』集英社新書、二〇〇二
池内了『寺田寅彦と現代――等身大の科学をもとめて』みすず書房、二〇〇五
山田一郎『寺田寅彦　妻たちの歳月』岩波書店、二〇〇六
小山慶太『寺田寅彦――漱石、レイリー卿と和魂洋才の物理学』中公新書、二〇一二
堀切直人『寺田寅彦語録』、論創社、二〇一二

寺田家家族図

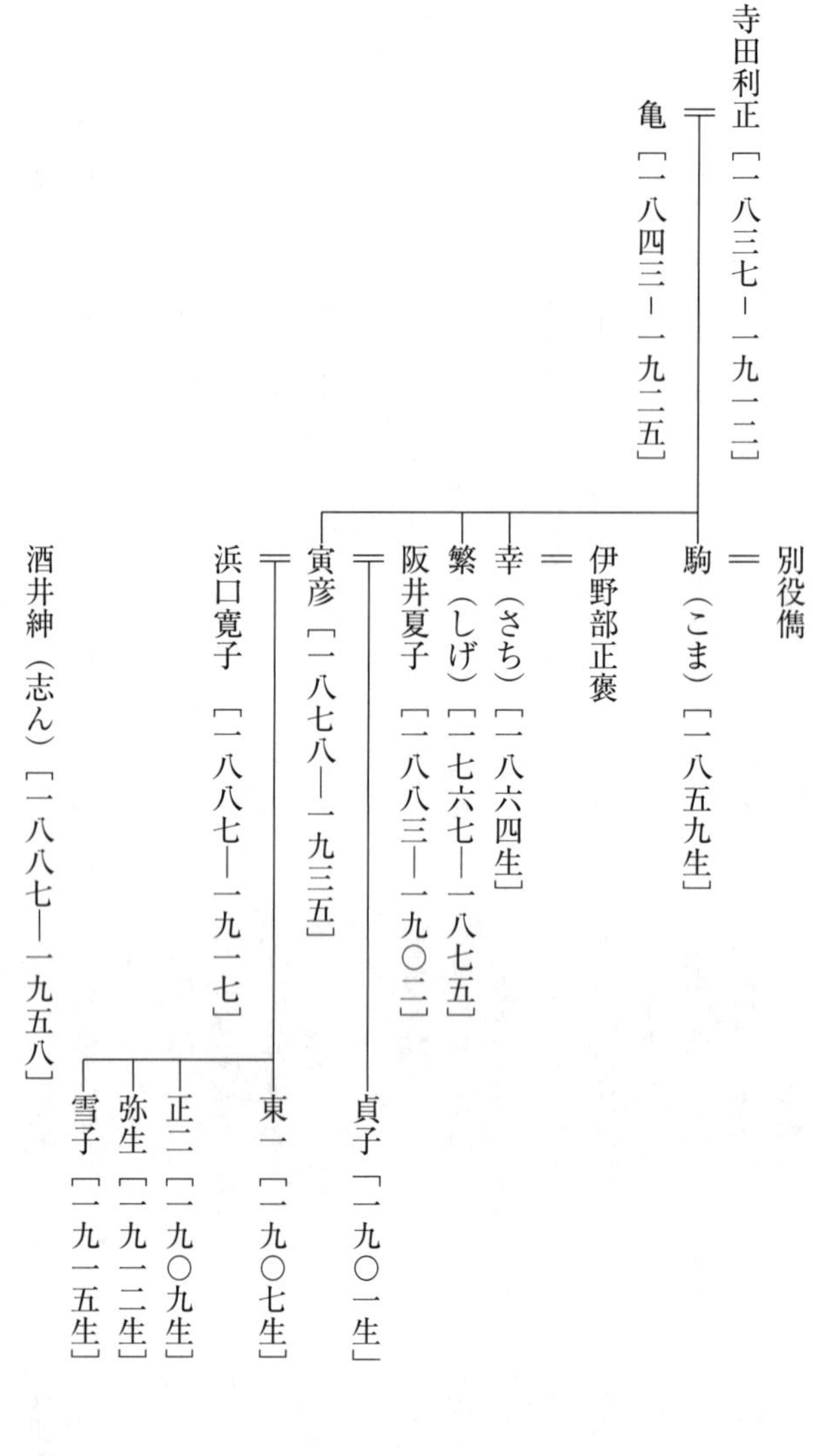

寺田利正［一八三七－一九一二］
亀［一八四三－一九二五］
別役儁
駒（こま）［一八五九生］
伊野部正褒
幸（さち）［一八六四生］
繁（しげ）［一七六七―一八七五］
阪井夏子［一八八三―一九〇二］
寅彦［一八七八―一九三五］
浜口寛子［一八八七―一九一七］
酒井紳（志ん）［一八八七―一九五八］
貞子［一九〇一生］
東一［一九〇七生］
正二［一九〇九生］
弥生［一九一二生］
雪子［一九一五生］

二、寺田寅彦と物理学

一、物理学との出会い

・第五高等学校への入学（一八九六）と同時に、二人の生涯の師との出会い

夏目漱石（一八六七－一九一六）と田丸卓郎（一八七二－一九三二）

田丸卓郎――寅彦を物理学に導き、またバイオリン演奏とローマ字運動に導く。田丸卓郎との出会いによって、始め造船学を目指すよう主導していた父、利正を説得して、理学大学物理学科への志望を認めさせる

二、寅彦の科学研究の推移

一八九九－一九〇三　東京帝国大学理科大学物理学科

一九〇三－一九〇四　物理学科大学院生（熱海の間歇泉についての研究などに取り組む）

一九〇四－一九〇八　東京帝国大学理科大学講師

一九〇八　　理学博士（「Acoustical Investigation of the Japanese Bomboo Pipe, Shakuhati」による）

一九〇八－一九一六　東京帝国大学理科大学助教授

一九〇八－一九一一　ドイツ留学

一九一三－一九一四　X線回折による結晶の構造の研究

一九一六より、東京帝国大学理科大学教授、第三講座（実験物理学、地球物理学）担当

一九一七「X線回折と結晶」の研究により学士院恩賜賞受賞

一九二一　病気療養のため講座担当を外れる

一九二一より、航空研究所所員（兼任）講座担当に復帰

一九二四より、理化学研究所主任研究員（兼任）

一九二五　帝国学士院会員

一九二七　東京帝国大学地震研究所所員（専任）

三、関係する人名

本田光太郎（一八七〇－一九五四）

長岡半太郎（一八六五－一九五〇）

石原　純（一八八一－一九四七）

安部　能成（一八八三－一九六六）

桑木　或雄（一八七八－一九四五）

大河内正敏（一八七八－一九五二）

高嶺　俊夫（一八八五－一九五九）

西川　正治（一八八四－一九五二）

中谷宇吉郎（一九〇〇－一九六二）

宇田　道隆（一九〇五－一九八二）
藤岡　由夫（一九〇三－一九七六）
坪井　忠二（一九〇二－一九八二）

四、初期に取り組んだ主題

(1)「地球物理学」：気象や海陸の自然現象についての研究（震災予防調査会委託の活動と関連）
明治三七年から理学部講師の本多光太郎と共同で行った熱海の間歇泉についての研究（"On the Geyser in Atami", 1904）がその最初のもの。
さらに同じ年に、潮汐の副振動についての最初の研究発表（"On the Secondary Undulations of Occeanic Tide", 1904）を行っている。

(2)「音響学」：音についての研究を中心とする、振動あるいは波動現象についての研究
「音叉の共鳴箱について」（"A Note on Resonance-Box", 1904）がその始め。
「尺八についての研究」（"On Syakuhati", 1906 "Acoustical Investigation of the Japanese Bamboo Pipe, Syakuhati", 1907）で、理学博士となる（一九〇八）。

(3)「実験物理学」：純粋に実験物理学の分野に属する特異な実験現象の研究
寅彦が、最初に東京数学物理学会で発表した主題は、「噴射管によって水銀表面に作り出される毛管波について」（"On the Capillary Ripple on Mercury Produced by a Jet Tube", 1904）、その後も「磁化による弾性係数の変化について」（本多光太郎と共著）（"On the Change of Elastic Constants of Ferromagnetic Substances by Magnetization", 1905）などの研究を発表。

寅彦はこれら三つの分野の研究を同時に並行して開始。

五、寅彦の物理学に共通する主題

音響や波動に限らず、より一般化して、現象の周期性、あるいは現象のあらわれ方のパターンへの注目ととらえれば、それは、六巻の全集に収められた二百篇以上の寺田寅彦の論文のほとんどにあてはまる視点であると言える。

理学博士号を授与されたのは、日本の尺八についての音響学の研究であったし、X線による結晶構造の解明にしても、X線の波としての性質である回析と干渉を利用するものであった。また、後に理化学研究所で取り組む、墨汁を水面に流した時にあらわれる模様や、生命における境界面の性質の研究などは、広い意味での境界面にあらわれるパターンの研究と言える。これらに、やはり振動現象である地震や津波の研究を中心とする地球物理学を加えたものが寺田物理学の核心をなす業績に他ならないことを見れば、

寺田物理学の基本主題を示していると言える。

六、X線による結晶構造の研究をめぐって

・"X-rays and crystals"として、一九一三年に"*Nature*"に発表

↓一九一四年まで、五篇の論文を発表するが、その後、この主題から離れる。

・同じ主題の研究によって、ウィリアム・ヘンリー・ブラッグ（William Henry Bragg（1862-1942）と息子のウィリアム・ローレンス・ブラッグ（一八九〇－一九七一）が一九一五年にノーベル賞を受賞

・この点を残念がる研究者がいるが、寅彦自身の目指したことではない。

七、「春六題」

・大正十年四月『新文学』（「春と人生」特集）（初出の末尾に「十・三・七」の日付がある）（『新文学』は『文章世界』一九〇六－一九二〇、一九二一年一月改題から、同年十二月旧刊）

「春六題」の構成

一、暦の上の〈春〉――宇宙の恒常性

↑アインシュタイン／ミンコフスキーによるニュートン力学の修正

二、暦の上の〈春〉と気候の〈春〉とは没交渉である

↓現象のばらつき、フラクチュエイション

三、〈春〉と植物の開花――内的一貫性

↑植物の中に進行している春の準備

四、植物が「いきもの」であることは通例だれでも忘れている

↓生命としての意志（↑活動写真の早送り画像）

五、物質と生命の間に橋が懸かる時――生命の原理へ

「生命の物質的説明ということから、ほんとうの宗教もほんとうの芸術も生まれてこなければならないという気がする」

六、日本の春は太平洋から来る　↓　太平洋上の積雲の堤を見る

――現象としての「春」を見る

・アルベルト・アインシュタイン（Albert Einstein、一八七九年三月十四日－一九五五年四月十八日）は、ドイツ生まれのユダヤ人理論物理学者。

特に彼の特殊相対性理論と一般相対性理論が有名だが、光量子仮説に基づく光電効果の理論的解明によって一九二一年のノーベル物理学賞を受賞した。

・ヘルマン・ミンコフスキー［ヘルマン・ミンコフスキ］

（Hermann Minkowski、一八六四年六月二十二日　カウナス近郊アレクソタス Aleksotas ― 一九〇九年一月十二日）は、ロシア（リトアニア）生まれのユダヤ系ドイツ人数学者。ミンコフスキー空間と呼ばれる四次元の空間により、アインシュタインの相対性理論に数学的基礎を与えた。また、時空を表すための方法として光円錐を考えた。その他に数論や幾何学に関する業績がある。ミンコフスキーは一九〇七年ごろに、（アルバート・アインシュタインによって発展させられていた）特殊相対性理論が時間の次元と空間の三つの次元を組み合わせた四次元の時空を用いることで簡素に説明されることを見いだした。

三、寺田寅彦の随筆

一、寅彦の随筆分類

・追憶文「夏目漱石先生の追憶」
・観察的随想「春六題」「田園雑感」
・論理構成「一つの思考実験」
・科学随筆「電車の混雑について」
・総合的構成「備忘録」
・俳諧論「連句雑俎」

二、随筆進行の分類

(1) 論述的進行
・演繹的推論：前提→推論一→推論二→結論
・帰納的推論：場合分け→場合一→場合二→帰納的推論

(2) 隣接的進行
・時間的進行（「自画像」「球根」）
・空間的隣接への進行（「丸善と三越」）

(3) 像的連接（連想）による進行
・夢的連想による進行（「冬夜の追憶」）

・連句的連接

三、大正九年に発表された随筆作品

病院の夜明けの物音（『渋柿』、三月）
病室の花（『アララギ』、五月）
電車と風呂（『新小説』、五月）
丸善と三越（『中央公論』、六月）
旅日記から（一、シャンハイ）（『渋柿』、六月）
自画像（『中央公論』、九月）
旅日記から（二、ホンコンと九竜）（『渋柿』、七月）
旅日記から（三、シンガポール）（『渋柿』、八月）
旅日記から（四、ペナンとコロンボ）（『渋柿』、九月）
旅日記から（五、アラビア海から紅海へ）（『渋柿』、十月）
旅日記から（六、紅海から運河へ）（『渋柿』、十一月）
小さな出来事（『中央公論』、十一月）
鸚鵡のイズム（『改造』、十一月）
帝展を見ざるの記（『中央美術』、十一月）
旅日記から（七、ポートセイドからイタリアへ）（『渋柿』、十二月）

〔基本的に隣接的進行、つまりは「想起の順序」〕

四、「旅日記から」から「春寒」へ

・松根東洋城から新年号の『渋柿』に、「旅日記から」ではない作品の執筆の依頼があった（大正九・十一・二十六日付の小宮豊隆宛葉書に記載）
↓この依頼によって執筆された作品が「春寒」（大正十年一月号に掲載）
・作品としての「春寒」
・執筆の時点での経験でなく、その年の二月の経験を想起して執筆している
↓書かれた出来事の全体を対象化する視点がある
・出来事の意味――ある「挫折」の思い、ただし、それをその後の月日の間に対象化して、開き直って再出発できている
・寅彦にとっての「挫折」
↓父、利正に託された、日本の近代化に資する物理学者としての成功
↓それに替えて、自らの望む「物理学」を作り上げること（寺田物理学）
↑自らのために（自らの楽しみのために）生きること
↓音楽、文学（「随筆」やがて「連句」として結実）
・随筆としての進行の変化
「旅日記から」――出来事の順序を追う「想起の順序」そのまま

「春寒」――出来事の順序を再構成して、「想起の順序」と異なる「提示の順序」を形作っている

・「春寒」における「提示の順序」←音楽を意識した繰り返しの構成

・描かれているシーンは、全体として、「シナジー」（共感覚）の経験である

共感覚（同時性）－聴覚（ピアノ演奏を聴く）
－文学的想像

・この同時性を、娘の、貞子の弾くピアノ曲の繰り返しの描写によって表現しようとしている

五、「春六題」の構成

・「春六題」――『新文学』大正十年四月号（「春と人生」特集）に掲載

↓作品の構成――「一」から「六」までの無題の六つの節で構成

・当時、話題になっていたアインシュタインの「相対性原理」から始めているが、全体の主旨としては「五」に述べられた、同時代の科学が「生命の物理的説明」に向かっていることにポイントが置かれている

・各節の論旨は次のように整理できる

一、暦の上の〈春〉、科学的法則の恒常性

二、気候の〈春〉（主体に経験される現象）は不規則である

三、〈春〉と植物の開花、植物の中に進行している春の準備

四、植物が「いきもの」であること

五、生命の物質的説明への歩みが進行していること

六、現象としての「春」を見る←太平洋上の積雲の堤を見る

・「想起の順序」と「提示の順序」の違い

「想起の順序」――「六」の驚きから発している

↓そこから「一」と「二」の法則の恒常性と経験の不規則性の対立に注目

↓科学が解明できていない「生命の物理的説明」へと科学が向かわなければならないことを「四」と「五」で述べる

・「提示の順序」

読者が物理学者である筆者に期待する理論科学の話題「一」からスタート

↓主体の経験する事実に「ずれ」があることを提示

↓理論化できていない「生命の科学」への注目

↓あるべき科学の方向

↓その出発点としての日常的な主体の経験の提示

・以上の提示によって、「春寒」によって到達した自らの経験の対象化（文学化）から進んで、自らが選択した道で

ある「科学」としての「物理学」自体を対象とする文学表現を提示している
↓「備忘録」（昭和二年〔一九二七〕）で総合
－理論科学への批判
－主体の時間的経験

六、「田園雑感」の構成

・「田園雑感」――『中央公論』大正十年七月号に執筆
主題は、都会と田舎の文化の対比、都市化による日本の田舎の文化の変質
・「田園雑感」の構成
一、「都会人の無関心」vs「田舎の人の親切さ」
二、出生祝いのたこ上げ、田舎の文化
三、田舎の自然の美しさ――自然全部のシンボルとしての「えび」
四、貴船神社の盆踊り（イディルリック（idyllic）牧歌的）
「盆の月夜には、どこかの月影のような所で昔ながらの大和民族の影が昔の踊りを踊っているのではあるまいか」
五、虫送りの太鼓と鉦――夏の盛り／ブランギンの油絵
「ものの充実しきった時の不思議な静けさ」「ある無名な宗教の荘重な儀式」
六、木の丸神社（朝倉村）の祭礼（「ナーンモンデー」「カーンコカンコ」）

「無意味の中にひたした重大な意味の可能性は葬り去られてしまう」
↑大本教事件（第一次）への言及
・想起の順序
発想の発端：大正十年二月に検挙された「第一次大本教事件」
↓これを近代以前の文化と、明治政府の推進する近代日本の文化（天皇制）の間の対立としてとらえる
↓それを「田舎」の文化と「都会」の文化の対立としてとらえる
↓自らの立場は、近代化＝「都会」の文化（「一」）
↓しかし、出身は高知で、親族は「田舎」の人々（「二」「三」）
↓「三」までは論理随筆だが、その終わりに感情の判断が入ってくる
↓夏子の思い出（「四」）
↓「虫送り」（「五」）
↓「木の丸神社の祭礼」（「六」）と進んで、この本来的文化を滅ぼして近代化への疑問が提出されるという構成を取る
・提示の順序：
「一」から「三」までは論理的随筆の形式を取り、「四」以降、像的連接により進行する

・フランク・ウィリアム・ブラングィン（Frank William Brangwyn）
ベルギー生まれ、イギリス、ウェールズの装飾的画家（一八六七－一九五六）

四、寺田寅彦と連句

一、寅彦と俳諧連句

・一九二一年より『渋柿』に、執筆を始める。始めは「旅日記より」、翌年「春寒」。

・一九二三年から、松根東洋城と芭蕉連句の研究を始める。後に、小宮豊隆が加わる。

「日本文学の諸断片」（『渋柿』一九二三年七月、八月、九月、十月号――「鳶の葉の巻」研究）

「日本文学の諸断片」（『渋柿』一九二四年三月、四月、六月、七月、八月、十月号――初期連句研究）

「日本文学の諸断片」（『渋柿』一九二五年五月、六月号――小宮豊隆を含め、初期連句研究）

松根東洋城（一八七八－一九六四）、本名は豊次郎、宇和島藩伊達家の家老職の家系

小宮豊隆（一八八四－一九六六）

・一九二五年から『渋柿』に、歌仙を掲載。始めは東洋城と寅彦の両吟。一九二六年から一九三〇年までは、小宮豊隆を含む三吟の歌仙がある。一九三〇年からは、すべ

「五　連句心理の諸現象」(『渋柿』一九三一年八月、九月、一〇月号)
「六　月花の定座の意義」(『渋柿』一九三一年一一月号)
「七　短歌の連作と連句」(『渋柿』一九三一年一二月号)

四、歌仙「若葉の巻」(『渋柿』一九三五年二月号)

『渋柿』掲載の歌仙は、ほとんどが東洋城の発句で始まっている。数少ない寅彦による発句の歌仙のうち、寅彦の没年である昭和十年に完成された最後の歌仙

五、「四　連句の心理と夢の心理」(「連句雑俎」)

ジークムント・フロイト (Sigmund Freud 1856-1939)
『夢判断』(Die Traumdeutung) 一八九九年 (出版一九〇〇年)
『精神分析入門』一九一七年

歌仙（昭和十年二月『渋柿』）

1 [発句] まざまざと夢の逃げ行く若葉哉　寅日子
2 [脇] 彩を刻める杭の翡翠　東洋城
3 [第三] にはか雨大きな池も無くなりて　城
4 もののかひのこもる一里　子
5 [月の座] やうやうにおくれて着きし月のバス　丶
6 夜寒に風呂と酒といづれぞ　城
7 [初裏] 心引く長鳴虫のいとどしく　丶
8 又読みかへすをととひの文　子
9 女房の空返事なる朝ぼらけ　丶
10 帯も指輪も要らぬうらはら　城
11 京浪華雲仙までの遊びやう　丶
12 風の往来の定まらぬ秋　子
13 [月の座] 芭蕉葉のゆれては月を招くらん　丶
14 夜長の囲碁の数寄屋板葺　城
15 下駄に灸すゑるすゑぬの笑ひ声　丶
16 カサトと鎖を鳴らす番犬　子
17 [花の座] 辻風の花の横町吹き抜けて　丶
18 昼の按摩の長閑なりけり　城
19 [二の折] 双六も五十次あまりに三の宿　丶
20 荒縄切つて蜜柑取出す　子
21 親元の便りのたびに打萎れ　丶
22 いくさの庭の男恋しき　城
23 緋の扱帯今を最後の身にそへて　丶
24 瞼涼しく明けの明星　子
25 まひまひの大きく小さく廻はるなり　丶
26 松を払つて吹き落つる風　城
27 音に鳴ける梢渡りの雀か否か　丶
28 秘めし宝も千秋古る宮　子
29 [月の座] 上げ汐の見る見る月を浮かべ来て　丶

30　　　　　　南図ると造る大船　　　　　城
31［二の折の裏］人柱悲しきことの伝へられ　　　ヽ
32　　　　　　過ぎた辛子にむせる煮うどん　　　子
33　　　　　　両足に大きな豆をこしらへて　　　ヽ
34　　　　　　川べりの温泉へつづく廻廊　　　城
35［花の座］　ふりかぶる崖の松より上の花　　　ヽ
36［挙句］　　関越え来れば八州の春　　　子

（新版全集第十一巻 pp.334-336）

連句の歌仙形式について

・最初の句である「発句」から、最後の句である「挙句」まで、三十六句で構成。
・二枚の懐紙を用い、それを二つ折りにして、一枚目の懐紙（「初折」と言う）の半ばから、執筆し、初折の表には六句を、初折の裏には、十二句を、二枚目の懐紙（「二の折」と言う）の表には、十二句、二折の裏には、六句を記す。
・「発句」は、必ず、作成時点の季節を詠んだ句であること。
・春、秋の句は三句、夏、冬の句は二句以内の続きに止める。
・五句目、十三句目、二十九句目は「月の座」として、必ず「月」の語を詠み、十七句目と三十五句目は「花の座」として「花」（桜の花の意）を詠むが、前後に移動してもよい。
・初裏以降の位置で、「恋」を詠む句が数句続く箇所と、過去の時代のことを詠む句の現れる箇所があることが望ましい。

五、寺田寅彦における随筆

一、本講座の構成

一、「春寒」――音楽と随筆
二、「春六題」――科学も随筆の素材
三、「田園雑感」――寅彦随筆の第一次の完成
四、「連句雑俎」――俳諧連句における連接の仕方、深層心理の層位での意味
五、「映画雑感Ⅰ」――映像のモンタージュ↑「寅日子映画」(イメージの連接)
六、「備忘録」――寅彦随筆の完成形

二、「備忘録」:『思想』昭和二年九月号掲載

寅彦の総合的随筆の完成形態:親しい人々の追想と科学への思いを、自らの身体感覚を中核に統合して提示している。

以下の十二篇の短文から成る

「仰臥漫録」――子規/漱石の追憶、死に臨む生
「夏」――環境と一体化する身体感覚(構想における出発点)
「涼味」――涼しさとは何か/ミクロな気団の間の温度差の認識
「向日葵」――通念における理念性/現実の複雑性、ずれの認識
「線香花火」――固有の時間的秩序をもつ現象世界↑母親(寺田亀)の回想
「金平糖」――生命の物理学の key としての fluctuation(平均からの統計的異同)
「風呂の流し」――身体へのずれの修正の試み
「調律師」――ピアノにおける「ずれ」の修正↓人間関係の調整
「芥川龍之介君」――「ずれ」の究極としての自殺/漱石山房における追憶
「過去帳」――寺田家の女中だった「丑」女についての回想
「かたくなさ」という「ずれ」↑父親の記憶
↑「腹のたつ元旦」(『自由画稿』(『中央公論』一九三一年一月号))
「猫の死」――飼い猫「たま」の追憶
「舞踊」――人類史的記憶

三、提示の順序としての論説の流れ

・死に向かう人間の時間↓現象世界自体の時間的あり方

↓生命の物理学の根源としての fluctuation
↓「ずれ」の必然性と、その修正の可能性
↓現実世界における「ずれ」の認識（芥川龍之介、「丑」女、父・寺田利正）
↓生命の世界（猫と人）

・想起の順序
芥川龍之介の自殺（一九二七年七月）、ほぼ同時に「丑」女の死の知らせ
↓季節としての「夏」の感覚
↓「線香花火」の記憶
↓「涼味」とは何か
↓生命の物理学の key としての fluctuation の認識
↓「ずれ」の必然性と、その修正の可能性
↓現実世界における「ずれ」の認識（芥川龍之介、「丑」女、父・寺田利正）
↓生命の世界（猫と人）

四、音楽（ソナタ形式）としての構成

第一主題――亡くなった知人の回想（◆）
第二主題――生命の解明に向かう物理学（☆）
変奏――ずれ／ずれの調整（▲／△）〔fluctuation〕
「仰臥漫録」（◆）↓「夏」（第一主題）
「涼味」（△）↓「向日葵」（☆）（第二主題）
「線香花火」（◆☆）↓「金平糖」（☆）〔以上、提示部〕
「風呂の流し」（▲）↓「調律師」（△）〔変奏部〕
「芥川龍之介君」（◆▲）↓「過去帳」（◆▲）〔展開部〕
「猫の死」（◆△）↓「舞踊」（☆）〔再現部〕

五、寅彦にとっての随筆

・再び「田園雑感」について――伝統文化とは何か
↑長い歴史的時間の中で作り上げられた、心理的「癒し」のシステム
↑大橋力『情報環境学』（芸能山城組、山城祥二）
・随筆：「寅日子映画」の文学としての表現
↑「俳諧連句」としても追求した

六、寺田寅彦と映画

一、寅彦と映画

・「映画時代」（一九三〇『思想』）
・「映画雑感Ⅰ」（一九三〇－一九三二『東京帝国大学新聞』『時事新報』『文藝春秋』『中央公論』）
・「映画の世界像」（一九三二『思想』）
・「映画芸術」（一九三二『日本文学』）
・「音楽的映画としての「ラヴ・ミ・トゥナイト」」（一九三二『キネマ旬報』）
・「ニュース映画と新聞記事」（一九三三『映画評論』）
・「映画雑感Ⅱ」（一九三三『東京帝国大学新聞』）
・「映画「マルガ」に現われた動物の闘争」（一九三三『蒸発皿』に収録）
・「映画雑感Ⅲ」（一九三四『文学界』『映画評論』）
・「踊る線条」（一九三四『東京朝日新聞』）
・「映画雑感Ⅳ」（一九三五『セルパン』『映画評論』『高知新聞』『帝国大学新聞』『渋柿』）
・「映画雑感Ⅴ」（一九三五『映画と演芸』）
・「映画と生理」（一九三五『セルパン』）
・「映画雑感Ⅵ」（一九三五『渋柿』）
・「映画雑感Ⅶ」（一九三五『渋柿』）

二、映画関係年表

一八九五　リュミエール兄弟が映写装置開発
一九〇二　『月世界旅行』（フランス、監督ジョルジュ・メリエス）
一九〇三　『大列車強盗』（アメリカ、エドウィン・ポーター監督）、初の物語作品
一九一一　ハリウッドに初めてのスタジオができる
一九一五　『國民の創生』（アメリカ、D・W・グリフィス）
一九一六　『イントレランス』（アメリカ、D・W・グリフィス）
一九二〇　ソ連において映画学校設立、クレショフが指導者、モンタージュ理論を提唱
一九二五　『戦艦ポチョムキン』（クレショフ工房、セルゲイ・エイゼンシュテイン）
一九二七　初のトーキー映画『ジャズシンガー』（米国）
一九二九　アメリカでアカデミー賞創設
一九三〇　日本初のトーキー映画『マダムと女房』（五所平之助）

三、映画におけるモンタージュ理論

・ヴェ・プドーフキン『映画監督と映画脚本論』（佐々木能理男訳、往来社一九三〇）
・ベエロ・ボラージュ『映画美学と映画社会学』（佐々木能理男訳、往来社一九三二）
・エイゼンシュテイン『映画の弁証法』（佐々木能理男訳、往来社一九三二）

「エイゼンシュテインは、日本の文化のあらゆる諸要素がモンタージュ的であると論じ、日本の文字でさえも（?）、口と犬とを合わせて吠えるというようにできあがっていると言い、また歌舞伎についても分解的演技の原理という言葉を使って、役者の頭や四肢の別々な演技がモンタージュ的に結合されるというふうに解釈した」（「映画芸術」、新版全集第八巻 p.237）

四、「映画雑感Ⅰ」六、中央公論一九三二年六月号

・『巴里の屋根の下』（フランス、ルネ・クレール、一九三〇）
・『大地』（ソ連、A・ドヴジェンコ、一九三〇）
・『マダムと女房』（五所平之助、一九三〇）

五、映画と連句

・「彼〔エイゼンシュテイン〕はまた短歌や俳諧を論じて「フレーセオロジー〔言葉の使い方、語法〕に置き換えられた象形文字」であると言い、二三の俳句の作例を引いてその構成がモンタージュ構成であると言っている。私はかつて「思想」や「渋柿」誌上で俳諧連句の構成が映画のモンタージュ的構成と非常に類似したものであるということを指摘したことがある。その後エイゼンシュテインの所論を読んだときに共鳴の愉快を感ずると同時に、彼が連句について何事も触れていないのを遺憾に思った。おそらく彼はほんとうの連句については何事も知らないからであろう。」（「映画芸術」、新版全集第八巻 p.238）
・「あらゆる芸術のうちでその動的な構成法において最も映画に接近するものは俳諧連句であろうと思われる。いわゆる発句はそれ自身の中にすでに若干の心像のモンタージュ的構成を備えているものである。しかしたとえば歌仙式連句の中の付け句の一つ一つはそれぞれが一つのモンタージュビルドであり、その「細胞」である。もちろんその一つ一つはそれぞれ一つの絵である。しかし単にそれらの絵が並んでいるというだけでは連句の運動感は生じない。芭蕉が「たとえば哥仙は三十六歩なり、一歩もあとに帰る心なく、行くにしたがい、心の改まるはただ先へ行く心なればなり。」と言っている、その力学的な「歩み」は一句から次の句への移動の過程にのみ存する。」（「映画芸術」、新版全集第八巻 pp.238-239）

第Ⅲ部　書評

日野龍夫 著
『江戸人とユートピア』
（朝日新聞社　昭和五十二年刊）

著者、日野龍夫氏は、その「あとがき」で次のように述べている。

　近世後半期という時代は、西鶴も芭蕉も近松も生み出すことができず、大ざっぱに評価して停滞期と呼ぶのはもとより正当である。しかしそういう時代であるなら、ユートピアを求める人々の気持はいよいよ真摯であったに違いない。そこに展開するさまざまな模索のあとを丁寧に観察することによって、停滞の時代の文化の中に新らしい可能性を発見することもできるのではないだろうか。本書はその試みへのささやかな出発点である。
（『江戸人とユートピア』、二二五頁）

『江戸人とユートピア』と題されたこの書物の意図についての著者自らのこの表明を、われわれはそのまま受取ってよいだろう。

第一に、この書物は、近世後半期の文化を扱っている。著者の言う「近世後半期」とは、享保年間（一七一六－一七四〇）前後を大体の境として、それ以後江戸時代の終りまでの期間を指している。この「西鶴も芭蕉も近松も」生み出さなかった時代は、こうした大きな固有名詞を持たないが故に一層、われわれにとって見えにくい、把え難い時代である。加えて、この時代とわれわれとの距離の特異さが、その把え難さをさらに増している。

この時代は、一面から言えば近過ぎ、別の面から言えば遠すぎる。第一に、それは、今日に生きるわれわれが日常の感覚で、残されたテキストからこの時代に生きた人々の感じ考えたことを、そのまま読みとれるほどには近くない。同時に他方では、むしろわれわれの手に余るほど、未整理なテキストが多量に残されているという意味で、それは確かに歴史的時間においてわれわれに非常に近い時代なのだ。われわれから四、五世代を遡れば、そこはもうこの「近世後半期」の世界に他ならないのだから。

このような困難から、近世後半期という時代は、過去の諸文化に関するわれわれの把握・イメージ形成において、いわば一つの暗点、ブランクをなしていると言えよう（もちろん、この分野においても多くの優れた先人の研究が存在するが、そのことについては今は触れまい）。この著作は、その時代においても、今まで最も光のあてられることの少なかった一側面、この時代を生きた人々の彼ら自身の世界に対する意識に、照明の光をあてることを意図している。

時代のこうした側面を明らかにする作業は、他にもまして広汎な史料の検索を必要とする。その点で著者は、国文学研究資料館にあって版本・手稿等の第一次テキストを長年にわたって研究して来たという大きな優位を、この著作でも十分に発揮している。今まであまり知られていない文献を含めて、黄表紙、洒落本から狂歌、随筆、歌舞伎脚本、さらに儒書、註釈書から有職故実の偽書に至るまでの豊富な引用は、単に著者の論旨を支えるのみにとどまらず、読者にこの時代の人々の息吹きを直接感じる喜びを与えてくれる。

著者は「貴女流離」という小さなトピックを起点にこの書物の主題を展開している。それは、『筆満加勢（ふでまかせ）』という当時の雑録によって知られる、公卿日野家の姫が歌枕を尋ねて京を出、六年の放浪の後、文化三年（一八〇六）上州で無宿の罪で捕えられた、という事件である。著者は、「京都でひっそり暮しているしか能がないと思われた公家の姫君が、世間の耳目をそばだたせるこのような異様な事件をひき起こした」（同五頁）ことに驚き、そこに、「閉ざされた生活にたえきれなくなった柔らかい魂の、この現実を越えようとする願望の発作」（同五頁）を見出して感動することから、この時代への彼の考究を開始するのである（「貴女流離―序にかえて」）。

この短い序章に、この著作の主題とそれに対する著者の考え方が端的に示されている。

まず第一に、著者はこの時代を、停滞の時代、閉ざされた世界と見ている。幕藩体制の支配と身分制度の確立、そして鎖国とは、人々に平和と安定した生活とをもたらした。しかしそれは同時に、変化のない退屈な、また、ともすれば個人の自由を制約しがちな、今日から見れば厳しすぎる秩序の時代だったことは確かだ。

そして著者は、人間とは本来自由を求めて止まないものであるから、このような制約の多い世界では、当然人々の間に現実の秩序を越えた自由への憧れが存在したはずだと考える。しかしこの時代、こうした憧れにとって状況は一層困難であった。なぜなら、その秩序は、外的な拘束力をもって維持されていただけではなく、内的な論理的正当性を主張して人々の心にまで踏み入って来るものだったからだ。それ故、「このような秩序思想のもとでは、現在あるところの世界と心とのくい違いが原理上はあり得ず、心の中に秘密の深淵の存在が許されない。世界が現在そうである以外のあり方をし得るという考えは、成立するはずのないものであった」（同一八頁）。

「しかしもとより人の心の中には、現在の世界が侵略しきれなかった部分が確実に残っている」（同頁）。とはいえ、この心の最深部の抱く思いは、表の世界が論理的正当性を主張して存在している限り、直接的に表出されることができない。それは必ず曲折を経て、ある場合には韜晦された形態を、またある場合には突発的な表出として、顕われるだろう。著者はこの思いを、総体として「現実以外の世界への願望」「ユートピアへの欲求」として把え、この時代の様々なテキストのうちに、その多様な表出の形態の検索を試みる。「貴女流離」の挿話は、こうした事態を最も象徴的に示す出来事として、著者の目に映っている。

しかしながらこの著書は、決してこのような理論的関心を主柱に組み上げられた理論的著作ではない。以上の主題を基調和音としながら、各章はそれぞれ独立した論文として、あくまで具体的にそれぞれのテーマについて、事実を明らかにし、その意味を問うている（因みに、各章はそれぞれ異った機会に書かれている）。「世間咄」という形で顕われた（著者の言う意味での）ユートピア願望の変遷を近世後半期全体にわたって歴史的に俯瞰することを目指した「世間咄の世界」を除いて、他の各章は、時代も生き方も互いに異なる人物達に焦点をあてて、彼らの思想・文学・生き方を、基本テーマの側からの光に照らして、それぞれにおいて位置づけている。われわれは、時代も形態も多様な近世後半期のユートピア願望という大海に浮かぶいくつかの島々を、著者の案内で見てまわるのである。

こうして著者は、あるいは心中・殺人などの異常な事件についての話に日常とは異なる異様な世界の顕現を垣間見て胸をときめかせる人々の意識に（第一章「世間咄の世界」）、あるいは人々の別世界への願望を舞台の上で一身に具現することを求められ続けたが故に、みずからは世を離れた自分だけの世界を求め続けた五世市川団十郎の生き方のうちに（第二章「虚構の文華―五世市川団十郎の世界」）、あるいはみずからの思想の正しさを信ずるが故に遂にはみずからの手で政治を行なうことを願望するに至った（と著者は主張する）荻生徂徠の思想のうちに（第三章「〝謀叛人〟荻生徂徠」）、また服部南郭の孤独な詩境に（第四章「壺中の天―服部南郭の詩境」）、そして自らの説の正しさを立証するためにそれを古代に投影し、あるいはあって欲しい文献を偽作しさえするこの時代の学問のあり方の中に（第五章「偽証と仮託―古代学者の遊び」）、この時代の秘められた願望の多様な顕われを見出すのである。

近世後半期の思想、文化に対する著者の以上のような視点は、この時代についての様々な分野の研究に新らしい光をもたらすものと言えよう。特に、見聞・奇談等を雑然とつめ込んだいわゆる「随筆」の類の異常な多さや、偽書・偽証の頻出のような近世後半期特有の文化現象について、その時代的意味を説明し得ている点はあざやかとさえ言える。

しかしながら、読者としては、著者の論述の見事さに目を奪われて、問題を単純化しすぎて見ることのないよう注意すべきだろう。問題は、形式的には全く同列に並列されている各章の主題が、実はそれぞれかなり異なったレベルの問題に関わっていることにある。実際、例えば「世間咄の世界」における世間咄に興奮する庶民の場合と、「偽証と仮託」における古文献の偽作者の場合とでは、問題になっている事態のレベルが全く異なるのである。

世間咄の場合には、問題は秩序ということの本質に関わっている。人々は、世の中が平和であるが故に、毎日が単調な繰り返しであるが故に、そうした日常を少し外れた出来事の中にも、自分達が生きている世界を相対化するものの可能性を見出す。心中、愛人殺し、高貴な姫の家出、それらは決して一般の人々の平和を直接脅かすものではなく、秩序を揺さぶりもしないが、この秩序が立っている「たてまえ」の論理を踏み越えており、その点でそれらを知ることは秩序の重さを一瞬取り去ってくれる。

世間咄において人々が感じる憧れとはこうしたことではないか。もしそうなら、「世間咄の世界」においてしばしば言及されている「異様な世界」「見知らぬ世界の顕現」とは、実は秩序への信頼の裏返しとしての「無秩序」への不安、その予感に他ならないのではないか。それは決して「ユートピアへの欲求」というような積極的な意味は持ち得ないのではないか。だからこそ、著者が指摘しているように、近世の末になるに従って、人々の世間咄に対する感動にみずみずしさが次第に失われて来るのではないか（同二三四頁）。この現象を著者は、文化の都会化、平和への慣れに帰しているが、私にはかえって秩序の弛緩、秩序への信頼の後退の標識として見られるのである。

一方、古文献の偽作者の場合には事態は全く異なる。例えば「偽証と仮託」に論じられている『我宿草』の偽作者田宮仲宣は、自分の学識を認めぬ世間への不満から、認められなかった学識を傾けて偽書を作り、欺かれる世間を優越感をもって見くだすのである（同一九三頁）。

ここでは秩序の重さは何ら問題ではない。彼が望んでいるのは、あくまで自分が思い通りの地位を占め得るような現実的な秩序なのだ。偽作という行為は、この願望が現実によって阻まれ、不可能となったことによる補償行為であり、願望そのものは決して「この世界以外の世界」を求めているわけではない。人がこのような不満を持って世界の別のあり方を願うことは、いわばどの社会にもあることであって、何らこの時代の社会のあり方に関わらない。ただその願望が端的な表現をとることができず、古文献の偽作のような特殊な形態をとらざるを得なかった点が、時代の特性を示していると言える。

そしてまた、第四章「壺中の天」に述べられている服部南郭の場合は、以上二つの場合のどちらとも、全く事情を異にしている。

著者は、服部南郭の漢詩の詩境において、「壺中の天」という言葉が一つのキーワードとして繰り返し現われることに注目する。

乾坤別に謫天（たくてん）の仙有り
膝を容れて　壺中　坐（い）ながら敞然たり　（同一七九頁）

著者はこの繰返しのうちに、現実に煩わされない理想の別天地を願う南郭の密かな願望を読み取る。その当時の南郭は詩人として成功し、自他ともに認める詩壇の第一人者となっていた。それにもかかわらず、繰返し孤独と自己憐憫の情を詠じ、なお現実ならぬ別天地を求める南郭のうちに、著者は、吉保の死後柳沢家を致仕するに至った若い時代の蹉跌、現実に対する失望への、彼の深い思いを見出すのである（同一六〇頁）。

この場合、問題はいわば絶対的な「脱―現実」の志向そのものにある。南郭は、自ら現実を超脱することを求めて、互いを唐の詩人達に擬し合う詩社の交友を結びながら、ひとたび詩壇の権威という現実的地位に置かれるや否や、それすら桎梏と感じて自分一人の「壷中の天」をさらに求めるに至る。南郭の中に現実への失望という契機が確かに存在したとしても、彼の願望は結局どのような現実的な世界にも満たされることのない本源的なレベルの欲求ではないだろうか。現実世界との不適応という出発点は、偽作者田宮仲宣の場合と似ている。しかしその願望の内容は、全く似て非なるものではなかろうか。そして柳沢家致仕の事情にしても、待遇の程度の問題ではなく、自分を現実の尺度によって測られることの拒否であるように、私には思われるのだ。

著者は決してこのような問題の範疇・レベルの相違に無関心なのではない。しかしともすると、各主題間の「別世界への願望」という形式的相似を強調しがちなことは事実である。そして私は、著者のこうした強調の背景に、先に指摘したこの時代に対する著者の基本的視点、この時代を停滞の時代、閉ざされた世界と見る見方が働いているのを感じる。

確かに変化常ならぬ今日の世界に住むわれわれの眼から見れば、それは全く変化の少ない単調な停滞した世界と見えるだろう。それは鎖国によって海外に対して閉ざされていたし、身分の固定によって、今日より強く自由を拘束されていた。しかしその世界に現実に生きていた人々が、われわれが思うほどの不自由さやり切れなさを感じていたかどうかは全く別のことである。そのことについても百数十年もの間には、さまざまな凹凸があったであろう。また外国ということに対して全く意識を持たない人々にとって、鎖国がどのような意味を持ち得たであろうか。このようなさまざまな点を無視して、閉ざされた世界からの解放の願望という基本的主題を敷衍している点に、著者の、この時代についての既成のイメージへの寄りかかりを感じざるを得ないのである。

最近の研究が明らかにしつつあるところによると、この時代は、例えば旅行の自由という点について言えばかなりの程度自由だったらしい(山本偦『日本の旅・雑考』、エナジー叢書、昭50)。他の様々な面に関しても、この時代はむしろ平和というものの良さを現出した時代と見るのが正しいのではなかろうか。そのように見る時、日本の近世とは、平和の巨大な試験場、はたして人はどのような文化、社会を持てば、平和の中で生き延びられるのかを示すための実験であるように思えて来る。その時、この著作は、そうした研究の最も興味ある実例と評価されるだろう。

最後に率直な感想を記せば、先に挙げた世間咄や偽作の場合に、普通使われる意味で「ユートピア」という言葉を使うことにはいささか抵抗を感じる。しかし、服部南郭の詩境としての「壷中の天」に、トマス・モアに代表される西欧のユートピア理念とは全く質を異にするが、やはりそれこそが西欧とは異なる伝統の下に生きるわれわれにとって真正なユートピアと呼ぶべきもの（あるいはそれは「桃源郷」と呼ぶべきなのかもしれない）への、われわれの心に共通に深く根ざした願望という意味での真正のユートピア願望を見ることには何の不自然さも感じない。この著作の他の多くの特筆すべき点とともに、南郭のこの真正のユートピア願望とその丈高い表現としての彼の詩境とをわれわれの身近な所有にもたらしてくれたことに対して、著者に感謝を捧げたいと思う。

（「比較文學研究32」一九七七）

作田啓一 著
『ルソーと〈近代〉の閉域』
ジャン－ジャック・ルソー――市民と個人
（人文書院　一九八〇年）

一

作田啓一氏は、この本の「あとがき」で、次のように著作意図を述べている。

このようなルソーへの関心が〈イデオロギーとパーソナリティ〉問題への古い関心と結びついた。こうして、その問題を抽象的な理論のレヴェルにおいてではなく、具体的なケースにそくして考える道が、私の眼に見えるようになった。思想家の中にあってルソーほど自分のパーソナリティについてくわしく深く記述した人はまれである。そして一方、彼のイデオロギーは簡潔な形で与えられている。そこで私にとっての課題は、ルソーのイデオロギーとパーソナリティーの連関を、彼自身が意識して記述したレヴェルを越えてとらえることにある（二一二―三頁）。

この文章は次のように読める。まず始めに〈イデオロギーとパーソナリティ〉問題という社会学に属する問題があり、その後、たまたまルソーという、この問題を考察する上で好都合な範例に出会うことによって、一つのケーススタディとしてこの研究が成立した、と言っているように見える。それは事実として一面の真実を映しているだろう。しかしこのような読み方が著者の意図の全てをとらえていないことも確かだ。

なぜなら、一方では、〈イデオロギーとパーソナリティ〉問題にとってルソーは単なる好都合な一例などでは決してあり得ず、他方では、ジャン＝ジャック・ルソー研究という領野において〈イデオロギーとパーソナリティ〉という問題は決して外部から持ちこまれた問題設定ではないからである。『告白』や『対話、ルソー、ジャン＝ジャックを裁く』において、自らの理論的諸著作の真性を基礎づけるものとして、ルソー自身の人間のあり方を主題化したのは、他ならぬルソー自身である。ルソーは自らを対象として、イデオロギー（彼の思想）とパーソナリティ（彼の人間としてのあり方）の関わりへの本源的な問いを開始したと言ってよいだろう。今日の社会学における〈イデオロギーとパーソナリティ〉問題といわれるものの全ては、おそらくその本質においてこのルソーの問いの延長線上にある。

ルソー研究という領野の固有性もこの同じ事態に由来する。『ジャン＝ジャック・ルソー――透明と障害』[1]の著者、J・スタロビンスキーは、一九六二年に発表した論文「ルソーと諸起源の探求」[2]の中で、この点について次のように指摘している。

> したがって、一つの連続した継起をなしているルソーの諸作品のうちに、二重に重ね合わされた起源の探求があるということだ。彼が論者として人間や社会の起源を対象的に語っている諸著作には、別な一群の作品が、その中で彼自身を、彼の先行する論述の起源として、自然の人間の肖像の隠れたモデルとして提示している諸作品が続いている。（中略）《自然》は論弁的思考が措定し探求する客観的主題ではなく、語る主体のもっとも内密な主観性と互いに入り混

じっている。[3]

ここでスタロビンスキーが言っていることは、ルソーの理論的論述が客観的な論理性に欠けるということではない。それらの主題は、ルソーによって単に考えられたのではなく、彼によって自ら生きられた主題なのだということを、それは言っている。それ故、ルソーのテキストは常に、その主題における意味と同時に、ルソーにおける意味をもっている。そしてこのことは、逆に後期の自伝的著作群についても言われ得る。それらはルソーについて語っている。しかしそれと同時に、ルソーの生として生きられた諸主題（〈自然〉〈社会〉〈言語〉等）についても語っている、ということだ。

こうしてルソーのあらゆるテキストは、二つの意味の中心（〈主題〉と〈ルソー〉）に向かって引かれており、「主題のドラマ」と「ルソーのドラマ」[4]の二つのドラマを内包している。どちらのドラマに沿ってそれらを読むかは読者の恣意に委ねられている。従来のルソー研究の大勢は、そうした選択によって何らかの主題かルソーの人間像かを浮き彫りにするものだったと言ってよいだろう。それに対して、R・ドゥラテの『ルソーの合理主義』[5]に始まり、スタロビンスキーを経て、B・バチコの『ルソー、孤独と共同体』[6]等に続く、近年のルソー研究の主潮流（と筆者は考える）は、この二つのドラマの重なり合いそれ自体を主題化する。先に引用したスタロビンスキーの論文「諸起源の探究」は、こうした立場を明示したものである。

すなわち、この流れにおいて問われるのは、ルソーの理論的思索と、自らの生への意味づけとの錯綜した関係である。この問題措定は作田氏の〈イデオロギーとパーソナリティ〉という問題とほとんど重なる。（ただし、スタロビンスキー等にあっては、ルソーの客観的な〈パーソナリティ〉が考えられているのではないことに留意しておこう）。

作田氏の研究は、ルソー研究としては、その意図において、ここに述べたスタロビンスキーに代表される近年の動向に連なるものである。それは、こうした方向でルソーとその思想を全体としてとらえた、おそらく日本では初めての著作と言ってよい。

しかし作田氏の研究の特質は、固有の領野としてのルソー研究における以上のような近年の動向の延長線上にそのまま位置するところにはない。それは、このようなルソーへの関心と、著者が追求してきた社会学内部から発する問題関心の発展との交点に位置する。以下、著者の論旨を追って、この著書に示された二つの領域の交叉の可能性を考えてみよう。

二

この著作は、次のように題された三つの章から成っている。

第一章　ルソーの自己革命
第二章　ルソーのユートピア
第三章　ルソーの直接性信仰

それぞれの章は、一九七四年から一九七九年の間に、いずれも『思想』誌上に発表された三篇の同名の論文（五回に分けて掲載）を一部改稿して収めたものである。けれども、それらは決して後から集められたものではない。それらは始めに設定された著者の一貫したプランに従って執筆され、配列されている。すなわち、各章は、著者がルソーにおいて見出した〈三つの自己革命〉のそれぞれの時期に対応している。著者は次のように述べる。

私は以下でルソーの価値観の変遷をたどりたいと思う。主要な変化は三つの段階において現われている。このうち第一の段階はルソー自らが自己革命と名づけたものである。第二の段階は、レルミタージュへの隠遁とともに始まる。それは「誇りたかく大胆不敵、どこまでも自信をたてとおした」自己革命期のジャン－ジャックから、「人の顔色を気にする小心で臆病な人間、つまり昔ながらのジャン－ジャック・ルソーに立ちもどっ」た段階である。これをルソーは「第二の革命（レヴオリユシオン）」と名づけている（九頁）。

さらに著者は、ルソー自身が「革命」と名づけた以上の二つの転回点に加えて、「古い友人たちからの決定的な別離のあと、『エミール』と『社会契約論』の筆禍が続き、サン－ピエール島で「孤独な散歩者」として過ごした当時のルソー」（同頁）に、「他者へのいかなる期待をも断念し、自己充足のみを求め」るという「ルソーの第三の自己革命」（一〇頁）を措定している。

ルソーの後半生におけるこれらの変化自体は、ルソーが『告白』等で語っている事柄である。ルソーはある意味できわめて主観性の強い自己記述者だから、そうした変化の客観的実在を疑う見方もありえよう。けれども著者はそのような見方を採らない。著者の視点は、著述する主体としてのルソーを規定している内的メカニスム、言いかえればルソーの主観性の構造を取り出すことだからだ。したがってその立論は、ルソーの主観性の内部においてであれ、これら三つの変化が実際に起きたとして、それらによって区切られる後半生の三つの時期において、ルソーの思惟のあり方、その基づく価値体系が、明確に区別される三様の異なったあり方でとらえられる、という想定から出発する。

　そこから著者が目指すのは次のことである。まず第一に、それら三つの時期におけるルソーの思惟のあり方を決定するそれぞれの内的メカニスムを、可能な特殊的変形として含みうるような価値体系ないし心的メカニスムの一般モデルを提示すること。第二に、そこから導かれる各時期の機能モデルと、その時期に属するルソーの著作の中の理論的枠組みとの対応を示すことによって、そのような一般モデルの有効性を立証することである。そしてもしそのモデルが十分に一般的な形式で提示され、かつ有効性が実証されるなら、それは著者が基底的主題として置いた〈イデオロギーとパーソナリティ〉問題の一般解への接近を許すものとさえなりえよう。すなわち、著者の立論の射程は、「ルソーのドラマ」とともに「主題のドラマ」をも被っている。

　さて、この著書の特質は、著者が提示する一般モデルの構成にある。われわれはそこに、互いに密着しているいくつかの層位を剥離しなければなるまい。

　まず区別されるのは、「自己愛」と「自尊心」、「自然人」と「市民」のような、ルソーに由来する諸概念である。それらはいわば、ルソーの論述の内的モデルを構成している。著者も時に、これらの語を説明される語としてでなく説明する語として用いる。けれども著者が最終的に依拠する分析装置は、ルソーにとって何ほどか外的な理論モデルである。

　著者が分析に用いる外的な理論のうちに、学問的出自を異にする二種四層の用語群を区別することができる。著者の固有の領域である社会学に由来する、(I)価値と、(II)行為の尺度の理論、および、(III)主としてフロイトの流れを汲む精神分析の諸概念（「超自我」「理想我」など）と、(IV)やはりフロイトに由来する精神分析的文明論の諸概念（「近親相姦の禁止」「父殺し」など）である。これらのうちで著者の立論の骨格をなしているのは、むろん(I)と(II)の社会学的〈価値―行為〉理論である。

著者は自らの方法について十分に意識的であって、〈価値〉の理論については、第一章四節で、〈行為の尺度〉の理論については、第二章四節で、それぞれ詳細な提示と、方法としての検討を行なっている。ここではその大枠を示すにとどめよう。

まず著者によれば、行為主体の行為を方向づける価値の選択のタイプは三つある。第一は目的—手段の系列に従って行なう選択（〈手段としての有効性〉）、第二は価値パターンの一貫性を目指して行なう選択（〈価値の一貫性〉）、第三はその都度の感情に動かされて行なう選択（〈感情的直接性〉）である（四九頁）。この三つの価値選択を考えることは、『価値の社会学』（一九七二）[7]以来の著者の一貫した理論的枠組みの延長である。しかし今回の著作においては、これら三つの価値基準の選択のそれぞれの内部で行為に意味を与える尺度のあり方が、モデル化されて重ね合わされている。すなわち、〈手段としての有効性〉には〈防衛〉の次元が、〈価値の一貫性〉には〈超越〉の次元が、〈感情的直接性〉には〈浸透〉の次元が、それぞれ対応するとしている（一〇二頁以下）。

著者の意図は、以上の〈価値—行為〉の理論モデルによって、先に見たルソーの後半生の三つの時期とそれら

図1

主な著作	
	自己革命以前の時期
『学問芸術論』(1750)	〈手段の有効性〉の優越　〈防衛〉の次元
1751(フランクィユ氏の出納係を辞退する)	⇓　⇓…第一の自己革命
	第一の時期
『人間不平等起源論』(1754)	〈価値の一貫性〉の優越　〈超越〉の次元
1756(レルミタージュへの隠遁)	⇓　⇓…第二の自己革命
『ダランベールへの手紙』(1758)	第二の時期
1758(ディドロとの絶交)	〈手段の有効性〉の優越　〈防衛〉の次元
『新エロイーズ』(1761)	⇓　⇓…第三の自己革命
『社会契約論』『エミール』(1762)	第三の時期
1762(『エミール』への弾劾)	〈感情的直接性〉の優越　〈浸透〉の次元
『告白』(1764-71)	⇓　⇓
『対話』(1772-75)	深化　深化
『孤独な散歩者の夢想』(1776-78)	

の間の移行としての三つの「自己革命」とをモデル化することである。そしてこの試みに関する限り、この著作は十分な成功を収めていると言うことができる。

著者の論述を極度に単純化して図示すれば図1のようになる。（もちろん著者自身はこのような図は示していない）。

すなわち、このモデルによれば、一見不可解に見えた、「人の顔色を気にする小心で臆病な」ジャン＝ジャックが、突如、「誇りたかく大胆不敵」になって『人間不平等起源論』で全ての文明を断罪し、『社会契約論』でスパルタの英雄的市民を賛美するようになったり（第一の自己革命）、また突然そのような英雄的ヒロイズムを失って友人たちからも離れ、強い迫害妄想に悩まされるようになる（第二の自己革命）ルソーの言動の変化は、ルソーの行為を導く価値基準の交替と、それにともなう行為の準拠モデルのドラスティックな変化として説明される。

しかし作田氏の〈価値—行為〉理論モデルは行為の一般理論である限り、一般の行為主体に適用されうるものである。その場合、三つの価値と次元とは一定の均衡を保って安定しているはずだ。その点、ルソーの場合は人生の時期によって、極端から極端へと振動するという特殊な例であることになる。この特殊性が説明されなければならない。

著者の場合、この説明は、以上の理論の上にさらに重ね合わされた精神分析的諸概念によって与えられる。ルソーのパーソナリティにおける〈自我—イド〉（現実原則—快楽原則）の主軸に対する、〈超自我〉（早くから内面化された父、イザークの愛国者としてのパーソナリティ）のアンバランスな発達が、そうした疑問点に一応の説明を与えるだろう。

このようなフロイト的用語の援用は、論述の実証性において、疑問の余地を与える。著者もこの点に無意識ではない。けれども、この問題は後述することにして、著者の論述で注目すべきことは、こうした理論の適用が、ルソーのパーソナリティの解明をこえて、彼の理論に照射され、そこに、ルソーの理論的著作の（フロイト的な意味での）文明発生論的位置づけを提示していることである。著者は『新エロイーズ』について次のように述べる。

> だが物語の背後にある文明発生論的な意味をあえて読み取るなら、娘や息子が〈母〉から独立することによって、そしてまた人類が文明を開始することに

よって、娘や息子が、そして人類が、すでに遠い昔に経験していた罪悪感こそ、この物語の隠されたテーマである、と言えよう(一四三頁)。

ここで著者が用いている〈母〉という用語は、単なる一般概念ではない。それはルソーのもっとも私的な体験の核でもある。すなわち、

二十歳を過ぎても、ルソーは〈母と子〉の楽園にとどまっていたかった。ルソーがヴァランス夫人との性交に純粋な快感を感じなかったのは、おそらく一つには彼の内部に〈母〉からの独立を禁止する力が無意識のうちに働いていたからであろう(一四六頁)。

ルソーの内にある精神分析的作用素〈母〉は、文明発生論の契機〈母〉と二重化されてとらえられている。こうして、ルソーのパーソナリティの精神分析的モデル(Ⅲ)とフロイト的文明発生論(Ⅳ)的とは互いに平行関係にある一対の論述をなす。それらは、社会学的〈価値—行為〉理論(ⅠとⅡ)がルソーの意識の表層を記述する機能モデルとして用いられているのに対して、それらを根拠づける深層の構造モデルとして提示されている。この著作において著者が採用している枠組みを、図式化して一応以上のようにとらえてみよう。

三

さてここで私たちは次のことを問わねばなるまい。以上のような枠組みをとることによって、どのようなポジティヴな成果を得ることができたかと。細部におよべば、この著作の創見は数多い。それらのうち、枠組みに関わる主要な論点は三点だろう。(i)ルソー研究、(ii)〈価値—行為〉理論、(iii)ルソーにおける「ルソーのドラマ」と「主題のドラマ」の関係、この三つの領野に対して著者が提出した論点がそれである。

第一に、ルソー研究の流れにおいてこの著作を見る時、最も注目される点は次のことである。スタロビンスキーの『透明と障害』における立論の起点は、ルソーの論述における〈存在〉(être)と〈見せかけ〉(paraître)の乖離の認識に注目することであった。このようにルソー研究の枠組みは多く二項対立の形をとる。このことは、ルソー自身の理論の枠組みが〈自然〉/〈非自然〉の二項対立に貫かれていることによる。それに対して著者が提

出するルソー把握の枠組みは、いずれも三項対立であるという特性をもっている。

　このことは何を意味しているだろうか。一言で言えば、著者はルソーにおいて、現実の矛盾の克服の二様のあり方を見ている、ということだ。それが、第二章「ルソーのユートピア」で提示される、〈スパルタ〉ユートピアと〈クララン農場〉のユートピアの「二つのユートピア」論の意図である。現実と、それに対置される二つの方向によって三項が形成されるということだ。

図２

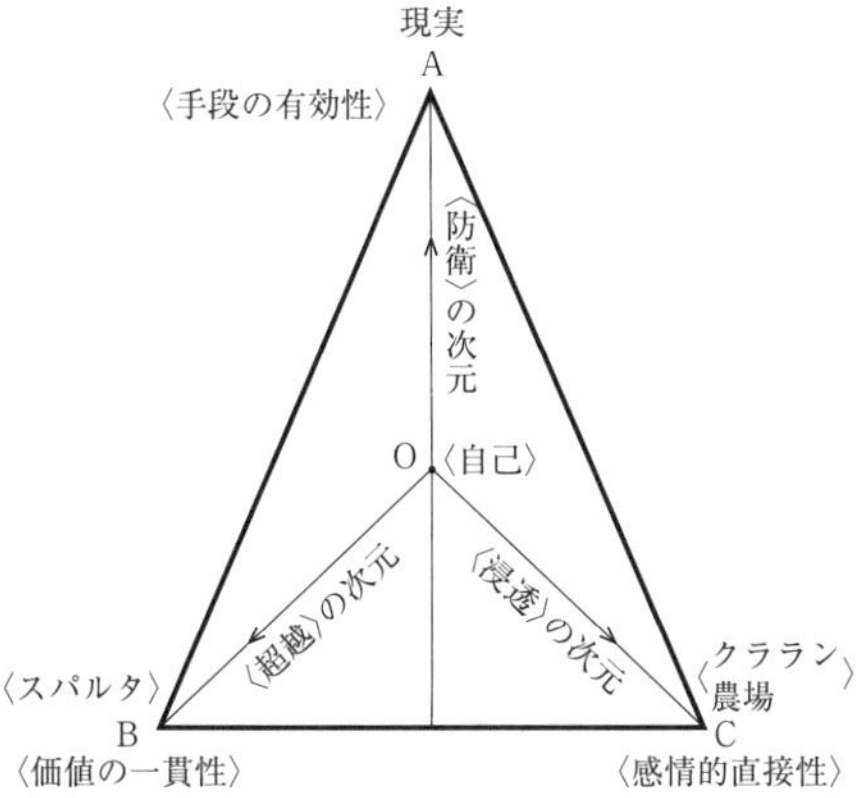

現実
A
〈手段の有効性〉
〈防衛〉の次元
O〈自己〉
〈超越〉の次元
〈浸透〉の次元
〈スパルタ〉
B
〈価値の一貫性〉
〈クララン農場〉
C
〈感情的直接性〉

　すなわち、まずルソーがその克服を目指す矛盾を含んだ現実社会がある。それは、〈防衛〉の次元を価値の尺度としてもつ〈手段の有効性〉によって動かされている。ルソーが『人間不平等起源論』等で論じた、〈見せかけ〉(paraître)の世界としての〈社会状態〉の社会はそのようなものであった。このような社会のあり方の変革が彼の思想の目指すところである。けれども著者の論点の独自性は次のことをつけ加える。現実のあやまった社会を動かしているこの同じ行為基準が、〈第一の自己革命〉以前のルソー自身をも動かしていたことを。それ故、ルソーが目指したのは、あやまった社会の克服だけではなく、自らのあやまったあり方の変革でもあると。

　著者によれば、それは自らのうちに、自己を防衛し拡大しようとする〈防衛〉の次元の〈行為〉基準に対抗し、替りうるような別な基準を確立することである。著者の行為理論の枠組みから、直ちに、そうした別な基準の採択には二つの可能性があることになる。〈超越〉の次元と〈浸透〉の次元である。

　現実社会の〈防衛〉の次元に〈超越〉の次元が対置される時、『学問芸術論』で賛美され、『社会契約論』で理念化された〈スパルタ〉ユートピアが生れる。そこでは人は〈超自我〉に主導されて、狭義の〈自己愛〉を〈超越〉の次元に沿って超え、自らの〈価値の一貫性〉のためには死さえ怖れない。

他方、現実を超えるもう一つの可能性が存在する。〈感情的直接性〉を価値として、〈浸透〉の次元に沿って自他の利害を超える方向である。著者は、『新エロイーズ』に〈クララン農場〉として描かれた、「人々の心を相互に開かせ、〈浸透〉させ合う」（一二一頁）女性的ユートピア像に、この方向の発現を見る。

前者の対置は、従来、前期の理論的著作群から引き出される社会批判者ルソーの理論的枠組みとして論じられたものと、その実質を共有しており、後者のとらえ方は、主として後期の自伝的著作について言われてきた、ルソーにおける感性の優越の指摘に対応している。すなわち、この二つの対置それ自体は、従来の研究の延長線上にある。

著者の新らしさは、この二つの対置を並置あるいは無理に重ね合わせることなく、図2のような三角形としてとらえたことにある。すなわち、著者においては、従来からルソー理解の軸とされてきた〈A—B〉〈A—C〉の対置と並んで、〈B—C〉の対置がそれらと等しい距離をもってとらえられている。それらは、ルソーの思想の中で同時的に存在する二契機なのではない。それらはむしろ対立する排反の関係にある。〈超越〉が〈超自我〉への上昇なら、〈浸透〉は集合的下意識への下降であり、〈スパルタ〉が文明発生論における〈父〉への還帰を指向するとすれば、〈クララン農場〉は〈母〉への退行を意味する。

著者の著作意図においては、むしろこの第三の対置に主導的関心が向けられている。現実を超える二つの仕方の対比、それがこの著作の非明示的主題である。副題の「市民と個人」は、そのようなのりこえの運動の目標としての人間の二様のあり方を表わしている。

そしてこの対置によって、著者の描く「ルソーのドラマ」は以下のようにとらえなおされることになる。思想としてのルソーは、現実を〈価値の一貫性〉に向かって超越することによって成立する（第一の自己革命）。けれどもやがてルソーは、文明発生論的にさらに遡行して、〈父〉の段階からより根源的な〈母〉の段階へと退行する（第二の自己革命）。この退行に伴なって、ルソーの思想軸〈A—B〉はそれと対立する軸〈A—C〉へと反転する。そしてそのような反転の結果、徐々に、〈浸透〉の次元に沿った「溶解体験」（一五一頁）がルソーの前に開示されてくる（第三の自己革命）。

著者の主要な論点のうち、第一の点に多くの紙数を割いたが、他の二点も以上の指摘と別のことではない。

第二点、社会学における〈価値—行為〉理論への寄与という点で、この著作のもっとも注目すべき点は、著者の前著『価値の社会学』においては明確にされていなかった、〈感情的直接性〉および〈浸透〉の次元という第三の価値基準、第三の行為の尺度を、他の契機と同じ明確さで提示しえたことである。これらはルソーから引き出された概念であるが、決してルソーだけを説明するアド・ホックなモデルではない。それは他の対象にも同様に適用されうる一般概念である。そしてその場合、ルソーは、この新たな分析概念を説明・例示する範例という意味をもつだろう。

この著者の第三の特質、ルソーの著作における「ルソーのドラマ」と「主題のドラマ」の関係の独自なとらえ方が、そこに見出される。この著作においては、論述を構成する諸層のうち、少なくとも、(a)ルソーの内的理論、(b)〈価値—行為〉理論、(c)フロイト的文明発生論、の三つのレベルにおいて、この二つのドラマを互換可能なものとしてとらえていることが、その特質である。J・デリダは、『グラマトロジーについて』[8]で、言語の問題について、ルソーという〈個人／テキスト〉のもつ特異な創造的範例性を提示したが、著者は〈三つの自己革命〉という提示によって、そうした特質をルソーの生とテキストの全領域について示したと言えるだろう。

四

以上述べたように著者は、この著書の中で、ルソーの解明と一般理論の探究という二つの試みを結合させて遂行し、そのことは双方の面で大きな成果を挙げた。しかしこうした方法は、他方、論述のレベルの厳密な区分という面における困難と、論点に著者の主観性が深く入りこむ危険とを伴うことも確かだ。実際に論述の客観性が損われているということではないが、そうした困難を感じさせる点を、二、三挙げよう。

まず先にも述べた、精神分析の用語の使用の問題がある。著者の論述において、これらの用語（理論モデルⅢ）は特異な位置にある。他の三つの層位（Ⅰ、ⅡおよびⅣ）がいずれも前節で述べた通り、ルソーの論述との突き合わせによって検証されることを目指す仮説モデルとしてとらえうるのに対して、これらの用語〈超自我〉〈理想我〉など）は、常に説明する語として用いられている。そしてそれらを説明する際には、フロイトその他による定義が引かれる。

外部のテキストに依拠する、用語のこうした使用は、それが確立された真理であるかのような感を与えて、分析対象であるルソーと分析枠組みとの相互規定的なダイナミズムを特徴とする本書にあっては、やや異質な感じを受ける。（もちろん、それらの用語が、シュクラール[9]をはじめ、多くの先行する研究にこの著作を結びつけるかけ橋の役割を果していることは否定できないが）。

同様な困難は著者のもっとも基本的な用語である〈パーソナリティ〉という語の使用についても見られる。〈パーソナリティ〉とは、本来、その人間の行動の中の何らか恒常的なパターンを指して言う言葉である。一方、この著作における著者の意図は、ルソーの行動パターンを変化の相においてとらえることであった。著者はこの作業によって、〈パーソナリティ〉という表皮の下に働いているダイナミスムに分け入ろうとする。そこではいわゆる〈パーソナリティ〉は解体されて、流動する構造としてとらえなおされたはずである。

この観点からすれば、著者が第一章の始めに置いている設問、ルソーを〈権威主義的パーソナリティ〉のモデルによってとらえる見方に対する反論も、こうした固定的な〈パーソナリティ〉概念の解体によってなされるべきだろう。けれども、著者はそのような反論の仕方にはとどまらない。この著書全体を通じて著者は、一貫して、ルソーが〈権威主義的パーソナリティ〉ではないことを立証しようとしているように見える。そこにはやはり、暗黙のうちに働いている固定的な〈パーソナリティ〉概念の存在が感じられるのである。

〈権威主義的パーソナリティ〉とは、ナチズムに関連して考えられた概念だから、以上のような意図をもつことによって、著者はそうした非難からルソーを擁護しようとしていることになる。このような立場、あるいは思い入れは、論述の構成に何らかの偏位をもたらさずにはいないだろう。そして私の見るところでは、その偏位はこの著書の基本的枠組みにおよんでいる。

第二章四節で著者は、先に述べた〈価値―行為〉理論の詳細な提示を行なっているが、そこで中心となるのは〈自己愛〉の各次元への展開である。その中で著者がもっとも強く主張することは、〈自己愛〉が〈防衛〉の次元と〈浸透〉の次元においてとる形態をはっきりと分けることである。著者は次のように言う。

〈防衛〉の尺度と〈浸透〉の尺度の起点は共に自己愛なのである。だがこれらの尺度の方向は異なる。（中略）たとえば〈防衛〉の次元での敵を前提とする国家への自我包絡と、〈浸透〉次元での敵を前提としない人類への一体化とは、相互に著しく隔たっている（一〇九頁）。

なぜ特にこの二つの次元を区別すべきなのか。それは次の理由による。

後年ルソーが全体主義思想の先駆者であるという誤解を受けたのは、一つには彼がこれら二つの次元をはっきり区別しなかったためである。そのために彼は、〈浸透〉次元での神秘的な一体化を〈防衛〉次元の言葉で語ることがしばしばあった（同頁）。

ここで著者は「誤解」であると断定している。しかし本人が明確には区別しえなかった区分をあえて立ててまで弁護することは、いささか贔屓が過ぎる感もなくはない。そこに著者の、ルソー個人への同一化ではなくとも、ルソーの理論への傾斜を見ることはおそらく無理ではあるまい。

この点について、作田氏の最近の論文「ロマン主義を超えて」[10]が示唆を与える。この中で著者は、ジンメルに沿って社会集団の二つのモデル（群衆と社交サークル）の比較を行なっているが、著者の立場はむしろジンメルに反して、群衆に社会モデルとしてのより大きな可能性を見る方向に傾いている。なぜだろうか。著者は今日の大衆社会について次のように言う。

二十世紀の大衆的人間は、十八世紀の理性的人間や十九世紀の個性的人間に比べると、行動の指針を与えうる確固とした自我に欠けている。（中略）しかしこの自己依存能力の欠如は、人々のあいだを隔てる壁としての自負心あるいは自尊心の放棄に通じうる一つの道でもある。[11]

「人々のあいだを隔てる壁としての自負心」を超えること、それが近年の著者の根底的主題である。そして著者は、ルソーにおける〈浸透〉の次元の意識のあり方に、そのような個人の壁ののりこえの可能性を見出したわけである。

著者が「ロマン主義を超えて」と言う時、具体的には十九世紀的な個性的人間の理想を廃棄することを意味しているから、著者が求めているのは、古典的な意味での〈近代〉をのりこえること、そして〈近代〉をのりこえた後にくる世界の、人間と社会のあり方のイメージだろう。本書もそうした試みの一環であり、特に〈二つのユートピア〉論は、直接その意図に結びついている。

けれども、ここで次のことを考えなければならない。〈近代〉の個性的人間像を先んじて示して、〈近代〉の地平を切り開いたのも、またさらに先んじて、形成されつつあった〈近代〉の社会の根底的な矛盾に警告を発したのも、ともに同じ人間、ルソーだということである。すなわち、およそ〈近代〉をめぐる主題は、すべてルソーが開始した問いの射程の中にある。その意味で、問いとしてのルソーは〈近代〉全体を被う一つの閉域を形成していると言えるかもしれない。

それ故、〈近代〉それ自体を主題化しようとする時、ルソーに突き当たることは避けられない。著者のルソーへのアプローチは全く正当である。しかしここで見たように、ルソーと同じ基本的選択を基底に置いて問いを進めることは、自らルソーの閉域の中に立論の可能性を閉じこめることにならないだろうか。ルソーの閉域を開くためにルソーを問う、という可能性を考えるのである。

しかし、以上のことを裏返して言えば、著者は、〈近代〉の問いとしてのルソーの本質に突き当たるまで徹底して、ルソーという存在を解明しえたということである。そのような研究が私たちの知の財産目録に加えられたことを喜びたいと思う。

（『思想』六八五号、一九八一）

注

（1） J. Starobinski, *J.-J. Rousseau: La transparence et l'obstacle*, Librairie Plon, 1957, 初版。なお Starobinski の日本語表記については、従来「スタロバンスキー」と表記されていたが、作田氏の著書では「スタロビンスキー」に統一されており、問い合わせたところ、スタロビンスキー自身の呼称に従ったとのことなので、本稿でもこの表記に従うことにした。

（2） J. Starobinski, 《Rousseau et la recherche des origines》, in *J.-J. Rousseau: La transparence et l'obstacle suivi de Sept essais sur Rousseau*, Edition Gallimard, 1971. 初出、*Cahier du Sud*, n°367, 1962.

（3）ibid. pp. 324-325

（4）「ルソーのドラマ」というとらえ方については、中川久定「ジャン＝ジャック・ルソーの基本的問題―『対話』の読解を通して（下）」『思想』、一九七七年十一月号、一三四頁、参照。

（5）R. Derathé, *Le rationalisme de J.-J. Rousseau*, P. U. F., 1948.

（6）B. Baczko, *Rousseau, Solitude et communauté*, Mouton, 1974. (ed. française). 原著はポーランド語で一九七〇年刊。

（7）作田啓一『価値の社会学』岩波書店、一九七二年、第一章参照。ただし『価値の社会学』では、本書の〈感情的直接性〉に代って、〈心理的―生理的感情性〉が置かれている。

（8）J. Derrida, *De la Grammatologie*, Edition de Minuit, 1967.

（9）J. N. Shklar, *Men and Citizens. A Study of Rousseau's Social Theoruy*, Cambridge Univ. Press, 1969.

（10）作田啓一「ロマン主義を超えて」、『歓ばしき学問叢書　文化の現在　11』岩波書店、一九八〇年、所収。

（11）前掲書、五六－五七頁。

竹田晃　著
『中国の幽霊―怪異を語る伝統』
（東京大学出版会　一九八〇年）

題名に示されているように、この著作は二重の意図をもっている。主題の一方の極には、「中国の幽霊」について語ること、古来、中国の人たちが〈死後の世界〉というものをどう考えていたかを明らかにすることがあり、他方の極には、「怪異を語る伝統」、すなわちそのような〈死後の世界〉を人々がどのように〈文学〉として表現したかを提示する意図がある。

前者の意図は民俗学的なあるいは歴史的な記述の文体を要求するだろう。けれども著者はそうした記述の文体を多くは採っていない。むしろ後者の意図である。この著作の構成と文体とを主導しているのは、「怪異を語る伝統」と著者は言う。「序」において著者は、『論語』の中の「子は怪力乱神を語らず」という有名な一節を引用して次のように述べる。

> そもそも『論語』の中にこの一条が孔子の言葉として伝えられているということは、当時の知識人が、とかく〈怪力乱神〉を話題にしたがる傾きをもっていたからにちがいない。
>
> （同書四頁）

「怪力乱神を語ら」ないのが、中国の文化のたてまえである。中国の文化伝統における現実的政治的関心の優越はしばしば指摘されている。学問の中心は治世の学であり、同様に文学の主流も、治乱のありさまを記す〈史〉であり、また公的な志（こころざし）を表現する〈詩〉である。これらは確かに中国の文化伝統の第一の特色であって、その公的な表側の面を表わしている。しかしその裏側にはもう一つの面が、そもそもの始めから並行して存在していたということを著者は言っている。孔子と同時代の「当時の知識人」にすでに「〈怪力乱神〉を話題にしたがる傾き」があった。そして筆者の見るところ、この「傾き」はその後ずっと保持されて、主流の文化伝統に寄りそうもう一つの流れとして、中国文学の主要な要素としての「怪異を語る伝統」を形成しているということだ。

実際、著者はこの著作の中に、『詩経』『楚辞』に始まり、『列異伝』『捜神記』等の六朝期の〈志怪〉、『大平広記』に集められた唐代の〈伝奇〉、『京本通俗小説』に収められた宋代の語り物、敦煌出土の〈変文〉（仏教説話）等を経て、清代の『聊斎志異』『閲微草堂筆記』に至る「怪異を語る」文学の流れを、具体的に作品を追ってたどっている。著者の方針は、これらの書物から、まとまった話をいくつか、原則としてテキストの全文を翻訳して示すことである。そこからこの著作は、著者がかなり自由に選択・配列した中国の代表的怪異文学のアンソロジーという様相をもつ。

この著書の魅力の第一は、そのようにして選択・配列された個々の作品、またその作品群が作り出す独自な世界自体のもつ面白さである。それらの作品への著者の記述と訳文とは淡々とした簡潔さを文体の基調としており、素材そのものの魅力を読者に伝えることを目指して、その意図を十二分に達している。

さて、始めにこの著作が二重の意図をもつことを述べた。著者は、第二意図に従って作品を提示しながら、そこから第一の意図のための見解を引き出すという仕方で、両者の意図を同時に遂行しているのだが、著作の構成としては、両者の意図をそれぞれ著作の前半部と後半部で扱うという形式を採っている。すなわち、「Ⅰ、魂」「Ⅱ、冥界」「Ⅲ、幽明の交通」「Ⅳ、幽霊」までの前半四章では、前記の諸作品（六朝期までのものが中心）から、中国人の伝統的な死生観、死後の世界についての考え方を引き出しており、次いで、「Ⅴ、知識人と民衆」「Ⅵ、文学としての怪異譚」の後半二章で、六朝〈志怪〉成立以降の〈中国の怪異文学〉の歴史的展開をたどり、それぞれの時期を位置づけている。

一見截然と区分されたこの両部分がばらばらな感じを与えないのは、それにもかかわらず先に述べたような一貫した叙述の流れが明らかだからであるが、もう一つの、両者を結びつけている要素がある。どちらの部分においても、六朝〈志怪〉が中心的な位置に置かれているということである。

すなわち、前半部で引用される作品は、『詩経』『楚辞』への短い言及を除けば、そのほとんどが、『幽明録』『捜神記』などの六朝期の〈志怪〉のテキストから採られていて、そこに描き出される冥界も〈六朝志怪における冥界〉に他ならないとさえ言える。そして後半部で示していることは、この六朝〈志怪〉の文学としての位置づけと、それを基準としてそこからの変質過程として、唐代〈伝奇〉以後、清朝までの怪異文学の流れを描き出すことである。

六朝〈志怪〉が以上のように重視される客観的な理由はむろんある。第一の意図に沿って言えば、著者も言及しているように、六朝期に仏教が中国に入って来るが、それ以後、その浸透とともに、中国人の死生観も次第に変化してくるということだ。したがって、量のまとまった文献としては、もっとも時期の早い六朝〈志怪〉が、もっとも忠実に古来の中国人の死生観を写していると考えられる。また、〈怪異文学の流れ〉について言えば、先行する断片的なテキストは別にして、中国の怪異文学は事実として、六朝〈志怪〉から始まるということだ。

しかし、六朝〈志怪〉をこの著作の中心に置く著者の姿勢には、こうした事実的な理由をこえて、それを〈怪異文学の流れ〉全体を貫く範例と見なす意識が感じられる。次の文の言い方にそれが表われていないだろうか。

このように、一流の知識人が記録に留めたものであったから、志怪書には、『捜神記』をはじめとして、なかなかすぐれた文章で書かれたものが多く、表現も洗練され、読ませるための工夫を凝らしたものも見られる。しかし、志怪の基本的性格はあくまで単純素朴な「記録性」にある。怪異を素材とした話が個人の創作として物語化されるのは唐代を待たなければならない。それだけに、六朝志怪の記述には、一種独特のなまなましさがあるとも言えるのである。

（同書一四六頁）

「単純素朴な記録性」が、著者が六朝〈志怪〉を性格づける基本タームである。著者がこのように言う時、次のような最極端な例を視野に置いて述べている。

孫休の永安四年（二六一）、呉の民の陳焦が死んだ。埋葬してから六日後に生きかえり、自分で土に穴をあけて出て来た。（『広記』巻三百七十五、『五行記』）

（同書七七頁）

もし著者が、このような例に、〈志怪〉の原初形というだけでなく、その範例的本質をも見ているとするなら、著者において「単純素朴な記録性」とは、例えば〈史〉のもつ記録性と対比して、少なくとも次の諸要素の複合として考えられねばなるまい。第一に、あらゆる意味での価値づけを含まないということ、第二に、ことさらな文学的虚構あるいは技巧を含まないということ、そして第三に、およそ公的な意味をもたないということである。

言葉をかえて言えば、著者が〈志怪〉についてその「単純素朴な記録性」を言う時、始めにも述べた、中国のたてまえとしての文学のあり方が、逆に意識されているということだ。正統な文学たる〈史〉や〈詩〉は、公的な事柄や志（こころざし）を、価値評価を与えながら、最大限の技巧をこらして記すものであった。それに対して、〈志怪〉は、純粋に私的な事柄を、価値評価なしに、ただ簡潔に語ろうとする。それは、中国の文学のたてまえの設定する座標軸において、正統な文学のまさに対極にある。

この著者の著作意図の真の大きさは、ここに見出される。〈怪異を語る伝統〉とは、中国文学においては単なる特殊なテーマをめぐる小ジャンルではない。それは、正統な公的文学伝統と対をなしてその〈私的〉な側面を代表するもう一つの柱である。この性格づけは、表側の文学のあり方が変わらない限り、時代が移っても変わらない。清朝期文言小説の『聊斎志異』『閲微草堂筆記』が達した文学としての高さと意味とは、この文脈において初めてとらえられる。著者は、先に示したような六朝〈志怪〉の基本的特質を、〈怪異を語る伝統〉を貫く範例性として措定することによって、以上述べたような中国文学に特有のダイナミズムを、いわば裏側から提示していると言えるだろう。

もちろん、著者はこのような露わな議論を記していない。それどころか、こうした言い方は著者の思考のスタイルに全く反するものでさえあろう。「あとがき」に、「六朝志怪を系統的に精読するうちに、中国小説史について漠然とした関心をもっていた私は、次第に志怪の世界にのめりこんでいった」（同書二二九頁）と述べられているように、著者の出発点は、作品と出会い、これに魅かれるという、すぐれて文学的な営みであって、この著作の意図も、そうした営みを通じて著者が到達して行った、中国文学、いや文学そのものの本質的な認識へと、「作品を読む」という同じ道筋に沿って読者を案内することに他ならない。

しかし、そのことは決してこの著作の枠組みや叙述に関するあらゆる議論を排除するものではない。文中の言い方で気になった点を一つだけ挙げよう。それは次のような表現である。少し長いが、続けて引用しよう。

愛を貫き、操を守ろうとする彼らは、いやおうなしに死に追いこまれる。救いようのない悲劇であり、それが封建社会における現実のすべてなのである。しかしそれではあまりにも暗すぎ、救いがなさすぎる。そこで彼らの悲劇を語り伝える民衆が、彼らを死に追いつめた権力に対するせめてもの抵抗として、また、語り伝える人々自身にとってのせめてもの慰めとして、この「冥婚」の奇跡を想像し、設定したのではないだろうか。そしていつしかこの奇跡は真実としての重みをもつようになり、人々は悲劇の主人公たちへの共感と同情の涙のかなたに、一筋の光明を見出そうとしていたのではないだろうか。この種の「冥婚」の奇跡に対する信仰は、暗い現実の中で虐げられていた民衆独特の、ねばり強い抵抗の精神と、豊かで健康な想像力としてとらえることができる。（同書八九―九〇頁）

個々の言い方にこめられた思い入れの強さはおくとして、突然現われる「封建社会」「民衆」「抵抗」といった語彙には、やや唐突な感じを受ける。なぜなら、ここで問題となっている「相思樹」の話の場合、主人公たちも、この話を記した筆者もともに知識人であって、「民衆」は少なくとも表面には登場しない。そこに、〈事実―伝承―民衆による変形―筆者による再録〉という経路を仮定し、その中での民衆の創造的役割を強調することは、事実から論理的に引き出された推論ではなく、むしろ在来考えられてきた図式を対象に当てはめた結果ではないだろうか。

　この箇所以外でも、〈怪異文学の流れ〉を、〈民衆〉の文学ととらえる視点が、この著作のそこここに見られる。この見解が正しいかどうかはここで論じることではない。ここで指摘したいのは、著者が少なくともこの著作では、そのことを根拠づけてはいないということ、むしろそのことを前提として、さまざまな説明を与えてしまっているということだ。

　先に〈志怪〉の性格に関して、たてまえの文学と〈怪異文学の流れ〉との対立軸を二つ挙げた。〈正統―非正統〉と〈公的性格―私的性格〉の二つの軸である。引用箇所のような言い方において、著者はこの二つの軸に、別な対立軸である〈権力―民衆〉、さらには〈知識人―民衆〉という対立軸さえ重ね合わせているように見える。しかし厳密に考えるなら、前二者と後二者とは全く別の対立軸であると言わなければなるまい。実際、〈志怪〉や清朝期文言小説などは、とりわけ〈知識人の文学〉という色あいが濃い。そのことは著者自身、次のように述べている。

　周知のとおり、中国古典文学において、小説は〈小道〉として卑しめられてきた。しかし、この小説というジャンルの中に、中国の士大夫の、たてまえでない本音の部分が秘められているような気がする。

（同書二二九頁）

　ここに言われている「中国の士大夫のたてまえでない本音の部分」というのが、この著作が示した限りで〈中国の怪異文学の流れ〉について、論理的に言いうる結論の全てであるように思える。そしてこのとらえ方に限って言えば、著者は、かつてないほどの明確さで、〈志怪〉や文言小説の文学としての質と高さとを提示しえていると思う。そこに、先に引用したような図式的な表現を入れることは、安易の感を免れないように思われる。

　ところで、最後の引用にも述べられているように、この著作の主題のもう一つの側面として、中国における〈小説〉というジャンルの位置の問題がある。著者の意図は、「〈小道〉として卑められてきた」中国の小説ジャンルに、中国文学の中での固有の価値を回復することであった。それは確かに中国の文学の正当なあり方ではない。しかしそれは、正当な表側の文学と正確に対置するもう一つの文学伝統として、表側の文学と並んで中国の文学のあり方を支えている一方の柱である。以上が、著者の示しえた結論であった。

このことはしかし、目を転じれば、近代文学における〈小説〉のあり方に対するアイロニーとなっていないだろうか。西洋・日本に限らず近代の文学にあっては、虚構の散文から成る〈小説〉こそは文学の中心である。個人の〈表現〉こそは、文学の本質そのものだ。それに対して、中国の文学伝統では、公的な価値評価と古典的様式こそ、文学の本来的なあり方であり、〈小説〉やその私的表現は、あくまでその裏面であるにとどまる。こうした文学概念を踏まえて言うなら、近代文学のそれは、本来副次的な位置にあるべきものが前面におどり出て、それ以外の要素をほとんど駆逐してしまった、はなはだ倒錯したあり方と見えてくる。

著者はもちろんこのような点には触れていない。しかしその直截でのびやかな文体で、中国文学の世界を着実に読者の眼前に明らかにして行くのを見る時、そこで読者は真に〈比較文学的〉な体験を得る。異なる文学世界を通観して、おのおのの内部の文学概念を相対化して取り出すことは、比較文学の営みの重要な目的の一つだろう。

また、著者が示した、中国文学における怪異文学の以上のような文学上の位置を視野においた時、日本や西洋の文学における同種の主題をもった作品群はどう見えるだろうか。それも比較文学の側に与えられる課題であろう。

この著作は、こうした諸点に気づかせてくれる点でも、貴重な書物だと思うのである。

（「比較文學研究41」一九八二）

井田進也　著
『中江兆民のフランス』
（岩波書店　一九八七年十二月刊）

本書が刊行されたのは、二年ほど前、一九八七年十二月のことであり、以来、各方面から高い評価が寄せられており、書かれた書評も数多い。すでに評価の定まったように思われるこの書物をここで敢えて取り上げるのは、一般には、日本政治思想史の文脈で論じられることの多いこの書物を、比較文学の側面から見てみるためである。

何分にも大部な書物であり、通読することが容易でないこの書物をまだ手に取っていない読者のために、その章別構成を示そう。

第一章　兆民研究における『政理叢談』の意義について
第二章　中江兆民のフランス……明治初期官費留学生の条件
第三章　『民約訳解』中断の論理
第四章　「東洋のルソー」中江兆民の誕生……『三酔人経綸問答』における『社会契約論』読解
第五章　「立法者」中江兆民……元老院の〝豆喰ひ書記官〟と国憲案編纂事業
第六章　中江兆民の翻訳・訳語について

以上の本論の部分に加えて、《付録》として、「中江兆民―『民約訳解』の周辺」、巻末に、「『政理叢談』原典目録ならびに原著者略伝」が収められている。

本書の意図は、日本政治思想史上において一部にみられる、「自由民権論の英雄」「東洋のルソー」という、中江兆民のいわばステロタイプ化されたイメージを、兆民がそのフランス留学中（明治五年―明治七年）および帰国後に当時のフランスとの関わりにおいて学んだこと、取り組んだことに注目し、そこから兆民の仕事を見直すことによって、再検討することだと言えるだろう。

そこで著者が採っている方法は、二つの側面で比較文学の方法論と関わる。第一に、外国での直接の異文化接触および文献的接触についての詳細な〈事実〉調査という方法において、第二に、テキストの独立したより深い解読によって、従来まで見えていなかった注目点を取り出してくるという〈テキスト解釈〉の手法においてである。

この著作における著者の意図のアクセントは、明らかに前者の事実調査ということにある。そのことは、この著作の書名と同じ章題をもち、かつもっとも紙数も多い、第二章「中江兆民のフランス」の全体がそうした〈事実〉調査に充てられていることに、もっともよくあらわれているだろう。

この第二章の中で著者は、明治五年から明治七年にかけて、兆民が官費留学生としてフランスに留学したことの事実的経緯、つまり、いかにして兆民が官費留学生に選ばれたか、渡仏の経路、住んだ場所、学んだ学校と教師、そしてフランスでの日本人およびフランス人との交友関係におよぶまでの諸〈事実〉について、フランスでの調査・探索と広範な文献の照合によって、あくまでも事実的に論考を進めて行く。その記述は、いくつもの新事実の発見を含みつつ、ほとんど何月何日という日付のレベルで、この間の兆民と彼をめぐる人々の動きを描き出している。

同様な手法は、第五章「「立法者」中江兆民」にも見られる。この章のはじめに、著者は次のように述べている。

兆民中江篤介の伝記にはいくつかの容易ならぬ欠落部分があるが、そのフランス留学時代（明治五―七年）にも増して資料の欠落しているのが、帰国後八年五月、創立後まもない元老院の書記官に任じ、西南の雲行きが険しくなった十年一月、官を擲つに至る、元老院時代の動静であろう。（同書二六三頁）

兆民の伝記の記述が欠落しているこの二つの時期には共通点がある。それは、兆民が後の「自由民権運動のシンボル」という兆民像とは異なる生活を送っていた時期だという点だ。一方は官費留学生として、当時の一般日本人には考えられないような多額の費用を与えられてフランスで学んでいた時期であり、他方は政府の中枢に近い位置で政府のために働いていた時期である。

著者の〈事実〉探索は、むしろこうした時期に焦点を合わせる。著者がそこで明らかにしていることは、兆民がそれらの時期において、彼なりの仕方で日本の将来のために最善と思われる努力をしていたということであり、そのためには権力に近付くこともあえて厭わなかったという事実である。元老院の〈豆喰ひ書記官〉は、不本意にも官仕えをしていた下級官史などではなく、この時期の政府関係のフランス語の翻訳および文書起草のほとんどを手掛けていた枢要な人材だったわけである。

著者はそこにおいて、兆民がフランスに学び、帰国して自ら目指した役割を、ルソーが『社会契約論』の中で述べている「立法者」、すなわち社会の基本枠組の構成者として想定する。そして兆民の目指した社会像を、従来、想定されてきたような、ひたすら理想的な民主制の追及としてではなく、より現実主義的な制度としての立憲君主制の実現として描き出すのである。（第四章「「東洋のルソー」中江兆民の誕生」）

先にも述べたように、著者の方法においては、明らかに以上のような〈事実〉の発掘に力点が置かれている。けれどもこの方法だけで、各章の考究が成立しているわけではない。事実の認定をめぐって、互いに矛盾しあう、複数の筆者の手になる覚書や回想の批判的読解は、第二章や第五章を貫く主要な方法であるし、この著作の基本的な視点を与えているのは、こうした事実調査にもまして何よりも、第三章で主題化される『民約訳解』という兆民の中心的著作の意図について持続的に考え抜かれたテキスト読解から得た兆民像であるように思われる。

こうした著者のテキスト読解の方法が明示的に示されている章が、第三章の「『民約訳解』中断の論理」と、第四章の「「東洋のルソー」中江兆民の誕生」だろう。そこで著者は、ルソーの『社会契約論』の精細な読解を核として、モンテスキュー、スペンサーなど兆民が参照したと思われる西洋の著作の記述と、兆民の著作の記述とのテキスト比較の作業を基礎として、『民約訳解』における兆民の複数の層位をもつ著作意図を明らかにしている。

以上のように、比較文学あるいは比較文化の方法論の視点から見るとき、この著作は、比較文学の方法における二つの方向を互いに支えあう関係に結びつけることによって立論されており、その意味で比較文学的方法が思想史という分野においてもつ可能性を高く示した著作と言ってよいだろう。

以上の二つの手法に加えて、この著作は文化接触資料の発見・整理という面においても高いレベルの成果を示している。第一章「兆民研究における『政理叢談』の意義について」で、兆民の指導のもとに刊行された雑誌『政理叢談』に翻訳・掲載された同時代のフランス思想家たちの著作の重要性を指摘するだけでなく、巻末に付せられた「『政理叢談』原典目録ならびに原著者略伝」では、それらの論文とその著者について、個々の記述がなされている。それらの思想家の多くは今日、私たちの視野から離れており、読者はそこに十九世紀後半フランス思想世界の同時代における姿に接することができる。

最後にひとつだけ感じた点を記したい。先にも述べたように、この著作は決して容易に通読できる書物ではないが、その理由の一部は引用されている明治初期のテキストの文体と今日用いられている文体との差異にあり、扱っている主題に固有の難解さである。しかし、その他に論点の運び方自体によってやや分かりづらくなっている点もあるように思われる。第二章の「中江兆民のフランス」の中で著者が力点をおいて論じている、同時期における政府の施策上の課題としての「留学生問題」の重要性についての論考に、そうした点が見られる。

著者はそこで、日本の近代化のための知識修得を目的として明治初期に西欧に送り出された留学生がきわめて多数であり、そのための財政負担の問題が当時の政府の最重要の課題と言ってもよいほどの重大問題だったことを示し、政府の政策変更の経緯を子細に追っている。その一方で、整理される側に立った在欧留学生の対応を描き出し、そうした動きの中で一人の留学生である中江兆民の立場と生活とを検討している。著者の記述は、近代化を目指す明治政府にとって、留学生を送り出すということが、どれほど中心的な事業だったかということを、時系列にそって生き生きと描き出しており、新鮮な驚きさえ与える。しかしその記述とフランスにおける中江兆民の行動と意図の調査の記述との関連づけの道筋は容易にはたどれなかった。言葉をかえて言うと、そのような動きの中で兆民が何を考えていたかが読み取れなかった。もちろん、この章での著者の意図は、そうした点について簡単に結論を示すことにはなく、兆民にとっての状況をできるだけ客観的に提示することにあるが、そのことによって著作意図が見えにくくなる点はやはりあるように思われる。

とはいえ、この書物が読者に提示する〈事実〉の質的、量的な大きさと、そこに示される読解の豊かさは圧倒的なものであって、あらためて明治初期という、日本と西洋との出会いの時代がなお比較文学・比較文化研究に対して開いている可能性の広がりを、他の書物にまして示している著作であると考える。

（「比較文学32」一九八九）

B・M・ボダルト＝ベイリー著（中直一訳）

『ケンペルと徳川綱吉』

（中央公論社　一九九四年）

やや意外性を感じさせる表題の書物である。副題に「ドイツ人医師と将軍との交流」とある。

十八世紀から十九世紀にかけて鎖国下の日本についての知識の源泉として読まれた『日本誌』の著者、ケンペル（Engelbert Kaempfel, 1651-1716）が、オランダ東インド会社の医師として長崎の出島に来航し、滞在した一六九〇年において、日本は五代将軍、徳川綱吉の治世のもとにあった。このこと自体はよく知られている。

ケンペルは、二度にわたって、オランダ商館長の江戸参府に同行し、時の将軍綱吉の前に伺候した。このことも事実としては知られていた。だからと言って、ケンペルと将軍綱吉とが、何か個人的な思いで繋がっていたなどと考えた研究者はいなかった。

しかしこの書物の著者、ボダルト＝ベイリーは次のことに注目した。それは、ケンペルが生前出版した唯一の書物である『廻国奇観』の中で、徳川綱吉を「偉大で卓越した君主」であると賞賛していることである。一方、日本においては綱吉は「生類憐みの令」によって、むしろ暗君というイメージが強い。一体、ケンペルのこのような綱吉に対する評価は何を意味するのだろうか。

この疑問を解明するために、著者は、大英博物館に残されたケンペルの遺稿の調査を含む、長期に渡る調査を行った。その結果、見えてきた諸事実は、従来信じられていた事柄に多くの点で訂正をせまるものであった。

この著書で著者が示そうとしている論点は、レベルを異にする二つの側面をもつ。第一に、ケンペルの人柄・思想・生涯についての伝記的事実の解明であり、第二には、将軍綱吉とその時代の実像と、日本の歴史においてそれに与えられるべき評価を訂正することである。

第一の側面について、著者が明らかにしたのは以下の諸点である。

一、ケンペルは決してその旅の始めから日本を目指したのではなかったということ。彼はペルシャを目指し、ついでインドを目指した。しかしそれらは彼の名誉欲を満足させる対象ではなかった。ケンペルに研究対象として日本を選ばせ、かつ日本に送り込んで、さまざまな援助を与えた人物がいた。それが当時のオランダ東インド会社の総督であったカンプホイスであったことを著者は、多面的な資料から推定する。

二、ドイツに帰国してからのケンペルの生活について、著者は従来の見解に異を唱える。流布した伝記では、ケンペルは帰郷後の後半生を、旅行中に収集した資料をもとに著作をまとめ刊行するためにあてることをのぞんでいたものの、領主に命じられた侍医としての職務と、経済的理由から結婚した年の離れた若い妻の無理解とに妨げられて、『廻国奇観』ただ一篇を死の二年前に刊行したに留まり、不本意のうちに世を去ったとされる。

著者によれば、書簡を多面的に解読して出てくるケンペル像はそうではない。帰国後のケンペルは医師として十分に成功しており、自身、領主などの上位の階層と接することをのぞんでいた。また確かに、妻との不和は不本意なものだったが、彼の生活がすべて損なわれたわけではない。著作の刊行について言えば、ほとんど誰も望むべくもないほど贅沢な出版を自費で行ない（『廻国奇観』）、また準備を進めていた（『日本誌』）ということである。すなわち、ケンペルの後半生は全体として従来言われているほどに暗いものではなかったということだ。

三、最後に資料を扱う研究者として最も明らかにしたかったこととして、従来、ケンペルの『日本誌』のドイツ語原本とされてきた一七七七年刊行のいわゆるドーム版が、ケンペルの原稿の改竄を含む「いつわりのオリジナル版」だということである。

著者はまず、ケンペルの死後の『日本誌』原稿の行方を明らかにする。相続者である甥の破産により、それらは競売にかけられてイギリスのコレクターであるスローン卿の手にわたり、英語版が出版される。ドームがドイツ語原版を刊行する時に依拠した原稿は、そこから甥のもとに届けられた不完全な写しに過ぎない。そしてドイツ語版編者のドームによる意図的な改竄が行なわれている。なぜ「意図的」と言えるかといえば、それはその改竄がほとんど日本の当時の政治体制についてのケンペルの評価に関わるものだからである。すなわちケンペル自身の文章では、当時の日本社会のあり方に非常に高い評価を与えているが、編纂者ドームは、非キリスト教国である日本に対する手放しの礼賛を、ヨーロッパの読者に対して不適当なものと考え、これに修正を加えたのであると指摘する。

この最後の点は、将軍綱吉の統治体制の評価という著者の論点のもうひとつの側面に、そのまま結びつく。

この主題についての著者の基本的な視点は、綱吉の政策や政治手法を十八世紀西洋の啓蒙専制君主のあり方とパラレルなものとしてとらえることである。綱吉は、幕府の体制が完全に整った時点で将軍となった。すべての事柄はあらかじめ定められており、老中以下の役職への権力の分掌が完成していた。著者の描き出す綱吉は、このようながんじがらめの体制の中で、意のままに動く新官僚層を形成し、直接統治する個人権力を指向する啓蒙君主である。

著者の論点で注目されるのは、この視点から、従来の見解では負の評価が与えられている、綱吉が施行した二つの主要な政策である生類憐れみの令と貨幣の改鋳とを評価しなおすことだろう。すなわち、生類憐れみの令は、まったく将軍自身の発意によって、直接に統治していない大名の領国にまで施行された。かって誰も発したことのない法を敷くことによって、個人のイニシアティブが権力として実現される。

また、貨幣の改鋳は武士の封建的な経済的支配力を低下させたと非難される。それこそはまさに、綱吉とその官僚である荻原重秀が目指したことであった、と著者は言う。彼は啓蒙君主として体制を変革することをのぞんだのであって、現状を維持することを意図したのではないということだ。

綱吉の統治がそのような性質のものだとして、そのこととケンペルの接点はどこにあるのか。なぜケンペルは綱吉を礼賛したのだろうか。

著者はこの書物をケンペルの少年期に故郷、レムゴの町で起きた〈魔女狩り〉をめぐる記述で始めている。この魔女狩りを批判したケンペルの叔父は牧師でありながら魔女として弾劾され、火炙りによって殺されたのだった。群衆となった人々の恐るべき愚かさに対して彼が学士の学位論文で立てたアンチテーゼこそ、啓蒙専制君主制の擁護であった。

著者はまた、ケンペルの日本研究を助けた年若い助手が後に卓越した通詞となった今村英生であったことを明らかにした近年の研究を紹介し、さらに今村をケンペルに斡旋した人物として、出島の上役人、吉川儀部右衛門を推定する。それによって著者は、ケンペルの当時の日本についての知識が事実において正確なものでありえたことを示している。

したがって結論から言えば、次のようになる。ケンペルはその知的背景と情報源とから、綱吉の統治が西洋で言う啓蒙専制君主の性格をもつことを見ることができた。それはケンペルが実際に見たもっとも理想に近い啓蒙的専制であった。それ故にケンペルは、綱吉を「偉大で卓越した君主」と呼んだのであると。

以上の立論は、ほとんどが新たに見出された史料によって裏付けられており、十分な説得力をもって読者にせまる。書簡の精細な読み込みを含む手法は、近年欧米で盛んなアナル派などの〈新歴史学〉と共通の感触を与える。ただ、この書簡の解読の部分は、やはり読みやすくはない。ことに後半のケンペルの晩年を明らかにするために、ケンペルがオランダの知己であるパルヴェに宛てた手紙からの引用が多用されているが、やや冗長な感じを受けた。

はじめに述べたように、意外性の魅力に富んだ書物である。そしてそうした点がもっとも明らかなのが、全体の構成においてクライマックスの位置に置かれている、第九章「将軍に歌う」における、将軍綱吉がケンペルらオランダ東インド会社の一行を接見するシーンの描写だろう。ここで著者は、『日本誌』の挿絵と記述とを引用して、ケンペルが自分の人生の頂点をなす出来事としてこの接見に臨んだこと、将軍の求めに応じて自作の歌曲を歌いさえしたことを描いている。そして著者の視線は、この接見が、将軍綱吉の個人的な関心を強く反映したものであったこと、そうした特別な関心をケンペルが名誉として受け止めたことを見て取るのである。ここにおいて「ドイツ人医師と将軍との交流」が確かにあったということを著者は示している。

読後に意外に思う点がある。綱吉の統治に啓蒙君主としての特徴があることは、著者のしめす諸事実によって納得させられるのであるが、そこで著者は従来なかった史料を参照しているわけではない。それではなぜ今まで多数の日本の研究者がこのことを見なかったのだろうか。

そこに比較文化的研究のもつ大きな可能性が示されていよう。著者がケンペルという一人の知性の上に、同時代のヨーロッパと日本との交錯、重なり合いの様相を見るからこそ、それは見出しえた事柄なのである。

本書は、日本人以外の研究者によってよりよく明らかにされうる主題が、日本をめぐって数限りなく眠っていることを、私たちに思い知らせてくれる、はなはだ刺激的な書物であると言えるだろう。

（「比較文学37」一九九四）

大嶋仁 著『福沢諭吉のすゝめ』（新潮社 一九九八年）

本書は著者の五冊目の著作である。著者は海外で暮らした経験が長く、そこでの異文化体験について記した著作（『精神分析の都』『表層意識の都』）と、日本思想史について書かれた著作（『日本思想を解く』『こころの変遷』）の二系列の著作がある。[1]本書は後者の系列の延長線上で、概説でなく、はじめて日本思想史上の特定のトピックを取り上げて、その主題についての自らの考えを十全に展開してみせた著作である。

この書物について語る時、まず見なければならないのは、本書の著作としてのあり方だろう。そこでは確かに福沢諭吉という著作家、思想家の思想が語られており、また関連して森鷗外と夏目漱石という比較文学上の主要主題への言及がなされている。そして何よりもそれらの対象を扱う視点は、一貫して比較文化の視点である。

しかしだからと言って、本書を比較文学あるいは比較文化の研究書として第一に評価することは適当ではないだろう。それは本書が、比較文学というような一つの学問世界の内部にではなく、もっと広い範囲の読者に向って明確な一つのメッセージを伝えることを目指した、自らの思想の書という性格を強くもっているからだ。

著者のメッセージは書名に表わされている。読者一人一人が福沢諭吉のように生きるべきだ、という主張である。より具体的には次のように言われる。

> いずれにせよ、虚無の深淵を覗きつつ社会活動に徹し、少しでも現実を改良することに努める人。そういう諭吉のような人間だけが、人を狂信や興奮から救う。人それぞれに自由であって、個性を集団に埋没させずに生きるべきだという考え方は、そのような人によってしかもたらされ得ないからである。
>
> （二三八頁）

もちろん、こうしたメッセージがそれだけで示されているわけではなく、福沢諭吉の著作と思想との一定の解釈のもとに提示されている。著者の諭吉解釈のキーワードは、〈共同体／異邦人〉と〈伝統社会／近代〉という結合された二対の対立項である。

著者の思想的メッセージ、それを支える解釈の枠組み、ともに極めて直裁である。言葉をかえて言えば、極端に単純化されている。本書に対するプラスの評価もまたマイナスの評価も、この極度の単純化から発することになるだろう。

著者の提示している枠組みをさらに図式化して言えば次のようになる。人には二通りの生き方がある。自分は生まれながらにある集団に属していると考え、その集団との関わりにおいて生きる生き方と、そのような集団の意味を認めず、もっぱら自分の考えにのみしたがって生きる生き方である。人の生き方を規定するそのような集団を著者は「共同体」と呼び、「共同体」に属さない、あるいは属すことを拒む者を「異邦人」と呼ぶ。すなわち人の二通りの生き方とは、「共同体」の中で生きることと、「異邦人」として生きることである。後者が近代において求められる生き方であると、著者は主張する。福沢は「異邦人」として生きた。したがって「福沢のように生きる」とは、「近代」という時代の求める生き方をするということである。

この単純化された立論に対しては二つの争点があろう。第一にそのような生き方がよいのかどうか、この答えは読者それぞれに委ねられる。それ故、第二の論点、福沢は本当にそのような意味での「異邦人」だったのかという点に、本書の評価は集中されるだろう。これは解釈、あるいは研究のレベルの立論であり、それがどの程度、立証されているかが当然、問われることになろう。

はじめに述べたように、本書の主意は、そこで求められるような厳密な論証にはない。著者の意図は、あくまで従来示されていなかった一つの視点の提示、あるいは新たな意味付けの可能性の提示だからである。とはいえ、もちろん実証がまったく意図されていないわけではない。

この点についての著者の論証は、『福翁自伝』に述べられた諭吉の少年時代の記述を読解することによっている。著者の注目する記述は二つある。一つは、父親の死によって中津に帰った諭吉一家が、母親の独自な考えにより、服装や話し方を中津の風俗に倣わず、父親の生前に暮らしていた大阪のものを維持したという記述である。ここから、諭吉の一家は、周囲の人々とは異なる文化によって暮らしていたと見られる。そして第二に、著者がもっとも重要な記述だと見なすのは、少年諭吉が敢えて「神様の御札を踏む」という反共同体的な行為をしたと述べている記述である。著者は次のように言う。

しかしながら、その核心は何かと言えば、共同体にとっての「聖」を冒瀆したそのことにあるのであって、共同体への背信、反逆、挑戦こそが、この行為の本質をなしている。日本という共同体がこれほど根底的な挑戦をうけたことがあったろうか。しかもその挑戦者はまだ、十二、三歳の少年なのである。ある意味では恐ろしいことだったと言えるのではないだろうか。（六八頁）

この箇所を読んでの最初の感想は、著者のもの言いはやや大げさなのではないかというものであった。福沢自身の記述は、あっさりと淡々と書かれており、私自身が『福翁自伝』を読んだ時には、読みとばしてしまった箇所である。本書における著者の諭吉についての見方を受け入れられるか否かは、この箇所で著者が述べていることをそのまま納得できるかどうかにかかっているように思われる。その通りだと受け入れた時に、読者は新しいものの見方へと導かれる。そして、そのような見方から見た時に見えてくる事態が、本書のそれ以下の記述に述べられている世界なのである。それに反して、この見方をそのままには受け入れられない場合には、著者の論述との間に隔意を生じる。著者のそれ以下の論述は、すべて、根拠の薄弱な空中楼閣の議論と見えてくるのである。

このような論述のあり方は、狭義の「学問」とは異なるものであることを認めねばならない。「学問」とは、自らの論述の力のみで、できるだけ広範囲な読者に、自らの見方の客観的な正しさを納得させることを目指す知のあり方ではなかったろうか。そのような意味で、上記の箇所の記述に十分な論証能力があるかと問われれば、残念ながら不十分だとの感じがぬぐえない。

実は、以上のような論述の性格は、本書の他の箇所にも見られる特徴である。本書の第四章「諭吉・林太郎・金之助」において、森鷗外と夏目漱石という日本近代文学史のビッグネームが取り上げられているが、そこで示される鷗外および漱石についての見解も、同様の手順によって提示されている。

鷗外についての著者の立論は、『舞姫』の主人公の記述を鷗外自身の留学体験と重ね合わせて、そこに日本の社会からも西欧の社会からも距離を置く「高次の自我意識」（一六六頁）の成立を見ることに始まる。著者によれば、この自我意識は鷗外の生まれた環境から鷗外を離れさせ、孤立させずにはおかない種類のものであった。しかし『舞姫』の主人公が結局は日本に帰国したように、鷗外自身もそのような孤立を選ぶことなく、家族や周囲の期待に答えるべく、日本の社会に復帰する。そのことを著者は、鷗外における近代的自我の挫折としてとらえ、次のように述べる。

林太郎は、なるほど西欧社会で「自己」に目覚め、内なる「異邦人」の眼を獲得し、そこから日本国家の神話幻想を冷静に批判し得る力を養った。しかし、結局のところは、親族との縁を越えることのなかった人であり、その延長としての国家との縁をも断つことが出来なかったと言える。「去勢された息子」は生涯「去勢」されたままであり、国家はそういう人を存分に利用したのである。（一九四頁）

「去勢された息子」という表現が、多くの読者には強すぎる印象を与えるのではあるまいか。鷗外の留学体験をめぐる分析は、『舞姫』の記述の裏付けを伴って、ほとんど無理なく受け入れられるだろう。しかし、著者はそこで得た視点を、ただちに全面的な妥当性をもつ思考の基盤として定めて、そこからその後の論を展開するのである。違和感を残したまま、論をたどる読者もおそらくいるだろう。そのような違和感が残る場合には、読者は著者と同じ仕方では視点を転換できていないということである。あるいは次のように言ってよいかもしれない。著者自身は、はじめから転換された視線の側にいて、読者を自らの視点へと導こうとするのだが、そのような転換が必ずしも容易ではないことを示しているのだと。

実際、著者が立っている視点と、私たち、日本に暮らす一般の読者のそれとの間には、ある距離がある。先に見た『福翁自伝』の神札のエピソードに戻ろう。先に、私自身はこの箇所についての著者の言い方をやや大袈裟にすぎると感じたと書いた。しかし、そのすぐ後で次のように考えた。私自身もふくめて、今日の時点でさえ、そのような行為を一般の人がすることがあるだろうか。おそらく、いや決して軽い気持ちでそのような行為をすることはないだろうと。そこには巨大な強制力をもつ社会と対立するという意味が含まれているからだ。福沢は一見何でもない口調で、その口調とは釣り合わない重い意味をもつ出来事について語っているのだ。そのことに気付く著者と、気付かずにいる私の間には、はじめから視点の落差がある。そこに見られるのは、たぶん「宗教」という事柄についての著者と私の意識の深さの差なのだ。

諭吉が踏んだ神様の御札は「共同体」の宗教を表わしている。それが神聖なのは、共同体としての社会がそれを神聖だとしているからだ。それを敬うとは、社会の既存の枠組みに従うということを示している。それは自らの生の意味を決定的に方向づける行為であり、著者の視点から見れば、まぎれもない宗教、それも個人を社会に従属させる宗教に他ならない。ただ、評者のようにそうした共同体に埋もれて生きてしまっている者の視点には、その全体が当たり前のこととして受容され、意識の地平にのぼってこないだけのことである。

著者が福沢の淡々とした記述に接して、その内容の本来の異様さにすぐに気付くことができたということは、著者がそもそも、そうした「共同体」の中にいないからだ。本意ではないが、著者のプライベートな事柄に触れねばなるまい。著者はスペイン国籍の夫人と長年にわたり家庭を営み、ペルー、アルゼンチン、パリで子どもを育てながら、日本についての教育に携わってきた。著者個人の歩みはいずれ別な著書で明らかにされるかもしれないが、今の時点で言えることは、異文化の境界を生きる真剣なドラマを含んだ歩みだったろうということだ。

本書は、だから必然的に日本の共同体から距離をもつことになった著者自身の「異邦人」としての視点から見た、日本社会論、日本文化論なのである。ただし著者は決して西欧の文化に同化し、その立場から日本を見ているわけではない。西欧社会に対しても著者が冷静な観察の眼を向けていたことは、『精神分析の都』などに明らかである。著者は西欧文化の中においても、その共同体に固有なものと、それを越えて人類に普遍的な意味をもつものとを見分けようとしている。本書で森鷗外について言われた、西欧の自我意識をも相対化する「高次の自我意識」が、著者の目指す視点だろう。それを著者は「異邦人」と呼ぶ。

本書は、そのような「異邦人」である著者が、福沢諭吉の中に自らと同様な「異邦人」を見出したところから始まっている。ただし、福沢は著者や森鷗外のように異文化体験を経て「異邦人」となったわけではない。むしろ日本の「共同体」文化の中から、突然変異的に現われた稀有な存在である。著者は諭吉の母がもっていた宗教的な特異なあり方にその契機を求めているが、それが日本の文化の固有な文脈の中から現われたことに、著者は特に注目しているように思われる。それは、日本の文化が内包する、普遍へと向かう可能性がそこに示唆されていると考えるからだろう。

著者のよって立つ視点の初期値が、本書に接するだろう読者たちのそれと大きく離れていることが、本書の価値でもあり、弱点でもある。本書は、読者たちにそれまで考えても見なかったものの見方を教えてくれる。しかし、著者が示唆する視点の転換は、すべての読者にとって容易なものではない。そのような視点の転換を可能にする手段が狭義の「学問」であるが、本書では、視点の転換を目指すあまり、客観的実証という点では不十分な面が残ると言わなければならない。

以上が本書についての私の率直な感想である。本書は、比較文学・比較文化研究に大きな示唆を与える著作である。とはいえ、すべての比較文学・比較文化の研究者がこのような著作を目指すべきではあるまい。著者にはこの仕事に相応しい資質と背景があり、自らに相応しい仕事をなしとげているということである。はじめにも述べたように、本書は研究書というより、行動する思想の書である。本書のメッセージをどのように受け止め、これからどのように自らの行動を律して行くのかという問いが、特に評者のように日本の「共同体」の中に埋没して生きてきた読者に問われているということだろう。

（「比較文學研究74」一九九九）

注

（1）『精神分析の都―ブエノス・アイレス幻視』福武書店、一九九〇年。『表層意識の都―パリ 1991-1995』作品社、一九九六年。『日本思想を解く―神話的思惟の展開』北樹出版、一九八九年。『こころの変遷―日本思想をたどる』増進会出版社、一九九七年。

稲賀繁美　編著

『異文化理解の倫理にむけて』

（名古屋大学出版会　二〇〇一年）

本書は近年、多くの大学に設置され、本学会の会員でその担当教員となっている方も多いだろう「比較文化」の授業のテキストとして企画された出版物である。

もちろんそのような目的で出版されている書物も数多い。しかし、本書は言ってみれば、そのような数多いテキストとはレベルの異なる意図をもって出版された書物である。それらの書物は、あるいは「文化を比較すること」の理論的枠組みを示し、あるいは世界の代表的な諸文化を取り上げて、その特質を概観することを目指している。

本書は、まとまった「比較文化」についての理論を示すものでも、諸文化の特質を示そうとするものでもない。本書の目指すところは、そうした「文化を比較すること」の根底にある「異なる文化が存在する」という認識、「異文化体験」の意味を問うことであり、そしてそのような「異文化」を「理解」するとしたら、その「理解」はどのような様相と意味をもつのかを問おうとしている。

本書の書名は『異文化理解の倫理にむけて』である。上記のように、そうした「異文化理解」の可能性を考えるだけでなく、著者たちは、そうした「理解」の「倫理」を論じなければならないと考えている。その理由は、主題の理論的性質よりは、むしろ「理解」しようとする対象にあるようである。

現在、各大学で開講されている「比較文化」の授業において、多く扱われているのは、日本人に親しい欧米あるいは中国や韓国の文化と日本文化との関係や比較がほとんどだろう。それに対して本書の著者たちが目を向けるのは、イスラエル国内のアラブ人や、メキシコの少数民族など、一般の日本人にはなじみのない人びとの文化である。

視線に入っていないだけではない。それらの人びとは多く、西欧や日本に住む私たちとは較べるべくもなく経済的に低い位置におり、また戦争や紛争の中で、身の危険にさらされている人びとさえいる。このような人びとの文化を「理解」するとは、何よりもそのような恵まれない生のあり方を知ることに他ならず、他方、自らの今の恵まれた生活のあり方と彼らの立場との落差を意識することに他ならない、と本書の著者たちの多くは考えているようである。そして私たちにとって出会うべき「異文化」とは、西欧や東アジアではなく、そのような人びとの文化なのだと考える。「異文化理解」の「倫理」が問われるのは、そのような文脈においてである。

本書は、以上のような問いに向けて、十五名の著者の十七篇の論述を四つのグループに分けて提示する。煩瑣にわたるおそれがあるが、全篇の構成を列挙しよう。

編者である稲賀繁美の序文に続いて、「Ⅰ　境界に立つ人々─文化衝突の現場から」として、栗本英世「民族紛争のさなかで─エチオピア西部・ガンベラ地方から」、臼杵陽「宙づりにされた人々─イルラエルのアラブ」、加藤隆浩「境界線上のマリアス─メキシコ社会で先住民を装うこと」、大嶋仁「他者の顔─アルゼンチンあるいは倫理の零度」の四篇。

「Ⅱ　国境の体験─内から見た日本、外から見た日本」として、太田博昭「パリ症候群─日本人の海外不適応とその背景」、張競「文化越境のオフサイド─トランスカルチュラルな批判はいかにして可能か」、エリス俊子「日本語・日本人・日本文化─読みの間隙に生まれる価値」、稲賀繁美「キリバスにかける夢─国─際人ノススメ」の四篇。

「Ⅲ　民族共存の理論と実践」として、小熊英二「「植民政策学」と開発援助─新渡部稲造と矢内原忠雄の思想」、川島正樹「キング牧師の夢はついえたのか？─アメリカ合衆国の人種平等の実験から」、内藤正典「移民と国民のあいだ─ドイツのトルコ人」、小杉泰「異文化をつなぐ知恵─イスラームの倫理と共存の仕組み」の四篇。

最後に、「Ⅳ　異文化理解の倫理にむけて」として、菅啓次郎「鳥のように獣のように─国境／砂漠／翻訳をめぐって」、宮地尚子「難民を救えるか？─国際医療援助の現場に走る世界の断層」、岡真理「「他文化理解」と「暴力」のあいだで─第三世界フェミニズムが提起するもの」の後に、再び編者の「異文化理解の倫理にむけて─本書をこえて読み進むために」が置かれている。

紙数を費やしてあえてすべての章の題目を列挙したのは、そこに本書の特徴と意図がよく現われていると思うからである。

まず第一に、先にも述べたように、論述の対象となる社会が多岐にわたっており、かつ欧米や東アジアではない、ここで「第三世界」と呼んでいる地域にアクセントが置かれていることである。欧米の社会を扱う場合でも、ドイツにおけるトルコ移民や、アメリカにおける人種問題のように、多く第三世界やマイノリティとの関係において論じられていることが見てとれる。

第二に、扱う社会や地域だけでなく、論じる主題もきわめて多岐にわたっており、それに対応して、著者の研究分野もそれぞれ異なっている。さまざまなキャリアをもつ著者たちほとんどに共通する点がある。文献上の研究にとどまらず、自分の研究する文化の地域に赴いて、直接の生活体験をもち、かつそうした直接の経験を重視する姿勢をとる点である。

栗本、加藤両氏をはじめとする文化人類学や地域研究の研究者（約半数をしめる）にとって、これは自明の前提だろうが、他の著者でも、例えば菅啓次郎氏はその思考の起点を中南米の人々との出会いの体験に置いており、大嶋仁氏は十年以上にわたってペルー、アルゼンチン、パリで日本文化を教えた経歴をもっている。

編者は、強い意図をもって、このような直接の異文化接触体験をもつ著者たちを、異なる研究領域にわたって集めたように見える。その結果として本書は、まず何よりもそこに提示される「事実」の厚みにおいて、読者を「異文化」との出会いへと強く導くものとなっている。

その点でもっとも強い印象を与えるのは、臼杵氏による中東紛争の実像の提示や宮地氏による難民問題の現状の提示である。中でも岡真理氏による「「他文化理解」と「暴力」のあいだで―第三世界フェミニズムが提起するもの」では、エジプトで日本人観光客がイスラム原理主義者のテロによって殺害された「ルクソール事件」と、アフリカ社会での「女性器手術」という二つの具体的な主題をめぐって、これらの事柄を「理解」しようとする思考の枠組みと、その倫理的意味が詳細に論じられていて、そこで語られる「事実」そのものの重さに圧倒されてしまう。

しかし、本書には提示されている論点は、そうした生な事実に結び付いた認識だけではない。本学会の中心的関心である文学の分野についても注目に値する論述が見出される。ここでは、エリス俊子「日本語・日本人・日本文化」を取り上げて、本書の問題意識が、どのように狭義の「文学」と結び付きうるのかを見てみよう。

著者はオーストラリアの大学で日本文学の授業を担当

した経験から、川端康成の『雪国』を例として挙げて、日本文学が、いわゆる日本人以外の読者に、日本人の読者とは異なる読み方をされる可能性について述べている。『雪国』はノーベル賞作家の代表作として、日本文学の授業によく取り上げられるが、西洋の読者にとってもっとも理解しにくい作品の一つである。そこには、西洋の“novel”に期待されるような、ドラマチックな筋の展開や形式的統一性、登場人物の内面を描く心理的記述などがほとんど見られないからだ。あえてそのような要素を見出そうとする読み方にとって、この作品は謎そのものであり、日本文化の理解不可能性を示すものとも受けとられる、と著者は言う。

この作品を文学作品としているのは、そのような西洋の“novel”の要素ではなく、作品中の出来事やエピソードの周囲にちりばめられている、西洋の読者にとっては冗長とも思える自然描写の表現なのだと著者は指摘する。それらはコノテーションとして登場人物の心理や感じ方に結び付いており、その背後には日本文学に伝統的な季節感のコンテキストがある。

それでは、そのような伝統的な日本人の感じ方のコノテーションを教えることが、この作品の本当の意味を教えることなのだろうかと著者は問う。そのようなことをしても、西洋の多くの読者には、季節についてのそうしたコノテーションを共有することは困難だろう。そうすると、ついに彼らにはこの作品は、やはり理解不可能なのだろうか。

そうではないと著者は考える。文学作品としてのテクストは、そのような固有の伝統的なコノテーションを共有しない読者の前に置かれた時、多様な読み方をされる可能性をもつテクストそれ自体として現われる。固有のコンテキスト以外の読み方をされることによって、その作品がもっている別な可能性が見えてくることがあると著者は言う。

そもそも『雪国』の地の文に埋め込まれた自然描写に特別なコノテーションの存在を見る見方自体、そのような伝統に属さない外国人読者である学生たちがそれを異様で冗長であると見る感じ方に著者が接し、それを説明しようとする努力から見えてきた事柄である。同じ文学伝統の中にいる日本人読者は、曖昧な状態で作品に埋め込まれたコノテーションを感じとって、そこに何か日本的な意味で文学らしいものを見出してしまい、そこに異様さを見ることはない。異文化に属する外国人読者と作品との出会いが、この作品のそうした暗黙のコノテーションの特別なあり方へと、人々の意識を向けさせるのである。

著者は以上のような観点から、外国人研究者による日本文学研究の新たな可能性に注目し、『雪国』について、その文体の特質を「日本詩歌の伝統を下敷きとしながら、それが崩壊したあとの歴史的断絶の感覚の表現にこそある」（一四五頁）とするアメリカ人研究者の見方と、「断片化された身体としての女性」（一四六頁）へのイデオロギー的視線を見るフェミニズム的読解の、二つの新たな川端論を紹介している。

ここには、異文化との出会いを通して、自らの中に自覚されないままイデオロギーとして機能している自文化のシステムの存在に気付き、それを明示的に取り出してその意味を考えようとする、この論集全体の意図が、「文学」固有の主題と結びついて、あざやかに提示されているのを見ることができる。

もっとも、本書に収められているすべての論述が、これと同じレベルで比較文学研究者に興味深いわけではない。第五章の「パリ症候群」などでは、結局、一般化した事実の報告に留まっていて、なぜ本書に収めたのかが分かりにくい。

本書は、比較文学および比較文化の研究者にとって、きわめて刺激的な書物である。私たちの方法としてよって立つ比較の視点が、ある意味でとても限定されたものであって、その外部からの視線があることに、事実の重みをもって気付かされるからである。比較という視点の足元に、私たちの生き方に関わる問題（本書では「倫理」と言っている）があることも、確かに忘れてはならない事柄であろう。

しかしそれとともに、始めにふれた論点である、本書が大学の「比較文化」のテキストとして好適なものかどうかという点は、別の問題だと言わなければならない。

先に述べたように本書は、比較文化の理論といったものを提示しない。そのかわり、異文化接触において今日の世界にはどのような事態が起こっているか、カタログ的な列挙を目指しているように見える。「パリ症候群」もそうした事実の一つには違いない。しかし、異文化理解という主題にとって、どの範囲のものが意味ある列挙と言えるだろうか、評者には疑問が残る。

編者も自らの担当する章「キリバスにかける夢」で触れているように、現在の学生にとって「比較文化」の授業で提示される外からの視点は決して魅力的なものではなく、拒否反応さえ多く見られる。本書は、注や「Q&A」を挿入し、参考文献も充実して、そうした学生の意識を異文化理解という主題に向けようとする意欲にあふれている。確かに、野心的な試みと言わねばなるまい。

だが本書は何よりもボリュームがあり過ぎ、価格も高すぎて、評者もその一人である「比較文化」の教員にはテキストとしては手が出ない。評者自身の感想を言わせてもらうなら、そうした授業のテキストは、何よりも書物として小さいながら学生の意識に何らかの方向の変化を与えるようなものでなければなるまい。主題を列挙することも、あるべき意識のあり方を声高に押し付けることも、有効な手立てとは思われない。

そのように言われることは、あるいは編者のもっとも心外なことかも知れない。そうした意図はないと、確かに明記されている。しかし、おそらく本書の試みの野心的なあり方そのものが、多くの読者の姿勢を一歩引いたものにしてしまうだろうと言いたいのである。編者と著者たちが傾けた尊敬すべき多くの努力を思う時、この点だけが惜しまれる。

（「比較文学44」二〇〇一）

千葉一幹　著
『賢治を探せ』
（講談社　二〇〇三年）

本書『賢治を探せ』は、著者による最初の著書であるとともに、著者が研究者としての出発以来、本学会の内外でずっと続けて来た宮沢賢治の作品をめぐる研究の最初の到達点という意味をもつ。

賢治生誕百年にあたる一九九六年をはさんで長く「宮沢賢治ブーム」とも呼ぶべき、賢治についての出版物の刊行が続いているが、近年では、押野武志『童貞としての宮沢賢治』（ちくま新書、二〇〇三年）や、米村みゆき『宮沢賢治を創った男たち』（青弓社、二〇〇三年）など、カルチュラル・スタディーズの動向を承けて、賢治と同時代の状況や周辺の事情との関わりに焦点をあてた著作が目立つ。

それらに対して本書は、あくまで「表現者」としての賢治だけを主題とする。本書で著者は、賢治が詩篇「春と修羅」で求めていた「まことのことば」とは何かという問いを一貫して追及している。賢治の著作活動のすべてを、この「まことのことば」の欠如に苦悩することから始まり、それを追い求め、言語表現についてのある認識と立場に帰結する一つの歩みとして、著者はとらえているからである。

著者は、この問いを二つの作業を並行して進めることによって解明しようとする。まず第一には、もちろん賢治の作品の中の言語表現に注目し、そこでまさに言語表現について何が言われているかを精読することによって。第二にそれと並行して、いくつかの周辺諸学における、言語表現に関わる知見を参照し、それらと賢治の表現の接点を探ることによって、この問いの探る意味の深度を見定めようとする。

第一の作業は、学問としての「文学」の営みそのものだろう。そこでは、この著作はまったく日本文学の枠内にとどまっていると言ってよいかもしれない。また第二の作業も、今日では日本文学の研究において広く行われている事柄である。もしこの著作に「比較文学」の視点に踏み込んでいるところがあるとすれば、それはこの第二の作業の方法を、著者が従来より広い範囲の周辺諸学から、より深い事実と理論の検証を試みている点に見られるだろう。

著者は、賢治の生前公刊された唯一の詩集『春と修羅』の書名ともされている詩篇「春と修羅」に見られる「まことのことばはうしなはれ／雲はちぎれてそらをとぶ／ああかがやきの四月の底を／はぎしり燃えてゆきする／おれはひとりの修羅なのだ」という表現にまず注目し、ここから、失われているがゆえに賢治が「はぎしり」しながら求めた「まことのことば」とは何かという問いを設定する。

この問いに答えるために著者は、賢治の他の作品において言語表現の真実性に言及している箇所を取り出し、その意味を見定めるため、主要な三つの周辺諸学の理論を参照する。まず「第二章　まことのことばを求めて」で、賢治の作品「鹿踊りのはじまり」「なめとこ山の熊」に関連して発達心理学の研究から事例を引用し、次に「第三章　貨幣と言葉」で、やはり「なめとこ山の熊」に関連してマルクス経済学における「貨幣」の理論を参照し、最後に「第四章　三人称」では、作品「竜と詩人」をめぐって、ソシュール、ラカン、バフチン、バンヴェニストの言語理論を引用することによる検証を試みている。

著者は第二章で、作品「なめとこ山の熊」において、猟師の小十郎が母子の熊の会話の場面に遭遇し、それを言葉として理解する場面に注目する。そしてそこで描かれている出来事が、母熊の導きと訂正とによって小熊がまさに言葉を修得するプロセスであること、そしてそこで修得される言葉が、小熊にとって母熊と結びついた強い情動的価値をもったものであることを指摘する。著者は次のように述べる。

「小十郎は、言葉が母子の密接なつながりのもと、つよい情動的価値をともなって修得されるさまを目の当たりにし、そして、言葉とは本来そうした情動的価値を持ったものだということを知り、かつ強い情動的価値を有したものとして熊の話す言葉を学んでいったのだ。」（一〇三頁）

言語の修得、それはもちろん熊ではなく、人間の子どもにおいて起こる事柄である。著者は、発達心理学の著作を参照し、そこから子どもの言葉の修得のプロセスにおける事例を引用することにより、まさに私たちが最初に耳にし、話すようになった言葉が、このような肉親との二者関係の中で成立する強い情動的価値をもったものであったことを引き出している。

賢治の求めた「まことのことば」とは、子どもが最初に獲得する、情動的価値をもったそのような言葉ではなかったか、という想定が著者の探求の出発点のようだ。そこで話される言葉は私たちの直接的な経験と密着しているがゆえに、いかなる偽りもありえないからである。

著者が発達心理学の著作から引用しているケースで言えば、気に入りの犬のおもちゃを「ニャンニャン」と呼ぶようになった子どもにとって、対象をそのように呼ぶことには絶対の真実がある。しかし同時に、その呼び方は、それに伴う情動を共有する相手にしか通じない言葉でもある。それ以外の言語主体に向って、そのような言葉を投げかけても、それはまったく理解されないだろう。賢治において「まことのことばはうしなはれ」と表現される状況を、著者はそのようにとらえる。

もちろん、他の人々に意志を通じさせるためには、人々の間ですでに成立している言語を用いればよい。つまり「ニャンニャン」ではなく「ワンワン」と言えばよいのだ。しかし、人々に共有されるそのような言語には、「はじめのことば」にあったあの情動的価値はもはやなく、対象との直接の結び付きをもたないゆえに、偽りであることさえ可能だ。

著者は、原初の直接の真実性を脅かす、この第三者の契機の介入に対する忌避が、賢治の意識における問題として表現のはじめにあったことを、はじめに賢治の初期短歌作品において見出し、引き続く諸章で議論を追って積み重ねることにより、「貨幣」とも結びついた、そうした言語の必然的な「三人称」性を賢治が認知し、受け入れて行く歩みとして、賢治の文学表現の歩みを描き出している。

以上の議論は、第五章での「銀河鉄道の夜」についての議論に集約され、初期形から最終稿への最後の改稿において、初期形において真理を語る存在であった「ブルカニロ博士」が消し去られ、言わば真理への途上の存在として主人公のジョバンニが描かれるようになることに、言語の三人称性を受け入れた賢治の最終的な立場を提示して、著者は論を終えている。

本書の評価は、一つにかかって、本書が賢治の言う「まことのことば」とは何かという問いのみを追及している点をどう評価するかにかかかる。はじめにも触れたように、近年では賢治への評価のされ方や、賢治の作品そのものについても、生前および死後の時代の社会との政治的、社会的な関係が問われるようになってきているからである。本書の著者は、いわば脇目もふらずに、ひたすら賢治の言う「まことのことば」の意味を追い求める。評者は、この点をむしろすがすがしく感じるが、もちろん批判はあるだろう。作品内部に限っても、「まことのことば」以外にも解明されるべき主題は多いからである。

それでは、主題とされた「まことのことば」は、著者の論述によって全面的に解明されたと言えるだろうか。この点についても、読む者によって評価は分かれるだろう。著者の立論は、少なくともきちんと論を追って読む者に対しては強い説得力をもっているように、評者は思う。

しかし本書の論旨については、より本質的な問題が提起されるだろう。それは、本書が参照し依拠している周辺諸学との関係である。

先に述べたように、本書では複数の周辺諸学の知見を参照することによって、賢治の言う「まことのことば」の意味する事柄に迫ろうとしている。例えば発達心理学における、子どもによる言語修得のプロセスの研究や、ラカンの精神分析におけるその意味付けから、議論の重要な枠組みをなす用語を引いてきて用いている。

それでは、それらの周辺諸学の理論と、賢治のテキストとは、どのような関係にあるのだろうか。それらの理論が一般的に妥当する普遍的な真理を述べていて、賢治のテキストは、それらの理論が当てはまる実例ということになるのだろうか。それとも、それらは賢治のテキストを解明するための多様なヒントを提供する素材に過ぎず、そこで言われていることが、それ自体として正しいかどうかに関わりなく、最終的には賢治のテキストの内部での読み解きに役立つかどうかだけで評価される、言わば知的な道具なのだろうか。

著者の立場は、この二つの立場の間で揺れているように、私は思う。一方で、賢治のテキスト解明という立場を守りながら、他方では、それら周辺諸学の知見に惹かれ、それらを端的な事実として、また真理として提示してしまっているようにも見える。そのことが、ある読者たちを本書から遠ざけてしまうおそれがないとは言えない。

以上のような疑問を残しながら、やはり本書は十分に魅力的な書物である。まことに理論に満ちた書物でありながら、宮沢賢治という不思議な魅力の源泉である作家と作品群をめぐる数限りない神話群からなる体系に、これ自体、新たな神話を加える詩的魅力をも併せもっているからである。

（「比較文学46」二〇〇四）

西原大輔　著
『谷崎潤一郎とオリエンタリズム
――大正日本の中国幻想』
（中央公論新社　二〇〇三年刊）

本書は、著者の博士学位論文をもとに刊行された著書である。したがって、一つの主題について考えられる限りでの包括的研究を目指している。本書の主題は、谷崎潤一郎の人と著作について、書名に記された二つのキーワードとの関わりにおいて考察することである。すなわち、エドワード・サイード著『オリエンタリズム』に提示された「オリエンタリズム」という視点から、谷崎潤一郎における〈幻想の異郷〉との関わりを包括的に描き出すこと、そしてその視点から、もう一つのキーワードである「中国」と谷崎との関わりを位置付けることである。しかし後者の主題について、本書では、そうした視点を中心にしながら、同時代の中国の友人との交流など、より広い観点からその全体像を描き出そうとしている。

本書の内容は大きく三つに分かれる。序章から第四章までの、著者が日本の「オリエンタリズム」と位置付ける大正期の「支那趣味」の言説の誕生から、谷崎の文壇デビューの記述を経て、彼の「支那趣味」「印度趣味」の作品群を、サイードの「オリエンタリズム」の概念の対象としてとらえられる文学的現象として提示する部分。そして、続く二つの章で谷崎の二回の中国旅行について詳細に調査した部分。そして最後に、戦後まで含む、その後の谷崎の中国の友人たちとの交流を描く第三の部分である。このうち、谷崎の中国旅行についての調査を述べる第二の部分がこの書物の中心で、およそ紙数の四割を占める。

谷崎潤一郎が一九一〇年代から一九二〇年代にかけて執筆した「鮫人」「鶴唳」などの、中国をイメージした人物や世界を描いた作品群、著者が「支那趣味」の作品と呼ぶ小説や随筆をどのようにとらえるかという問いから、論述は始まる。中国とは言っても、現実の同時代の中国ではなく、「夢のような」「不思議な」世界として描かれている。このように谷崎の想像力によってとらえられた対象を著者は、現実の中国と区別して括弧のついた「支那」と呼ぶ。大正期、こうした「支那」の幻想に基づく嗜好の拡がりが見られた。それが「支那趣味」である。著者の著作意図は、この大正期を中心とする「支那趣味」を、「日本のオリエンタリズム」（一五頁）としてとらえられるのではないかということを示すことである。

著者も再三指摘しているように、エドワード・サイードが一九七八年に刊行した『オリエンタリズム』は、一九八〇年代以降、広く世界の知的世界に受け入れられて、「オリエンタリズム」という用語も近年では、十九世紀以来の「西洋人のエキゾティックな東洋趣味」という意味から脱して、むしろ「西洋人のもつ中近東を中心とするアジア世界への植民地主義と結び付いた知のあり方」という批判的な意味で用いられるようになった。著者の意図は、西洋と中近東世界との間で考えられたそのような見方を、大正期以後の日本と中国の間においても適用してみるということだろう。

著者が注目するのは、近代以前の日本においては、中国は文明の中心として尊重される対象だったということである。特に漢学の教養においてそのことは著しい。しかし近代以降、日本は西洋を文明の模範として西欧近代化の道を歩むようになり、それに伴って、アジアを近代化に遅れた地域として見るようになる。中国も文明の中心ではなく、後進の周辺地域と見られるようになり、やがて日本は西洋諸国と同様にその植民地支配を目指すようになる。日本人の中国観は、その価値付けにおいて百八十度転倒したわけである。

著者の基本的視点は、谷崎潤一郎の「支那趣味」の作品群を、以上のような日本人の中国観の変化の一つの表われとしてとらえるだけではない。むしろ谷崎が、西洋の「オリエンタリズム」の言説を積極的に受容して、それを援用して中国を特別にエキゾティックな対象として描き出したという点に注目する。

第三章「オリエンタリズムの受容」において論じられる受容プロセスの記述において、著者が中心に置いているのは、谷崎より早く文壇に地位を確立していた永井荷風の作品の影響である。永井荷風は『フランス物語』『アメリカ物語』に収録された諸作品に、西洋の「オリエンタリズム」の系列に属する絵画や文学から受容したオリエント世界のイメージをそのまま用いている。谷崎がこれらの作品に魅せられ、「オリエンタリズム」という他文化に対する特異な対し方も、そこから受容したと著者は論じる。

著者によれば、谷崎にとって自らの世界と連続性をもたない、その中で自由に想像を展開しうるような、見下ろすことのできる幻想世界を描き出すことが目指したことであって、そこに永井荷風が西洋の「オリエンタリズム」という格好の見方とその描写手法を提供したのだということになる。谷崎はこの視点を得て、まず「印度趣味」の、次いで「支那趣味」の諸作品を創り出して行くことになる。

谷崎の二度の中国旅行を描く二つの章の記述は、本書の調査研究としての中心である。谷崎の日記や手紙、周囲の人々の記録、さらに当時の時刻表や旅行案内等を詳細に読み合わせて、谷崎の旅行の日時と旅程を推定している。その資料としての精細さは、まさに学位論文にふさわしいと言える。

この二章の記述から著者が引き出しているのは次のことである。まず一九一八年の第一回中国旅行において谷崎が求めたのは、自身の「オリエンタリズム」の対象としての「支那」と出会い楽しむことであり、上海において、自らの求めるものに出会うことができた。そのことが、それ以降の谷崎の「支那趣味」作品の多産をもたらした。しかし二回目の一九二六年の中国旅行において谷崎が出会ったのは、田漢や郭沫若などの、真摯に中国の現状と向き合おうとする同時代の中国の文学者たちであった。現実世界を生きる彼らとの真剣な対話が、従来の谷崎が抱いていた、中国を対象とした「オリエンタリズム」としての「支那趣味」を不可能なものとした結果、谷崎は以後、そのような「支那趣味」の作品を書かなくなった。

以上が著者の主要な結論である。そしてその後の谷崎が日本を舞台にした作品に向う、いわゆる「日本回帰」について、大震災後に移り住んだ関西において、伝統的な日本の文化をいわば「オリエンタリズム」の対象として発見したのだとする見解を記している。「オリエンタリズム」的嗜好に変化はなく、ただその対象がインドや中国から、自らの過去の文化である日本の伝統文化に移っただけだとするこの見解は、注目されてよい新しい論点だろう。

はじめに提出した主題に明確な解答を示しており、まことに一貫した包括的な研究と言うべきだろう。特に、谷崎の「支那趣味」の作品が一九一七年から一九二六年の十年間に集中しており、その後は発表されていない点に注目して、その疑問に見事に説明を与えていることが、この著作が評価を受けた理由と思われる。

しかしこの著作で述べられた内容を、そのまま比較文学という研究領野において確立した学的事実として承認してよいだろうか、そこにはいくつかのさらに検討すべき疑問点が残されているように思う。

まず第一に、サイードが西洋世界と中近東世界の間の具体的な歴史的関わりにおいて設定した「オリエンタリズム」という概念を、文脈の異なる日本と中国の間に「適用する」ことの問題がある。

サイードの著作には、パレスティナ出自のアラブ人でありながら西洋で教育を受け、その学問の枠組みの中で活動している自らの思考のあり方に対する根源的な批判的認識がある。そこに見出されたのが、近代にいたる過去数百年の西洋世界と中近東世界の関わりの歴史であり、その中で十九世紀以降、西欧諸国による中近東世界の植民地支配に向う政治的動向を背景として、対象を意図的に自らと切り離された「他者」として見るイメージの体系であった。サイードは、あえてそれを従来のエキゾティックな東洋趣味を意味した「オリエンタリズム」という用語で呼称して、中近東世界に対する、自らををも含めた西洋世界の基本的視点の転換を計ったのである。それは学術書でありながら、読者と自らを現実の政治倫理的状況に関わらせる著作である。

本書『谷崎潤一郎とオリエンタリズム』の著者が示したことは、大正期日本の「支那趣味」という文化現象に、サイードの著作に示された理論枠組みに当てはまるいくつかの特徴が見られたということである。当時の日本人と中国との間に、本当にサイードが提出した理論枠組みが適用できるのだとしたら、そのことは中国への植民地拡大を目指す日本の政治的動向と関わっているだろうし、そのことに関して、研究対象である谷崎潤一郎という表現者の側にも、そして研究している著者の側にも政治的倫理的な問いを突き付けるはずである。

谷崎の場合に、どの程度までサイードの理論が当てはまるのか、そしてそれが当時の政治状況とどのように関わっていたのかという問いに正面から取り組んだ論述は、残念ながら本書にはない。ただ、二回目の中国旅行で田漢などの文学者との対話によって中国の現実に触れたことによって、谷崎が「支那趣味」の作品を執筆することを止めたこと、そして彼ら中国の文学者との交友が戦後まで続いたことを記して、そうした状況に対する谷崎の対し方を示唆しているとは言えるだろう。

自らを含む日本人と現実の中国との関わりについて、

谷崎がどのように考えていたのかという問題は、本書の立論においては避けられない問いであるように思える。こうした政治的問題に全面的に取り組まなければならないと言っているのではないが、そのような問題の拡がりを少なくとも示唆することが必要だったのではないだろうか。

本書で述べた事柄に対する著者の姿勢については、かろやかに過ぎるというのが第一の感想だ。谷崎が二回の上海滞在でもっぱら性的快楽を追い求めたことを描いているのは、それが事実だったからだろうが、それらの事柄を事実として記述するだけでよいのだろうか。

「オリエンタリズム」をめぐる問題と並んで、本書において疑問に思ったのは、谷崎に対する外的な影響についての記述である。谷崎が西洋の「オリエンタリズム」の視点を得たのは永井荷風の著作を通じてであると述べられている。このことを指摘する著者以外の文献も参照されているが、私が疑問に思うのは、確かに荷風の作品が重要な通路であることは確かだとしても、それがすべてだろうかという点だ。直接に西洋の書物から得た知識にはどのようなものがあったのか、他の同時代の作品からの示唆はあったのか、そして荷風の作品との出会いにいたる谷崎の内的な発展の分析、それらの検討を通じて、はじめて谷崎に対する荷風の決定的影響ということが言えるのではないだろうか。

本書は二〇〇四年度の日本比較文学会賞を授与された。それは本書の比較文学としての研究の価値を認められたからである。西洋とイスラム世界の関係について提起された「オリエンタリズム」という視点をもとに、日本の文学作品を検討するという研究方向の新しさと可能性が評価されたということである。本書は着実な作業によって、その研究の可能性を確実に示したといえるだろう。ただ、ここに示唆したような解明されなければならない疑問点が残されており、それが解明されない限り、谷崎の作品を「日本のオリエンタリズム」という言い方でとらえることはできないだろうと考える。

今回、評価を受けたとはいえ、著者の年齢は研究においても人としての生においても十分すぎるほどのはるかな可能性をもっている。本書が現時点で抱えている問題点をあえて示したのも、著者がさらに研究を進めて、より多くの読者を納得させる成果を示してくれることを期待するからである。

（「比較文学47」二〇〇五）

野田康文　著
『大岡昇平の創作方法
―『俘虜記』『野火』『武蔵野夫人』』
（笠間書店　二〇〇六年）

本書は、本学会の会員で福岡大学大学院で博士号を取得した著者が、学術振興会の出版助成を受けて刊行した著者のはじめての著書である。本書に収められた研究のうち、第四章の『武蔵野夫人』を扱った部分は、一九九九年の第六十一回全国大会（福岡大学）で研究発表され、本誌第四十二巻に応募して掲載された研究であり、著者はその後、一貫して大岡昇平の初期作品を中心に研究を進め、博士論文としてまとめた。本書の主要部分は次の四章からなる。

第一章　『俘虜記』の創作方法―背景としての記録文学
第二章　『俘虜記』から『野火』へ―映像の記憶と記述される言葉
第三章　『野火』の文体―反転する視覚性
第四章　『武蔵野夫人』における間テキスト性の問題―「誓い」に織り込まれたスタンダール『パルムの僧院』

これに著者の問題意識を提示する「序章」と、結論を明示する「終章」を加えて、全体として大岡昇平の初期三作品に見出される文学テキストとしてのあり方を明らかにしようとしている。

著者は「序章」を大岡昇平の作品中に置かれた「イカナルオトギ話モ述べナイ」というプラトンの言葉の引用から始めている。「終章」にも再度引用されるこの言葉に、著者は、大岡昇平という作家が作品を創り出す出発点にある覚悟を見ている。自らが言葉として述べ執筆しつつあるテキストの言い方と内容に対して、徹底して疑いをもって距離を取ること、この批評的態度が同時に大岡昇平の創作方法であったという視点が、著者が本書で述べる一貫した主張である。

先に述べたように、著者は大岡研究をスタンダールとの比較研究で始めている。大岡昇平は、大学を卒業後、フランスとの合弁会社に勤めながら、スタンダール研究を続け、スタンダール選集の翻訳に携わった。戦後における作家としてのデビューの前に、スタンダール研究家、翻訳者としての大岡昇平がいたわけであり、作家としての大岡昇平の批評性の根源には、スタンダールの研究と翻訳の作業を身につけた批評意識がある。著者は、「大岡文学にとってその戦争体験・俘虜体験は最大の転機だったのであり、『パルムの僧院』との出会いは最も長く影響を与え続けた転機であったといえる」（本書「序章」八頁、以下本書よりの引用は頁数のみ記す）という言い方で、一九三三年に大岡昇平が『パルムの僧院』によってスタンダール研究を始めたことの意義を記す。

第四章におけるスタンダールとの比較研究において、著者はすでに、この著作全体に関わる重要な視点を提起している。作家の批評性を、内部と外部の双方のテクストに対して向けられた二重の批評意識としてとらえるという視点である。すなわちここで著者は、作家大岡昇平を、自らが執筆しつつある文章に対して、それを自分がどのような意識で記しているのかを、この場合には慣れ親しんだスタンダールの作品を意識しながら批評的にとらえると同時に、戦後のスタンダールブームとも言える状況の中で同時代に溢れる大岡以外のスタンダールに関連した言説を批判的にとらえて、それらと差異化した表現を目指すという二重の間テクスト性を意識する作家として提示している。

同時代の外部テクストに対する意識という視点は、第一章の「『俘虜記』の創作方法―背景としての記録文学」においてもっとも明確に示され、この論考を導く主要な方法を与えている。著者は、『俘虜記』にまとめられた作品群が執筆された同じ時期に、先の戦争を扱った同時代の著作について、大岡昇平が繰り返し批判的論評を発表していることに注目する。この時期、先の大戦について当事者であった軍人などによる「記録文学」の大きなブームがあった。著者は、それらの「記録文学」の記述と、大岡昇平の論評とを具体的に照合して、次のように結論する。

> 大岡のいう「敗戦日本の混迷と貧困」とは、おそらくこのような相対化する視点を欠く結果論的な〈未練〉、あるいは「感傷的な郷愁」によって彩られた、テクストの一元的な物語化を指しているのだと思われる。
> （三一頁）

著者の「第一章」での論考の中心は、作家としてのデビュー作である『俘虜記』を執筆している大岡昇平の意識を、こうした「テクストの一元的な物語化」を拒否し、自らを相対化する視点としてとらえることにある。すなわち同時代の外部テクストに対する批判意識を、同時に自らの体験を執筆しつつある自分の内部テクストにも向けて記述するという行為を、『俘虜記』を執筆する作家の「創作方法」であったととらえるのである。作品中に記される出来事はすべて「カッコ付きの事実」であり、「繰り返される懐疑」が作品の記述を構成する。

この論点は本書全体の基底をなす視点であり、本書の書名『大岡昇平の創作方法』はこのことを指している。序章と終章に記された「イカナルオトギ話モ述ベナイ」という言葉の意味も、一元的な物語化を拒否するそのような作家の姿勢として著者はとらえている。

この基本的認識の上に展開される本書の大岡の初期作品分析において、もっとも際立った論点として提示されているのが、『野火』の文体と、その「視覚性」についての論考である。著者は「第二章」と「第三章」でこの主題を詳細に論じているが、従来から大岡の作品、特に『野火』の文体について、その「視覚性」ということが指摘されてきた。その場合に言われるのは、映画のように主人公の見たままの光景が淡々と提示されていくという文体のことである。しかし著者が大岡作品の「視覚性」と言う時、このことだけを言ってはいない。

著者は、『野火』のテクストに「二重の視覚性」を見る。それは、フィリピンでの出来事を映画的に回想し、その光景を現時点で見えるままに記述するという意味での「視覚性」であるとともに、そのように記述しつつある自らの文字表現が現時点で視野に入ってくるということ、それによってその出来事の現時点での自らのとらえ方がそのようであったことに意識が及んで、それが本当に事実であったのかについての懐疑を繰り返し検討するという意味での「視覚性」が、そこに重なっているという認識である。著者は、『野火』の中の具体的な複数の引用を例示して、執筆者の意識の動きを詳細に追うことにより、『野火』がそのような文体で記述されていることを実証して見せ、次のように結論づける。

以上考察してきたように、『野火』は孤独な敗兵に現われる「混乱」が刻みつけられた一瞬一瞬の映像の記憶へと立ち還り、その視覚の変化にしたがって戦争体験を分析していくと同時に、欧文脈を駆使するなどさまざまな形で、そこに記述される言葉の視覚性＝「書く」という行為の現在に絶えず読者の注意を向けていく、という二重の視覚性が強調されたテクストである。この反転を繰り返す二重の視覚性の間で、「私」の戦争体験の記憶は常に、それを書きつつある現在の「私」の意識との緊張関係において問われるのである。

（一二〇頁）

十分な説得力のある論述と思われる。著者は、この結論にいたるまでに、丹念に先行文献にあたって主として近代文学専攻の先行する研究者の論点をそれぞれ検討し、自らの視点の独自性をそれらとの関係において位置づけている。その丁寧な作業は、研究対象が他の研究分野と重なることの多い比較文学の研究者として見習うべきものがあると思う。また「第三章」で『野火』の文体における欧文脈の文体との関連を考える過程で、アイヴァン・モリスによる『野火』の英訳を参照して考察している箇所には、今日の比較文学研究の主要な方向が見出されよう。

けれども本書において評者がもっとも感銘を受けたのは、著者が自らの研究対象である大岡昇平の作品とそのテクストを、始めから一定の価値を有する文学テクストとして措定するのでなく、労苦をともなう調査と分析を通じてその文学的価値を明らかにする必要のある対象として扱っていることであり、その描写の深さにおいて世界文学に伍したレベルを目指そうとする作家の「国際的衝動」（五八頁）を視野にとらえて、その文学テクストとしての価値を示し得ていることである。排他的な研究対象をもたずに、他の研究分野と研究対象を共有する「比較文学」という私たちの学問領域にとって、常に意識すべき事柄であるように思われる。

本書に述べられたすべての論点がまったくの独創だとは言い難いだろう。しかし、その論述は今日の比較文学、近代文学研究にあって十分に高い価値と硬質な美しさを感じさせると言いたい。特に、『野火』の文体の「二重の視覚性」についての論考は、先行する論者に際立って明確な論述としての価値の他に、著者が大学から大学院に進む期間に病いの進行により自らの視力を完全に失いながら、ある場合は読み上げソフトを駆使し、ある場合は補助者の助けを借りて、文献を精査して研究を進めるという、著者の現実の生活の困難な状況を知るものには特別な感慨を与える。圧倒して読む者に迫る文章の迫力を感じないではいられないのである。

（「比較文学49」二〇〇六）

俳諧のリアリズム

ドナルド・キーン『日本文学史　近世篇』（上下）
（徳岡孝夫訳　中央公論社　上巻　昭和五一年、下巻　昭和五二年）

『日本文学史　近世篇』（上下）としてわれわれが手にするこの著作は、ドナルド・キーン氏の意図する、英文で書かれる日本文学通史の企てのうち、最初に実現された作品の日本語訳である[1]。この著作の意義を、われわれは、次の二つの異なった点で考えねばなるまい。

第一には、この著作はあくまで、英語を読む人々のために英語で書かれた著作だということだ。この著作の第一の意義は、近世日本文学についての知識とその適切な把握とを、日本以外のより広範な読者の間にもたらすことにある。今日においても、日本以外の地域での、日本文学に対する関心と知識とは、一部研究者の間を除けば、日本における西洋文学の場合とは較べものにならない低い水準にあると言わねばなるまい。そしてその中でも、中古や近代に較べて、近世の文学については、大きな作品の外国語訳も極端に少なく、『タイムズ文芸付録』のR・スクルートンの書評に言うように[2]、一般の読者にとってほとんど暗点をなしていると言える（このことは日本の一般の読者にとってもほとんど状況は同じである）。こうした状況において、この三百年に近い時代の文学の流れを紹介しながら整理することは、困難ではあるが大きな意義を有する試みと言えよう。

第二に、そのような困難にもかかわらず、この著作は、単なる文学の流れ・主要な作品の紹介を越えて、近世日本文学の独自な統合的把握の提示を目指しているということだ。そうした意図は、後述するように、特に俳諧についての記述に表われているが、この著作の構成における次のような特徴にも、明らかに見られる。

この著作は、まず、江戸時代を一七七〇年頃を境にして前後期に分け、それぞれの時期の中で、俳諧・小説・戯曲・和歌の四つのジャンルのそれぞれの展開を記述する、という構成をとっている。著者はここで、文学史を、一般の歴史の流れにおいてではなく、むしろ作品の系列として把えようとしている。

次に、このように分けられたジャンルの間にあって、俳諧に最も大きな力点が置かれているということだ。全体で二十二章のうち、俳諧の記述は八章を占め、特に前半期の記述（「第一部」）においては、十三章中六章を占めている。さらに、第一章「俳諧の連歌の登場」において、時代としては江戸時代以前に属する、俳諧連歌の成立期のことが記されていることをも考え合わせると、この著作において、俳諧史の記述は、単なる一ジャンルの記述の位置にとどまらず、著者によって、この近世文学史の試みの核心の地位を与えられているように見える。また、一七七〇年という前後期の区分自体、芭蕉と蕪村とを近世文学の二つの最高峰と見なす見地から採られているとも見える。

この著作における、俳諧へのこのような特別な力点は、おそらく次の二つの理由に基いていよう。第一の理由は、もちろん、日本近世の文学作品の中で最も評価されるべきは俳諧、殊に芭蕉と蕪村であって、他のジャンルの諸作品は文学的価値においてそれらには及ばない、とする著者の明確な価値判断である。この著作の先に述べた第一の意図からも、近世日本文学において第一に紹介に価するものとしての俳諧、という見解が導かれよう。

第二に、この視点からは次のことも無視できない。それは、先に述べたような一般読者の作品についての知識の欠如の状況のもとでは、扱う個々の作品の紹介を、この著作の中で行なわざるを得ない、ということだ。しかし、大きな散文作品（小説・戯曲）の場合には、その作品を知らない読者にその作品の文学的意味を示すことは非常な困難を伴う。それに対して短詩形の作品、殊に俳諧の発句の場合、著者はそれに自らの訳詩を添え、さらに詳細な評釈まで加えることができる。俳諧史の中から著者が特徴的だと考えるいくつかの句を選択し、その評釈を配列することによって、著者は、単に作品と作者の流れだけではなく、それらの間のスタイルの変化、詩としてのあり方の変化を、具体的な文体に即して説明し得る。俳諧を近世文学史の核として置くことによって、著者は、実際このような可能性の実現を意図している。

以上の諸点から、われわれは、対象を俳諧についての記述（前半六章、後半二章）に限り、それらの諸章を検討することにより、この著作における著者の、近世日本文学に対する姿勢・考え方を見てみることにしよう。

前半の六章の構成を各章の章題で記せば、次のようである。一、「俳諧の連歌の登場」、二、「松永貞徳と初期の俳諧」、三、「談林俳諧」、四、「蕉風への移行」、五、「松尾芭蕉」、六、「芭蕉の門人」。ここには明らかに、俳諧の成立と完成の歩みについての一つの明確な（しかし定説的な）図式が描かれている。それを要約すれば次のようになる。

⑴、俳諧とは、連歌の中に始めからあった「言葉遊び」の要素が、連歌が芸術的に洗練される過程の中で、「無心連歌」の形で本格的な連歌から分離することによって成立したものである。

⑵、しかしそれが単なる遊びの域を脱して、文学の一ジャンルとしての俳諧が成立するのは、松永貞徳による、式目の制定等の文学的規矩の導入による。

⑶、この貞門の形式化を、発想の奔放さによって打ち破ったのが、宗因らの「談林俳諧」であり、貞門で一度「雅」に向かった俳諧は、ここで再び「俗」に戻る。

⑷、こうして再び「遊び」の要素を強くもつようになった俳諧の中から、真に文学的なものを目指すいくつかの動きが現われ（「蕉風への移行」）、その中から松尾芭蕉が現われて、真に芸術的なジャンルとしての俳諧を完成するに至る。

以上の「雅」と「俗」との交替図式は、先に述べたように、今日の日本文学史におけるほとんど定説となった把え方である。このことは、だから著者の独創ではない。しかし著者は、この図式に沿って、いわば発生学的に、「俳諧」という特異な文学形式を一歩一歩、一般読者に理解させる、という工夫をしている。この意図において著者は完全な成功を得ている。読者は、俳諧を構成する様々な要素、すなわち、言葉遊び、意味の多重化、古典への俳諧的言及、俳諧連歌の様々な約束等を理解し、最後には、それら全ての総合であり、かつ卓越した境地である芭蕉の「蕉風」の理解へと導かれていく。付合いや発句の解釈・説明も、実に明快で見事でさえある。

しかし、以上は、あくまでこの著作の形式的評価であって、論述の内容の評価ではない。著者は、この論述の中で、個々の句の解釈についても、各作者の位置付けについても、多くの独自な見解を述べている。だからこの論述は決して定説の紹介ではなくて、キーン氏の俳諧史なのである。それは一つのポジティヴな主張として、日本国内を含めた今日の近世日本文学研究の最高の水準において、その中でその評価を問うべきものだろう。個々の句の解釈についても、専門の研究者による検討がなされる必要がある。しかし、残念ながら私は俳諧の専門家ではなく、それがこの書評の意図でもないから、ここで個々の句の解釈の可否を論じることはやめよう。

けれども、純粋に解釈上の争点を取り去ってなお、私には、著者のこの一見明確な論述の中に、いくつかの疑問点が見出されるのである。以下にそれらを述べよう。

第一に、俳諧における連句の扱い方についてである。近年、尾形仂氏や安東次男氏の一連の著作によって、俳諧、殊に芭蕉の俳諧における連句の重要性が強く指摘されるようになってきた[3]。これは、正岡子規以降、本来「俳諧の連歌」の「発句」であったものを一句だけ独立させて「俳句」と改称した近代俳句の視点から見ていた従来の近世俳諧理解への反省から起こった、近世俳諧それ自体への接近の動きでもある。そこで指摘されたことは、俳諧がその本質において、「座の文学」だということである。「座」は、まず第一に、俳人が連句を通じて詩境を共有しあう「連中の座」としてあり、第二に、彼らが自らの詩境をその流れの中に位置付ける、日本や中国の古典文学の「伝統の座」としてある。むろんこれらは、あらゆる時代のあらゆる文学を覆う概念であろう。しかし今日強調されているのは、当時の俳諧にとって、これらは、その本質をなしており、かつ常に最高の高さで意識されていた要素だったということだ。

このような最近の研究の成果を、もちろんキーン氏はこの著作に取り入れている。初期の俳諧については、全て付合いの形で引用して、両句の関わり方を示しているし、古典への言及も丹念に説明している。また芭蕉については、特に「猿蓑」の「市中や」の歌仙を初裏六句まで引用して解説を加えている（上巻、一八四頁以下）。さらに、英文において、意図的に、既に確立した用語である〈Haiku〉を避けて、〈Haikai〉を一貫して用いていることも、俳諧のこの連句性に対する著者の意識の強さを示していると言えよう。

しかしそれにもかかわらず、俳諧の個々の作品への著者の解釈と評価において、その基底にわれわれが見出すのは、およそこうした「座」の認識とは相入れない文学理念なのである。そのことが端的に見られるのは、著者のいわゆる「蕉風への移行期」の把え方と、芭蕉の「古池や」の句に対する著者の解釈においてである。

著者は、「四、蕉風への移行」において、貞門、談林の俳諧から芭蕉による完成の高みへと飛躍する途上の「先駆者」として、何人かの俳人の作品を挙げて論じている。彼らの位置付けについて次のように言う。

「まこと」がもしリアリズムを意味するものであり、人生をありのままに描写することを指すのなら、鬼貫がとなえた「まこと」は、こうした新しい文学の新しい要素を形容する言葉として決して不適当なものではない。そして、この意味での「まこと」は、言水、來山、鬼貫といった移行期俳諧の主人公たちの作品を、それ以前の俳諧以上に説得力のある、感動的なものへと押し上げたのだった。彼らに先行する作者たちは、俳諧の極意は言葉を巧みにひねくりまわすことだと信じていたのに対して、移行期の人々は和歌や連歌がかって持っていた真情、つまり「まこと」の感情を十七文字の中に盛ることに成功し、それと同時に俳諧の伝統である庶民的な性格はそのままに保存、継承したのである。（上巻、一一五－一一六頁）

著者はこの文章で、鬼貫・言水・來山等、著者が「移行期俳諧の主人公達」と規定する人々の俳諧を、鬼貫の主張した「まこと」という用語によって代表させて把え、それを文学史の文脈の中に位置付けることを意図している。しかしここで著者は、明らかに、それ以上のことを少なくとも三つ言い表わしている。

第一に、「もし……ならば」という仮定の形ではあるが、鬼貫の「まこと」の意味するものを、「リアリズム」（それはここでは「人生をありのままに描写すること」と規定されている）と等しいものと主張している。

第二に、「まこと」をこの「移行期」の主導的な方向を示す理念と規定することによって、この「移行期」の延長線上に設定されている芭蕉の俳諧のあり方そのものを、この「まこと」の理念によって、あらかじめ半ば規定してしまっている、ということだ。

そして第三に、鬼貫たちの意図を、「和歌や連歌がかって持っていた真情、つまり『まこと』の感情」を俳諧に盛り込むことだと言明することによって、全く前提なしに、和歌および連歌の伝統の中に一貫して流れていた理念として、「まこと」と同一視される「真情」という定義されていない理念を持ち出してきている。

これらの言及の基底に、われわれは、著者の俳諧および文学に対する基本的な考え方を見ることができるだろう。すなわち著者は、「言葉を巧みにひねくりまわすこと」は、俳諧にとって本来的な要素であっても、文学にとっては非本質的な要素であり、「リアリズム」こそが、文学としての高さを決定する要素であると考えている。

　和歌や俳諧の文学としての高さを決定する要素がどのようなものであるかは、議論の分かれる点であって、論者の主張の領域に属する。その意味では、右のような考え方も一つの立場である。しかし、この文章におけるように、その自分の立場を、無限定な述語を修辞的に連ねることによって、暗黙のうちに、当然の前提として読者に押しつけるような書き方は、フェアとは言えない。

　さらに内容上の疑問として、著者が「和歌や連歌がかって持っていた真情」と言っているものが、全く無規定で、何を指すのかこの箇所では不明であることが指摘されよう。なぜなら、最も一般的な把え方によっても、近世以前の和歌や連歌を貫いていた意識は、「本意」を中心とした、個人を超えた伝統的な美意識であり、それを「リアリズム」と呼ぶためには、「まこと」を媒介としてさえ、相当な拡張解釈が必要だろう。

　われわれは、そこに、著者の依拠する文学理念が、見かけほどには明確なものでないことを見ないわけにはいかない。実際、先の文章で、「まこと」「リアリズム」の延長上に前規定された芭蕉の俳諧の解釈において、われわれが見出すのは、例えば、有名な「古池や蛙飛こむ水のをと」に対する、次のような評釈なのだ。

> 芭蕉の名句の多くは、永遠なるものと瞬間的なものを同時にからめとっている。この場合、古池はその永遠なるものであるが、人間が永遠を知覚するためには、それをかき乱す一瞬がなければならない。蛙の跳躍、その一瞬の合図となった「水のをと」は、俳諧における「今」である。（上巻、一五〇頁）

　私には、古池＝永遠、蛙＝今、として、その接点に芭蕉の「不易流行」の端的な表現を見ようとする主張は、過度の単純化と思えてならない。著者はまた、石川淳氏との対談の中で、この句を「禅」によって把えたと言っている。[4] そうすると、禅的認識もまた、「リアリズム」なのだろうか。

　それを「リアリズム」に結びつける要素は一つしかない。それは、そのような観念を、作者が現実に出会った場面の中で、実際に体験として実感した、と考えることだ。芭蕉の作品の解釈において、キーン氏は、繰返しこのことを主張している。芭蕉における漢詩への連想についてさえ、次のように言う。

……多くの場合、彼は自己の経験を唐宋詩人のそれに連関させることによって、より豊かなものにしようと努力している。そのような態度は、かえって彼の体験の真実性を濃くし、漢詩への連想は彼の句に深みを与える効果を上げている。（上巻、一四〇頁）

深化されるのはあくまで「体験」であり、「表現」はそれを忠実に写すだけである。そうすると、最初の主題に帰って、一体、あれほど手間をかけて説明した、俳諧の「言葉遊び」的技巧、付け合い、連句性はどのような意味があるのだろうか。文学の高さには関わらない付加的要素なのか。作品の価値は作者の体験の深さによって決定されるのだろうか。

ここから出てくる結論は一つだ。それは、著者にとって、芭蕉・蕪村を含め数人だけが、真に俳諧の名に価する俳人だということだ。私はこうした見方を、極端に窮屈なものと感じる。著者は、最近の俳諧研究の成果を取り入れて自らの俳諧史を内容豊かなものにしようと意図しながら、本来それらの要素とは異質な理念によって、それらをやや強引に統合しようとしたために、それらの内容を実質的に貧しい窮屈なものとしてしまった。同時に、それら異質な要素を取り入れるために、自らの中心理念を、見えにくい不透明なものとしてしまった。

実際、俳諧の作品評価における著者の基本理念としての「リアリズム」（私はそう把え得ると考える）は、実質的に、作品が「言葉遊び」でないということと、作品に作者の実体験が伴っているという二つの規定しか持っていない。著者はその枠の中で、近代俳句の写実主義を思わせる実感の強調と、禅的認識のような非西洋的な「体験」の世界の唯美的な解釈との間を、揺れ動いているように見える。

このことを、一方で西欧文学にとって魅力的な異質な要素として俳諧を西欧世界に向けて紹介しながら、他方で、自らの中にある近代西欧に由来する文学理念を絶対化して、その基準によって俳諧の個々の作品に対している、というように言っては、著者に対して酷であろうか。（しかし、それはまた、俳諧に対する近代以降の大方の日本人の対応でもあったことに注意しよう。）私について言えば、俳諧というような驚くべきものを前にしては、自分自身の拠って立つ理念の再検討こそが、近代の文学研究にとって、むしろ相応しい態度であると考えるのだ。

最後に俳諧以外のことに触れよう。全体として見た時、キーン氏の俳諧史の叙述は、以上のような疑問を残すものの、その明確さと文章の緊密さにおいて、読者を論述の流れの中へ引き入れる力強さにおいて、やはり優れたものであると言わねばならない。それに対して、俳諧以外の分野、殊に散文作品についての記述は、それと同じほど優れているとは言い難い。散文作品の場合、俳諧のように個々の作品を著者が完全に読者に紹介するというわけにはいかないことは、先に述べた。著者はこの困難に対して、主として作品のストーリーの略述によって論を進めるという対応をとっている。しかし私には、こうして書かれたあらすじの中に、文学としての高さの一片すら感じられないのである。そして著者自身、散文作品については、ごく少数の優れた作品を別にすれば、およそ否定的な評価しか下していない。

私は、もし日本文学の通史を著わすということが、このような、著者にとって関心の薄い作品のための厖大な作業を意味するのなら、その意図そのものに疑問を持たざるを得ない。『日本人の西洋発見』以来、数々の貴重な、日本文化に対する新しいパースペクティヴをもたらしてくれた著者の貴重な時を惜しみ、一層の新鮮な視点を、今後さらに多くの分野に提供してくれることを期待するからである。

注

（1）原著の書誌については、本誌掲載の大沢吉博氏の『海外書評紹介』を参照のこと。
（2）同じく大沢吉博氏の紹介を参照のこと。
（3）尾形仂『座の文学』、角川書店、昭48、および、安東次男『芭蕉七部集評釈』、集英社、昭48。
（4）石川淳『夷齋座談』、中央公論社、昭52。

※本書評は「季刊書評」一九七八年秋季号に掲載された。

いちばん大事だと思ったこと

矢川澄子『わたしのメルヘン散歩』（新潮社　昭和五二年）

この書物を、その題名ときれいな装幀、そしてケイト・グリーナウェイの描くヴィクトリアン・スタイルの子供達の口絵を見て手に取った読者は、本文へと読み進むうちに、決して軽くはない衝撃を覚えることになるだろう。なぜならそこには、題名から想像されるように、メルヘンと呼ばれ得るようなファンタジックな物語が散りばめられているわけでもなければ、実のところそうした物語について語られているわけでもないからだ。そこで語られているのは、むしろ物語の外のこと、それらの物語を創り出した人々──今日、児童文学と言われる作品群の作家達についてなのである。「I、本の中の子供」と題して、ローラ・インガルス・ワイルダーから始めて女性ばかり十人、「II、夢を追う子ら」の中で、マーク・トウェイン等、男の作家六人が取り上げられている。この中には、ビアトリクス・ポターのような絵本画家、また『フランケンシュタイン』のメアリ・シェリーのように、児童文学とは必ずしも言えない作品の作者も含まれている。

しかし読者が受ける衝撃において、この題名と内容のくい違いは大きな要素ではない。読者を驚かせるのは、第一に著者の文体、とりわけその断定の強さであり、第二に対象である各作家における人間を取り出して見せる際の切断面の特異さである。例えば著者は、エリナー・ファージョンについて次のように書く。

そして、何よりもまず自分自身を、現実の色恋沙汰に泥まみれになる哀れなオールドミスとしてでなく、その生い立ちにふさわしい数々の物語の紡ぎ手として、現し身の子孫のかぎられた思い出のなかによりも、世界文学史の広大なブック・ルームのなかに永遠にとどめてやることもできたのだった。（同

書、三一頁）

確信に満ちた鋭角的な断定の文体。それは殊に男性である私などには、女性だけが持つ根底的な自信の表現とも見えてしまう。しかしこの文体が衝撃的なのは、それがおよそこのような文体の対極に位置する文学ジャンルの作家について書かれていることのうちにある。『リンゴ畑のマーティン・ピピン』の楽園に遊ぶ読者にとって、その作者エリナー・ファージョンが実生活において「色恋沙汰に泥まみれになる哀れなオールドミス」かもしれないなどとは、全く思いもよらないことである。けれども著者は作品の背後にそのことを見てしまう。そしてそれを一切の修辞なしに言い切るのである。

だからこの書物において読者が第一に出会うのは、作品の賞味という意味での「メルヘン散歩」などではなく、むしろ作品の背後にいる作者を偶像破壊的に前面に浮かび上がらせる作業なのだ。しかし著者は決して偶像破壊を目指してはいない。著者の意図は、そこから、一体作品とは、あの愛すべき（と一般に考えられている）児童文学の諸作品とは、作者にとって何なのか（そして同時に読者にとって何であり得るのか）を、作品と作者の危機的（critical）な関係として明るみに引き出そうとするにある。

けれども、そうした関係を著者が、客観的な伝記的事実として把えようとしていないことに注意しよう。先の引用でも、著者は、ファージョンをせいいっぱい突き放して把えてはいるが、その突き放し方は、第三者の態度ではなく、むしろ自分自身を客観的に把えようとする時のそれではないだろうか。この文章からは、言葉の冷たさとは逆に、著者のファージョンへの人間的共感、感情移入すら感じられる。著者は、ファージョンとともに作品の結晶する瞬間の恍惚に酔っているように見える。

この本の文体の特質は、そのような深い共感へと、何の前提もなしにいきなり達してしまうその直截さにある。著者の視線は、作品や伝記的事実の上に長くとどまることなく、それら全てを貫く核心的事態（と著者が見定めるもの）をいわば本質直観によって見透してしまう。

では著者は、一体どのような事態を、各作家における核心的事態として把えたのか。例えばルイス・キャロルの場合、それは次のように見出される。

世界がまだ進歩と繁栄の幻想に酔い、処女地の開拓を夢みていたその頃に、彼のみはひとり、つとにす

> べてを見透し、あとはただ己れの余生を全うするというまことにエゴイスティックな目的のために、ひとつの美をえらびとっていたのだった。
> その早熟な経験からわりだした、けして挫折する心配のない夢だ。……まことに形而上学的な夢、内面的な美——、つまりノスタルジアであり、過去の思い出である。（一七〇－一七一頁）

「ノスタルジア」が、著者の見出したキャロルの生の本質である。このパラグラフにすぐ続けて、著者はさりげなく言明している。「ルイス・キャロルの先進性はここにある」（傍点引用者）と。

さして奇矯な言い方ではない。とはいえ、今日にあっては、「ノスタルジア」、未来よりむしろ過去を選びとることこそが「先進的」なのだという断定は、読者を驚かせないだろうか。ここで著者は、明らかに、キャロルという一人の作家について以上のことに言及している。著者は、キャロルの本質をノスタルジーと規定することによって、逆に、今日、文学（あるいは児童文学）において、ノスタルジーという事象の持ち得る意味の拡がりを、キャロルという具体例に即して示しているのではないか。この点について、著者は続いて次のように述べる。

> 自分がかって見たもの、かって味わったもの、幼い子供の目で、耳で、これだけはまちがいなく美しいと思ったもの、その身をもってたしかめたものだけを、ドジスン先生は終生愚直なまでに守り通し、ひまさえあれば反芻しつづけていたのだった。（一七二頁）

これらの言葉は、キャロルについてのみ語ってはいない。「しんじつ大事だと思ったもの」だけを「反芻しつづけ」ること、それはそのまま、この本の中で、対象に向かう著者の対し方に重なっているように見える。そして同時に、そのようなあり方としてのノスタルジーは、この本に取り上げられた作家達を貫く基本的な主題の一つでもある。著者による各作家の「核心的事態」の把握は、それぞれの場合の「しんじつ大事なもの」が何であったかを認識することを、その不可欠の要素として含むからだ。ここで、一体、この本において著者自身が示そうとした「大事なもの」は何か、が問われねばなるまい。著者は「あとがき」の中で次のように書いている。

> したがってこれは作家論でもなければ、作品論でもない。読書ということはきわめて個人的なたのしみなので、このように客観性に欠けた本もゆるされる

のではないかと思う。（二三五頁）

「読書というきわめて個人的なたのしみ」についての「客観性に欠けた本」、それがこの本の意図である。けれども読者はこれらの言葉を軽々しく取ってはなるまい。著者においては、「個人的」で「客観性に欠け」ているからこそ、その読書という体験は、著者にとって「しんじつ大事なもの」であり得るはずだからだ。

こうしてこの本の題名の意味が明らかになる。著者がそれらの（児童文学）作品の中に見出したのは、単に美しい物語ではなく、この世界に見出すべき真実の全てであり、とりわけ、「本の中の子ども」であり「夢を追う子」でもある人々、著者と何らかの同質性を有する同性異性の友人としての作家達の「生」との驚きにも似た出会いであった。そして著者は、だからと言って決して深刻ぶることなく、それらの作家達の固有の（時には狂気にも近い）生のあり方を、それぞれの宿命と「しんじつ大事なもの」を導きの糸として次々とつむぎ出し、それらの間を軽々とした足どりで散歩してまわるのである。

この本の特質は、扱っている主題の持ち得る重さ、著者の対象への共感の深さと、同時にそうした重い主題を扱う文体の軽快さ、対象に対して常に冷静に距離を保って対していること、という互いに方向を異にする二つの資質の共存にある。そこから生じる記述の透明さは、この本の何よりも得がたい特質である。しかしそれは同時に、この本において論争の争点を生じる点でもある。この本に提示された各作家の本質の把え方、例えばキャロルや宮沢賢治において、兄弟姉妹の間の愛情関係の持った意味を決定的な要素として把えた点などについては、別の見解も当然あり得ようし、またこうした点の重大さに比して論証が不十分だとの批判もあるかもしれない。

しかしそのような批判はおそらく的はずれであろう。著者にとってこの本は「作家論でも作品論でもない」のであり、読者はそこに語られている著者の「しんじつ大事なもの」を読み切り、その透明な文体の魅力を楽しめば十分なのだ。英米文学作品の見事な翻訳で知られてきた著者のたぐいまれな洞察力をこのような美しい本の形で見られることを喜びたいと思う。

※本書評は「季刊書評」一九七九年春季号に掲載された。

エピソードの意味

ノーマン・マルコム『回想のヴィトゲンシュタイン』[1]（藤本隆志訳　法政大学出版局　昭和四九年）

一人の人間が生き、考え、数は少ないが注目すべき著作を残して死んだ。そしてここに彼について書かれた一編の回想（memoir）がある。語られている対象は、ルートウィヒ・ウィトゲンシュタイン（一八八九－一九五一）、著者は、彼の学生であり友人であったノーマン・マルコムである。

『論理哲学論考』（一九二二）の著者、ウィトゲンシュタインは、その論理の透徹性と明晰さにおいて非凡な思考者であった。その非凡さはこの回想の全てのエピソードが語っている。彼の人格と生活については、この回想以前に、既に多くの伝説で飾られていた。しかし、この回想の中で語られているウィトゲンシュタインは超人でもなければ気違いでもない。私達がそこに見出すのは、非凡ではあるけれども、いや非凡であればあるほど、あたりまえの人間である私達に近い一人の人間の、おのれの生に忠実に生きた姿であり、さらに言えば、そうであるが故の悲しさなのだ。

ここで悲しさと言ったのは、この回想から私が最終的に抱く感情である。けれども、それはおそらく著者の直接の意図ではない。何よりもまず、それはこの著作の文体から受ける印象とは全く一致しない。この回想は全体が次のような散文的な文体で貫かれている。

> ヒーウェルズ・コートにあったヴィトゲンシュタインの室には質素な設備しかなかった。安楽椅子も電気スタンドもなかった。装飾品も絵画も写真もなかった。壁はむき出しであった。（藤本訳、四四頁）

著者は、このような文体で述べられた、ウィトゲンシュタインの生活・言行を示す独立した短いエピソードを、時期を追って順に並べるという構成をとっている。それらのエピソードは、原則として著者が直接目にし耳にしたものであり、多くはウィトゲンシュタインとマルコムの個人的な交際について述べられている。従ってそこには、マルコムが出会う以前、あるいは彼の目に触れない時期のウィトゲンシュタインについては何も述べられていない。（原著でも邦訳でも、フォン・ウリクトの『ヴィトゲンシュタイン小伝』が併せて収められていて、これらの点について全般的な展望を与えている）。

この著作の以上のような構成は、自分の視野の範囲に記述を限ることによって、逆に、著者の触れ得た限りでのウィトゲンシュタインを客観的に描き出すという、著者の意図のうちにある抑制と限定とを示していよう。そこで著者が意図したことは、おそらく次の二点である。第一に、ウィトゲンシュタインの思想や行動を分析し説明するのではなく、それらを自分が受取ったままに提示すること。第二に、そのことを通じて、ウィトゲンシュタインに自らを語らせること。

そのために著者は、ウィトゲンシュタインがマルコムに宛てた手紙、講義ノート、著者に向って言った言葉、などの一次資料を、しばしばそのままの形で引用している。実際のところ、読者がこの回想に感じる魅力のほとんどは、これらのウィトゲンシュタインの生（なま）の声から来ると言ってよいだろう。それらは彼の哲学的著作以上に直截で鋭い表現によって、彼の人間と思想とを読者に伝える。それに対してマルコム自身の地の文は平板ですらある。著者はウィトゲンシュタインの声の蔭に身を引いていると言えるかもしれない。

とは言え、やはり次のことを忘れるべきではない。この著作はまた、ウィトゲンシュタインについての著者の一つの解釈を提示するものであるということを。著者はエピソードを連ねることによって、ウィトゲンシュタインの思想の、一つの核心を持った像を描き出そうとしている。私はそのことを、殊に、この回想で繰り返し言及されている「国民性」についてのエピソードに見るのだ。

話は一九三九年秋、著者とウィトゲンシュタインが大学近くの川のほとりを散歩していて、ヒトラー爆殺計画を扇動したとしてドイツ政府がイギリス政府を非難した、と書いてある新聞売場の看板を見た時に始まる。

ヴィトゲンシュタインは、このドイツの主張について、「それが本当だとしても、わたしは全然驚かない」と言った。わたしは、イギリス政府の首脳部がそんなことをするとは考えられない、と言いかえした。（中略）わたくしはさらにつけ加えて、そのような行動は英国人の「国民性」に反している、と述べた。このわたくしの意見はヴィトゲンシュタインを極端に怒らせた。（藤本訳、五五頁）

ウィトゲンシュタインはマルコムに、その意見は「愚劣」だから取消すよう要求し、拒否されると一時マルコムと絶交状態に入り、和解の後でもしばしばこの問題は二人の間を気まずくさせた。彼は一九四五年にマルコムが手紙で自分の意見が「愚劣」であったことを認めるまでは、内心決してこの問題におけるマルコムを許そうとしなかったことが、後に引用する手紙から知られる。彼はなぜこれほど、この問題にこだわったのか。

問題は「国民性」という曖昧な言葉の用法にある。ウィトゲンシュタインの立場からすれば、「国民性」とは統計的な事柄にすぎない。それは、具体的な一つの事象が実際に起り得るかどうかには、論理的に無関係なはずである。もちろん常識的に見ればマルコムの言うことが正しい。あるいは私達はそのような言い方が正しいとして、日常生活を送っている。しかしウィトゲンシュタインは、マルコムがそのような言い方をするのを許すことができなかった。それは彼にとって、哲学の存立にかかわる根底的な問題だったからだ。一九四四年の日付をもつ、ウィトゲンシュタインの手紙は言う。

そのときにわたしの考えたことは、もし哲学がきみのためになしうることのすべてが、論理その他におけるいくつかの難問について、きみが幾許かの説得力をもって語るのを可能にするにとどまるのだとしたら、また、もし哲学が日常生活の重要な問題について、きみの考えかたを改善しないとしたら、そして、もし哲学が、自分だけの目的のために危険な文句を使う…ジャーナリストよりも、きみを良心的な人間にしないとしたら、いったい哲学を学ぶことが何の役に立つのか、ということでした。（藤本訳、六七頁）

ここには、この著作において意図されたウィトゲンシュタインの思想の〝像〟が圧縮されて表現されていよう。この〝像〟に従えば、第一にウィトゲンシュタインにとって、哲学とは何よりも日常生活におけるものの考え方に関わる知であり、そのことを離れた議論は単なるおしゃべりにすぎない。第二には、人の考え方はその言葉の用法として表れる。第三に、人々が日常用いている言葉の用法の中には、自然科学や社会科学を構成する言語の領域をも含めて、例えばこの場合の『国民性』のような、人を誤りに導く危険な言葉が数多くある。そして最後に、そうした曖昧な言葉を使うことは、誤りであることをこえて、「良心」の問題ですらあった、ということだ。

マルコムによって把えられた、ウィトゲンシュタインの思想における日常生活と哲学との密接な結びつき、それはこの著作の構成の意図を明らかにする。日常生活におけるウィトゲンシュタインの言行を描くことによって、彼の思想を描き出すこと、である。しかし、著者のこうした意図が可能だったということは、逆に、ウィトゲンシュタインの生が、日常の小さなエピソードに至るまで彼の哲学に貫かれていたということを示している。

けれども、そのような生を生きることが、どれほど容易ならざることかをも、この回想は示している。激怒してマルコムと絶交した時、マルコムはウィトゲンシュタインのほとんど唯一人の友人であった。そして、手紙や他のエピソード、例えば、後にマルコムを訪ねてアメリカに滞在した際の生活ぶり、などを語るウィトゲンシュタインは、決して平然と孤独でいられる人間ではない。それでもなお、彼は思想を貫くためにマルコムから離れねばならなかった。それが彼の生のあり方だったと言えるだろう。しかし、このことを私は悲しさと言わない。彼は哲学者であることを選んだのだ。そしてそのために多くのものを自ら進んで失わなければならなかった。このことは人間である限り誰でも同じである。ただ彼は誰よりも明確にそのことを知っていた、それを私は悲しさと言うのである。

ここに抽出したような、マルコムによるウィトゲンシュタインの思想の〝像〟には、私も多くの点で賛成である。しかし、著者が自ら設定した限定をこえて、ウィトゲンシュタインの思想内容の解説を行なっている箇所では（例えば、彼の宗教に対する態度について述べている箇所など）、著者の論述はウィトゲンシュタインの思想を平板なものにしてしまっていて、必ずしも肯定できない。全体の叙述の平板さについては既に述べた。

この本の特質は、良かれ悪しかれ、著者の散文性あるいは篤実さと、語られている対象の非凡さあるいは法外さとの組合わせにあると言えよう。それは同時に、著者がこの回想で描いている、著者とウィトゲンシュタインとの出会いでもある。私達は、私達とそしてウィトゲンシュタインのために、この出会いに感謝すべきであろう。

注

（1）原題は Norman Malcolm: *Ludwig Wittgenstein, A Memoir.* 邦訳には他に、板坂元訳、『ウィトゲンシュタイン――天才哲学者の思い出』（講談社、昭和四九年）がある。

※本書評は「季刊書評」一九七九年秋季号に掲載された。

人間の背たけの知

岸田秀『ものぐさ精神分析』（青土社　昭和五一年）
同『二番煎じものぐさ精神分析』（青土社　昭和五三年）
同『哺育器の中の大人』（伊丹十三共著　朝日出版社　昭和五四年）

岸田秀氏の一連の著者、『ものぐさ精神分析』、『二番煎じものぐさ精神分析』、『哺育器の中の大人』を、ここでまとめて取り上げるのは、それらが、特定の専門分野においてではなく、より広い一般的な「知」に対して問題を提出している著作だからであり、そこで私達が問わねばならない問題が、各著作に論じられている個々のトピックであるよりは、むしろそれらを貫いて提示されている原理に関わるものだからだ。この観点から言えば、これらの著者の意図と立場とは、最初の『ものぐさ精神分析』に、既に十全な形で表明されている。まずこの著作から、それらを引き出してみよう。

『ものぐさ精神分析』に収められた二十余篇の論文・エッセイは、次の五つの区分に分けられて配列されている。「歴史について」、「性について」、「人間について」、「心理学について」、「自己について」。恋愛論から国家論まで、性的倒錯から日本近代史の見取図まで、広い範囲の主題が論じられている。しかしこの著作は、その題名から想像されるような軽いエッセイの寄せ集めではないし、また既成の精神分析の解説書でもない。それぞれの論文を通して、著者は一つの独自な「理論」の提示を目指しているからである。著者は次のように言う。

人間に関する問題ならどのような問題もすべてつながっており、ある問題を説明できて、別の問題を説明できないような理論は理論の名に値しない。理論の名に値する理論ならば、たとえば天皇制と性倒錯を、革命と精神病を、戦争と恋愛を同じ統一的体

系によって説明しなければならない。(「日常性とスキャンダル」、同書、七二頁)

著者によれば、このような理論の出発点は一つしかない。それは、「人間が現実を見失った存在であるということ」(同頁)である。なぜこのことが、人間に関する事象一般の理論の基礎となり得るのか。著者によれば、恋愛も国家も、そこに確乎としてあるというようなものではなくて、ただそれらに関わる(個人あるいは集団としての)人間の意識においてだけ、あると言われ得るようなもの(あるいはこと)だからだ。著者は、こうしたあり方を、端的に「幻想」と呼ぶ。

著者の基本的な立場は、人間に関わる一切の事象はこの「幻想」というあり方でしかあり得ない、という措定にある(著者はこの立場を「唯幻論」と言う)。ここで「幻想」とは、「現実」ではないもの、意識によって勝手に作り出されたものを意味する。恋愛も国家も、人間に関わる一切は「幻想」であり、その戯れのうちにある。なぜなら、「人間は現実を見失った存在である」からだ。この命題は、まさに以上のことを基礎づけるべく置かれている。この命題は著者が措定した仮定であり、その当否についていては多くの議論があろう。しかしここではその判定を急ぐ前に、この命題に基づく著者の「理論」の具体的な適用を見ることによって、この仮説の射程と可能性をみてみよう。

著者のこの立場の特長は、人々に共有される幻想(共同幻想)を考えることによって、社会あるいは集団のレベルの現象を、個人の行動と同じ枠組でとらえ得ることである。『ものぐさ精神分析』巻頭に置かれた「歴史について」の諸考察は、そうした方法で書かれている。

その中の一篇「日本近代を精神分析する——精神分裂病としての日本近代」は、幕末以来の日本近代史の精神病理学的解釈の試みと言えるだろう。著者は、鎖国下の日本を、「ナルチシズムの自閉的状態に安住」している「言わば甘やかされた子ども」(同書一一頁)にたとえる。そこへペリーの率いるアメリカの東インド艦隊が突然やって来た。その結果どうなったか。

日本は無理やり開国を強制された。苦労知らずのぼっちゃんが、いやな他人たちとつき合わなければ生きてゆけない状況に突然投げこまれたのである。それまでの状況とその状況との落差がひど過ぎた。それは日本にとって耐えがたい屈辱であった。このペリー・ショックが日本を精神分裂病質にした病因的

精神外傷であった。(同書一一頁－一二頁)

著者は、ペリー来航が日本を「精神分裂病質」にしたとする。著者によれば、「分裂病質」とは、「外的自己」と「内的自己」の分裂を指す。すなわち、自己にとって耐えがたい外界への適応をしなければならない時、その適応に関わる自己を、仮りの自己、「外的自己」として外化し、それと分離した「内的自己」を設定して、それのみを真の自己とみなすということだ。この「分裂病質」にあっては、「外的自己」が外界への適応をひたすら目指すのに対して、「内的自己」はますます純化され、非現実的なものとなってゆく、と著者は言う。

そして著者は、開国論、欧化思想に日本の「外的自己」を、尊皇攘夷論、皇国史観にその「内的自己」を見て、日本近代史を両者の葛藤、交替して顕われる発現の過程として描き出す。「和魂洋才とは外面と内面とを使いわけるということである」(同書一四頁)。しかし、「当人はこの使いわけによってうまく危機的状況に対処しているつもりでも、そのことが彼の人格にぬぐいがたい亀裂と傷痕をきざみこむ」(同頁)。そこに悪循環が生じ、次のような事態が進行することになる。

外的自己はますます他者に屈従し、内的自己はますます他者を憎悪するようになる。そうなれば、他者に対しては全面的な服従か全面的な攻撃かの両極端の態度のいずれかしかとれなくなる。しかも、その両極端の一方の態度から他方への転化は突然である。(同書一五頁)

この突然の転化、内的自己の極端な発現が、精神分裂病の発病に他ならない。著者は、日本戦争の開戦をもって、分裂病質日本の「発狂」と見るのである。この突然の転化は、狂気の発作の終り、無条件降伏と占領軍歓迎をも説明する。そして戦後の非武装主義をも。現在に至るまで、なお日本の精神分裂病質はなおっていない、というのが、この論考における著者の結論である。

以上の論述について、日本近代史の事実的な解釈としての当否を論議することは、実りある議論とは言えまい。それは本来、仮説的説明にとどまるものであって、実証し得る類の議論ではない。この論述において注目に値する点は、むしろ、その「擬人法」的な論述のスタイルにある。実際そこでは、「日本」が一個の自己として考えられ、その「発病」が語られている。この「擬人法」は二つの点において著者の「理論」の根幹に関わるものである。(著者は「擬人論の復権」と題する一篇を、『人間について』の中に収めている。同書一七三頁)。

第一に、それは、著者の「理論」の核心が自我論としてあることを示している。著者の「唯幻論」においては、人々に共有される幻想(共同幻想)を考えることによって、集団のレベルの事象をも扱い得ることは既に述べた。しかし先の論述において問われていたのは単なる共同幻想ではない。共同の自己(「日本」)である。著者は、それら共同幻想のあり方を、個人の自己とパラレルに置くことによって、「擬人法」を適用し得たのである。

しかしこのような適用が可能であったということは、また別なことを示している。すなわち、私達が確かなものと考えている私達の自己もまた、この「日本」と同様に作りものの、一つの幻想なのだということを。『哺育器の中の大人』では、著者はこのことを明言している。

――つまり結局、自己というのは、(中略)他人との人間関係の中で作っていくもんですね。ということは、あくまでも作りものであるわけだから非常に壊れやすいわけですね。(『哺育器の中の大人』、一二二頁)

この「非常に壊れやすい自己」が、人間においてどのように形成されるのか、そしてそれが壊れやすいが故に、どのような性質をもっており、どのようにふるまうか、それらが著者の「理論」の骨格を成している。「擬人論」は、この自我論の重要な系として提出されている。

しかしこの「擬人論」の重要性は、さらに次の点にある。「日本は発狂した」というような言い方は、なぜ、奇異な感じを人に与えるのだろうか。

私達は、ある言葉を使う時、その言葉が使用を許される事柄の領域、レベルの区分に留意して、その範囲でその言葉を用いるようにしている。このことは特に「科学」のレベルでのもの言いにおいては必須のことである。用語の明確な定義と適用範囲の限定、それこそ「科学的な知」の核であると言えるだろう。この観点から言えば、「日本は発狂した」のような言い方は許されない。少なくとも科学的ではない。「日本」は歴史学あるいは国際関係論に属する語であり、「発狂」は精神病理学に属する語であって、その主格としては個々の人間しかとることができないからである。

しかし、この場合、著者が意図して敢えてこのような言い方をしているとすれば、その意図はどこにあるか。この著作の意図は、人間に関する全ての事象を統一して説明し得る「理論」の提出にあった。領域を区分され、範囲を限定された諸科学、例えば精神病理学や国際関係論の用語は、このような「理論」の用語たり得るだろうか。否である。それらの科学は、自らの領域を閉じるために、本来連続している事象を恣意的に切り取って、特殊な術語の体系のうちに閉じこめているのではないか。著者の意図は、むしろそのような狭い科学性のあり方の批判に向けられているように思われる。

　著者の「擬人法」的なもの言いは、特定の科学を目指していない。それは人間の知、あるいは日常の知を目指している。著者の擬人法は、国家間の関係であれ、人間の意識下で作用するとされる要素間の働きであれ、全て日常の人間関係の用語で理解しようとする。それだけが、本当に私達が知っている世界だからだ。国家や戦争はマクロなレベルの事象であり、無意識はミクロなレベルの事象である。しかしそれらは結局「人間」の事象なのであり、人間の実体は目に見える背たけをもった個々の人間でしかない。著者の「擬人法」とは、人間に関わる全ての知を、人間の背けたの知に還元するもの言いであると言えないだろうか。

　著者の「唯幻論」は、結局、私達が絶対の実在と思い込んでいるどのような事柄も人々の作り出した幻想に他ならないことを示すことによって、それらの幻想への執着から自由になること、それらに対して本来保つべき適正な距離を得ることを目的としている。「科学」という幻想も例外ではない。先に述べた科学的なもの言いによる歪みは、特に、著者の属する心理学あるいは精神分析の理論が日常の具体的な事象に適用される際に、その甚だしい例が多く見られるように思われる。一例を挙げれば、「モラトリアム人間」（小比木啓吾、『モラトリアム人間の時代』、中央公論社、昭和五三年）などという特殊な人間が、一体どこに実在するのか。擬似科学的な言い方を通用させることによって、あたかもそのような存在が確乎として実在するかのように信じさせてしまう落し穴がそこにはある。（「モラトリアム人間」の場合、科学的なもの言いの範囲においてさえ、厳密さと必要な配慮を欠く表現であると言わねばならないだろう）。

　著者の一連の著作は、そのような中にあって、精神分析という知のもつ一つの可能性を大胆に展開し、かつ、諸科学の細かく囲い込まれた知のあり方に対して、日常的な、人間の背たけの知の復権を提起する試みであると言えるだろう。そして、以上述べてきた著者の意図に沿ってこれらの著作を読む時、それらの意図は見事に実現されていると言うことができよう。

しかし同時に、問題とすべき点もないわけではない。第一には、「理論」に向かって大きな綜合を急ぐあまり、個々の主題に対するとらえ方がきめの粗いものとなる場合があることである。例えば、著者は次のように書く。

時間は悔恨に発し、空間は屈辱に発する。時間と空間を両軸とするわれわれの世界像は、われわれの悔恨と屈辱に支えられている。（「時間と空間の起源」『ものぐさ精神分析』、一九四頁）

このように大づかみで、かつ意外性に満ちた文体が、先に述べた著者の、現代の知的状況に対する批判的意図を実現することに、大きく貢献していることは確かだ。しかし同時にそれは、著者の論述の細部の妥当性に一定の限界を課する文体であることもまた確かである。そうした粗さに発する難点は、先に略述した日本近代史論にも見出すことができよう。一点だけ挙げれば、ある共同幻想（例えば「日本」）は、それを担う個々の人々の中にどのように形成され、また個々の人々のもつ幻想とどのような関係を結ぶのか。この三冊の著作では必ずしも明確に論じられていない。著者の論述を具体的な事実に近づけてゆくためには、この点をもっと細かくとらえる必要があるのではないだろうか。

そして第二に、やはりこれらの著作の基本的な性格に基づくことであるが、これら三冊の著作を通じての議論の深化あるいは発展がそれほど見られないという不満が残る。著者自身その「あとがき」で認めているように、『二番煎じものぐさ精神分析』は、著者の「理論」のさらに広い範囲の主題への適用以上のものではなく、『哺育器の中の大人』は、対話による「理論」の「講義」に他ならない。しかしこれら二冊の補助があって始めて著者の意図の十分な理解に達したのであってみれば、これもいささか身のほど知らずな不満と言うべきであろう。

「人間は現実を見失った存在である」という措定に基づく著者の「理論」の断定の強さと主題の拡がりは、およそ人間に関する知のあらゆる分野で、賛否の激しい議論を招くに足るものだ。それは同時に著者の望むことでもあろう。あらゆる知の分野において、この措定は検討されるべきである。決して無視されるべきではない。これらの著作は、それだけの衝迫力を持っているように、私には思われる。

※本書評は「季刊書評」一九八〇年夏季号に掲載された。

《記号》の内と外――言語論と境界画定

J・カラー『ソシュール』（川本茂雄訳　岩波現代選書　昭和五三年）

フェルディナン・ド・ソシュールという名が、言語学という個別科学の枠をこえて、現代の知的世界のより広い領域の背後に見え隠れするようになったのは、一九六〇年代の、クロード・レヴィ＝ストロースと、いわゆる《構造主義》の登場以降のことである。本書、『ソシュール』の著者、ジョナサン・カラーも、もちろん、この点への指摘を忘れていない。

　こうして一九六一年に至ってはじめて、コレージュ・ド・フランスにおける就任演説において、人類学者クロード・レヴィ＝ストロースは人類学を記号学の一部門と定義し、記号学を論じて人類学の妥当な概念の基礎を築いた人物としてソシュールに敬意を表した。（同書一三七頁）

　しかしこの指摘には次の指摘が続かねばなるまい。それは、レヴィ＝ストロースのこの登場は、六〇年代以降の思想世界の激動と混迷とのほんの端緒にすぎなかった、ということである。それに続く、フーコー、バルト、ドゥルーズ、デリダ、等々の名を、何か共通の名のもとにまとめようとすることは、全く意味のない作業だろう。彼らの大部分において共通に見られるのは、それぞれ何らかの関わりにおいて、「言語」を主題にしたという点だけである。そしてそのことによって、彼らは、多かれ少なかれ、ソシュールという名に言及せざるを得なかった、ということだ。

　こうして今日、ソシュールという名は、互いに不協和な複数の騒音にとりまかれている。本書『ソシュール』における著者、カラーの意図をたとえて言えば、このような騒音のさ中から、言語学者ソシュールを救い出すこと、そしてそうすることによって、騒音の中から、もしあればの話だが、何か有意味な音列をつむぎ出すことである。

本書の原著は、既に翻訳された、E・リーチの『レヴィ＝ストロース』（吉田禎吾訳、昭和四六年、新潮社）などと同様、「フォンタナ・現代の巨匠」叢書の一冊として刊行されたものである。この叢書の特色は、英語圏以外の現代の思想家が比較的多く取り上げられていること、著者が主としてイギリスの第一線の研究者だということだ。そこから、大陸のいささか過熱した求心的な思惟に、距離をおいて遠心的に冷静な評価を対置する今日のイギリスの知性という対比が、この叢書をつらぬく基調としてあらわれてくる。本書の場合も、対象との間に著者が置くこの距離の幅の評価が、本書の特質と限界の評価を決定するだろう。

著者の意図は、言語学者ソシュールとその言語理論のできる限り客観的な評価と位置づけにある。それ故、『ソシュール』という人名を冠してはいるか、ソシュールその人についての記述は、最少限必要な事柄だけに限られている。「人と『講義』」と題された短い第I章で、著者はソシュールの学問的履歴を簡潔に述べ、最も重要な点として、著書『一般言語学講義』の成立について述べる。周知のように『一般言語学講義』は、彼の著書ではない。彼は講義をし、彼の死後に同僚のバイイとセシュエが、学生達のノートをもとにして『一般言語学講義』を編纂したのである。このことは、ソシュールその人の思想をとらえるという観点からは少なからぬ困難をもたらすだろう。しかし著者は次のように言う。

……そして、誤解や折衷のさまざまな可能性をいっぱいに背負いこんだこの見込み薄の手順が一つの主要な著作を産み出したことは実際異常なことであった。しかしこの事実は厳存している。（中略）次々の世代の言語学者に影響を与えたのは『講義』そのものであった。（同書一七頁）

著者の立場は明確かつ外在的である。その成立はどうあれ、「次々の世代の言語学者」に「ソシュール」の名で受け取られ、影響を与えてきた言語理論は、人々が『一般言語学講義』として知る書物の中に述べられた以外のものではないのだから、われわれが論ずべき「ソシュールの言語理論」とは、まさしく『講義』そのものなのである。（著者は、時に、エンゲラーによる校訂版によって、ソシュールの思想の再構成を試みているが、それもやはり『講義』の校訂であり再構成である）。

こうして『講義』が主題の位置に置かれる。著者はそれを過不足なくとらえるために、三つの観点をたてる。その内容と位置と影響である。それぞれに次のような一章が割り当てられている。

　まず「Ⅱ、ソシュールの言語理論」で、『講義』に記された言語理論の要点が述べられる。「記号の恣意的性質」に始まり、「ラングとパロール」「共時的展望と通時的展望」と続くソシュールの基礎的概念を、例示を伴なって、専門以外の読者にも分かりやすく提示している。

　次に「Ⅲ、ソシュール理論の位置」では、言語学の歴史的展望の文脈の中での、ソシュールの（すなわち『講義』の）位置づけを意図している。記述は、十七・八世紀および十九世紀の言語研究のそれぞれの方向の概観、ソシュールと彼に直接先行する「青年文法学派」との関係、同時代の諸動向との関係、および後の言語学における受け取られ方の概述を含む。

　そして最後の「Ⅳ、記号学――ソシュールの遺産」では、固有の意味での言語学をこえた領域における「記号学」の適用と拡大（いわゆる『構造主義』の諸動向）、そして終りに、デリダによるソシュールの記号概念への批判について述べられている。

　以上のような広い範囲への目配りを、限られた紙数の中で簡潔で明解な記述の中に収めていることは、本書の優れた特質である。扱う領域が広いからといって、表面的な説明の羅列に陥ることなく、絶えず原理への溯及に支えられた、一貫して言語の本質にかかわる議論として述べられている。これらはおよそ論述的な書物を著わす場合に顧慮すべき美点である。しかしこうした特質のすべてを同時に実現しようとする時、何かが犠牲となることは当然である。本書の場合、それは事柄そのもののもつ複雑さだと、私は思う。言いかえれば、著者の論述には過度の単純化が含まれているということだ。

　先に原理への溯及と言った。著者は、ソシュールの言語理論を体系化し、それを言語学の流れの中に位置づけ、さらに記号学一般への拡大の可能性を論じるために、ソシュールの言語理論を、事実上、ただ一対の原理に還元してとらえる。それは、「言語は記号の体系である」そして「言語記号は恣意的である」（ともに同書二一頁）という二つの命題によって表わされる。ここで考えられているのは次のようなことである。例えば、木〔ki〕という語は、語それ自体として価値をもち自存するものではない。それは人々が〈木〉として認識する、その語以外の何かを表象する（代置する represent）機能をもつもの、

「記号」である。そして言語は記号の中でも「恣意的」な記号であって、同じものを指して、木〔ki〕と言おうとtree〔tri:〕と言おうと、どちらにも必然的な理由はない。それを決定するのはただその言語記号がその中に含まれる体系のあり方だけである。著者は、こうした意味での記号性と恣意性とを、ソシュールの言語理論が最終的に依拠する言語の中心的事実として置く。

そこから、「Ⅱ、ソシュールの言語理論」においては、ソシュールの他の基本的概念、「ラングとパロール」、「共時的眺望と通時的眺望」などは全て、言語のこの記号性と恣意性とから導かれる系として示される。例えば「ラングとパロール」について次のように言う。

……ラングとパロールのあいだの区別は記号の恣意的性質と言語学における同定性の問題とから生ずる論理的・必然的な帰結である。（同書四五頁）

著者はここで見かけほど難かしいことを言っているわけではない。先に述べたように、記号〈木〉とそれによって意味されるものとの間には何ら必然的な関係はないから、その用法にはある幅があり、またその範囲を逸脱する可能性さえある（記号の具体的使用としてのパロール）。一方、言語学の対象として語を措定する時には、明確にその語を他の語から区別する（同定する）ことができるものとしてでなければなるまい（記号の体系としてのラング）。この両者を区別することなしには、少なくとも、言語への理論的考察は不可能である。

著者は、この二つの原理をソシュール理解の鍵とするばかりではない。「Ⅲ、ソシュール理論の位置」において、十八世紀の哲学的語源学を位置づけるのも、十九世紀の比較言語学を批判するのも、結局、言語の記号性（表象性）と恣意性の観点によってである。そのことは次のような言い方に明示されている。

はなはだ手短かに約言して、十八世紀の言語学は見当はずれの具体性の例であったと言えよう。言語と思考とのあいだの連関は、あまりに直接な、あまりに具体的な方式で行なわれた。すなわち、個々の記号を通してであって、記号の自律性が想定されていたのである。（同書八四頁　傍点引用者）

しかし、ソシュールの同時代人の真の欠点は、自分たちが研究していたものについて基本的な質問を自らに発し得なかったことであった。すなわち、言語それ自体とその個々の形式についての問い、言語学における同定性についての、共時的・通時的双方

> の重要な方法論的な問いである。新文法学者がこれをなし得なかったのは、彼らが彼らの教科の基礎として表象を放棄したからである。（同書九七－九八頁　傍点引用者）

すなわち、両者はそれぞれ、「記号の自律性を想定」し、あるいは「表象を放棄」するという誤りを犯したのであった。こうして、著者によれば、言語学は数世紀におよぶ弁証法的発展を経て、ソシュールによる言語の記号性と恣意性という、真理の発見に到達することになる。

そしてもちろん、「Ⅳ、記号学――ソシュールの遺産」を導くのも、この「恣意的記号」という概念なのである。「記号学」とは何か。

> 記号学はこうして、人間の行為や産物が意味を伝える限りにおいて、それらが記号として機能する限りにおいて、この意味を可能にするところの慣習と区別という根底所在の体系がなければならないという想定を基底とする。記号のあるところ、体系がある。（同書一三三頁）

すなわち「記号学」とは、およそ人間に関わる事象が、意味ある記号の体系をなしていると見られる場合に、それを恣意的な弁別的記号の体系と見なすことによって成立する学である。こうして、レヴィ＝ストロースによる構造主義人類学、バルトによるモードの体系、等が記号学の実践として列挙され得る。しかし、著者がそれらの可能性を検討する際、基準とされるのは、対象の、記号としての恣意性の程度である。著者はこれらのうちに、「記号の三つの基本的な類が、異なったアプローチを要求するものとして立ち現われてくる」（同書一四一頁）ことを指摘する。「写像」と「指標」と「狭義の記号」である。これらは前のものほど類似に基いており、後のものほど恣意的である。著者によるこの階層化には特に注目する必要がある。なぜなら、そこから、記号学の記号学としての言語学の優越性が導き出されてくるからだ。

> 言語学はなぜ、ソシュールが呼んだように、記号学の全般的模範 le patron général であるべきなのか。回答は馴染みの出発点、記号の恣意的性質へとわれわれを連れ戻す。
>
> 言語の場合には記号の恣意的性質が殊更に明らかであるから、言語学は記号学のモデルとして役立つ、とソシュールは論じた。（同書一三三－一三四頁）

このようにして論理の環は閉じてしまう。ソシュールによって恣意的記号の体系としてとらえられた言語の理論から導き出された諸概念（ラングとパロール、能記と所記、共時態と通時態、等）を、言語以外の対象に適用することによって、一般化された「記号学」が成立し、そのようにして成立した諸「記号学」（その対象は多少とも言語より恣意性において劣る）に「模範」とされることによって、言語＝恣意的記号の体系という、著者の言うソシュール言語学の基本命題の価値は、絶対に動かしがたいものとなってしまう。先に述べた著者の論述の比類のない一貫性は、論理のこの閉じられた環によって支えられている。

　このことは、著者によるソシュール理論の提示をわかりやすいものとしている。しかしそれによって同時に、本書の論述に、絶対に越えることのできない地平を設定してしまってもいる。これらはソシュール理論の前提であって、検証された事実ではない。多くの例証を積み上げることはできる。しかしその根拠を問うことは、以上のような著者のとらえ方からは決してできないだろう。また言語についての異なるアスペクトの分析も、全て了解不可能なものとされてしまう。先に引用した十八世紀の言語論への一方的な評価（あるいは無理解）は、その一例である。そしてこのとらえ方の限界が最も明らかなのは、Ⅳ章に付された「変綴法（アナグラム）とロゴス中心主義」についての言及においてである。

「ロゴス中心主義」とは、ジャック・デリダが『グラマトロジーについて』（一九六七）他で展開した西洋哲学一般の批判に現われる用語である。その場合の「ロゴス」とは、究極的な真性としての言葉＝意味、能記と所記の連鎖において究極的に意味されるもの、を指す。デリダは、そうした根源の意味の不在を主張した。ソシュールを含め、近代までの全ての言語論、および哲学的思惟は、幻想でしかないこうした背後の実在を想定することによって立論されている、というのがデリダの主張である。

　さて著者カラーの立場は、このような批判からソシュールを救い出すことにある。その反論は二つの方向からなされる。第一に、ソシュールがそうした「ロゴス中心主義」のまさに中心にいることを認め、そのことを積極的に意義づけることによって、批判の有効性を逆に問いかえすこと。第二に、ソシュール理論の関係的性格を強調することによって、ソシュール自身、背後の意味の実在を考えていたわけではない、とする反論である。

　けれども、この二つの反論は別のことを言っているわけではない。それらは、ソシュールの言語理論に対する著者の同じ基本的態度から発している。それは、ソシュール理論を、主題の根源的真性においてではなく、方法としての有効性においてとらえようとする態度である。左図のように、可視的な要素E_1とE_2の間の分節化が、隠された意味S_1とS_2の分節化に対応するということ、そしてこのE_1／E_2とS_1／S_2の間には純粋な関係性だけが存在するということ、このことが、記号学的な知を成立させる基礎である。人間に関わる多くの領野でそれが有効な方法であることは、いわゆる「構造主義」の諸分析が示したところだ。

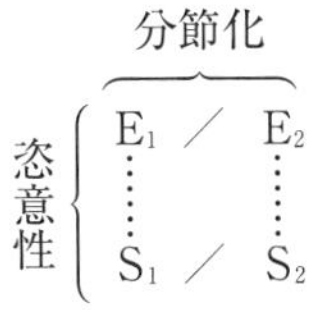

分節化

E_2……S_2

／　　／

E_1……S_1

恣意性

しかしデリダが指摘したのは、全く違うことである。なるほどこの図式は有効である。けれど同時に、それは一つの閉域を形作るということだ。すくいとられた記号系の形成する網の目に、対象はすっぽりと覆われてしまう。そうすると、その記号系に関する限り、考察すべき問題は終わってしまう。私達は、そのような鮮やかすぎる分析を、レヴィ＝ストロースやロラン・バルトのいくつかの著作に見ることができる。彼らが対象から今まで見えなかった意味を取り出す時には、問題はとても新鮮に見える。しかし一度分析がなされてしまうと、ある空虚さが見えてしまうのも事実である。

デリダの批判はこのような知の可能性の閉域に向けられている。したがって、ソシュール自身が「ロゴス中心主義」の範疇に入るかどうかが問題なのではない。ソシュールの仕事をどのような方向に向かって受継ぎ、問いなおして行くかが問題なのだ。この点において著者カラーの意図は、明らかにかつ意図的に、ソシュールが開いた可能性を閉じる方向に向いているように見える。対象を正しくとらえ、境界を限定すること、それは確かに、〈discipline〉としての学問（訳者の訳語では教科）の営みであろう。しかし私たちの世紀において、〈言語〉への問いは、既に学問の一領域を越えて、広く知一般の主題となっている。そしてこの問いをより広い領域に開いた端緒が、他ならぬソシュールであることを思えば、この問いはソシュールについても、まだ性急に閉じられてはならないだろう。六十年代以降の展開の中に、私たちは既に著者が示したような意味での記号学（構造主義）の限界を見てしまった、と言えば言い過ぎだろうか。そうであれば、今の限界を見すえ、さらに新しい可能性を探ることが、知の営みのあるべき方向だろう。

結論に移ろう。以上までの指摘によって、本書の論述を貫く二つの基本的な態度が見出されたと言えるだろう。第一には、全ての章を導く原理的視点の一貫性。この特質によって著者はソシュールの言語理論の内的把握に達している。そして第二に、対象とそれに関わる様々な議論を徹底して外的に境界画定しようとする外在性の立場。対象の内的論理性を把握するとともに外的に境界づけること、この両者が相俟って、最初に言及した著者固有の距離を形作っている。この距離によって、著者はソシュールの言語理論をめぐる主要な論点を明晰に提示し得たと言えるだろう。しかし冒頭に述べた著者の意図の一つである、言語をめぐる今日の多様な議論の整理という点においては、この距離がみのり多い結果を引き出しているとは思えない。むしろそうした多くの問題設定を、非本質的なものとして切り捨てているようにさえ思われる。

筆者は、言語記号の恣意性を基礎に置くソシュール理解に疑義があるわけではない。ただ著者においては、それが、個別科学（教科）としての言語学の立場からのやや狭くなりがちな視点と結びついて、今日ある言語学のあり方を絶対化しがちな姿勢に、危惧の念を持つだけである。

先に著者が多くの問題設定を切り捨てていると述べたが、それは決して、著者がソシュールを越える問いの方向を全くもっていないということではない。著者におけるポジティヴな発展の契機は次のような指摘に示されていよう。

> ロゴス中心主義の問題はまた、言語の社会的性質、集団的制度としての言語についてのソシュールの力説を再び眺めかえさせる。この集団的制度を個人は同化吸収しているのであるが、それは基本的には個人よりもむしろ世界に属し、常に彼自身よりほかのものである。ソシュールの理論は「意味の他者性」を例示するものと言ってよいであろう。（同書一六七頁）

「意味の他者性」とは言いかえれば「言語の公共性」ということでもある。それは、イギリスに伝統的な「コモンセンス」の立場とも重なる。そこに私たちは、ソシュールと著者自身の固有の関心との真の出会い、著者自身による、言語というこの謎に満ちた世界への、新たな探究の端緒を見ることができるだろう。

最後に訳文のことに触れよう。訳者、川本茂雄氏は、以上述べたような著者の論述の特質を、短い落着いた文体で適切に日本語に移すことに成功している。しかし時に、簡潔さを求めるあまり、難解な言い方になっているところもある。例えば五頁に引用した文における「同定性」（identity）や次の文中における「死活的」（crucial）などに耳なれない感じをもつのは私だけだろうか。

ここで、すなわち言語体系とその現実の顕現とのあいだの区別において、われわれはラングとパロールのあいだの死活的対立に到達した。（同書三八頁）

原文と対照してみれば、確かに忠実な逐語訳なのだが、やはり固苦しい感じを否めない。この本の性格から考えて、もう少し説明的な訳でもよかったのではないか。

このような訳語の選択の問題は決して小さな問題ではない。ヴィトゲンシュタインの指摘を待つまでもなく、言語への問いの最終的な目的は、私たちが言語を適切に使用することだからだ。言語の問題が、今日の思惟において核心的な問題であるとは、別な言葉で言えば、いかに言うかということといかに生きるかということが等しいということである。このことは、言語について言う場合でも変わらない。むしろ、メタ言語としての性格から多くなりがちなジャルゴンを意識的に避ける努力が、他の場合より一層、要求されると考えるのである。

※本書評は「季刊書評」一九八一年夏季号に掲載された。

翻訳文化の生み出したもの

柳父　章『翻訳語成立事情』（岩波新書　昭和五七年）〔Ⅰと略記〕
同　『翻訳語の論理』（法政大学出版局　昭和四七年）〔Ⅱと略記〕

〈社会〉〈個人〉〈近代〉、これらの言葉は明治以前にはなかった。それらはそれぞれ対応する西欧の言葉の翻訳語として造語された新語である。このことだけならば、あらためて指摘する必要もあるまい。だが、『翻訳語成立事情』において著者が問うのは、その先の問いである。明治の初めには、例えば英語の〈society〉に対応する日本語は存在しなかった。今日、私たちは〈社会〉という語をもっている。それでは、私たちは確かに今、〈society〉の表わす意味を表現しうる日本語をもっている、と言いうるのかと著者は問う。

このような問いを前にして、私たちのもっていた〈社会〉＝〈society〉という自明的な思いこみは崩れざるをえない。なぜなら、もし言葉が単なる記号ではなく、その語を発する人々の経験を背景とした表現であるとすれば、二つの語が同じ意味であるとは、同じあるいはほとんど等しい経験がそれぞれの語の背後に存在するということだろう。事実はどうか。〈社会〉という語が造語された時、その背後にはいかなる経験も存在しなかった、ということだ。それはむしろ、〈society〉という語を示す記号として造語された。〈社会〉自体の意味は白紙であって全く〈society〉の意味に依存している。だから、〈社会〉は〈society〉と等しい意味をもっているのではなく、もつことを要請されているにすぎない。このような要請を負って、西欧の言葉の記号として造語された語、それが、「翻訳語」という名称に著者が与える固有の概念である。

『翻訳語成立事情』は、こうした「翻訳語」の例として、最初に挙げたものの他、〈美〉〈恋愛〉〈権利〉など、全部で十項目をとり上げ、その成立の経緯と、それらが

「翻訳語」であるがゆえに生じた、それらをめぐるさまざまな出来事とを記している。

これらの例示によって著者が示そうとしていることは、まず第一に、明治期に西欧の文化の移入を決意し実行した人々が、多少の曲折を経ながらも、結局その移入を、先に見たような記号としての「翻訳語」を造語することによって行なうという道を選択したこと、そして今日に至るまでこの選択が保持されてきた、という基底的事実である。

著者の立場はこの選択に対して批判的である。なぜならそこには、あまりに単純化された、さらに言えば基本的に誤った言語観が前提されているからだ。すなわち、「およそことばの意味は、「哲学者及審美学者」がきめるのではない」（Ⅰ、七八頁）のであって、どのような意図において造語された言葉も、その機能する意味を決定するのは、その具体的使用であるということだ。

そして、ことばは、いったんつくり出されると、意味の乏しいことばとしては扱われない。意味は当然そこにあるはずであるかのごとく扱われる。使っている当人はよく分らなくても、ことばじたいが深遠な意味を本来持っているかのごとくみなされる。分らないから、かえって乱用される。文脈の中に置かれたこういうことばは、他のことばとの具体的な脈絡が欠けていても、抽象的な脈絡のままで使用されるのである。（Ⅰ、二二頁）

分からないがゆえに、それが「深遠な意味を本来持っているかのごとく」見なされる現象を、著者は「翻訳語」の「カセット効果」と呼ぶ。「カセット」とは宝石箱のことであり、「翻訳語」とは、その中に何か大切なものが秘められている。魅力ある言葉として人々の前に現われる。このような効果を伴なった「翻訳語」の乱用はさまざまな悲喜劇をもたらす。著者はそうした悲喜劇を各章で描き出している。

ある場合には、本来は価値づけを伴なわない単なる概念規定であるはずの語が人々の憧れや憎悪の対象となることがある（〈近代〉など）。また別の場合、翻訳語としての意味の他に、訳語にあてられた漢字が伝統的にもっていた意味が加わって、特有な価値づけを生じたり（〈権利〉〈自由〉）、あてられた訳語のもつ在来の意味との間で混乱を起したりする（〈自然〉など）。

著者はこれらの点を、明治以降、現代に至るまでの数多くの著述家、作家の文章を引用し、その中で「翻訳語」

が果している役割という観点からそのテキストを分析することによって提示している。そこから、この著作はおのづから、「翻訳語」を中心とした近代日本文化史・文学史という趣きをもつ。殊に文学史として見る時、この著作は、従来見られなかった明快な視点を随所で示している。例えば、田山花袋の『蒲団』について次のように言う。

　とにかく花袋は、「彼」や「彼女」ということばを使いたかった。日本文に欠けているからではない。花袋の思想がそれを求めた、というのも当らない。翻訳語「彼」「彼女」に誘惑されたのである。（中略）「彼」ということばをあえて使ってみたとき、おそらく、思いもかけぬような世界が開けてきた。（I、二一一－二一二頁）

「思いもかけぬ世界」とは、言うまでもなく日本の私小説の流れを指している。ここで著者は、外国の文学の内容や思想ではなく、その形式が、それも日本語に翻訳された時の形式が、日本の近代文学の成立に決定的な影響を与えたことを言っている。そして、その偶然の結果として、西欧の文学とは別なものを生み出した。けれども、それは必然的にこの時代・文化の表現でありえた。なぜなら、それが表現すべき文化とは、まさに「翻訳」文化の悲喜劇的状況に他ならなかったからだ。

このような見解は、従来の研究において見られなかったものだ。著者は、「翻訳語」という特別な言葉のあり方に注目し、それが、語の本来の機能である意味においてでなく、その形、「もの」としてのあり方から生じる副次的な効果によって人々に働きかけ、受け入れられたことを明らかにした。これは、言葉というものの本質について従来あまり顧みられなかった視点だ。著者の分析の独創性は、この視点を明治以降の「近代」日本文化という特異な対象に適用したことにある。

明治以降の日本文化は、「翻訳語」分析という視点にとって特権的な領域だ。なぜなら、今日私たちが多少とも一般的な事柄について考え、言い表わす時、その思考を組み立てるのは、〈社会〉〈美〉などの「翻訳語」を用いてなのである。これらの「翻訳語」は、「近代」日本の文化の骨組をなしている。だから、「翻訳語」という言葉のあり方は、この文化のあり方とその可能性とを根底において決定づけていると言わなければならない。著者はこの基本的認識の上に立って、〈翻訳論〉という独自の領野を自ら開き、その成果を提示してきた。

この認識は正しいと思う。少なくとも、明治以降の日本文化を理解するにあたってのその重要性と有効性とは明らかであるように思う。けれども、日本の「近代」文化全体に対する著者の評価については疑問がないわけではない。

著者は最初の著作『翻訳語の論理』では次のように言い切っていた。

近代以後の、日本の翻訳の歴史は、やはりまちがっていたのではないだろうか。先人エリートの「別ニ字ヲ選ビ、語ヲ造ルハ亦已ムヲ得ザルニ出ズ」という苦心の程は、了解できる。が、その結果として「作られた言葉」の及ぼす効果について、彼らは無感覚であった。（Ⅱ、三五頁）

「作られた言葉」の及ぼす効果の第一は、「カセット効果」に頼る無意味な言葉の乱用である。そして第二には、言葉の表わす概念を「すっかりでき上った」ものとしてとらえ、それを不変の理念として、そこから現実をその適用によって把握・評価するという、「演繹型思考」の優位が生じたことだ、と著者は指摘する。

論者は、それらの概念が、現実の現象にどうあてはまるか、に注意を集中し、或いは争う。思考の型が抽象的である、と言うのではない。思考の働きが、抽象から具象へと向いていて、その逆ではないのである。その結果は、むしろ、具体的な資料は精緻に、詳細に調査され、記述される。が、調査された事実の方は、概念そのものをほとんど動かさないのである。（Ⅱ、四六頁）

こうした事態が起るのは、私たちの用いる抽象語が、「日常の具象語から、その概念が抽象されてできた言葉ではない」（Ⅱ、四五頁）からである。そこから、超越的規範としての一般概念を背にして現実を裁くという、近代日本特有の倒錯した思考の型が生じたと著者は言う。

そのような思考の型が生産的なものでないこと、そしてその要素として著者の言う「翻訳語」の特有なあり方が作用しているという点までは同意できる。しかしそのことによって、「近代以後の日本の翻訳の歴史」が「まちがっていた」という言い方には、すぐに同意できない。

まず第一に、著者が批判する「翻訳語」の「カセット効果」も、また「演繹型思考」の優位も、明治以降はじめて日本文化に現れた事態ではないということを、著者自身認めている、ということがある。まさに著者が『翻訳語の論理』、第二篇「万葉集における構文の分析」で明らかにしようとしているように、「翻訳語」という言葉のあり方の可能性は、上代に日本人が、圧倒的な落差をもった文明の受容と同時に、日本語の表現手段として「漢字」を採用し、和漢混淆文という文体の確立に向けて歩み始めた時、既に開かれていた。また近世以前の日本の思惟においては、東洋の他の国々や西洋中世と同様、著者の言う「演繹型思考」が常に優位を占めていた。

　そうであるなら、これらの要素を持ち込んだことを明治以降の翻訳者たちの罪とすることはできまい。彼らを非難することができるとすれば、近世以前のこのような状況を改善すべきであったのに、彼らはしなかったという論点においてのみであろう。彼らは何をすべきだったのか。具体から抽象へと進む「帰納型思考」、経験と意味とを伝達すべき言語の透明性、これらは著者がデカルトに言及するのを見るまでもなく、西欧の「近代」を特徴づける思考様式でありその言語概念である。すなわち著者の主張は、明治の翻訳者たちは、思考様式と言語のあり方というレベルにおいて、日本語および日本文化を「近代化」すべきであった、が彼らは「まちがった」翻訳の方式を採用することによってこの試みに失敗した、ということだ。したがって、著者の批判は、日本の文化の「西欧近代」化を目指すという立場に立つ者にとってのみ有効である。

　少し視点を変えて、一体、そのような試みは可能だったのだろうか。著者はそうした試みの実践者として福澤諭吉を挙げる。著者によれば、福澤は西欧の諸概念を移入するにあたって、新造の「翻訳語」に頼るという安易な方法を採らず、あえて既存の日常語を訳語としてあてることによって、その日常語への意識を深めることにより、日本語とそれが表現する思考と経験のあり方そのものを変革しようとした。しかし、この試みも残念ながら成功したとは言い難い。結局、著者も次のような言い方で福澤の試みの困難と「挫折」を語らざるをえない。

> 福沢のこの批評は痛切であり、気迫がこもっているが、そのあまり、どうも彼の基本的方法を逸脱していくようである。なぜなら、結局、望ましいものは現実に欠けている、としか言い得ないからである。日本における「交際」の前途は暗い。（I、三九頁）

この評言はそのまま著者自身にも当てはまるように思える。著者にとっても、「望ましいものは現実に欠けている」のである。著者もまた西欧近代に由来する思考モデルを背景として、日本の現実に上から臨んでいると言ったら、著者に対してあまりに酷だろうか。

　このことはしかし、著者の批判が有効でないということではない。著者と、「翻訳語」に頼って「演繹的」に現実を批判する人々との間には歴然としたレベルの差が存在する。著者は日本の「近代」を手軽に組み上げることを可能にした仕掛けとして、「翻訳語」という言葉の仕組みを明らかにした。このことは今日の日本の文化のあり方を規定している基本的な事態であって、このことを自覚せずに、あたかも、西欧近代の諸要素の移入が成ったかのように思いこんでいる人々や、「翻訳語」に振り回されて、現実をとらえられずに悪戦苦闘している人々の言動の無意味さを、著者の批判は残すところなく明らかにする。それはまさに「痛切な」批判である。

　著者の立論は、およそ言葉というものの働きの複雑さ、奥深さに対する自覚の深化を促すという意図において受け取るのが本当だろう。この点について言えば、『翻訳語成立事情』は、多数の実例について、言葉のもつさまざまな面をその多様さのまま提示している点で、高く評価できる。

　言葉は私たちの生活の本質に深くかかわっている。このかかわりの大きさが人々の関心を集めるようになったのは最近である。しかし、だからと言って、私たちの生の全てが言葉によって覆われているわけではない。著者には、この点についてやや過大な評価があるようだ。日本の近代化が、表面的なレベルにとどまった（あるいは西欧近代とは別なものになった）のは、「翻訳語」のためばかりではない。『翻訳語の論理』のように言う時、それは性急な議論となる。むしろ私には、西欧の「近代」の本質をも含めて、言語と文化との未知のかかわりが現象し、問われ始める場、それこそが、著者が切り開いた〈翻訳論〉という新領域のもつ可能性だと思われるのである。

※本書評は「季刊書評」一九八二年秋季号に掲載された。

食卓のユートピア

安房直子『風のローラースケート』（筑摩書房　昭和五九年）

『風のローラースケート』は、著者の八冊目の作品集にあたる。数年の間にさまざまな掲載誌のために書かれた作品をまとめて一冊の本にしているという点では、前の七冊と同様である。しかし、それ以前の作品集にはない特徴が一つある。それは、ここに収められている八つの作品が、すべて一つの共通の世界の中の出来事として語られていること、すなわち、連作の形式をとっていることである。冒頭に置かれた作品「風のローラースケート」は、次のようにはじまる。

峠に、茂平茶屋という、小さな茶店があります。きょうは、そこの主人の茂平さんの話をしましょう。茂平さんは、まだ若者です。つい最近結婚して、奥さんとふたりで山に入って茶店をひらいたばかりです。〔九頁〕

まことに担々としたこの叙述によって、この作品集の物語が展開される共有の場が設定される。場所は茂平さんが茶店を開いた〈峠〉とその周囲の山々、共通の登場人物は、茂平さん夫婦である。〈峠〉には、その他にみやげ物屋が三軒あり、そこに住む人たちが個々の作品の主要な登場人物になることもある。

けれども、それぞれの作品のもっとも重要なキャラクターは他にいる。それは、桜の精や天狗であることもあるが、多くの場合、この山々に住む、猿やいたち、たぬきなどの動物たちである。もちろん、彼らは人間と同様に口もきけば人間と取引きもする。魔法を使って人を困らせたり、逆に助けたりもする。「山の童話」と副題されたこの連作では、これら山に住む不思議な存在と、それらを別に異様とも思わないでつき合っている住人たちとの出合いの数々が語られている。

出会う仕方はさまざまだ。「風のローラースケート」では、ベーコンを燻す匂いに誘われていたちが顔を出し、「小さなつづら」では、深夜、老夫婦のみやげ物屋に一つ猿が訪れる。「月夜のテーブルかけ」のたぬきや、「ふろふき大根のゆうべ」のいのししの場合のように、茂平さんたちが動物たちの宴席に招待されることもある。

　これらの物語において、動物たちは、この峠に住む人々の風変わりな隣人としてあらわれる。彼らは人々を脅かす存在でもなければ、人間によってことさらに圧迫されているとも書かれていない。茂平さんたちは、彼らを単に興味あるものとして見ている。彼らと人々の世界との間には大きな隔たりはないように見える。

　しかし、そのような平隠な世界との鋭い断絶をかい間見させるようなエピソードもある。「よもぎが原の風」では、うさぎに誘われてよもぎが原に行った子供たちが、なわとびのまじないによってうさぎに変えられてしまい、「花びらづくし」では、花の精たちの露店に夢中になった茂平さんの奥さんが、森の中深く入りこんであやうく戻れなくなりそうになる。ここには、底知れない無気味な異世界の存在が顔をのぞかせている。

　異世界に属する存在との接触や、異世界への往還という主題は、柳田国男の『遠野物語』やハーンの『怪談』に見られるように、日本の民話世界の中心的な主題群をなす。『風のローラースケート』に収められた各作品は、そのような観点からは、日本のもっとも伝統的な民話のパターンを踏襲していると見えないこともない。

　しかし、著者の先行する作品群との関係で言えば、事柄はそのように平坦ではない。異世界に行くこと、ある場合には、そこから帰ってくることという主題は、安房直子の作品の中では特別の意味をもつ特権的な主題だからだ。さらに言えば、およそ著者の作品は、すべてこの主題とそのヴァリエーションとから成っているとさえ言えるように思える。

　それらの中で、著者の独自な作風を代表する作品として、ともに三冊目の作品集『銀のくじゃく』（筑摩書房、昭和五十年）に収められた「熊の火」と「火影の夢」とを対比させてみよう。

　「熊の火」は、浦島のように、異世界を訪れてそこから帰ってきた男の物語である。一人の村の青年が、山で足をくじいて仲間とはぐれ、道に迷ううちに一頭の熊に出会う。熊はたばこを吹かしており、自らの身の上を物語る。熊の話は次のようだ。数年前の飢饉の秋、その熊と足にけがをした娘の熊は、他の熊との競争に破れ、食べはぐれて焚き火をするうち、火の煙の中に常春の世界があるのを見る。火が消えた後、二頭は消えない火を求めて火口に登り、そこに永遠の楽園を見出して、以後そこで暮している。娘も成長したので、婿をさがしに出てきたのだ、と。

火口の煙の中にある春の野の世界、そこへ若者は熊となって入って行き、娘の熊と結婚し、子どもたちをもうける。そこは楽園であった。しかし、ある日、彼の心に疑念が起きる。それは本当の意味で生きることではないのではないかと。そして、彼は熊の親子をだましてたばこを手に入れ、山をおりる。時は一週間しかたっておらず、彼の姿は人間に戻っていた。人間の世界に戻った彼を、ある夜、妻が迎えに来る。その背後には、山から里まで一続きの火の道が燃えていた。彼は熊に食べものを持たせて返す。翌日の朝、山から里へは、燃えるように赤いまんじゅしゃげの花の列が続いていた、という色あざやかなイメージで、この作品は結ばれる。

誘われて異世界を訪れ、そこから帰ってくるという形式において、浦島の物語に似ている。陶淵明の『桃花源記』にも近い。しかし、それらの物語の描く異世界は、神話的なレベルにおいて、恒常的な実在性をもつ。

「熊の火」に描かれた火口の煙の中の世界はそうではない。それは飢えに迫られた親子の熊が逃げこんだ私的な世界であり、彼らの他に住民はいない。幻覚の作り出したつかの間の仮の世界という思いがぬぐえない。現実の世界で熊が飢えて死んだとするなら、それは、死の甘美さを感じさせさえする。

そのような暗さを背後にたたえた雰囲気は、「火影の夢」の基調でもある。そして、そこで語られる世界はさらに小さな私的世界である。

港町で骨董屋を営む老人のもとに、一人の水夫が、小さなストーブの置きものを借金のかたに預けてゆく。そのストーブに燃料をくべると、熱してまわりを赤い光で照らし出す。その光の中には、昔、津波で沈んだ港町に住んでいた一人の娘が海の魔物の力で閉じこめられていて、ストーブが燃える間、椅子に腰かけて縫いものをしたり、ストーブに鍋をかけてスープを煮たりするのが見える。

老人はその光景に魅せられる。それは老人に、結婚してたった一年で家を出ていってしまった昔の妻のことを思い起こさせる。いさかいのきっかけは、今も老人がもっている銀の木の葉の首飾りを彼が与えなかったことだった。彼はやがて、光の中の娘が、それと同じような腕輪をしていることに気づき、娘のかすかな声を聞く。

娘の声にしたがって花や木の葉を集め、ストーブにくべると、光景は古い石造りの港町を写し出す。この町の景色の中に娘を見出そうとして、身を乗り出すうち、彼自身、光景の中に入ってしまう。その町で娘のいるらしい建物を見つけるが、その時、最初の水夫と出会い、争って逃げる。気がついた時、彼は自分の店の机にもたれて眠っていた。ここでは、夢と現実とが交錯している。

そして結末で、老人は再びその町へと入って行き、娘の待つ建物へ部屋へと入る。その時、彼は昔の若者の姿となって、娘の姿の妻と再会する。そして、老人の姿は、現実世界からはかき消えてしまうのである。

舞台は西洋風の港町に変わるが、異世界に入って行くというテーマ、そしてその異世界が閉ざされた私的な空間である点において、「熊の火」と重なり合う。その空間は、「火影の夢」の場合、さらに小さく閉ざされている。老人は自らのぞんでこの小さな世界へと入って行き、もはや帰ることはない。若者の姿に戻った主人公はストーブの娘と、誰も知ることのない二人きりの世界で、永遠に楽しく暮らすのだろう。だが、永遠に生きるとは、果して生きることだろうか。この疑問は、「熊の火」の主人公が抱いた疑問でもあった。

現実の生に戻るべきなのだろうか。西洋のファンタジー作品の多くがこの問いを提示し、こどもたちに現実の生への帰還を促す。なぜなら、現実の生を生きることの中からしか、意味が生じることはない、と考えるからだ。

日本のファンタジー作家、安房直子は、この問いに否定で答える。決して声高にではなく、静かに、あるいはつぶやきによって。「熊の火」で村に戻った青年は、農業協同組合の会計係として暮したと記されている。そして、彼の後半生は、熊の世界について語ることで過ごされた、と。これらの作品について言えば、現実には意味がない、と言っているように見える。

もっとも、著者の初期の作品が、すべてこのようなあり方を示しているわけではない。著者の作品の特色は、むしろ、現実と異世界を結ぶ関係のあり方の多様さ、自由さにある。異世界が恐ろしいものとして描かれ、主人公がそこに入らずに引き返してくるような作品もあり、価値づけについては不明で、ただ現実世界から主人公が消えてしまう場合もある。したがって読者は、作品を次々と追っていても、その結末をいつも予想できない。そのことが、同じ一つの主題を描き続ける著者の作品に、読者を引きつけ続ける大きな魅力でもある。

ただ一つ言えることは、視野の中心はつねに彼方の異世界の側にあり、現実世界の側にはないということだ。著者の作品にあっては、現実世界は、いわば異世界の顕現を浮彫りにするための背景としていつも描かれている。

本題に戻って、以上のような観点から『風のローラースケート』を見てみると、はじめにあたりまえの平担さと見えたものが、実は、著者の作品世界では特異なありかたであることが分かる。

茂平さんと奥さんは、峠の茶店を営み、こどもを生み、育てる。この主人公一家の生活には、日常の落着きと実在感がある。動物たちが現われて、それぞれの世界をかい間見させはするが、それも茂平さんたちにとっては、それ自体は単調である山の生活の味つけ以上の意味をもたない。

一体、著者はこの作品集にいたって、現実を越えるという固有のテーマから離れたのだろうか。そうではないと私は思う。ここでは、それらの作品が、〈峠〉という共通の場を舞台に書かれていることに注目する必要がある。物語は、町で働いていた茂平さんが、結婚を機会に、峠に茶店を開いて移り住むところからはじまる。

この物語において〈峠〉は特別な空間として描かれている。そこには人間たちと並んで動物たちも姿を見せ、当然のような自然さで人間たちと同様にふるまう。〈峠〉とは、道と山陵とが交わる地点を意味するが、この作品集では、同時に、人間の世界と、山に棲むもの（動物たち、精霊など）との交わる場でもあるようだ。〈峠〉はあらゆる存在の交流する特権的な場所、一つの〈彼方〉であって、この物語は、その始まりにおいて、現実世界（茂平さんたちが住んでいた都会）から、特別な世界への移行が遂行されていて、そこで展開されている、と言えるのではないか。

しかし、〈峠〉は、数多くの〈彼方〉の一変形という以上の意味をもつ。それは、「熊の火」の主人公によって提出された問い、〈彼方〉にとどまるべきか、現実世界に戻るべきかという、この主題に終始つきまとっている本質的な疑問に対する一つの解を示している。「熊の火」の主人公にとって、結局、そのどちらも満足できる結末でなかったことは、先に見たとおりだ。

この連作で著者が示した解答は、〈彼方〉でも現実でもない〈境界〉に住むこと、である。住むためには、幅のない境界線や境界面ではなく広がりをもった空間が要る。〈峠〉がその空間だ。それは空間的広がりをもつことによって、一つではなく多数の異世界に接する境界でありうる。この空間の住人は、現実の生を営みながら、多くの異世界との交流を楽しむことができる。

　この作品集の基調をなす、茂平さん一家の日常生活の質感は、以上の観点から、著者の作品世界における新たな意味をもつ展開として評価されねばなるまい。それは、日常生活がそのまま〈彼方〉としての意味をもつような独自なファンタジー世界の創出である。

　日常世界と〈彼方〉とは、どこで重なりあうだろうか。この連作では、そのもっとも重要な場所は食卓と台所のようである。「風のローラースケート」のベーコン作り、「ふろふき大根のゆうべ」でいのししたちの集ういろりばた、そして「月夜のテーブルかけ」では、たぬきに招待されて「ゆきのしたホテル」に着いた茂平さん一家は次のようなファンタジックな料理の歓待を受ける。

　「さあ、ユキノシタの天ぷらです。これをまず、ゆっくり味わってみてください。そのあと、こっちの、タンポポのサラダと、ユキザサのおひたしと、シオデのゴマあえと、ハナイカダのたまごとじをためしてください。お味がうすいようでしたら、塩をひとふりしてください」〔四八頁〕

　この作品集において、読者がもっともこの世ならぬ快美感を味わうのは、こうした現実にもありそうでどこか非現実的な食べものの描写においてである。食卓と台所とは、茂平さんたちの生活を現実の生に基礎づけており、同時に、〈彼方〉の世界としての性格を与えている。

　もっとも、著者の作品では、初期から、食べることは〈彼方〉と結びついた一要素だった。「熊の火」の火口の国が飢えを免れた世界であることを思い起こそう。

　この作品集では、それは食卓と台所を伴って、著者が見出した、〈彼方〉への境界の世界に、魅力と実在性とを与えている。私たちは、かって著者の作品を領していた、あの〈彼方〉への飢えと渇望とを、もはやこの作品集には感じない。著者は、すでに自ら、日常生活の中に〈彼方〉を見出して住み、そこから、私たちを、ファンタジーの新しい地平へと招いているのかもしれない。

※本書評は「季刊書評」一九八六年冬季号に掲載された。

国境や言語の別を越えて ―ヨーロッパ研究の新たな魅力を示す―

河原忠彦著 『十八世紀の独仏文化交流の諸相』（白鳳社）

十九世紀であれば、ヨーロッパの主要な国々の文学や思想の展開は、各国別にある程度分けて考えることができる。しかし十八世紀においてはそうではない。学問においても文学においても明確な国境は存在しなかった。学術共通語としての機能をラテン語とフランス語がはたしていた。ヴォルテールもルソーもイギリスに渡ったし、ヒュームはパリで名声を得た。ほとんど一生を一つの町で過ごしたカントでさえ、ルソーの著作をタイムラグなしに読んでいた。

そうであれば、十八世紀ヨーロッパについての研究は必然的に国境をも言語の別をも越えてなされる必要があろう。しかし、このような研究は当然に困難を伴い、決して数多くない。本書は、この重要な分野の可能性を開いて見せてくれた。書名の「独仏文化交流」という語は、直接にはこの著作の対象が、十八世紀におけるドイツとフランスの文学者・思想家の間の相互参照の関係であることを示しているが、より広い意味では、国境を越えて読まれ、影響を与えあっていた十八世紀ヨーロッパの文学・思想のあり様自体を表わしている。

本書で取り上げられている「交流の諸相」には、少なくとも三つのレベルがある。第一に、「オランダにおけるピエール・ベール」や「モーペルチュイとベルリン・アカデミー」のように、事実として国境を越えた活動に注目する場合。第二に、「レッシングとディドロ」や「ゲーテのディドロ批判」のように、一つの主題をめぐるテキスト間の関係を考察する場合。第三に、「ディドロの対話作品『ダランベールの夢』の一考察」や「『詩と事実』―自伝と文化史」のように、一つのテキストに取り組みながら、テキストに含まれるこの時代に固有の主題と文脈とを見いだそうとする場合である。

第一の場合、「文化交流」ということの意味は分かりやすい。ナントの勅令廃止によってオランダに亡命したベールは、『文学共和国新報』の発刊によって全ヨーロッパを覆う知の共同体を形成し、モーペルチュイはベルリンのアカデミーを再建し、「言語の起源」という主題をドイツにもたらした。

それに対して第二と第三の場合に著者が問おうとしているのは、そのような事実的な影響関係ではない。著者はそこで、いわば十八世紀ヨーロッパの文学・思想が形成される「現場」である、テキストが生成される瞬間における思考のあり様を解明することを目指している。そしてその中心に、十八世紀のフランスとドイツを代表するディドロとゲーテという二つの知性が浮かび上がる。著者は、両者の思考の生成を丹念に追うとともに、両者の世代と国境とをこえた響き合いを描き出している。

著者は「序文」で、この著作の二つの軸を「交流」と「起源の探究」であるとしている。「起源の探求」は、ディドロやモーペルチュイに見いだされる主題であると同時に、十九世紀以降の近代の文学や思想を生み出した生成の場という意味で「起源」である、十八世紀の知のあり方への探求をも意味しているだろう。著者がディドロとゲーテに出会うのは、ともにこのような近代の「起源」の位置においてである。

著者は、ゲーテを中心にドイツ文学研究から出発しながら、早くから独仏にわたる研究を進めてきた。その長年の努力の結晶である本書は、言語の別という方法論上の隘路から従来あまり扱われなかった領域に正面から取り組むことによって、十八世紀ヨーロッパ研究の新たな魅力を示した書物であると言える。

※本書評は一九九三年三月に刊行された当該の書についての書評であるが、発表媒体、および発表年月日は未詳である（編者）。

第Ⅳ部　その他

―追悼文・感想など―

パリ・日本・テクスト
――パリに学んで――

　私は、一九七五年秋から一年間、フランス政府給費留学生として、パリで生活し学ぶ機会を持った。パリには、芳賀先生、平川先生はじめ多くの先生方、先輩の方々が留学され、お書きになったものも多い。私の、短い期間の限られた知見が、述べるに値するものかどうか疑問だが、私にとっていまだ未整理な衝撃の束にとどまっている、この一年間の体験を整理する試みとして、私が接し得たパリの大学とその周辺のことを、いくつか述べてみたい。

　パリの大学に学んで、私が最も強く受けた印象は、国境を越えた国際的な学問の世界の存在の実感だったろう。パリが有数の国際都市であることは言うまでもない。パリに住んだ始めのころ、パリの外国人の多さ、その人種、国籍の多様さに驚かされたものだ。一様に外国人と言っても、パリに学びに来ている人、仕事で来ている人、周辺諸国や旧植民地からの労働移民、難民、亡命者と実にさまざまだ。加えて、「フランス人」であっても、人種の異なる人、また外国系の出自を思わせる姓を持つ人も多い。極端に単一的な日本社会しか知らなかった私が当惑したのは当然のことだろう。

　しかし、私がパリの大学及びその周辺に見出した「学問の国際性」とは、このような「国際都市パリ」の状況を、そのまま学問の世界に反映したものでは決してない。パリ社会の国際的状況は、おそらく否応ない歴史的所産であろうが、パリの学問の国際性には、それを推進している意志的な核の存在が感じられる。

　一国の学問における外部との関わりには、次の三つの要素が認められる。第一に、外国からの留学生・研究者による、その国の学問の習得・研究。第二に、外国の学問・文化への関心。第三に、研究者間の方法・成果の交流。パリの学問では、この三つのどの面においても、盛んな活動が見られる。

　その一つの例として、私が所属していたパリ第四大学フランス文学科十八世紀研究室のことを述べよう。私の研究テーマは、十八世紀日本及び西欧の文明思想の比較研究であるので、今回の留学では、主にフランス十八世紀思想及びその研究全般を広く学ぶことが、直接の目的だった。その点、前記の研究室の、ポール・ヴェルニエール教授の指導下で勉強できたのは、私にとって幸いだったろう。ヴェルニエール先生はスピノザの十七・十八世紀思想全般への影響を研究されて学位を得られ、詳細な註解の付いたディドロの新校訂テクストを編集して来られた方で、十八世紀西欧思想全体に及ぶ広い知識と関心を持たれ、演習に出席していた学生達も、それぞれ興味あるさまざまなテーマを持つ人びとだったからだ。

この演習は、日本の国文学に当るフランス文学科に所属するにもかかわらず、その中では、先に述べたような「国際的な」関わりが強く見られた。先ず第一に、学生の約半数が外国人留学生であること。国籍は、西ドイツ、スペイン、フィンランド、エジプト、モロッコ、日本。日本人は、やはり給費留学生としてパリにおられた、比較文学研究室の先輩、松崎洋さんと私の二人だった。

第二に、この演習で、先生は、十八世紀西欧思想全般を覆う概念としての「啓蒙」(lumière)の概念の可能性をテーマとされ、従って論点は常にフランスを越えて全西欧に及び、その上、日本やアラブ世界にこの概念を及ぼす可能性にまで言及して、私達やエジプト人学生に意見を求められた。こうした論点からの外部への関心の拡がりは印象的であった。

第三の、研究者間の交流については、演習の中で一度、京都大学の中川久定先生が来られて、日本におけるフランス十八世紀研究について報告をされたことと、同じ研究室で、ハーバード大学のレスター・クロッカー教授が招かれて十八世紀のヨーロッパ思想史の演習を受け持たれ、ヴェルニエール先生の教室の学生がほとんど全員出席していたことが指摘できよう。中川先生への学生達の質問、クロッカー先生と学生達の間の活発な議論は、学問における国際交流と言うに適わしいものだった。

これらのことは、私に、パリの学問の国際的な性格を印象づけた。それと同時に私は、それらに一貫して見られる「求心的」な性格にも気付かざるを得なかった。確かに、外国の文化・研究に対する関心は高く、外国人の研究者をも積極的に評価する姿勢を持つ。しかしそれは、明らかに、確乎とした核として存在するフランスの学問の側からの関心であり、その固有の基準による評価と言えるものだ。私は、このことを、クロッカー教授とフランス人学生達との、繰り返された討議の中で、強く感じた。クロッカー氏も学生達も、ともに、国際的な学問の可能性を認め、そこに到達するために議論していた。しかし両者の目指しているものは、具体的な形において異なっており、従ってそこには、二つの国際的な学問があると言わねばなるまい。

だから、私がパリで見出したものは、飽くまでフランスを中心とした、一つの国際的な学問なのだ。それは、これまでの巨大な構築物としてのフランス固有の学問を基底とし、その理念と論理に従って、ありとあらゆる対象を包括することを望む、そして何よりもフランス語で記述される学術活動の体系なのだ。だからと言って、私は決して、パリの学問の国際的な学問としての可能性を否定しない。むしろ、それは国際的な学問のあるべき一つの姿だろう。ただ、それが、私の目指すべき唯一のものでないことをも、私は見出したのだ。

パリの大学で行なわれている実に多種多様な学問、その中で私の関心を惹いたのは、やはり日本に関する研究であった。パリ第三大学の東洋語学校日本科のジャン＝ジャック・オリガス教授は、かつて東大比較文学研究室で研究生として学ばれた方だが、私は、お願いして、一度先生の日本文学演習の授業に出席させて頂いた。その中で、私は、奇妙だが重要な体験をした。私は、テクストとしての日本語に出会ったのだ。

オリガス先生はその演習で、大江健三郎の短い随筆を取り上げ、それをフランス語に訳す授業をしておられた。日本語をフランス語に訳す授業は日本にもあった。ただ、その時は、日本語の意味は明瞭に理解されており、それを誤りなくフランス語に移すことが問題であったのに対して、この場合、学生達にとって、日本語のテクストの意味を把握することが問題だった。学生達の中には、数人の日本人留学生がいた。彼らにとって、それは上級の仏作文の授業に当るのだろう。私にしても同様で、関心はもっぱら、オリガス先生のコメントと、訳されたフランス語の表現の側にあった。

授業の中頃、突然、先生と学生達の間で激しい議論が起こった。テクストは、先年、大阪で行なわれた万国博についてのものだったが、その中に、「わが大阪万国博」という表現があり、その「わが」という言い方の含意をめぐって意見が別れたのだった。日本人学生を含めて学生達は、「わが」は単に「日本の」という意味だとした。これに対して、オリガス先生は、「大江健三郎の生まれた愛媛は、地域的・文化的に、東京よりむしろ関西に近く、この『わが』は、大江の、東京に対峙する地域的・文化的こだわりを表わしている」とされた。

　議論は、しかし白熱し、学生達は納得しなかった。先生は、私にも意見を求められた。私は、初め、この「わが」にそのような含意を認めるのは無理だと思っていたので、そのようにお答えした。その時、先生は、突然日本語で、「大阪万国博という言い方を普通使いますか」と再び訊かれた。私は、あっと思った。「大阪万国博」とも言ったけれど、当時、多くは「日本万国博」と言っていたのではなかったか。問題のエッセイの主題が、人人が思い描いた万国博と、でき上った官製のそれとの隔たりなのであれば、この二つの表現の違いが有意である可能性、従って「わが」という言い方に何らかのこだわりが込められている可能性は、確かに存在するのだった。

　私は、初めは見慣れた日本語だと見過ごしていた表現が、大きな問題を負ったもの、すなわち「テクスト」であることを見出した。それは、単なる慣れや感じでは読まれ得ない詳細な比較考量、論理を通して解釈されるべきものであった。おそらく私が読み飛ばして来た多くの日本語の表現が、全てそうしたものだったのだろう。そしてそのことは、解釈する言葉としてのフランス語の登場によって明らかになったのだ。しかし同時に、このことは決して、フランス語に特権的な地位を保証しない。テクスト解明の場はおそらく、両言語の相互相対化の出会いの平面のどこかにあるのだろう。大江のテクストの解釈について、どちらが正しいか私は知らない。ただ日本語特有の、言葉のうねりとも言える複雑な屈曲を、そのまま訳文に表わそうと努力されるオリガス先生の態度は、私に強い印象を残した。


　私の接したパリの日本研究について書くとすれば、やはり森有正先生のことに触れないわけには行くまい。森先生はずっとパリに住まわれ、東洋語学校の教授として教えられて来たが、私がパリに行く二年ほど前から、パリ大学国際都市の日本館の館長の職を兼ねておられたので、私は大学都市入居の初めから先生のお世話になり、いろいろと親切にしていただいた。

　けれども、私がより親しく森先生のお人柄、御研究に接したのは、先生が、毎土曜日の午後、日本館の館長室でなさっていた、東洋語学校日本科の日本思想史演習の授業の中でだった。この演習は本来、東洋語学校の授業だが、先生は、出席を希望する全ての人に門戸を開かれ、私も学年を通じてその教えを受けることができた。

この年、先生が取り上げられたのは、『祝詞』だった。先生は、その中から特に「六月大祓祝詞（みなつきのおおはらいののりと）」と「祈年祭（としごいのまつり）」の二つの祝詞を取り上げられ、そのエクスプリカシォンとフランス語訳とをテーマに、そこに関わって来る思惟と感性の枠組みを思想史の中に位置付けることを目指された。とはいえ、森先生は無類のお話し好きで、その広い関心の中から、ある時はヴィトゲンシュタイン、またある時はお祖父様の森有礼のことから御自分の若い時代のことなどへと話を及ぼされることも度々だった。

秋、冬、春、夏と季節が移る中で、静かな大学都市の土曜の午後行なわれたその授業は、私にとって楽しい時間であったが、日本を遠く離れ、はるばるパリまで来て、日本の古典について勉強しているのは、やはり少々奇妙な感じがした。集まっている人達の組み合せも面白かった。先に書いたように、この授業は、来る人を拒まなかったから、年間を通じると実に多くの人が出入りしたが、テーマの特殊性から、おのずといつもの出席者は限られた。

森先生、東洋語学校で日本語を教えておられる二宮さん、『祝詞』をテーマに博士論文を書いているマッセさん、それに日本を中心にアジアの民俗・宗教を研究しているスイス人のキブツさん、そして私の五人が、だいたい決まった出席者で、この他に毎回二、三人の出席者があった。授業は、普通、フランス語と日本語で行なわれたが、難かしい箇所では日本語で議論することが多かった。マッセさんとキブツさんの日本語は達者なものだった。

このような人びとの話し合いを通して、『祝詞』のテクストを少しずつ読み進んで行く中で、私が学んだ第一のことは、オリガス先生の授業でも感じたこと、つまり日本語のテクストとしての深さ・難しさ、そしてその意味するものと言葉のリズムとの密接な関係だった。実際、たとい『祝詞』のような特殊な文にせよ、慣れによって表面的に言わんとする所を把えることは、日本人にとっては容易だ。しかし、訳さないまでも、フランス語に対応されるほどの正確さで、その意味と表現とを過不足なく解釈することはたやすくはない。

加えてこのテクストには、よく考えると分らないことが実に多い。例えば「祈年祭」の初めに、「集侍神主祝等諸、聞食登宣」（うごなわれるかむぬしはふりらもろもろきこしめせとのる）とある。いったい「宣る」のは誰であるか、またどういう資格で宣るのか、宣ることによっていかなる事態が生じるのか、これらについてテクストは何も語っていない。これらの問に答えるには、過去からの研究の集積である註釈書による他はないが、註釈は必ずしも正しいとは限らず、また後世の註釈が先のものより勝れているとは限らない。実際、私達が参照し得たいくつかの註釈のうち、最も私達の納得し得る解釈を示したのは、近代以前の本居宣長の『大祓詞後釈』であった。

このような時、森先生の採られた立場は、解釈に必要なものは論理と他の文献による傍証とであるが、常に基本とし、最後の依り所とすべきは、日本人の内的な感性でなければならないとの立場であった。そして、『祝詞』を日本思想史の授業で取り上げられた理由として、先生はお若い頃、戦前の狂信的な雰囲気の中で、神道やその周囲のものを、不可思議な気味の悪いものと思っていたが、西欧で暮らしながら日本のことを教える中で、戦前のあのようなものでなく、日本人の中に長い時をかけて育って来た日本固有の感性に結びつく何かが、『祝詞』に発する日本の宗教・習俗の中にあることを、近来強く感じるようになったと言われ、このような日本人の思惟の根底、感性のあり方を、このテクストから抽出したいのだと言われた。

こうして私は、森先生によって、書かれた日本語としてのテクストから、私の内なるテクストである私の思惟と感性のあり方へと導かれて行った。人はそれを、西欧留学体験による日本発見の陳腐な一例とするかも知れない。しかし私は、おそらくそれは決して「日本」にのみ到達する道とは限らないのではないかと思うのだ。ともかく、今それは、読み解かれるべきテクストとしてそこにある。そして、もしかすると、それこそが、パリで私が見出したと考えるあの国際的学問と等しい性格をもつある国際的な学問、そして私自身のものであるそれに至る長い道の端緒なのではないか、とも思う。

先日、突然パリからの森有正先生の訃報に接した。パリの枯葉舞う秋の曇り空を想い起こし、悲しみに耐えない。遠く離れた日本の地から、先生の御冥福を心からお祈りしたいと思う。

（「比較文學研究31」一九七七）

弥永徒史子さんを悼む

本誌巻頭の書評の筆者、弥永徒史子さんは、昨年の一月二七日に、私たちの前から去った。その前年の六月に入院された時、私たちは心配しながらも、やがて回復されて、あの縦横の活躍を再び見せてくれることを信じていた。しかし、そうした願いも空しく、その秋には病いの重いことを聞き、年が明けて、逝去の報に接した時には、言いつくせない理不尽さを感じた。こうした気持ちを今もなお消せないのは、私だけではあるまい。

弥永徒史子さんは、『季刊書評』の同人であり、私たちの友人だった。五年ほど前、『季刊書評』第五号の刊行の祝いの会を、大久保のベトナム料理店で開いたことがある。その会に出席した弥永さんは、自分の家がすぐ近くだと言っていた。お葬式に参列した私たちは、花環の列のはずれにその店を見出して、その時の言葉を思い出すことになる。

この第七号に載った弥永さんの書評の原稿は、もう二年も前にいただいていた。私たち編集の任にある者の怠慢によって、生前に刊行することができなかったことは、許されることではない。ただただ申し訳なく思う。その気持ちを少しでも表わすために、この追悼の文を、編集者の視点から綴ってみる。なぜなら、私が弥永さんと親しく接したのは、二度とも、そのような立場においてだったから。

一度目は佐伯彰一先生の還暦記念論文集『自伝文学の世界』の編集に携っていた時、弥永さんには、寄稿とともに、校正なども手伝っていただいた。弥永さんはこの論文集の寄稿者の中で、編集者にとってもっとも理想的な執筆者だったと断言できる。原稿提出期日の厳守、読みやすい正確な原稿、そして編集意図に沿ったテーマの選定など、どの点をとっても非の打ちどころがなかった。

しかし、より一層、印象が強いのは、そのように私たちの目には完璧と見える原稿を、弥永さんが二度にわたって全面的に書きなおしたことだ。文中に言及した事柄が事実として正確であること、表現が文脈に適合しており、表現意図が、読者に的確に伝わることの二点が、その書き直しの意図であった。そして、自分の論文がこの基準を満たしているかどうかについて、数度にわたって私たちに判断を求めさえした。秋の雨の夜、弥永さんからかかってきた電話の声を思い出す。判断を求められた私たちが、そこにいかなる不正確さも認めえないのに、弥永さんにとって、それはやはり不満足な表現なのだった。私たちは、そこに、弥永さんが自らを研究者として厳しく律していた自負を見る。

二度目は、この号の巻頭に掲載した書評だ。この書評が、弥永さん自身にとっては、完成稿ではなかったことを付記しておきたい。それでも第二稿である。そして、さらに入院後、次のようなメモが、少し急ぎ気味だが相変らず細かな達筆な文字で書かれて送られてきた。

再び、お手数ですが、お送りした『季刊書評』原稿中、以下の点を訂正させていただきたく存じます。

最近の「眼」とか「視線」とかに関わる書と絡めて、書き直してみたかったのですが、時間に無理があるようですので、些末な部分のみの訂正にとどめます。どうかよろしくお願いいたします。七月一日

弥永さんは病床でも、原稿を書き、そして書き直し続けていた。九月のはじめごろ、そのために必要な資料の入手について、お母様から電話で相談を受けたこともある。私の力が足りなくて、結局、その資料を弥永さんの手もとにとどけることができなかったことが悔やまれる。

病院には、まだ病状の比較的よい時に、二度お見舞いに伺った。弥永さんは、気嫌よくさまざまな話題に応じてくれた。一度目は、大澤君と私の二人で行って、陽気な笑い声さえ覚えている。二度目の時は一人だったが、いろいろな話の中で、少し以前の音楽のことを話した。ローリング・ストーンズが好きだったと言った。それも、ブライアン・ジョーンズのいる時代のストーンズが好きだと。ブライアン・ジョーンズも今は亡い。今ごろ、あの躍動的で、しかもあくまで正確なリズム・ギターを聞いているだろうか。

弥永さんは、研究者としても人としても多くのことをやり残した。それは事実だろう。しかし、その文章と生き方のスタイルは、ともにブライアン・ジョーンズのリズム・ギターのように完成していた、と言いたい。若くして亡くなることは、もちろん無念なことだ。けれども、ただ一つ良いことを挙げるとすれば、ストーンズのミック・ジャガーの老いた姿を見なくてよいことかもしれない。私の言える、せめてもの負けおしみである。

（「季刊書評7」一九八六）

牧野陽子　著『ラフカディオ・ハーン』出版記念会

昨年一月、牧野陽子さん（本会会員、成城大学助教授）が、著書『ラフカディオ・ハーン――異文化体験の果てに』を中公新書より刊行された。牧野さんは、その前年の四月から、アメリカを経由してドイツのボン大学に留学中であったので、四月の帰国を待って、この著作の刊行を記念する会が、平成四年七月二十日に東京・市谷のアルカディア市谷で開かれた。

牧野陽子さんは、柳宗悦についての研究で研究者としてのキャリアをスタートされたが、近年はラフカディオ・ハーンの研究において、特に『怪談』などの作品の読解を中心に精力的に論文を発表されてきた。論文、共著、翻訳など多数の仕事があるが、単独の著書は今回の『ラフカディオ・ハーン』がはじめての著作となる。数年来のハーン研究の成果を、ハーンの日本上陸後の軌跡という新たな視点からまとめて書き下ろした労作である。

会は、平川祐弘先生が発起人となって企画され、島田謹二先生および先生のご長女である斉藤信子さん、佐伯彰一先生、小堀桂一郎先生をはじめとして、二十名ほどの牧野さんと親しい人々が、牧野さんとお母さまの季子さんを囲んで、この著書の誕生を祝うために一夕をともにした。

まず、平川先生の発起人としての挨拶の後、島田先生が乾杯の音頭を取られ、次のような祝辞を述べられた。

自分は比較文学研究において、二つの要求が満たされていることが、絶対に必要なことだと考えている。その二つとは、第一に、先行研究をきちんと踏まえていることであり、第二に、その上で先行研究にない独創性をもっていることである。牧野さんの『ラフカディオ・ハーン』を読むと、数多い従来までのラフカディオ・ハーンについての評伝や研究を丹念に読み、かつ十分に消化していることが分かる。それでいてその都度、小さいけれども新たな発見を示し、全体として今までに描かれなかった魅力的なハーン像を提示している。すなわちこの書物は、自分の日頃考えている比較研究の二つの要請を二つながら十分に満たしている好著であって、自分の始めた学統から、そのような著者が現われたことは、まことにうれしいことである。島田先生は、このように述べられて、乾杯が行われた。

続いて佐伯彰一先生が、この著書における「補助線」の役割という点を中心に祝辞を述べられた。佐伯先生が指摘されたのは次の点である。牧野さんは、ハーンの日本での生活を三つの時期に分けて、それぞれの時期において、ハーンにとって「日本」がどのような意味をもってとらえられていたかを、第二章から第四章までの三章で論じているが、そこでの結論を表わす語が、それぞれの章の副題として付された「理想の異郷」「振子の時代」「微粒子の世界像」である。すなわち、初期の理想化されたイメージが、現実と出会って思い悩む時期を経て、最後に両者を超えた境地に到達するという、非常にきれいな図式でハーンの日本体験の複数の層位をとらえている。一見きれいすぎるように見える図式だが、この図式を導くために、チェンバレンと柳宗悦への言及が、いわば補助線として置かれており、それによって図式が自然な流れの中で提示されている。このような「補助線」を見つけることが文学研究では大切であって、その意味で、この著作は見事な成功を収めていると言える、と高く評価された。

次に小堀先生が立たれ、この著作の文体の透明さということについて述べられた。それは、学問研究において、研究対象がそれ自体として明らかに見えるように提示されているということである。小堀先生は、ともすれば、研究者が自分の考えの独自性を際だたせるために、対象をそのままでなく自分流の思い入れを通して示す、あるいはむしろ、対象をないがしろにして、研究者自身の存在を示そうとする傾向が、特に若い研究者に多く見られることは、よくないことだと思っていると指摘された。そのような研究では、いわば、対象と読者の間に著者の思い込みというフィルターがかかってしまって、対象がそのものとして見えないから、公共の知識として他の人人の役に立つことが少ない。それに対して、この『ラフカディオ・ハーン』には、そのような著者の我意が見られず、対象であるラフカディオ・ハーンの日本体験がそれ自体として、読者に示されている。そのことを可能にしているのは、牧野さんの文体が、対象をそのまま示す透明なものだからだ。小堀先生は、この点で特にこの著作を評価すると述べられた。

ここで、会の発起人として司会をされていた平川先生が、小堀先生のお話を承けられて特に発言され、自分はむしろ、この著作に著者である牧野さん自身の独自なものの見方や考え方が全編にわたって表わされているという点に、その最大の魅力を見出すと反論された。

この点については、その後でスピーチをした出席者からも繰返し言及があったが、つまりは、最初に島田先生が指摘されたとおり、研究としての客観性と見方の独自性という二つの特徴が同時に実現されている点が、この著作の優れたところだということになるのではないだろうか。

そして最後に、牧野さんの挨拶があった。

牧野さんは、ハーンと最初に出会ったのが、映画化された『怪談』においてであったこと、その時そこに明らかではない何か重要なものがあることを感じていたことから話を始めた。そして、後に大学院の平川先生の授業で、研究対象としてのハーンに出会う。その後、平川先生の指導のもとに、ずっとハーン研究を続けて今回の著作にいたったわけであるが、それほどにハーンに惹かれてきたのには、牧野さん自身の理由があった。

それは、ハーンが、牧野さんが修士論文で主題とした柳宗悦と同じように、外側から日本の文化に注目する視点をもっていたからだという。そしてそのことは、牧野さんが子供時代を外国で過ごして帰国し、そこでいわば外からの視点で日本の文化と出会った体験と重なっている。柳やハーンの著作の研究は、著者自身の体験の意識化と確認の努力と重なっているとも言える。

柳とハーンにはもう一つの共通項がある。それは、日本の文化を見るにあたって、そのより古い層位、基層へと降りて行って見ようとする、という点である。そして両者ともに、そのようにして見いだした日本文化の基層において、西洋文化の古層にあるものと共通の要素に出会ったのであった。それは同時に、著者自身の内側にもある無意識の世界と繋がっていた、と牧野さんは言う。ハーンのテキストを精読する中で見いだされてきた、そのような世界が、この著書の終章に述べた「微粒子の世界」なのだと話を結び、最後に、外国で過ごした子供時代にあって唯一の日本語教師として、このような著作をするだけの日本語の能力を養ってくれたお母さまへの感謝の言葉を述べられた。

自身の体験と研究とを、異文化接触という事象にそってまとめられた味わいの深い挨拶であった。

私たちの研究室に関係する人々の著書が刊行された時に、親しい人々が集まって、私たちの学問に新しい成果が加わったことを喜ぶのは、比較文学・比較文化の大学院が創設されて以来、すでに四十年近くに及ぶ慣わしであることが、本誌の旧号によって知られる。そこで話された数多い言葉は単なる祝辞ではないだろう。それは、私たちの学問の一歩一歩の歩みの位置と方向の確認でもあるように思われる。

牧野さんの初めての著作の刊行を祝う今回の会は、出席者の数こそ多いとは言えないものの、島田先生をはじめとする四人の歴代の大学院主任の先生方の出席をいただいて、出版記念会という、こうした会のもつ意味が強く感じられた、まことに印象の深い集まりであった。

（「比較文學研究63」一九九三）

神田先生に教えられたこと

神田孝夫先生がなくなられた。七十余年の命数は近頃では長いとは言えない。先生のあの生き生きとしてしかも飄々とした表情やお話に、もう接することができないと思うと、ただただ悲しい。

しかし、それから数カ月の日数を経て、悲しみより、むしろ先生がご自分の生き方を全うされたのだと納得する気持ちが次第に強くなっている。私たちは研究者であるとともに教師でもある。神田孝夫先生は、私にとってそのような生き方を身をもって教えていただける、先達としての先生であった。研究者として残されたお仕事については他の方が書かれるだろうから、私は、私が接することができた限りで、先生に教えられたことを書き記しておきたいと思う。

一九七〇年代のはじめ、私が比較文学・比較文化専攻の修士課程に進学した当時、神田先生は、大学院担当の非常勤講師として、授業を持っておられた。時限は火曜日の五時限目、芳賀先生の授業の後に、同じ三一四教室で、ドイツの比較文学理論を中心とする講義をなさっていた。とはいえ、私の関心が当時その分野に向かっていなかったため、私は決して熱心な受講生ではなかった。私が個人的に先生のお話をうかがうようになったのは、それから二年ほどたってからである。それには二つのきっかけがある。

私が神田先生の人柄に強い印象をもつようになったのは、授業ではなく、当時から頻繁に開催されていた『比較文學研究』の合評会の席での先生のフロアからの講評によってであった。そこで示される先生の評価は、学問としての基準の厳しさを指摘しながらも、論文の筆者、論評者のどちらについても、その意図や思いを最大限に汲み取ろうとするものであった。自らの目指す研究のあり方に迷いをもっていた私は、支えとなる指針をそこに見出すことができた。私は機会を見つけては神田先生とお話するようになった。

その何年か先生は、火曜の五限に駒場で教えた後、専任の東洋大学で夜間の授業を行うという授業予定を組んでおられた。そのために駒場の授業の後、渋谷で夕食をとられるのが常であったが、その席に私たち比較の学生を伴われることがしばしばあった。

私は親しい友人とともにその常連となった。その席での話題は、狭い意味での比較文学・比較文化に限らず、時の時事的な話題から歴史一般に及ぶこともしばしばだった。私たちはその魅力に惹かれ、神田先生を中心とする一つのサークルとなったが、それは先生の好まれる交わりの形だったから、同様な私的な集まりはおそらくいくつも並行してあっただろうと思う。

そして数年後、私たちがそれぞれの大学で教壇に立つようになる頃、神田先生は東大の大学院では授業をもたれなくなっていた。私たちは、連絡を取り合って、大学の仕事が一息つく時期に、神田先生とお会いする会をもつようになった。この会合は、先生がなくなられる一年前の平成七年夏まで、大体、一年に二回のペースで続けられたことになる。

私たちが勝手に「神田会」と称していたこの集まりは、旧交を温めることを目的とする酒の席であったから、話題にもまとまった主題などはなかった。大学院時代と同様、時事的な話題や歴史・文学全般に話は及んだ。しかし、その中で神田先生が繰返し指摘され、いわばこの集まりの中心テーマとなっていた主題がある。

それは、森鷗外や夏目漱石など、明治期に西洋文化を日本に移入した世代の人々の持っていた漢文、漢学の教養の重要性についてである。神田先生は、明治期のこの世代までは、漢文、漢学の素養がまず知的活動のベースとしてあり、その基盤の上に西洋の学術や芸術が受容されたと考える。西洋受容の背景をなす、この漢学の教養に注目することは、この時期の人々の仕事を理解する際の基本的視点であって、その人々と同じ程度の漢学の素養がなければ、それらの仕事の意味を本当に理解することは不可能だということを、先生は、いろいろな例を挙げて、繰返し私たちに言われた。

そしてさらに次のことにも繰返し、注意をうながされた。それは、こうした漢学の素養が、明治後期以後、急速に失われてしまうということである。すなわち少し後の時代の人には、先行する世代の仕事の意味が分らなくなってしまうということであり、そこには文化史上の大きな断層が存在するという指摘である。酒が入ってくつろいだ気分の席の中で、この話題に入ると、神田先生の表情が見る間に真剣なものとなり、座の雰囲気もあらたまったものとなったことを覚えている。


「『棧雲峡雨詩草』略注抄」に代表される神田先生の後期のほとんどのお仕事が、まさにこの文化史上の盲点を明らかにすることを目指した作業だったように思われるのである。

このお話を繰返し私たちに言われた意図は、おそらくそうした文化史上の視点の指摘に留まっていない。先生は私たちに、そうした先人たちに匹敵する漢文の読み書き能力を身に付けようとする努力を求められたのだろう。しかし少なくとも私は、その間、そうした努力に真面目に取り組みはしなかった。それどころか、その後、論文集の編集の作業などに関わる際に、日本の漢詩や漢学の知識が必要となるたびに、私たちは神田先生のご助力をお願いしなければならなかった。先生には、不肖の弟子として本当に申し訳なく思う。

もう一点、先生との長いお付き合いの中で強く印象づけられ続けた事柄がある。それはテキストであれ、人であれ、およそ認識の対象とするものに対して示された「敬意」である。それは自分以外のすべての存在に対する敬意と言ってもいいかもしれない。どのようなものであれ、いい加減なとらえ方でとらえてしまってよいようなものなどない、とおっしゃっているようであった。

このことについて印象に残った話題がある。チェルノブイリの原子力発電所の事故が起こった年の集まりで、神田先生は次のように言われた。チェルノブイリで火災が続いている時に、放射能が危険なので誰も火災を消すことができないのではないかということを言うマスコミがあったが、消防隊が身を挺して消した。ロシア人を馬鹿にしてはいけない、と言われるその口調には強い怒りさえ感じられた。

ここで話題になった事実関係については、別な見方もあるだろう。しかし、神田先生が言われたことは、そのような事実関係に関わらない、対象を一段見下して、分ったようなつもりになる、そのような知的怠慢の態度についてであったろう。そこには、学問についてだけでない、人間としての生き方について、私たちに教えたかったことの核心がある、私は少なくともそのように受けとめたのだった。

最後の「神田会」となった平成七年の夏の一夕、大澤吉博、長谷川信の両氏と私の三人で、阿佐ヶ谷駅近くの二階にあるいつもの喫茶店に、先生をお尋ねした。歩行が困難になられたということで、杖を突いておられたが、先生は平然としたご様子で、私たちを先生が夕食に通っておられる店の一軒に案内され、いつもと変わらない量のお酒を楽しまれた。話題もそれまでと変わることなく万事におよび、先生独特の視点の鋭さもそのままであった。帰りには、さすがに三人で先生のお宅のすぐ近くまでお送りしたが、お顔の表情は終始、生き生きとしたご様子だった。

それから一年、お会いする機会が得られないまま、突然の訃報に接することになったことについては、日々の多忙にかまけていた私たちの側の怠慢が責められるだろう。本当に残念でならない。

このような思い出話にどのような価値があるかは分らない。しかし、神田先生がその生き方をもって私たちに教えられたこと、またたくさんの方々と築かれた貴重な人と人の交わりの形を、この世に残す手がかりとして少しでも役に立てば望外の幸せと思う。

（「比較文學研究70」一九九七）

大澤吉博さんとともに歩む

大澤吉博さんは多くの人にとってそうだったように、私にとって生涯を通じてのかけがえのない友人であった。比較文学比較文化専攻の大学院修士課程に進学してすぐには親しい友人のなかった私に、はじめて親しいと言える友人が出来たのが、一年たって進学してきた大澤さんだった。

同時期に進学した仲間たちで飲食を共にし語り合うだけの付き合いが、学問を磨き合う同志の関係に変わっていったのは、その数年後のことだった。私が一年間のフランス留学から帰国した頃、大澤さんは教養学部の英語研究室の助手になっていた。第一研究室にあったその助手室で、私たちは二人だけで研究会を始めた。週に一度の研究会で読み進めたのは、安東次男の『芭蕉七部集評釈』だった。安東次男が引用する注釈書の範囲の広さ、深読みとも言える解釈の奥深さに惹かれるとともに、杜国や重五などそこに登場する芭蕉の門人たちが、年若くして積み上げた日本と中国の古典の教養の広さ深さに圧倒された。やがてその研究会には、長谷川信さんと小川敏栄さんも加わり、交友の輪はさらに広い範囲に拡がった。

その集まりの中で大澤さんが書評同人誌を刊行しようと言い出した。単に個人の学問でなく、積み重ねとしての学問を実現するには、既存の学問の成果に対して評価を対置して行くことが必要であること、内容を書評に限ることによって、同人誌としての大きさを抑制しながら、学問としての質の高さを表現できることを、大澤さんは私たちに説いた。

『季刊書評』という、目標だけは高い同人誌は一八七八年に創刊号が刊行された。一年四号という理想にはほど遠い号数しか刊行できなかったが、それは毎号、お互いに批判し合う研究会を伴って、私たちが自分の研究者としての道を目指す上で、大きな道しるべとなった。

この『季刊書評』の集まりは、他のことでも大澤さんと私が力を合わせて共同作業をするきっかけとなった。いくつもあったそうした作業のうち、とりわけ思い出に残っている仕事が、弥永徒史子さんの遺稿集『再生する樹木』（朝日出版社、一九八八年）の編集だった。弥永さんは『季刊書評』の仲間の中でももっとも年若いメンバーだったが、脳腫瘍という病で三十代前半でその命を終えた。北欧の文学と絵画についての生涯をかけた研究は私たちの視野を開くものだった。ご家族の希望もあり、加納孝代さんと佐藤宗子さんを中心に、知人の追悼文を含む遺稿集の編集を進めたが、大澤さんと私が、弥永さんの残された論文をまとめる作業を受け持った。論文はすでに印刷されたものがほとんどだったが、弥永さんが病床で取り組んでいた未完成の最後の論文の扱いが難しかった。また、弥永さんの研究はすべて絵画に関わるものだったので、あらためて書物に組み直すためには、その中に収録されている絵画作品のできるだけよい写真版を探す必要があった。いくつかのものは弥永さんの遺品の中に見つかったが、見あたらないものもあった。大澤さんは、研究のもとになった画集を書店から探し回って購入し、必要な作品の写真版をそろえた。後の時代ほどではないが、多忙な日常の中で、この編集の作業に取り組む大澤さんのあくまで手を抜かない誠実さに私は強い印象を受けた。

弥永さんの遺稿集の仕事の他にも、私たちはいくつもの共同作業に取り組んだ。比較文学比較文化専攻課程の主任をされた佐伯彰一先生の還暦記念論文集『自伝文学の世界』（朝日出版社、一九八三年）の編集の実務作業を大澤さんと私の二人が担当したのが、はじめの仕事だった。また中央公論社から刊行された『叢書比較文学比較文化』全六巻（一九九三－九四年刊）の企画、編集の実務は、複数の世話人が担当した。大澤さんは、ご自身が第六巻『テクストの発見』の編者であったが、編集実務の全体を総括する責任者でもあった。私も世話人の一人に加えてもらったが、何年にもわたるこの編集の作業におけるる大澤さんのリーダーシップは確乎として妥協を許さないものだった。

大澤さんを中心とする共同作業の中でもっとも多くの時間と努力を必要としたのは、一九八八年からはじまった一九九一年のＩＣＬＡ（国際比較文学会）東京大会の準備と、同時期に大澤さんが事務局長に就任した日本比較文学会事務局の運営だった。大澤さんは、日本比較文学会の話がある前の半年間、カナダのアルバータ大学に滞在して日本文学を講義していた。大澤さんはそのカナダから私に国際電話をかけてきて、事務局長の仕事を引き受けようと思うので協力してほしいと言った。そのようにして大澤さんは大変な仕事を次々と引き受けていったのだが、その時は本当に決意の深さが感じられる声だったので、私も即座に了解し、できるだけの協力をすると約束した。

それからの数年は本当に奮闘の日々だった。ＩＣＬＡ東京大会の事務局として、大会の準備経費で駒場と渋谷の間の神山町にワンルームマンションを借りたが、日本比較文学会の会報や会誌の発送には、作業をするスペースがなかったので、結局、目白の大澤さんの自宅のリビングルームいっぱいに会報や会誌を積み上げて、その日に都合がつくメンバー全員が集まって発送作業を行った。大澤さんのご家族には大変な迷惑をおかけしていたと思う。

日本比較文学会事務局長としての仕事だけでなく、ＩＣＬＡ東京大会の準備においても大澤さんは実質的な実務責任者だった。東京大会の期間を通じて、大会本部だった青山学院大学総合研究所ビルの第十会議室の席について全体の進行の指揮をとった大澤さんの姿がとても頼もしかったということを、東京大会の会場の責任者だった小玉晃一氏が繰返し語っていた。

その後も日本比較文学会の機関紙『比較文学』の編集委員会など、多くの仕事を一緒にしたが、もちろん友人としての私的な交際も頻繁にあった。夏休みに入った時期と年末に『季刊書評』以来のメンバーが集まって飲むのが、季節の切れ目になっていた。

大澤さんと私の個人的な思い出でもっとも鮮やかに想起されることは、一九九四年の夏にカナダのアルバータ大学でＩＣＬＡの大会があった時に、往復ともに一緒に旅行したことだ。以前にアルバータ大学で半年を過ごした大澤さんにとっては、その時のことを思い出し懐かしむ旅でもあったように思う。バンクーバー、バンフと泊まって、三日目に思っていたような場所にホテルが取れなかった時、大澤さんは、ドラムヘラーという町に行こうと言い出した。ドラムヘラーはさびれた鉱山町で、現在は恐竜博物館で知られている町だと言う。前回の滞在では行く機会がなかったとのことで、大澤さんが電話で折衝してベッドアンドブレックファストの宿を予約し、カルガリからタクシーで何もない大平原を走って行き、地の底に向かうような道を降りると、川で穿たれた奇景の中に、小さな町があった。

本当に何もない町で、恐竜博物館を見てしまうともう何も見るものはなく、夏の午後の長い時間を町の図書館や荒物屋まで見て歩いた。忙しい旅の中で、他に何もできないのんびりした時間だった。そのようなのんびりした時間がとても貴重である事を二人して言い、宿の女主人が振舞ってくれた午後のお茶を楽しんだ。本当に懐かしい楽しい記憶である。

いつだったか大澤さんの家にうかがって、居間で二人で何か仕事をしていた時、まだおそらく小学生だった長女の佑宇子さんが「パパたち、とっても息が合ってるね」と言ってくれた言葉を思い出す。そうだった。私たち二人は、とても息が合っていた。その年月がもっと長く続いていたらという思いが、なつかしさと悲しみが混じり合った感情とともに、あらためて胸いっぱいに感じられるのである。

（「比較文學研究86」二〇〇五）

内藤高さんのこと

内藤高さんの研究者としての、また一人の人間としての考え方、ふるまいに私が触れたのは、やや離れた二つの時期であった。第一には、ともに大学院で学んだ時期、第二には、その後二十年ほどの日本比較文学会の活動においてである。

内藤さんが比較文学比較文化専攻課程に進学されたのは、一九七四年。私は博士課程の二年目で、翌年の秋には留学のため渡仏してしまうので、内藤さんと身近に接するようになったのは、フランスから帰ってきて、大学院に籍を置きながら、さまざまな活動をするようになった一九七七年ごろからだと思う。

その当時、大澤吉博さんは教養学部英語研究室の助手として、第一研究室にあった英語研の助手室に居られた。親しかった私たちは、初めは二人だけで、その助手室で研究会を始めた。最初に取り組んだのは、安東次男の『芭蕉七部集評釈』（集英社、一九七三年）で、少し後で、長谷川信さん、小川敏栄さんも加わった。この研究会を続ける中で、大澤さんが、先行研究に対する明確な姿勢を持つことを目標に、書評だけを掲載する同人誌を刊行しようと提案した。私たちはこの計画への参加を、当時在学していた私たちの後の学年を中心に広く呼びかけ、二十名以上の人が参加してくれた。七年間で、七号を刊行し、その活動を終えたが、その時点で数えてみると、二十四名の方が執筆してくれたことになる。一九七八年に創刊号が出た、『季刊書評』という過大な誌名を付けられたこの同人誌は、私たちを互いに結びつけることに大きな意味を持ったように思う。この雑誌を刊行するだけでなく、あらかじめ論旨を口頭で伝えて、批評し合う会も持ったし、それぞれの機会にパーティーのような集まりもしばしば楽しんだ。

内藤高さんは、初めからではなかったと思うが、やはりこの集まりに参加してくれていて、一九八〇年刊行の第四号（特集「美術・芸術論」）に、竹内栖鳳の『栖鳳閑話』（改造社、一九三六年）の書評を執筆してくれた。声高に自らの考えを主張する文章ではなかったが、美術、芸術に対する真摯な思いがおのずから表現されている書評で、編集にあたっていた大澤さんも私も深く引きつけられ、この号の巻頭に掲載させてもらった。

この前後には、内藤さんも私たちのいろいろな集まりにも参加していたが、そこでも、やはり静かだが独自の価値観を持つ研究者という印象を一貫して周囲に与えていたように思う。この時期は、比較文学比較文化の研究室でも、教養学科のフランス科から進学し、近年のフランスにおける新しい思想、学問の影響を強く受けた学生が目立った頃だった。だが、内藤さんはフランス科出身だったにも拘わらず、そのような傾向とははっきり異なる雰囲気を示していた。

それからまもなく、内藤さんはフランス政府給費留学生として留学し、短期で帰国した私とは異なり、長期にわたってフランスに留まって研鑽を重ね、博士号を取得して帰国された。同じパリで留学生活を送ったことのある私の経験でも、パリという街での留学生活は、楽しみも多かったが、生活は大変だったという記憶がある。後の病気のことを思うと、長期に及ぶ留学は恐らく、内藤さんの身体に負担を与えたのだと思われる。私と同時期にパリで暮らした友人にも、病名は異なるが、その後、重大な病に倒れた人も複数いるからである。

帰国後、健康を害されたとも聞いたが、すぐに同志社大学に職を得られて、私たちの所属する日本比較文学会で、しばしばお会いするようになった。それが、私が内藤さんとお付き合いした第二の時期である。

この時期、日本比較文学会では、一九九一年にアジアで初めて開かれる国際比較文学会（ＩＣＬＡ）の大会を開催する準備に追われていた。一九九一年八月にＩＣＬＡ東京会議として実現したこの催しは、芳賀徹先生が実行委員長として推進された、駒場の比較文学比較文化研究室およびその卒業生にとっても、数年にわたって全力を傾注しなければならない大事業だった。このために一九八八年当時、東京工業大学からカナダのアルバータ大学に出向されていた大澤さんに白羽の矢が立てられて、国際電話で日本比較文学会事務局長に翌年から就任することが要請され、周囲の私たちも日本比較文学会の業務と、ＩＣＬＡ東京大会の準備とに忙殺されることとなった。

内藤高さんは、関西におられたので、直接にこの大騒ぎに巻き込まれることはなかったが、離れてできる準備作業には協力してくれた。関西地区にも、私たちの頼りになる仲間がいるということは、大澤さんを中心とする私たち準備メンバーにとって心強いことだった。

一九九一年のＩＣＬＡ東京会議の準備において、私はプログラム編成の取りまとめを担当したが、その作業の中で一度、内藤高さんに重要な助けを受けたことがある。もう会期も近くなってプログラム印刷の校正の作業に入っていた頃、予定されていた海外の参加者から、都合がつかなくなって参加できないという手紙やＦＡＸが、私たちが準備作業を行っていた神山町のオフィスに続々と入ってきていた。

この会議のプログラム編成は、機械的に発表申し込みのあった発表を並べるのではなく、それぞれのセッションにおいて共通した主題が論じられるようにしたいという意図のもとになされていて、その中でも特に目立った研究発表を集めて、大きな会場でシンポジウムのようなセッションとして組まれるものが各セクションに設けられていた。舞台芸術と文学の関係を論じるそうしたセッションで、韓国の伝統芸能を主題とする発表を予定していた国際的にも知られた研究者が、会期も近くなって出席できないと通知してきたのだった。この発表がなくなると、このセッションは寂しいものになってしまうので、私たちは悩み、結局、内藤さんに発表内容の変更を依頼して、すでに他のセッションで発表することに同意を得ていた内藤さんのクローデルについての研究発表をこのセッションに組み入れることにした。

内藤さんの自宅に私が電話して、この変更の依頼をしたのだが、国際学会での外国語での研究発表をこの段階で手直ししてもらうのは困難が予測されたので、この依頼には恐縮する気持ちがあった。電話で内藤さんは、あっさりと承知してくれた。ほっとした気持だったが、結果が気になってセッションに立ち会った私の前で、他の発表者とはやや異なる内容の発表を終えた内藤さんは、申し訳なかったと言う私に対して、あの電話の時の私の声が本当に困った様子だったので承知したと小さな声で話した。内藤さんは他人が本当に困っている時には自分を犠牲にして尽してくれる人だという感動が、私に残った。

その後内藤さんは、大阪大学文学部に新設された比較文学研究室に移られていたが、一九九九年に日本比較文学会の本部事務局長を引き受けられた。これも、なかなか引き受け手がない職務に対して、白羽の矢を立てられた内藤さんの義務感がなさしめた結果だったと思われる。これ以前に、内藤さんはすでに糖尿病で入退院を繰り返しており、膝から下の片足を切断して義足の生活を余儀なくされていたからである。当時、理事会の一員だった私も危惧を持たざるをえなかったが、同僚としての中直一さんの協力も得て大阪大学の学会事務局は開始したのだった。

結局、事務局長としての内藤さんのその後四年間は、義足での活動だったにも拘わらず、まことにきちんと義務を果たすという仕事の日々だったと思う。特に記憶しているのは、その最後の年である二〇〇三年の全国大会における次年度の全国大会会場の決定についてのことだ。この次の年の全国大会は、東京地区で開催される順番で、同年三月の理事会において東洋大学で開催する方針が確認された。だが、東洋大学では、学会開催の受け入れは、その前年秋の教授会での次年度学内行事日程の決定後にしか受諾できないことになっていたため、二〇〇四年六月の開催日程が正式に決まり、会場と日程を学会員に通知できたのは、二〇〇三年暮の会報においてだった。これに先だって、二〇〇三年の総会では、翌年の全国大会は六月に東京都内の会場で開催されることを全会員に告知して、了承を得ようとしていた。

しかし事務局長の内藤さんには、このような事態は、学会運営に当たる者の学会員に対する無責任な態度と感じられたようである。この全国大会時に開かれる理事会を前にして、内藤さんは、翌年の全国大会を東洋大学で開催するという前回の理事会で確認された方針を撤回して、大阪大学で開催することを、理事会の議事を話し合う常任理事会において提案された。大会組織委員長に就任する予定で、東洋大学における大会の準備を進めていた私は、そのことを常任理事会のメンバーから伝えられて、正直なところ愕然とし、かつ自分たちが、さまざまな事情に流されて、学会運営の原則をないがしろにする傾向があったことを反省した。そして、あらためて内藤さんの、自らの都合よりも原則を大事にしようとする思いの強さに強い印象を受けたのだった。この時点では、すでに東洋大学の内部での決定を得られていたので、そのような変更はなされなかった。だが私たちは、内藤さんの中に一人の「肥後もっこす」が生きていることに出会ったのだった。

内藤さんの身体の状態は、この頃にはさらに困難さを増していた。そのような日々の中で、その翌々年、二〇〇五年十一月の、ポール・クローデル歿後五十年を記念する国際シンポジウム「クローデルと日本」の開催に力を尽されたこと、また同じく二〇〇五年に、広く一般の人々が手に取る著書である『明治の音――西洋人が聴いた近代日本』（中公新書）をまとめて刊行されたことを思うと、内藤高という私たちの仲間であった研究者は、限られた時間の中でも研究者としてのなすべきことを十分になしとげ、かつ自らが定めた原則に従って生きた稀有な精神の人だったという感を深くするのである。

（「比較文學研究93」二〇〇九）

第Ⅴ部　回想文集

以下は、小宮彰氏と親交の厚かった方々の回想文を集めたものである。便宜上、小宮氏が比較文学・比較文化を学んだ東京大学の大学院で出会った方々、小宮氏がその情熱を傾けた日本比較文学会を通じて得た知己・友人、小宮氏が長年勤めた東京女子大学において得た知己・友人、小宮氏が友人を通じて喜んで引き受けた成蹊大学での活躍をつうじて得た知己・友人、そして最後に親族、というふうに分けてある。

東京大学大学院関係

小宮彰君を悼む
――ルソーを論じ、世情に詳しく

芳賀　徹

東大大学院比較文学比較文化研究室の全関係者名簿によると、小宮彰君がこの研究室に進学してきたのは昭和四十六年、一九七一年のことである。いまから数えてもう四十五年余りも昔の話。まさに往時茫々である。

その長い長いつきあいの後に、小宮君は一昨年の正月の半ば、満六十九歳を前にして急逝した。小宮君の旧友で後輩の佐藤宗子さんからであったか、電話でその死を知ったとき、私はただ驚き、悲嘆する以外になかった。池袋の自宅で、大学から帰ったままの姿で、独り倒れていたというのであった。その急逝の二週間ほど前、正月三日の夕べには、拙宅での過去四十年もつづく「比較」の酒宴に小宮君も当然のこととして出席してくれ、夜中近くまで例の調子でにぎやかに談論風発をしていたのだ。ただ、そのとき彼の口のきき方が少しもつれ気味で、聞きとりにくいことが多くなり、口のほとりに食べ物のかすをくっつけていることもあった。私はひそかにそれに気がついてはいた……。

小宮君が大学院に進学してきたのが前記のように一九七一年といえば、六十八年以来揉めに揉めた東大紛争がようやく鎮まって、授業も正常化しはじめていたときだ。そのためか、彼は教養学科フランス分科からきたというのに、私はフランス科時代の彼のことをほとんど知らない。小宮君の一学年、二学年前のフランス科の塩川浩子さんとか大久保喬樹君とかは、大学封鎖中のために週一回はわが家に来て、フランス語の授業を受け、授業が終わるとよく近所のラーメン屋から丼をとりよせてご馳走したものだったし、三学年下の小林康夫とか岩佐鉄男とかは教養学部理科の学生時代に私がフランス語担当で、生意気な彼らを紛争中も面白がって調教したので、後々までつきあいがつづいた。

私が小宮彰の存在をおや面白い奴だと意識するようになったのは、大学院の授業で半年ほど荻生徂徠の「徂徠先生答問書」を取上げたときからだったのではなかろうか。私は大学騒乱の直後にはこのような文学論兼政治論の古典がいい鎮静剤になるのではないか、と考えて選んだのであった（学部二年生相手のフランス語にはそのときデカルトの『方法叙説』を選んだのと同じように）。

はたして、小宮君は徂徠先生のこのバロック風ともいうべき力強い文章にしっかりと喰らいついてきた。朱子学などという、わが身を五分搗きの白米に仕立てあげるような細身の学問は無用のわざだ。古代の聖人たちの書き残した古典そのものに取り組め。資治通鑑綱要ではなく資治通鑑の原典をこそ読め。旅をせよ、歴史に學べ、飛耳長目（ひにちょうもく）、遠く広く聴き、長く深く目を馳せよ、「学問は歴史に極まり候事に候」。為政者たる者（武士）が人の心の動きを把えられぬようでは役にも立たぬ、そのため詩経も日本の古典詩歌をも熟読して民衆のよろこびや悲しみ、男女の間の愛の機微までを知らねばならぬ。人物を選定するにもひ弱な秀才は無用、暴れ馬の如き者をこそ取り立てて、それを乗りこなし、押さえこんで鍛えよ……。

私自身、庄内藩の家老たちの問いに答えたというこの十八世紀の大儒の文章を学生たちとともに読んで、まるでこれは比較文学比較文化への激勵の書かとさえ思われ、実に愉快、痛快であった。小宮君はあのころから実際に口角に泡を飛ばして、というよりは泡をくっつけて、この徂徠を論じ、後に杉田玄白の『蘭学事始』のエクスプリカシオンを始めればこれについてもよく発言した。彼のすぐ一学年下には大澤吉博、上垣外憲一というような何にでも口を出して知識を誇る連中もいて、研究室も演習もいつも大にぎわいであった。私が長いことこの大澤、上垣外と小宮君と、どちらが上級生なのかわからなくなるほど、この三人組は親密で、後には三人そろって研究室の、さらには日本比較文学会の幹部情報将校となって活躍した（大澤君はこれも早く急逝して、小宮君が中心となって彼の論文集を丁寧に編集したものだった）。

小宮君はこのような学習の経緯もあってか、もともとよく読んでいたらしいジャン・ジャック＝ルソーと、同じ十八世紀半ばの日本の安藤昌益とを取り上げて、前者の『人間不平等起源論』、後者の『自然真営道』や『統道真伝』における、人間の「自然状態」（「自然ノ世」）と「社会状態」（「法世」）の論を直接に比較するという修士論文を書き上げて一九七三年冬に提出した。抜群によく出来た、大胆にしてしかも小宮流に精密な論攷であった。指導教官としてこれを読んで、私がこの「文明論としての比較研究」を激励したとは言え、よくもわずか二年間にこれだけの研究をまとめたものだと感嘆した。同期には、大学紛争中には駒場八号館の教室・研究室封鎖で直接に対立・敵対した科学哲学出身の脇（歌寄）明子さんがいて、ガストン・バシュラールの想像力分析の手法などを巧みに活用して、これまた卓抜な泉鏡花論を提出して、教官たちを驚嘆させたものだった（私はすぐにこの論文を講談社現代新書の編集部に紹介して、ほとんどそのまま一冊の新書版として出させた）。

小宮君のルソー・安藤昌益比較論はその後東大比較文学会の『比較文學研究』26号（一九七四年十一月）に掲載され、さらに彼の生前唯一の単行本『ディドロとルソー言語と〈時〉――十八世紀思想の可能性』（思文閣出版、二〇〇九年）にも再掲された。だから私はここにその論の要約をも書く必要はなく、その場所でもないと思うが、これは日仏両国のルソー学者に対しても安藤昌益研究者に対しても、ともに開示するところの鮮明かつ大きい論文であったろう。そして脇さんの鏡花論ともどもに、大学のタブラ・ラサ（解体）を唱えたあの紛争がまったくの空騒ぎに終わらず、紛争に賛同・反対を問わず学生たちの心裡にやはり強いインパクトを残したものであったことを証する作品であったと、今は考える。

小宮君のこの論文でもう一つ書いておかねばならないのは、修士論文として提出する前の一九七三年であったか、提出後の七四年であったか、私はよく思い出せないのだが、同君がこれを学会で口頭発表したときのことである。そのころ東大の比較文学会は、日本比較文学会の関西支部と仲がよくて、東京支部よりは同志社大島正教授のお世話で毎年関西の方に参加していた。その年の秋は、下関から山陰線で日本海側に廻ったところにある梅光女学院で同支部大会が催された。私たちはもう十年以上前に駒場を定年退官しておられた島田謹二先生を擁して、二十名余りではるばると旅をした。江藤淳さんも一緒で、彼は幕末長州について講演をしたか、シンポジウムに参加したか、であったと思う。仏教学の中村元先生も加わっておられて、一般公開の講演をなさったのであったと思う。

この学会で小宮君が二十分か二十五分か「ルソーと安藤昌益―一七五五年の『人間不平等起源論』と『自然真営道』」を発表したのである。私は「おお、小宮、いいぞ、面白いぞ」と思いながら聴いていた。その夕方、懇親会の席で私は島田先生に、「今日の発表で一番よかったのは、何でした、先生」とたずねた。先生は学会には毎年出席して、発表会場の第一列の真中にいつも坐って、注意深く聴いておられたからである。すると先生はちょっとだけ小首を傾げて「小宮だな」と言われた。これは私にとってても嬉しい御返事だった。後日このことを小宮君にも伝えた。彼にとって学究生涯のいい励ましになった一言であったにちがいない。

小宮君は研究論文は哲学的な抽象化が得意で、いつもhistory of ideasという類のものであったのに、他方ではむやみに俗事に詳しく下情に通じていた。それは彼に会ってしばらく話しこめばいつも経験することだったのだが、私にはとくに忘れられない一夜がある。東大「比較」研究会では島田初代主任教授時代の昔から、よく教師・助手・学生一緒であちこちに一泊小旅行をやった。それは年は忘れたが一九八〇年代か、日光東照宮に詣でたことがあった。雪が降って足もとの滑るその日、夕食会も終わった後、宿の一室のこたつに小宮君、彼のよき話し相手だった佐藤宗子さん、それに助手（?）の加納孝代さんその他と私が入ってしばしおしゃべりをした。すると小宮君得意の世間話が始まって、佐藤さんが相槌を打って、とどまるところを知らなかった。プロ野球の選手たちのことから、カラオケで歌う演歌の話から魚や野菜の値段まで、二人はなんでも知っていた。私はただ呆れながらも面白がって聞いていたのである。翌朝私は冬の中禅寺湖を望むカフェで、韓国からの研究員金春美さんと朝食をとりながら、なぜかほっとしたことをおぼえている。

なにしろ四十年余りの長いつきあいであった。小宮君のあれこれの思い出はつきない。東京女子大での心労のことなどはもう少し聞いておいてやるべきだった。日本比較文学会の事務局の要職にあったのも長くて、私などの知らない貢献も多々あったろう。彼がよく語っていた寺田寅彦のエッセイの文体論的研究はもっと進めて、一冊の本にまとめておいて欲しかった。だがそれは彼自身大いに気にして、いまなお彼方で考証を工夫しているかに思われる。あの好奇心いっぱいで、人なつかしげで、山の手下町風に気さくな人柄がなつかしい。池袋での葬儀の夜、M・Yさんが泣きつづけていたのも忘れがたい。近年だけでも、佐々木昭夫、井田進也、大澤吉博、内藤高、金森修、そして小宮彰と、東大比較文学会の少々変り者で面白い男たちだった旧学生が、それぞれにいい業績を残しながらも次々に他界した。

八十歳代半ばを過ぎて彼らに先立たれると、やはり惜しい惜しいと思い身辺が淋しくなって、虫の声だけが身にしみてくる。いまはただ小宮君の御冥福を祈る。

二〇一七年秋　九月

小宮彰さんをしのぶ

川本皓嗣

会えない日が長くなればなるほど、その不在がいよいよ痛感されるという人がいる。小宮さんはそういう人の一人だ。小宮さんはとことん親切で、その一方、とことん頑固な人だった。

彼はその心配りと思いやりの深さで、年代を異にする人々や、組織や仲間を異にする人々どうしの円滑剤の役割を果たしていた。たとえば私の知人のなかには、小宮さんがいなくなってから、以前は親しくしていた年上の人々とスムーズに交流できなくなったとこぼしている人がいる。また小宮さんは、異なるグループの人々どうしを仲良くさせる術を心得ていた。東大比較文学会と日本比較文学会の関係を、今日のように切っても切れぬ親密なものにしたのは、小宮さんと、大澤さんや井上健さんといった人格者たちである。これら二つの学会は以前、ある理由から疎遠になっていた時期があるが、彼らは不断の注意と配慮によって、それをあるべき姿に戻したのだ。

一方、頑固について言えば、こういうことがある。大妻女子大で日本比較文学会の全国大会が開かれたとき、ある思わしからぬ事態が発生した。これに対して、小宮さんはふだんに似合わず激怒して、理事会は断固たる処置を実行すべきだと主張した。そしてその言葉通りその処置は実行され、しかも会のニューズレターにも明記された。これは小宮さんを貫く強い正義感・公平感の表れであり、けちくさい私憤とは何のかかわりもなかった。

また彼の勤めていた東京女子大で、詳しい事情は知らないが、ある教授と対立した結果、うまく立ち回ることをしない彼は、長いあいだ学内であいまいで中途半端な立場に置かれた。それを見かねたある先輩が、転職への橋渡しを申し出てくれたが、彼はきっぱりとその好意をしりぞけ、その後も長く不本意な冷遇に甘んじた。思うにこれも、小宮さんの正義感がそうさせたのであって、彼はいやしくも、便宜上いったん節を曲げるなどといった妥協策を一切採ろうとしない人だった。

小宮さんの専攻はルソーをはじめとする十八世紀フランス思想と、そして寺田寅彦の（よく知られた随筆だけでなく）当時としてはいたって先駆的な、物理学の枠を超えた物理学──例えば漱石の『吾輩は猫である』で有名な「首くくりの詩学」を思わせるような──の研究だった。後者には、たとえば神田界隈の路面電車の込み具合や、間歇泉の考察などがある。これは小宮さんのように理科系から文系に転じた、いわゆる「文転」にはうってつけのテーマで、前者のフランス思想の方は本にまとめられたが、後者が生前、ついに一書をなすに至らなかったのは、残念というほかはない。このたび大嶋仁さんほか友人たちの熱意で編まれた本書が、その方面の渇きを少しでも癒してくれることを願ってやまない。

これは親しい知友のあいだでは周知のことだが、もと理科系の小宮さんは、コンピューター出現の初期から、理論的・実践的にそれと深く付き合ってきた人であり、われら文弱の徒にはありがたいP・Cの「ホーム・ドクター」だった。底抜けに親切な彼は、どんなときでも快く、遠きをいとわずP・Cの所在地に駆けつけて、みごとに困難を解決してくれた。ただ、これも周知のことだが、彼の関心は常に原理にあり、マニュアル風の小手先の解決策を採ることをいさぎよしとしなかった。というより、それを大いに憎み、軽蔑さえした。詳細は不明だが、彼はそもそもウィンドウズというシステム自体に大きな矛盾と欠陥を見出して、ひそかに心を痛めていたのだ。

というわけで、彼の診察と処方は「快刀乱麻」というにはほど遠く、彼はぶつぶつ独り言を言いながら、ああでもない、こうでもないと迂遠な正攻法の手を試みることに終始した（たとえば彼は、ある文書を呼び出すのに、デスクトップのアイコンをクリックするといった安易な早道をとることを嫌い、いちいちエクスプローラーの「コンピューター」から系統的に下部のファイルまで下りて行くことにこだわった）。だから一見（素人目には）どれほど単純に見えるトラブルも、解決に至るまでには相当の長時間を要した。昼過ぎには終わりそうだという仕事が夕方になり、結局は家で一緒に出前を取って、ようやくけりがつくというのが常だった。そうして一緒に過ごした長い長い時間が、今となっては懐かしい。彼は来るたびに、バックアップその他、いろんな便利なソフトをコピーして惜しげもなく提供してくれた。

　たがいに固く信じあう親友だった小宮さんと大澤さん、その二人がまだ若いうちに次々と夭折するとは、なんとむごい運命だろうか（小宮さんは大澤さんの遺稿の出版に全精力を注いでいた）。いまはただお二人のご冥福を心からお祈りするのみである。

先生のまごころ

大澤綾子

　主人・大澤吉博が平成17年3月に他界しております故、この度、小宮彰先生の遺稿集に、主人の代わりに寄せさせて頂く運びとなりました。

　私にとって、小宮先生との印象深い最初の出来事は、主人と私の結婚式であったように思います。先生はフランス留学を終えられて、数日前に急いで帰国して、式に出席して下さいました。帰国直後で、壊れた眼鏡を直す時間もない中、友人代表のご挨拶を引き受けて下さり、真面目で誠実なお人柄に触れました。

　小宮先生は、東京大学比較文学比較文化研究室で、主人の一つ年上の先輩でした。大学からのお付き合いで、主人が亡くなるまでのおよそ35年間、親しくお付き合いさせて頂きました。家が近かったこともあり、我が家に頻繁にいらして下さり、時に夕食もご一緒させて頂きました。先生は、アカデミックな話題だけではなく、世俗的なニュースにもご興味をお持ちになり、私や娘達をお茶や夕食の席で楽しませて下さいました。

　パソコンが普及し始めた頃、すでに先生はパソコンにも精通されており、主人は何か分からない事がございますと、先生を自宅に招き、教えて頂いていたようです。二人は、主人の書斎にこもり、パソコンや文学について何時間も話に花を咲かせておりました。学生時代にタイムスリップしたかの如く、まるで文学好きの少年達のようでした。今でも、小宮先生や主人と共にしたあの家庭的な時間を懐かしく思い出します。

　主人は、日頃、「小宮さんは、純粋で情熱家。とにかく博識で、自分の知っている中で5本の指に入る」と感心しておりました。その純粋なお人柄に、私は幾度となく触れております。

私は、昭和54年12月に次女を早産致しました。生死を彷徨う娘に、小宮先生が輸血して下さいました。娘は、足に障害が残りましたが、その後大病することなく、今年で38才になります。彼女は、私達家族と共に、カナダやアメリカ、韓国など多くの国を訪れて、有意義な体験を積む事ができました。これも偏に小宮先生が命を繋いで下さった情愛によるものと深く感謝致しております。

主人の遺稿集を出版する時には、代表世話人としてご尽力下さいました。折に触れては、我が家を訪れて、出版記念パーティーのご挨拶や進行の件などご指導下さったり、様々な先生方へのパイプ役を引き受けて下さいました。不慣れな私達にきめ細やかなサポートをして下さいました。

また、主人が他界してからは、毎年祥月命日が近くなると、ご多忙にもかかわらず、我が家を訪れて、主人にお線香を上げて下さいました。亡くなった直後、先生は、「大澤さんの居ない人生など考えられない」としきりに嘆いて下さいました。深い悲しみの中におりました私達家族も、「私達も考えられません」と共に嘆き悲しみました。ご自身も体調を崩されておられたのに、欠かさずにいらして下さった事に、私共は心より嬉しく思い、その誠実さに頭が下がる思いでした。

ご自身の著書『ディドロとルソー　言語と《時》――十八世紀思想の可能性』が完成した時には、わざわざご持参下さり、主人に報告して下さいました。「僕の人生でしなければいけない事がようやく終わりました。一つが大澤さんの遺稿集で、もう一つが僕の研究をまとめることでした」と、先生はほっとされたご様子でお話し下さいました。主人の遺稿集が出版された後、先生が体調を崩された事がずっと気がかりでありました。ですから、その先生のお言葉やご様子を、私達も心から嬉しく思いました。久方振りのティータイムの雰囲気をよく覚えております。

主人が亡くなった後も、先生は私や娘達だけではなく孫にまで心を寄せて下さいました。先生が孫の誕生に贈って下さった絵本『かいじゅうたちのいるところ』（モーリス・センダック作）は、不思議なもので、主人が長女に買い与えた絵本の一冊で、彼女のお気に入りでもありました。彼女は絵本が大好きで、主人が選んだ絵本を今でも大切にしております。今は、孫の本棚に先生が下さった英語版と主人が買った日本語版の『かいじゅうたちのいるところ』が肩を並べております。小宮先生や親しい先生方から長女の誕生祝に頂いた木馬も孫に受け継がれております。それに跨る孫の姿を見ると、歳月の流れる早さと愛情あふれる日常に対する有難みを感じます。

　これから、小宮先生にお時間が出来ましたら、私も娘達も孫も、私達の知らない主人の一面を共に懐かしみ、主人の思想や知識を教えて頂けるものと思っておりましたので、残念で仕方がございません。しかし、きっと、天上にて、二人の文学少年が自由に文学談義に花を咲かせていることと存じます。

　今回、この原稿を書くにあたり、小宮先生との思い出を手繰り寄せる為に、お茶の時間や夕食の時に、長女・佑宇子と次女・眞樹子と孫・吉光と多く話し合いました。それは大変楽しい時間でございました。このような機会を賜り、有難く思いました。

　最後に、小宮先生のご冥福をお祈りすると共に、生前のご厚誼に深謝致します。

追悼文

牧野陽子

　小宮さんがされるお話に耳を傾けるようになったのは、まだ修士課程のころだった。小宮さんはフランス留学から帰国されたばかりで、芳賀先生の授業に出てらした。それから何度か比較の研究室旅行でも一緒になった。木曽、信州、水戸、益子、大阪など、二十人近い大勢の旅行で、行く先々の名所旧跡も良かったが、夕食時の芳賀先生を中心とした談論風発の華やぎに、新入生の私は目を丸くして聞き入った。小宮さんはそのなかでも特に能弁でいらして、良く通るお声で、良く笑いながら、言葉があふれるように出ていた。芳賀先生が嬉しそうに「小宮のおしゃべりは自家発電だね。」とからかうと、小宮さんも照れながら笑い返していらした。旅の一同は連歌にも挑戦して、移動中でも宴席の最中でも、歌仙の紙が順番にまわってきた。誰もが、しばし無言で考えこんでは、何とか言葉をひねりだして隣の人に回すのだが、この遊びの進行役も小宮さんや大澤吉博さんたちだった。

まもなくその小宮さんたちが中心になって『季刊書評』という同人誌を出すようになり、博士課程の学生の多くが参加した。私は表紙絵とカットを担当させてもらっただけだが、編集会議で小宮さんは書評とは何か、そもそも書物をどう読むべきかを繰り返し説き、掲載原稿は書評というより一本の論文となることを求められた。雑務全般にも目を配られ、下北沢の印刷所に色見本を見に行くときも、同行して下さった。そんな折だったか、学問一筋という感じの小宮さんが意外にもビートルズをよく聴き、メリー・ホプキンの「悲しき天使」(“Those Were the Days”)というバラードも好きだということがわかって、私が驚いたら、「ビートルズぐらい聴きますよ」と苦笑されたのを覚えている。

『季刊書評』は、次第に季刊ではなくなり、7号で終刊となった。私も就職して、比較の研究室にうかがうことは少なくなった。でも比較文学会の全国大会や支部大会に行くと、『季刊書評』のかつての面々で懇親会の後に二次会に繰り出していった。そしてここのハイライトは、各発表の〝講評〟を小宮さんが楽しそうに行うことだった。どの発表のどこが良くて、どれがだめだったか、なぜか。小宮さんの指摘は鋭く的をえていて、説明をきくと、実に良くわかるのだった。時々、学会発表そのものより小宮さんの解説の方がよほど面白いと私は思った。

いつだったか、小宮さんが家の歴史を問わず語りに話されたことがある。ご両親の歩みを心から愛おしみ、末っ子の小宮さんがご両親を最後までご自宅でみられていたが、遠くから通って下さる御姉様への感謝もいつも口にされていた。法事などの行事も大事にされていて、その献身には頭が下がる思いがした。心の広い優しい方だったから、比較の色々な人のことを心配なさって、物事が何かしら実現すると、「よかった、よかった」とその都度おっしゃった。そのくせご自分のことは、どこか淡々としていて、「親を見送ったら、今度は自分たちの番なんだよ。」などとおっしゃった。

小宮さんは、いつも柔らかな色の服を召されていた。茶色のズボンに、ベージュのVネックのカーデガン。茶系のコート。いわゆる濃紺の背広姿は拝見したことがないように思う。夏は淡いブルーのズボンに半袖のYシャツ。だが、くだけた服は好まれないのか、真夏の学会の旅先でも、一人だけきちんとYシャツだった。一見無頓着そうでいて、服装の雰囲気は、ずっと変わらなかった。

小宮さんに最後にお目にかかったのは、前年の比較文学会の全国大会のときだった。電話ではお正月に、三日の芳賀先生のお宅に残念ながら伺えないことをお伝えしたのが最後だった。お声では変わりない様子だったから、その二週間後の突然の訃報は信じられなかった。

　お通夜も告別式も風が冷たく、今にも雪の降りそうな寒さだった。そして棺のなかの小宮さんは、まるで眠っておられるような、穏やかで安らかなお顔だった。

　三月の法要に斎藤恵子さん、大澤綾子さん、成蹊大学の高田先生と参列したときも、寒さがぶり返して冷たい雨が降っていた。涙雨だと思った。だがこの時はご親族のかたの思い出話や、高田先生の御話をうかがうことができた。高田ゼミでの懇切丁寧なご指導ぶりには驚くばかりで、小宮さんの博識と教育の情熱に対する尊敬の念は一層深まる。

　それにしても、あまりに突然で、あまりにあっけなく、あまりに早すぎた。今は天国で大澤さんと楽しく語り合っておられるのだろうか。小宮さんが折々に学問について語ってくださった、その言葉、その声音も私たちみなの中に大切に残っている。

小宮さんを想う

斉藤恵子

『小宮眼鏡』　小宮さんは若い時から眼鏡をかけていた。最期のお別れをした時も、律儀にきちんと眼鏡をかけていた。

　小宮彰さんとは、四十年来の友達だった。私が、大学院を終えて、専任職につくまでの数年間、駒場比較の大学院の授業を聴講させて頂いた時、気安く声をかけて親しい友達になってくださったのが、院生の小宮さんだった。以来四十年あまり、ほんとによく喋りあった。会った時だけでなく、電話ででも。

　私が比較文学会の仕事に深入りするようになってから、学会の先輩小宮さんから沢山のことを教わった。人物評や事柄の評価を聞き、共感することが多かった。いつしか私は「小宮眼鏡」をかけていた。自分を忘れて他のために時間、エネルギーを割く人を高く評価していた。それと、卑怯なことを嫌った。何も恐れることなく、誰におもねることなく、「ならぬことはならぬ」と、一徹であり、頑固だった。本当に勇気ある人だった。

昨今、「小宮眼鏡」の鋭さ、確かさを実感する。「彼の遺志を継いでいこう」との大嶋仁さんの言葉に私は深く肯いた。

『寺田寅彦のことなど』　寺田寅彦の随筆についての公開講座を、是非聴きに来て欲しいと小宮さんに頼まれ、全五回最前列で聴講した。よく準備され、言葉も明晰で、寅彦への深い愛情も籠っていた。毎回、西荻窪「こけし屋」でその日の感想など話した。「これを自分のライフワークとして完成させたい」と意気込んでいた小宮さんに、「仕上げるまで死なないで。私も生きるから」と固く約束した。「きっとやります」と青年みたいに小宮さんは答えたのに。

確かに著作は少ない人だった。教師としての小宮さんの真骨頂は、一対一の、丁寧な心こもった指導だったと思う。牧野陽子さんの『時をつなぐ言葉』を読んですぐ、「感心するだけでなく感動する本に出合うのは稀だ」と牧野さんに手紙をだし、小宮さんと会って話した。指導者として、まず小宮さんの名があったからである。ハーン論のこういうところに、私は深く感動したんだと、詳細に語ると、小宮さんはとても嬉しそうに笑った。快心の笑みだったのだろうか。

『河原先生と芳賀先生』　古風で律儀なところのある小宮さんにとって、このお二人が「師」であった気がする。芳賀先生は、その何もかもに、賛成していたのではない。例えばＩＣＬＡの時などの進め方に大いに異議をとなえて、口をとんがらせて、不服を言っていた小宮さんの顔を思い出す。政治的な事柄についても、ずいぶん違う意見を持っていたようだ。けれども　それを超えて、芳賀先生は小宮さんの本当の先生だった。「四十年　通ったもんね」と最後のお正月、低い声で感慨を込めて私に言った。

芳賀先生が奥様に先立たれた喪中のお正月、「芳賀先生は賑やかなのが好きだから、絶対に喜ばれる」と小宮さんに強く誘われ、牧野さんと三人で、私ははじめて三日の集まりに芳賀家へ伺った。以後小宮さんの熱気に吸い寄せられるように毎年一緒に行った。芳賀宅での小宮さんは父の家にいる息子のように見えた。

最後の訪問から二週間して小宮さんが急逝したとき、おろおろとした牧野さんから、電話で、「私は泣いてしまうから、斉藤さん、芳賀先生に伝えてください」と頼まれた。私だって同じなのに。芳賀先生は息子の死を告げられた父のようだった。つい二週間前の上機嫌の小宮さんの喋りっぷり、食べっぷりを二人で思い出して、私は、泣いたり、笑ったりした。「四十年　通ったもんね」と言った小宮さんのあの時の声を思い出しながら。

四季折々に ―― 小宮さんを偲ぶ

佐藤宗子

小宮彰さんを初めて知ったのは、春である。一九七八年の三月下旬、当時恒例であった比較文学比較文化研究室の、八王子セミナーハウスにおける合宿セミナーでのことだった。四月から大学院の修士課程に入学が決まったばかりの時だけに、修士論文を書き上げたばかりの先輩による研究発表も刺激的だったが、何より驚かされたのは、夜の部のゲストによる講演後に、質問をぶつけるもう少し年上 ―― 三〇歳くらい ―― の先輩たちの、意気軒昂とした姿だった。「〈比較文学〉という研究分野は、そもそも成り立ちうるか」といった、根幹にかかわるような発言が遠慮なく飛び出してくるのだ。そんな鋭い追及を仕掛けていた一人が、小宮さんだった。

その時点では、自分は一体、何というところに来たのかと驚きが先に立ったが、後から考えてみれば、常に根本を疑うべきといった研究の基本姿勢を教えられた気がする。私自身は児童文学を中心に研究を続けてきたわけだが、このジャンルは何によって成り立つのかといった意識は常に、持ち続けられてきたように思う。

その後、小宮さんと直接に言葉を交わすようになったのは、八三年四月に私が研究室の助手として戻った後のことである。とくに同年秋、その春に定年退官された佐伯彰一先生の記念論文集が刊行されることを受けて、その周知や頒布に関する発送作業を研究室で行った時だった。論文集刊行では大澤吉博さんと小宮さんが実務の中心になっていたのだが、東大比較文学会はじめ関係者多数への郵送ということで、助手の私が作業手伝いの中心になった。考えてみればそれが、その後も長く続くさまざまな実務や作業に一緒に関わる、初めての体験だったわけである。

仕事関係以外の小宮さんの姿といえば、やはり、毎年正月三日の、芳賀徹先生のお宅での新年会が印象的である。寄り集う人いずれにも丁寧に話をし、学問的なことから世俗的なことまで、何らかの対応をする幅の広さがあって、そのうちに芳賀先生の「小宮は物知りだなあ」と少し呆れたような感心したような声が発せられる。それが、一年の始まりであった。

しかし、なんといっても一番心に残るのは、一九九一年夏、あの第一三回国際比較文学会東京大会の実務作業に、ともに携わったことだろう。小宮さんは井上健さんとともに、多数の分科会スケジュールを管轄された。プログラムの構成、印刷、会場の準備、当日の進行と、事前から期間中まで、気の抜けない日々だったことだろう。私自身は会計担当だったが、最終日前日の午後、ようやく本部の撤収を始められた時の、これで大体大丈夫、と思えたときの安心感は忘れられない。最終日午前の総会の場では、実行委員長だった芳賀先生がスタッフを紹介するに当たり、小宮さんは「ビハインド・ザ・カーテン」で働いてくれたと紹介したものだったが、参会者からおおっというような感謝の声が上がったことを記憶している。

思い出してみれば、四季折々に小宮さんの姿がある。芳賀先生のお宅での新年会でいつものように顔を合わせたのが、お目にかかった最後だった。今も、どこかカーテンの蔭から、小宮さんが私たちを見守ってくださっているような気がする。

小宮さんは最後まで小宮さんだった

井上　健

小宮さんが亡くなられてからはや二年半になる。小宮さんは学部では一年、大学院では三年先輩だった。関西の大学に奉職して、東京からも比較文学からも遠ざかりつつあった私に、小宮さんが折に触れて声かけ、適切な助言をしてくれなかったら、私の学者人生もだいぶ違ったものになっていただろう。その意味で、小宮さんはまぎれもなく恩人であったし、長らく学会活動、学会運営を共にした、戦友のような存在でもあった。新宿や渋谷や池袋で、酒を酌み交わしながら、学会や学問をめぐる果てしない議論にうち興じた日々は、どこか夢の世界での出来事のような淡い色調を帯びていながら、今なおその一コマ一コマが鮮明に甦ってくる。

小宮さんから最後にメールをもらったのは、二〇一四年一二月二十一日の午前四時近く、逝去される一月ほど前のことである。前日、五反田の清泉女子大で東京支部例会があり、忘年の懇親会も開催された。短いメールなので全文を引く。「昨日は、夕方の会には出席して、選挙管理委員をお願いする、AさんとBさんとお話するつもりだったのですが、ひどい雨で、五反田駅のタクシーが混んでいて、30分ほど待ったのですが来る気配がないので帰りました。支部については、ほとんど協力できなくて申し訳なく思っております。」ここで「選挙管理委員」と言っているのは、一一月の理事会で小宮さんが、次期会長、次期理事を選ぶ選挙管理委員長に選出されていたからである。「支部については……」とは、その年の九月から東京支部を悩ましていた、ある異常事態を指している。小宮さんは体調の悪さをおして、師走の寒い雨の週末、委員の依頼をしなくてはという義務感から、そして、おそらくはそれに倍して、支部の仲間たちと、しばし懇親のひとときを過ごしてから年を越したいという思いから、五反田まで足を運んだことになる。帰宅後もなお、正義感と責任感の誰にも増して強い小宮さんは、支部の異常事態をひとり気に病んでおられたわけである。長らく理事を務められ、代表理事、編集委員長などを歴任された日本比較文学会は、そして支部長を務められた同東京支部は、小宮さんにとってそれほど大切な、職場に劣らぬ愛着を傾け、労力を惜しみなく傾注した場であり、人間集団であった。

学会活動の様々な局面で、小宮さんが、自分の利益や都合で、計算尽くで物事を判断したり、発言したりするのを一度も見たことがない。小宮さんはひと言で評するなら、徹底して公正無私の人であった。博覧強記で鋭い人間観察眼の持ち主であった小宮さんはまた、会員の学問業績や人間性について、常に本質を衝いた、バランスのとれた評価を下すことができた。小宮さんがあいつはダメだ、ああいう人には何も頼まないほうがいいと評した人は、会ってみるとまさにその通りなのだった。逝去される数ヶ月前、学会人事をめぐって小宮さんが、珍しく強い口調で、あの人だけはやめたほうがいいと言い出したことがある。小宮さんの判断が正しかったことは、後に証明されることになった。

体調悪化が誰の目に明らかになった頃、身体本位で考えれば、小宮さんにはケア付きの施設から通勤するなど、選択肢はいくつかあったはずである。だが小宮さんは、職場も学会も最後まで現役でいることを貫いて、小宮さんが敬愛してやまなかったご両親から受け継いだ家を守り、自らの主義と美学を全うして、現役のまま自宅で亡くなられた。盟友中村真一郎の訃報に接したとき、加藤周一は「中村は最後まで中村だった」という言葉を送った。それを援用させてもらって結びとしたい。

小宮さんは最後まで小宮さんだった。

小宮彰氏と私

和田正美

もう四十年以上前のことであるが、私は東大駒場の比較文学比較文化大学院にいささか変則的な形で入学した。変則的といふのは大抵の学生が学部卒業の直後かせいぜい数年以内に入学するのに対して私には或る事情で十数年のブランクがあつたからであり、当然のことながら先生方の多くも同窓の皆さんも見知らぬ人ばかりだつた。それに私が卒業した学部学科は同じ東大とはいへ駒場ではなく、このことも私を新しい環境の中に置いたので私はとまどふ場合が多々あつた。そしてその私に接近して親切にもあれこれ面倒を見てくれたのが小宮彰氏だつたのである。

彼のおかげで比較研究室の内情が少しづつわかるやうになつた私は時には学外でも彼と共に行動した。或る時、一緒に某所に行き、その帰りに拙宅に立ち寄つてもらつたことが大層なつかしい。

私は大学院在学中に結婚したが、小宮氏はもう結婚してゐてもいい年齢なのに独身のままだつた。しかし私は彼の口から、結婚したがらないわけではないと聞いてゐたので、妻に彼のことを説明し、誰か適当な結婚相手はゐないだらうかと問ひただしたら、妻は即座に、私自身見知つてゐるごく親しい友人の名を挙げた。この話に私も異論はなかった。

そこで彼に話を通したところ、彼は「ではその人に今すぐ会はう」とまでは言はなかつたが、割と脈のある返事をしてくれた。ところがその後、このことでの彼の態度はだんだん消極的になり、たうとう最後に——彼に対しては失礼な言ひ方ながら——彼は理屈にならない理屈を並べ立ててこの話をことわつた。かうして私はその二人の間に見合ひを成立させることさへ出来なかつた。

おたがひに大学院の課程を終へて相異なる研究教育機関に就職してからはそれまでのやうに日常的に会ふことはなくなつたが会合などではよく顔を合せ、さういふ時には長い立ち話などに時間をつひやした。彼は相変らず比較研究室関連の新しい情報をいろいろ持ち合はせ、それによつて私を裨益してくれた。

しかしさうかうしてゐる内に私は重大なことに気づいた。彼の健康状態は明らかによくない方向に動き始めてゐたのである。それを放置するわけには行かないと考えた私は一つには彼を励まし力づけるべく、一つには私にでも彼の回復のために出来ることはないものか探るべく、その内どこかで食事しながらゆつくり話し合はないかと口頭でも私信でも何度か誘つたが、彼はいつも同じ理由でそれをことわつた。勤務が忙しくて、さうしてはゐられないといふのである。

勤務が忙しいのは私も同じだつたから彼の言葉に嘘はなかつただらうが、それでも私は彼の真意がそこにあつたことを疑つてゐる。私が気にかけてゐた彼の肉体の衰弱が彼には逆作用して、自分のこの体を知人の眼に長いことさらしておきたくはないと彼は思つたのではないかと推測されるのである。

結婚問題にしろ健康問題にしろ彼が私の求めに応じてくれなかつたことは私には残念至極だつたが、彼にして見れば彼の心情の自然の命ずるところに従つたまでであつたらう。

そして突然、彼は我々の前から永久に姿を消した。後に残された私は大学院生活から得た最良の友を、限りない惜別の情と共に思ひ返して、なつかしむばかりである。

「小宮氏の会」なら…

小川敏栄

四つ年上の小宮彰さんには昔からお世話になりました。比較の大学院修士の頃、初めての歌舞伎見物に連れていってもらいました。国立劇場の三階から十七代目中村勘三郎の舞台を見ました。博士課程に進んで何度か読書会に呼ばれ、やがて書評のみ載せるというユニークな雑誌の立ち上げの際に編集委員の一人とさせていただきました。

その『季刊書評』の編集委員たちで山梨県の西沢渓谷に遊びに行ったことがあります。七ツ釜五段の滝の下流でズボンの裾をまくり水の中に入って、岸でカメラを構えた私に両手を上げて笑っていた小宮さんの姿が忘れられません。

比較の旅行で小宮さんは連俳の中心でした。捌きのよろしきを得て「黒塗りの城銃眼に花散つて」と詠んだ覚えがあります。松本でのことだったでしょうか。

出不精の私を小宮さんはいつも比較の学会に誘ってくれました。宿の心配はもちろん、懇親会では話の相手を紹介してくれ、二次会にも声をかけてくれました。たぶん私は小宮さんのいない学会には出ていないと思います。

神田先生を囲む会というのもありました。小宮さんに出席の返事をしながら家庭の事情で直前にキャンセルしたことを申し訳なく思い出します。

いつの頃からか小宮さんを中心に年末の集まりをもつようになりました。それを私たちは忘年会とは呼ばず、小宮さんの会と言っていました。私の家では「小宮氏の会」となり、いつも十二月二十九日、三十日という気ぜわしい頃にもかかわらず、「小宮氏の会」なら仕方ないということで私は外出を許されるのでした。

後年の会場は新宿の歌舞伎町が多かったかと思いますが、小宮さんが亡くなったあと、知り合いと新宿西口を歩いていて、三平酒寮の看板を見つけました。昔、小宮さんとときどき飲んだ店です。そこでビールのお代わりを頼む私に知り合いの声はなんだか遠く聞こえました。酔いの回りがはやかったようです。

そういえば椎名町の小宮さんのお宅に泊まったこともあります。何人かで訪ねた折りのことで、ついつい酒を過ごしてしまったのでしょう。小宮さんといると、その語りの心地よさのせいか、テンポよく飲めたのです。

小宮さんは、よき先輩であり、よき先達でありました。先頃、初期の論文を『萩原朔太郎とヴェルレーヌ』（人間と歴史社）という書にまとめましたが、誰よりも先にこの本を手渡したかったのは亡き小宮さんです。

小宮氏の待てるやいづこ年の暮　　風浪子

小宮さんと私——食事会の風景——

前川　裕

私と小宮さんの付き合いがいつから始まったのか、定かではない。私が東大の比較文学の大学院に入ったのが一九七六年だが、その頃、フランス留学から帰ってきたばかりの小宮さんと話をした記憶が残っている。その後、いつともなく小宮さんを中心とした小グループの食事会が始まり、それは長きに亘(わた)って続き、私にとって忘れ難い記憶の風景となっている。

当時、小宮さんと私以外でこの食事会の常連だったのは、長谷川信さん、大澤吉博さん、井上健さん、小川敏栄さん、それに遠方に住んでいたためときおりゲストのような感じで参加していた大嶋仁さんだった。大嶋さんの他にも、その時々で参加するゲストはいたが、基本的にはこの七人が初期の食事会のコアなメンバーだった。そして、私にとって、その食事会参加者の変遷は、内部の複雑な人間関係と微妙に繋がっており、その中で最後まで融和を求めて、その食事会を全(まっと)うした小宮さんの姿を映し出す鏡として機能しているのだ。

そもそも小宮さんは、食べ物に関しては、あまり関心のない人だった。ときに、私や井上さんの食通ぶった言動を苦々しく思うことさえあったかも知れない。ただ、そういう人間的交流をこよなく愛していた小宮さんは、我慢強く私たちと付き合ってくれていた。彼にとって、美味しい物を食べることなど二の次で、学問やそれに纏わる学会話を私たちとすることが楽しかったのだろう。

しかし、時の流れは残酷で、そういう小宮さんの気持ちを踏みにじる凶相を、やがて帯び始める。

まず、長谷川さんが行方不明になった。次に、大澤さんが、思いがけない若さで病死された。食事会に集まっていた仲間の人間関係がぎくしゃくし始めたのは、大澤さんの死後、しばらくしてからだったというぼんやりした記憶がある。ただ、私は当初そういう気まずい人間関係からは比較的遠い位置にいた。しかしその後、いつの間にか私自身もその複雑な心理関係を伴う確執の一因になっていた。その結果、小宮さんが亡くなる数年前は、たまに上京した大嶋さんや学会の仕事で小宮さんと親しかった斉藤恵子さんが加わることはあったものの、基本的には小宮さんと小川さんと私だけのいささか寂しい食事会の風景となった。

　今思い返してみると、こういう人間関係の悪化は、私の心の中では、私の人生の比較的晩年に起った劇的な変化と結び付いているように思われる。私は二〇一二年に『クリーピー』という作品で「日本ミステリー文学大賞新人賞」を受賞し、それをきっかけにプロ作家になった。この作品は二〇一六年、黒沢清監督、西島秀俊主演で、松竹で映画化された。これが僥倖であったことは間違いないが、還暦を超えてからのこのような人生の展開を私は予想していなかった。そのことが思わぬストレスと陥穽を生み出したことも否定できない。こういう場合、嫉妬と侮蔑は共存し得ることを私は思い知らされた。

　しかし、私が作家になったあとも、私と小宮さんとの交友関係は変わらず続いた。小宮さんが、エンターテインメント系の小説などに興味がなかったのは確かである。いや、寺田寅彦に対する傾倒を持ち出すまでもなく、小宮さんは根っからのすぐれた思想家で、小説というジャンルそのものにも、あまり関心がないようだった。しかし、小宮さんのアカデミズムに対する信奉は常に一貫していて、文筆に対する中途半端な憧れがない分、私には純粋で心地よいものに映る。それでも、発売からだいぶ時間が経った頃、小宮さんは私に向かって、「『クリーピー』を読んだよ」と告げた。感想はなかったが、私はそれで満足だった。

　考えてみると、私と小宮さんはことごとく異質な地平で接しているような関係だった。それでも、二人の交友は、ときに危うい局面を見せながらも、結局、途切れることがなかった。あるとき、小宮さんは私に向かって、「前川、一番なりたいものになれたのだから、よかったじゃないか」と言ってくれた。その言葉は今でも温かい余韻を私の胸に残している。

　二〇一四年十二月末に、私は小川さんと斉藤さんと一緒に、小宮さんを囲んで忘年会を開いた。斉藤さんと私が荻窪に住んでいることもあり、小宮さんが気を遣って、荻窪の居酒屋でやろうと言ってくれたのだ。小宮さんの体調がすぐれないのは分かっていたから、小宮さんの配慮に胸が痛んだ。それでも楽しい会だった。だが、所用があった私と小川さんは二次会のコーヒーには付き合わず、斉藤さんと小宮さんを残して自宅に帰ってしまった。

　そのあと、十日くらいして、私は小宮さんの訃報を聞いた。目の前が真っ暗になった。そんなことなら、あのとき、とことん付き合うべきだったと思ったが、あとの祭りである。それが私の唯一の心残りだが、小宮さんは許してくれるに違いない。小宮さんとは、私にとってそういう存在だった。

小宮彰先生を偲ぶ

崔　博光

故小宮彰先生のご逝去の報に接したのは、旅立たれてから随分時間が経ってからでした。遅ればせながら、この場を借りて、在りし日のお姿を偲びつつ、謹んでご冥福をお祈りいたします。

私が小宮彰先生にはじめてお会いしたのは、恐らく一九七四年の秋頃、比較文学比較文化課程の研究室でした。その時、小宮先生はフランス留学を終え、帰国した直後でした。その時の印象は、童顔の顔だちでしたが、温厚で満面の笑みを浮かべ初対面ながら親近感を感じさせる風貌でした。その後、小宮先生は度々「比較」の研究室に立ち寄りましたし、だれもいない研究室にポツンと座っていた姿も記憶しています。比較文学比較文化の研究室は、先生方が講義の前後に立ち寄ったりし、事務的な場所というより大学院生との知的な交遊のサロン的なイメージで、学生らがお茶を飲みながら議論や情報交換をする場でした。とくに、日本に来たばかりで右も左も知らない私にとっては、申し分のない安らぎの場所でした。いつだったのかははっきり覚えていませんが、講義を受けて研究室に立ち寄った時に、金曜日の午後であったため、周りの学生もみんな帰っており、誰もいない研究室のソファーに小宮先生が一人で座っていました。時たま韓国から来ていた金泰俊先生も同席していました。その日は小宮先生は、安藤昌益とルソー（Jean-Jacques Rousseau）の自然観について話をし、金先生と私は朝鮮後期の文人たちの自然観と実事求是思想について、お互い意見を交わしましたが、その時はまだ日本語が十分話せなかったので、どの程度まで意味が伝えられたかは分かりません。しかし、翌週、芳賀徹先生に会った時に、小宮先生から、芳賀先生の指導なさる二人の韓国留学生と十八世紀の東洋の自然観についていろいろな話ができ、興味深かったと聞いたとの話がありました。その後、我々は故大澤吉博先生の招待により大澤先生宅でのパーティー、歌舞伎公演、日本比較文学会の学会等々に参加しながら、友情を深めていきました。殊に京都で開催された日本比較文学会の大会の後、夜には大澤先生の部屋に皆が集まり、テレビで日韓サッカー試合を観戦しながら応援したことをいまは懐かしく思い出します。

小宮先生との交遊の中には多くの思い出がありますが、その中で二、三のエピソードを紹介したいと思います。一九八三年に出版された故佐伯彰一先生の還暦記念論文集である『自伝文学の世界』（朝日出版社刊）の編集を小宮先生と大澤先生の二人で担当していた時の話です。小宮先生が私に原稿依頼をされたとき、密かに私のところに来て「崔さん、佐伯先生のご指導を受けたことがありますか」と聞かれ、「もちろん、授業を受講したこともありますし、芳賀先生がアメリカに長期出張の時には指導教官を代わりに担当して下さり、いろいろ恩恵を受けましたよ」と返事したら、小宮先生はいつもの微笑みを浮かべながら「それではよろしく！」と言いました。また、一九八五年芳賀徹先生が出版された『江戸とは何か（徳川の平和）』に掲載された「朝鮮通信使が見た日本」も、小宮先生からの依頼でした。その時原稿の中の漢詩の読み下し文についていろいろお互い意見を交わしたことがありましたが、その時に私が「読み下し文は、漢詩の専門家にみてもらった」というと「なるほど、読み下し文は人により、いろいろと違う読みがあるから」といい、得意の微笑みを浮かべました。

小宮先生と井上健先生がともにソウルを訪問したのは二〇〇〇年ごろでありましたが、その時が小宮先生にとっては二度目の訪問と同時に最後の訪問となりました。その時は私も夏休みで中国の山東大学から帰国したばかりだったので、運良くソウルでお会いすることができました。しかし小宮先生と井上健先生お二人のスケジュールを確かめると、翌日の夕食の後、二次会しか時間がないと言われました。いた仕方がないので、一次会の食事会場の仁寺洞で会い、二次会に行くことを約束しました。ところが、困ったことに、一次会の食事と同じ韓国料理屋に案内することもできないし、また他のところに移動するには時間的に厳しかったので、仕方なく全羅道の伝統料理の店に案内することに決め、先に全羅道料理の特徴を説明した後に店に案内しました。その店の玄関に入った瞬間、全羅道地方の有名なエイを発酵した、臭いにおいが鼻を突きましたが、二人の表情はあまり変わりがないことを確認して、一応安心しました。エイの発酵料理は、全羅道地方の伝統料理であり、この地方では結婚式の来賓には必ず献立として出さないといけないほどの貴重な料理です。しかし他の地方ではあまりにも臭いので、それほど好まれる料理ではありません。日本にも納豆やフナ寿司、中国では臭豆腐、韓国にはガンギエイがありますが、その中で、臭豆腐とガンギエイの臭さがもっとも強いと言われています。ガンギエイ料理は、一つの種類ではなく、三合といい、三つのものが合わせられたもので、ガンギエイに加えて、煮豚に発酵したキムチが組み合わされた料理ですが、これには自家製の発酵したマッコリの酒が一緒に出されます。この料理はとくに、西海岸の黒山島で取れた魚を伝統的なやり方で発酵させたものが一級料理といわれます。しばらくしたら料理が運ばれたので、まず、マッコリで乾杯を先に、小宮先生がエイを取り、試食した瞬間、「オッ！」と声が出ると同時に首をかしげ、その後何もなかったような顔をして終始表情を変えずに食べていましたが、エイ料理にはそれ以上箸がいくことはありませんでした。この日のハプニングはこれで一旦幕を閉じました。三人の晩餐会は最初で最後でしたが、この料理のお陰で失敗の晩餐会となってしまいました。しかしふりかえってみると、大変刺激的な食事で、いまだに強烈に記憶している食事会になったのは間違いありません。しかし、小宮先生はこの時も終始満面の笑みを浮かべながら談笑を続けた、さすが国際的紳士であり、比較文学比較文化研究室のマスコットでもあるお人柄でした。

小宮先生はいつもどんな時も嫌な顔一つせず、私たちを世話しながら、気楽にさせてくれたり、また楽しい思いを与えてくれた存在でした。そのような小宮先生とその微笑みはいまは私たちのそばにはいないが、天国においていつもの微笑みで私たちを見守ってくれているような気がします。

小宮さん、私は、小宮さんの満面の微笑みをいつも覚えていて尊敬の念を忘れることはありません。天国で安らかにお休み下さい。

小宮彰さんの思い出

古田島　洋　介

　小宮さんと仕事を御一緒したのは、唯一、岡本さえ先生の編著『アジアの比較文化　名著解題』（科学書院、二〇〇三年）に関わる編集委員会の席上でのことだった。西原大輔氏が「岡本さえ先生を偲ぶ」（『比較文學研究』第百二号、二〇一七年二月）一三二頁中段に記しているとおり、この一書は、岡本先生を中心に、実質上、小宮さんと西原氏の計三名が取りまとめた企画である。私も編集委員会委員として名を列ねているとはいえ、編集委員会に出席した記憶は一回しかない。けれども、その委員会の終了後（と記憶する）、小宮さんと喫茶店でお話したときのことは今でも覚えている。何でも股関節を痛めたとの由で、「医者から、数冊の本を入れた重たい鞄をいつでも同じ側の手に持っているのが原因だ、と言われてね」と苦笑していらっしゃった。もっとも、小宮さんにとって重大なのは、股関節云々よりも、職場の同僚たる某氏との間に生じた軋轢（あつれき）であったらしい。「あの人と出逢ったこと自体が、私の一生の不覚でしたよ」とお嘆きになっていた。「訴訟を起こそうかとまで考えました」とも。それを聞いて、気の毒としか言いようのない同情が湧いたことを鮮明に記憶している。私も、ほぼアルコール中毒に近い同僚の尋常ならざる言動に悩まされた経験があるからだ。詳しい経緯は問わずにしまったが、小宮さんの早世には、某氏の存在がもたらした心労が大きく与（あずか）っていたのではないかと想像する。むろん、某氏には某氏なりの言い分があるのだろうが。

　駒場の比較文学比較文化研究室への入学年度に十年の差があることも手伝って、個人的なお付き合いは皆無であった。しかし、私たち後輩にとって、小宮さんの姿は、常に大澤吉博さん・上垣外憲一さんとともにいる「三人組」として何かと目立つ存在だった。ある席上で、小宮さんが文体論に関わる研究を御発表なさったことも強く記憶に残っている。研究内容そのものを記憶しているわけではない。文体論についてまったく無知であった当時の私は「こういうことに関心を持って研究している人もいるのか」と一種の驚きに似た感慨を覚えたのである。「いつか自分もこうした研究をするようになるのだろうか」と。

水際立った先達の姿が見えなくなるのは、洵に寂しいものである。すでに大澤吉博さんが逝き、今また小宮さんが他界なさった。小宮さんの通夜の席上、ある女性が絶えず声を挙げて泣いていたのが忘れられない。一人だけ取り乱している姿が不自然に映るのを気にしたのか、周りに対して「いろいろ思い出がありましてね」と弁明していた。想うに、個々の思い出はもちろんのこと、何よりも小宮さんを失ったこと自体が心の底から寂しく感じられたのだろう。

好景は長からず、人生は夢の如し。駒場の比較文学比較文化研究室に属する若い面々は、もはや小宮さんを知る由もないはずだ。本書が小宮さんの面影を留める永遠の縁とならんことを願って已まない。

小宮彰先生のこと

吉田和久

私が小宮彰先生に初めてお目にかかったのは、東大比較の修士課程に入学する直前の三月、比較研究室の八王子セミナーハウス合宿の時ではなかったかと思う。今から三十年ほど前のことである。数年後、(「今や伝説となった」とよく形容される)国際比較文学会の東京大会が行われ、先生が佐藤宗子先生らと共に事務局のスタッフとして精力的に仕事をされる姿に遠くから接していたが、当時あまり親しくはなかった。

私が先生を身近に感じるようになったのは、更にその数年後、日本比較文学会の全国大会で私が発表をした時であった。青山学院の前の歩道橋を先生が例の少し前屈みの姿勢で歩いていらしたのを見て、これも機会かと思い、「発表を聞いていただきたい」とお願いした。先生は一瞬怪訝そうな顔をしていらしたが、会場では実に上機嫌なご様子でいらした。だが、あの時の司会はT氏で、今思い出しても実にひどい対応であった。この人物は開口一番、「なぜ私が司会なのか、よく分からない」とか、「このテーマは荒唐無稽だ」とか言い出し、「(制限時間前なのに) 時間切れだ」とダメ押しを出す始末で、今そんなことを教員が大学院生にしたら間違いなくハラスメントで大騒ぎになる類のものであった。そうした雰囲気を察してか小宮先生は、私の足りないところを丁寧にサポートするコメントと質問をして下さった。あの時は実にありがたかった。こうした優しさや細やかさは、私以外の院生に対してもそうであった。後にも私は、そうしたシーンを学会などで何度も目撃したことがある。特に女性に対してそうではなかったろうか。これが先生のよき教育者としての一面であったと私は思う。

さて、この発表を機に、私と先生との距離はずいぶんと縮まり、お話をしたり、お世話になることも多くあった。先生の友人のO氏の出版記念会の準備を私がしていた時には、実に細やかで心配りのある示唆や提言をいくつもしてくださった。また、当時駆け出しの大学教師であった私に東京女子大で講義を持たせて下さり、修行の場を与えてくださったのも、よき思い出である——先生の天敵であるH氏に始終言動をチェックされ続けたのにはまったくもって閉口したが。そうやこうやで、先生とのお付き合いも長かったのであるが、ここでは、私にとって一番の思い出として残る、或る日のことを書かせていただきたい。

もう十年以上前のことになるが、とある世俗的な件で先生に相談に乗っていただいたことがあった。正月過ぎのある日、池袋の喫茶店でお目にかかったのだが、先生は、私が話を切り出す前に、それが何なのかを既にご存知なのであった。これにはまったく仰天した。恐ろしい地獄耳である。おそらくは、普段から私とその周辺のことを周到にウオッチされていて、この日の前にも、諸先生に探りを入れて事前調査をされていたのであろう。これは先生ならではの芸である。先生は、学会関係における人間や情報の網の目を実に細かくフォローされていたと思う。だが、これは良い結果を生むとは必ずしも限らず、時に行き過ぎると、周囲との摩擦や対立を引き起こすことも少なくなかったようである——これはこの席でご自身が苦々し気に告白されたことである。さて、この日の会話は、世間知らずな私にとっては実に啓発的はものではあったが、先生は私の世間知らずぶり、能天気ぶりに半ば匙を投げておられるようで、私を揶揄し嘲笑する調子もまた強かった。そして、この辛辣ぶりというか、底意地の悪さというのも、先生のまた別の顔であったと私は思う。あの時はもしかしたら、私に何か別の感情をぶつけていたのかも知れない、とも邪推したくもなる。その時私は新婚だったのだが、どうやら先生はそのことを大いに気にしておられる口ぶりであったからである。「君は恵まれているよ。私なんか一人なんだから」云々、といった感じであった。先生が独身を貫いておられる理由なぞ訊くわけにも行かなかったが、それでもこうした正直な気持ちを吐露されるのは、私には大いに意外であった。

さきほどの辛辣さに関連して更に意外だったのは、「私は右翼は嫌いだ、左翼だから」という発言である。先生にはその昔、防衛大学校の教職の話があったそうである。結局、先生はそれを断ったのだが、その理由がこれなのだそうである。その時は戯言か――先生の世代の比較の院生たちは、学園紛争で大学がシャットダウンしている時でも学外で演習を続けた、という話は有名である――、例の天邪鬼ぶりがまた現れたな、という具合に私は聞き流していた。しかし、いま考え直してみると、この意識は先生の学問の基盤であったのかも知れない。先生の学問的出発点が安藤昌益やルソーだったことがここで改めて思い出される――先生の学問的な業績の意義については、この文集で他の方が詳しく論じてくださっていると思う。そうやこうやで、この日の面会は、先生の内面を垣間見る思い出深いものとして、私の中に強く残っている。

思うに、小宮彰という人間はその根っこにおいて、いわゆる「江戸っ子」だったのではないだろうか。先生のご出自については、小石川高校の卒業ということ以上は私は知らない。だが、あのように対立する多様な性格――一方で、優しさ、気配り、目配り、律義さ、古風さ、真面目さ、シャイさがあり、もう一方では、辛辣さ、毒舌、意地悪、頑固さ、短気があった――が共存していたことは、どうやら先生の「江戸っ子気質」に由来するのではないか、と私は勝手に解釈している

ここ数年はあまりお目にかかることなく、最後の機会は川本先生の記念の会であった。あの時は一回りも体が小さくなられたお姿に驚いたが、既に体力的にだいぶ衰えておられたのだろうか。訃報に接したのは、その約一年後であった。もう少しお話をしておけばよかった、と悔やまれることしきりである。先生のご厚情とご指導に深く感謝申し上げ、ご冥福を心よりお祈りさせていただきたい。

小宮さん

徳盛　誠

　東大駒場の大学院比較文学比較文化専攻の大先輩である小宮彰さんが私にとってひときわ大きな存在となったのは一九九二年七月、東京目白の和敬塾での日本比較文学会東京支部例会で、私が修士論文をもとに研究発表した時だった。江戸中期の儒者海保青陵と十八世紀前半の英国の文人バーナード・マンデヴィルの思想を対比し考察を試みたのだが、緊張してまくしたてるように発表を終えた私に、前方に座っていた小宮さんは穏やかな口調でいくつも質問を重ねて、ほとんど対話のような問答の中から、両者各々の思想的背景との連関、それを踏まえた私の比較考察の核心を引き出そうとされた。それはひとりよがりの私の発表に見通しのよい構図を与え、開かれたものにする試みであり、私の思慮と勉強の不足はわかった上で、論の発展可能性を示唆するものだった。私には小宮さんの熱心な関心と指導が身に沁みてありがたく、また氏が日本とヨーロッパ双方の十八世紀の思想潮流に通じておられることに驚嘆した。この研究発表を慫慂し当日の司会を務めてくださった大澤吉博氏、小宮氏、私との関係は二〇〇一年十二月、東京支部例会の《福沢諭吉ミニ・シンポジウム》で小宮さんが司会をし、大澤氏と私が発表することで再現されることになった。こう記しながら、お二人のさりげないが心づよい、学問的かつ人間的なご厚意をあらためて深く感じずにはいられない。

　お二人といえば、大澤氏が「福沢の徒」を口癖に実際的な諸問題をもゆるがせにしない文学者であったのに似て、小宮さんはコンピューター、インターネット関係につねに最新の知識をもち、駒場の比較研究室界隈のインターネット環境の相談役的存在だった時期もある。その小宮さんが一九九五年三月の大学セミナーハウスでの研究室合宿で、寺田寅彦について講演された時にはすっかり興奮した。それは寅彦の科学論文をごく当たり前のように射程に入れ十分に咀嚼して、その文明論的な意義、さらにその文体とことばの特質を鮮やかに論じる研究者の登場だった。

　ご著書『ディドロとルソー　言語と《時》』を読んでいると、小宮さんの堅固で豊かな学問的基盤を実感すると同時に、その科学、思想、文学にわたる知を二重三重に編成し駆使して、テキストが表し出すものを徹底的に、あくまで明晰に掴みとろうとするさまに圧倒される。文明や人間に向けたディドロやルソーの根源的な問いと思考とを緻密に解き明かしつつ、それにとどまらず、彼らのテキストのありようをなお追求する。そしていわば彼らが表現した思想と彼らが生きた思想との合致ないしずれを析出し、それによってその読みは現在の私たちの知や文明を深く規定するものの把握とそれへの問いの提起に及ぶのである。

「どうも、こんにちは。」といつも気さくに挨拶され、こちらの愚問にも「えーっと」と笑いながら答えてくださった小宮さんにお会いすることはもうかなわない。しかし氏が残した知的冒険の記録に学びながら、そのたゆまぬ探究をささえたものを感受したい。

『アジアの比較文化』編集のころ

西原大輔

若い研究者にとって、自分を評価し、何かと引き立ててくれる先輩ほど、ありがたいものはない。僕にとって小宮彰先生は、そのような存在だった。

華やかに活躍する卒業生の多い東京大学の比較文学比較文化研究室にあって、小宮先生は、明らかに地味だった。まだ単著も出版なさっておらず、日本比較文学会のこまごまとした用事ばかりを熱心にやっておられた。あまり論文も書いておられなかったように思う。

親しくなってからは、時々自分の体験を語って下さった。芳賀徹先生の最初の指導学生だったこと。東京女子大学に就職したばかりの頃、女子学生に一致団結して授業をボイコットされ、非常に辛かったこと。パリのオペラ座の前で若者に囲まれ、財布をゆすり取られたこと。どちらかと言えば、情けない話が多かった。パリの不良たちは、この小男なら反撃してこないだろうとでも思ったのだろう。オペラ座の話の時は、僕が「おやじ狩りに遭った」と言ったら、小宮先生は、「強盗に遭った」と、即座に訂正された。

僕が小宮先生と一番親しくお付き合いしたのは、『アジアの比較文化』（科学書院、二〇〇三年）の編集に関係した時だった。当時、東大の東洋文化研究所におられた岡本さえ先生が発案され、小宮彰先生と僕が企画に加わっていた。三人の会議は、いつも本郷の学士会分館で行われた。あの古色蒼然たる建物の中で、学問的な話し合いをしていると、不思議な感覚に襲われる。帝国大学の権威が肌身に感じられ、嬉しさを覚えると同時に、三十代だった自分自身の未熟さまでもが、浮き彫りになるような気がした。

会合は毎回、夕方遅くに行われた。僕は、勤務先の駿河台大学がある飯能から、特急に乗ってかけつけた。古めかしい学士会分館で夜遅くまで議論した、あの時あの場所が、まざまざと思い出される。あの場にいた岡本さえ先生も、小宮彰先生も、既に泉下の人になってしまった。学士会分館も取り壊された。あの時のことを生きて記憶しているのは、ただ僕一人である。ついこの間のことなのだが……。無常迅速。時は人を、建物を、そして記憶を、過去へ過去へと流し去る。おそろしいほど速やかに。情け容赦もなく。

僕は、『アジアの比較文化』が刊行された翌二〇〇四年に、広島大学に転職した。以降は、毎年六月の学会全国大会以外、小宮先生にお目にかかることはなくなった。学会当日は、何かと忙しい。僕の方からきちんとお礼を申し上げる機会を失したまま、先生は逝かれてしまった。今、僕の脳裏に残されたささやかな記憶を、こうして文字に記録する機会を得て、少しほっとしている。生前にお伝えできなかった大切な言葉を、ここに記しておきたい。

小宮先生、若い僕を引き立てて下さり、本当にありがとうございました。今でも心の底から嬉しく思っています。

未熟者の近況報告
――小宮彰先生を偲んで

永井　久美子

あまりの混雑に、次の列車へと乗車を見送ったときに必ず思い出すのは、寺田寅彦（筆名吉村冬彦）の「電車の混雑について」（初出『思想』第十二号、大正十一年（一九二二）九月）であり、文学と科学という他分野の結びつく随筆の魅力を教えてくださった小宮彰先生のことである。

小宮先生に初めてお目にかかったのは、平成八年（一九九六）秋、教養学科第一・比較日本文化論分科で「日本比較文学演習」をご担当の講師として先生が駒場に出講されていた折のことであった。もともとは主に日本古典文学に関心をもっていた学部三年生の一人は、小宮先生の授業を一つのきっかけとして、近代日本文学のおもしろさに惹かれていった。

小宮先生は、半年足らずの授業の後も、非常勤先の受講生のことを長らく覚えていてくださった。大学院進学後、日本比較文学会でお会いするようになってからは、会場でご挨拶をすると、いつも気さくに話しかけてくださった。どうですか最近は、ああ、そうですか、と、ゆっくりと頷きながら近況を聞いてくださる小宮先生のお声やお姿が、まざまざと思い出される。今でも、学会に行けば、笑って振り返ってくださる小宮先生にお会いできる気がしてならない。

小宮先生の授業では、他にも複数の寺田随筆を読んだが、「ラジオ・モンタージュ」（初出『日本放送協会調査時報』第一巻第二号、昭和六年（一九三一）十二月）もまた、個人的に強く記憶に残る一作であった。「たとえば昔からある絵巻物というものが今の映画、しかもいわゆるモンタージュ映画の先駆のようにも見られる。」（小宮豊隆編『寺田寅彦随筆集』第三巻、岩波文庫、一九四八年、一〇〇頁）との一文のあるこの随筆は、平安時代の絵巻物に取り組みたいと思いつつも、卒業論文のテーマをなかなか絞り込めずにいた学部生に、絵巻が持つ語りの手法に注目する示唆を与えてくれた。駒場図書館にあった『エイゼンシュテイン全集』を、演習の準備のために借りて読んだ日々は、調べて書くことの難しさと楽しさを実感し始めた時期で、学生時代でも印象深い時期の一つであった。そして、発表の進め方もレジュメのまとめ方もまだまだ稚拙であった学生を、小宮先生は丁寧に指導してくださったのだった。

二十歳過ぎの頃から知る研究者の卵を、小宮先生は学会で常に温かく見守っていてくださった。小宮先生に胸を張ってご報告できるような研究を進めてゆけるよう、今後も努力せねばと、先生との思い出を振り返りつつ、改めて気を引き締める。近代への興味の広がり、絵巻への関心の深まり、そして、学術的な問いの立て方の修得のいずれについても道を拓いてくださった小宮先生には、ただ感謝申し上げるばかりである。

近年は、平安朝の文学者たちの姿が、近現代の文学や絵画にどのように表されたかに注目している。異なる時代、異なる分野を結びつける研究に少しでも寄与できたなら、小宮先生は、この問題設定に興味を持ってくださるだろうか。今日も電車に揺られながら、勤め先となった駒場に向かいつつ、小宮先生の笑顔を思い出している。

日本比較文学会関係

小宮彰先生を悼む

小玉晃一

人はトシをとると病気がふえると言われる。まったくその通りである。そして親しい人の死に接することも多くなる。私もこれまでに何人の親しい先生方の追悼文を『比較文学』や東京支部の『研究報告』に書いてきたことか。思い出すだに悲しいことであるが、今書きつつあるのは小宮彰さんのことである。彼は、あと半月で八五歳（現在六月二七日）になる私より一回り半の若さ、六七歳で一月一七日、心不全で亡くなった。数年前から脳梗塞の発作で具合の悪そうな様子で心配していたが、まさかこんなに早く亡くなるとは思わなかったし、また学会の若き同労者小宮さんの追悼文を書くようになるとは夢にも思わなかった。大切な人を失った悲しみは大きい。故大澤吉博さんのときは、『学会会報』で中途半端な字数しか与えられなかったが、今回は自由に書かせて頂く。もちろん小宮さんと私は専門がまったく違うので、学問的なことは書けないが、長い期間の交流の一端を書かせて頂く。

もう二〇年近く前、会場は成城大学だったかと思う。今、手元に資料がないので、はっきりしたことはわからないが、小宮さんが児童文学の安房直子について発表されたことがある。発表は淡々と進んで行ったが、ハンドアウトの安房直子の作品を彼が読み始めたときに、私はなにか異常なものを感じ、小宮さんの方を見ると、彼は明らかに涙を流しているのである。涙声なのである。聴衆の何人が気づいたか知らないが、私は作品に打ち込んだ彼の人間性に触れた思いがして胸が一杯になった。研究者は客観的で対象に対して冷静でなくてはならないのは当然であろうが、何百回、何千回も人の話をきいてきた私が、涙声でやっと朗読する小宮さんを見たとき、何とも言えない好感を彼に抱いた。いま思い出しても胸が熱くなる。これが私の小宮さんに対する印象の中心をなすものだ。こういう気持ちで私は長年彼と接してきたつもりである。

小宮さんと日本比較文学会との縁は、一九七七年の関西支部大会での研究発表「ハーバート・ノーマンと安藤昌益——思想テキストの比較研究と文体の問題について——」で、次いで一九七八年東京支部例会での発表「思想テキストの評価と研究――ハーバート・ノーマン『忘れられた思想家安藤昌益のこと』――」である。彼と私の学会での接点は一九八一年の仙台大会で、彼の研究発表「シュピッツァーとディドロ――文体分析と時間性――」の司会を私がしたことである。何故私がこんなむつかしいテーマの司会をやることになったのかわからないが、関西の学会本部からの命令で引き受けたために、小宮さんと何度か手紙のやりとりがあった。この時から親しくなったと言えるだろう。しかも彼の住居と私の生まれ育ったところが近かったことにもよる。

一九九〇年八月の松江大会へ行く途次、岡山駅で乗り換えのときに小宮さんとバッタリ会った。お互いに一人だったので、一緒に座ったが、列車が出るまでに時間があったからか、彼は売店でジュースを買ってきて、私にも一本下さった。気が利く人だなと思ったが、人から何かしてもらうと気になってしようがない性分のわたくしは、それ以後まさに気になって仕方なかった。のちに食事を一緒にすることができてホッとした。列車の中の話の続きで、松江大会の懇親会のとき、少し酔った彼は、シラフの私によく話し、私は彼のことをよく理解したつもりである。

一九九一年夏のICLA（国際比較文学会）東京大会が青山学院大学で開催されたとき、その準備段階から、残務整理まで、私がいわゆる〈駒場の三羽烏〉と呼ぶ故大澤さん、井上健さんと共に実によくやっておられたと思う。手伝っていた私の教え子たち何人かは、彼らにごちそうになった由。こういうお祭りのときは、華やかな人間関係ができるものだ。

その後も、学会の仕事を小宮さんと一緒にやったが、彼の特技は「規約をつくる」ことであった。私も全国や支部の規約改正委員会に連ならせて頂いた。私は会計のことと規約のことはチンプンカンプンだったが、常に彼が中心になってまとめていた。現在施行されているものの多くは、彼が中心になってつくられたのだと思う。そういう時にみせる彼の態度は誠実、実直そのものだった。頑固なところはあったが、人に不快感を与えるものではなかった。

こんなことを書いていくときりがないが、なんといっても、30数年の付き合いで、しかも同じ東京支部で、ほとんど毎月あっていたのだから思い出は尽きない。

一九九八年（平成一〇）は、学会創立五〇周年にあたる（一九四八年［昭和二三］創立）。一九九七年の理事会で、記念大会と学会史編纂の二つの記念事業が決定された。学会の歴史については東京支部が責任をもつことになり、二〇〇〇年四月に刊行することになった。当時東京支部長であった私が責任者で、支部の主な役員十数名が協力することになった。限られた時間で、本部の五〇年と各支部の何十年かの歴史を一巻にまとめるのは大変な作業であった。委員たちの大変な努力で、或るところまではいったが、大げさに言えば校訂と整理、つまり最後のまとめは少数でなければできない。そこで最終的には小宮彰、井上健と私の三人で責任をもつことになった。三人は実によくやったと思う。とくに私よりかなり若い二人のエネルギーは並大抵のものではなく、お互いに連絡を密にしながら、仕事を進めていった。井上さんの東京工大の外国語教育センターの部屋に度々集まり、各自整理したものはファックスまたは電話で連絡しあうこととした。井上さんのファックスは午前二時ごろ、小宮さんのファックスは午前四時ごろから五時ごろ。私も二人にある程度付き合わざるを得なかったが、血圧が上がってしまい、主治医から厳重注意された。今となっては、これも懐かしい思い出である。やっと間に合わせて、予定通り『比較文学』四二巻（二〇〇〇年三月）に「日本比較文学会の50年」と題する50年史を載せることができた。当然のことながらミスは多く、『比較文学』四三巻に「訂正」を載せて貰った。

この編集に関わった何年間はまことに充実した年月で、小宮・井上・小玉の三人の協力も見事なものだったと、井上さんと共に亡き小宮さんに感謝したい気持ちでいっぱいである。お互いに本務校でも忙しかったので、打ち上げ式も行わず、さっぱりしたものだった。小宮さんの思い出では、この「五十年史」の編集が一番強烈である。上田敏のいう細心精緻の彼がいなかったら、われわれの作業はもっと大変だったろう。

小宮さんは理性的であったが、前述したように、人情家でもあった。彼をおかしい人のように思っている人もいたようだが、一度知ってしまうと、あんなにいい人はいなかったと思う。私は、私をはじめクセのある変わった人の多い学会のなかでは一番いい人だったのではないかと今では思っている。時々学会へ教え子を連れてこられていたが、私の教え子にも親切にしてくださった。

東京女子大学教授在任中に亡くなられた小宮氏は比較文学会では、理事や東京支部長、全国の代表理事をつとめられた大事な人であり、この早世は大変惜しまれる。

二〇〇九年に刊行された彼の『ディドロとルソー　言語と《時》――十八世紀思想の可能性――』の〈あとがき〉によると、彼の師である東大名誉教授の河原忠彦氏とたった二人でディドロの研究会を月に一回三〇年以上もやり、ディドロとその周辺の思想家のテクストを読んでいた。これは驚くべきことである。河原教授もさりながら、小宮氏のこの熱情と執念こそ学者に最も必要なものであるが、この情熱が小宮さんをして安房直子に向けさせて、私を感激させたのであろう。

この文章を書きながら、小宮氏のことを懐かしく思い出しているが、安房直子さんの『北風の忘れたハンカチ』がこの度出版され、私の親しい同僚であった神宮輝夫氏との対談も載っている。小宮さんを偲びながらこの作品を読むつもりである。そして私が追悼文を書くのも、これを最後にしたい。小宮さんのご冥福を心から祈る次第である。

故小宮彰さんを追悼して

私市保彦

小宮さんが亡くなられる数ヶ月まえであろうか、東京支部の例会にお体の不調を押して見えられた日、会の終了後、会場から外に出ながら研究発表の印象を話し合ったのを覚えている。その時が小宮さんのお姿を拝見した最後の日となったからである。小宮さんは覚束ない足どりで、階段を降りて、キャンパスから出て、自分はバスに乗るからといって、右と左に別れた。そんな体調で無理をなさって参会しないでもよいのにといいたかったが、その言葉を口の中に呑みこんだ。学会を命として生きているかに見え、学会のどんな細部も記憶にとどめておこうという人に、そのようなことはいえなかった。

わたしが思いがけず急に事務局長に任じられたある日、そっとわたしのそばに寄ってきて、「どんなことでもいいですから、分からないことがあったらいってください」とわたしにいわれたのも小宮さんだった。「老婆心」という言葉があるが、学会について大所高所からばかりか、

「老婆心」をもって、細かいことまでも神経を働かせるのが小宮さんのあり方だった。その意味で、学会にとっても小宮さん本人にとっても、その早すぎた死は計り知れない損失であった。

小宮さんについては、いまだ脳裏に残ってることがある。小宮さんの家は西武池袋線にあり、わたしが勤務していた武蔵大学は同線の江古田にあったので、たまたま同じ電車に乗り合わせたことがあった。当時わたしの友人で先輩の武田良二氏（故人となられた）という心理学者がおられたが、彼はたまたま寺田寅彦のエッセーを心理学的観点から関心をもち、そのテーマで小論文も書かれていた。それを思い出して、やはり寺田寅彦研究に打ちこんでいる小宮さんに心理学者の論文をお読みになるなら、お貸ししますよと申し上げたら。「いや、結構です」と即座に断られた。その返事には色々の意味が読み取れそうだったが、わたし自身は、ご自分の研究への並々ならない自負を感じたのを覚えている。そのとき、小宮さんは学問的な分野でも自身の道について意志と自負をお持ちなのだと改めて感心し、以来小宮さんをそうした目で眺めるようになった。小宮さんには、そのほかわたしも愛読している安房直子という児童文学作家に傾倒されていたという一面もあったが、安房直子を語るときは、涙もろくなる姿を垣間見たこともある。小宮さんのなかには、筋を通す意志とおそらくロマンティックな感性が秘められていたのであろう。

そうした人間性の展開を学問と学会の用務のなかで期待しているさなかでの「早世」は、まさに惜しんで余りあることだったといわねばならない。そして、この欠落が埋まることはあるまいとの思いを噛みしめる毎日である。

小宮彰さんを憶う

大久保　直　幹

十五、六年前の話である。学会活動に積極的であったとは到底言えない私が、自分の勤務する東洋大学で日本比較文学会全国大会を開催することへ向けての役目を何とか無事果たすことが出来たのは、偏に大会組織委員であった小宮さんの熱心な導きと当大学英米文学科の藤野文雄教授の労を惜しまぬ力添えのお陰であった。小宮さんは私の研究室を訪れ、大会開催の方針や費用や準備すべき事などについて非常に丁寧に説明し、大会に向けての道筋を整えてくれた。その後も十日に一度位研究室を訪ねてくれて、藤野教授を交えて大会の話題を中心に雑談を交わしたのであった。私はそれが楽しみになり、その時の静かでなごやかな雰囲気が今も忘れられない。小宮さんが醸してくれたその雰囲気に支えられながら大会の準備を進めていったと思う。藤野教授も今は故人となり、私は孤りあの時のささやかな会合を懐かしむばかりである。

その時の雑談の中で学術的な研究の話は殆どしなかったと思う。小宮さんの研究について知ることになったのは、『ディドロとルソー　言語と《時》』を頂いてそれを読むことによってであった。これら思想家の文章に対する小宮さんの精密な読解には敬服の念を禁じ得なかった。既成の固まった解釈にはたしてそうであろうかと疑問を呈し、内容や文体の微妙な相違を忽せにせず、新たな視点を探り出し、斬新な見解を打ち出していく。ルソーについての綿密な解釈と共に、ルソーに劣らぬ、ルソーとはまた異なるディドロの魅力を掘り起こしているところに本書の醍醐味がある。ルソーの解釈が綿密であるからこそディドロの魅力の探求が生きてくる。そして十八世紀のフランスの思想家が我々と同時代の人間のように迫ってくる面白味がある。ディドロの論じた《言語》と《時》との関係についての本書の論考を読みながら、私はふとプルーストやジョイスの文学を連想したのであった。

本書の更に貴重な点は、ルソーやディドロとほぼ時代を同じくする日本の思想家新井白石と安藤昌益とを論じている所にある。『折たく柴の記』における《時》を表す文体の微妙な趣を分析し、また昌益の『自然真営道』の精密な読解を進め、ルソーの『人間不平等起源論』と比較論考する。知的興奮を誘い、その興奮に誠実に答えてくれる論文であった。

『比較文學研究』80号に掲載された「寺田寅彦の文体――生命の物理学」も一際心に残る論文であった。寅彦の随筆「電車の混雑に就て」と「小さな出来事」とを取り上げてその文体を詳細に分析し、レオ・シュピッツァーの指摘するディドロの文体とも比較しながら「記述対象を寅彦の内的な生命のリズムと一致させて表現する文体」を探り出していく。誠にしみじみとした味わいの忘れ難い論文、小宮さんの風貌や語り口と重なりながら想い起こされる論文である。

遺された課題 ― 小宮彰さんを偲んで

国松夏紀

少し気になって久しぶりにご著書『ディドロとルソー言語と《時》――十八世紀思想の可能性――』を手に取って見た。自前で購入したかとも思っていたのだが、とんでもない。有り難くも版元を通じての献本であった。併せて著者が同年生まれであることに思いを新たにした。本年共に古稀に達するを得ず残念至極。ここに改めてご冥福をお祈りする次第です。さらに「目から鱗が落ちる」とのメモ書きも出て来た。おそらくお礼状のための下書きの一部でもあろう。再読の必要性が遺されたようだ。

日本比較文学会で小宮さんと「公式」のお付き合いが生じたのは昭和55年（一九八〇）のこと。第18回東京支部大会（日大国際関係学部）において共に支部幹事に選任された。小宮さんは東京女子大教員、小生は早大比較文学研究室助手であった（「會報」第98号）。

このご縁もあってか、昭和60年（一九八五）11月の第23回東京大会（立正大）では大澤吉博さんを加えて3名の研究発表が第一室にまとめられた。要するに同年代ということであったか。一．徳富蘇峰『将来の日本』の〈時〉の意識――西欧文明論の系譜と明治日本の現在　小宮彰（東京女子大）、二．神話としての個人主義――漱石・泡鳴　そして「家族の桎梏」――　大澤吉博（東京工業大）、三．ドイツ経由のドストエフスキイ――高橋五郎の参照したドイツ語訳『罪と罰』を中心に　国松夏紀（早稲田大）（「會報」第113号）。

芳賀徹先生、江藤淳氏の臨席を得て、かつ適切なコメントをも得てかなり緊張したことを30年後の今に想起する。残された課題は多岐にわたり重いものがある。

さて小生が昭和61年（一九八六）に早稲田を離れ、平成3年（一九九一）には関西移住により関東とのお付き合いは薄くなったように思う。それがヒョンナことから全国の事務局長を引き受けることになった。年会費徴収を初め学会事務の大方は「学会事務センター」に委託。そのセンターが前触れもなく倒産した。ほぼ1年分の学会費収入が帳消しになるという、学会にとって未曾有の危機的状況。学会員諸氏のご理解とご協力によりその危機を何とか乗り切ることが出来たと信じるが、責任追及の声にも厳しいものがあった。その急先鋒のお一人が小宮さんであった。彼の批判は首肯すべきところも多々あったろうが、事務局長も被害者と実感していた身には、思わず「そこまで言うか！」と叫ばせるほどのものであった。コミュニケーション不足であろう。もっと良く話し合うべきであった。今はただ悔やまれる。

小宮さんはネクタイを締めるのが嫌いだったのではないか？　スーツにノーネクタイの「着流し」風が似合っていた。しかし、国際学会ではしかるべくネクタイ着用だったように思う。ＩＣＬＡ通で知られる小宮さん、第12回ミュンヘン大会にもやって来た。その次の第13回（一九九一年）東京招致がかかり、ＪＣＬＡ会員に積極的参加が要請されていた。

「會報」第122号には、ＩＣＬＡ準備室長・芳賀徹先生の「ミュンヘン大会報告」とは別立てで、来るべき「実働部隊」のミュンヘン大会参加記が６本掲載されている。いずれも東京大会を見据えたものであり、小生も一文を寄せているが、筆頭は小宮さん、流石に問題点を鋭敏に指摘されている。あれから20数年、そろそろＩＣＬＡ２回目の東京大会が検討課題に上程されても良い頃ではなかろうか。

面白いオバさん

小田桐　弘　子

二、三年前の一月も終わり頃のある会合でした。宴もはて皆帰り仕度を始めた頃、小宮さんがコートの片袖に手を通して、もう一方のお袖に手が入らず何度かくり返していらした。思わずお手伝いしてさし上げました。小宮さんはいつもの笑顔ではなく、「去年、倒れてからこういうことに手間取って…。でも助かった」といわれました。それ以来、小宮さんの淋しげな御様子で「サヨナラ」と片手を振っていらした横顔が目に残っている処の訃報でした。

初めてお会いしたのは一九七〇年代で駒場の比較の方が少ない頃の東京支部の例会でした。その後関西支部大会が大谷女子大学で開かれました。亡き大澤吉博・上垣外憲一・前川裕さん達と出席されていました。後輩の牧野陽子・井戸桂子・大内和子さん達が学会デビュウ発表をされました。開催校のお世話で東京からの出席者はひなびた近くの旅館にゼミのセミナーのように大部屋が準備されていました。明日発表の前夜、牧野さんの発表の予行演習を小宮さんたちが聴いてさし上げていました。後輩への思いやりの深さに感じ入りました。

小宮さんは人と人とを結び付ける一面もおもちでした。一九八五年以降、私は福岡女学院に大学を創設するお手伝いのため、九州支部に移りました。その頃、福岡大学に就職された田所光男さんにお会いしました。田所さんは赴任に当たり、小宮さんから「福岡に面白いオバさん、小田桐さんがいる」といわれたとのことでした。小宮さんを「サカナ」にして共通の話題に花が咲き、知人の少ない福岡の地で、暖かい空気に包まれたようでした。

福岡に移る前、一九七五年から一九八〇年にかけてプリンストン大学に招かれ、アール・マイナーさんと共同研究にあたっていました。その折ニューヨークにしばしば行き、メトロポリタン・ミュージアムや近代美術館などに出かけました。ニューヨークの各種の地図を買いこみ、次々と予定をたててNY生活をエンジョイしていました。

一九八四年にICLA大会がニューヨークで開かれました。出席を希望していた小宮さんからNYのあれこれを尋ねられもっていたガイドブックなどを提供しました。帰国後、感謝の言葉と共にICLA東京コングレスの誘致の必然性を熱っぽく主張されました。小宮さんがあのように熱くなられたのは、初めてでやや驚きました。一九九一年の東京コングレスで水を得た魚のように軽やかに、事の大小にかかわらずこなしていらしたのが、今も印象に残っています。

田所さんが名古屋に移られた後、大嶋仁さんが九州にいらっしゃいました。大嶋さんにはその前年、芳賀先生が開かれた国際日本文化研究所国際会議で初めてお目にかかっていました。大嶋さんを訪ねて、前川裕さんと小宮さんが来福。筑紫女学園大学で開かれた九州支部大会に出席されました。小宮さんとは三十年以上も学会でお会いしているのに、研究対象について詳しく存じ上げませんでした。当日のご発表は、遺稿論文の寺田寅彦研究の基礎であったようにはっきりと記憶しています。

緻密で詳細な資料を用意されていたことで、研究者としての小宮さんにふれたように思いました。まさに寅彦の「随筆」が「どのような意味をもつ文学表現であったのかという問いに答えようとする一つの試み」に出会った糸口でした。

憶い出すままに綴ってきましたが、小宮さんは、九州・関西と動いてきた私には人と人との結び付きを示して下さった大切な若い友人でした。本当に有難うございました。

Till we meet again!

ありし日の小宮先生のお人柄を偲んで

斎藤幸子

小宮先生と学会の仕事でご一緒したのは、東京支部の役員会や幹事会を含め、すでに四半世紀前になる国際大会（一九九一年）の開催準備委員会そして学会創立50周年記念の史料集めや整理の委員会等々でございました。

なかでも、『50周年記念号』の何回目かの委員会で、委員長の小宮先生に向けられた厳しく激しい、でも至極正当な意見にたいする小宮先生の対応を、今でもありありと瞼に浮かぶほど鮮明に覚えています。あの理論派で口舌なめらかな小宮先生が、反論も言い訳もせず、ただ黙して語らなかったのでございます。そして20名近い委員の先生方の様々な仕事の進捗状況を勘案し先生方の意向を生かしながら、予定通り事を進めていくために、どんなに攻められ批判されようがあえて議論を避け、黙していたように見えたのでございます。どうすべきか考えられていたように見えました。とにかく私はあの時の小宮先生の毅然とした態度に大いなる尊敬の念を強く抱いたものです。

このような小宮先生のお人柄を尊敬しながらも、私はいつも遠くから接しさせていただいておりましたので、学会の連絡事項や学会にまつわるエピソード以外、小宮先生はご自身の私的なお話をなさらない方だと思っておりました。しかし、今回この追悼文集に加えていただき、先生の今一つのお人柄をお伝えできるエピソードを思い起こすことができましたので記させていただきます。

それは、いつの東京支部の例会だったか覚えておりませんが、例会が終了し、帰宅のために山手線に乗車すると、たまたま同じ車両に小宮先生と乗り合わすことになりました。電車はさほど混雑しておりませんでしたが、乗車口に立ったまま池袋駅まで雑談を交わしていた時、小宮先生はなんの衒いもなく、ふいに「わたしの母親は父親の後妻で、わたしには義理の姉が二人いるのですよ。姉は義理であるわたしの母ばかりでなく、わたしにもとても良くしてくれます。二人とも嫁いでいる身でありながら、2時間～3時間もかけて実家である我が家に来て、家事やその他をしてくれるのですよ。本当にありがたいと思っています」と嬉しそうに言われたのでございます。その優しい先生の笑顔は格別でした。あの笑みは小宮先生のこぼれ落ちるようなお姉様がたへの暖かい思いと深い感謝の気持ちの現われだったのではないかと思い返します。

それにしても、２０１５年の1月17日に67歳であのように早くあの世への道を小宮先生が辿られようとは、全く思いもかけないことでございました。現在、74歳になろうとしている私は、小宮先生のご命日とご享年を身近に思い出すことができます。それは、２００４年1月17日に67歳になった10日後に肺がんでこの世を去った亡夫の命日と微妙な類似があるからでございますが、今、慰めになるのは、この世で全く面識のなかった夫と冥界で小宮先生が談笑されているお姿を想像することでございます。

小宮彰先生、どうか安らかにお眠りくださいませ。

小宮彰先生の思い出

ソーントン不破直子

小宮彰先生のことで、今一番印象に残っている場面は、私が日本女子大学を定年退職する半年ほど前のものだ。何かのきっかけで小宮先生に、私の退職後は専任教員となっている教え子が支部関係の事務的な仕事を引き継いでくれるから、引き続き日本女子大を例会会場などに使ってください、と申し上げた。その時、小宮先生は、非常にうれしそうに、

「どうも、ありがとうございます」

と、深々と頭を下げられ、ごく軽い伝言の気持ちで言った私は、先生の態度にすっかり恐縮してしまった。と同時に、小宮先生にとって東京支部の運営ということがい

かに大切なものであるかを改めて知った。

支部長になって、例会・大会の会場を半年あるいは一年前にきちんと確保することが実は案外難しいことを実感した。さらに、支部長就任前から学会および支部内で、その後裁判にまで発展した一連の不快な事件が起こっていたが、未熟な支部長であった私はその対応に途方にくれることがあった。そのたびに、経験豊富な会員の助言に加えて、学会名簿の末尾にある「学会会則」や「支部規約」「細則」に助けられることが多かった。それまでは丁寧に読まなかったこれらの規則がいかに思慮深く定められていたかを知り、さらにこれらの規則をこのような形に整備するのに、小宮先生の大きな力があったことも伝え聞いた。

思い出すのは、ずいぶん昔のことだが、私が幹事であった頃、たしか日大文理学部での幹事会で、何か込み入った倫理上の事件があり（今では何であったかよく覚えていない）、そのために規則を追加しなければないということになった。誰がその作文をするか、ということになり、その場におられた支部の長老が、

「そりゃあ、やっぱり、こういうことにうるさい人がいるんだから、彼にやってもらった方がいいでしょう」

と、私には少々皮肉に聞こえる提案をなさり、皆さんが同意した。私は誰のことか分からずびっくりしたが、その場におられなかったのだが、その「うるさい人」は、皆さんにはすぐに分かったようだった。その時すでに小宮先生は学会や支部においてこのような役割を果たしておられたのだった。

小宮先生は、安房直子のファンという優しい面に加えて、ご自分の研究以外に、日本比較文学会、そして東京支部を、後進が将来にわたって民主的な、自由な研究の場として守れるようにと常に考えておられたと思う。生涯独身でお子さんもなかったが、東京支部には小宮先生のＤＮＡがきちんと残されている。

小宮彰先生の思い出

金田　由紀子

小宮彰先生は、年齢の開きからいうと兄のような方であり、学問をお教えいただいたという意味では師のよう

な方でした。そのような方を「友人」と呼ぶのは僭越かもしれませんが、やはり、友を失った悲しみがありました。告別の儀式で、号泣してしまったのです。若い時に出逢い、25年以上の月日が流れ、突然のお別れでした。本学会を離れて交流する機会はありませんでしたが、仕事では何度も助けていただき、また頻繁に励ましのお言葉をいただきました。

初めて小宮先生とお会いしたのは、国際比較文学会（一九九一年：青山学院大学が会場）の準備が始まった頃でした。小宮先生はプログラム委員としてご活躍なさいましたが、ICLA '91開催のため、全力投球してくださった会員のお一人でした。インターネットで連絡・情報公開という時代ではありませんでしたから、国内外の方々とのコミュニケーションにはかなりの手間がかかりました。小宮先生は、博識で、国際社会への目配りがあり、本当に貴重な方であったと思います。

小宮先生のお人柄に接するようになったのは、その後、一九九三年から二〇〇一年まで、当方が本学会誌『比較文学』編集実務委員の任を賜ったときでした。編集委員会においては忌憚のない意見が交わされ、比較文学を実践で学ばせていただきました。私自身は英米文学を基盤としておりましたので、フランス文学・ロシア文学・中国文学など、他の言語圏文学の知識を吸収する絶好の機会でした。正規の委員会が終った後も、ビールを飲みながら、文学や学問、また外国の名だたる学者たちの研究や周辺事情など雑談にも花が咲きました。小宮先生には独特の語り口があり、外国の比較文学者にまつわる興味深い話題をいろいろ提供していただいたと覚えております。珍しい話ばかりと感じたのは、当時の私に知識が不足していたためだったかもしれません。しかし、生き生きとして輪郭のはっきりした小宮先生の語り口は、今でも心に焼きついております。

小宮先生は、裏表なく、はっきりとご発言なさる方でした。柔らかな物言いはなさいませんでしたが、心暖かな方でした。晩年、かなり穏やかになられて、厳しいお言葉も聞かれなくなりました。お通夜で初めて知ったのですが、ご生前、ご両親のご供養を熱心になさっていたとのことです。早すぎるお別れではありましたが、安らかにご両親の元に旅立たれたものと、残された者として心慰められるお言葉を和尚様から伺いました。小宮彰先生から受けた様々なご恩に感謝し、ご冥福を心よりお祈り申し上げます。

もう一人の恩師

野田康文

私が「小宮彰」という名前を知ったのは、二〇〇〇年の春のある朝、自宅に送られてきた一枚のファックスによってです。送り主は、当時私の指導教授であった大嶋仁先生。そこに書かれていたのは、〈小宮彰という、めったに人の論文を褒めないことで有名な先生が、君の論文を褒めている〉という趣旨でした。この年、私は日本比較文学会の機関誌「比較文学」にはじめて論文が掲載されたのですが、小宮先生はその編集委員とのこと。もちろん私はとても光栄に思いましたが、それ以上に、それが朝一番で伝えたくなるほどの大事件なのだという印象が強く心に残りました。大嶋先生がそれほどまでに一目置く小宮先生とは、一体どんな人なのか。

その年の比較文学会の全国大会の折に、私ははじめて小宮先生にお会いし、実際にお話しする機会を得たのですが、学問的な話はもちろんのこと、それに劣らず私が感銘を受けたのは、その飾らない人柄です。第一線の研究者でありながら、地方の一大学院生に過ぎなかった私を、一人の研究者として敬意を払って接してくださいました。先生は私の視覚障害のことを知り、以後、大嶋先生を通じて、力になりたいと申し出てくださっていたそうです。私が二〇〇六年にはじめての著書を出版した際には、「比較文学」に快く書評を書いてくださり、比較文学会の東京支部大会にシンポジウムで呼んでもいただきました。その際、当時私のドキュメンタリー番組を制作していた福岡のテレビ局の取材を許可していただいたばかりか、先生ご自身もインタビューに答えてくださり、まるでわがことのように興奮気味に盛り上げてくださったことが、今でも忘れられません。

先生に出会って以来、私は自分の論文が活字になると、毎回お送りしていたのですが、いつも丁寧な感想を返してくださったものです。お忙しい時にも、「きちんと拝読した後で、感想を申し上げたいと思いますので、しばらくお待ちいただきたいと存じます」という丁寧なお返事の後、しばらくして必ず長文の感想が届きます。例えば、私が近年取り組んでいる谷崎潤一郎の作品における盲者の視覚性というテーマで、二〇一一年に発表した論文にも、過分なほどの評価をしてくださりつつ、今後の改善点までご提案くださいました。私は次の内田百閒論で先生にご提案いただいた論点を取り入れた考察を試み、二〇一五年四月に、日本近代文学会の機関誌で活字にすることができました。さっそく先生に抜刷をお送りし、お礼を記したメールを出しましたが、なぜかそのメールは宛先不明で戻ってきます。アドレスが変わったのかな、と何の疑問も感じずに、急いで手紙にしたため直して、追ってお送りしました。しかししばらくして私に届いたのは、お姉様の兒玉八重子さんからのお手紙でした。そこではじめて三か月前にお亡くなりになったという思わぬ訃報に接したのです。頭が真っ白になり、今思い返しても、本当に無念でなりません。

最後に先生の思い出として書いておきたいのは、学会等でお会いした時に、いつもきまって先生の方から先に声をかけてくださったということです。眼の見えない私には、それはとてもうれしいことでした。その自然なお心遣いにも先生の人柄が偲ばれます。直接の恩師ではありませんが、私にとって小宮彰先生は、恩師と呼んでも過言ではないほど、大切な人でした。研究者としても、人としても、尊敬できる先生にめぐり会い、親しくご教示をいただけたことは、私にとって一生の財産であり、今でも誇りであり続けています。

東京女子大関係

小宮彰さんとの時間

久米あつみ

小宮さんの名前をはっきり認識したのは雑誌「思想」に発表された、ルソーに関する論文を読んだ時からだったと思う。そのころ東京女子大哲学科では、筑波大学に移籍される小川圭治氏の後任をさがしていた。ふと目に留まった論文は、構成も着眼点も、問題意識も実に鋭い立派な論文であった。さっそく四人の同僚に連絡する。読み終わった皆の感想は「いい！」「すばらしい！」と、いつもは辛口の批評ばかりしている人たちがほとんど絶賛した。あまり皆がいいというので不安になった私は、そのころお元気だった中村雄二郎氏に査読をお願いした。答は「りっぱな論文です。」と太鼓判のついたものであった。かくして小宮さんは論文評価のみによって第一候補となり、研究室での面接、また個々の教員との面談を経て、新任候補として教授会にかけられ、めでたく女子大の教員となったのである。ただし公平を期するため言っておかなければならないが、面接の過程で、小宮さんは「久米先生のお宅に伺ったことがあります」と発言し、私を唖然とさせた。よく聞いてみると、フランス政府留学生試験を通った小宮さんは、初めストラスブールに行くことも考えて、滞在経験のあるわれわれ夫婦の許を訪ねられたとのことだったが、主として応対したのは夫の方だったし、そういう用件で訪ねてくる人はそのころ少なくなかったので、全く私の念頭には残っていなかったのである。

さて哲学科に専任講師として所属された小宮さんの行路は、平坦なものではなかった。特に学科の最長老であり、重鎮であった真方敬道先生が定年で科を去られ、その後任をめぐって科の中が割れて以来、学生の指導や接触の仕方をめぐっても、教員間の一致が破れてしまった。三対一の対立といっても、課題が教授会に持ち出されるときは常に全員一致での案件提出が求められる。一番気の毒であったのは小宮さんの助教授昇任人事が提示されたとき、人事委員会は一致して昇任を認めたのに、教授会全体の投票で小宮さんが敗れたことで、青木茂主任と小宮さん、それに私の三人で春の東北旅行にいささかの慰めを求めたことが思い出される。

青木教授と私は女子大を去り、小宮さんは残ることを選んだ。それも一つの決断ではあったと思うが、彼の持ち味をもっと生かせる場はなかったかと、悔やまれるのだ。

しかし学問上の付き合いはその後も変わりなく続いた。青木教授ほかの数人がすでに学内で作っていた哲学の研究会、それを学外でも続けようということになり、翻訳者が身近にいることもあってリクール研究会となり、会場も個人宅から女子大牟礼キャンパス、東大駒場と転々としたあと、立教を根城に現在まで続いている。その研究会は小宮さんがいるといないとでは空気がすっかり違った。何しろ博覧強記、話題が現代フランスであろうがひと昔前のヨーロッパ、また日本、中国など、時代や国境を越えて飛び回る、小宮さんの弁舌に皆しばしば唖然としたものだ。もう少し体に気を付けて長生きしてほしかった、とこれは私たち残された者一同の痛切な思いであったが、ゆっくり休むのも悪くはないかな、小宮さん。

小宮さんと私

大久保　喬樹

小宮さんと初めて会ったのはいつだろうか。記憶力薄弱の私と違って抜群に物覚えの良い小宮さんによれば、教養学科フランス科で私の二学年後に小宮さんが入ってきて一緒になったそうだが記憶がない。

それと違って鮮明に覚えているのは、それから十年ほど経て、ふたりそれぞれフランス留学からもどり、教師見習いの修行を経て、ようやく一人前の就職口にありついた時のことである。

最初の正式な出校日、勤務先となった東京女子大学の学長室に辞令交付をうけるべく出向いていくと、同僚となる数人の新任者のうちに小宮さんがいたのである。彼独特の満面の笑みを浮かべて「奇遇ですね」と近づいてきた小宮さんと握手までしたかどうかは忘れたが、たしかに奇遇と私もうなずいて、それ以来、四十年あまりにおよぶ同僚としての仲が始まったのである。

奇遇というのは、同じ学科で学んだというばかりでなく、その同窓同士が、私は日本文学科、彼は哲学科と、それぞれ古巣のフランス科とはおかど違いの専門に分かれて同じ大学に奉職することになったからである。

なぜそんなことになったかというと、私も彼もフランス科を出た後、比較の大学院に進んで、それぞれフランスに留学するというように同じコースを進みながら、私は比較文学からしだいに日本文学、文化に関心が移っていき、小宮さんはフランス思想、とくにルソーやディドロといった啓蒙思想を専門とするようになって、その成り行きの結果、この小さな大学で日本文学と哲学に分かれて再会することになったからである。「君の名は」ほどドラマチックでもロマンチックでもないが、この再会はいかにも教養学科、比較大学院出身者らしい奇遇ではなかろうか。

ともあれ、こうしてふたりはそれぞれの新米教師生活を始めた訳だが、以上のような事情もあり、小さな大学でもあるので、学科は別でも、よく顔をあわせ、話をかわし、一緒にあれこれの計画をたてて楽しんだ。

知る人ぞ知るように、小宮さんは大変な話し好き、知識豊富、種々のゴシップまでふくめた地獄耳で、世間にうとい私など面食らうばかりの情報を吹き込んでくれて私はうなずくばかりだったが、おかげで世間並みの教養を身につけることができたのである。そして、こうした会話の中からいろいろな活動のアイデアもでてきたのである。

たとえば、哲学科、日本文学科合同演習などというのをやってみた。これは正規の科目としては認められないのでふたりでこっそり示し合わせ、同じ時間に別々の授業を組んだうえで実際には一緒にやるのである。カリキュラムなども適当にしておいて、毎回、面白そうなテーマを哲学、文学双方の立場から論じるというもので、やってみると、だんだん、学生たちはそっちのけ、ふたりの興味のおもむくままに脱線、時には学芸漫才のような具合になって、学生たちはどう受け取ったかわからないが、少なくとも、われわれふたりは大いに楽しんだのである。

また、若手勉強会というものを立ち上げて、学内の若手教員、助手などを集め、毎回、各人の専門分野について話してもらい、質疑応答、それから席を学外に移して一杯やりながら雑談という会を月一ぐらいでやった。これは、まだ最近のように組織でしめつけられず、牧歌的な雰囲気が残っていた小規模の大学で、好奇心いっぱいの若い面々が自由に交流する良い機会となった。

こんな具合に楽しくわれわれの教員生活は始まったわけだが、やがて小宮さんには大変な災いが降りかかった。所属する哲学科教員の間で学科運営方針をめぐって対立がおこり、学生たちまでまきこんで深刻な内部抗争にまでなったのである。その内実については私はよく知らず、ただ傍観するだけにとどまっていたが、泥沼化した抗争は解決のめどが立たないまま長期化した結果、とうとう最後には大学側の苦渋の決断として哲学科所属教員全員を専任から外し、新たな教員を外部から招いて再編成するという事態になった。

この処置の結果、小宮さんも哲学科を離れ、一般教育担当となった。狭い専門にとらわれず広く文化全般に知識と関心があった小宮さんはうってつけの人材に違いなかっただろうが、自身としては専攻の教え子を指導できないなど思い屈することも多々あったはずである。だが、そんな様子を外に見せることもなく、淡々と責任を果たしていく小宮さんの姿に同輩として私は心痛む思いを禁じ得なかった。だから、それからだいぶたって大学全体の改組の結果、小宮さんが日本文学科の所属となり、私と組んで比較文学系統の卒論学生の指導にあたるなどしてくれるようになったことは小春がめぐってきたような喜びだった。小宮さんは持ち前の博識、早口で学生を圧倒し、私の方で少々フォローするようなこともあったが、以前の合同ゼミの活気がよみがえってきたような気分だった。

小宮さんの学識、人柄については他の近しかった方々が紹介してくれるだろうが、一方で電算機のあれこれについて蘊蓄を披露してくれる――と言っても、理系白痴の私にはチンプンカンプンだったが――一方で、連句などの風流味をうれしそうに語るというように文理双方にわたる知性のありかたが私には印象的だった。それで、晩年、小宮さんが寺田寅彦のエッセイの研究を本格的に開始した時には、なるほどどうってつけのテーマだなと楽しみにしていたのだが、それが道半ばで遺業となってしまったことは淋しいかぎりだった。

これまで述べてきたような事情で小宮さんは大学内では長く日陰に隠棲するような処世を余儀なくされたが、その反動というか、持ち前の活気を学外で存分に発揮し、様々な局面で活躍したことは諸氏のよく知るところだろう。比較文学会、とりわけ東京支部においては中心的な存在であり、労を惜しまず活躍した。だが、小宮さんにとって、どこより気の置けない故郷は東大比較のつながりだったと思われる。故大澤さんを始めとして同級前後の学友たちとのがっちりとしたネットワークが学問面でも、私生活面でも小宮さんを支える土台だったはずである。大澤さんが急逝した時には兄弟を失ったような嘆きに身をよじっていた小宮さんの姿が忘れられない。今頃はふたりで天上から下界の駒場キャンパスの様子をうかがいながらあれこれ噂話をしたり連俳でも楽しんでいるだろうか。合掌。

小宮さんのこと

土合文夫

小宮さんを最初に知ったのは、もう半世紀も前、一九六八年の春に大学に入学した時のことだった。今でもそうだろうが、東大の教養学部は科類ごとに選択した第二外国語によってクラスが編成され、同じクラス名の上級生が新入生のためにオリエンテーションをするのが習わしだった。私のクラスはフランス語を選択する文三七組だったが、右も左も分からない私たちのために手ほどきをしてくれた上級生の一人が小宮さんだった。何事もなければ、同じクラスとは言っても、週に数回の外国語の授業を共に受けるだけで、二年後にはそれぞれが選んだ専門課程に分かれて散ってゆく比較的淡い関係だったろうが、入学数カ月後の私たちを待ち受けていたのは、医学部に端を発する東大闘争の嵐だった。授業が再開される一年数ケ月後に至るまで、目まぐるしく変わる学内の状況への対応を巡ってクラス単位で激しい議論が交わされ、場合によっては抜きがたい反目が生れ、場合によっては、その後も長く続くことになる親密な関係が生じもした。そのような中で、上級生と接触する機会もしばしばあり、そんな折に小宮さんを見かけることも少なくはなかったので、お名前とお顔は記憶に刻まれていたのだが、小宮さんがさして目立つところもない下級生の一人を覚えてくれていたかどうかは覚束ない。

その後、小宮さんは教養学科のフランス科から比較文学の大学院に進まれ、私は文学部の独文科に進学したので、お見掛けする機会は全くなくなったが、同級の親友の一人が比較文学で小宮さんの親しい後輩となったので、話の中で二人が共に知っている小宮さんのお名前が出ることもあったように記憶する。

小宮さんのお顔をほぼ20年ぶりに見たのは、私が一九八七年に現在勤務する東京女子大学に移った時のことだった。小宮さんが所属する哲学科で起こった混乱がひとまず収束した少し後のことだったが、混乱の連帯責任を負わざるを得なかった小宮さんが学内で困難な立場にあることは私もすぐに察することができた。小宮さんは、もしかすれば、一年の後輩だと知った私に、ことの経緯や、ご自身の立場について詳しくお話になりたかったのかもしれない。そして、そのことを私が敢えて問うことをしなかったことに一抹の寂しさを感じておられたのかもしれない。新参の局外者として中立的な立場を取るしかなかったとはいえ、小宮さんが亡くなった今となってはこのことに微かな悔いを感じざるを得ない。

比較的頻繁なお付き合いが始まったのは、小宮さんがフランス語の授業も担当されるようになり、私が所属する外国語研究室に出入りされるようになってのことだった。当時は学内でようやくパソコンが普及し始め、希望者への貸与も行われるようになった頃だったが、その後のWindows95 以下のＯＳに比べるとかなり使い勝手の悪かったWindows 3.1 の操作法について、かなり前からパソコンに親しみ習熟していた小宮さんから懇切で的確な指導を受けたのは、周囲で私だけにとどまらない。小宮さんの学生たちに対する指導もこのようなものなのであろうと想像したことを思い出す。今でも心もとないとは言え、私の computer literacy の少なからぬ部分は小宮さんに負っていることをつくづく思う。

もうかれこれ十年ほど前、学内で校地の売却とそれを原資としてのキャンパス再開発計画が提起されるということがあったが、その過程やそれに伴う学内の歴史的な建造物の撤去を巡って学内外で疑問の声が上がり、私もその再考を求める一人となった。小宮さんもそれに進んで名を連ねて下さり、お立場上表面に立つことこそなかったものの、絶えずこの取り組みに心を寄せて下さった。このことを、感謝とともに最後に銘記しておきたい。

小宮彰先生の思い出

中野学而

小宮先生に初めてお目にかかったのは、大学院を出てすぐ東京女子大に奉職したときだった。父が福岡大に勤めていたご縁で家族ぐるみお世話になっていた大嶋仁先生から、お話はすでに伺っていた。先生や奥様のマリアさんが全幅の信頼を置いておられる方であること。フランス文学畑のご出身で、寺田寅彦をやっておられること。初めての教授会でおろおろしているばかりの私にやさしく声をかけてくださって以降、大学構内ですれ違う時には必ず会釈してくださった。足が少しお悪いようだったが、いつも何かを一心に見据えておられるような面持ちで、四季の移ろいも美しく華やかな女子大のキャンパスをゆっくりと歩かれる先生のお姿をよく覚えている。

物静かで、教授会などでもほとんど発言はされなかったし、所属も違えば委員会等でもご一緒することはあまりなく、まともにお話しできる機会はなかった。ディドロについてのご著作も、ご恵贈いただいたにもかかわらず、その思考の密度、一貫性に一読感銘を受けつつ、内容についての理解に自信が持てずにまともな感想をお伝えすることもできなかった。それでも、教員総出で行う入試採点時に肌寒い休憩室で先生と二人きりになった時など、ブレンディのインスタントコーヒーと小袋のキットカットで、まだそれほど大学が世知辛くなかったときのこと、大嶋先生やマリアさんとのおつきあいのこと、その他西洋哲学の潮流についてのお話から寺田寅彦を通した震災を含めた現代社会の問題など、縦横にユーモアを交えて話してくださったことは忘れがたい。

突然のご訃報の3日か4日あと、学会で上京された大嶋先生と飯田橋の「紅龍」という静かな中華料理屋でご一緒し、小宮先生の人生が必ずしも順風満帆というわけではなかったこと、しかし最後まで一貫して真摯で見事な情熱家であられたことを知った。そこが大嶋先生と小宮先生が青春時代から折に触れお二人で来られた場所で、まさにその日もそこで待ち合わせておられたということも。

亡くなる半月程前の大学主催クリスマスパーティの時がお会いした最後になった。すでに体調はかなりすぐれられないご様子だった。しかし、その少し前に正式に決定した私の中央大学への移籍のご報告をしたら、それは良かった、と大きく笑顔で喜んでくださった。最近、この大学もどうにも忙しくなってきましたからね、と先生らしいあのユーモラスな口調で。同時に、以前大学の比較文化研究所の発行する雑誌に書きなぐったビートルズと村上春樹についての拙稿をほめてくださり、旅立ちを祝ってもくださった。あれは良かったですよ、あちらに移ったらより一層頑張ってください。

移籍後すぐ両親が相次いで倒れ、緊張が続く介護生活のなかでまともに論文を書くこともかなわなくなった。後悔も無念も山ほどある。だが小宮先生なら、それも人生じゃないですか、とやさしく言葉をかけて下さるのではないかと思う。先生らしい、あのユーモアとともに。

小宮先生のこと

川澄　亜岐子

初めて小宮先生にお会いしたのは、大学2年生の春でした。日本と西洋の文化や文学を同時に学ぶという内容に惹かれて「比較文化」と「比較文学」の授業を受講したところ、その両方をご担当になったのが先生でした。「比較文化」の方は世界から見た日本というテーマでしたが、特に印象的なのは板書の際、「見にくくてすみません」とおっしゃる先生の声です。几帳面にノートを確認されながら書かれた「安藤昌益」や'Lévi-Strauss'という文字は板書というよりメモのようで、黒板の下側、右や左の端にばらばらに書き留められるのが常でした。自然、熱心な学生は教室の前方に集まり、目を眇めたり、電子辞書を確認したりしながらノートを取っていたように記憶しています。そのような時、気がつけば教壇に立っておられたはずの先生が学生の横に立ち、手元を覗きこまれていたりして、穏やかながらも緊張感のある授業でした。

一方の「比較文学」では、比較文学という学問の成立とその理論を学んだ後、研究論文を読み、分析の手法を体験するというものでした。「比較文学」は小規模な授業で、ゼミ形式を取ることもありました。先生は、学生の発表に対して長所と短所を指摘されたり、ご自身の説を提示されたりするなど、そのご指導は非常に細やかなものでした。私はこれらの授業を機に、比較文学・比較文化の分野に興味を持つようになりました。

学期が終わった後も、卒業論文や進路などのご相談に乗っていただくなど、先生にはとてもお世話になりました。授業が終わった後の夕方、喫茶店で紅茶やケーキなどをいただきながらうかがうお話は、本やテレビ番組の感想から、学生時代の思い出、競馬の歴史、恋愛や幸福についての考え方に至るまで多岐に及び、授業とは違う先生の一面に触れる機会となりました。そして私が大学を卒業し、大学院で勉強するようになった後も、先生は折に触れて気にかけてくださいました。様々な話題がありましたが、いつもあの大きな笑顔で元気づけていただきました。

最後にお目にかかった時、心なしか先生は少しお疲れのように見えました。年を取ると困りますね、と静かに笑っておられましたが、すぐにいつもの飄々とした調子で、寺田寅彦の俳句の話などをされました。先生が亡くなられた後、時折別れ際に教えていただいた「なつかしや　未生以前の　青嵐」という寅彦の句が思い出されます。先生はこの句を、晩年、病床の寅彦には過去が映像として流れていくように見えていたのではないかと解釈されていましたが、今になって、その言葉の重みが胸に迫ってきます。そして、この時のことを思い出しながら、私は先生と過ごした時間の豊かさに感謝しています。しかし一方で、自分が心のどこかではまだ、先生を待っているような気がすることがあります。この瞬間にも先生は外国にいらっしゃって、もうすぐお戻りになるのではないかと、ふとした拍子に思います。あるいは、キャンパスに行けば、また、あの「見にくくてすみません」という声が聞けるのではないかと期待してしまうのです。

きちんとしたお礼を申し上げられなかったことが悔やまれてなりませんが、先生から教わったことを大切にしていきたいと思います。謹んで、ご冥福をお祈りします。

成蹊大学関係

小宮くん、僕にとっての一番の親友！

高田昭彦

小宮くんに初めて会ったのは、一九七一年ニッポン放送での調査アルバイトで。以来45年、かけがえのない親友でした。小宮くんは比較文化、僕は社会学という専門領域の違いが、お互いを認め合って長い付き合いになったのだと思われます。同い年ということで、退職後は後輩たちの知的交流の場として「現代文化サロン」を一緒に続けていこうと話していたのですが、残念ながら僕一人で担うことになってしまいました。

ニッポン放送でのアルバイトは、日本の未来のシナリオを予測することでした。一九七〇年前後は、高度産業社会の限界が見え始め、その先を占う未来学やシンクタンクの活動が注目された時代でした。何人かのアルバイトは居たのですが、最終的には経済で1人（後に中央大学教授）、社会で私、文化で小宮くんの3人が残り、何冊かの報告書を作成しました。ここでも幅広い知識を持つ小宮くんが中心的存在でした。

その後小宮くんは東京女子大学に就職するのですが、その前からずっと僕の成蹊大学でのゼミに出席し、ゼミの夏合宿にも必ず参加して、分野的に僕の手に余るゼミ生の卒論指導をしてくれていました。本務校での不運な出来事により、彼が在籍していた哲学科が廃止され、直接の指導学生がいなくなったこともあり、僕のゼミ合宿（計35回）にはすべて参加してくれて、全部で460名を越えるゼミ生は結局2人の指導教授を持つことになりました。亡くなった後の偲ぶ会には、60名ほどの卒業生が集まってくれました。

小宮くんの博覧強記ぶりは群を抜いており、専門の啓蒙思想の他、パソコン、大衆文化、B級歌謡曲、深夜アニメ、SF、児童文学、歌舞伎、軍事、恐竜などにも精通し、その部門の専門家が舌を巻くほどのものでした。ゼミ合宿で「モー娘」の「ラブマシーン」を全曲歌ってくれたのも、忘れられない思い出です。

また小宮くんは、教育者としてもとても秀でていました。フランス哲学や思想の研究者には、得てして未熟な者をバカにするだけで自分がエラい気になっている者がいますが、小宮くんはそうではない。僕や学生が初歩的な質問をしても、懇切丁寧に説明してくれる。学生の中には、自分の関心のあるテーマについて、小宮くんが特別に読書会をもってくれたという者も何人かいます。小宮くんは、自身が様々な分野に豊富な知識を持つとともに、それを他人に「教える」ということも大好きだったのだと思います。

それから、自分が思い込んだことに関しては結構頑固でした。それは恋愛関係にも顕われています。小宮くんに2回相談されましたが、僕はその都度相手の社会的な背景を考えると無理だと言うと、彼はますます熱くなるのです。実は彼を好きだと思っている女性は何人かいたのですが、そういうことには全然気がつかないのですね。もし気づいて結婚してくれていれば、彼の健康面や食事面は相当改善されたはずですので、もっと元気で長生きできたのではと思います。亡くなった時にも、彼のそばに誰かが居てくれると、救急車を呼ぶなり適切な処置なりができたのではと残念でなりません。

自分のことよりも人のことを優先する（最初の脳卒中の時も博士論文指導中で、病院へ行くのが遅れてしまいました）、そういう思いやりのある優しい小宮くんがもういないと改めて思うと、ちょっと眼の奥が熱くなってきてしまいます。

二〇一七年七月二〇日

読書会の思い出と、小宮彰先生のささやかなエピソード

横山　ひろあき

小宮彰先生に初めてお会いしたのは、一九八七年頃。私は成蹊大学文学部に在籍する学生でした。指導教授である高田昭彦先生と小宮先生は〝盟友〟と呼ぶべき間柄でしたので、高田ゼミには小宮先生が常勤のように参加してくれていました。自分はけっして勤勉な学生ではなかったのですが、在学中から先生は目をかけてくださって、私は先生を心から敬愛していました。

一九九三年から二年程の期間だったでしょうか。大学を出て数年が経っていたのですが、先生にお願いして「ルソー研究会」と銘打った読書会を開いていただいたこと

があります。といっても、実際は小宮先生を囲んでの「おしゃべり会」という様相でしたが。飯田橋の喫茶店に陣取って、テクストを元に二、三時間ほど話し込み、夕刻になると場所を変えて今度は酒杯を交わしながら…という流れでした。『不平等起源論』からスタートし、ルソー思想のエッセンスが詰まっていると先生が指摘する『エミール』第四編の「サヴォワの助任司祭の信仰告白」、続いて『言語起源論』『孤独な散歩者の夢想』などを散発的に読み進めました。毎回、話はあっちこっちに脱線しながら予想外の方向へと展開し、非常に密度の濃い時間となりました。途中から「ルソー」の括りは外れ、先生が紹介してくれた本を次回テーマとしました。ジャンルに制約はなく、ドーキンス『利己的な遺伝子』、スティーヴン・ジェイ　グールド『ワンダフル・ライフ』、松岡正剛『フラジャイル』、吉本隆明『言語にとって美とはなにか』などなど。小宮先生の導きで「知の森」へと踏み入る感覚は心地よく、心ときめく体験でした。あの時に先生から学んだことが、今に至っても自分がものを考える上での礎になっています。

いつも温和で理性的な先生が、一度だけ、顔を真っ赤にして怒っていたことがありました。「まったく、とんでもない話ですよ！」と、怒り収まらぬ様子なので事情を聞いてみると……電車でスポーツ新聞を読んでいたところ、頁を折り返した誌面にたまたま風俗店の広告が並んでいたそうで、居合わせた東京女子大学の学生が向かい側から見ていて「大学教師たる者が人前であのようなものを読むのはいかがなものか」と大学に抗議を入れたんだとか。まったく理不尽な中傷であって先生が憤慨するのはもっともだと思いつつも、事の顛末の実際の場面を想像して、私はつい吹き出してしまったのでした。

あらゆる分野における小宮先生の見識の深さ、情報収集の幅広さには驚かずにいられません。学術論文もサブカルチャー誌も、漫画も童話も、深夜ＴＶも、スポーツ新聞さえも、先生にとっては高尚／低俗などという線引きはなく、すべてが等しく「知」の対象であり、思索の材料であったのだと想像します。にもかかわらず、「スポーツ新聞なんかを…」と揶揄されたことが何より許せなかったのではないでしょうか。小宮先生を回想する度に、私はいつもこのささやかな事件のことを印象深く思い出してしまうのです。

小宮　彰先生のこと

奥野眞敏

私が、小宮先生からご指導頂けるようになったのは、一九九八年四月に成蹊大学大学院文学研究科に社会人入学してからのことです。先生は、同大学の高田先生とは学生時代からのご友人でもあり、高田先生の学部ゼミにも必ず同席され、ゼミ授業のコメンテーターをされておられました。

この高田ゼミ終了後は、毎回、吉祥寺の居酒屋で飲み会をしておりましたが、小宮先生も必ずといってよいほどご一緒されました。また先生は、成蹊の学生のこともそれこそ親身になって、気にかけて下さり、学部生の卒論の指導などの面倒も見ておられました。

夏のゼミ合宿にも必ず参加され、2泊3日の間、われわれは、朝から晩まで生活を共にしましたが、この時の部屋割りで、私は両先生と同部屋となりました。これが、実は災難の始まりと相成りました。初日の晩、3人が川の字となりましたが、私が真中で右側に小宮先生、左側に高田先生の配置となりました。布団に入った途端に件の災難がやってきたのです。両先生とも寝付きが素晴らしく早く、布団に入って数分も経ないうちにお2人共が、野獣の如き大きな鼾と歯ぎしりの競演を開始されました。次から次へ止むことのなき、波状攻撃に私は全く睡眠をとれない状況に陥りました。

2日目は、部屋を隣へ移動させて頂きましたが、隣の部屋でありながら、野獣の叫びは、薄い仕切り壁を通り抜け、充分に私の睡眠妨害になりました。吠え声のような鼾と歯ぎしりは、壁などなんのその振動さえ伴って私の耳元まで伝わってきました。

さて先生は、私のサラリーマン生活が長いことから、社会学の素養は全くないだろうということで、社会学の本を何か読ませようと、手始めに橋爪大三郎の『構造主義』を薦めて下さいました。これを契機に社会学の本を何冊か読みましたが、ある時、先生ご自身の著書である『ディドロとルソー言語と《時》——18世紀思想の可能性——』の謹呈を受けました。幅広い東西の知識をもとに論じておられましたが、この本は先生の修士論文を基礎としているとのことで、大変感銘を覚えたことを記憶しております。

その後、高田先生との勉強会を継続しておりましたが、小宮先生のお声がかりもあり、『現代文化サロン』として、時には市民も入れて公開していこうということになり、第1回目は、吉祥寺の喫茶店にて二〇一四年に実施しました。この時は、第1回ということで小宮先生が発表されることになりました。高田、河野、奥野の4人でのスタートでした。この第1回では、C・S・パースの「意志の行使と行為」でした。フランスの思想家を採り上げるものと思っておりましたが、プラグマティズムから入られたことに先生の領域の広さを改めて知りました。

この後、『現代文化サロン』は、2回目、3回目と徐々に参加人数も増えたので、現在は、コミュニティーセンターの部屋を借りて、ほぼ毎月講演会の形式で続けております。

この「サロン」は、多くの方々の発表の機会となり、毎回、参加者も10人～20人集まるようになりました。私は、2回目に『オーフス条約の概要』を発表し、その2年後、『地球温暖化の現状』を報告しました。

小宮先生亡き後も、高田先生共々、小宮先生のご遺志を大切にこの「サロン」は今日も継続しております。今後共、この「サロン」は、第1回目の小宮先生の原点を踏まえ、現代のトッピクスを解説する場として存続させていくことになっております。

最後になりましたが、先生が亡くなられた二〇一五年一月の同月前半に「サロン」を開催しており、「サロン」終了後、居酒屋で食事したあとに、「ゆりあてんぺる」という名の喫茶店で仕上げのコーヒーを飲みに行きました。ここから駅まですぐでしたが、先生の歩みは遅かったため、駅の階段までは、私がご一緒しました。階段を上がるところで、先生は「僕はもういいから、先に行って！」と私に言われました。私が井の頭線で、先生は中央線であった関係ですが、この時の先生の言葉が私と交わした最後の言葉となってしまいました。合掌。

小宮先生から、教えて頂いたこと

河野嘉子

先生の思い出を、あるひとつの物語を通して、お話したいと思います。10数年前、読書会で取り上げられた書籍、『風のローラースケート』安房直子著　この中の「月夜のテーブルかけ」についてです。

この読書会は、小宮先生が開催され、当時成蹊大学で先生の授業を受講していた学生2人と、聴講生の私の4人で始まりました。最初の課題図書は、レヴィ＝ストロース著『野生の思考』でした。その後学生2人は、各々大学院に進学しましたので、読書会は、マンツーマンの会になりました。

そして読書会には、ひとつの決まった形式がありました。はじめに、著者の経歴についてのある程度の説明があり、それは時に、一時間ちかくかかる場合もありました。次に、読後の感想を、「河野さんは、この物語をどう思われましたか」等の質問をされました。質問への答えなどのやり取りがあり、最終的には、ご自分の意見を述べられました。それは、私の認知レベルに合致した分かり易い説明でした。

「月夜のテーブルかけ」は、安房直子の作品の中でも先生のお好きな作品のひとつではないかと思いました。この作品の魅力を以下のように評論されていました。一部抜粋します。

茂平さん一家の日常生活の質感は、以上の観点から、著者の作品世界における新たな意味をもつ展開として評価されねばなるまい。それは、日常生活がそのまま〈彼方〉としての意味をもつような独自なファンタジー世界の創出である。（「季刊書評」最終号）

そして、そのことが的確に記述されている場面として、食卓と台所をあげられています。

「さあ、ユキノシタの天ぷらです。これをまず、ゆっくりあじわってみてください。そのあと、こっちの、タンポポのサラダと、ユキザサのおひたしと、シオデのゴマあえと、ハナイカダのたまごとじをためしてください。お茶がうすいようでしたら、塩をひとふりしてください」（『風のローラースケート』48頁）

私は、いかにもリアリティーがあるようで、しかしまるでリアリティーがない、このえもいわれぬ均衡に支えられた世界であることに、驚嘆いたしました。一文では言い切れませんが、他の分野の書籍についても、上記の如く、深く読み解くことを教えていただきました。

最後に、先生の忘れられない言葉を記します。

『銀河鉄道の夜』宮沢賢治著は、当面あなたには、難しすぎますから課題図書として取り上げるのは止めましょう。

私は、なんのてらいもなく了解いたしました。しかし、今なら、こう言いたいのです。「幻想四次元」を理解しました。幻想ですが、時間移動ができることがわかりましたので、何年前の何時に戻れます。過去の出来事ではなく、リアリティーのある場面を創り出せそうです。

小宮先生のこと

松元一明

小宮彰先生と初めてお会いしてから、もう二十年近くの月日が経ちます。

私は大学卒業後、数年間のサラリーマン生活を経たのち、一九九九年に成蹊大学の大学院に入学しました。大学院では高田昭彦先生よりご指導をいただき、高田先生を通じて小宮先生を知ることとなりました。当時の小宮先生は、まだ四十代後半、ちょうど今の私の年代ということになります。小宮先生のことについて回想するにあたり、あらためてそのことに気が付きました。

小宮先生と直接にお会いし初めてお話をしたのは、私が大学院に入学した年、吉祥寺の居酒屋で開催された「教授を囲む会」であったと記憶しています。「教授を囲む会」とは、成蹊大学の学部生を中心に企画・実施されていた会であり、学生と先生の懇親を目的に数か月に一度の割合で開催されていました。普段は接点が少ない先生方ともお酒を交えて話ができるため、学生にとって有意義で楽しい会でありました。

高田先生は「囲む会」の教員側の窓口・調整の役割をされており、私は高田先生を通じてお誘いを受け、会に参加しました。小宮先生とお会いした回には、高田先生を含め三人の教員と二十名ほどの学生が参加していました。いつもは教員、学生という間柄でも、お酒が入るとざっくばらんに、いろいろな話で盛り上がります。そんな中、数名の学生が小宮先生の周りに集まり、熱心に話をしていました。傍らで聞いていても、専門的な話やマニアックな話が続き、私には全くわからない内容でした。

ふと、小宮先生が私の研究について尋ねました。私は「現象学的社会学やP・L・バーガーを援用して価値意識について研究しています」と答えたように記憶していいます。バーガーを用いた研究は、少々時代遅れで的外れなふうに見られていましたが、小宮先生は「面白いところに目を付けたね」とおっしゃってくれました。そして現象学が登場した背景や当時のヨーロッパの思想、フッサールの面白さなどを解説いただきました。初学者の私にはとても難しい内容でしたが、私の目を見つめながら訥々と話してくれた表情は、今でも記憶によみがえります。それからも時々「囲む会」に参加しましたが、小宮先生と初めてお話をしたこの回が一番印象に残っています。

小宮先生と高田先生が親友であったのは、とても自然なことに思います。お二方に共通する点は、とにかく幅広く、何にでも興味を持たれるということでしょう。

高田先生の尊敬できるところは、ご自身が知らないことを常に吸収しようとする姿勢であり、私のように知ったかぶりはしません。そして小宮先生の凄いところは、硬軟合わせ、とにかく本当に何でも知っていることです。常にアンテナを広げ、いろいろなことに興味を持たれ、ご自身のものにされていたのでしょう。さらに、全ての物事を関連づけて考えていらっしゃったことが先生のお話から伝わりました。ご専門である「比較文化」の大事なスタンスなのではないでしょうか。

いま私はお会いしたころの小宮先生と同じ年代になりましたが、当時の先生の在り方との落差にただただ愕然とするばかりです。

小宮先生が亡くなられてから、初めて東京女子大学の研究室を訪ねました。静かな研究室とその本棚からは、先生の見識の広さとともに、その深さが伝わってきました。いくつかの貴重な蔵書を頂戴しましたが、本とともに先生の想いを引き継いでいきたいと考えています。

い充実した読書会

小野祥之

私が成蹊大学文学部文化学科に入学したのは一九九六年でした。3年になり高田昭彦教授のゼミに入ったのが小宮先生に指導を仰ぐことになったきっかけです。高田ゼミには小宮先生が出席され、学生の半分は小宮先生に指導されたと言っても過言ではありません。特にゼミ合宿などでは、小宮先生の指導力が大いに発揮されたように思います。

当時の高田ゼミは先生のキャラクターもあり、カウンターカルチャー、サブカルチャーに興味を持つ者、オルタナティブな生き方を探る者、という学生が多く在籍していました。そのようなちょっと癖のある学生たちの様々な疑問について、何でも答えてしまうのが小宮先生でした。

私は大学・大学院時代に小宮先生の指導を受けましたが、その後大学院を修了してからしばらくの間小宮先生との読書会を開いた時期がありました。大学院を修了した後で参加者は社会人でしたので、学問にこだわることもなく、自由な形の読書会でした。それだけにこの読書会は楽しいもので印象に残っていることが多々あります。そのうちのいくつかを書き留めておきたいと思います。

・「雑誌『遊』松岡正剛を高く評価」

小宮先生が興奮気味に「いやぁ～、みなさん、この本はぜひ読んでくださいよ～」と差し出したのが松岡正剛『フラジャイル』でした。弱さという切り口で様々な事象を捉えるという試みは当時極めて斬新だったと思います。「弱いってことは強いことなんですねぇ～」という小宮先生の言葉が印象に残っています。視点の転換、編集の効果というものが、小宮先生の考え方にも共通していたものだっただけに共感を強くしたのではないでしょうか。

・「全ての時間はコンピューターに捧げる」

当時小宮先生はコンピューターにのめり込んでいた時期がありました。これは飯田橋の読書会の時だったのか、あるいはもっと前の時期だったかも知れません。小宮先生が「最近、夜中はずっとコンピューターに向かっている」と話されていたことがありました。お話を伺うとかなりの時間をコンピュータの前で過ごしているとのことでしたので、「あまり無理をなされては」と言うと、「いやいや、一度コンピュータに関わったからには全ての時間はコンピューターに捧げるのです」と言って高笑いしていた姿を覚えています。その表情はとても満足そうな様子で、小宮先生の知的好奇心の強さがとてもよく感じ取れた瞬間でした。

・「恐竜は絶滅していません。鳥となって生き残ったのです」「私は夏の間ずっと恐竜について考え続けていたのです。」

「へ?」

小宮先生の発言に我々一同、呆気にとられました。と同時に小宮先生の興味の対象の広さを改めて思い知ったのです。後になって思えば、小宮先生の興味の一つに古生物があったように思います。ドーキンス『利己的な遺伝子』スティーヴン・ジェイ・グールド『ワンダフル・ライフ』は必読図書として推奨されました。これらは一九九〇年代前半に日本に紹介された本で、当時は最先端[illegible]でした。それらの本を読破した小宮先生の結論は「恐[illegible]ていません。鳥となって生き残ったのです。[illegible]いうものでした。当時は斬新な考え方で、[illegible]最先端への強い興味を示すエピソード

この読書会は私たちが社会の荒波にのまれ、十分な時間を取れなくなるとともに自然に散会してしまいました。短い間でしたが、今でも記憶に残る楽しい密度の濃い会話が毎回交わされたのです。小宮節が炸裂する瞬間は多々ありました。

その後、20年。再び小宮先生にお会いすることもなく、お別れすることになってしまいましたが、あの熱弁と笑い声、そして密度濃い時間は今でも脳裏に焼き付いています。

小宮先生とおたく業界

飯塚邦彦

小宮先生といえばきわめて博識で、その該博な知識と学識に助けていただいたという方とも多いのではないでしょうか。おたく文化史を研究する私も、小宮先生に助けていただいた一人です。そして私にとって小宮先生は、学問やコンピュータ文化を教えていただくだけではなく、

おたく業界との人脈を持ち、おたく業界の最新情報をもたらしてくださる方でもあったのです。

90年代の末、小宮先生は「定期的に、出版・映像業の方の話を聞いているんですよ」とおっしゃっていました。名前をうかがうとびっくり、大手出版社のコンテンツ部門の重鎮や、おたく向けアニメ会社の中心人物といった方々ではないですか。「ある図書館でコンピュータ関係の趣味を通じて知り合ったんですが、私はアニメには詳しくないので、話を聞いているだけなんですよ」と、笑いながらおっしゃるのです。その後先生は、深夜アニメ『アルジェントソーマ』(二〇〇〇～〇一年)をご覧になったのをきっかけに、深夜アニメに関心を抱かれるようになります。業界の方ともかなり突っ込んだお話をされるようになったようで、マンガ、アニメ業界の最新情報、そしてどこから手に入れられたのでしょう、かなり詳しい方でしか知ることができないはずの、コミックマーケットの裏事情などを聞かせてくださるようになります。おたく文化の最新情報を得ることができ、おたく文化について突っ込んだお話ができるわけですから、毎週小宮先生にお目にかかる時が楽しみで仕方なかったものです。また先生には業界の方との連絡の労を執っていただき、そこで行ったインタビューが私の著書『おたくの起源』(二〇〇九)に結実していくことになります。

先生は、アニメ『灰羽連盟』(二〇〇二年)を、村上春樹をはじめとする戦後日本文学の観点から、また安房直子をはじめとする日本ファンタジーの観点から、高く評価されていました。またネット社会や仮想空間・仮想現実を扱ったアニメを、コンピュータ文化史や、SFの観点から、よく論じておられました。夜型の先生ですから、亡くなる直前も、深夜アニメを定期的にご覧になっていたようです。もし小宮先生が本格的にアニメ論に取り組まれたら、現在のアニメを比較文化、ファンタジー、SF、コンピュータ文化史などの視点から幅広く論じるものとなり、アニメを人類史的に位置づけるような、非常に重厚な論になったのではないでしょうか。そして現在の文化批評に大きな衝撃を与えることになったのではないでしょうか。今となってみると、小宮先生の本業の論文が読めなくなっただけでなく、アニメ論が読めなくなってしまったのが、とても残念に思えてなりません。

親　族

弟（彰）の想い出

原　須美子（次姉）

平成二十七年一月十七日弟（彰）が急逝致しました。突然の事なので弟が今まで勉強してきたものが多くあり、私達家族はどうしようもなく困っております所、大嶋仁先生や皆様のおちからで弟の本が出版され、本人もよろこんでいると思います。

私、姉（二女）です。弟の想い出は一番に頭の良い事です。町内でも一番だ二番だと言われていました。それと優しい弟でした。身体が細かった為、両親が心配して毎日養命酒を飲ませていたのですが、ある時、お酒が入っているからアルコール中毒になる、親はそんな事はないよ！　でもやめる。意外と思いついたらハッキリとした弟でした。

何十年前か覚えておりませんが、立教大学（自宅から歩いて十二、三分）が六大学野球で優勝した時、町内会で提灯行列がありました。弟と参加しました。弟の手を引いて歩いている時、弟が靴の片方が脱げてしまい無くなってしまいました。今思うと可哀想な事をしたと思います。ごめんね！

弟が小学校低学年の時、近くの八幡神社で遊んでいる時、腕の骨を折り接骨院に通院治療に通いました。治療後のリハビリ（さぞ痛かったと思う）を一生懸命やってきた事、又耳鼻科医院に通い何年も毎日毎日欠かさず通院した事、今思うと感心します。

小学校の頃から近くの古本屋に行く事が日課でした。毎日時間の許すかぎり入りびたりです。母親が店の前を通ると店主が「息子さん、そこに居ますよ」と声を掛けてくれる様になりました。夢中になっていた本は「丸」、戦艦の本です。帰ってくると新聞紙で折り造り、並べて遊んでいました。終わると丁寧に折りたたんで片付けます。それはそれは几帳面でした。

今日七月三日、富山は暑い日です。三十五度です。そういえば、弟は夏になると必ず行く場所があります。プールです。近くにあり、毎日毎日海パン、タオルを小さな袋に入れて、一、二時間泳ぎに行く事を日課にしていました。楽しい時間だったのでしょう。

暮れに富山のます寿司、かまぼこ等々、マルシェの中を廻りながら何にするか送るのが楽しみでしたが、これから送れなくなり、とても寂しくなります。

年明けの三日に弟は成田山に参拝に行きます。その時に家族の分、姉家族、私家族の分も必ずお札を受けてきてくれました。六日頃には届くのですが、平成二十七年一月には届かず連絡をしようと思っていたところ姉から弟が死亡したと電話が入りました。冷たいものが背筋を走り、腰がヌケる思いでした。今思うと、早く連絡をしてもう一度弟の声を聞いておけばよかったと反省しています。残念でなりません。

私は今富山に住んでおりますのでなかなか東京に出掛ける事もままならず、ついつい両親の身の回りも見てあげられず、姉と弟に委せてしまいました。二、三十年の間ありがとう、感謝でいっぱいです。私たち兄弟三人ですが、私が一番心配を掛けた一人です。いつも何かあるたびに、困った時には相談して下さいと連絡をくれました。優しい弟でした。頭が下がります。今でも想い出すと涙が流れます。

しあわせの　花いっぱいの　長い道

この句は亡母ふみが残したものです。弟の想い出と共に一筆添えていただきたく、弟もきっと喜んでくれると思います。親想いの弟が大切にしていたものです。

彰さん、永い間、本当に有難う。お疲れ様でした。

＊　＊　＊

弟は良い友人に出会い、仕合せな人生だったと思います。又皆様には生前中はいろいろとお世話になりました。又出版にたずさわってくださった皆様には感謝、お礼申し上げます。

兒玉八重子（長姉）
原　須美子（次姉）

巻末の言葉

本書はいまや故人となった小宮彰氏の、著書『ディドロとルソー　言語と《時》——十八世紀思想の可能性』（思文閣出版、二〇〇九）に収録されていない論文を集め、同氏の数々の書評と併せて一巻として世に送り出すものである。編集に携わった者として、一言、述べさせていただく。

はじめに、編者は大学院のときから小宮氏の長年の友人であった。小宮氏が亡くなった日の数日後に、飯田橋の中華料理店で一緒に夕食をとる約束までしていた。ところが、共通の友人である井上健氏からいきなりの訃報がとどき、思わず絶句した。とはいえ、亡くなる数ヶ月前の小宮氏の歩き方などに不安がつきまとっていたことを考えると、決して驚くべきこととも思えなかった。

私はとっさに妙なことも考えた。九州から東京へ飛び、すぐに小宮氏の住んでいた池袋付近のお宅に出向き、もはや誰も住んでいないその門口に花を供えたあと、ホテルの一室に戻り、小宮氏が死んでいるはずはない、きっと形を変えて生きているのだ、と思ったのである。それは突然の喪失感から悲痛な思いに沈まないための防衛機制だったかもしれない。いずれにしても、私は小宮氏の遺した言葉の一つ一つ、その考えの断片が彼の身体から離れて、天上のクラウドのなかに吸収されているのだと、かなりの確信をもったのである。

小宮氏の論文集を出さねば、という思いがその時からあった。しかし、なぜかすぐには手がつけられず、ようやく今年になって、少しずつこの事業に着手し始めた。最初は、まずは論文を集めること。そこで、これも長年の小宮氏の友人である牧野陽子さんと一緒に、小宮宅を訪れた。そのとき、神奈川県の秦野に住んでおられる小宮氏のお姉さま、兒玉八重子さんとその夫君とにわざわざ出向いていただき、知己を得ただけでなく、過分のおもてなしも受けた。それほどに、このお姉さまにとって小宮氏は大切な弟だったのだ。

お姉さまには率直に小宮氏の論文集を出したいと申し上げた。たいへん喜んでくださり、いろいろと協力してくださった。小宮氏は夜になると私のところにもよく電話をくれたが、その電話はそのままにしてあるとのことだった。また、愛用のパソコンも、小宮氏の書斎で点いたままにしてあった。私はこうしたお姉さまの小宮氏への思いがひどく心に沁みた。

論文、そして書評を集めるのには意外に時間がかかった。だけでなく、すべてが見つかったわけでもない。とりあえず手に入ったものだけでも一冊にまとめておきたいと思った。集まったものはどれも電子データの形では入手できなかったので、印刷所にすでに印刷されたものをそのまま持ち込んだ。

私が編集の任を負ったことを述べたが、協力してくれた方々、具体的には牧野陽子さんをはじめ、斉藤恵子さん、佐藤宗子さん、井上健さんには感謝の意を表したい。しかし、なんといっても、この本の刊行の費用一切を持ってくださるという小宮氏のお姉さま、児玉八重子さんに謝意を表したい。上記の協力者の方々は、私と違ってまだ現職の方々である。退職して自由の身となった私が編集を進めるのは、当然のことであった。

集めた論文のなかでは、小宮氏が晩年になって熱中していた寺田寅彦関係のものが重要である。科学と文学という二つの文化の橋渡しこそは、今日の文学研究者がしなくてはならないことの一つだと思う。飯田橋の中華料理店には何度も小宮氏と出向いて、直々に寺田寅彦論を聞かせてもらった。というより、無理にも聞かされた。そうしたことがあったので、私は小宮氏が寺田寅彦論を一書にして世に問うことを期待した。本書に私が作文した英語の寺田寅彦論を入れたが、小宮氏の無念の思いを少しでも慰めたいという気持ちの産物である。なお、この英文論文は、シカゴのパデュー大学（Purdue University）の「比較文学比較文化」（*Comparative Literature and Culture*）に掲載されることになる。

最後になるが、小宮氏の口から、私は何度「河原先生」のお名前を聞いたかしれない。河原忠彦先生のことである。私は先生に小宮氏の回想文をお願いしたが、御高齢、体調不十分ということで断られた。吉祥寺まで出向くので、せめてインタビューをさせていただきたいと申し出たが、これもダメだと言われた。仕方なく、先生のご著書について小宮氏が書いた書評のみ、本書に収めることにした。

本書の第二部は、小宮氏の知人・友人・親族に書いていただいた回想文を集めたものである。この人選については私の手に余ったので、先にも名を挙げた協力者諸氏の推薦を仰いだ。十分な人選とは言えないだろうが、最善は尽くした。なかには、書いてもらいたいと依頼したものの返答を得られなかった方々もいる。自分も書きたかったのに、と苦情をおっしゃりたい方も多々あるのではないかと危惧している。ご寛恕願いたい。

本書は間違いなく小宮彰さんに捧げられる。一月の命日までにご仏前に置くことができればと切に願う。尚、本書刊行にあたっては、花書院の藤木範行氏の献身的協力があったことを記しておきたい。

二〇一七年一〇月三日

大嶋　仁

［付録］業績一覧

著書

二〇〇九年 一月 『ディドロとルソー 言語と《時》―十八世紀思想の可能性』（思文閣出版）

学術論文

一九七四年十一月 「安藤昌益とジャン＝ジャック・ルソー―文明論としての比較研究」（『比較文學研究』第二十六号、東大比較文學會）

一九七八年 六月 「ルソーと不可逆の〈時〉」（『思想』No.467、岩波書店）

十月 「起源と剰余―六十年代以降のルソー研究の動向から」（『社会思想史研究 社会思想史学会年報』第二号、社会思想史学会）「クロード＝アドリアン・エルヴェシウスの知の地平―《Juger,c'est sentir》をめぐって」（『フランス語フランス文学研究』Vol.33、日本フランス語フランス文学会）

一九八一年 九月 「ディドロの比喩―『ダランベールの夢』読解の試み」（『東京女子大学紀要論集』第三十二巻第一号）

一九八二年 一月 「シュピッツァーとディドロ―文体分析と時間性」（『東京女子大学比較文化研究所紀要』第四十三巻）

一九八三年 六月 「ディドロとルソー 内在と外在―言語コミュニケーションをめぐって」（『思想』No.708、岩波書店）

十一月 「自伝の〈時〉―新井白石『折たく柴の記』における〈時〉の表現をめぐって」（佐伯彰一編『自伝文学の世界』、朝日出版社）

一九八四年 十月 「ディドロの言語と〈時〉―『聾唖者についての手紙』の考察を中心に」（『思想』No.724、岩波書店）

一九八五年十一月 「〈啓蒙〉の知と主体の問題―ディドロ・ルソー・エルヴェシウスの視界」（大森荘蔵ほか編『新・岩波講座〈哲学〉第十五巻 哲学の展開 哲学の歴史2』、岩波書店）

一九八七年 一月 「明治期文明論の時間意識―徳富蘇峰『将来之日本』における明治日本の現在」（『東京女子大学比較文化研究所紀要』第四十八巻）

一九八九年 五月 「『紅楼夢』における文明論的切断と近代日本」（『江戸の思想 論集』、高崎哲学堂設立の会）

一九九二年 一月 「十九世紀人類学と近代日本―足立文太郎を中心として」（『東京女子大学比較文化研究所紀要』第五十三巻）

一九九四年 十月 「科学テクストの文体―大橋力『情報環境学』」（大澤吉博編『叢書比較文学比較文化6テクストの発見』、中央公論社）

一九九七年　一月　「「寒月君」と寺田寅彦―西洋文明としての近代科学」（『東京女子大学比較文化研究所紀要』第五十八巻）

二〇〇二年　九月　「寺田寅彦の文体―生命の物理学」（『比較文學研究』第八十号、東大比較文學會）

二〇〇五年　九月　「寺田寅彦の物理学と〈二つの文化〉」（『東京女子大学紀要論集』第五十六巻一号）二〇一四年九月「寺田寅彦の文学表現としての「随筆」について」（『日本比較文学会東京支部研究報告』第十一号）

二〇一五年　三月　「大正九年における寺田寅彦の随筆の始まり」（『東京女子大學　日本文學』第百十一号、東京女子大学学会日本文学部会）

書　評

一九七七年十一月　「日野竜夫著「江戸人とユートピア」」（『比較文學研究』第三十二号、東大比較文學會）

一九八一年　七月　「作田啓一著「ジャン＝ジャック・ルソー―市民と個人」―ルソーと〈近代〉の閉域」（『思想』No.685、岩波書店）

一九八二年　四月　「竹田晃著「中国の幽霊―怪異を語る伝統」」（『比較文學研究』第四十一号、東大比較文學會）

一九九〇年　三月　「「中江兆民のフランス」井田進也」（『比較文学』第三十二巻、日本比較文学会）

一九九三年　六月　「牧野陽子著「ラフカディオ・ハーン」出版記念会」（『比較文學研究』第六十三号、東大比較文學會）

一九九五年　三月　「B・M・ボダルト＝ベイリー著（中直一訳）『ケンペルと徳川綱吉』」（『比較文学』第三十七巻、日本比較文学会）

一九九九年　八月　「『福沢諭吉のすゝめ』（大嶋仁）」（『比較文學研究』第七十四号、東大比較文學會）

二〇〇二年　三月　「稲賀繁美編著『異文化理解の倫理にむけて』」（『比較文学』第四十四巻、日本比較文学会）

二〇〇四年　三月　「千葉一幹著『賢治を探せ』」（『比較文学』第四十六巻、日本比較文学会）

二〇〇五年　三月　「西原大輔著『谷崎潤一郎とオリエンタリズム―大正日本の中国幻想』」（『比較文学』第四十七巻、日本比較文学会）

二〇〇七年　三月　「野田康文著『大岡昇平の創作方法―『俘虜記』『野火』『武蔵野夫人』』」（『比較文学』第四十九巻、日本比較文学会）

二〇一二年　三月　「二〇一一年度日本比較文学会賞受賞　加瀬佳代子著『M・K・ガンディーの真理と悲暴力をめぐる言説史―ヘンリー・ソロー、R・K・ナラヤン、V・S・ナイポール、映画『ガンジー』

を通して』」（『比較文学』第五十四巻、日本比較学会）

その他

一九七七年　六月　「パリ・日本・テクスト」（『比較文學研究』第三十一号、東大比較文學會）

一九八〇年　十月　「比較文化研究、三つの可能性」（『比較文化』二七―一、東京女子大学附属比較文化研究所）

一九八一年　三月　「「若手研究者懇談会」のこと」（『比較文化』二七―二、東京女子大学附属比較文化研究所）

一九九三年　三月　「日本比較文学会会員研究分野ディレクトリ補遺」（『比較文学』第三十五巻、日本比較文学会）

一九九五年十二月　「比較文学を学ぶための文献案内」（松村昌家編『比較文学を学ぶ人のために』、世界思想社）

一九九七年　八月　「追悼・神田孝夫教授　神田先生に教えられたこと」（『比較文學研究』第七十号、東大比較文學會）

一九九八年　十月　「第十五回公開シンポジウム　生命倫理の比較文化（司会）」（『比較文化』四五―一、東京女子大学比較文化研究所）

二〇〇四年　三月　「俳諧と物理学―寺田寅彦の2つの世界―」（『比較文化』五〇、東京女子大学比較文化研究所）

二〇〇五年十一月　「追悼・大澤吉博教授　大澤吉博さんとともに歩む」（『比較文學研究』第八十六号、東大比較文學會）

二〇〇九年　六月　「追悼・内藤高教授　内藤高さんのこと」（『比較文學研究』第九十三号、東大比較文學會）

二〇一一年　九月　「シンポジウム　映画の表現、文學の表現―比較文学からの視野」（『日本比較文学会東京支部研究報告』第八号）

二〇一三年十二月　「比較文学比較文化で読み直す寺田寅彦の文学と科学」（『東京女子大学学報』二〇一三年度第三号）

※この業績一覧は東京女子大学の御好意で転載させていただいたものである。

■著者略歴

小宮　彰（こみや・あきら）

1947年東京生まれ。東京大学人文科学研究科比較文学比較文化専攻博士課程満期退学後、東京女子大学に勤めつつ、比較文学比較文化研究に専心する。日本比較文学会の中心的存在として学会発展に貢献。
主著『ディドロとルソー　言語と〈時〉』（思文閣）のほか、寺田寅彦に関する論文など多数。
2015年1月17日死去。享年68歳。

論　文　集
— 寺田寅彦・その他 —

2018年1月12日　第1刷発行

著　者 —— 小宮　彰
発行者 —— 仲西佳文
発行所 —— 有限会社 花 書 院
〒810-0012 福岡市中央区白金2-9-2
電　話（092）526-0287
ＦＡＸ（092）524-4411
振　替 —— 01750-6-35885
印刷・製本 — 城島印刷株式会社

ISBN978-4-86561-123-6 C3091